啄木鸟

公安法治文学专辑（上）

啄木鸟杂志社 编

群众出版社·北京

图书在版编目（CIP）数据

啄木鸟公安法治文学专辑：上下册 / 啄木鸟杂志社编．—北京：群众出版社，2024.6．—ISBN 978-7-5014-6377-0

Ⅰ．I217.1

中国国家版本馆 CIP 数据核字第 20246KX723 号

啄木鸟公安法治文学专辑（上下册）

啄木鸟杂志社　编

主　　编：杨桂峰
责任编辑：吴贺佳、谢昕丹、季伟、张璟瑜
装帧设计：王子
责任印制：李铁军

出版发行：群众出版社
地　　址：北京市丰台区方庄芳星园三区 15 号楼
邮政编码：100078
经　　销：新华书店
印　　刷：天津盛辉印刷有限公司

版　　次：2024 年 6 月第 1 版
印　　次：2024 年 6 月第 1 次
印　　张：27.25
开　　本：787 毫米×1092 毫米　1/16
字　　数：555 千字

书　　号：ISBN 978-7-5014-6377-0
定　　价：98.00 元（上下册）

网　　址：www.qzcbs.com
电子邮箱：qzcbs@sohu.com

营销中心电话：010-83903991
读者服务部电话（门市）：010-83903257
警官读者俱乐部电话（网购、邮购）：010-83901775
啄木鸟杂志社电话：010-83903494

目　录

锻造“狼之队”的军械师

——记全国公安系统二级英雄模范冯志强

陈 洁

2022年10月，江苏省常熟市公安局巡特警大队教导员冯志强获评“全国公安系统二级英雄模范”称号。喜讯传来，冯志强所在的巡特警营地一片欢腾，这可是常熟公安有史以来获得的最高荣誉。战友们争先恐后跑到“狼之队”的标志墙前，簇拥着冯队拍照留念，分享至高的荣誉和由衷的喜悦。

从一个门外汉到行家里手，从一名转业军械师到全国公安二级英模，冯志强走过了17年。17年来，他在波澜壮阔的公安事业中快速成长，通过自身的不懈努力，在业务上不断精进，取得了丰硕的业绩和崇高的荣誉，留下了一个又一个坚实的足印。

军械师，壮志未酬蓝天梦

冯志强的老家在江苏常熟东北角的一个乡镇，距上海不到一百公里。他的父亲在镇上开小作坊，从事机械修理业务。在小志强的印象中，手巧的父亲整日在精工车间里忙碌，车、铣、刨样样精通。冯志强从小喜欢在父亲厂里玩，摆弄线头、油圈、车床是他最愉快的消遣，铁腥气是他最熟悉的味道。初中毕业那年，他考上邻近乡镇的支塘中学读高中，物理老师非常看好他，对他说：“你努努力，可以考上哈工大的。”那个时候，他第一次知道自己有可能和工科发生联系。

“如果我不当兵的话，学了机械专业回家肯定会搞数控机床，2003年前后，这个行当可是很赚钱的。”他笑着跟我说。1999年高考，他报考了位于河南信阳的空军第一航空学院。由于身体底子好，文化成绩优异，他一路过关斩将，最终被培养高级机械师的空导工程专业录取，就此开始了8年的军旅生涯。

冯志强在父亲的陪同下，先坐火车到达郑州，然后辗转漯河、驻马店，再一路颠簸来到学校，随身只带了洗漱用品和一个装满书的密码箱。看见其他同学大包小包的行李，他丝毫不觉得寒碜，就连跟父亲道别也没觉得有什么不舍。火热的军校生活深深地吸引着他，喜欢集体生活的他迫不及待地融入了新的朋友圈。

别看冯志强现在很擅长给年轻民警讲课，无论队列训练还是政治学习，他张口就来，案情分析更是头头是道，其实小时候的冯志强不善言辞。也许小时候的他就属于“人狠话不多”的那一类，总绷着一股子劲，这股子劲是冯志强身上特别突出的气质，也就是不肯服输的精神。军校生活比较单一，上午上课，下午训练，几乎是全封闭的，但他非常喜欢，觉得很对自己的胃口。在学业成绩、军事训练、日常勤务等方面都特别积极，样样都要抢在其他学员的前头，哪怕踢足球、打篮球也不甘落后，用他自己的话说，“有点儿爱出风头”。在大别山里行军拉练180公里，风餐露宿的户外生活，别的学员视为畏途，他却乐在其中。很快，冯志强凭借聪慧、勤快、肯吃苦的个人素质得到学员队领导与战友们的好评，大二时他就光荣加入共产党。当时大队部共有100多名学员，仅3名学员入党。

军校毕业时，冯志强曾有机会分配到无锡硕放机场工作，那儿离家近，生活条件也好，但年轻的冯志强一心想去更加广阔的天地闯一闯，于是，他和另外39名毕业生一起去了张家口。那里的营房紧挨着机场，夜晚飞机起降的轰鸣声震耳欲聋。作为导弹中队的设备师，冯志强很快适应了环境，才干半年就被调去新兵连当排长，训练30个新兵。他口令喊得好，还会指挥、唱歌，很受新兵们欢迎，在那儿一干就是两年。后来又被调到团政治处担任干事，可他不习惯坐办公室，主要是不愿意丢下自己的专业，一年半后主动提出回到连队。这一次，他当上了副连职设备师，成为一名真正的军械师，开始潜心研究空导挂载系统的改进。他说：“我骨子里还是喜欢技术，喜欢带兵。”

2006年的冯志强完全沉浸在技术创新的激情之中，主动运用所学知识在电脑上搞起了三维动图设计。在部队领导的支持下，他把自己关在设备库房里五天五夜，终于完成了心心念念的装备改进图稿，随后趁着回家探亲的机会，在父亲单位的小作坊里和工人们一起将图样变成了产品。当他把100多斤重的“研究实践成果”运到部队准备试验时，受到了有关领导的重视。谁能想到，若干年后这项技术创新会以另外的方式延续，不同在于，这次他是把创新理念和行动力投到了公安业务领域，把研究成果播撒在了生他养他的常熟故土。

2006年，冯志强面临人生中的重大抉择，当时的他不完全能接受，只觉得前途迷茫、彷徨。从内心说，他喜欢部队这个大家庭，但他不得不离开。尤其令他痛苦的是，他似乎再也无法实现军械师的梦想，再也无法完善那件倾注了全部心血的作品。

2007年大年夜，冯志强坐上了回家的绿皮火车，带着孤寂与落寞离开部队。一想到那身制服一旦脱下，心中的梦就再也不可能实现，他难过得一个人躲进列车厕所里，哭了整整三个小时。他的军旅生涯是蓝色的、空军制服是蓝色的、军械师梦想也是蓝色的，他一直梦想着把自己的名字写在祖国的蓝天上。

“如今想来，应该感谢8年军旅生涯，是部队这个大熔炉把一个懵懂的孩子培养成了坚强的战士，奠定了我最初的人生观和价值观，给了我战场式的洗礼和英雄主义的熏陶，让我对人生有了自己的思考，并在心中烙下了深深的印记：一是对党忠诚。自从进入军校第一天开始，我就觉得党员身上有一种光环，成为一名优秀的党员战士是我朴实的初心；二是特别能吃苦。部队经常一整夜在零下 20 多度的野外进行拉练，严酷的军训锻炼了我异于常人的坚强毅力；三是服从意识。令行禁止，完成任务不折不扣，这样的行为习惯贯穿在我所有的工作阶段中。”2023 年 4 月 7 日，常熟市公安局举办的英模报告会上，冯志强语气铿锵的演讲赢得了全场热烈掌声。

等待分配的一年时间里，冯志强在家里无所事事，整天处于混沌状态。早晨醒来，突然意识到自己熟悉的一切都没了，军装、战友、军械、训练，仿佛做了一场梦，什么也没留下，这种失落感让一向雄心勃勃的他无法承受。不能再这样继续下去了。经过一番深思熟虑后，面对转业去向的几种选择，他毅然选择了公安队伍，原因很简单——那身蓝色制服他还没穿够！

便衣警，不舍昼夜几痴迷

到苏州警校匆匆培训了 4 个月后，冯志强正式上岗了。

他被分在巡防大队（现巡特警大队）卡口二中队三峰查报站。查报站的工作时间从晚上 6 点到次日凌晨 6 点，所谓“六进六出”。冯志强一上岗就犯了轴劲儿，他带的辅警队员都是轮流休息，他自己却在马路上一站就是一夜，除非进岗亭喝口水。领导夸他认真，同事调侃他，用现在的话说就是，他“太卷了”，也有人劝他别太较真，不值得。卡口值守和查报工作比较单调，缺乏技术含量，但冯志强一点儿不敢马虎。为了尽快掌握查报工作各项技能，休息时间他自己找书来看，请老师傅手把手教。“要做就要做最好的那个。”他暗暗给自己定下目标。

2007 年 8 月，冯志强到了巡防大队下属的城北中队。中队长王备军——既是他的领导，也是他的师傅，把他安排在高新园小分队，和十多名队员一起分三个班轮值巡逻。为了掌握相关业务知识，冯志强买来 20 多本公安院校的专业教材，自觉汲取书中营养；为了学习侦查技能，他连续两个月主动要求加班，通宵达旦地跟着经验丰富的民警分析案情、寻找线索；为了熟悉辖区情况，他下班后一个人骑着自行车走街串巷，跑遍了城区每个角落。凭着这么一股子拼劲儿，短短一年时间他就完全进入了角色。可以说，起跑就是在冲刺，一点儿不惜力。当中队长安排他着手带一个班时，他劲头儿更足了，跟大伙儿说：“一个字，就是干！”他喜欢马达轰鸣的力量感，晚上轮到他值班，只要上了巡逻车，他能不停歇地一直巡逻到凌晨 4 点。

在这个岗位干了 6 个月后，冯志强被调到城北中队本部，带更多的队员，负责整个兴福社区的巡逻防控。

2010 年 6 月，城北中队重组便衣队，主要任务是反扒和扫黄。得知消息当天，冯志强来到中队长王备军的办公室，一上来就毛遂自荐，要求去便衣队当带班民警，理由有三：首先，他是本地人，能流利讲方言，熟悉周边环境；其次，他有部队经历，不怕吃苦；其三，作为比较特殊的一线岗位警种，他想尝试一下。

从那天以后，他就成了一名便衣小队长。

辅警吕彬是最初的几名队员之一，至今仍在便衣中队工作。访谈中，他这样回顾和冯志强相识、相知、相伴成长的故事——

2002年，我从部队复员后来到巡防大队，老队长冯志强同志是后面才来的，一开始我还有点儿不服气，就你一个新手，还能比我们强？然而，不久以后，我就心服口服了。

那年元旦，我们一起参加苏州市反扒竞赛。冯队才来不久，就带领我们六人小组去参赛。短短3天时间，我们在苏州城区当时最热闹的地段——观前街一带执行任务。商场、车站、街道、公园，处处人山人海，我们在这些地方都有斩获。“注意那个穿藏青夹克带雨伞的中年人。”我们朝冯队示意的方向望去，果然，不下雨带雨伞干吗？而且，那人显然是故意往旁人身上靠，有意制造拥挤。再观察其他人，另一侧提只破旧编织袋的中年人同样形迹可疑，因为他跟那个拿伞的人行动上似乎很有默契。一番推搡拥挤之后，多数乘客都上了车，就这两人没上车，彼此交换眼神后朝同一方向离开。冯队猛一咳嗽，我们心领神会，四名队员一拥而上，将这两个扒手当场抓获——刚刚得手的钱包里还有失主的身份证呢。

这次竞赛是冯队带领我们第一次出外勤，就得了苏州市第一名的好成绩。我由此钦佩冯队，并且在他的谆谆教导下，我对自己的工作越来越充满自豪感。

有一段时间，常熟最热闹的方塔商业步行街接到多人报案，但他们均说不太清自己是什么时候、什么情况下失窃的。冯队经过分析研究，确定了侦查思路。他在步行街周边公交线路和站台附近布置队员巡视观察，不久就发现两名青年男子形迹可疑。这两名男子频繁地上下车，在车上形同陌路，车下却窃窃私语。当我们认定他俩是作案人，准备收网时，冯队却说：“且慢，让子弹飞一会儿。打击犯罪固然重要，为市民挽回损失同样重要。”此后，又经过一昼夜不间断地跟踪追击，在环城南路不足一公里长的河边草丛中发现了三个窝赃点。第二天下午4点多，两名犯罪嫌疑人果然在红旗桥堍一窝赃点出现，我们亮明身份后，他们立即束手就擒。我们依次在三个窝赃点起获苹果、三星、HTC等品牌手机14部及票夹、钱包等失物。

冯志强是个极有责任感的人，对国家是满满的忠诚，对人民是满满的爱。有一件案子的侦破很能说明他的品格和作风，给我印象特别深刻。

吕彬的思绪拉回到2012年——

2月24日上午9时10分许，有群众报案称，在222路城乡公交车上失窃钱包一个。稍晚，又有失主报案，同日上午10点左右，一位农村老阿姨在1路公交车上行李包被扒，失窃金额不少，有2万元。当冯队得知这是老阿姨才从银行取出来的存款，正急着赶去医院为老伴儿缴纳住院押金、手术费时，他气不打一处来，对手下队员们说：“不拿住盗贼，我们都不能下班！”

222路公交车沿线共26站、近20公里，1路公交车跟222路交叉，纵贯常熟南北市区，并往城外各延伸两三公里。两路车的交叉点在服装城区域。冯队分析，犯罪嫌疑人若在常熟居住的话，落脚莫城一带更符合逻辑。于是，在相关领导的安排下，两路公交车沿线各布置警力，冯队自带几名队员有针对性地在服装城与莫城一带巡查。中午11时许，冯队在莫城公交车站发现一名男子形貌特征与嫌疑人比较接近，但衣着颜色与失主所述不符。无意中，他们的视线有了交集。窃贼看到警察，尤其是军人出身、目光凌厉的冯队——哪怕身着便衣，也能感受到一股强大的气场，难免吓得胆颤。胸有成竹的冯队镇定自若，不动声色地安排队员轮流跟踪。作案嫌疑人心存侥幸，看周围没有熟悉的面孔跟着，渐渐放松警惕，大胆地往租住地走去。半个多小时后，在莫城垷桥村村道上，3名跟踪的队员见机合围，将其抓获。经查，该男子41岁，江西乐平人，有扒窃前科。在其随身携带的物品中，搜出失主钱包及现金2万元，钱币上的银行封条仍原封未动。

当两沓厚厚的现金送到失主手中时，失主阿姨激动得大哭起来，当场就要给冯队下跪，冯队赶忙上前将她扶住。那一刻，我的眼睛都湿润了。

吕彬讲得动情，似乎沉浸在当时的情景中。

在访谈中，冯志强也讲过这个故事，显然，他当时也被深深触动了。他说：“我没想到她会跪下来，以前只在电影、电视中见过这种情形。这件事后我一下子就明白了，我们及时破案就是在保护人民群众的财产安全，还有比挽回群众损失更实在、更重要的事吗?”

就在那一刻，冯志强明白了自己所从事的工作的意义，明白了工作的价值不在于获奖，更不为考核。他要为人民群众的利益全力以赴。

便衣民警的“战场”是全市各车站、超市、商场、大街等熙熙攘攘、人来人往的公共场所。冯志强从一个零基础的外行起步，跟着老队员学习看人、盯人、抓人，不到两年时间就成长为全市反扒的行家里手，成为一名一线指挥员。在他眼中，要做的工作实在太多，根本没有节假日的概念。他每天一大早到单位，直到深夜才回家，有时干脆住在单位，一两个月不休一天是常有的事，真的是“不痴迷不成活”。

2010年，兴福社区侵财类案件高发。那时信息远没有现在通畅，监控设施还处于初级阶段，无论是布点位置还是清晰程度都不完备。可冯志强相信，昼夜都不会歇眼的监控探头，一定比自己的一双眼睛厉害。作为一个技术迷，他认定以图侦为主，精准发力，可以解决新时期反扒工作的瓶颈制约。当时，除了市局指挥中心，其他单位都没有显示全市情况的视频终端。于是，他就带上军大衣，专门跑到市局指挥中心查看监控录像，一看就是一整天。指挥中心的兄弟见他牛皮糖似的天天黏着不走，调侃他：“看，狼又来了。”其实是形容他咬住了目标绝不松口的劲头，死盯死守、不达目的绝不罢休的韧性。

通过监控录像捕捉、追踪“猎物”气息，是冯志强的本领，也是他赢得“头狼”绰号的原因。功夫不负有心人，他终于从监控录像中尝到了甜头，侦破了一起系列流窜诈骗案。

2010年6月，常熟福山镇和市区颜港菜场、五星菜场、菱塘菜场等地先后发生8起老年人被骗金首饰案，犯罪分子专门瞄准老年人，向他们兜售羊毛衫，如果老人身上没有足够现金，就诱骗他们用身上佩戴的金饰品先行抵押，回家取了现金后再赎回金饰。然而，等他们取来现金准备赎回时却发现“卖主”早已不见，包装袋里所谓的羊毛衫只是一沓碎报纸。

案情就是命令。冯志强和队员们立即扑下身子，围绕案发菜场及周边道路查看监控录像。在一遍一遍回放监控录像、一个一个询问报案人，卡准作案时间和地点后，他们分析出嫌疑人主要是两名女性，并且乘坐机动车。在大量模糊不清的录像镜头中，他们摸排出一辆浙牌可疑面包车。7月，苏州吴江地区发生多起同类型诈骗案，作案手法和行车轨迹显示与上述案件为同一伙人所为。吴江在苏州南部，是江浙两省的交界，是浙江进入常熟的必经之路。冯志强通过串并案件分析，推断出这个犯罪团伙应该是长途奔袭作案后，当天返回浙江。7月22日，浙牌面包车于凌晨5时13分再次在常熟城区出现。冯志强立即向大队领导汇报，迅速调整方案，带领数名队员在其返回浙江的苏虞张公路处进行拦截。果然，当天上午11时45分，目标进入布下的伏击圈。车门打开后，三名女性下车，一名男性还在驾驶座上。冯志强一眼瞅见车厢里散落的菜叶、黄豆芽和包装袋，就知道这回准没错，他们就是假意买菜和受害人搭话进行诈骗的惯犯。很快，他们将四个犯罪嫌疑人制服，同时在车子移动门旁的黑垫子里发现一小包东西，打开包裹着的餐巾纸，金戒指和金项链变戏法似的闪现在大家眼前。

这个案例之所以能够描述得如此详细，是冯志强翻了当年的笔记本。我从他手上接过来翻看，的确，团伙诈骗案件从他接手那天开始，每天都有相关记录，每个发案时间、地点，每条涉案线路，每次点滴进展，每层关键突破，都记录得明明白白。

我翻到笔记本的第一页，日期显示“2010年2月26日”，第一行是“便衣工作第一天”；第二行是“修改便衣队员考核规定”。从第三行开始，分别记录了两起受理案件：第一起，2010年2月25日晚21：30至26日3：45，嵩山路五星一区西门口思域汽车左前侧胎被窃，后备厢被撬（资料已拷贝）；第二起，2010年2月26日9：19至9：24，中国人寿保险公司二楼被窃一只女式拎包。嫌疑人录像已拷贝。嫌疑人乘一辆老式别克（黑色）离开。

冯志强办公室的柜子里整齐地码放着同款覆面软皮A5加厚笔记本，叠起来有一人高，仅在城北中队便衣队时的工作日志，就有5大本。每一次任务结束后他都不忘及时复盘，写下得失和感悟。据此而出的“一案一分析”报告手账被刑侦同行学习借鉴，成为具有常熟特色的侦缉档案系列。

在这些日常工作记录中我们不难看出，理工科出身的冯志强十分注重逻辑和推理，善于从日常工作中总结经验、提升能力。正是在一次又一次的实战中，锻炼出了他的决断力和领导力。

狼之队，争议声中磨尖刀

2021年3月“江苏好人榜”放榜，冯志强获评“奉献敬业好人”。评委会给他的致敬词是这样的——

你目光如炬，起早贪黑，在侦查一线；你身轻如燕，长途奔袭，令窃贼闻风丧胆；你有狼一般的敏锐，更有狼一般的勇猛和忠诚。你带领“狼之队”努力找寻每一个危险、每一处隐患，给犯罪嫌疑人编织一张看不见的天网，走出一条警察擒贼的英雄之路。

2011年7月，冯志强离开城北中队，被任命为新组建的便衣中队副队长。接到任命后，他在自己的日志中写道：“对我而言，这是组织的信任，也是对我能力的考验，我相信自己没有做不好的工作。”此时的他正值而立之年，刚刚完成父母们期待的人生大事。他把照顾小家的责任暂时交给了家人，一门心思投入便衣中队的筹备工作之中。他和中队其他领导一起紧锣密鼓地定职责、组队伍、研思路，并带头冲在前面，依然是一个字，“干”！他带着队员们起早贪黑地忙碌，不到两个月，便衣中队各项工作就步入了正轨。

起初，便衣中队干的还是以前便衣队的事，以反扒为主，兼带扫黄。冯志强不满足于此，他将便衣工作的职责有意识地拓宽，主张贴着实战需要走，“哪里有猎物，哪里就得有捕猎者的存在。”冯志强还给他的队伍取了个别名——狼之队。他说：“狼的名声虽然不怎么好，狡诈残忍、脱离人群，但狼敏锐、团结、进攻意识强。打击惩处违法犯罪行为，不能靠温柔敦厚，需要有狼一般的专注和勇猛。”毫无疑问他成了“头狼”，那时的他似乎很享受这个标签，队员们也很有归属感，自觉地紧紧团结在一起。

当时便衣中队有四个班组，队员大多由辅警组成。中队长让冯志强选择带一个班组，他特意选了业绩靠后的班，一头扎进班组里。

首先要做的是想办法提振士气，他向班组成员承诺：按照他的计划步骤开展工作，半年内一定会大幅度提升业绩。

冯志强说到做到，其中有一起飞车抢夺案件令他记忆犹新，也正是这一仗让整个班组的士气为之一振。

2011 年 10 月，常熟街头飞车抢夺案接连发生，其中发生在张桥的一起由两人搭档、骑跨式两轮摩托车进行抢夺的案件令人头疼。因为作案时间是凌晨天还没亮透，而且车牌还被有意遮挡，监控录像中显示的人和车整个都很模糊，如果少一点儿耐心，很可能看两三天就放弃了。但是冯志强不甘心，他反反复复看录像，每帧视频画面都要来来回回看好几遍。就这样，他找出了作案摩托的一处瑕疵，虽然微小，但是非常重要——摩托车的后轮挡泥板上有一小块缺损。凭着这个特征，冯志强带领队员在城际出入口一处高清探头里找到了它。嫌疑人在张桥作案后又逃窜去了羊尖方向，这个地方是常熟与无锡的交界处，出入口都装有高清监控设备。但是，在监控视频里一闪而过后又消失不见了。

当时，常熟往羊尖方向共有三条农村公路，分别经张桥、练塘和王庄三个乡镇。因条件限制，暂时判断不了嫌疑人究竟是从哪条道走的，只能在三个路口一一布置警力，严防死守。等他们哪天再出来作案时争取跟上，或者返程时跟上——返程时跟上最理想，可以顺藤摸瓜直掏老窝，最理想的情形是人赃俱获。按照安排，冯志强负责带人守在王羊线，那是王庄地界最靠近羊尖的地方。他们也是骑的摩托车，四人两辆。早上 8 点不到，目标出现了，就从冯志强值守的这个路口经过，往羊尖方向驶去。冯志强和队员远远地跟着嫌疑人经过一片树林，却在前方一个农村集镇上跟丢了。他们慢慢摸进去，发现往羊尖温泉度假区方向有条小路，再往前是几处农宅。他们一户一户分头寻找，终于在一家背靠池塘的院子里发现了一口井，井台边上停着一辆摩托——后挡板处缺了一小块。

人已经在屋里了，可是，光凭一辆可

疑的摩托车是不能进屋抓人的。考虑到取证的稳妥，他们没惊动对方，而是像守候猎物的狼一样耐心地潜伏着，等他们再次作案返回住所时连人带车悉数擒获。因陌生人靠近极易引起嫌疑人注意，冯志强就想了个办法，既可以靠近那间屋子的后窗，又不容易引起里面的人怀疑。第二天早上4点，冯志强几人随身带着钓鱼工具到小树林里潜伏。待天亮后冯志强假装到屋后池塘边钓鱼，钓一会儿鱼又回到小树林，直到晚上10点撤岗。隔天早上4点冯志强又带了人去，继续到屋后窗根儿下坐着钓鱼。他留心观察里面二男一女的日常起居情况，摸清了他们的出入规律，搜集到不少相关证据。他们每天不间断地前去守候，但一个多星期过去了，屋里的人始终没有出过院子。差不多第10天的早上，三个人终于外出，这回没骑摩托，不一会儿又回来了，从屋里拉上行李箱出门。冯志强他们悄悄跟踪，跟到了羊尖汽车站，发现三人想搭乘一辆长途汽车——也许是他们已经感觉到了什么，想要尽快逃离。见捕猎的时机已经成熟，冯志强一行人快速扑了过去。

这一仗打得实在漂亮，整个班组一扫萎靡之气。

作为基层指挥员，冯志强遇事不慌不乱，能谋善断，又事事冲在前头，队员们逐渐认可了他的能力。他们在实战中切磋学习，在学习中稳步提高，个个摩拳擦掌、不惧挑战，一股无形的豪气凝聚在团队中间，“狼之队”渐渐有了雏形。

经此一役，冯志强找到了自己的发力点：瞄准多发性、涉及民生类侵财案件快侦快破。这类案件面广、量大，为群众所关注，又因案值小、没有现场条件，刑侦部门通常管不过来，派出所又没能力去管。所以，对付这类案件，贵在抓现行，讲究一个人赃俱获。

可要做到人赃俱获，又谈何容易。

2013年冬天，常熟市区频繁发生撬居民楼车库盗窃电瓶车案件。当时，很多小区的车库门防盗性能差，车主习惯把钥匙留在电瓶车上。盗贼熟门熟路，几乎偷遍了各个地段，甚至有失主报案，就在自家门口，才几分钟车就没了。局领导下令迅速破案，让老百姓安心过年。冯志强专门挑选五名精干队员组成特别行动小组，从监控录像入手，经过半个多月摸排、串并、蹲守，最终锁定嫌疑人。这一回，他们要蹲坑伏击，不抓获这些贼决不收兵。

甬江路一带属城北中队巡防区域，居民小区集中，再次发案的可能性极大。冯志强对这里的每条支路、夹弄都门儿清，选定这个地段伏击，他仍然准备用老办法——死守。在选好有利地形停车后，冯志强跟队友们窝进车里。为免打草惊蛇，汽车不敢发动，也不开空调。寒冬腊月，凌晨两三点室外温度低至零下6度，车内温度也在零度以下，冯志强和队友们卷着被子抵御严寒，想方便了也不敢下车小解，只能靠矿泉水瓶救急。冯志强像吃了铁秤砣般天天晚上扎在车里，一连值了27个夜班。其他队员也是日夜轮班，实在倦意袭来，就掐掐自己，疼一疼熬过去。冯志强不放过任何一点儿风吹草动，不肯合一下眼皮，他那种高度凝神的样子不正像磨尖了利爪的头狼，匍匐在夜色深处，随时准备跳出去给猎物以致命的一击吗？就这样，第28个凌晨来临之际，他们终于等到了“猎物”，“狼之队”一拥而上，人赃俱获，三人盗车团伙落网。

这次堪称完胜的战役，让冯志强一战成名！

从此，“有疑难案件就找冯志强”、“排不出线索的去和冯志强一起商量商量”、“冯志强或许会有办法”……这些话渐渐成了领导和同事们经常挂在嘴边的口头禅。

然而，冯志强并没有满足于此，他带领“狼之队”越战越勇，不断地总结经验，慢慢地形成了集情报研判、视频侦查、外线侦查、行动抓捕于一体的全流程工作模式，大幅提高了侦破效率，打处业绩一下子赶超其他实战单位。

2011 年至 2013 年，智能手机普及，手机便捷支付慢慢进入日常生活的各个领域，老百姓出门很少带现金了。同时，随着智能手机娱乐功能的增强，机主一直将手机拿在手上，很少揣口袋里，于是，以现金和手机为目标物的扒窃案逐渐减少。

冯志强意识到，便衣中队必须从反扒的窠臼中突围出来，向打击其他侵财类案件的方向转型。

冯志强和他的队伍有点儿像隐秘战线，别说外人不太了解，就是公安兄弟部门也有人不怎么了解，以为他们便衣中队只会抓几个扒手、揪几个小蟊贼而已。冯志强不在乎别人怎么说，他告诉队员：“我们辛辛苦苦摸到线索抓到嫌疑人，都是为了打击犯罪、保护群众……毫不谦虚地说，在侦查、跟踪、抓捕方面，我们便衣中队是专业的。”

一年多时间过去，冯志强和队员们倾尽全力，快速、专业、精准，总是第一时间出现在案发现场，总是不尽最后努力不收兵。兄弟部门从一开始拒绝、不领情，到主动打电话给他们请求协助，便衣中队靠着快速高效的行动力不断证明着自己的能力，逐渐成为侦查破案方面不可或缺的力量。“刑侦的中队长们都是干活儿的兄弟，一开始他们根本不睬我，后来命案的侦破也让我们参与了。”冯志强用实际行动诠释了什么叫“有为才有位”，同行的认可证明了他们的价值。扒窃、“两抢”、入室盗窃、盗窃电动车、盗窃车内财物、偷盗家禽等等，在全市破获的诸多侵财类案件中，大家看到了“狼之队”的付出。

几年磨砺下来，各类路面侵财犯罪的嫌疑人逐一进入冯志强视野，成为他犯罪信息库 1.0 版的数据。为进一步研究此类犯罪的规律特点，在笔记本上画图已解决不了问题，他开始在墙上挂图作战，所谓图，就是精心收集的盗窃惯犯的头像照片、基本情况以及每个人的活动轨迹、作案特点等。随着信息不断增多，墙面上的内容越来越丰富，相应的工作量也成倍上升。同时，全市各地需要协助的电话越来越多，便衣中队常常应接不暇，甚至难于应对。很快，就到了便衣中队人手不够的时候。

从 2015 年起，常熟市公安局整合包括便衣中队在内的巡防力量，由点带面，推行集团化作战，从根本上扭转侵财类案件多发的治安形势。各个派出所跟进落实，纷纷成立便衣小分队，每个小分队由一名民警带班，固定三到四名辅警队员，业务上听从便衣中队指挥。

培训、使用这批新生便衣力量成为冯志强新的职责，业务教官是他的新角色。

冯志强在部队当过排长、副连长，带过大学生学员，也带过初出茅庐的新兵蛋子，更有几年来带领便衣中队进行本地作战的丰富经验。他深知磨刀不误砍柴工，立马着手精心备课，准备教案。首先开展集中培训，一个派出所由一位民警带几名队员，32个派出所就有百来号人，他们分成三个批次先听他讲课，学习办案理论知识，然后由冯志强和几名老队员分头带出去现场办案，实战操练。

便衣中队的每个队员或多或少有些绝招，其中有几名队员看监控录像特别高效，一看一个准，这是为什么呢？因为他们脑子里早已生成一幅幅点阵图，对全市城乡各个监控点位的布局都非常熟悉，不仅每个监控的点位，连每个镜头的朝向、视野范围也都一清二楚。其次，他们通过日积月累，已经建立起一定容量的信息库——囊括了全市1300多名“高危人员”的基本信息。

最后一招是上门带兵，便衣中队轮流派出16名队员，深入全市32个派出所，手把手教他们如何对着电脑屏幕分析、研判，如何组织有针对性的伏击、蹲守。经过一段时间实战后再集中起来讲解和总结，让大家将好的案例摆出来分享、借鉴。

就这样，前前后后经过三年时间的实战，通过不断探索和磨合，常熟市公安局建立起从巡防便衣延伸到各派出所的便衣综合力量，合计200人左右，这些人组成了一张完整的便衣网络，覆盖城乡每个角落。他们分工合作、灵敏高效，纲举目张、一呼百应，经常性地破获一些损失不大却为数不少的侵财型民生案件，拔除了一大批违法犯罪的“钉子”。

“最高峰的时候，一年打击处理人员数达465名，平均一天抓一个还多。这样的高峰现在已不太可能重现，因为案件总量已急剧下降，违法犯罪人员也在锐减。”冯志强接受采访时对我说。

为了从机制上保障便衣中队的工作积极性，市局尝试对巡防压案工作试行“一案一奖”，此举进一步释放了便衣中队的工作潜力，其产生的作用和成效是惊人的。此时，冯志强当上了便衣中队中队长，成为“狼之队”名副其实的“头狼”。

2015年前后，城北辖区突发大量偷盗工地民工宿舍财物的案件，案值不大，但作案频繁。作案手法显示是同一人，每每于凌晨时分、工人酣睡时，潜入工地宿舍盗取衣裤，取出钱包内的现金后丢掉衣裤。这种案子取证十分困难，就算你抓住了，犯罪嫌疑人如果什么都不说，也基本拿他没办法。那段时期正好是常熟市房地产开发热火朝天的时候，万达周边、老街、文化片区等等，大量楼盘热卖，到处都是建筑工地。该案对工地农民工影响很大，他们情绪不稳，直接影响了外来务工人员对常熟这座文化名城的主观感受。

辖区派出所和刑侦部门感到案件十分棘手，领导再次把期待的目光投向“狼之队”。冯志强迅速拟定破案思路：锁定嫌疑人、分析线路、“守株待兔”三步走。他安排便衣中队骨干成员与巡防大队其他中队协同作战，经过一个多月的摸排和视侦，终于摸清了作案嫌疑人的行动轨迹与偏好，在此基础上，精准预判了嫌疑人的下一个作案地点。俗话说得好，火到猪头烂。在一个凌晨，嫌疑人刚刚盗窃得手，衣裤还未来得及丢弃就被守候民警逮了个正着。

十多年来，在冯志强的带领下，便衣中队破案总数超过2500起，端掉各类犯罪团伙90多个，抓获刑事打击处理以上犯罪嫌疑人1200多名。便衣中队因在工作中展现了团结、睿智、坚韧等出色品质，使得“狼之队”威名远播、深入人心。

铸精品，赋能警营终圆梦

作为曾经的军械师，酷爱技术的冯志强总在寻找机会把自己的所学运用到警队工作中，无论对一个实用软件的开发，还是一件摩托装备的研制，他都全力以赴，力求创新品出精品，赋能基层基础工作，在打击犯罪、服务群众的实践中发挥作用。

公安查案一般是由案到人，也就是先有犯案，再有查案和抓人，有些被犯罪分子牵着鼻子走的感觉。如果逆向而动，由人到案，通过监控重点人员，主动掌握他们在干什么、是否违法，以及是否够得上打击处理，就能变被动为主动，减少犯罪行为造成的影响，更好地维护社会稳定。

从 2018 年起，冯志强审时度势，带着队员们开始利用公安信息库搭建战术模型，尝试从重点人员身上找突破口，主攻全市系列性案件及流窜案件。他们把一定时段的街面侵财类案件的作案时间、地点、手段、对象等相关信息细致梳理后录入信息库，再把重点作案人员的活动规律、作案特点、交通工具等录入另外一个数据库，从中寻找关联信息，建立数据交换和推算模型。

2018 年 6 月，莫城发生一起飞车抢夺案件，受害人为一名农村中年妇女，她在偏僻道路行走时被人瞬间扯去了金项链。因为惊吓过度、注意力受到严重干扰，她在报案时完全无法说清抢夺的是一个人还是两个人、使用的什么交通工具，甚至说不清抢夺人着装的颜色。但让人意想不到的是，受害人刚被接到派出所，报案笔录还没做呢，派出所就接到了便衣中队的电话，说是嫌疑人已在辛庄被擒获。有这么快吗？可能吗？不会弄错吧？疑惑很快解开。原来，冯志强接到协查信息后，第一时间安排人员前往事发地，对周边区域监控进行查看。初步查看时并没有发现线索，于是扩大空间范围和时间段，在仅获取了一点点模糊信息的情况下毫不迟疑，迅速开展循线追击，在嫌疑人企图逃出常熟之前就将其锁定并抓获。

这件事对全局打处一线的民辅警起到了激励作用，冯志强判断之准确、行动之迅捷，于许多模糊的甚至可能是自相矛盾的信息中立即拣选出有用线索的高超技能，令大家心悦诚服。很多同事由此反思，为什么他行我不行？是经验，是天赋，是运气？像这样的抢夺案件，如果不能在黄金时段破案，稍晚一点儿，嫌疑人就会不知道跑去哪里，不但增加侦查成本，而且加大了追赃挽损的难度。

冯志强团队自行研发的这套软件系统，紧紧跟着案件形势走，将数据推算和落地查证相互结合，在反复锤炼中不断优化且日臻成熟。这种新型打法迅速改变了整个工作模式，运气好的时候，锁定一个对象可以揪出一串案件，无形中避免了几十甚至上百起案件的发生，压降案件成效明显。

一时间，冯志强成了大家心中的“yyds”（网络流行语，即“永远的神”的拼音缩写，被粉丝用来赞美自己的爱豆），对他交口称赞。

常熟便衣中队在苏州全市出了名，在江苏全省也有了名气，周边县市的基层警队纷纷跑来取经，连远在河北的公安也慕名前来学习。常熟市局对他们更加倚重，给予了更大的支持，从装备到警力都保障到位，刑侦、交警、治安大队及派出所也在各自职能范围内大力协助。

冯志强终于明白了协同作战的强大力量，也坚定了自己做好工作的信念。分管副局长朱翔是冯志强的老领导，访谈中他总结道："近年来，公安信息平台智能化功能的完善，为冯志强团队探索新的破案模式提供了强大的科技支撑。依托市局各类信息平台，发掘犯罪嫌疑人日常活动轨迹，以之前的由案到人，发展到由赃物找人。随着研判能力的提高，逐步实现由人到案、由静态到动态、从被动到主动，先后实现了三次转型，以点带面，推动巡特警队伍整体战斗力不断跨越提升。"

2020 年 9 月，冯志强担任巡特警大队副大队长，主要负责统筹便衣中队的工作。2022 年 5 月，他又被提拔为巡特警大队教导员。站位高了，看问题的思路更广了，他开始考虑第四次转型。

随着科技的发展，传统警务模式已无法适应现实斗争需要。常熟市局提出专业赋能，倡导各警种之间融合。相比其他警种，便衣中队在跟踪、取证方面有其自身的优势，禁毒、反恐、维稳等职能部门都需要这方面的手段。冯志强琢磨着结合各警种的特点，创设类似于数据模型的特定工作模式。他在便衣中队组建数据研判小组，在堆积如山的历年案卷中梳理分析不同的作案手段，建立相应数据库，搭建起针对多种案件类型的战法模型。

冯志强仍记得，常熟一家大型商业中心举办开业庆典那天，辖区派出所连续接报 3 起扒窃手机警情。凭借他们建立的数据库，案发后不久 5 名作案嫌疑人被全部抓获。冯志强说："正是这个案件，让我们实现了转型，能够向数据要战斗力。数据库建成后的一个月里，我们的破案数竟然超过了以往全年的业绩。"

一支好的队伍，不但要有好的带头人，更要有业务上的"传帮带"。"狼之队"在多年的实战中积累了许多好的经验，其中一个就是每抓获一名犯罪嫌疑人，及时将整个案件进行复盘，总结得失。从平台信息到监控点位，从巡逻路线到网格值守，分析原因，找出关键，失败的案例也不轻易放过，一定要找出其中的失误和漏洞，以便查漏补缺，更好地服务实战。

2022 年 11 月，冯志强和他的团队在研判中发现一伙未成年人在本市流窜作案，手法是通过乘坐网约车来城区，敲砸街面店铺玻璃窗后实施盗窃，得手后立即乘网约车快速逃离。队员们通过进一步研判发现，此类"快闪"式作案大多集中在周末，再结合高速入口和卡口监控对车辆进行梳理，很快锁定乘用车辆系无锡、泰州牌照的车。

上述案件的快速侦破，得益于信息研判能力、卡口和监控设备、便衣工作的落地等硬软件的无缝衔接、有机融合，是一个城市整体防控能力和水平的体现。

经过十几年不间断的反复打磨，冯志强成为可以协调全市整体防控力量的灵魂人物。他所带领的"狼之队"灵敏度高、执行力强，在现实斗争中屡屡发挥作用，获得各级领导高度肯定。常熟市局一向对这支队伍十分重视，多年来不但在警力配置上给予倾斜，而且注重资源投入，尝试过配备警犬和组建无人机战队，对打造这支特殊队伍着实花了不少心思。十几年来，几任领导久久为功，逐渐锻造出这支具备集成化作战能力的品牌队伍。

有着多年一线摸爬滚打经验的冯志强，熟知一年到头哪个时节、哪帮人经常会犯哪些案件，即使这样，他也从不安于现状。“我经常提醒自己，当感觉舒适的时候，说明不是在平地就是在下坡，相反，当自己觉得吃力、不那么自在的时候，说明工作有奔头，还有提升空间。”

2022 年，常熟市局按照“市县主战、派出所主防”的工作要求，打破既有勤务模式，充分整合铁骑（巡特警铁路机动中队）、特勤警力，全面提升巡逻防范、先期处警、应急处突、服务群众能力，打造一支突击队、尖刀队、服务队，全力维护政治社会大局持续平稳。从交警大队、巡特警大队遴选精干警力，按照“建设管理标准化、指挥调度扁平化、勤务模式机动化、打击管控精准化”的要求，着手组建了一支 40 余人的“交巡合成铁骑队”，充分发挥防控力量“尖刀”和“拳头”作用，打造群众身边的平安卫士。

警用摩托车作为巡逻工作的主要载体，具有灵活机动的传统优势，是快速反应处置的第一力量。但相较于汽车，这种摩托车没有后备厢，无法携带盾牌、抓捕器械等装备，汽车虽然能装下成套警用器械和装备，却无法在拥堵的车流和狭小的城市巷道中穿插。如何实现两者的优势互补，一直是路面巡防需要直面的问题。这个问题，只能通过提升警用摩托的装备携带能力去解决，只能去向科技要战斗力。由此，着手研制第三代警用摩托车专用装备系统，成为常熟巡特警大队的新挑战。他们先后到省内其他兄弟单位观摩学习，与常熟本土企业华东汽车改装厂进行业务接洽，最后下决心自己研发设计一套既有携带能力又符合机动车道路通行要求的装备系统。

面对新的挑战，冯志强身上那股子痴迷技术的劲儿又被激发出来，他提出了近期的主攻任务：一定要自力更生、自主设计，一定要比别人做得更好、更实惠。

“总之，我们的研发目标是既要经济实用，又要美观气派。”比起给飞机装挂导弹，摩托车上增添警用装备自然难不倒军械师出身的冯志强。与之前在部队搞创新时的亲力亲为不同，这一次，他把具体工作交给了巡特警的兄弟们，他所做的是在整体设计理念和关键技术节点上进行把控。有他在，小伙伴们心里就有底了，他们对完全没有接触过的技术活儿一点儿也不犯怵。

研发团队先是大量查阅国内外处置社会面暴恐案事件的相关信息，初步形成反暴恐专用警用装备的理念。再结合市局目前的保障水平和技术可能性，从优先使用车载警用装备的可能场景推导出与之相对应的装备清单：ESP 圆形防暴盾牌、可伸缩多功能约束器、多功能组合式警棍以及便携式阻车钉。这四大件被锁定为常熟铁骑的标配。

把上述四大件一件不落地固定到两轮摩托车的车尾架上并不困难，难的是同时兼顾安装的稳定性、行车的安全性以及使用的便捷性，一切围绕实战，服务于实战，要确保每一件装备都能在紧急状态下协助警员在第一时间投入战斗，其难度系数无疑成倍上升。

2022 年 11 月，《一种警用摩托车搭载专用反暴恐警用装备系统》，被国家知识产权局授予实用新型专利权。据最新消息，此项专利于 2023 年 7 月被交付应用于杭州第19届亚运会安保。这个技术在常熟公安是一个从无到有、从有到优、从优到精不断完善的过程。作为一名对硬科技不太精通的女警，在一一听完冯志强的实物介绍后，我终于看出了一些门道，不得不为这高超的收纳技巧叹服。同时，我也体会到这些技术改良的背后，蕴藏了缜密的心思和对完美的执着追求。就说“用摩托车搭载专用反暴恐警用装备系统与车辆结合稳定性技术”一项，这个技术细节包括但不限于为安装ESP圆形防暴盾牌专门设计的支架、卡槽以及作为二次固定的弹性针织带挂钩，为可伸缩多功能约束器专门设计的夹具固定座、快速夹具、装夹头、限位板、限位槽、卡钩、水平块，每一件都要确保合理合用且能落地生产。多功能组合式警棍更是被安排得明明白白：夹具固定座、警棍装夹组件、快速夹具、装夹头、抱箍座、抱箍、定位板、限位板、限位……一应俱全。相较而言，警棍是最为常用的单手装备，其他辅件都只为保证骑警能够方便取用，就如同它们被佩戴在警员身上一样。

每一样零配件都是从无到有，从粗糙到精致，其中凝聚了冯志强和主创队员许多心血，他们的业余时间几乎全部在搞研发。“多功能组合式警棍通过快速夹具打开或锁定来实现取出或放入，一秒钟内可完成。”冯志强不无骄傲地介绍他们的成果，“盾牌通过盾牌支架、盾牌卡槽向上或向下，在垂直方向实现取出或放入，可单手实施，两秒钟内完成。”

这一次冯志强又没食言，相比同类产品，常熟这一款自发研制的摩托防暴恐装备确实做到了既实用又美观，而且造价只有其他单位平均价的一半，大大减轻了采购压力。

与此同时，冯志强结合巡特警大队职能，专门制订社会面巡控工作方案、动态调优勤务模式，有效提升全市路面巡防工作质效。他还负责分层、分类组织业务技能培训工作，让队员每天围绕警械使用、警摩骑行、交通指挥、应急增援、查缉布控和现场擒敌等实战科目开展常态化训练，确保每个队员熟练掌握攻坚克难、克敌制胜的本领，确保“铁骑突击队”训练有素、装备精良、形象俱佳。

“双手持盾，手臂发力，冲！”每周三下午，冯志强都会带领巡特警队员开展警务技能培训。通过警棍、盾牌、抓捕叉等器具实现小组配合，让队员们认真练习，揣摩要领，提高配合默契度，从而确保队员和装备衔接丝滑，真正发挥“一警多能、快速反应”的巡防新优势。

2022年7月的一天，常熟公安大院内警灯闪烁，列队整齐，随着副市长、公安局局长王志军一声令下，铁骑队伍集结出发，他们在城市街头甫一亮相，就赢得群众们一片叫好：“帅呆了”、“真神气啊”、“太好了，不是在拍电影吧”……

攀登者，步履不停勇向前

冯志强一直把自己看作战士。作为基层指挥员，他喜欢带头冲在前面。他的师傅王备军曾对他说：“真正带好一支队伍，是你离开以后这支队伍还能正常运行。”

担任巡特警大队教导员后，除了带好便衣中队，冯志强开始注重培养骨干，重视巡特警的梯队建设。市局交给他的带兵任务包括给全体新警上岗培训，为此，他一刻也不敢懈怠，逮着空就看书学习，坚持体能训练，真正做到内修于心、外修于行，要求学员做到的自己必须首先做到。他说：“即便不穿警服，我们也应该体现出警察特有的精气神。”

巡特警大队巡防业务指导中队队长姚鹏告诉我：“我和冯队共事10多年，工作内容虽然不同，却一直有接触，他在工作中显现出的品格、天赋、才华和力量，是我所钦佩的。在我看来，这些年冯队一直在专注于一件事，那就是便衣工作。公安工作很复杂，要管人、管场所、管事件等等，细分之下每一件都很专业。便衣工作也是如此，这是冯志强最感兴趣的，也是最契合他天赋的，可以说他做到了近乎极致的程度。说起来惭愧，我比冯队小几岁，在学校时也算是体育健将，三级跳远成绩能达到国家二级运动员标准，刚参加工作时还代表市局参加苏州市公安系统比赛，赢得了不少荣誉。可是因为一次比赛受伤，引发腰椎间盘突出，疼痛让我无法参与激烈的竞技体育活动，甚至影响到了工作、生活，当时整个人的情绪也受到了影响。但也就是那段时间里，我看到冯队对于体育锻炼的执着，让我感触很深，慢慢地，我开始努力恢复体育锻炼，逐渐摆脱了消极情绪。”

不知是因为工作早期吃多了夜宵，还是“压力肥”，刚认识冯志强那会儿他还是个“胖纸”，他自己说体重最高时曾飙升到186斤。有一次他追捕一名嫌犯，嫌犯年轻、体壮，步履迅捷，耐力也好，虽然他意志力坚强，但还是把人给追丢了。就这样一次失误，对他来说“伤害不大，侮辱性极强”。因此他下定决心，坚持锻炼身体，提升体能。

高强度的便衣侦查、抓捕工作需要顽强的意志力和良好的身体素质。“平时练好身体，关键时刻才能冲得上抓捕前线，顶得住熬夜加班。”这是冯志强常常挂在嘴边的口头禅，也是他业余时间积极锻炼身体、不断锤炼体格的原因。他对于体育锻炼的执着，就像对待工作任务一样，有计划，有步骤，并且百分百地严格执行，力求做到最好，力图超越极限。每天包括但不限于10公里以上的跑步，穿插游泳训练，除此以外，他还把汽车停在单位，每天骑自行车上下班。他的决心是坚定的，执行是严酷的，对待自己简直到了苛刻的地步。2017年，冯志强首次参加第二届常熟尚湖国际“铁人三项”赛，荣获35岁至39岁组别亚军。

作为便衣工作的“神人”，冯志强不只在工作上堪称楷模，在生活态度上也令身边的小伙伴由衷佩服。他们信任他、追随他、学习他，在他的影响下，身边的民警和辅警都能在业余时间进行各类体育锻炼，为业务工作高效开展打下坚实的身体基础，整个队伍的精气神也在潜移默化中得到提升。

“没有金刚钻，哪敢揽瓷器活儿。”2017年1月15日，一名犯罪嫌疑人为逃避警方抓捕逃到了常熟老街某小区6楼的外机平台上，持刀拒捕近27个小时，引起群众围观，社会关注度极高。危险时刻，冯志强挺身而出，在腰间系上保护绳后，抓住机会飞身鱼跃而出。他的右手紧紧揪住嫌疑人的衣领防止其下坠，左手则死死握住嫌疑人持匕首的手腕，防止他刺伤自己。最终，在增援警力的配合下，嫌疑人被拖至室内制服，周围居民回归正常生活。

2020年10月，在练塘辖区追踪命案

嫌疑人时，眼看着嫌疑人消失在望虞河河道附近，冯志强一头扎进冰凉的河水，一边游泳一边搜索，最终在一个桥洞里把嫌犯抓获。

这个水中抓捕实例由于事发突然没有留下视频资料，但另外一次救人的过程，有幸被视频号的粉丝们通过接力重现了。以下是我从常熟市公安局2022年的一期公众号上摘录的，题为《烈日下飞奔只为生死救援》——

对罪犯冷酷，对百姓暖心，生活中的冯志强还是一位细心果敢的“暖男”。今年7月，冯志强和同事一行三人驾车从苏州回常，当行驶至昆承快速路时，一辆红色电动自行车引起了他们的注意。虽然擦身而过只在电光石火之间，但凭借多年侦查经验，冯志强仍敏锐地捕捉到骑在电动自行车上那位中年妇女的异样，他立即将车靠边停下，和同事们一起朝大姐飞奔过去，就在她即将从桥栏跳落的瞬间，一把抓住她的胳膊。经过耐心劝导，该女子最终放弃轻生念头，其家属赶到后连声称谢。

冯志强和同事冒着酷暑百米狂奔救人的英勇事迹被10余家央级主流媒体、20余家省级媒体、30余家网络媒体转发报道，全网总阅读量超千万次，赢得群众一致赞誉。

正所谓“没有金刚手段，莫行菩萨心肠”。常熟市公安局巡特警大队大队长王庭相这样评价他的搭档：“冯志强带领‘狼之队’敢打敢拼，勇于创新，积极探索巡防工作模式转型，不断创造平安奇迹，勇当社会治安防控体系建设的探索者和排头兵，是我们全体的楷模。”

人的一生中会有各种各样的坎儿，工作中也会有各种各样的困难，而生命的意义就在于克服它、解决它、超越它。有人问英国著名登山家乔治·马洛里：“你为什么要冒着生命危险去登山呢?”他平静地回答：“因为山就在那儿。”冯志强把乔治·马洛里的回答奉为自己的座右铭，他的微信头像就是一名正向雪巅迈进的攀登者。

采访的最后，我让冯志强对自己做个评价，他一边想一边说，说得很慢：“我这人比较执拗，情商不高，不善于跟人沟通，认为在理的事绝不退让，因此得罪了不少人。好在领导和同事们了解我，都能理解和包容。但是对家庭肯定是亏欠的，儿子从出生到现在小学快毕业，我基本上没管过，所有的家务也都扔给了妻子。刚开始妻子还经常跟我吵，后来觉得改变不了也就只能默认了。”

从警以来，冯志强先后荣立个人二等功2次、个人三等功2次，获评全国公安机关成绩突出个人、江苏省政法系统先进工作者、江苏省公安机关优秀共产党员、江苏省优秀人民警察、江苏省公安系统“巡访之星”、苏州市政法系统“十佳退役军人”、苏州市公安系统“十佳军转干部”、“苏州时代新人”等荣誉称号。冯志强觉得，自己只是做了人民警察该做的工作，而党和人民给了他太多荣誉，他发自内心感谢领导们和同事们。他在演讲中有这样一段结束语令人动容：“没有这些帮助，不可能会有现在的我。荣誉意味着压力，压力也是我的动力，还是那句话，好好干！从军营到警营，军人的本色不能改，共产党员的初心不能改，守护一方平安，就是保家卫国！”

（文中部分人员为化名）

排爆铁警

——记全国“公安楷模”、全国特级优秀人民警察贺丽远

胡正第

拆弹机会只有一次，人的生命也只有一次。只有掌握强大的排爆本领，才能保障群众安全，也才能使自己全身而退。

——贺丽远

1. 生命至上

似火骄阳，烤得大地发烫发软。

阳光从空中直射下来，贺丽远抬头看了一下刺眼的光线，用手拉了拉笨重的防爆头盔，抿着嘴“噗”地吹了吹额头上的汗珠，继续趴在地上拆弹。

80米外的掩体下，学员们紧紧地盯着屏幕上实时传回的现场拆弹视频。之前学员们都查看过，那是一枚上午才从甲五村拆迁现场排拆回来的、碗口粗细的压发式炸弹。只见贺丽远匍匐在地面上，用专业工具拆开炸弹外包装后，在红灯闪烁的爆炸装置上理线、剪线……一招一式都被学员们牢牢地印记在脑海里。

作为昆明市公安局治安管理支队防爆安检大队教官，贺丽远正在对来自全省各地的30多名学员进行排爆实操演练。这已是他第五次在昆明东郊警校排爆基地为学员们现场教学了。

随着时间一分一秒过去，炸弹被顺利拆除。学员们跑上前，围着他请教问题：“老师，你是怎么判断它就是一颗压发式炸弹的?”“像这种炸弹要从哪里入手排除?”……

他拿着被拆除的炸弹零件，一一为学员们解答。

这时，他的对讲机里忽然传来喊声：“丽远，指挥中心指令我们马上赶往南市区，那里发生了紧急情况。”

他听得清楚，这是1990年云南民族学院物理专业毕业后分配到昆明市公安局的、全国公安系统第一个女排爆手杨文文的声音。

贺丽远看了一眼防爆服左臂操作器显示的时间：2011年3月27日14时37分。

他又看了一眼地上刚拆除的金属桶、雷管、炸药、电池，脑子里一个念头闪过，这警情怎么说来就来了……

他将钳子往地上一放，回头看了一眼快速走过来的杨文文，说道：“好的，文姐，我们马上出发!”

学员们一边帮贺丽远脱下防爆服，一边争先恐后地叫嚷着：“真要去排炸弹，让我们也跟着去现场长长见识吧……”

“那可不是已经确定了的炸弹。”贺丽远说道，“你们还早着呢，等你们学成后自然有现场给你们去展示本事。”

说罢，贺丽远和杨文文、石艳璋、崔同斌等排爆手驾车往南市区火速赶去。警车不停奔驰，下高速后又穿梭在城市的街道上。

20分钟后，他们来到案发现场。在南市区某政法单位门口，围着许多群众在指指点点、议论纷纷。贺丽远挤过人群，看到前方被民警隔离开来的大片空旷路段上，有一名男子挥舞着双手来回走动，嘴里不停地叫喊：“谁都不准过来，谁过来就炸死谁……我的问题不解决，我也不活了，今天我就和你们一起炸死在这里!”

那男子发现贺丽远走出人群又往前走了几步，将左手往上一举，睁大血红的眼睛瞪着他，大叫：“你过来，我们就一起死!”贺丽远定睛一看，中年男子左手握着由透明胶布包裹、4节红色一号电池串连在一起的电源，红色电池下端的两根电线，系在男子鼓鼓囊囊的腰间。而男子翘起的左手拇指上，是一块只有4厘米大小的白色金属片，在阳光的照射下发出刺眼的光。

经历过无数爆炸现场、拆除过上百枚炸弹，已成长为拆弹专家的贺丽远一看便知，男子腰间捆绑的那圈炸药估计有一公斤以上，威力巨大；手中捏着的是一个起爆装置，只要男子拇指上的金属片与手中电源上端一连接，身上的炸弹瞬间就会爆炸。

现场后部十来米处是某政法单位的大门，周围是密集的住宅区和繁华的闹市区，街道上车水马龙、人流不息，一旦爆炸，将给人们的生命和财产造成巨大损失。

思考片刻，贺丽远决定上前与男子谈判。他向杨文文使了一个眼色，杨文文走出人群，举起喇叭，在街边不停地边走边喊：“所有人员快速离开现场，警察将进行紧急处置。”围观的群众陆续疏散开去，周边已经被特警围起来。

贺丽远紧盯男子手中的起爆装置，脑子里快速地思考着对策。而那名男子激动地来回不停走动，嘴里嘟囔着：“问题不解决，我就不活了，今天反正是一个死……”

贺丽远又慢慢向前走了几步，大声问：“你有什么问题？给我说说。”

男子看了一眼穿着作训服的贺丽远，吼道：“我的问题太大了，拖得太久了，你解决不了!”

“我既然来跟你谈话，就有把握帮助你解决。”

“滚开，你赶快滚开！老子要见领导，我要跟领导谈，你快走……”

停顿几秒，贺丽远平和地说道：“我就是领导，你就和我谈吧。”

男子稍作思索，扬起右手，再次叫嚷道：“滚，滚开！老子要见局长，老子今天就是死了，也要有个说法!”

贺丽远掏出警官证举在手中，大声说：“我是公安局的领导，你就跟我谈，我来为你解决问题!”

男子盯住他看了好一会儿，指着背后的某政法单位，大吼：“你是公安，不跟你谈，我要跟那里面的头头谈判!”

贺丽远环顾了一下周围，坚定地说道："你听好了，现在，我是作为各方代表来跟你谈，有什么问题咱们好商量。"

又过了几分钟，男子才断断续续地说："两年前，我9岁的儿子在禄丰县被驾驶货车的陆良县男子高奎压断右小腿，可这些部门判决太偏心、赔偿太少，现在儿子的病情加重无钱医治，我多次上访却没有人理我……"

听到男子的哭诉，贺丽远这才松了口气。原来，这并不是一起报复社会的恶性爆炸案件，而是男子为了解决儿子的赔偿问题所采取的极端行为。

事情有发生转机的可能。

"你只是为了解决一个车祸事故问题，怎么也不至于要将自己活活炸死，你这个问题我可以帮助你解决，但你得放下炸弹才好商量呀。"

"我要先解决问题才放下炸弹，否则我就引爆它！"

贺丽远看了看周围的几栋高楼，已经有特警在行动了。

"你儿子的事情不是很大，我们可以好好谈，但你现在是用炸药进行威胁、恐吓，是在犯罪。你尽快放下引爆炸弹的想法，否则，事情解决不了，你人也没了。孩子咋办？"

男子抬头看了看周围的楼房，大骂："乌龟王八蛋，我已经看到有枪口对准我了！我死了无所谓，只要能把儿子的病治好！"

"我再次警告你，你先把左手放下，小心电极接通发生爆炸。"贺丽远指着男子说道，"你的目的是解决问题，你现在举着炸弹怎么谈？怎么解决？为了得到赔偿不惜把自己炸死，你觉得值吗？"贺丽远边说边盯着男子手中的起爆装置。

男子由于太紧张、激动，在太阳的烘烤下显得有些疲乏，贺丽远很担心他的手指过于疲劳，精力稍不集中就会触发爆炸。

"你先把左手上的铁片取下来。"

男子看了一眼自己的左手，不自觉地将拇指与电池隔开了一点儿，嘴里嚷道："放下，不可能！"男子右手不停地在额头上、鼻子上擦着汗，声音变得沙哑，来回的步子也走得慢了一些。

贺丽远举起一瓶矿泉水，对他说："看你有些渴了，先喝口水吧。"他弯下腰，将矿泉水顺着地面滚向男子。

男子看了一眼面前地上的水，吼道："水里放东西了，不喝！"

贺丽远又拿出一瓶矿泉水，当着男子面拧开盖子喝了一口，又滚向男子。男子一下就坐在地上，捡起瓶子几口将水喝干，又举起左手说："领导怎么还不来，我要引爆了！"

见男子喝水，贺丽远心中就有数了，说明男子对生命还抱有希望。

对讲机里不停地传来喊话声："一号狙击手已经瞄准目标，是否狙击？""二号狙击手已经瞄准目标，随时可以执行命令……"

贺丽远不禁想起5年前的一天，也是在烈日炎炎下，北市区工地旁边一民工腰间绑着炸药挟持老板讨薪，当时狙击手的枪口已经瞄准了那个年轻民工，如果谈判不成，特警就会采取武力强攻。贺丽远一步一步地走近，对民工进行劝说，最终民工放下遥控器。他迅速上前，将炸弹拆除后才发现民工捆在腰间的是一个假炸弹。这件事给了他警醒，民工用假炸弹威胁老板讨薪的行为，很可能让他们自己陷于被击毙的险境——子弹一飞，啥也没了。实在太不值得。

他说服民工放弃过激行为，从事件本身来说，不仅解救了老板，也解救了民工，这是最有意义的。此时，他真切地感受到了“生命至上、人民至上”的真正含义。

现在，摆在面前的棘手问题与当年如出一辙。贺丽远下定决心，一定要救下眼前的这名男子。

面对冰冷的炸弹，还得有人情味。贺丽远看了看周围已经展开行动的特警，马上冲对讲机里喊：“请求指挥部延缓狙击时间，我正在和男子谈判！”

随即，指挥长下令：“狙击手、攻击组、预备组坚守岗位，听令行事！”

看着男子手上连在一起的电源，贺丽远心里一阵阵犯怵。男子用了4节大容量电池进行组装，说明已经做好充分准备，即使消耗的时间长些，也能保证有充足的电量引爆炸弹。

时针指向下午3时。男子拿着4节电池的手开始发抖，只见他忽地从地上站起来，来回踱步。现场气氛异常紧张。

此时男子情绪激动，又在烈日下暴晒这么久，体力消耗巨大，即使不主动引爆，手指也会因长时间握着起爆器而变得麻木、僵硬，稍有差池同样会导致爆炸。

不能再等了。为安抚男子，贺丽远毅然脱下身上的防弹背心，张开双臂，慢慢向男子走去。

“你不要激动，我过来和你好好谈。”

男子左手高抬，右手指着贺丽远，大喊道：“你不要过来！”

“你放心，我什么也没有带，没有枪，没有棍，就想过来和你谈谈。”贺丽远双手一摊，边走边说，“你要相信我，我会帮你解决好问题的。”

男子半信半疑地看着他，问：“你要跟我谈什么？”

“谈你的事啊。”

“站住！”当贺丽远又近前一步时，男子的情绪像要炸裂般，“你不要骗我，我不会听你的！我这炸弹可是真的，真的会炸死你！”

“我相信你的是真家伙，你看，我离你这么近，如果不相信你，你一引爆，我不也和你一起死了吗？”看到贺丽远走向自己，男子犹豫着，贺丽远趁机规劝，“放下你手中的东西，我们才能心平气和地谈。你举着那个炸弹，哪个敢跟你谈？”

贺丽远把手一伸，自然地说道：“把你手中的电池递给我。”

男子犹豫了一下，看了眼对面楼上，又扬起手，说：“给你？别蒙我了，给你我就死定了。”

“所以，我要靠近你。有我在，他们就不会开枪。只要你把手中的东西给我，我保证你不会死。”

贺丽远又往前走了两步，男子一屁股坐在地上，带着哭腔叫喊：“不要过来，不要过来啊……”

见男子的情绪还不太稳定，贺丽远也坐在离他四五米远的地上，一边冲对讲机里大声说道：“我有信心和他谈拢，请求指挥部暂时不要采取行动。”一边安慰男子说，“你孩子的病现在怎么样了？”

“脚断了，伤口反复化脓，我们没钱治病，孩子就要死了。”

“既然当初已经判了，你们也认可，后期伤情有变化，你又来要赔偿，谁也不会轻易答应你。”贺丽远看着男子说，“当然，你和孩子现在有困难，找上级部门帮助解决情有可原，但你不能采取引爆自杀这样极端的行为啊。”

“当时我们就不服判决，但也没有其他办法。”说着说着，男子开始擦起眼泪来。

“你可以继续找有关部门啊，说实话，采取这样的行动，对你、对孩子都不利。”

“我怎么这么命苦啊……”说着，男子忍不住哭起来。

“别哭，那么多人看着你。把手上的炸弹给我。”贺丽远说着，又挪向男子。

“那我交给你，你得帮我解决。”

“我们会根据你的实际情况，向有关部门反映。”说着，贺丽远又把手伸向男子。

贺丽远不怕死、大胆靠近的举动，让男子既吃惊又感动。其实，他怎么不怕，怎么不担心？要是男子不小心触碰了按钮，炸弹引爆，他贺丽远也会被当场炸飞！

贺丽远从事排爆工作 10 多年，练就了过硬的拆弹本领和技能，让他有底气自如地应对这枚炸弹。况且，他通过观察得知，男子手中的炸弹是单一的电极装置，只要控制好就不会引爆。再者，男子是因为对赔偿不满才采取的威胁行为，不是绑架或者报复作案，所以，贺丽远有把握说服男子放弃爆炸的念头。

整整两个小时，贺丽远像一名心理医生，倾听着男子的诉说。他和男子之间的距离也从 5 米变成 4 米、3 米、2 米……

贺丽远趁机上前，挨近男子，劝慰道：“会有办法的，来，把炸弹给我。”

“不能给你，你会引爆的。”男子的手早已麻木、僵硬，正在颤抖不止。

“相信我。我是排爆警察，会拆弹。相信我。”贺丽远说着，一把抓住男人拇指上的铁片，迅速将铁片与电池电极分开，一边从身后抽出剪子，“咔嚓”一声，就将连接在男子腰部的电线剪断了。

他紧紧控制着男子的双手，见此情景，早有准备的杨文文、石艳璋、崔同斌一齐上前，将男子身上的炸弹解了下来。这时，男子浑身瘫软，倒在地上放声大哭，那是悔恨，是愧疚……

原来，男子名叫周洪，当过施工爆破员，甘肃人。他买了 5 筒 1.5 公斤的硝铵炸药、1 枚电雷管和 4 节 1 号电池，用导线连接成一个完整的爆炸装置绑在腰部，准备实施自杀式爆炸。讯问中，男子说道：“是那个排爆警察，用温暖的话语给了我活下去的勇气与希望。”

在千钧一发之际，贺丽远用智慧、胆识和过硬的技能，将嫌疑男子的行为止步于死亡的边缘。

救人不能拿命去拼，可每一次救人，他都是在用命去拼！

谁会想死？但每次排爆，贺丽远离死亡都只有 1 毫米！

2. 面向爆炸出发

在云南省怒江州边境山村出生、长大的贺丽远，从小喜欢打篮球、踢足球，身体素质不错。高中毕业那年，他本想报考体育学校，或者当时比较吃香的税务、邮电类的职业学校，这样，毕业后就能分到县城工作。小富即安的生活让他一度十分憧憬。

有一天，他和姐姐去县里集市赶集，正好看见当警察的姐夫骑着警用摩托在街上巡逻，那身橄榄绿的警服一下子把他深深吸引住了。上警校、当警察，成为他的人生理想与不二选择。

一晃几年过去，1998 年 7 月，警校优秀毕业生贺丽远被推荐到昆明市公安局工作。他一直记得，接到录用通知书的那天，他激动地告诉母亲："妈妈，我当上警察了，还分在省会昆明工作。你们放心，我会好好珍惜，好好工作的！"

次年 1 月，上级部门组织业务培训，想让年轻同志学习排爆、拆弹技术。领导征求他的意见，同时告诉他，排爆岗位十分特殊，危险性大，参加前需要征求家人的意见。他当时想，能去参加培训是好事，只要能多学技术和本领，家人不同意也得去。最终，他怕家人担心，没有立刻征求他们的意见，准备学成后再慢慢解释，争取他们的理解与认同。

第二天一早，他告诉领导，说家人同意他去参加培训，便急匆匆地从昆明赶到北京，参加排爆安检培训班的学习。

排爆工作不是纸上谈兵，必须经过实战方能结业。课业培训快结束时，学员们心心念念的实战考试开始了。

考场上，学员们三人一组，接受排爆实战的检验。这时，外国拆弹专家开始向每个组发考卷——一张制作精美的音乐卡。大家正面面相觑，不知其中玄妙时，有一组学员觉得好奇，迫不及待地打开音乐卡，随着美妙的音乐响起，只几秒钟，"嘟嘟嘟"的警报声随之响起。

"NO！NO！"外国专家有些愤怒地用英语大喊起来，同时将那名学员和他的组员一起推出考场。事后，翻译人员向学员们解释，音乐卡是一枚隐形炸弹，曾经被作为礼物寄到受害人家中。那名学员随意将其打开，炸弹电路瞬间被接通，警报响起，说明已经爆炸，所以，那组学员全部被淘汰出局。

教官告诉他们，人的生命只有一次，正确拆除炸弹也只有一次机会。要想保住受害人和自己的性命，就要如履薄冰，在专业技能上力求精进。听完教官的一番话，剩下的学员组这才高度紧张起来。

在教官的提示下，贺丽远和两名组员反复研究，心想，既然不能按常规办法从正面入手，便试探着从侧面将音乐卡轻轻剪开。可是，由于过度紧张，拿剪刀的手一直在发抖，最终还是不小心碰到了电线回路，警报再次响起。教官毫不留情地宣布："你们三人，不存在了，淘汰出局。"

通过这次失败的模拟实战，贺丽远得到了锻炼。他第一次感受到炸弹的巨大威力和深不可测，感受到什么叫"差之毫厘，失之千里"，同时，也激发了他不轻易服输、不畏挑战的顽强斗志。

回到单位后，贺丽远正式进入排爆岗位，可到了这个岗位，他又有些犹疑。每次和其他同事聚会、聊天，他们都在相互攀谈抓了多少人、破了多少案、立了多少功，而他的工作却是枯燥无味、危险无时不在的排爆。这与当时选择警察职业的初衷是否相符？这样的工作能否实现自己的人生价值与职业理想呢？

见他情绪低沉，师父纳新循循善诱，耐心地教导他，排爆工作枯燥且危险，但意义深远，不仅能挽救人的生命，而且能维护社会稳定。干得好同样可以立功受奖。

在师父的鼓励下，贺丽远重新树立了

信心，既然已经从事了这份职业，那就竭尽全力把它干好。只要肯学肯用心，就一定能成功拆除炸弹。他时刻给自己鼓劲儿，并从头开始钻研排爆技术、认真苦练本领，谨慎面对每一次排爆任务。

从专业角度来说，军用制式弹药称为“炸弹”（BOMB），嫌疑人自行制作的弹药称为“自制爆炸装置”（IED）。自制爆炸装置是犯罪嫌疑人实施爆炸犯罪的主要工具，一般由带有起爆系统的爆破器材组成，以行凶破坏为目的。在爆炸装置中，起爆系统起着至关重要的作用。为便于大家理解，本文不作专业上的区分，也用“炸弹”来指称犯罪嫌疑人自制的爆炸装置。

排爆，就是要用最少的人员，在最短的时间里，以最快的速度拆除炸弹、解除危险。而要排爆，并不是一件容易的事，要成为一名排爆手更是不容易，理论知识、操作技术、安全要求、实战训练缺一不可。因为一旦踏入这个行业，根本无法预测结果。

一个月后，贺丽远正式与人生中的第一枚炸弹展开激烈对决。

市局110接警称，嫌疑人抢劫银行后，将一枚炸弹藏在了柜台下。

鞋盒大小的炸弹用黑色塑料布包裹，里面装有6筒硝铵炸药，外面绑着简易闹钟，“嘀嗒、嘀嗒”的声音清脆有力。

是一枚定时炸弹！

贺丽远与同事迅速赶往现场。

第一次来到实战现场，特别是听到闹钟倒计时的声响，贺丽远顿时感到毛骨悚然。他看了一眼周围，警戒线内一个人也没有，寂静中一股无形的压力让他喘不过气来，他第一次听见自己的心跳，大得像在敲鼓。

“你跟我一起进现场。”恍惚间，领导对他说了一句，他径直往前走去。

那时，局里还没有配备专业的防爆服，所有排爆队员出现场只穿着防弹背心，戴着普通头盔，提着装有钳子、剪刀、扳手、皮尺等工具的箱子。

当他们慢慢靠近疑似爆炸物时，闹钟“嘀嗒、嘀嗒”的倒计时声响，像一颗颗从枪膛里射出的子弹，击在墙壁上又弹回来，疯狂地飞舞在他身边；又像一把把尖刀，一下一下地捅在他的心口。

他紧紧地趴在6米外的地面上，攥紧拳头，盯着同事正在拆弹的双手，每一秒都在想象着电影里炸弹爆炸、浓雾升腾的场景。

他害怕极了，浑身不停地颤抖。从对排爆知之甚少，到培训中的实战演练，再到切身感受真正的炸弹，他以为自己能够胜任排爆工作了。没成想，此时的他，一下子没了当时的激情澎湃，反而害怕起来，对死亡充满恐惧。他想到了爸妈，想到了姐姐，想到了自己年轻的生命……

忽然，他似乎听到有人在喊：“贺丽远，把工具箱拿过来，已经喊三遍了！”

“啊？”他这才反应过来，从地上爬起来去拎工具箱，却突然感到全身僵硬，根本挪不动步子。

“贺丽远，工具箱！”负责排爆的同事又在大喊。他再次强迫自己定住神，用力拖动双腿，一步一步地向同事靠近。好不容易到了炸弹跟前，他的手却抖得厉害，“啪”的一声，工具箱竟砸到地上。

同事瞥了他一眼，赶紧从地上拖过工具箱，熟练地找到需要的工具，三下五除二就将炸弹拆除了。

这时，他心里的石头落地，才发出微弱的、颤抖的声音，问同事："这……是……一颗……什么样的……炸弹？"

"假的！"同事说。

贺丽远当即愣住了，炸弹是假的，还是同事的话是假的？他明明看见闹钟后边绑着6筒黄色的炸药。

于是，他忍不住又问了句："什么是假的？"

"一枚假炸弹。"同事利索地回答他。这回他听清楚了，待在原地，久久不能平静。

同事将拆除后的零散物递给他看。原来，嫌疑人用黄蜡纸包裹小木棍，自制成和炸药一样的6节圆筒绑在闹钟后边，企图伪造炸弹，方便逃跑。

那一刻，贺丽远紧张、懊恼、悔恨，诸多情绪缠绕在他的脑际。参加过正规培训的他竟然被一枚假炸弹给震慑住，他感到无地自容。

过了好几天贺丽远才缓过劲儿来，"排爆警察"这个词的分量在他的心里变得越来越重。他意识到，排爆是一项非常危险且技术要求很高的专业工作。自制爆炸装置的细节因人而异，没有固定规律，这在一定程度上增加了它的危险系数。同时，这样的装置千人千面，没有完全一样的拆弹策略，更没有可以借鉴的套路、模式，它的排异性增加了排爆工作的难度与危险性。

可是，贺丽远也知道，干了这行就没有了退路，不认真学习拆弹技能，侥幸从事，说不定哪天真就将自己交代给炸弹了。为了保护老百姓的安危，也为了自身安全，唯有潜心学习、精于技术，才有强大的心理底气。

为此，贺丽远开始认真研读业务书籍，熟练掌握专业防爆知识和各种炸弹的拆解步骤。平日里，他一遍遍地背诵着马光斗教授的口诀："见线剪线，见洞插洞，无线无洞赶快移动……"睡觉前，他默默回忆炸弹装置拆解要诀：热发火类，导火索燃；电发火类，谨防诡计；按压触发，脱手即炸；独立结构，X光探查……他每天坚持将爆炸装置拆解步骤在脑海里过100遍，一年就是36000多遍！

为锻炼手指的剪断咬合力量，贺丽远一遍遍练习用筷子夹钢珠；为了在排爆时有足够的体力搬运沉重的爆炸物，他扛着沉重的沙袋爬山，用几公斤、十几公斤的废炮弹当哑铃；他经常穿着40公斤重的排爆服在院内跑步，每一次都汗流浃背。

拎箱子、递工具、开车……几年间，贺丽远作为助手跟着师父纳新出了20多个现场。参加了5次专业培训后，他终于在2002年通过考核，获得了排爆合格证书。

在认真学习排爆技术的同时，贺丽远还潜心思考，先后撰写2万余字的调研文章，并参与编写《昆明市公安局防爆安检工作规范》《昆明市公安局防爆安全检查办法》等工作守则，组织构建全市"安检任务分层负责，涉爆现场二级处置"的防爆安检工作模式，为全省防爆安检工作的规范化建设起到了积极的推动作用。

3. 粉碎景区里的罪恶阴谋

以前，大多自制炸弹基本是采取直接点燃式火引爆装置，此类装置制作简单，技术水平较低。2000年后，自制爆炸装置的结构日趋复杂，技术含量不断提高。在结构上，既有普通的单元结构，也有装置复杂的多元复合反排爆起爆装置。在定时、松发等起爆方式上，既有物理起爆，也有通过化学反应进行起爆，还出现了光控、声控、红外遥控、无线电遥控等控制装置，呈现智能化犯罪趋势。在类型上，有已制作好、针对单个目标的小型炸弹，也有针对大型集会和重要目标的“人体炸弹”和“汽车炸弹”等。

而相似的爆炸装置，因为在不同的排爆现场会遇到诸多意想不到的特殊情况，所以，需要用不同的排除方式进行拆除。这对一个合格的排爆手来说，不仅需要具备相关专业知识，而且要有良好的心理素质和综合技能。

2001年5月20日下午，大队接到市局110指令：石林风景区内发生爆炸事件，立即前往勘验处置。

位于昆明石林彝族自治县境内的石林风景区，是全国5A级旅游胜地。每年5月的旅游高峰期，每天都有数以万计来自世界各地的游客穿梭于婀娜多姿、奇形怪状的石林间，一旦发生爆炸，将会造成难以想象的恶劣影响。

接到指令后，贺丽远随同师父纳新、队员石艳璋驱车赶往石林。时任排爆副科长、现已升任市局刑侦支队长的纳新，是楚雄彝族人，踏实稳重，技术过硬，把培养年轻骨干作为己任。看到贺丽远虚心好学，又勤于钻研，就时常带他出现场，悉心教他排爆技术。

当晚8点，当他们来到石林景区内的“剑峰池”景点时，看见爆炸现场中央有两大摊血迹，苍蝇嗡嗡乱飞，周边一片狼藉。

看到这一惨烈现场，贺丽远心里很是震惊。师父对他说：“这个现场不简单，你跟紧我。”

他戴着头盔、手套，提着工具箱，跟着纳新勘验爆炸点、提取爆炸验材。不一会儿，案件侦破现场指挥部传来消息，水中还有爆炸物。

原来，当天凌晨“剑峰池”发生爆炸后，石林县公安局民警快速出动，在现场发现有两人已被炸死。经查验，此二人是石林县石林镇五棵树村35岁的村民毕凯林和20岁的村民毕凯树。接着，刑侦民警顺藤摸瓜，将另一名犯罪嫌疑人、同村村民普刮熊抓获。据普刮熊交代，毕凯林邀约毕凯树和他将盗来的炸药接上电路，一共制作了6枚炸弹，准备安放在景区内的“剑峰池”、“阿诗玛”、“莲花峰”等景点。通过以上方式，企图向景区管委会敲诈20万元人民币。如果不打钱，就把“剑峰池”和“阿诗玛”两处景点炸了。

当日凌晨，他们三人从附近山林处偷偷摸进“剑峰池”景区，准备实施计划——由毕凯林带着毕凯树去安那6枚炸弹，普刮熊负责在20多米外的路边放风。不一会儿，普刮熊听到一声巨响，慌忙跑过去查看。这不看不要紧，一看就把他吓得全身颤抖——毕凯林、毕凯树二人被炸翻在地，血肉模糊——他急忙将剩下的炸弹丢进水塘里。

“嫌疑人在安装第1枚炸弹时就引爆身亡，那其余5枚炸弹在哪里?”师父建议加强警戒搜索，现场一下紧张起来。

必须把所有的炸弹都找出来，排除危险隐患，还风景区安宁。而在排查炸弹前，必须先弄清楚炸弹的装置结构。贺丽远和师父来到讯问室，问普刮熊："你确定另外5枚炸弹都丢到水塘里了？"

"我特别害怕，已经丢到水里去了。"

"丢到哪片水里了？"

"我看他俩被炸得四分五裂、满地是血，心里很慌，就在旁边躲了十来分钟。后来看到你们举着电筒跑过来，就将摆在不远处的2枚炸弹随手丢进'剑峰池'的水塘里了。"

"另外3枚呢？"

"在家。丢完后我就跑回家，将藏在家里的3枚炸弹装进背篓里，跑到石林风景区旁100来米远的水库边，扔了进去。"

"炸弹是谁做的？"

"不是我做的，我不懂炸药！是毕凯林用炸药做的，他当过采石场的炮工，会做炸弹。"

"除了炸药，炸弹里还装了别的什么机关吗？"

普刮熊抓了抓脑袋，想了想说："每个炸弹都是用两个按压开关做的。"

"有两个按压开关？"贺丽远问。

"是。"

师父看着贺丽远说："应该是两个松发开关装置。"

普刮熊像想起来什么似的，突然说："啊，对了，他还让我去买了6个二手传呼机，每个炸弹上都绑了一个传呼机的电路内板。"

"啊？"贺丽远吓了一跳，"还装遥控器？"

"对，每个炸弹上都装了一个传呼机电板，是绿底、白线的电路内板。"

师父也感到不可思议，问道："意思是每个炸弹不仅装了两个按压开关，还装了一个用寻呼机制作的遥控电路控制装置？"

普刮熊全身颤抖，回答："是。"

贺丽远问："里面装了什么炸药，有多少炸药？"

普刮熊用手比画着说："听他说是硝铵，从采石场里偷来的，用来炸炮的。每个炸弹都装有锅铲把粗、20多厘米长的5根炸药。"

"师父，有5根，那就是500克左右硝铵，威力很大呀。"贺丽远感到惊讶。

普刮熊说："确实很厉害，响声也很大。上个月制作时不小心引炸一根，直接将毕凯树家的大水牛炸死一头，我们只得悄悄将牛肉分着吃了，没有人知道是炸死的。"

炸弹由两个松发开关和一个遥控装置组成，就这仨足以引爆炸药，而且药量大，如果放在景区里，将严重威胁中外游客的生命安全，对排爆人员也是致命的。正因为这种装置过于复杂、敏感，犯罪嫌疑人才会在放置时意外身亡。

师父接着问："用什么材料做的外包装？"

普刮熊想了一下，回答："用野外型有线电视放大器的铁外壳包装起来的。"

经过仔细研究，嫌疑人精通电路和爆炸知识，制作的6个复合起爆装置炸弹，均用封闭性能良好的野外型有线电视放大器的铁盒进行了外包装。这种炸弹敏感、杀伤力大，而且封闭性好、不易进水，虽然技术不是那么专业、精准，但要成功拆除，也不是一件容易的事。

安全起见，贺丽远和师父决定先做实验。根据普刮熊的交代，他们迅速找来了相关材料，做了一个由两个压发机关和一个传呼机电源遥控装置线路组成的复合型炸弹，同样装进野外型电视放大器的铁外壳里，密封后放到大水盆中进行24小时透水试验。待第二天一看，他们都惊呆了，炸弹不但没有进水，里面的装置也一点儿没湿！

这就意味着，普刮熊丢入水库中的那5枚炸弹封闭性同样很好，扔在水里既不漏水没有潮湿，而且只要一触碰，就有可能爆炸，轻易移动的话危险系数极大。

指挥部迅速启动处置机制：由排爆队员石艳璋联系电信部门，将嫌疑人购置的6个传呼机立即停机，直至处置完毕；联系船舶公司和专业潜水员协助打捞爆炸装置。

潜水员到达后，经过磋商，先下水寻找爆炸物。“剑峰池”的水池不大，只一个来小时，潜水员就从石崖下的水池里探测到两枚爆炸装置。

潜水员用特制钩将爆炸物套牢，贺丽远和师父利用绳钩组合，结合水的浮力，将爆炸物一点一点地移动到岸上。第一枚爆炸装置被打捞上来。

“师父，让我上吧。”说着，贺丽远就开始穿防爆服。

考虑到贺丽远的技术还不是那么熟练，师父摆摆手说：“这枚炸弹复杂，你还是当助手吧。”

师父穿上排爆服，上前将炸弹放进防爆罐里，贺丽远也穿上防爆服，跟随师父将炸弹转移至旁边空旷地，用便携式X光机检测，发现其内部结构与实验装置的结构一模一样，3个敏感的爆炸装置里装有用塑料包裹的硝铵炸药。更危险的是，炸弹封闭性能很好，炸药干燥，只要稍有一丝触碰或抖动就会爆炸。

在贺丽远的协助下，师父仔细查看分析了一番，使用排爆工具将铁壳打开，进行拆解。

接着，第二枚炸弹又从“剑峰池”内轻轻地打捞上岸。贺丽远心痒痒的，再次请求：“师父，我已经知道怎么排除了，就让我来拆吧。”师父点了一下头。贺丽远拿着工具，学着师父的动作，以同样的方法进行了拆除。

接下来寻找另外3枚炸弹时，却遇到了大麻烦。他们带着普刮熊来到景区旁的水库边，让他指认把炸弹丢下水的地方以便快速打捞，可普刮熊一会儿说炸弹是从树林处丢到水里的，一会儿说是从岩石边的悬崖处丢下去的，一会儿又说是从路边的树那儿丢下水的。就这样，大家在水库周边转了好几圈，普刮熊也没有确定具体位置。

贺丽远把普刮熊带到路旁，让他坐在石头上冷静一会儿，认真回想。

“你认罪态度较好，有主动交代情节，如果能尽快将其他3枚炸弹找出来，你就有从轻处罚的希望。人命关天，你要仔细回想，如实交代……”

普刮熊急得满头大汗，可是越急就越糊涂：“当时是深夜，天太黑，我心里特别慌张，将炸弹丢到水里后就跑回家了，具体位置记得不太清楚。”

火辣辣的阳光被水面折射，刺得人眼睛难以睁开。为了抓紧时间排除危险，工作人员利用各种仪器从水上水下进行侦查、探测，还让潜水员从几个可疑的重点地方下水，进行探索侦查。

一个小时过去了，仍然没有结果。贺丽远拿出纸笔，引导普刮熊从头开始回忆。

“第一枚炸弹爆炸后，你将2枚炸弹丢进‘剑峰池’，路边1枚，石岩下石缝里1枚，对不对？”

“对。”

“接着，你看到有人追来，便急忙往家里跑，路上还摔了一跤。左手磨破了，额头撞在石头上磕出了血，擦血时你发现旁边是一个水库，就想将炸弹丢进水库里销毁证据，对不对？”说着，贺丽远在白纸上画了一个椭圆形水库。

普刮熊下意识地摸了一下额头上包裹伤口的纱布，回答：“对。”

“接着，你跑回家，从柴房里轻轻背起装着3枚炸弹的背篓，小心地往水库方向跑。”

贺丽远看了普刮熊一眼，在白纸上画着路线图，继续说道：“出了家门，你返回水库，从左路潜入树林，来到悬崖边，想从悬崖处将炸弹丢入水库，心想，这样的话即使爆炸了也会炸在水里不会伤到自己。但忽然间你又想，从那么高的悬崖丢下去，万一炸弹爆炸就会引来警察，于是你害怕了，就又从树林处出来走到水库边的路面上……”

贺丽远在纸上画了一个迂回箭头，问普刮熊：“后来呢？”

“后来……后来，我就继续往水库南边跑，想丢在南边的深水区，心想水深就不会发生爆炸，也不会有人发现。”

汪，汪，汪。此时，对面村子里传来几声狗叫。

“啊对了，才跑了一半路程，就听到对面村子里有两条狗叫起来。我想可能是被人发现了，就急忙钻进水边的草丛中，放下背篓，取出一枚炸弹。这时，我脚下一滑，差点儿掉到水里，好在当时踩稳了一块石头，待站定后，才将炸弹小心翼翼地放入水里。”

“确实放水里了？”

“对，旁边还有一棵柳树。”

贺丽远在图纸上画了一个红圈，继续问：“后来呢？”

普刮熊擦了一把额头上的汗，说：“等狗不再叫了，我才从草丛中沿着水边往南走，走了大概100多米，听见路上有脚步声，又忙躲进草丛，顺手扔了一枚炸弹到水里。”

贺丽远继续画着路线图，说：“继续。”

“又过了10多分钟，等路人走远后，我又上到路面，沿着马路往水库边的山林里走。但我不敢将炸弹带到山上，怕发生意外，干脆将最后一枚扔到深水区，然后提溜着背篓从自家玉米地里跑回家……”

看到普刮熊确定的眼神，贺丽远松了口气。他整理了一下路线图，指着三个放置炸弹的点，问普刮熊：“确定吗？”

普刮熊想了想说：“就是它们了。”

两组潜水员按照地形图下到第一个点，贺丽远和师父则划着橡皮筏近距离跟随观察。

半小时后，潜水员浮出水面，又一枚疑似爆炸物被发现。接着，潜水员带着探测器再次下水，确认是爆炸物后，套上绳钩，贺丽远在橡皮筏上支起撑杆，用滑轮将炸弹升出水面，小心地放入防爆桶，再移至空旷地段。

经过半个多小时的寻找，第4枚炸弹也被打捞上岸。当第5枚炸弹移出水面时，贺丽远心里一惊，因为炸弹正在不停地滴水，还冒着烟。

“所有人员赶快隐蔽！”随着他一声

大喊，潜水员钻入水中向远处游去，岸上的工作人员立即转移到安全地带。

10分钟后，水中的炸弹不再冒烟，但没有爆炸，贺丽远缓缓地将炸弹移至岸边。经检查，这枚炸弹是在移出水面时，因漏水导致了短路。

贺丽远用X光机作透视检查后发现，因透水试验是在浴盆里进行的，水的压强不够大，而这枚炸弹从十多米深的水库里捞出来，炸弹里面的线路已被泥污包裹得模糊不清。他分析，由于压强不同，爆炸装置渗水后硝铵炸药可能受潮失效。于是，他果断地将传呼机遥控器和两组松发引爆装置拆除。待装置打开后发现，炸药确实已经潮湿失效。

而凌晨发生的爆炸，是因为深夜那两名嫌疑人到“剑峰池”风景区安放炸弹时，分别打开了三个起爆装置。殊不知在启动传呼机装置时，平台随机发送的景区天气预报会接通电源，继而引爆炸弹。

在搜查嫌疑人的家时，从35岁的村民毕凯林家里搜出3枚还没有制作完成的炸弹，炸弹上贴着几张写给石林风景区管委会的纸条：我们在景区安放了6枚炸弹，你们务必马上将20万块钱打入银行卡，卡号为xxx，否则将引爆炸弹。

这是省内出现的首例集遥控、松发装置于一体且做了防水处理的复合型炸弹的经典案件。3名犯罪嫌疑人虽然只有小学文化，却能制作出具有一定科技含量的6枚炸弹。这让贺丽远压力倍增，深感作为一名合格的排爆警察，必须具备过硬的排爆技能、强大的心理素质，以及时不我待的精神，才能应对复杂多变的形势，与犯罪分子斗智斗勇。

4. 国内首例水银炸弹案告破

贺丽远心里清楚，拿到排爆合格证书不表示你就是一名合格的排爆手。只有在一次次实战中不断锤炼，才能真正胜任排爆岗位的工作。

2002年11月，有群众报警称，西郊某小区广场发现疑似爆炸物，他跟着师父来到现场。师父上前仔细观察一番后，对他说：“丽远，你已经取得排爆手的合格证，这次就由你担任主排手，我当助手。”

第一次“赶鸭子上架”，贺丽远既兴奋又害怕。犹豫间，师父已经帮他穿好了笨重的防爆服，随即大声喊道：“注意疏散人群，排爆手进入现场!”

听到师父的指令，贺丽远深吸一口气，昂首挺胸，迈着沉重的步子慢慢地接近爆炸物。

他趴在地上，仔细地观察着这个鞋盒般大小的正方形木箱，心里默诵着师父教他的要领，“坚决不能从木箱正面启盖，那样会牵动导线引发爆炸”。可是，当他前后左右观察了好一会儿后，仍然不敢下手。他只得跪在地上，一遍遍均匀喘气，平复心情。当他再次抬起头时，发现师父已经趴在离他不足五米的地方。

“丽远，这是凿子，可以从侧面试试。”师父的提示让他信心倍增，他接过师父手中的工具，从侧面轻轻开启木箱。见里面的爆炸装置丝毫未动，他进一步小心操作起来：凿孔，剪线，掏出炸药，移出雷管……

爆炸物被安全拆除。此时，贺丽远像失忆般，脑子里一片空白，深深地吸了几口气。

当他脱下排爆服，才发现汗水接连不断地从身体里冒出来，警用衬衣也早已湿透，衣角还在不停地往下滴水。但他很庆幸，也很有成就感——自己终于成功拆除了一枚炸弹，而且是真炸弹。

第一次亲手拆除炸弹，贺丽远收获良多，令他感触最深的是，理论、技术可以突破，但亲自动手才能真切感受到面临死亡的恐惧。

他想起了可敬的师父和老一代排爆手们，他们不知遭遇了多少次死亡威胁，也不知击退了多少死神，那是用生命在战斗。而他，在未来的日子里，又会面对多少次这样的惊心动魄？与“死亡”战斗，也是与自己战斗！

排爆是零容错的工作，考验的不仅是排爆手的技术，更是一场胆识较量。排爆手必须牢牢记住每一种装置、每一个步骤，与“死亡”相遇，才能迎险而上、英勇决战，确保每一次都能全身而退。

排爆，是一项高度默契、互相配合的系统工作。贺丽远所在的排爆大队已具备同时派出三个小组出现场的能力，每组人员至少有三人，一个主排爆手，一个副排爆手，一名协助员。不要说现场要用到干扰仪、探测器、X 光机、防爆杆、机器人、机械臂、绳钩组合等工具，就是穿防爆服这项看似简单的工作，也必须由两人合作，才能保证主排手防护安全。

持续培养排爆人才、扩大排爆队伍，是必须常抓不懈的工作。在实战中积累了一定的经验后，贺丽远开始参与对排爆队员的培训教学。

“大家看看，这只木箱里装着什么物品？”夜间，教室里明亮的灯光下，贺丽远手中举着一只长方形小木箱，问来自基层单位的 20 多名参加排爆培训的学员。

学员们面面相觑，没有回答。

“这是一只精心装饰过的炸弹。”贺丽远介绍道，“去年 12 月 13 日，楚雄州牟定县戌街乡一名男子在其租住的屋门口发现了它。这名男子警惕性很高，觉得不明物十分可疑，便报了警。果然，经当地公安机关初步认定，这个长方形小木箱就是炸弹。当时，我和同事杨文文接到省厅指令，立马驱车 300 多公里赶到现场。在那个空旷的院子外，我们用 120 型 X 光机进行了检查，发现箱内是由 2 节 1 号电池、1 个手电筒外壳、1 个电灯拉线开关、1 节导线和 1 包炸药连接而成的拉发式爆炸装置。之后，我们用排爆工具将炸弹进行了拆除、分解，并在手电筒尾部提取到 3 枚清晰的指纹，刑侦部门通过指纹很快将犯罪嫌疑人抓获归案。所以，作为一名排爆员，不仅要排除危险，还要为抓获凶手找到最直接的证据。云南地处西南边疆，边境线长，居住在大山里的少数民族众多，新中国成立前许多人家有自制枪弹进行打猎、自卫的习惯，加之战争等原因，遗留的枪弹及民间爆炸物较多，给排爆工作增加了不小的压力和困难。”

正说着，贺丽远的手机突然响起，师父纳新对他说：“情况紧急，我们得马上赶往安宁县处置爆炸装置，车已经在门口等你了。”

又要出发！等待他们的，永远是未知的挑战和危险。

当晚 8 时，50 多公里外的安宁县，某住宅小区一单元楼道门口，摆放着一个黑色手提纸袋，袋口上方用提绳随意系了一下。路过的大妈看到后，以为是谁家的物品落那儿了，就轻轻地把袋子移到走廊外，同时通知了保安。保安过来随便看了一眼，只是像往常一样提醒过往行人，看是不是自己的物品。

半个多小时里，先后有几个居民扒开袋子仔细查看过，都表示不是自己的东西。后来，有一名住户刚下班回来，用随身携带的手电筒往袋子里照了照，就发现里面的东西不简单——大号饮料瓶里装着灰白色的固体，旁边还有2节4号“金霸王”电池，电池上接有电线。这名住户觉得不对劲，马上告诉保安：“这个东西可能有危险，你最好通知警察来处理一下。”

保安听后觉得在理，马上报警。派出所民警查看后怀疑是爆炸物，赶忙向上级部门汇报，同时保护现场，不让路人靠近。

晚上10时，贺丽远和师父赶到封控现场，马上架设频率干扰仪，隔离网络信号，以防遥控起爆。接着快速穿上排爆服，提着便携式X射线仪，趴在地上，用X光透射物体。传回电脑屏幕上的图像显示，这个装置除电池外，还有雷管、小灯泡、发光二极管，再仔细观察，角落里一枚类似液体的小元件吸引了贺丽远的注意。

贺丽远轻轻触碰袋子，液体小元件就会微微晃动。因从来没听说过，也没有见过这种爆炸装置，便问师父：“师父，这一碰就会颤动的液体是什么？”

师父眉头紧蹙，表情极为严肃。他打开黑色手提袋进一步观察，虽然瓶内液体情况不明，但整个装置并不复杂，初步判定是一个回路简单的爆炸物。

问题是，它的起爆装置不明确，会在哪里呢？观察了好一会儿，贺丽远和师父也没发现其他反拆卸开关。

难道是水银起爆开关……师父突然冒出这个念头，不禁汗毛都直了起来。虽然没亲手排查过这种起爆装置，但他曾经在市局见过水银开关的报警器。

水银开关又称倾侧开关，是电路开关的一种。水银是一种导电性极好的液体金属，因为重力的关系，水银珠会向容器中较低的地方流动，因此水银珠在倾斜到一定角度时便可接触到正负电极，电路会瞬间通电。所以，水银开关通常被应用在一些敏感的自动控制电路当中，可作为敏感振动的元件使用。

“师父，难道这个晃动的东西就是起爆开关？”

“我也查看了，没有发现其他起爆机关，这个小元件应该就是水银起爆装置，也正好是‘V’字型设计，符合水银开关特点。”师父脸色铁青，“犯罪嫌疑人太狡猾了，居然制作了一个水银开关，让人在不知不觉中倾倒物体，水银晃动会导致电路闭合，引发爆炸。”

听师父这么说，贺丽远倒吸了几口凉气。这是一个反晃动、反移动爆炸装置。整个爆炸装置电路设置合理，具备起爆要件，开关内的水银体倾斜、偏移到45度时，开关正负极立即接通，炸弹瞬间就会爆炸。用流动水银做爆炸开关，这是贺丽远在国外新闻报道中才见到的爆炸装置，在此之前，我国还没有人工拆除水银爆炸装置的先例。

当晚，这个爆炸物在楼道口被家属轻微移动过一次，后来又被保安和路过群众多次翻动袋子，只差一点点就触碰到底线。具有强大破坏性和杀伤力的硝铵炸药一旦爆炸，方圆百米内的人、物和建筑都会受到巨大损害。

二人退到花园边，贺丽远递了一支烟给师父，自己也点燃一支，用力抽了几口，才慢慢缓过神来。

这个只有 2 厘米大小的水银触电开关，属于高危难排的起爆装置，具有一定的隐蔽性和欺骗性。如果排爆手按照惯性思维进行处置，稍有误判就会造成严重后果。

考虑到排爆现场在居民住宅区内，且可疑爆炸物已被翻动，不宜再次移动，为保留证据，师父决定，采用手工拆除的方式进行现场排除。处置方案确定后，现场民警一边疏散周围群众和小区内居民，一边抬来 10 多个沙袋，将可疑爆炸物牢牢固定在中间，预防排除过程中因意外发生爆炸。

师父吩咐贺丽远在 10 多米外协助，自己缓缓上前，屏住呼吸，用工具轻轻剪开袋子一角。他动作轻巧、准确有力，在精准找出电线、剪开电源线后，将爆炸物迅速分解，每一分每一秒、每一个细微的动作都在危险的边缘……惊险之中，炸弹被成功拆除。接着，贺丽远在拆开的爆炸物上提取到 4 枚指纹。

经检验，这组炸弹确实设置为水银开关，由小灯泡加黑火药、发射药及火雷管改装的水银开关控制，是高危级的自由触点式起爆炸装置。根据现场提取的证据，经过连夜侦查，第三天犯罪嫌疑人就被抓获。原来，犯罪嫌疑人曾因贪污、受贿罪被判刑 5 年，半年前服刑期满后，制作了水银触发爆炸装置，准备对居住在这里的企业领导进行报复。

贺丽远和师父成功拆除的这枚水银开关炸弹，成为全国首例人工拆除水银开关反触动爆炸装置的经典案例，受到公安部的通报表扬。

5. 与死神赛跑

日复一日、持之以恒，千锤百炼、精益求精，凭着一路赶超、不断追求精湛的工匠精神，贺丽远练就了强大的排爆心理素质和过硬的排爆技能本领，就是为了在危急时刻挺身而出，保护人民群众的生命财产安全。

借助改革开放的东风，昆明各城区建设如火如荼，二环高架建成通车，近百公里的三环路全面施工。2006 年 4 月 6 日一早，昆明市公安局 110 指挥中心接到报警：正在建设的昆明西三环朱家村立交桥工地下，挖出一枚大炮弹。

接到指令后，贺丽远带领排爆队员崔同斌等人立即冒雨赶往现场。

贺丽远上前查看，炮弹 2 米长，水桶粗，有 80 多公斤；且威力巨大，能炸毁两辆坦克。炮弹上沾满泥土，虽然锈迹斑斑，引信却完好无损。而周围是城中村，人员、房屋比较多，一旦爆炸，一公里范围内的人财物将会遭受重创，必须将其尽快拆除。

贺丽远想好处置方案后，立即向上级报告。不一会儿，指挥中心传来指令：按计划将炮弹运到山上销毁。

崔同斌从工地上找来几块厚木板，用钉子钉了一个架子。然后脱掉防弹背心，挽起裤脚，和贺丽远一起下到满是泥水的深坑，小心翼翼地将炮弹抬出泥坑，放在木架子上用绳子绑紧，再抬到危险物品转运车上，准备运到 10 多公里外的采石场去。

当时天下着雨，山上的石头路面狭窄、湿滑，弯道又多，车子跑起来比较颠簸。他们开的车马力有限，持续上坡时只要一减速就上不去，车轮还不停地打滑，崔同斌只能挂着一挡，稳着油门往上爬。

在一个急转弯时，崔同斌忽然听到车厢里“叮叮当当”响个不停，不禁回头一看，颠簸中炮弹在车厢两头来回晃动。他吓得背脊发凉，冷汗直冒，轻踩油门稳了一下车子，可车轮原地打转就是上不去。他咬着牙，紧紧地抓住方向盘，脚上稳稳地加着油门，一点一点地将炮弹拉到山上的采石场。

停车时，崔同斌的衣服已经被汗水浸透，10 多分钟后，专家们也驱车赶到采石场。看到崔同斌蹲在地上不停地吐口水，贺丽远上前，用拳头轻捶他的后背，关切地问：“同斌，怎么啦?”

“吓死我了，炮弹差点儿从车上掉下来。”

贺丽远打开车门一看，炮弹已经晃动到后车门的边上了，一旦爆炸，会炸塌小半座山。

他们穿上防爆服，将炮弹抬到两层楼高的一块大石头下，躲到 400 多米远的隐蔽处，用炸药将其引爆。

“嘭!”

随着一声巨响，炸弹爆炸，白烟四处飞冒，弹片横飞，声音清厉恐怖。看到满天的浓烟，现场指导的专家说：“还好，不是黄烟，证明不是毒气弹。”

听专家这么说，汗还没有消尽的崔同斌再次直冒冷汗。当时，他们埋伏的地方正好是风口，烟雾随之快速飘了过来。要真是毒气弹，他们根本来不及躲避，即使没被炸死，也一定会被毒死。

处理完毕，已是下午两点。贺丽远坐在石头上点燃一支烟，感叹道：“终于又可以放松一下了。”

一支烟还没抽完，他的手机再次响起，师父在电话里问：“炮弹处理完了吗?”

“师父，炮弹已转移到山上采石场，销毁了。”

“处理得很好。你听我说，又有情况了，你们现在立即赶去白云路，具体地址我短信发你。”

贺丽远手中握着电话，目光呆滞，坐在石头上像一尊雕塑。自从当警察后就没有轻松的时候，这还没有缓过神来，那边的祸事又起了。

原来，中午 12 点 30 分左右，白云路某商场办公室接到一匿名男子电话，声称已在商场里安放了一枚炸弹，要求商场工作人员往指定的账户汇入人民币 30 万元，若不答应，就将炸弹引爆。当时正值商场最热闹、人员最密集的时候，一旦发生爆炸，后果不堪设想。接到电话后，商场上下一片恐慌，很快就报了警。

市局 110 指挥中心立即指令防爆安检大队出警。接警后，正在大队值班的女排爆手杨文文马上和蒲队长、石艳璋等排爆手带着各种仪器，向白云路商场赶去。

一路上，杨文文电话调度辖区盘龙公安分局，让他们立即调集警力赶往现场，组织民警和商场安保人员疏散群众，设立安全警戒线，同时组织商场各销售区岗位人员协助排查可疑物品。

20 分钟后，杨文文带领排爆组赶到商场，因为不知道炸弹具体放在哪个位置，便立即在商场一楼和二楼架设频率干扰仪进行无线电屏蔽，避免遥控起爆。

此时，嫌疑人不断用街边的公用电话

轮流打到商场，要求商场方尽快转钱，否则就要引爆。当然，在没有得到钱之前，嫌疑人是不会告诉你炸弹藏在哪里的。

气氛十分紧张，商场上下惊恐万分，人人自危。杨文文和石艳璋用探测器靠近重点位置进行逐一细细排查。通过一个多小时的检测，终于在二楼小件寄存处的9号寄存柜里发现了一包可疑物品。可疑物用塑料薄膜包裹，放在一个绿花的纸质手提袋内。

杨文文用听音器测听，能听到清晰的、钟表走动的“嘀嗒、嘀嗒”的声音。杨文文判定：“这是一枚定时爆炸物，必须先把它小心地转移出来。”

经验丰富的蒲队长准备自己去拆，可他正患痛风跛着脚，穿上沉重的排爆服行动更加困难。取得排爆证不久的石艳璋虽然还没有独立拆除过那么危险的炸弹，但他早就想尝试做一次主排手，便请求蒲队：“我上!”

蒲队同意后，石艳璋换上防爆服，走到寄存柜处将可疑物轻轻平举移至地面，用便携式X光机靠近物体进行观察。从图像中，能清晰看见机械闹钟、电池、导线、炸药以及铁钉填充物，石艳璋判定这是一枚定时“土炸弹”。

杨文文反复查看定时装置，只有秒针和分针在走，时针已经被取掉。狡猾的犯罪嫌疑人有意将定时显示破坏，这样排爆手就一时无法确定启爆时间，爆炸随时都有可能发生。大家一下又紧张起来。

“不能就这样等待炸弹爆炸，我们得尽快将它转移出去。”杨文文向指挥中心简单报告情况后，准备自己动手转移爆炸装置。

时间就是生命。炸弹在商场二楼，排爆车和防爆桶等大型设备到不了二楼，必须先将炸弹移动到四楼的停车场，才能将炸弹运输出去。

怎么去四楼？从升降电梯走担心抖动不安全，而且警情发生后整个商场已经停电，从30多米外的楼层扶梯走上去，不仅路途远，又担心出意外。杨文文快速观察测量了一下路程，决定步行爬上四楼。这样速度快，又相对安全。

问题又来了。商场楼层结构高，步行楼梯相对狭窄，要爬四个大弯才能上到顶层，而且无法用机器人、机械臂、排爆杆等工具，眼下最快的也是唯一的办法，就是用人手抬送。

那么，谁能抬着炸弹转移？正在纠结中，杨文文看见石艳璋身上的排爆服，对他说：“石头，你把排爆服脱下来。”

石艳璋一头雾水，问：“你要干什么?”

“我来抱炸弹上楼。”

“这个……”

“时间来不及了，我经验比你丰富，我来抱吧，你还年轻……”杨文文边说边上前去脱石艳璋身上的排爆服。

“文姐，还是我来吧。”石艳璋还是想自己上。可杨文文不由分说，从石艳璋头上取下防爆头盔就要往自己头上戴，此时，石艳璋一把抓过头盔戴回头上，“不行，还是我来，我来抱!”

杨文文还没开口，石艳璋就往前走了两步，回头道：“文姐，我来，时间也来不及换防爆服了。”防爆服加上配备的工具有40公斤，杨文文的体重比防爆服多不了几斤，要是她穿着这么重的防爆服，再抱着炸弹从二楼走上四楼，怎么吃得消？

虽然防爆服在3米内能抵抗一公斤

TNT 炸药的冲击，也就是说有防爆服的抵挡，这个抱在胸前的炸弹不至于将人当场炸死，但手脚肯定是要炸飞的，人的五脏六腑也肯定是要被炸坏的。他石艳璋一个大男人，怎么能忍心让大师姐受伤？石艳璋看着杨文文，急切地说道：“文姐，你赶紧转移，我来抱上去。”说着将头盔面罩放下，打开头盔上的探照灯，弯下腰，伸出双手，将炸弹轻轻抬起，往楼梯口方向走去。

杨文文灵机一动，马上从工具箱里取出专用强光射灯，跟上去，走到前面楼梯口，转身照着石艳璋脚下的台阶。

石艳璋停下脚步，着急地喊：“文姐，你快走开!”

谁不知道炸弹的残酷！身前的这颗炸弹随时都有可能爆炸，一旦爆炸，穿着防爆服的石艳璋手脚将会被炸飞，而连防弹衣都没有穿的杨文文……可眼前，面对死神，师姐怎么可能离开！加上楼道里一片漆黑，石艳璋抱着炸弹也弯不了腰，头灯照不到脚下，无法看清脚下楼梯，行动也不方便，稍有不慎就会弹炸人亡，所以必须同心协力才成。

“石头你别急，你看不见脚下的楼梯，我帮你照亮，会好走一些。”

杨文文举起强光射灯，照着楼梯，伸手扶着石艳璋一步一步往上走。为防万一，石艳璋故意侧着身子，尽可能地用身体为师姐挡着炸弹。

“嘀嗒，嘀嗒，嘀嗒……”

爆炸的倒计时声在漆黑安静的楼梯里响得特别清脆，像死神的脚步紧紧地跟在他俩的身后。

石艳璋身高 168 厘米，穿着 180 厘米以上个头儿穿的 EOD-8 型排爆服，排爆服里钢板一般硬的护板抵得他的腹部、腰部和腿关节生疼，手脚也酸软，每上一级台阶都异常吃力。

时间，不允许犹豫。

一步，两步，三步……石艳璋在心里数着步数，紧紧抱着炸弹从二楼爬到三楼，又爬到四楼。

“文姐，我能看见路面了，你赶快闪开。”刚上到四楼停车场，石艳璋迫不及待地说。杨文文没有离开，扶着石艳璋继续往停放在 20 多米处的防爆车走去。所有人员全部退到 100 米外，石艳璋轻轻将炸弹放入防爆车上的防爆罐里，然后将顶盖盖紧。所有人的心这才落了下来。

在现场，根本来不及想危不危险，只想尽快将炸弹转移。但到了楼顶，当炸弹被放入防爆罐后，石艳璋才越想越害怕，他刚结婚不久，孩子才半岁……而杨文文，双腿一软蹲在地上，脸色铁青……

“拉到东郊警校排爆基地处置。”接到指令后，石艳璋脱下防爆服，开着防爆车和杨文文一起将炸弹运出商场。在车上，杨文文将确定的转移地点和路线告知 110 指挥中心。随即，指挥中心指令城区沿线交警疏导交通，确保以最快的速度将爆炸装置转移到排爆基地，同时指令其余搜爆人员继续对商场进行全面细致的排查，以防出现其他疑似爆炸物。

路上，杨文文打通贺丽远的电话，说：“丽远，我们正在将一枚定时炸弹押往东郊警校，因不知爆炸时间，炸弹随时都有可能会爆。”

刚引爆处理完炮弹，正从 60 多公里外的郊县晋宁县大山里赶往警校的贺丽远接到文姐的电话，也大吃一惊。贺丽远因为头一天的排爆工作任务，已经一天一夜未合眼了。此时，他完全知道队友们的处境和心情，为了保护老百姓的安危，为了抓住犯罪分子，战友们完全是在用生命与死神赛跑！这就是排爆警察要承受的心理压力和生命威胁。作为一个普通人，这样的威胁一次就足够了。而对排爆手来说，这是永远也没有完结的工作职责。

过了一会儿，贺丽远慢慢地说："文姐，辛苦了，注意安全，运到警校我来拆除。还有20分钟我就到警校了。"

刚想挂断电话，贺丽远又觉得话没说完，加了一句："也不要太着急，嫌疑人不停地打电话问商场要钱，没有说爆炸的时间，也没有说'再等10分钟、30分钟不拿钱就要爆炸'之类的话，可以推断炸弹不会那么快就爆，中午才放的，再怎么也得晚一点儿。"

"丽远，我们都快吓死了。"

"文姐，我的感觉很准的。你想想啊，他是为了要钱，如果两个小时就炸，怎么会那么快就拿到钱呢？不可能还没拿到钱，就先爆炸了。"

"啊，对，打钱也得有个过程。"

"嫌疑人将定时器的时针破坏，也是在故意制造恐慌，目的就是要尽快拿到钱。"

杨文文忽然说道："也不一定，就像大年三十那次，先爆炸一个试试也有可能。"那几年，超市、小区爆炸物和爆炸时有发生，仅他们刚才排查的这个商场三个月内就发生了三起。

"相信我，我不到它不会爆，你放心……"

面对队友的处境，贺丽远只有这样安慰，帮队友缓解压力的同时，也好让他们安心快速地将炸弹运到排爆场地。他边说边拼命往警校赶去。

随着汽车的轰鸣和车外极速的风声，贺丽远回想起两个多月前的1月28日，适逢大年三十的0点40分，这个商场三楼的汽车用品专柜就发生过一起爆炸案。因正值春节，又发生在人群聚集的公共场所，该案引起了省、市、区公安机关的高度重视，层层领导的指示接连传达下来。贺丽远和大队的战友们连夜开展现场勘验、摸排和抓捕工作，大年初二就将犯罪嫌疑人、22岁的贵州凯里籍男子周礼付抓获。嫌疑人为了敲诈商场20万元，先制造了第一次警告性爆炸，正当他准备进行第二次爆炸时，被民警当场抓捕，同时查获爆炸装置2枚。3月7日，还是这家商场，又被一江苏籍男子在二楼商品中放置一枚自制定时炸弹，以此勒索钱财。报警后，贺丽远和队员们成功将炸弹拆除……

下午4点10分，在杨文文他们到达东郊警校时，贺丽远等人也赶到警校排爆现场。贺丽远让杨文文、石艳璋到安全地点休息，自己穿上防爆服，对炸弹进行仔细观察。

他慢慢走近防爆罐，"嘀嗒、嘀嗒"的倒计时声让人胆寒，他将爆炸装置轻轻取出放到地上。这是一枚定时炸弹，可贺丽远反复查看装置，仍旧无法判断爆炸物的引爆时间。

商场那边，嫌疑人也没有再打电话。从中午到现在，已经过去近4个小时，虽然没有确定具体的爆炸时间，但爆炸物已经被移至安全地带，完全有理由进行引爆销毁。可贺丽远实在咽不下这口气，队员们冒着生命危险把炸弹从商场二楼移到四楼，又拉到郊区，坚决不能放过这个恶毒、狡猾的嫌疑人。作为人民警察，他一定要与犯罪分子斗智斗勇，将他们绳之以法。

短暂思考后，贺丽远向上级请示："最好的办法就是进行安全引爆销毁，但是，爆炸物是犯罪分子遗留在现场的唯一也是最直接的证据，如果安全销毁，对案件侦破极为不利。我请求，由我进行人工拆除。"

"丽远，时间紧迫，实在太危险，你还是尽快撤离吧。"

"领导，我看到了几枚清晰的指纹，就让我试试吧。"

"那给你10分钟时间。"对讲机那头传来指挥部最后的指令。

贺丽远趴在地上，和"死神"展开了博弈。他用排爆专用组合工具刀，快速将外包装一层层剥开，当看到里面的定时器时，他的心一下子提了起来——那个"嘀嗒、嘀嗒"的分针，似乎随时都会走到尽头。每过一秒，炸弹都有可能爆炸。

贺丽远定了定神，小心地拆下炸弹，查找电源装置，可那电源与电线焊死在一起无法拆开。更要命的是，那4根电线全是黑色，分不清回路，如果轻易剪断导线，后果不堪设想。

跳动的分针，正在紧急催命。贺丽远稳定了一下情绪，从电源的上下两头重新理着线路。再次打开闹钟，他忽然发现闹钟里面的绞动转盘旁边正好有两根电线连接着一块导电体。他急忙拿起螺丝刀用力扭动，猛力将电路板与定时装置分离开来。

接着，他又将电源与爆炸装置隔离开来，迅速将炸药、雷管、电池一一进行分解。拆解后发现，炸弹里不仅装有炸药500克，还添加了铁钉41克、铁片73克、玻璃227克。贺丽远不敢想，如果在人山人海的商场发生爆炸，那将是一个什么样的后果啊！

经过生死时速的10分钟，炸弹被成功拆除。脱下排爆服，贺丽远全身衣服被汗水湿透。正在此时，指挥中心传来消息，犯罪嫌疑人宁强已被抓获，并供述炸弹设定的爆炸时间是下午4点30分，离爆炸时间不到10分钟。而嫌疑人中午放了炸弹，还在现场四处查看，当看到炸弹被警察转移到四楼并拖走后，马上跑到商场外，用公用电话给商场打了最后一个电话，却正好被追踪而来的警察抓获。

"4·06"案顺利告破。整个排爆处置过程十分惊险，一是在人员繁多的商场，二是爆炸时间不确定，随时都有爆炸的危险。炸弹里添加了大量的铁钉、碎玻璃和铁片，一旦爆炸，杀伤力巨大。受案发现场的客观条件限制，当时在场民警和排爆人员所处的位置实际上全部在爆炸波及范围内，非常危险。在确定是定时炸弹却不知道起爆时间的情况下，石艳璋和杨文文将炸弹从二楼转移到四楼的整个过程惊心动魄，穿着排爆服上楼梯十分困难——视线受限，行动缓慢，接触炸弹的时间较长，还很有可能因不慎跌倒而引发爆炸……

6. 边境村的诡异连环炸弹

冬季的云南边境，蓝天白云，温暖如春。

2006年12月14日清晨，德宏州芒市下打村从朦胧的山林晨雾中逐渐显现出来。

“嘭!”

突然，从村子后面的树林里传来巨大的爆炸声，不一会儿，就听到有人急切地叫喊：“快来人啊，刀大婶被炸死了，刀大婶被炸死了!”

随着几声狗叫，整个村子变得嘈杂起来。村里的男人、女人纷纷从屋子里跑出来，张望着问道：“在哪里，在哪里，是怎么炸的?”

民警快速赶到下打村后树林处的土路现场，只见受害人倒在路边草丛中，脸部、胸部被炸得血肉模糊，已经气绝身亡。在尸体旁的路边，有一个脸盆大的土坑，坑边地面上分散着一些塑料、报纸碎屑，空气中飘散着淡淡的硝烟味。民警们仔细勘查后发现，草丛中有一个残缺的铁制弹簧压发爆炸装置。经初步判定，死者是被这个“土炸弹”给炸死的。

“有人在路边安放炸弹，村中路面会不会也有炸弹?”村民们议论纷纷。为尽快消除影响，民警们分成三个小组，分别勘查现场、走访群众、排查周边道路。

上午10时，一名治安联防队员随同第三组民警对周边道路进行排查时，不小心踩到了一枚炸弹。

随着“嘭”的一声，联防队员被抛向天空，接着重重地砸在草丛中。大家匆忙赶过去，只见他双手抱着炸断的左腿，“哎哟哎哟”地直叫。为防止意外再次发生，所长吩咐民警小王找来竹竿、绳子，将绳子绑在竹竿上，抛向受伤的联防队员，然后一点一点地将他从10多米远的树丛中拖到路面上。此时，村里正要出门劳作的村民听到了爆炸声和喊叫声，陆续跑向第二个爆炸现场，其他不知情的村民也纷纷从四面八方跑来看热闹。

所长急忙冲对讲机喊：“所有民警马上疏散村民，让他们原路返回，不能乱跑!”村委会大喇叭里也在一遍遍地重复喊话：“村里有炸弹，村民们不要上山、不要出门，待在家里等待警察处理!”

被吓得惊慌失措的村民们赶紧跑回家里。当地警方迅速调集排爆、刑侦等部门警力，对村子周围进行全面排爆清查，对案件全力进行侦查。州局向省公安厅请求专家支援，省厅接到报告后，及时派出纳新和贺丽远进行增援。

师徒俩赶到芒市村子现场，经过现场勘验，认定爆炸装置是压发机关和硝铵炸药组成的炸弹。在贺丽远的建议下，师父纳新将现场警员分成5个组，用各种排爆机械装备对村里重点道路、设施重新进行仔细搜排。

纳新和贺丽远各带领一个组，他们带头走，让其他搜排人员跟在他们后面。每检查完一条路，他们就折返回来，然后当着村民们的面，手挽着手，一排排地从路面走过，用实际行动告诉村民，这片排查完毕，大家可以放心出行。

到第二天晚上，他们已排查完10条通道、12片重点地区和林地，打通村民出行与劳作的全部通道，这才松了口气。

深夜，仍然不放心的师徒俩再次去现场检查了一番，力求没有遗漏的地方。

凌晨时分，贺丽远实在太困，便来到村口的小卖部买烟。当他接过女店主递过来的香烟，抽出一支准备点燃时，顺着火光，他无意中看到柜台边凳子下有一个皮球大小的椭圆形物体，职业的敏感让他感到这个东西非同寻常。

他弯下腰来，神态严肃地指着那个物体问：“这是什么东西?”

女店主朝他手指的地方定睛一看，大惊道："这是啥？不是我的啊，怎么在这里？"

贺丽远又仔细看了一下，那件物体上还有一根细线，连接在旁边的长条凳上。他一把推开店主，喊道："有危险，赶快离开！"

他拉着店主就往公路上跑，跑出10多米，店主突然回头，哭着喊道："我孩子还在屋里！"

"快让他出来呀！"

"他才3岁，在屋里睡着了。"

他一把拉住店主，嘱咐道："我去抱孩子，你继续往公路上跑。"

"这……还是我去抱他吧。"

"不行，我去，快告诉我他在哪个房间？"

"他在二楼最里面的那间屋里。"

贺丽远转身跑进小卖部，迅速窜上二楼，推开房门，从床上抱起孩子，顺手将小棉被包裹在孩子身上；又从床上抓了一件孩子的衣服，急忙跑下楼去。

跑到公路上后，贺丽远给师父打电话："师父，我在小卖部发现一件可疑物，请带人带工具到村口，同时让其他警力封控小卖部周边。"

听贺丽远这么说，师父和队员们又紧张起来——本来经过两天两夜的努力，村子里全都排查完毕，大家刚松了一口气，正准备回去休息。

很快，师父带着队员和工具赶到小卖部。贺丽远穿上防爆服，再次走进小卖部，用便携式X光机检测，发现这是一枚自制压发式炸弹，并有一根细线拴在凳子脚上，包装材料和装置与之前在土路上引爆的那两枚炸弹一模一样。经过细致分析，贺丽远剪掉拴在凳子上的线，将炸弹平稳取出后放到排爆罐里，连夜拉到野外进行拆除。同时，在核心压发装置上提取到两枚有价值的指纹。

根据贺丽远提取的证据，第三天，犯罪嫌疑人在芒市公共汽车站被抓获。经讯问，24岁的嫌疑人刘则交代，一年前他经人介绍，与芒市下打村一女孩儿相亲。二人见面后，彼此都比较满意，刘则就给了女方母亲2000块钱做见面礼。一个月后，他带着母女俩回了趟大理老家。没想到从老家回来后，女方母亲觉得他家在偏远山区又不富裕，就反悔了，2000块钱也不退给他。

因这事，刘则反复跑了几趟，最后母女俩连面都不露了。他十分恼火，认为是女方母亲不同意他和女孩儿的婚事，就想着要报复女孩儿母亲，多次对她的进出村路线进行踩点。他利用自己在采石场当炮工的便利，用硝铵炸药自制了3枚炸弹，准备实施报复行为。

他先是将1枚炸弹埋在女孩儿母亲每天早上上山割猪草必经的路上，希望就此将她炸死。为确保万无一失，他又在女孩儿母亲下山时返回的土路上埋了第2枚炸弹。这样他还觉得不保险，想去想来，又将第3枚炸弹悄悄安放在女孩儿母亲傍晚经常路过的村口小卖部，放在她习惯坐着聊天的凳子下，并用一根细线拴在凳子脚上，这样，只要她坐下后稍稍移动凳子位置就会引爆炸弹。

第二天一早，女孩儿母亲因头疼没有起床，却被上山割猪草的刀大婶踩爆了炸弹。第2枚炸弹又将参与排爆的联防队员左脚炸断。夜里，十分恐慌的犯罪嫌疑人赶紧跑到汽车站，准备天亮后坐车回大理，没想到被追踪而至的民警当场抓获。

2012年5月2日9时，大队接到省厅指令：红河州个旧市鸡街镇发现一爆炸物，请求警方立即派出排爆组协助处置。随即，正在另外一个涉爆现场处置警情的贺丽远，委派崔同斌、和加宝、杨龙三人携带专业排爆装备赶往案发现场。

下午4时，当排爆组成员赶到鸡街镇龙潭口村一村民家门前的案发现场时，发现有一个家用的塑料外壳热水瓶，被放在一楼堂屋门口的台阶上。

经现场民警介绍，当天早上7时，80多岁的老奶奶打开堂屋门，发现这个多年不见的热水瓶放在台阶上，便伸手提了一下。由于热水瓶太重，一时没能提起，却看到热水瓶上部闪起了忽明忽暗的灯光。看着这个奇怪的热水瓶，老人突然想起以前就有人对她实施过三次爆炸，便马上叫人报了警。

崔同斌等人到达现场后，立即开启频率干扰仪，对疑似爆炸物进行不间断防遥控引爆频率干扰。随后，和加宝穿上防爆服靠近嫌疑物体，用听音器甄别，没有发现机械定时及电子定时装置。再勘验水壶外围，发现顶部的橡木塞、壶口及顶部塑料罩被人用胶水粘牢，水壶外壳距离底部30厘米处，有一个针头大小的小孔。

再用便携式X光机对可疑装置内部结构进行拍照甄别，发现这个可疑物由两个起爆系统组成。顶部有用电池、继电器、电路板、金属导线组成的电子遥控装置，中间部分为钢质内桶，底部为触发式起爆装置，并发现一组有导线连接的触发式金属弹片、有导线连接的球形金属物、灯珠等，并且顶部和底部都有导线和中间钢桶相连。钢桶是拖拉机活塞胆，钢桶两头用厚铁板焊死，上端铁板的中间留了一个小孔，从小孔装入黑火药约2.5公斤。

顶端装置的电路是4根红色电线，很难区分主线、回线，一旦误剪，瞬间就会发生爆炸。更可怕的是，电池只是1节5号电池，只要电池电量耗完，磁铁上的吸力减弱，弹片就会接通电源爆炸。而水壶下面是松发装置，一触动也会引发爆炸。再则，电池连接着底部的两个装置触发点，当水壶被提起来，两个触点就会闭合形成回路，也会立即发生爆炸。

和加宝打电话将爆炸装置的构造原理向贺丽远汇报后，贺丽远判断，这是一个非常危险且拆除难度极大的反移动电子延时爆炸装置，一旦移动或触碰就会引爆。

经过反复勘查，现场周围没有设置高压电线，没有易燃易爆物品，也没有更多的住户和人员，于是，排爆组决定现场引爆销毁。

崔同斌采用绳、钩等工具对这个爆炸装置进行远距离连接。所有人员撤离到100米后，崔同斌稳稳地操作绳具，将"水壶"慢慢倾斜至40度时，一声巨响，"水壶"爆炸，地面升起一团白色浓烟。

案件侦查中有村民反映，事发当天有一个戴墨镜、骑摩托车的男子从老人家门口急匆匆闪过。警方迅速锁定目标。5月11日，警方在弥勒县将嫌疑男子抓获。男子名叫张付车，60岁，是老太太的上门女婿，曾因收赃被公安机关处罚。虽然只有小学文化，但酷爱家电维修，自称能制作触发式炸弹、定时炸弹、遥控炸弹、卫星定位炸弹。他一直对反对他和爱人结婚的岳母耿耿于怀，曾3次对83岁岳母实施爆炸报复。

2010年1月20日，张付车将一枚炸弹安放在岳母的卧房门口，被跑来跑去的狗触碰后发生爆炸，幸好没有伤人；同年3月9日，张付车又在老人门前安装了一枚触发式炸弹。老人早晨起来开门引发爆炸，老人快速躲闪时脚被炸伤；还不死心的张付车又于同年9月16日，将一枚炸弹安放在老人屋子门口，凌晨4点发生爆炸，也没伤到岳母。

张付车落网后，从其家中搜出7枚爆炸装置、1支自制手枪和68发子弹。张付车对自己的爆炸犯罪行为供认不讳，甚至向警察大放厥词："要不是这么快被你们抓住，我将研制出威力更大的炸弹，还可以研制出原子弹！"

7. 默契的团队作战

"炸弹就是一个铁疙瘩，没什么可怕的，嫌疑人能做出来，我们就一定能把它拆除掉。"这是贺丽远经常跟队员们说的话。

诚然，要顺利拆除一枚炸弹，勇气和信念不可少，精湛的技能同样必不可少。培养一名排爆手比培养医生要难许多倍，必须苦行修炼。排爆就像医生做手术，首先要分析病因、病症在哪里，要查找结构、位置、线路以及电源。一个合格的排爆手通常要经过5年以上、至少3轮正规培训，考试合格后方能取得排爆合格证。

经过10多年的艰苦锤炼，贺丽远逐渐成长为云南省内赫赫有名的第二代排爆手。他的成长，除了组织上的大力培养，师父纳新和前辈们的潜心教导也起到了很大作用。在后来的工作中，贺丽远将排爆技术毫无保留地教给陆续调入大队的崔同斌、邓兴华、杨龙等新一批排爆队员，带领他们一步步走上这个特殊岗位。

排爆，不仅考验着队员的技术水平，而且非常考验队员的耐心细致，操作稍稍有误，就会酿成无可挽回的大祸。平时工作中，贺丽远反复教导队员们认识、鉴别炸弹类型——如何判定4大类、91种发火爆炸类型及各种起爆装置。具体操作上，先用人工检查，看、闻、摸、听、捏；再用器材检查，利用各种器材查验爆炸装置情况；还可用警犬敏感的嗅探进行现场检查。此外，针对检查情况如何制订排爆方案，是转移到别处去销毁，还是在现场手工拆除，等等。

2017年8月，已任防爆安检大队副大队长的贺丽远带着入队刚两年的民警邓兴华，来到西山区郊外采石场排爆。当时，采石场周围一片废墟，现场景象惨不忍睹。

邓兴华帮助贺丽远穿上防爆服，提着勘验工具准备跟他进入现场。贺丽远打开眼罩，看着邓兴华，严厉地说道："不要跟着进来。"

听到师父教训，邓兴华一开始还愣在原地，继而想起贺丽远教他的排爆要诀：排爆人员莫杂，最好单人，多不过俩……他恍然大悟，因没勘验现场，不确定现场是否还有爆炸物，为了保护他，师父就只能一个人先行进入现场勘验。

40分钟后，师父从现场出来，邓兴华帮他脱掉防爆服。因高度紧张，贺丽远满头大汗，全身潮湿。邓兴华递了根烟给他点上，师父猛吸了几口后，对他说道："要保护好自己，保护好战友。你实战经验不足，出现场不是想上就上的，没有完全的把握就坚决不能上。"

枪打一条线，炸弹伤一片。子弹只打出一个洞，而炸弹杀伤面积大。在对新人的培养中，贺丽远时常让他们进行红蓝对抗，出难题让他们排除；组织“最小防纵火爆炸作战单元”，以便快速出警，快速排爆；贺丽远会在白天、夜晚不分时段地设置警情。经常在郊区废旧楼、烂尾楼、遗弃工厂或者村落里设置险情，不动声色地带着队员们去现场，严肃认真地去拆弹。在一次次的实践中磨练队员们的安全意识和拆弹技能，对国内外爆炸装置和典型案例进行分析研究、学习借鉴。他经常设置水银平衡爆炸装置，或者是在底部安上松发开关，并在里面放很多的碎纸做成线路装置，让队员们用X光机进行检测，用手术刀等工具划开纸箱。有几次，新来的队员操作不到位，刚剪开纸箱里面便冒起了浓烟，他就当场宣布：你拆弹失败，已经“牺牲”了。

在排爆工具的维护保养上，贺丽远的要求也极其严格，不容有半点儿闪失。有一次模拟拆弹时，防爆服突然断电，一检查发现是上次穿过后没有及时充电所致。贺丽远当场对队员们进行严厉批评。防爆服是半智能的设备，没有电就吹不了风，面罩上就会起雾。为了看清可疑物，就只能打开面罩透气，可面罩一打开，如果炸弹爆炸就会把人炸死炸残。他时常说：“我们的装备是保命的，关键的时候能保住自己性命，防护服就是我们的命，我们要有敬畏之心，不允许有半点儿失误。”

听了师父的教导，邓兴华感慨道：“我们伤不起，我们身上有两条命，就是使命和生命。可到了关键时刻，我们能用使命换取生命。我们入警、入党时都宣过誓，随时要为党和人民流血牺牲……”

2019年3月21日上午10时，寻甸县发生一起警情，贺丽远带着邓兴华等人马上出发。之前接警说是发生了煤气罐爆炸，一般煤气罐爆炸，只要保护好现场等待处理就行。可一路上，寻甸警方却在不停地催促他们“快点儿到、快点儿到”，面对警情，他们也心急如焚。

等他们抵达现场后才得知，原来发生了几起连环爆炸案，可见当地的压力山大。在执勤民警的引导下，他们首先来到一栋楼房前的三楼，其中一间30多平方米的房间里，所有家具、床铺、衣物被大火烧得一片漆黑，满屋灰烬，地上留有许多玻璃碎片，墙面上还有一些喷射状的油污，显然是爆炸、燃烧所致。

已经取得排爆合格证书的邓兴华主动穿上防爆服，走进房间仔细观察，推断是有人半夜从窗户外扔进了汽油燃烧瓶，燃烧后产生爆炸。可是现场只发现几只烧过的鞋子，却没发现有人受伤的痕迹。现场民警介绍说，经初步调查，嫌疑人是当地50多岁、患有间歇性精神病的单身汉黎化，他打工没挣到钱，经常无事可干，前几年又出了交通事故导致腿部受伤残疾，现在年纪大了生活困难，邻居也看不起他，他觉得社会对他不公，就产生了报复社会的想法。

黎化首先将汽油装进啤酒瓶做成3枚燃烧弹，头天夜里来到三楼一户看不起他的女邻居家进行报复。他将3个燃烧瓶点燃后从窗外扔进房间，房间很快燃成一团火焰，女子被惊醒后尖叫着跑出家门。看到女子跑出门，黎化又从屋后跑到前门，挥起菜刀将那个女子砍倒。可他并不知道，这个女子并不是嘲笑他的女邻居，而是一名租客。

黎化将女租客砍倒后，又来到左边的另一户邻居家，在门口放了一个液化气罐。他扭开阀门，用打火机点燃，熊熊火焰立刻燃烧起来。等到阀门和罐体温度达到一定燃点，气罐就会爆炸。好在接警后，民警和保安及时用灭火器将液化气罐上的火焰扑灭……

贺丽远和邓兴华来到楼内一户人家门前，地上还放着一个被烧得漆黑的液化气罐。经勘验，这只液化气罐是居民日常用的气罐，封闭阀门移动后妥善放置不会发生危险，便交由侦查民警提取指纹。

黎化砍倒女子、点燃液化气罐后，又开着车来到一个曾经与他有经济纠纷的建筑单位门口，分两次背着燃烧瓶和液化气罐翻过围墙，将液化气罐放到单位门口，然后点燃汽油瓶丢向液化气罐。在熊熊烈火中，汽油瓶和液化气罐爆炸了，瞬间将单位玻璃门和玻璃窗全部炸碎，墙体也被炸塌一大块。当时是凌晨2点，巨大的爆炸声惊醒了保安，黎化便跑到大门口，举起菜刀将保安砍倒在地……

黎化将保安砍倒后，接警的民警火速赶到，可黎化却开着车逃跑了。

不能再让黎化继续作案！民警和交警在县城里四处追击拦截，追了2公里后在城郊将黎化的汽车逼停。随即2名警察上前，命令他停车熄火，下车接受检查。

可黎化既不开车窗，也不打开车门。僵持十几秒后，民警突然从门窗里看到黎化拿出一枚炸弹，“嚓”地点燃导火索。民警顿感不妙，还没来得及转身跑开，炸弹便爆炸了，黎化当场被炸飞，车被炸得七扭八歪。

随即，大批民警赶来救人，同时封控现场，用油布将惨不忍睹的尸块遮盖住……

贺丽远和邓兴华又赶到第三现场——车辆爆炸现场。师徒二人穿着防爆服上前，对车子进行检查。贺丽远发现车子后排座上放有两床被子、几件衣物，拉开被子，里面包裹了3把火药枪和1大包炸药。

邓兴华在车体前检查，整个驾驶室已经看不出原来的模样。仔细搜查，发现驾驶室座位下还有一个物体。可疑物由白色塑料袋包裹，外面用橡皮筋缠绕，像一只制作粗糙的足球。他马上用X光机拍片观察，发现里面有雷管点火装置和火药、铁钉，判定为单一热发火结构启动的爆炸物。

明确了爆炸物装置结构，贺丽远吩咐邓兴华小心地将爆炸物取出，平稳地抬到郊区空旷地段进行人工拆除。邓兴华先用剪刀剪开塑料包装，又仔细剪开油纸布，取出导火索、雷管，检查炸弹中心部分，发现大量炸药中间包裹了约2公斤的射钉、铁钉、钢珠，他逐一将炸药、铁钉、钢珠等剥离，然后分类存放。将爆炸物彻底拆除后，贺丽远又指导邓兴华将这3起连环爆炸杀人案的爆炸物性质、结构、杀伤力等情况写成报告，连同现场遗留物一并移交刑侦部门。

在贺丽远的亲身教导下，新一代排爆手迅速成长起来。

2019年5月9日，昆明市政有关部门对滇池边的河道进行环保整治、清淤疏流。在清理官渡区宝象河时，清理工在泥潭下挖出一个硬硬的物品。工人用手一刨，发现一个铁制物体尖尖的头上还有一个红色装置。

“好像是炸弹！”一个工人大喊道，

其他人员马上跑到河堤上报警。接到出动指令，崔同斌和邓兴华马上带着装备赶往滇池边的宝象河。现场河道泥潭中，一枚废旧的疑似小炮弹的物体露了出来。他俩马上在周围拉好警戒线，让派出所民警疏散围观群众，维护现场秩序。他俩分别使用探测器在河道里探测，可因为水深泥厚，暂时探测不出有多少枚炮弹。

他俩干脆穿着防爆服，下到河中准备人工探测。可刚下河人还没有站稳，双腿就已经下沉了一半，污黑的泥水淹没了大腿。原来，河道里全是布满淤泥的沼泽地，人体重量加上40多公斤的防爆服和工具，一下河就止不住地往下沉。他俩迅速撤回到河堤上商量对策。

河道两边就有几排商铺，周围有好几个村庄，数百栋密集的房子里住着几千名群众，周围还有横七竖八的高压线、变压器设施，平常还有村里、城里的小孩儿来河边玩水捉虾……人员流动频繁、周边设施重要，必须把炮弹彻底排除。

崔同斌吐了一口烟雾，说道："小邓哥，我们只能轻装下水拆除了。"

邓兴华起身，看着河道说："大老崔，怕是不行啊，不穿防爆服太危险了。"

崔同斌说："小邓哥，穿着防爆服下去，设备就有可能进水损坏。还有，在泥水里陷下去，行动也不方便，根本无法操作拆弹。"

邓兴华看了一眼不断从几十米外跑来看热闹的老百姓，说："时间很紧，那……那只能先轻装下水了。"

他俩马上换装，只戴着一个小型头盔，穿着防弹背心，赤脚下水来到炮弹前。邓兴华握着炸弹头部，轻轻刨开泥土，将这个尖头的硬铁砣抱了起来。他仔细判别，这是一枚82迫击炮弹。他将炮弹递给崔同斌，接着又用手刨泥土，不一会儿又刨出一枚炮弹来。

他俩找来木棍，在泥土里不停地小心刨动。

"大老崔，又刨出一颗。"

崔同斌接过来一看："小邓哥注意，头上有引信，危险啊，小心刨。"

邓兴华干脆脱掉手套，丢掉木棍，徒手刨土。他双手从左右两边插下去，像捉泥鳅一样小心翼翼地探摸，不一会儿就又刨出一枚来。他刨出一枚，崔同斌就往岸上运送一枚。就这样，一直干了4个多小时，共刨出了14枚炮弹，有4枚引信砸歪了却没有爆炸。

他俩坐在岸上，揉了一下酸疼的腰背，找来木板钉了两个木箱，在箱子里装上泥沙，又用布毯将炮弹一个一个地包裹起来，固定在沙箱中抬上车，拉到山上进行销毁处理。

2020年6月15日，边境蒙自市施工工地发现一枚炸弹，贺丽远带着崔同斌、邓兴华来到现场。初步估计，这家伙足有100多公斤重、2米多长。他们用水清洗弹头后发现，炸弹上标注了"昭十三"，由此判定，这是1939年日本轰炸蒙自市遗留的一枚没有爆炸的航空炸弹。但当年，日本在这边疆土上投下了数万枚生物弹、燃烧弹、化学弹、细菌弹，那这枚又是什么弹?

贺丽远根据航弹上印制的色带标识，反复研究分析，最后判定这枚战争时期遗留的重磅炸弹是威力巨大的航空爆破弹。这种航弹弹片很多、杀伤面广，但是没有毒性，也不会燃烧。现场处在空旷的郊外，周围一公里内没有住户和重要设施，也没有高压电线，可以进行现场销毁。他们就地挖了一个10多米深的大坑，将航弹抬下深坑，在航弹上面附了25公斤的乳化炸药，再铺上几十个沙袋，又在沙袋上盖上三层围挡岩壁用的细格钢丝网。他们退到100米外进行起爆。航弹引爆时，响声如雷，震得地动山摇，空中腾起80多米高的红焰浓雾，就像一朵小型蘑菇云。

8. “我们一定负责到底”

经常有朋友问贺丽远：“看到炸弹，你是什么感觉?”

“如果是常人，第一反应就是向后跑，跑得越远越好。而我们这个职业的人，心里马上想三件事：疏散群众、走向炸弹、拆除炸弹!”

2017年，刘德华主演的电影《拆弹专家》在各大影院上映，似乎从那时起，排爆警察才被群众知晓。观影后的贺丽远感慨万千：“华仔很帅，演得很好，但现场又不太真实。”因为电影中拆弹的情节他经历过无数次，真实的拆弹现场哪有红蓝导线让你抉择?都是一团乱麻，犯罪嫌疑人不会让你随便就捡到便宜。他决定跟你斗，就不会轻易认输。

“又笨又重的防爆服包裹着你的身躯，整个排爆现场鸦雀无声，耳边却又是别样的嘈杂，呼吸声、风扇的声音、心跳的声音、定时炸弹秒针的声音，透过厚重的防爆头盔面罩看这个世界，既陌生又遥远。心里真切地感受到，原来生与死的距离如此接近。”贺丽远冷静地描述着排爆时的心情，仿佛已经看淡生死。

这就是排爆警察的工作常态，这一头要让危险“消失”，那一头要让生命“延续”。这两根“线”，有时非此即彼，有时又互相渗透……

在党组织的培养下，贺丽远政治上从严要求，技术上精益求精，以忘我的精神、时不我待的紧迫感，刻苦钻研防爆业务知识，阅读了大量防爆安检业务书籍，熟练掌握各种防爆安检器材的使用和维护，全面了解掌握各种炸药和火工品的情况。他从一名普通的排爆助手，逐步成长为副大队长、大队长、知名排爆专家，一直不断地提高专业技术水平和实战能力，也打造了一支专业技术过硬的防爆安检力量。

作为昆明市反恐防爆安检的中坚力量，防爆安检大队坚持“建在昆明、服务全省、全国调用”原则，承担了全市大型活动、重要会议和警卫任务的反恐防爆安检工作，对涉爆现场进行处置，协助刑侦技术部门为涉爆案件侦破提供线索和依据，负责全市公安机关防爆安全技术检查业务指导和培训。贺丽远连续多年受邀到楚雄、怒江、丽江、文山、大理、迪庆等州市，为当地民警开展上百次防爆安全培训；为法院、铁路系统和特战部队开展涉爆现场处置培训；为云南警官学院上千师生开展授课培训。

除了排爆外，大队还承担着重大场所和活动的安检任务。随着反恐形势的日趋严峻，防爆安检标准越来越高，要求越来越严格，操作越来越规范。他们每年安检任务量大幅上升，近年来每年任务量已达600余场次，年均安检面积200余万平方米，检查人员达100余万人次、各类箱包50余万件次、车辆10余万辆次。

面对如此繁重的工作，为确保万无一失，他们组织骨干民警认真研究，反复踏勘，精心策划，严密部署，先后上百次圆满完成党和国家领导人及多国元首莅临云南的高级安检任务，多次被派往全国各地参加北京奥运会、残奥会、广州亚运会、“GMS 峰会”、海南博鳌论坛、北京“一带一路”高峰论坛、杭州“G20”峰会、“中非论坛”、昆明“COP15”大会，以及“第三届中国昆明亚洲艺术节”、“2005 大湄公河次区域经济合作领导人会议”、“2007 全国残疾人运动会”等国际重大活动防爆安检任务 7000 余场次，累计查获管制刀具 1300 余把，雷管 100 多枚，硝铵炸药约 30 余千克，各类子弹炮弹 200 多发，同时克服了语言障碍、低温缺氧、干燥酷热等影响，多次支援省外兄弟单位完成安保工作，和西双版纳、文山、迪庆、玉溪、楚雄、昭通、怒江等州市联合执行安保任务。

从警 26 年以来，贺丽远处置过数十种爆炸装置，光感、红外、水银的、遥控的……它们中有的制作粗糙、有的近乎无懈可击……数以百次的与死神擦肩而过，数以万计的防爆安检任务，贺丽远和战友们日复一日地重复着极其危险、枯燥的工作。他们做足“绣花功夫”，在每一个涉爆现场，坚定地承担着最美的逆行“工匠”。先后成功处置涉爆警情 700 余起，手工拆除爆炸装置 120 余枚，零差错、零失误、零伤亡记录。大队先后荣立集体二等功 1 次、集体三等功 9 次，受集体嘉奖 2 次，被公安部评为部级“训练标兵集体”。他个人荣立二等功、三等功，被授予“全国特级优秀人民警察”、“云南省优秀党务工作者”称号，2022 年被党中央、国务院授予全国“人民满意的公务员”称号并受到习近平、李克强等党和国家领导人的亲切接见。2023 年 1 月 9 日，他被公安部授予“公安楷模”荣誉称号。

“要是炸弹在我旁边爆炸了，怎么办?”处置的现场多了，这个念头会时不时蹦出来困扰着贺丽远。生存和毁灭，是排爆手时时刻刻需要面对的问题，是迎难而上还是知难而退?

2006 年，有一位其他州市的民警在爆炸现场勘查时遭遇了二次爆炸，右小腿被炸飞。后来在很多次全省、全国的排爆交流活动中，他多次接触到排爆时被炸断手、炸断脚、烧伤等受伤致残的多名战友，那些血淋淋的场景，时常浮现在他的眼前，那些惨痛的教训，让他终身难忘。

“单身的时候几乎没想过自己的安全问题，后来有了家庭，我时常问自己，干这行是为什么?”想到家庭、妻子和孩子，贺丽远也会思考很多。

“但总得要有人来干!”既然自己练就了应对危险的能力，就更应该挺身而上，还要将自己的经验倾力传授给其他战友。以身作则，用行动来让他们“看见”，看见自己内心的强大力量!

一直以来，他远在怒江边境的父母、家人，只知道他在昆明当警察，具体干的什么根本不知道，每次回家，侄儿侄女都问他，在昆明当警察抓了多少坏人? 有一次母亲问他究竟在哪个部门上班，他说：“我在公安局负责防爆安检工作，就是在火车站、机场承担安检工作，没有什么危险。”这一含糊其词的回答，隐瞒了家人 20 多年。

两年前，随着他的英雄事迹在各大媒

体报道，大姐才发现自己的弟弟在进行着那么危险的排爆工作，而且随时面临死亡危险，就毫不客气地打电话质问他："报道中说的那个贺丽远，是不是就是你？"

报道中将照片、文字、籍贯都写上了，他怎么也抵赖不了。想了好一会儿，他回答："大姐，就是我，但你不要跟爸妈说啊。"

"怎么那么危险的工作你也不说一声，你真是不要命了？爸妈要是知道了不担心死了？"

"大姐，前几年危险会多一些，但这几年社会都很安定了，几乎没有炸弹了。如果真的遇到危险情况，设备都很先进，不要我们自己动手，如果硬要动手的话，你也看到了，我的技术和经验很棒，已经到公安部专门培训过多次，现在已经是拆弹专家了，你们不要担心，更不能让爸妈担心……"

大姐这才恍然大悟道："你们一直两地分居，弟妹在老家，一直没要孩子，其实你是在顾虑这个吧……弟弟啊，这么多年来，你一个人离家那么远……你是怎么熬过来的……"

听到大姐的哭诉，贺丽远也沉默了。过了好一会儿，他擦了一把眼泪，哽咽道："大姐，现在我年龄也差不多了，而且培养出的排爆兄弟越来越多，我们已经准备要个孩子了……"

在电视台的采访镜头中，贺丽远说道："如果发现可疑爆炸物时，不要惊慌，不要动，马上报警，迅速撤离，然后协助民警排查。"面对老百姓，他的声音铿锵有力，"作为排爆手，前面是遥控、是定时、是复合式爆炸装置，我们所爱的事业和别的不一样，我们必须勇敢，就算反撤除的水银装置即将触发，恐惧、孤独到了极致，也要咬牙保持呼吸平稳；我们必须专业，就算连拆6枚炸弹，头盔压垮了颈椎，意识模糊，也不能放弃；我们必须冷静，哪怕身无铠甲，我们也要记住生命至上。我们怎么战胜对手？那就是找到最对的那根线、最正确的那个点，找到自我体力的边界，然后把眼前的每一个装置都安全拆除。爆炸装置成千上万，我每天在脑海里过100遍，每年36500遍，我要记住每一种装置、每一个步骤，确保大家的安危，也保证我每一次能全身而退……我是人民警察，我一定会对你们负责到底！"

生死之间，镇定自若，危急关头，义无反顾。如同雷霆闪电，力挽狂澜毫厘分秒；如同暴风骤雨，乐战死神狭路擦肩……在每一次生死较量中，贺丽远总是临危不惧，沉着应对，以娴熟的业务技能和过人的胆识，化解一个又一个险情，赢得人民群众的高度赞许。

远远望去，这是一支排爆队伍，不止贺丽远一人！

全省、全国的"贺丽远们"都在排爆警察这个岗位上默默奉献。这种奉献背后，有一种来自内心的强大力量，那就是：生命至上，人民至上！

（文中部分人员为化名）

如水流过英雄城

——追记全国“公安楷模”魏和友

王向明

一、人倒下了，精神站成一座丰碑

太阳越过武夷山脉，清晨的第一缕阳光洒向赣鄱大地，位于江西省南昌市的八一广场，人们陆续从四面八方涌来，见证一次庄严的升国旗仪式。

1927年8月1日凌晨，南昌起义在这里爆发，打响了武装反抗国民党反动派的第一枪。这枪声，如平地一声春雷，使千百万革命人民在经历了一连串的严重挫折后，又在黑暗中看到了光明的火炬，燃起了新的希望。

南昌，是人民军队的诞生地，是军旗升起的地方，也是抗日战争爆发后，新四军组建时的军部所在地。一个又一个历史的印记雕刻在这片红色的土地上，“英雄城”的美誉应运而生。

吃水不忘挖井人。南昌人民从未曾忘记革命先烈在这里洒下的热血，每年的元旦、“五一”国际劳动节、“六一”国际儿童节、“七一”建党节、“八一”建军节、“十一”国庆节等重要时间节点，都会在八一广场举行升国旗仪式。

在祖国960万平方公里的土地上，不管是在哪里，华夏儿女都对升国旗仪式高度认同，那是致敬革命先烈们最好的方式。2023年7月1日，中国共产党成立102周年。在这个特殊的日子，人们从四面八方集聚在八一广场，共同见证这个无比神圣的时刻。

升旗仪式在清晨六点开始。陈国梁来到广场的时候，魏和友正举着扩音喇叭维持秩序。魏和友是江西省南昌市公安局东湖分局大院派出所所长。凌晨四点半，城市还没有醒来，他早早就来到八一广场，提前做好广场的安保工作。陈国梁是魏和友的老领导，原来在东湖公安分局当局长，后来提拔到南昌市公安局任党委委员、政治部主任。陈国梁走过去跟魏和友打招呼：“和友啊，安保工作做得怎么样了?”

魏和友看到老领导过来，感到十分亲切，拍着胸脯保证：“主任，这个您放心，我们四点多就过来了，该布置的警力都布置好了。”

陈国梁看看魏和友，笑着点点头，临走还不忘再叮嘱一句：“八一广场不同寻常，可不敢大意。”

八一广场是大院派出所的辖区，这个面积 78000 平方米的地方，单纯从大小上来说，在我国博大的版图上可以忽略不计，但它在中国革命历史上的影响力不可小觑。这里的一举一动，都是国内外媒体关注的焦点。一年六次的升旗仪式，安全问题至关重要。每一次，魏和友都是第一个来，最后一个走。这是他每次守护升旗仪式的姿态。

国旗在护旗手的挥舞中舒展开来，国歌在东升的旭日下响起，人们的目光注视着五星红旗，魏和友抬起右手，郑重地向国旗敬了一个标准的警礼。

谁也不曾想到，这是他最后一次护卫八一广场的升旗仪式，在成为中国共产党党员的第 23 个盛夏，他的生命终结在心爱的公安工作岗位上。

魏和友所在的大院派出所，之所以叫“大院”，是因为这里曾经是省政府大院所在地，虽然如今省政府已经搬至红谷滩新区，但还有 32 个省直机关驻守在此。

这是一个组成结构十分复杂的辖区。除了密集的政府机关，江西省首个高端定位的商业综合体武商 Mall、万达广场、财富广场，以及素有“酒吧一条街”之称的福州路，齐聚于此，红色元素与现代气息共同交织在城市的核心区域。

2023 年 4 月 28 日，武商 Mall 开业，吸引了全市人民的关注，随后一周的时间里，最多的一天顾客量达 12 万人之多，可谓是人山人海。即便是这样超大规模的人流，也没有发生一起刑事案件、一起治安案件，甚至连一起纠纷都没有。平安背后，是魏和友带领派出所民警连续多个日日夜夜的安检和守护。

而这些安保活动，只是派出所日常工作的冰山一角。案件办理、纠纷调处、窗口服务、日常管理，繁杂的业务工作注定了派出所工作的高强度、快节奏，三天一个班是雷打不动的轮回，要是遇到所里出差人员多，民警们工作连轴转也再正常不过。

2023 年 6 月 25 日，“夏季治安打击整治行动”的号角在全国吹响，从白山黑水到中原腹地，从雪域高原到南海之滨，从繁华都市到乡镇村落，200 万人民警察奔波在日夜星辰之中，用坚守和奉献让人民群众感受到安全触手可及。

2023 年 7 月 24 日，全国公安机关夏季治安打击整治行动第一次推进会召开，各类突出违法犯罪被严厉打击，一批矛盾纠纷被排查化解，生活在祖国大地上的人们时刻能感觉到警察就在身边。

也是在这一天，地处长江中游的南昌如同往常一样晴朗，蓝天白云俯视着山川湖泊。魏和友在周末连续加班两天之后，周一上午 9 点，他按照惯例组织派出所民警召开晨会。会后，他又召集派出所的各个队长商量三大专项行动以及夏季治安打击整治专项行动的相关工作；上午 10 时 32 分，他和副所长毛理辉商量完工作后，突然晕倒在办公室，经送南昌大学第一附属医院抢救，被诊断为突发脑出血，后经全力抢救无效，于 7 月 25 日 20 时 23 分不幸牺牲，生命永远定格在 51 岁。

没有人愿意相信这样的事实。昨天还好好的一个人，今天怎么说走就走了呢？整座城市都沉浸在悲戚之中。这个看起来无比平凡的派出所所长，和他接触过的每一个人回忆起和他共事的过往，都有一段动人的故事。这些故事很小，微弱如一个水滴，可一个个水滴聚集在一起，就形成一股强大的水流，在过去51个春秋之中，一点一滴浸润着这片带有红色基因的沃土，流淌在南昌这座英雄的城市。他和那些倒下的革命先烈一样，用生命铸就一个时代的精神丰碑。

二、不是在抓捕，就是在抓捕的路上

魏和友不是警校科班出身，却一直做着当警察的梦。

20世纪90年代，改革开放进入新的历史阶段，经济案件逐渐增多。相比其他刑事犯罪，打击经济犯罪需要懂得更加专业的金融知识。为了适应社会发展进程，1994年，南昌市公安局专门招聘了一批财经专业的大学生。

这一年，22岁的魏和友从江西财务会计学校毕业，得知公安局面向社会招聘的消息，毅然决然地选择成为公安队伍中的一员。这个从南昌市南昌县麻丘乡走出来的“崽崽”，个头不高，穿上警服的那一刻，望着镜子里的自己，内心瞬间觉得自己高大起来了。那是信仰的高度。

刚进入公安局的魏和友，并没有如愿分到自己想去的刑警岗位，而是到分局办公室做会计。在很多人看来，工作与专业对口，而且没有任何风险，是个十分不错的选择。可魏和友并不这么认为，他觉得当警察就是要去办案子的部门，把一个个犯罪嫌疑人绳之以法，才是自己从警的初衷。

虽然岗位不令人满意，但魏和友对待工作的态度却极为认真，经手的每一笔账款他都记得清清楚楚。现任东湖公安分局经侦大队大队长的吴城市，跟魏和友同一年入警，两个人既是工作上的战友，也是生活中的朋友，家庭之间也多有来往。

吴城市说，魏和友是个特别细心的人，工作上一丝不苟，生活中对人也体贴入微，我们难得一起出去玩的时候，他都主动当旅行团的“团长”，大事小事都不让我们操心。和友和他的名字一样，和气友善，看见谁都是乐呵呵的，从没见他跟任何人发生过争执。

现任南昌市公安局东湖分局局长洪龙介绍说，魏和友在会计岗位上干了四年，其间购置的装备数量繁多，当时还没有电子支付，都是现金结算，他把每一笔账都记得清清楚楚，没有出过一分钱的差错。我跟他谈工作的时候，他说，对于财务工作，他给自己定下一个原则——绝不多花公家一分钱。

1998年，由于经济案件高发，全国公安机关自上而下开始增设经侦部门。作为财务专业科班出身的魏和友，因为深受领导和同事们的认可，成为东湖公安分局经侦大队第一批“元老级”民警。

心细、有头脑，在经侦大队期间，魏和友先后破获了一系列涉及经济犯罪的大案要案。即便是后来当了大队长，他依然坚持冲锋在案件办理第一线。在担任经侦大队长期间，魏和友带领全队民警创新战法、攻坚克难，针对辖区银行网点信用卡诈骗警情高发，探索创立了全省第一个“警银共建联系点”，从源头上有效降低了银行网点诈骗风险；带领经侦大队共计侦办案件150余起，抓获犯罪嫌疑人200多人，累计为群众追赃挽损1亿多元，特别是侦破了南昌市瑞鑫金属材料有限公司和江西星才人力资源有限公司特大虚开发票、增值税发票案，涉案总金额超16亿元。

吴城市回忆说，魏和友这个人太有责任心了，工作太细致了，人也太累了。我们私下里交流的时候，他说当初想当警察就是想去办案子。他先是在经侦，后来又到刑侦，真正找到了充分发挥自己才能的舞台。

2013年9月，南昌市东湖区胜利路卓尔珠宝店发生一起保险柜被盗案，价值百万的珠宝不翼而飞，当时在南昌城引起巨大轰动。

时任刑侦大队副大队长的魏和友是这起案件的分管大队领导，专案会议结束之后，他第一时间组织警力进行大规模的摸排。当时还没有天网工程，除了公安机关传统的侦查手段，只能尝试从沿街店铺和企事业单位安装的摄像头入手碰碰运气。

现任刑侦大队六中队中队长刘勇，当年参与了这起案件。他说，当时魏大分了几个摸排小组，有的排查外来人口，有的调取监控，对可疑人员的照片一张一张甄别。那时候对大家来说，吃饭、睡觉都是次要的，我们一门心思想的就是如何锁定犯罪嫌疑人。

功夫不负有心人，在魏和友的带领下，经过几个日夜的艰苦鏖战，专案组通过对视频资料的研判，发现嫌疑人已逃至浙江嘉兴。魏和友顾不上休息，安顿好大队的其他工作，带着民警漆晓明马不停蹄赶到嘉兴，最终锁定两名犯罪嫌疑人中的一人，但此人当时已逃亡到贵州省铜仁市。

漆晓明回忆说，连续一个多月的时间里，我们都在跟这个案子较劲。

魏和友和漆晓明随后又赶到铜仁，在当地公安机关的配合下，研判出嫌疑人不在铜仁市区，而在下辖的沿河土家族自治县。沿河县地处铜仁市北部，距离市区近200公里，而且没有直达的火车，只能坐大巴车前往。在环山公路上摇摇晃晃了4个小时才到目的地，两个人从车上下来站都站不稳，扶着车门把胆汁都快吐出来了。

漆晓明说，到了沿河县城，天都要黑了，大巴车晃得我半条命都快没了，嫌疑人在沿河县下面一个偏远的乡镇，我跟魏大说，咱们住一晚上稍微缓一缓，明天再出发去吧。魏大说，这种案件，晚一天抓到嫌疑人，受害人财物追回的难度就增大很多。他看我实在吃不消，就说要不你在县城住下吧，我和沿河公安的兄弟去把人追回来。他是领导，自己都坚持去，我哪还好意思不去呢，只好让当地警方连夜开车，把犯罪嫌疑人带回了沿河县城讯问、羁押。

刘勇补充说，魏大和晓明从贵州回来那天，魏大两个眼圈都是黑的，鼻子也是塞着的，像是得了很严重的感冒。我特意问他，魏大你没事吧？魏大带着浓重的鼻音说，小事。

漆晓明说，我原以为回来至少能在家休息半天，没想到当天下午魏大就打电话给我说另一名嫌疑人的藏匿地点找到了，我们得立马动身。我们俩好不容易抢到南昌到西安的火车票，下车时都后半夜了，直奔事先掌握的嫌疑人住处，结果却扑了个空。人没抓到，只能继续找，又在当地连续蹲守了好几天，天热晚上蚊子也多，我们躲在角落里，被咬了一身包，痒得很，胳膊上的皮都被挠破了，只能咬牙硬撑。苦等了几天之后，嫌疑人终于出现了，魏大看准时机，上去就把人摁倒了。

在魏和友的职业生涯中，除了成功侦

破2013年百万盗窃保险箱案，还有2014年步行街抢劫杀人案、2015年非法融资案、2019年“猎狐行动”带队抓获境外逃犯等各类犯罪案件数百起。

在魏和友办公室的墙上，挂着一幅中国地图，近30年间，他的足迹遍布祖国的每一个角落。作为一名警察，很多时候，他不是在抓捕，就是在抓捕的路上。只要还有一名犯罪嫌疑人没有落网，他就不会停下追捕的脚步。

三、我们只想替魏警官说几句话

朱小华是一起非法吸收公众存款案的受害人。魏和友牺牲后，媒体想联系几位案件受害人作为采访对象，经侦大队的民警问朱小华，之前帮你们追回被骗资金的魏和友警官牺牲了，我们想邀请你来谈谈对魏警官的印象，你愿意吗？朱小华一听，不敢相信，反复确认，你们说的是魏和友警官吗？在得到确认后，她毫不犹豫地回复了两个字“愿意”！

2015年，朱小华受一个关系十分铁的朋友蛊惑，进入一个线上投资平台，对方承诺给予高额利息。刚开始的时候朱小华每月都能拿到承诺的利息，看到平台可靠，又是最好的朋友推荐的，觉得肯定不会有假，便前前后后投入60多万元。除了自己投，她的亲戚朋友知道后也想跟着“轻松赚钱”，一群人累计投入800多万元。

没想到好景不长，到了第二年，利息不但没有如期到账，平台也突然无法正常登录，一群人顿时傻了眼。

那是我们一辈子的积蓄啊，要是打了水漂，以后的日子都没法儿过了。还有的人是背着家里人投资的，要是追不回来，肯定得妻离子散。朱小华说，我们当时想死的心都有了，多亏魏警官不断安慰我们，鼓励我们，让我们一点点有了信心。

一群人哭着闹着到经侦大队报案，你一言我一语，场面十分混乱。魏和友当时是东湖公安分局经侦大队大队长。他先安抚住大家的情绪，然后一一问清楚情况，并表态说，请大家放心，我们公安机关绝不会放过任何一个犯罪嫌疑人，保证会给大家一个说法。

天黑了，一群人也哭累了，魏和友跑到食堂交代做饭的大姐说，今儿晚上饭菜多做点儿，外面一群人都没吃饭呢，别让大家饿着。

朱小华说，魏警官对我们的态度不严肃，不刻板，就像是家里人，那一刻，我们绝望的心才算是得到了一丝安慰。

案件侦破并不顺利，为了找到充分的证据，朱小华等一批受害人前前后后到经侦大队做了好几次笔录，人多的时候，经常要熬夜开展工作。她说，每次过来，遇到饭点或是晚上，魏警官从来没有让我们饿着肚子回去过。

案情复杂，涉及的嫌疑人和被害人很多，案件侦破的周期自然也长。朱小华他们在家坐不住，一趟趟往经侦大队跑。跑一趟，没有追到钱，跑两趟，还是没有实质性结果。虽然每次魏警官都很热情，朱小华他们的信心却在一点点丧失。生活中，他们特别关注新闻中报道的这类案件，十个有八个都是案件破了，但损失追不回来。

作为经侦民警，魏和友比谁都清楚，对于受害人来说怎么处理犯罪嫌疑人并不是第一位的，他们看重的是钱能不能追回来。那是全家人的血汗和生命。

案件的追赃挽损周期很长，从2015年一直到2019年，4年光景，受害者们一度绝望，对于追回投资的钱不再抱有幻想。直到魏和友通知钱追回来了，他们还仿佛在梦中一般不敢相信是真的。

朱小华跟几位案件受害人专门做了锦旗送到经侦大队，看到魏和友一脸憔悴的样子，他们感动得直掉眼泪，说我们自己都已经放弃了，没想到你还替我们坚持。魏和友说，我是警察啊，当时你们报案的时候我就承诺过，绝对不会放过一个坏人，我会尽最大努力帮你们追回损失。

这起非法吸收公众存款案件，南昌地区受害人共计损失800多万元，在魏和友长达4年的坚持下，一分不少全部追了回来，这在经济案件追赃挽损中是非常少见的。

结束采访时朱小华向我们提出一个请求，她说，我把魏警官牺牲的消息发到我们受害人群里，大家听了都特别难受，争着抢着要过来。大家派了两名姐妹当代表，她们已经在外面等了一上午了，能不能让她们也进来说说?

我们感到很吃惊，赶紧请她们进来。来者一个叫余凤英，一个叫唐春丽。余凤英说，当初我们一趟趟去找魏警官询问案件进展情况，他从来没有一点儿不耐烦，每次都告诉我们要有信心。我是背着家里人投的钱，要不是他帮我们追回损失，我的家肯定就毁了。

唐春丽说，这个案件虽然已经过去4年了，但我们每次说起这件事，都对魏警官感激不尽。我们自发过来就是想让你们把他对我们的好报道出去，让更多的人知道他是个好人，是个好警察。

四、我必须有勇气面对这份职业

魏和友喜欢读书，他的知识来源于书本，读书改变了他的命运。

1972年2月7日，冬日寒风在村庄上空呼啸，南方的小年即将到来，江西省南昌市南昌县麻丘乡的一户农家小院里，迎来了一个新的生命。

那是一个贫穷的村庄，也是一个贫困的家庭。父亲在魏和友十多岁的时候病逝，母亲带着一群孩子艰难度日。生活的困难并没有将这位伟大的母亲拖垮，反而更加坚定了她让孩子们走出乡村的决心。对于乡村的孩子们来说，读书是唯一的出路。

课余，魏和友会将家里的牛赶到河滩，禾苗安静地生长，牛儿安静地吃草，他背靠着大树安静读书。他的哥哥姐姐们通过读书走出农村，走进城市，他们是他的榜样。尽管日子无比艰难，但母亲的鼓励总是让他充满动力，“只要你肯读，妈就永远供着你。”

书中有大千世界，有理想抱负，也是情绪排解的渠道。从江西财校毕业之后，魏和友的读书习惯一直没有改变，家里的书橱里堆着厚厚的一摞《读者》，整整齐齐摆放在一起。他不管是在经侦大队、刑侦大队，还是在派出所当领导期间，都一直鼓励大家学习，甚至主动创造空间和时间让大家学习。经侦大队民警戴丽通过自学获得了在职硕士、博士学位，大院派出所内勤廖成茂顺利通过了司法考试。每次有民警拿着自己的证书跟魏和友报告，他都比自己立功还高兴。

在魏和友的认知里，不会就学，不懂

就问，只要能提升自身的知识储备和业务能力，主动求教并没有什么不好意思的。现任东湖公安分局百花洲派出所教导员杨明宇，2008 年跟魏和友认识。那时候，魏和友是经侦大队副大队长，负责大要案件办理。杨明宇说，魏大当年办理经济案件有几把刷子，他办事心细，学财务出身，能发现别人发现不了的线索，在破案方面没得说，但在后期对嫌疑人的抓捕上，他有些经验不足。没事的时候他经常到我办公室来，虽然他已经是经侦大队长，级别比我高，但每次都主动找我学习后期抓捕的经验。我们也是那时候认识的，大家关系一直都很不错，生活里是铁哥们儿。

杨明宇说，也是在 2008 年，我一个亲戚被经侦大队抓了，想让我去打个招呼。我问是谁办的案子，亲戚家里人说是魏和友办的。作为警察，我明白不能干预案件办理，只是想侧面了解一下情况，毕竟是亲戚，好歹给人家有个回话，面子上也说得过去。当时，我觉得凭我俩的关系，这点儿问题应该不算事。结果我刚张开嘴，魏大就把我给堵回去了，没有一点儿余地。这让我特别接受不了，我想这人怎么这样啊，太不近人情了。过了几天案子办完之后，他专门来到我办公室跟我解释，说我知道这样做有点儿不近人情，也知道你生气，但这个案件比较敏感，嫌疑人跟你又是亲戚，你应该回避。咱们是警察，我把你当好兄弟，不想让你做违反原则的事情。

说到这里的时候，东湖公安分局局长洪龙打断了杨明宇。他说，我认识和友这么多年，他的经历我都清楚，他的为人我十分了解，他在工作中给自己定下了三条铁律：绝不多花公家一分钱、绝不为金钱动私心、绝不用原则做交易。他拒绝战友的说情，我一点儿也不奇怪，也正是这个原因，我才放心把他从偏远的乡镇派出所调到城区最核心的派出所当所长，他来了，我放心。

洪局长说完，杨明宇接着刚才的话题继续说。等你真正了解了这个人，你会越来越佩服他。我们之间虽然很熟悉，但平日里交流的机会并不多，大家都在派出所，工作都特别忙，只有在开会的时候能遇见，趁着会前或会后的空当聊上一会儿。上一次见面，我跟他开玩笑，你知道别人怎么评价你吗？说你是一毛不拔，油盐不进。他说，我是穷苦出身，哪些事能做，哪些事不能做，我心里清楚，否则我没有勇气面对自己，面对这份职业，面对生活中遇到的每一个人民群众。

五、他到哪儿，哪儿就有家的氛围

在南昌市东湖区，除了 7 个街道和 2 个管理处，扬子洲是唯一的乡镇，下辖 15 个行政村，常住居民 34000 多人，与城区相比，这里的警情算不上多，可一旦发生矛盾，如果调解不好，很容易引发姓氏族群之间的冲突。2019 年 10 月，魏和友调任扬子洲派出所当所长。那是他从警生涯里第一次当派出所所长，刚开始大家对他并不接受。

综合内勤谢峰说，魏所刚来的时候我对他印象并不好，在派出所当内勤，需要做各种报表，天天加班，很烦躁。有时候遇到不了解政策的群众，因为材料不全事情办不了，会认为我们是故意刁难他，站在大厅指着你的鼻子骂，我们憋着一肚子火无处发泄。魏所第一次把我叫到办公室，说你最近情绪不对啊，以后有什么不高兴的事可以随时到我办公室来。我以为这是领导的套路，临走的时候他还送我一本书，扉页上写着三个字“别抱怨”，让我更加觉得这是他的套路。

后来，大家朝夕相处久了，谢峰对魏所的印象彻底发生了改变。有一天，谢峰在二楼整理材料，听到楼下声音很吵，探出脑袋一看，好家伙，魏所正拿着剪刀在剪枯草，副所长则在树上剪树枝。谢峰问，你们两个所领导一大早这是干啥呢？魏所说，你们老是说树上有鸟，鸟粪总滴在车上洗都洗不掉，我们俩这会儿没事，把树枝跟荒草修剪一下。这一刻，谢峰才发现，这个自己并不看好的所长心思竟然这么细。

说起心细，谢峰又想起另外一件事。有一次在食堂吃饭，几个人在吐槽，说休息室里的床破得快不行了，女同志还好，男同志要是胖一点儿估计都能压塌了。大家当个笑话，说完就完了。没想到没过几天，魏所就让负责后勤的副所长把床给换了。

每次开会的时候魏和友常说，大家能在一起工作，本来就是莫大的缘分，基层公安工作已经很辛苦了，要尽量给大家营造轻松愉快的氛围。不管在哪里工作，他都会把单位看成家，把单位的同事看成亲人。

值班的时候，要是没有警情，魏和友喜欢跟大家在一起闲聊，聊工作，也聊家庭。

谌贻鹤是扬子洲派出所的辅警，有一次值班的时候，魏所问他，小谌，你来所里多久了？谌贻鹤说，魏所，你是2019年10月份来的，我是9月份来的。魏所听了开玩笑说，那你到这儿的资格比我老啊。说完俩人都笑了。一个所长，一个辅警，像是在家里说笑的兄弟。

谌贻鹤说，魏所跟我们聊天一点儿架子都没有，问我家里几个孩子，老婆做什么工作，工作上有没有想法，家里有没有困难。我当时并没有当回事儿，聊完就完了。没想到过了几天，魏所说帮我老婆找了一份工作，去一家家具厂上班，问我行不行。我当时特别意外，只是聊天的时候随口说的老婆还没工作，想出去找点儿事情做，没想到魏所全记在心上。

谌贻鹤的妻子熊狮狮十分感谢魏和友的帮助。她说，魏所帮我联系的家具厂，我过去看了，那边工作时间要求比较严，我家里孩子还小，想找个时间上相对灵活一点儿的工作，就没有去。后来魏所调到了大院派出所工作，没想到还惦记着帮我找工作的事情。武商广场开业前夕，他主动找到商场的经理，帮我找到了一份朝九晚六做文员的工作，既能挣钱贴补家用，还不耽误晚上回家带孩子，我内心感激不已。

在大院派出所帮厨的王福英，是一位退休职工，义务在所里的食堂帮忙，算是发挥余热。王阿姨说，魏所的餐具都是自己洗，从来不麻烦我们。他刚来没多久，看食堂环境老旧，就里里外外给改造了一遍。当初装修的时候，每到吃饭时他都叮嘱我们多做些饭菜，给干活儿的民工兄弟吃。因为食堂改造，能坐着吃饭的地方少，魏所都是让民工坐在桌子旁吃，自己端着盘子站着吃。民工师傅过意不去，魏所就说，我也是农村出来的，知道干体力活儿的苦，你们累了一天了，只有吃饭的时候能坐着歇一会儿，就别跟我客气了。我看到有个民工眼里含着眼泪，吃完后送餐盘时跟我说，还是头一次见到这样的派出所所长。

做事细心，是所有认识魏和友的人对他的共同评价。他的这种无微不至，时常在工作和生活中感染和感动着身边的每一个人。

除了细心，谢峰还透露，魏和友是个很有情怀和仪式感的人。2021 年 1 月 10 日，人民警察终于有了属于自己的节日。有人跟魏所调侃，咱过节放假不？魏所说，警察全都放假了，那社会还不乱套了，老百姓过来办事找谁去呢？虽然不放假，不过待会儿有惊喜。再问什么惊喜，魏所秘而不宣，玩起了神秘。

那一天，快到吃午饭的时候，派出所的微信群里突然发来消息，让大家到食堂集合。大家到那儿一看，不得了，原本的三菜一汤破天荒成了六个，不但加了菜，桌子上还摆上了蛋糕，上面写着“1·10中国警察节”。一个小小的仪式感，顿时让食堂里充满了节日的氛围。魏所说，大家聚过来，咱们一起合个影。随着相机“咔嚓”一声，首个警察节在赣江边上的派出所里定格。

后来，警察有了自己的警礼服，魏和友特意跑到镇上的照相馆，请来专业的摄影师。除了拍合影，还给每个人拍了一张单人照。大家穿上警礼服，一个比一个精神，那笑容里写满了自信。

魏和友跟大家说，警服穿在身上，是警察的责任；警礼服穿在身上，是警察的荣誉。谢峰说，在派出所那个大家无比熟悉的小院里，在那份干得无比疲惫的工作中，大家突然有了高度的认同感，我们和远在大城市的同行们一样，穿着同样的警礼服，肩上扛着同样神圣的职责。

六、有危险他都是冲在第一个

在魏和友工作过的几个部门，大家说起与他共事的经历，有一句高频次出现的话：你们只管大胆往前冲，只要我在现场，肯定冲在你们前面。

喻建勇是扬子洲派出所的案件队队长，回忆起 2019 年的一次抓捕，至今还心有余悸。

那一天，魏所从外面开完会回来，刚进派出所，看到我带着人风风火火地往外走，就问我干吗去。我说，去抓个嫌疑人。魏所说，今天我值班，我跟你们一块儿去，人多了安全。

我们要抓的嫌疑人住在村庄的一栋三层楼房里，几个人到达门口的时候，确定嫌疑人就在里面，魏所踹开门第一个就冲了进去。嫌疑人身高约 185 厘米，体重 200 多斤，魏所身高只有 165 厘米，两人面对面，体型悬殊特别明显。后来几个人合力，才把嫌疑人控制住。事后我问魏所，你真的不害怕吗？魏所说，我是所长，就得冲在最前面，要是遇到危险都让你们上，你们该怎么看我这个所长？

2020 年 7 月中旬，赣江流域中下游普降暴雨，受持续强降雨及鄱阳湖水倒灌的共同影响，扬子洲镇赣江堤坝水位持续上涨，高达 24.58 米，是当地有史以来第二高水位，超出警戒水位 1 米多，老百姓的生命财产安全受到严重威胁。

如今，扬子洲镇圩堤管理站站长郭君荣介绍当时的情况，情绪还难掩激动。他说当时水位太深，镇、村干部还有派出所的同志们全都上了，要将受困群众连夜转移。魏所带着派出所的全部民警、辅警连续干了一个通宵，协助疏散受灾群众600多人。第二天一大早，魏所顾不上休息，又开始巡查安置点的设置和水电安全问题。

在南昌地区的乡村，人们对房子有着特别的执着，修上一套像样的房子是一个人一生中十分重要的事情。一定程度上说，房子就是他们的脸面，甚至比半条命还要重要。居住在赣江边上的村民熊大强自信地认为，自己当初建房子的时候地基打得牢固，之前也经历过几次洪水，都没有受到多大影响，这次肯定也不会有多大事。在接到政府紧急撤离疏散通知后，熊大强横竖不肯走，任凭社区民警和村干部如何苦口婆心，他只有两个字——不走。

水位还在上涨，熊大强家的一楼已经被洪水淹没，社区民警不敢怠慢，赶紧把情况汇报给正在大堤上巡视的魏和友。

魏和友说，生命可不是儿戏，不管同不同意，抬也要把他们抬到安全区域。他冒着大雨，乘坐皮划艇来到熊大强家做工作。刚开始，熊大强还是不肯走，说舍不得房子。魏和友说，你待在房子里，房子要是塌了你命就没了；就算冲不塌房子，洪水也能要了你的命，你先撤到安全的地方，等洪水过了你再回来，房子还是你的。熊大强一听，思想上有了波动，但还是有些担心，说我们都走了，家里的东西怎么办？魏和友说，我们派出所是干吗的？就是保护大家生命财产安全的，你们放心撤离，家里东西的安全我们来替你保护。听了魏和友的这番话，熊大强才彻底放下心来，同意带着一家5口人全部转移。

魏和友的这次成功劝离，让熊大强一家免于灾难。洪水过后，魏和友因为表现突出，被授予个人三等功。

七、老百姓的事再小也要办好

扬子洲镇三联村村民岳跃友，回忆起魏和友有说不完的感谢。

1981年，岳跃友不慎将自己的户口迁移证弄丢了。当时我国还没有实行居民身份证制度，不管是生活在农村还是城市，人们对个人户籍的重视程度并没有那么高。对于证件丢失这事，岳跃友并没当回事儿，户口也一直没有落下来。后来他娶了媳妇，生了两个儿子，因为自己没有户口，老婆孩子自然也就无法落户，一家人全都成了“黑户”。以前孩子读小学的时候，虽然没有户口，但跟村里协调一下也就上了，入学并没有受到实质性的影响。到了小升初，学校对户籍的要求十分严格，岳跃友这才意识到户籍的重要性，天天为了孩子上学的事情急得团团转。

社区民警忻军了解到这个情况，在晨会上向所长魏和友汇报了。从农村走出来的魏和友，深知读书对农村孩子来说意味着什么，这很可能是他们改变命运的唯一出路。眼看孩子因为没有户口不能参加小升初考试，魏和友和岳跃友都急得如同热锅上的蚂蚁。

按照户籍政策，想要解决孩子落户的问题，首先要解决大人的户口。老岳本就是三联村村民，大家对他都熟悉，通过实地走访、证人作证和村里一些能证明他是本村村民的原始资料，户口问题迎刃而解。到了孩子这里，难度就大了，孩子没有出生证明，按照政策要求无法落户。魏和友出面协调卫健委、卫计办等职能部门，联系分局和市局户政部门，多方沟通，协调落实解决途径。每增加一份有价值的材料，魏和友就赶紧要求所里的户籍民警周兰抓紧时间代办相关事宜。

周兰说，我那段时间对魏所是有情绪的，现在户籍管理要求十分严格，初次办理户口必须有出生证明，没有出生证明，就必须做亲子鉴定，证明孩子和大人有血缘关系。因为缺少这个硬性条件，我三次申报都被退了回来。魏所天天盯着这个事情，他这不是为难我吗？

在当时，魏和友感受到了周兰的不满，等到户籍窗口不忙的时候，就来找她聊天。原来，岳跃友一家日子过得十分紧巴，做亲子鉴定一个人就要花费一千多元，而且父母小孩都要做，四个人加一起总共要四千多块钱，这对岳家人来说是一笔巨大的开支。魏和友知道他们承受不了，便想着能不能通过别的方法帮他们省去这笔费用。

在办公室，看着一脸情绪的周兰，魏和友十分温和地说，周兰，老岳家的条件你也看到了，你是城里长大的孩子，农村孩子的苦你不知道。我不是不懂程序，也不是让你为难，只是想着尽力帮他们争取一下，尽量减轻一下他们的负担。

周兰说，魏所语重心长跟我讲了这些话，我才知道他的良苦用心，再想想自己之前的不满情绪，心里十分愧疚。自己单纯是站在工作的角度，觉得做了该做的就行了，却没有站在群众的角度考虑问题。

魏和友想尽了办法，但没有出生证明，亲子鉴定是道无法逾越的鸿沟。最终，魏和友为他们争取到了最大限度的贫困补助，让岳跃友一家四口都做了亲子鉴定。

魏和友一点一滴的付出，岳跃友都看在眼里，记在心里，这个和自己非亲非故的派出所所长，一趟趟往村里跑，一个部门一个部门地打电话协调，为自己家的事情操碎了心。他想谢谢魏所，又听说魏所从来不在村民家里吃饭，也不收任何东西。他知道魏所长是个凡事都为老百姓着想的好人，但自己一家人作为受益者，不表示一下感谢，心里实在过意不去。

一天上午，岳跃友背着一编织袋自家种的蔬菜来到扬子洲派出所。魏和友一看岳跃友和菜，心里就明白是咋回事儿了，说老岳你这是干吗呢？

岳跃友说，魏所，你是我们家孩子的恩人，这些菜都是我自己种的，鱼是我自己养的，都不值钱，但新鲜得很，我不是给你一个人吃的，我是想给大家加个餐，用派出所的锅炒给大家吃。

魏和友看着岳跃友一脸沧桑，心里知道，如果自己生硬拒绝了，肯定会伤了老岳的心，于是就对食堂烧饭的徐大姐说，今天我就破例收一回礼，让大家伙都尝尝老岳的心意。

岳跃友把编织袋里的东西一一掏出来，小青菜、萝卜菜、茼蒿、西红柿、黄瓜、茄子，应季的蔬菜应有尽有，几条鱼在地板上活蹦乱跳，像是在为一首动听的警民和谐曲倾力伴舞。

张伟是扬子洲派出所的社区队长，说起魏所，他打心眼里佩服，对于办事群众提出的诉求，魏所从不推诿，能办的立即办，一时难以解决的，想方设法办，辖区里的人提起他，个个都称赞魏所“恰噶”（南昌话“真棒”）。

有一次，一个村民来到派出所，刚开始说要报案，后来又说不报了。接待老人的民警喻建勇问咋回事，老人说家里的鹅少了两只，不知道是被偷了，还是鹅自己走丢了，自己也弄不准。本来想麻烦民警帮忙找找，一看你们这么忙，想想算了，说不定明天鹅自己就回来了。老人自己放弃了，喻建勇也就没再跟进。

第二天，喻建勇在晨会上提起这件事，魏和友听了，说这个事情不管是鹅被偷了，还是自己走丢了，咱们都要进一步问一问，尽量帮老百姓找回来，人家大老远跑过来找咱们，说明对咱们是信任的，是抱有期待的。开完会之后，喻建勇专门找到当事人，在村庄和稻田里找了半天，总算是找到了两只鹅。

魏和友常在开会的时候说，像这样琐碎的事情，老百姓在意的其实不是案子破没破，而是我们有没有付诸行动，有没有站在他们的角度去思考问题，帮着解决问题。有些事情即便因为各种原因没有达到老百姓的预期，看到我们确实尽力了，他们心里也是能理解的。

八、他说过把后半辈子交给我

“我的前半生交给了工作，后半生交给你，等我退休之后，陪你春天去看花，夏天去钓鱼，秋天去采摘，冬天去看雪。”对涂燕政来说，丈夫魏和友的这份承诺里充满着无尽的浪漫。她一直在憧憬老去的一天，女儿自食其力了，她和丈夫都退休了，一起去看看外面的世界。

2023 年 7 月 21 日中午，魏和友难得抽出时间，陪妻子在外面吃了一顿午饭。对涂燕政来说，这样的场景并不多。但她无论如何也想不到，那顿午饭，竟是她和丈夫一起吃的最后一顿饭。她还清晰地记得，分别的时候，丈夫对自己说：“老婆，我去单位啦!”这竟成了丈夫留给自己的最后一句话。

在魏和友的家中，涂燕政和女儿魏佳琪坐在沙发上，很长时间没说话，眼泪流了一串又一串。这个面积并不大的三室一厅，装修虽然已经有些年头，但干净整洁，书籍随处可见，柜子上摆满了荣誉证书、奖章。魏和友先后荣立个人三等功 5 次，获嘉奖 9 次，1 次被评为优秀共产党员，2 次被评为全市优秀人民警察，曾获全市优秀政法干警、全省“经侦工作先进个人”称号……一个个荣誉，见证着魏和友为公安事业做出的贡献。

在妻子和女儿印象中，魏和友总是有忙不完的工作，在家待的时间很短，即便是坐在沙发上，也总是有接不完的电话。魏佳琪说，别人家小孩都是爸爸妈妈经常陪在身边，而我平时身边只有妈妈，偶尔看到爸爸在家反而有点儿意外。

因为陪伴得少，魏和友对女儿十分宠爱，周末难得休息的时候会做上一桌丰盛的饭菜。菜刚端到桌子上，他就冲着女儿房间喊——崽啊，快来吃饭呀。

在我读幼儿园的时候，别的小朋友的家长都是早早等在门口，而我每次都是站在门口望眼欲穿，最后一个被接走。我常常抱怨你不关心我，你总是笑着跟我说，爸爸是警察，要去抓坏人。这是魏佳琪在魏和友遗体告别仪式上的真情告白。她无论如何都不会想到，自己第一次坐上警车，竟是去医院探望正在抢救的父亲。

魏和友曾对同事说，妻子对他工作的支持，是他的不竭动力。当派出所长期间的四个除夕夜，魏和友都是在派出所度过的。大年三十的晚上，他带队上路执勤，看着城市的万家灯火，听着爆竹声声，他发信息给妻子说，老婆你看，我在外面保护大家，其实也是在保护我们的小家。

虽然嘴上这么说，其实在内心深处魏和友知道，对于妻子和女儿，他亏欠得太多了。

1999年，魏和友和涂燕政刚结婚，正准备外出度蜜月，车票都买好了，却因为单位突然有紧急任务，只能被迫临时取消。魏和友对涂燕政说，老婆你放心，这个蜜月我早晚给你补回来。没想到一拖就是二十多年，如今女儿都快研究生毕业了，承诺还没兑现。但涂燕政并不抱怨，当了这么多年警嫂，自己早已习惯。更何况丈夫已经承诺她，将来退休了好好带她看世界，把之前缺失的全都补回来。没想到丈夫这次食言了，而且是永久性食言。

涂燕政说，其实我能感觉到他对这个家的用心，只不过他工作太忙了，尤其是今年夏天以来，他变得格外忙，休息的时间越来越少，在家也是一个电话接着一个电话。有一段时间他的精神高度紧张，跟我说，老婆，女儿不在家，这段时间我就先睡女儿房间吧。我还跟他开玩笑，你这是从现在就跟我分居了吗？他说，最近在搞夏季治安整治，事情特别多，夜里电话也多，有时候突然想起来一件事情，要赶紧记在本子上，要不第二天容易忘记。晚上我起床、开灯，担心影响你休息。

因为这份愧疚，在家的时候魏和友总是尽可能把家务活儿揽在自己身上，老婆，我今天不值班，碗筷等我回去洗啊。老婆，地你就不要拖了，等我晚上回去再拖。

涂燕政喜欢吃鱼。有一次，派出所食堂中午烧了鱼，魏和友觉得很好吃，就问帮厨的徐大姐，这鱼真好吃，你是在哪里买的啊？徐大姐说，这是白鱼，我专门跑到镇上集市上买的，今天多买了几条，魏所你带回去吃吧。魏和友说，那好啊，你卖给我三条，多少钱我转给你。徐大姐说，就几条鱼，又不值钱，魏所你直接拿走就是，还给什么钱啊。

徐大姐说，魏所当时坚决不同意，下班后坚持给我转了45块钱，才把鱼提回了家。徐大姐说着说着就哭了，魏所多好的人啊，见到我们都是乐呵呵的，左一声大姐右一声大姐叫着，把我当自己家里人一样。他在这儿待了3年多，差10天不到4年，那些日子我都记得，我多么希望他有一天还能回来，大口大口吃我做的饭啊。

九、我们要把他的精神传承下去

2022年10月，魏和友从扬子洲派出所调任大院派出所后，曹洪杰接任他当所长。曹洪杰说，扬子洲派出所原来不属于东湖分局，是前些年从另外一个分局划过来的，有种被边缘化的感觉，大家在单位的存在感不强，工作积极性自然也就不高，没想到魏所来了不到4年，硬是将扬子洲派出所从原来倒数第一梯队升格到分局前三名。他能取得这样的成绩，付出的辛苦可想而知。我们俩本来就很熟悉，到这儿之后经常跟他通电话，一聊就是20多分钟，我有时候跟他开玩笑说，你在这儿3年多，脸晒黑了，腿跑细了，心练红了，树种好了，把能吃的苦全吃了，能受的累全受了，我是来摘果子的。

说起如何评价魏和友，曹洪杰说，我觉得用“三个员”比较合适：首先是

"巡逻员"，魏所的皮鞋最脏，照片里的鞋子都是变了形的，他用脚步丈量过这里的每一寸土地。其次是"安全员"，经侦、刑侦他都待过，遇到问题不害怕，扬子洲是菜篮子基地，有一次外地人来偷菜被本地人发现了，双方剑拔弩张的时候他敢第一个冲在前面，别看他个子小，气场可一点儿不小。第三个是"辅导员"，他十分爱学习，会做思想工作，通过家访、过生日、解决家庭现实困难等一系列方式，润物无声地调节民警、辅警工作上的负面情绪。他不但能辅导好所里的同事，还特别会化解群众之间的矛盾，我们这儿通往外界的唯一一座桥叫"英雄桥"，他之前就敢喊出口号——矛盾不过英雄桥——所有的矛盾全在村里镇上层面就解决了，不给上级添麻烦。政法系统推崇的"枫桥经验"实实在在在这里生了根，发了芽，开了花，结了果。

曹洪杰说，我现在用的碗就是和友留下的，我睡的床是和友睡过的，我坐的办公室是他坐过的，我正在带的队伍是他用心打造的，我必须把他的精神传承下去。我还记得我们之前聊天的时候，他用来描述我们两个人特点的一句话，他说，你比我差一本书，我比你差一张嘴。他爱读书，不管是家里还是办公室的柜子里，满满当当装的全是书。我之前做过主持人，口才比他好。他去世之后，我主动跟领导申请组建一个魏和友同志的先进事迹宣讲小分队，推广他总结的工作法，把那些他做过的实实在在的事情宣传出去，让更多的人记住这个看似平凡又十分伟大的人民警察。

魏和友牺牲后，连日的晴天突然下了一场阵雨，雨不大，轻柔地打在城市的肩头，像是跟这片土地做最后的告别。雨水落在高山，形成溪流，浸入大地，汇入赣江，流过这座英雄的城市。身为200万人民警察队伍中的一员，魏和友的名字虽然已被"黑框"标记，但他的精神永远都屹立不倒，人民不会忘记，山河永远记得！

（文中部分人员为化名）

韶山“警”色

欧阳伟

红色“哨兵”

一连下了几天的雨，悄然间就停了。

新雨后的韶山乡村苍翠欲滴，空气也是湿漉漉的，云雾缭绕，宛若仙境。

来到韶山，仿佛穿越时空，追寻红色记忆，接受灵魂的洗礼。

“东方红，太阳升，中国出了个毛泽东。”韶山成为世人景仰的红色圣地。1954年成立的韶山冲派出所，那时只有3个人，担负着保卫主席故居、执行重大安保、维护韶山治安的重任。

“别梦依稀咒逝川，故园三十二年前。红旗卷起农奴戟，黑手高悬霸主鞭。为有牺牲多壮志，敢教日月换新天。喜看稻菽千重浪，遍地英雄下夕烟。”1959年6月，毛主席回到阔别32年的故乡韶山，回忆起韶山人民的革命斗争历程，感慨万千，写下这首《七律·到韶山》。

毛泽东故居上屋场西边三四公里处，有一个风景旖旎的山谷，曾被毛泽东称为“西方的一个山洞”，后来称为滴水洞。出滴水洞不远处有个韶山水库，1959年6月毛泽东回韶山时曾在这里游泳。在陪同毛泽东游泳的保卫干部中，有个青年叫黄友恒。1966年6月，毛泽东南巡回到韶山，住在滴水洞别墅，警卫干部中又有黄友恒的身影。后来黄友恒转业到韶山冲派出所当民警，成为韶山冲派出所第七任所长。

20世纪80年代初，毛泽东故居对面山台子上有个毛家饭店，创始人是汤瑞仁，就是毛泽东1959年回韶山与乡亲们一起拍摄的照片上右边的那位妇女。人们都习惯地称她为“汤妈妈”。

我曾多次采访过汤妈妈，再次来到毛家饭店，这里是20年前搬迁的新址，耄耋的汤妈妈穿一件红色的呢子风衣，戴一顶粉色的毛线帽子，黑色的裤子，显得十分精致。一提到韶山冲派出所，她就滔滔不绝，如数家珍。近70年的人和事，她记得那么多、那么细，为什么？她说：“这是感恩，感毛主席的恩。没有毛主席就没有我们的今天。”临走时她拉着我的手说：“韶山冲派出所的所长、教导员换了一批又一批，民警换了一茬又一茬，个个都是好样的。”

红色传承，生生不息。韶山又有了“中国出了个毛泽东”实景演出、“最忆韶山冲”室内红色主题剧场……它们和毛泽东同志故居、毛泽东广场、毛泽东同志纪念馆、毛泽东纪念园、毛氏宗祠、滴水洞等景点融为一体，组成了韶山核心景区独特的红色地标、壮丽的红色圣地。

“为有牺牲多壮志，敢教日月换新天。”正是伟大的韶山精神，激励着一代代韶山人民、中国人民不忘初心，扛起新时代赋予的重任。“守卫好毛主席家乡，接待好毛主席客人”是韶山公安的铮铮使命，“我是主席家乡人，我为主席添光彩”是韶山公安的铮铮誓言。

韶山冲派出所位于韶山核心景区，紧挨着毛主席故居和毛泽东广场，现有18名民警、18名辅警，管辖韶山乡韶山村、韶润村、韶前村和韶山冲社区等10村1社区，4万多人口，每年来韶山观光旅游的游客有2000多万人次。70年来，韶山冲派出所先后承担了2000多批次党和国家领导人、重要外宾、重大节庆活动的安全保卫任务，确保了韶山人民和千千万万游客的生命财产安全，2005年至今多次被公安部评为“一级公安派出所”，先后被授予“全国政法系统先进基层党组织”、“全国廉政爱民优秀公安基层单位”、“全国优秀公安基层单位”、“全国学雷锋活动示范点”、“全国青年文明号”、全国首批“枫桥式公安派出所”、全国“人民满意的公务员集体”……2022年荣获中共中央、国务院授予的“全国模范公安单位”荣誉称号。2023年4月，在湖南省创新开展“红色示范警队”推选宣传活动，韶山冲派出所从63个红色警队中脱颖而出，成为全省公安机关首批被推选确定的7个“红色示范警队”之首。

“警察蓝”成了伟人故里的“红色哨兵”，打造了韶山一方平安绿洲，赢得了“三湘第一所”、“神州第一所”的美誉，他们是韶山最美的“警”色。

见到你们心里就踏实

佘磊正在陪同外地的同行参观“最忆韶山冲”剧场，一个姑娘急匆匆地跑过来，气喘吁吁地说：“佘总，有人……闹事。”

秋日的阳光相当炙热，熙熙攘攘的游客戴着太阳帽或举着遮阳伞仍急匆匆地往阴凉地方躲。

大门口聚集了一堆人，有个带头的正起劲地带着大家喊：“我们是农民工，谁欠我们的血汗钱我们就跟谁斗到底!”“我们要吃饭，我们要生存!”“今天不给钱我们就……”

佘磊快步走了过来，说：“师傅们，我们从来不拖欠农民工工资的，这里面一定有误会。”

带头那人是个姓胡的包工头，他从地上站起来喊道：“给钱，快点儿给钱！我们已经报警了!”

几个剧场保安闻讯过来，站在佘磊前面，双方剑拔弩张。

佘磊挥着双手说：“大家别冲动，有事好好说。”

一辆警车呼啸而至，一个高大汉子跳下车来，他叫周微，是韶山冲派出所副所长，他身后还有两个身着制服的民警。

胡老板见到警察更加来劲，大声喊道：“工友们，有困难找警察，请警察评评理，我们只要钱!”

周微副所长说：“你们是来要钱的，我们是来帮你们解决问题的。现在都听我的，到旁边会议室来，好不好?”

在场的农民工几十双眼睛一齐望着胡

老板，胡老板扬了扬脖子，扯起嗓子说："我们不去，有事就在这里说。"

农民工跟着起哄："对，就在这里说！"

"这里是演出场所，是韶山的窗口。不能让游客看我们的笑话吧。"周微提高嗓音说，"师傅们，你们辛辛苦苦赚的都是血汗钱，谁也不敢欠你们的钱。我们坐下来把问题搞清楚，该给的一分不少给你们。"

佘磊赶紧说："是啊，师傅们到会议室喝口茶，我们一定给你们一个满意的答复。"

"师傅们，我们都是毛主席家乡人，要注意自己的形象啊。"周微迈开大步往前走，农民工们你看看我，我看看你，一个个跟着走进了会议室。

工作人员给每个人端上了一杯凉茶。

佘磊对大家说："你们的工资我们一分没少都给了，眼下的问题是工程遗留债务问题、工程结算问题，我们正在清算。"

胡老板脸色青一阵红一阵，忙说："就是你们没有给我工程结算，前面给的钱我已挪做别用了。"

农民工一听，原来是这样。有人说："胡老板，你这人不地道，你挪用了我们的工资，还要我们来闹事。一是一，二是二，这事怪不得'红五星'剧场。"

周微说："'最忆韶山冲'是韶山的重点工程，我们来过多次，剧场方面从来没有拖欠过农民工工资，至于工程债务和工程结算的问题，也会尽快与施工方搞好结算的。"

一个民工说："还是民警说话实在，我们信得过。"

胡老板说："周所，你放心，我马上想办法把钱发给工友们。"

佘磊握着周微的手，激动地说："周所，你们辛苦了，你们一来我们心里就踏实了。"

阳春三月，韶山大地油菜花开得热情奔放，像洒满一地的阳光。我冒雨来到韶山湖湘旅游开发有限公司，作为公司运营总监，佘磊领着我转了一大圈。"最忆韶山冲"是一个室内红色演艺综合体，坐落在韶山市韶山乡韶润村，剧场主体建筑面积17129平方米、拥有1502个观众席。从空中俯瞰，其造型好似一个红色的五角星，故名"红五星"主题剧场。这里能满足室内驻场演出的要求，保证《最忆韶山冲》演艺能不受时间、气候条件影响，实现日场、夜场"全天候、高频次"演出。大型（室内）舞台剧是张艺谋导演用现代理念和高科技演绎红色文化的创新表达。《最忆韶山冲》自2021年12月25日在湖南韶山首演，"诗音光影铸魂、红色文化育人"，生动地再现了开国领袖毛主席的亲情之路、励志之路、求索之路、奋斗之路，全景展现了中国波澜壮阔的革命画卷，成为游客来韶山瞻仰伟人故里、红色圣地必看的演出，是一场红色记忆与高科技融合的视听盛宴。

人们来这里看演出的渴望和热情，带给我无限遐想。从一张张神采奕奕的脸上，我似乎找到了共同的精神密码，沉浸式体验"最忆"，最好还是"韶山冲"。

说起上次分包商闹事的事，我问："现在情况怎么样？"

佘磊笑了笑，脸上满是欣慰地说："胡老板和那些民工师傅其实是通情达理的，双方达成了谅解，再也没有发生过类似的事情了。”佘磊还告诉我，《最忆韶山冲》公演一年多来共演出500多场，接待旅客20万人次，已经打响了“走进伟人故里，传唱红色经典”的文化品牌。

早在十年前，润泽东方文化产业发展股份有限公司（以下简称润泽东方公司）落户韶山，2014年4月15日大型山水实景演出《中国出了个毛泽东》首场公演，人山人海，好评如潮。以此为突破口，公司准备建设一个集文化、旅游、培训、休闲度假为一体的产业示范基地，高起点、高规划、高标准地打造一个红色文化旅游新地标。

2023年3月的一天下午，一辆面包车冲到了润泽东方公司前坪，车上下来一男子，是当地村民李波，他扯开一条横幅挂在车上，白布黑字写着“欠债还钱”，引来不少游客围观。润泽东方公司总经理杨月明带着两名保安前去劝阻，李波不依不饶，围观的人越来越多。韶山冲派出所周微副所长接到报警赶来了，劝解后李波回去了。哪晓得他第二天又来了，故伎重演。周微又匆匆赶来，把李波劝到公司会议室，还请来了韶山乡政府、司法所和润泽东方公司律师。杨月明把事情的来龙去脉给大家讲了一遍，事情其实很简单，李波承包的工程款没有结算完，李波怕公司方赖账，于是三天两头到公司来闹事，只要听说有人在润泽东方公司接了工程，他就出来干涉，叫人家干不成。他还嚷嚷：“你干什么？干了公司也不给钱。要干也只能让我干，他们欠我钱！”

周微对李波说：“润泽东方公司在这里经营这么多年了，他们的信誉我们大家有目共睹，相信他们不会赖账的。这几年受疫情影响，公司方有些困难，经济纠纷、债务纠纷也难免，闹事不能解决问题，只会恶性循环，大家都受影响。请你多理解，双方多沟通，不要采取过激行为，影响韶山的形象。”

杨月明当场表态：“我们公司一切依法依规办事，欠钱还钱，我们可以再与你签一个还款协议。”

李波本不想闹事，眼见钱有了着落，终于脸上有了笑容，双方握手言和。

杨月明告诉我，作为一个大型演出场所，游客与游客、游客与导游之间的矛盾纠纷时有发生，韶山冲派出所接到报警总是第一时间赶到。他们的群众信任度特别高，在处理突发事件上总是能站在公正立场，总能找到有效途径调解，既能解决当事人的合理诉求，又保护了企业的营商环境。润泽东方公司从2012年成立以来，演出了1865场，接待游客20多万人次，最多一场接待2500人，最多一天接待了4500人。

韶山冲派出所在润泽东方公司大门前加挂了“警务室”牌子，安排专人值守。从时任韶山市副市长、公安局长贺剑鹏，时任韶山冲派出所所长章爱良到现任韶山市副市长、公安局长王梁，现任韶山冲派出所所长夏厦、教导员赵晖，每一任领导都经常来这里调研、现场办公，为游客和企业排忧解难，对涉黑涉恶的违法犯罪行为决不姑息，从重从快予以打击，让企业和游客都有安全感。杨月明感慨地说：“韶山冲派出所的民警既是安全员，又是战斗员，还是宣传员。”

警情不过夜

采访民警与采访其他人真的大不

一样。

2023年3月23日上午11时30分，我正在韶山冲派出所采访，温豪副所长接到消息，武汉市公安局江岸分局塔子派出所民警打来电话说，他们抓到了网上逃犯江一天，要尽快去接人。

温豪毫不犹豫，立即向所长夏厦、教导员赵晖进行了汇报。

吃过午饭，温豪和民警马睿君、辅警肖杰智就驾车出发了。

外面正下着大雨，车开得很快，一到武汉，温豪三人就立即与武汉警方办理交接手续。已到饭点了，他们只吃了碗面条，将犯罪嫌疑人押上车，匆匆驾车冲进夜色之中。回到所里，温豪看了一下时间，晚上11时30分。从中午12时30分出发到现在，这一个来回仅仅用了11个小时。紧接着，温豪他们连夜讯问江一天。

说来这案情有点儿奇葩，2月11日上午，张女士气喘吁吁地来到韶山冲派出所报警，她在韶山某民宿内被电信诈骗35万余元。韶山冲派出所副所长彭科睿仔细询问得知，张女士是一位来自上海的游客，租住在韶山某民宿，当天上午，她突然接到所谓银保监会工作人员电话，说她有违规贷款的业务需要取消，要求她办理相关手续。张女士的确有一笔贷款正在办理，她忙问对方该怎么办。对方一步步告诉她，让她从京东、白条、微粒贷、花呗、借呗等多类贷款软件贷款，再转至对方提供的“监管账户”里才能取消。张女士越听越紧张，通过手机银行先后向8个账户转账累计351178元。等转完钱再打电话过去询问情况时，却怎么也联系不上了，这才猛然发觉自己被骗了。

夏厦所长紧急部署，联合韶山市公安局刑侦大队立即对涉案账号进行止付、冻结，侦查员们对案情进行了认真细致的分析研判。第二天，终于确定了嫌疑人身份：李三（男，25岁，湖南省岳阳市平江县人）、祁五（男，22岁，山西省朔州市应县人）、姚七（男，25岁，山东省临沂市沂水县人）等8人被列为网上追逃对象。2月13日21时，韶山冲派出所得到消息，李三在岳阳市平江县落网。副所长彭科睿立马带领两名民警连夜赶赴平江，将犯罪嫌疑人李三押回韶山，前后用了不到36小时。彭科睿刚刚回到所里，山东又传来消息，临沂公安抓获了祁五、姚七。彭科睿马上通过电话与临沂公安协调押解回韶山的手续，这样既节约了出差办案的成本，又有效打击了违法犯罪。李三、祁五、姚七等3名犯罪嫌疑人对自己的犯罪事实供认不讳，3人因涉嫌帮助信息网络犯罪活动罪被依法采取取保候审。不久，江一天等另外5名犯罪嫌疑人也被抓获归案，为受害人张女士挽回了经济损失。

彭科睿说：“这类案件追赃挽损是关键，追资金流是重中之重。问题往往是受害人反应不会那么快，接警后止付跟不上，就会贻误战机。‘警情清零’专项行动确实发挥了威力，抢占了先机。但电信诈骗仍然比较猖獗，防不胜防，人民群众一定要守好自己的钱袋子，做好防范。”

温豪正在所里值班，有人来报案，说话语无伦次：“民警同志，我……我骗钱了，不，是我的钱被人骗了。”

温豪一看，来人20多岁，和自己年龄不相上下。温豪说：“你别急，先喝口水，慢慢说。”

来人姓贺，是韶润村人，刚结婚不久，自己没有生活来源，急着用钱。3月14日11时许，小贺接到一个陌生电话，对方称可以发放贷款。小贺信以为真，通过了名为“陈家民”的企业微信号好友申请，随后被“陈家民”拉进微信群。“陈家民”在群内发了一个二维码的下载链接，让小贺下载后联系客服。小贺扫描了二维码后，弹出一个聊天窗口，客服发来一个链接，小贺按照客服要求下载了名为“浦发银行”App的安装包，并注册申请贷款2万元。客服以申请贷款信息填写错误、需要缴纳解冻保证金为由，要求小贺转账1万元。于是，小贺把自己建设银行卡里仅有的1万元转了过去。不一会儿，客服又说：“你的信息还是不对，需要继续转款2万元才能解冻，到时会连同贷款一并打给你。”他没钱了，就找妻子要，妻子一听忙说：“你遇上电信诈骗了吧?”小贺说：“哪来那么多诈骗，你快把钱给我吧。”妻子仍在怀疑，拖着他往派出所走，走到半路小贺不走了，逼着妻子给他2万元，他又把钱转了过去。然而客服以同样理由再次要小贺转账，小贺预感不妙，没有转账。过了一会儿，他要求客服退回之前的转账金，但客服已失去联系。小贺这才慌了神，撒腿就往派出所跑。此时已是2023年3月14日下午5点多钟。

温豪当即联合韶山市公安局刑侦大队，对涉案账户止付、冻结。同时根据线索进行人员研判和资金研判，确定了犯罪嫌疑人身份，第一时间将其列为网上追逃对象。第二天下午，蒋建成被山东青岛公安抓获。

韶山冲派出所按照协同机制，连夜对接，犯罪嫌疑人承认其是第一笔账号的持有人，退回了9000元。

小贺拿到失而复得的9000元钱，激动地对民警说：“谢谢!”警方能在48小时之内为他追回部分被骗款，他是做梦也没有想到的。他和妻子给派出所送来一面锦旗，上面写着：人民警察为人民，失而复得暖人心。

韶山冲派出所所长夏厦告诉我，这类案件要一天之内冻结账户，三天之内录入反诈平台，五天之内研判，对够打击条件的犯罪嫌疑人可以上网追逃。韶山市公安局从去年年初开始，开展“警情清零”专项行动，坚持警情就是命令，警情不过夜，始终保持对“帮信”犯罪嫌疑人的严打高压态势，切实守护群众的“钱袋子”安全。

最好的礼物

“刘满哥”其实不年轻了，再过三年就退休了，可熟悉他的人仍然这样喊他。喊了几十年，习惯了，亲切。

2017年6月10日，韶山冲派出所副所长刘满松带队在景区巡逻。行至毛泽东同志纪念园南门时，发现一位老人坐在路边呕吐不止。刘满松立即上前查看，老人脸色惨白，全身软弱无力。刘满松赶紧拨打“120”，请求医院派人救护。救护车到达现场后，老人却执拗地不肯前往医院，还口口声声要医护人员走开。眼见老人精神状况越来越差，刘满松耐心地从老人口里问到他儿子的电话，打过去一问得知，老人已经83岁，患有心脏病等多种疾病。他独自一人来韶山旅游，家人根本不知道。征得老人家属同意，刘满松开车将老人送到医院救治，且一直守在急救室外面。后来医生告诉他，幸亏送医及时，老人转危为安了。

胡先生一家7人从长沙到韶山旅游。那天是2017年6月18日，天气十分炎热，他们从游客换乘中心步行至核心景区。下午1点，一行人来到毛泽东铜像广场时，胡先生才发现自己的手包不见了。包内有现金4000多元，还有银行卡、身份证、驾驶证、社保卡等证件。胡先生慌了，急忙跑到快警站报警。刘满松开车带上胡先生到韶山冲派出所查看监控，却一直没有找到丢失钱包的线索。刘满松要胡先生再好好回忆一下，想想遗漏了什么没有。胡先生猛然想起来，他们在步行前往核心景区的途中，曾经拦下一辆黑色轿车，搭了个顺风车。

会不会把钱包落在车上了呢？刘满松沿着这条线索追踪，最终找到了那辆黑色轿车并联系上车主，车主返回车上发现了钱包。胡先生接过钱包，激动地说："毛主席家乡的人都是好人，毛主席家乡的警察都是好样的！

一天上午，一名男子急匆匆地跑到毛泽东广场快警站求助，快警站负责人刘满松递上一杯水，那男子顾不上喝水，操着生硬的广东普通话说："警察同志，帮帮我，我丢……丢了一个钱包，里面有现金和证件，还有……还有10多万元的票据。"

刘满松向这位广东游客询问了一些具体细节，打开手机，在"涉旅事务快速处置群"上发布了寻找失主钱包的信息。警情登记本上清楚地记载：2020年12月27日。天气很冷，广东游客报警后就随团离开了韶山。

第三天下午，一位环卫工人来到快警站，将捡到的钱包交给刘满松。刘满松立即与那位广东游客联系，核对无误后，马上将钱包快递过去。

广东游客写来一封感谢信，信中说："刘警官您好！我的钱包收到了。今天是2021年1月1日，新年第一天我收到了最好的新年礼物。这次是我不小心弄丢了钱包，里面的票据很重要，要是找不到我就有大麻烦了，不仅说不清，还要损失10多万元。我那天报完警就走了，说实在的，已经不抱什么希望了。没想到你们这么认真负责，这么快就帮我找到了钱包，里面的东西一样不少。能遇到你们，我的运气真好。我已经是第三次到韶山参观了，以后还会来的，韶山警察最棒！我爱韶山！"

"来韶游客无小事。"刘满松说，"我们这里刑事案件几乎没有，游客间的矛盾纠纷不少，大多是走失老人小孩，丢失钱包物品的事。老百姓的事就是我们的事，每一件都不能含糊。"

张正霖是湘潭市公安局来韶山的支援民警，他每天跟着师傅刘满松在快警站上班。他说："能来韶山工作一年，是我的荣幸。师傅刘满松是个老模范，他身上有种朴实的奉献精神，不管分内分外，只要是老百姓的事他都尽心尽力，他就像一头不知疲倦的老黄牛。"

名师出高徒，这话不假。2023年1月20日上午11时许，一位娄底游客急匆匆地跑到快警站求助，说他11岁的儿子刚刚和他吵了一架，负气走了，他们找了好久也没找到。张正霖问清楚男孩的体貌和衣着特征后调取监控，利用视频追踪。查了一个多小时，发现男孩经红旗路往换乘中心方向走了。张正霖立即骑上警用平衡车，一路追去，在华龙卡口见到了那个男孩。张正霖喊男孩的名字，男孩站住，回头一看是个警察，吓得拔腿就跑。张正霖冲上去一把抱住他，亲切地说：“宝贝，你爸妈到处找你呢。跟我回去吧。”

为游客找人找物，民警们乐此不疲。韶山村里的人常说：“刘满哥和快警站，一天好事一箩筐。”

2023年1月23日上午10时许，长沙来的熊先生打电话报警，说他丢了一个棕色钱包，里面有现金6200元，证件若干。接警的这天是正月初二，来韶山参观的游客络绎不绝。张正霖进一步询问得知，熊先生正在毛泽东广场附近停车场一边报警一边寻找。张正霖迅速出警，把熊先生带到快警站调取监控，查看了半个多小时，一直没有看到熊先生有掏钱包的动作。熊先生摇着头说：“算了，找不到了。”说完长长地叹了口气。张正霖看出熊先生内心的焦虑，坚定地说：“我们再想想办法，不能就这样放弃。”张正霖又带着熊先生去查看广场内部监控，看到在一段路上熊先生的钱包掉到了地上，被一个店铺老板捡到了。二人马上赶过去，店铺老板说她捡到钱包后就告诉了保安人员，钱包现在就放在店里。熊先生核查无误，一再称谢。

2023年3月11日，张正霖接到一位姓施的女士的求助电话：“我的孩子走丢了，求求你们帮我找找孩子吧！”施女士说，她上午骑着摩托车，带着才7岁的儿子从湘乡来韶山游玩。儿子老是玩手机游戏，她讲了好多次也不听，于是抢了儿子的手机，儿子赌气就跑了。刘满松和张正霖分头去找，从毛泽东铜像广场到毛泽东故居周边都找了个遍，找了一个多小时也没找到。这时，施女士急得捶胸顿足，边哭边说：“儿子啊，你在哪里？快点儿回来吧，妈妈再也不抢你手机了。我怎么办……我也不想活了……”

张正霖眉头一皱，想起一个地方来，立马骑上警用平衡车又出发了。他直奔停车场，转了一圈，果然在一排车辆后面发现有个小男孩蹲在地上，抓着一根树枝拨弄着沙子。“是他！”张正霖喜出望外，扑过去抱起小男孩，好像那就是自己的孩子。

我们来到毛泽东广场，向毛泽东铜像三鞠躬。我来韶山多次，却不知道在铜像基座下面还有一个地下室，这里是毛泽东广场管理处，办公、接待、会议安排乃至花篮的置放等等都井然有序。张红湘处长介绍，毛泽东广场扩建为占地面积10.8万平方米的全开放广场，没有关门时间。每年接待游客2000至3000万人次，压力非常大。喊客拉客现象时有发生，管理处没有执法权，难免会起冲突。韶山冲派出所，特别是快警站就是维护广场安全的主力军，是广场管理处的坚强后盾。他们总是站在公正立场上，又快又好地处置各种事件。

2019年9月的一个晚上，一辆小车突然从广场西侧无障碍通道冲进来，保安人员刚要上去制止，“嘭”的一声，那车开始撞击台阶石头，直至车身撞坏才停了下来。保安立即报警，快警站值班人员1分钟就赶了过来，将车上的人制服。带到快警站一查询，那人是衡阳来的，患有抑郁症，精神失常，说是有人要追杀他。

某天上午，一年轻男子在广场上乱喊乱叫，保安人员上前劝阻，他便更来劲，大声说："给我一个花篮，要一万元的！"其实他根本没有钱，且神志不清，站在基座前面不肯走。当天有名外国元首要来韶山向毛泽东铜像敬献花篮。快警站民警闻讯赶来，刘满松和大家一起把那人架着带离了现场。

毛主席故居负责人老姚曾经在青海某部当兵10多年，退伍回到韶山，到故居工作有10多年了。他说："故居门前游客特别多，排队时间较长，矛盾纠纷也多，人人都晓得有困难找警察，韶山冲派出所民警都能及时化解。快警站是个出警点、行动点、示范点和服务点，刘满松是快警站负责人，是个好带头人，故居这里的安全离不开他们，他的故事太多了。"

有一个广东游客，40多岁，每年都带着老婆和儿子来韶山，他说："我已经连续14年向毛主席铜像献花篮了，还会继续献下去，如果哪天我走不动了，就让我儿子年年来。"

我在毛泽东广场快警站的出警记录本上看到，每天的各种警情都有登记，2023年1月1日至3月24日，寻找走失老人和小孩事件63起，丢失财物事件55起，还有各种问询、咨询每天有100多人次。据不完全统计，这期间快警站救助老人、小孩1300余名，帮助游客找回丢失财物600余件。

快警站每天值守的只有1名民警、2名辅警，这是多么大的工作量，多么大的压力，看似平凡的岗位又是多么的不平凡啊！

好不容易找了个空当，刘满松可以坐下来歇息一会儿，我问他："你每天工作10多个小时，天天与游客打交道，天天都是这些事，有没有觉得单调或者烦的时候？"

刘满松憨憨一笑，说："有很多人问过我同样的问题，我记得孩子小的时候我陪他搭积木，当时有一种非常强烈的感受，积木可以搭出各式各样的形状。人的一生像积木又不像积木，没有那么多可能，更不能推倒重来。党把我放在快警站，我就要站好每一班岗，我是为毛主席站岗，为人民服务，这是我最大的光荣、最大的幸福。"

望着他已经有些花白的头发，我似乎找到了答案，刘满松说出了韶山冲派出所全体民警的心声，"每一次付出就是给游客最好的礼物"。

你笑起来真好看

人与人的相遇，是缘分，也是奇迹。

韶山人都知道，有一个时期，韶山冲派出所来了一个编外"警察"。

这个编外"警察"叫向阳，是个孤儿。

向阳家在韶山村一个偏僻的山坳里，他7岁那年，身患绝症的父亲自寻短见，离开了人世，只给他留下一封信，歪歪斜斜地写着几句话："儿子，你命苦啊，都怪父亲没用，我对不住你。我走了，你要好好活着，将来做个有用的人。"

向阳的母亲早就对生活失去了信心，丈夫一死，她的精神完全崩溃了，没几日也投江自尽了。父母双亡，小向阳顿时成了孤儿，与奶奶相依为命，艰难度日。

韶山冲派出所第11任所长周利人听说了向阳的情况，当天晚上，韶山冲派出所会议室里灯火通明，召开了一个党支部特别会议。

周利人动情地说：“向阳是个孤苦伶仃的孩子。我们是人民警察，不能坐视不管。我们得行动起来，为向阳撑起一片天。”

“先捐点儿钱吧，解决他的基本生活问题。”

“到他家去看看，看还能帮他做些什么。”

“他读不起书，我们帮他交学费。”

……

这是韶山冲派出所时间最短的一次支部会议，作出3个决定：一是资助向阳到18岁成人；二是帮向阳家拆掉茅草屋，新建3间砖瓦房；三是经常上门看望向阳和他的奶奶，把他们当亲人。

第二年，向阳和奶奶就住进了新房。

一天，向阳从学校回家，门虚掩着，他老远就喊：“奶奶，我回来了。”可是没人应。向阳疑惑地推开门，突然灯亮了，一张张熟悉的笑脸围着奶奶，一阵热烈的掌声和歌声响起：“祝你生日快乐，祝你生日快乐……”

向阳蒙了，今天是我的生日吗？他真的不记得了，也难怪，他已经好久没有过生日了。

桌上摆着一个生日蛋糕，插着10支生日蜡烛。10个大碗菜中有红烧肉、水煮雄鱼、黄焖土鸡、小炒牛肉、香煎豆腐……还有他最爱吃的香辣凤爪。向阳的奶奶一直笑得合不拢嘴。

向阳15岁那年，以优异的成绩从大坪中学毕业，考上了省重点高中韶山学校。学校离他家有20多公里山路。

奶奶抹着眼泪说：“向阳啊，这书怎么读啊？”向阳也正犯愁，学费怎么办？

“向阳，奶奶，我们来了——”一阵熟悉的声音传来，向阳跑到门口一看，韶山冲派出所的叔叔阿姨来了。

所长熊谢恺、教导员张富强和同事们来了，还带来了好消息。这些天，熊谢恺和张富强找到韶山学校领导商量，请求减免向阳的学费，学校同意了。所里腾出一间宿舍给向阳住，高中三年，向阳吃住都在所里，从派出所到学校只有500米远。

向阳来到韶山冲派出所那天，所里开了一个简短的欢迎会，熊所长大声说：“从今天起，向阳同学就是我们所里的一员了！”

2009年夏天，向阳考上了大学。

时任教导员莫正德四处奔波，找了好几个地方和单位，为向阳争取到减免学费和勤工俭学的机会。民警还到民政局为向阳争取到了3000元贫困助学金。

这年秋天，向阳含着热泪，如愿以偿地跨入了大学校门。向阳大学毕业后，毅然参军入伍，他要用青春和热血报答社会，报效国家。

如今，向阳已是某部队的一名军官，而且结婚生子，成为一个顶天立地的男子汉。

向阳的故事是韶山冲派出所的一段佳话，也是一种传承和接力。

向阳的路还很长，韶山冲派出所的路也很长，美好的故事还在继续。

2019年，卓雅、卓凡姐弟俩走进了韶山冲派出所民警的生活。

故事得从那年的6月4日说起，韶山学校卓老师突发心脏病，不幸去世。第二天刚好是他45岁生日。刘满松在第一时间得知这个噩耗，叹了口气，说：“这个家完了……”

韶山学校是高考考点，每年6月高考前，刘满松和卓老师负责试卷安保工作。那天，卓老师突然感到身体不适，疼痛难忍，脸色苍白，豆大的汗珠直往外冒……同事急忙拨打“120”，救护车把卓老师接到医院时，卓老师已经停止了呼吸。卓老师的爱人在市里某单位上班，有一个正在上高中的女儿。

卓老师的父母顿时感到天塌了。卓老先生是韶山学校的退休教师，爱人是校工退休。他们有两个儿子，卓老师是大儿子，小儿子没有工作，早几年得了癌症，做了6次手术，放疗、化疗花光了家中的积蓄，人已瘦得如皮包骨，丧失了劳动能力。小儿媳一直在外打工，因家境贫困、负担太重，丢下一双儿女离家出走了。女儿卓雅、儿子卓凡还在上小学，生活、经济上的压力全压在爷爷奶奶身上。

卓老先生夫妇原指望大儿子撑着这个家，如今大儿子没了，他们都已70多岁，年幼的卓雅、卓凡以后怎么办呢？

卓老先生常常望着窗外的树枝发呆，春天来了，树上又吐出新芽，花落了花还会再开，这个家的苦难却看不到头，孩子的希望在哪里？

刘满松把卓家的情况告诉了所里，卓雅、卓凡姐弟俩的命运揪着每个民警的心。

时任所长章爱良斩钉截铁地说：“帮，我们一定要帮！”

当天，章所长就带着民警们捐的2000多元来到卓家，把它交到了卓老先生手中。章所长抓着卓老先生的手，真诚地说：“卓老，我们并不是只帮这一次，不管以后我们谁当所长，都会把这个事坚持做下去的。”

韶山冲派出所的民警都把卓雅、卓凡当成自己的孩子。

女警段锦说：“卓雅、卓凡，你们做我的干女儿、干儿子吧。”

那是个双休日，段锦开车接卓雅、卓凡到湘潭市里，和自己的女儿一起游玩。卓凡至今还记得，段妈妈带他们去了雨湖公园，去了游乐场，去了万达广场，吃牛排吃大餐，还喝了奶茶。

一次，学校布置写作文，卓凡写了篇《我有三个妈妈》，他是这样写的：

我知道，每个人都有一个妈妈。可我有三个妈妈。

我有一个生我的妈妈。我对她的印象很简单，她在外打工，一年难得回来一次，回来不久又走了。我的妈妈越来越陌生，好像她从来就不属于我，每次望着她离去的背影，仿佛是过路的人。记得妈妈老是一边叹气一边抹眼泪，说得最多的一句话就是：“我的命好苦啊，我实在没办法。”这次她走了有几年了吧，我都不记得她长什么样子了。

我有一个老师妈妈。她是我的班主任。老师妈妈对我可好啦，经常辅导我的作业，有什么好吃的都留给我吃。她说过：“人的一生能力有限，但是努力无限。努力做一个善良的人，做一个正直的人，做一个积极向上的人，做一个心态阳光的人，做一个有益于社会的人。你阳光，世界也会因你而精彩。”

我还有一个警察妈妈。段锦妈妈把我和姐姐接到城里玩，吃大餐。段妈妈调走了，我舍不得她走。她对我说：“伟大的心胸，应该表现出这样的气概——用笑脸来迎接悲惨的厄运，用百倍的勇气来应付一切的不幸。”我想起来了，这句话是鲁迅先生说的。段妈妈真是用心良苦啊。

我有三个妈妈，我好幸福啊。

又是一个星期天，韶山冲派出所教导员赵晖驾车带着小女儿悦悦来到卓家。看到她们提着一大袋书，姐弟俩高兴坏了，那是曹文轩、陈先云主编的“快乐读书吧·名著阅读课程化丛书”，包含了《红楼梦（上下册）》《三国演义（上下册）》《西游记（上下册）》《田螺姑娘》《老人的智慧》《聪明的牧羊人》……

“卓雅、卓凡，段妈妈调走了，我也是你们的妈妈呀。”赵晖笑着说，“你们笑起来真好看。以后要多笑，笑着面对生活，一切都会越来越好的。”

卓老先生激动地说：“先前我是真的绝望了，是派出所的民警救了我们一家，我的孙子孙女有希望了，我们老两口放心了。”

70 年零违纪

那天傍晚，罗启南和联防队员小江经过一村口时，突然听到有人喊：“有人跳塘了，快救人啦——”罗启南寻声望去，只见水塘里有个男子正往下沉，他边跑边对小江说：“快，救人!”

“扑通”一声，罗启南跳进水塘，奋力朝落水的男子游去，眼看那男子只剩下半个头了，罗启南一个猛子扎下去，将男子推出水面，小江顺势抓住男子的手，两人把男子救上岸来。罗启南和小江把他扶到了韶山冲派出所，给他换上干净衣服，端上热饭热菜。那男子吃着吃着，眼泪夺眶而出。他转身就要下跪，罗启南眼明手快，将他扶起。罗启南说：“你为什么想不开？有什么难处跟我们说，我们一定会帮你的。”

那男子哽咽着，说话断断续续，罗启南费了好大劲才听懂个大概：他姓关，四川人，30 岁，家里已经没有亲人了，他想到韶山来看看，不想活了，想在这里投生，求个好来世。

“你荒唐。”罗启南说，“你这么年轻，怎么能有这样的想法？好好活着比什么都重要，你回去好好过日子，一定能找到你的幸福。”说完，他和几个民警凑了点儿钱给关姓男子当路费，送他登上回家的列车。

时间过去一年后，关姓男子专程来到韶山冲派出所，感谢罗启南和小江。

如果不是我的采访，这件发生在 1983 年 9 月的往事，罗启南已经不记得了。巧的是，关姓男子的感谢信还夹在罗启南的笔记本里，罗启南本人也感到很惊奇。感谢信的纸张早已泛黄，字迹有些模糊，一字一句真真切切，还是那样鲜活，那样温暖。

罗启南是湘西永顺人，今年 73 岁。他这个土家族汉子从 1969 年入伍到韶山消防大队，1981 年转业到韶山冲派出所，他把自己的一生都献给了韶山。他曾经在韶山冲派出所三进三出，先后与黄友恒、孙克福、周利人三任所长搭档当教导员，他是所里的老模范、活档案。

罗启南说：“那个时候，派出所只有几个人，治安形势没有现在这么好，有一天打架斗殴事件就有 18 起，我写了 18 个材料。其实，我只有小学四年级文化，办案、写材料，一直是边学边干。有时一天有10多起纠纷，但没有一起投诉，因为我们民警真的是秉公执法，没有私心。”

罗启南记性特别好，记得1986年大年三十晚上，他和黄友恒所长在所里值班。有人来报警，称韶山大坪乡一村民家中的牛被盗了。黄所长骑着摩托车，罗启南坐在后面。天很黑，雨夹雪，路上坑坑洼洼，赶到村民家里时，两人全身都湿透了，冻得直哆嗦。但他们顾不上这些，马上查看了现场，然后把摩托车停在那里——以防惊动目标，悄悄走路去挨村挨户调查。凌晨2点左右，远远看见一户人家亮着灯，突然又灭了。他们赶紧过去，听到了牛的叫声。他俩叫开门，问：“牛从哪儿来的?”那家人都支支吾吾，讲不出牛的来历。将那家主人连夜带到派出所，一问，全交代了。他是晚上路过那里时，临时起了歹意，盗牛回来准备第二天杀了去卖，弄点儿钱花。后来犯罪嫌疑人被判了刑，受到了法律的严惩。

罗启南还记得，20世纪90年代的一天，所里一民警看电影不买票，以为自己是民警就可以搞特殊。罗启南知道后，专门找那名民警谈话，严肃批评了他：“民警没有特殊，唯一的特殊就是全心全意为人民服务。”他以此告诫全所民警，正人先正己，要从小事做起，从我做起，勇于奉献，敢于担当，才能无愧于心，无愧于人民。

罗启南早已退休，时常被省公安厅和兄弟单位请去作报告，讲他的经历、他的故事、他的坚守。他说：“我曾经被评为湘潭市的劳模，妻子说我是‘磨人’的模范。这话不假，我从韶山公安消防大队到韶山公安局，从警41年，家里大事小情都是妻子操心操劳。没有她的默默付出，我也不可能做好。”

如今，韶山冲派出所已经连续多年被公安部评定为“一级公安派出所”，先后荣获60多项荣誉，成为韶山一张闪亮的名片。

走进韶山冲派出所，一楼正中间有间荣誉室，新分配来所的民警都会到这里来上第一课，系好第一粒扣子，接受光荣史、奋斗史、爱民史的“三史教育”，到毛泽东铜像前庄严宣誓：“我是主席家乡的警察，要做主席家乡的忠诚卫士。”这里一直保持着每月26日开展“七个一”主题党日活动，即：戴一枚主席像章、诵一首主席诗词、唱一首红色歌曲、讲一个红色故事、集中交一次党费、开展一次主题活动、合唱一首警歌，让信仰之火生生不息，让红色基因融入血脉，让红色精神激发力量，擦亮绝对忠诚、绝对纯洁、绝对可靠的政治本色。

韶山市公安局政委肖新军曾说：“韶山冲派出所成立69年来，所长换了17任，民警换了一批又一批，从来没有发生过违纪违法事件，这是难能可贵的。这是韶山冲派出所的骄傲，也是我们韶山公安的骄傲。”

倾听历史的回音

岁月的脚步铿锵前行，“智慧韶山”治安防控网越织越密，创新的招数越来越精。我在韶山冲派出所欣喜地看到，这里建立了景区“10万人、5万人和常态”三级预警和应急处置机制，构建了环毛泽东广场、环景区周边、环韶山外围“三圈防护圈”，“三合一”接处警平台和快警站，打造了“1、3、5分钟安全防护圈”，实现毛泽东广场、故居、纪念馆等核心景区快速处警。

在派出所三楼指挥中心，世界之大，尽在眼前。这里对接了大数据中心、“风控”系统、治安防控平台、便民服务平台等，整合内外部数据 128 类 1.5 亿余条，可以获取强大数据支撑；这里还引进了当前最先进的可视化指挥系统，搭载电子沙盘、人脸识别、热力图等尖端技术，建设现代化的指挥调度系统，在安保指挥上，实现了韶山、湘潭、湖南三级一体，经受了多次大型安保的实战检验。建所以来，辖区内未发生过大规模群体性事件和暴力恐怖案件，韶山是一方名副其实的平安绿洲。

一天，一辆外地牌照的小车开进韶山村，停在某民宿门口。车上下来一人，长发披肩，戴副墨镜，看穿着打扮像个艺术家，但神态和做派又有点儿怪异。他在民宿住下了，一住就是几个月。村民对此有所警觉，将这一事件报告给村上和派出所。

民警一查，原来是一网络大咖，拥有几十万粉丝。他每天到处闲逛，拍拍视频，发发抖音，带动一群粉丝天天跟着他搞直播，一窝蜂似的到处乱窜。韶山村党委副书记兼巡逻队队长毛宇和韶山冲派出所民警多次找他谈话、劝阻，他非但不听，反而讥讽：“我又没犯法，碍着谁了？”

忽然有一天，这个网络大咖不见了。

粉丝群里炸了锅，放肆炒作，“失踪了”、“被害了”、“要申冤”、“要讨个公道”……各种字眼铺天盖地，说什么的都有，大有唯恐天下不乱之势。

韶山冲派出所所长夏厦带领民警、毛宇带着村里巡逻队赶来，他们发动村民到处寻找，可找了一天一夜也不见其踪影。这事很快惊动了省里市里，韶山蓝天救援队专门从长沙请来了搜救犬参战，在山上、山洞搜寻，去水库、水塘里打捞，又折腾了几天几夜，还是没有半点儿音信。

就在粉丝吵闹着“活要见人，死要见尸”的时候，这个网络大咖悄悄出现在韶山。有人问他怎么回事，他轻描淡写地说，他母亲病了，回了一趟老家。

是一场闹剧，还是有人蓄意为之？

红色圣地，岂容乱来！

韶山冲派出所全力以赴，民警调查发现，此人原来是有工作单位的，上班不好好做事，曾因散布不实言论被处分过。后来他干脆辞了工作，专门玩抖音玩直播，圈了不少粉丝，居然成了网络大咖。他长年在外游荡，家也不要了，兄弟姐妹都认为他是疯子，也不管他。

他赖在韶山不走，已经严重影响当地的生产生活秩序。于是民警和村民联手，一边调查取证，一边苦口婆心规劝，或许是被感化了，或许是良心发现，最终，这位网络大咖收拾行李，驾车离开了。

毛宇是土生土长的韶山人，1988 年出生，1.88 米身高，英俊挺拔。他 2006 年入伍，在北京卫戍区仪仗队服役 5 年，有着军人的雄姿，又有韶山人的温情。毛宇告诉我，韶山村巡逻队有 5 名队员，有退伍老兵、党员、村干部和村民组长，每人佩戴红袖标，坚持“红袖标”巡逻制度，对背街小巷、沿街面和农村地区的巡查，特别是晚上，从不间断。村上还联合韶山管理局平安志愿服务队、“映山红”平安志愿者服务队、“金花籽”女子志愿者服务队开展群防群治。“维稳是项长期的工作，派出所是我们的主心骨，我们是派出所的补充力量。你中有我，我中有你，大家合作得非常愉快。”

韶山村纪委书记兼综治主任毛冬和，当村干部15年了。他与派出所民警打交道最多，感受更深。村民毛某某是个残疾人，又是低保户，那年他60岁了，想享受国家政策，因为不符合条件，没有评上。他不服，多次到路上堵车，造成交通不畅。有人报警，派出所及时出警，好言相劝，他却不听，说要政府给钱才肯走开。大热天，民警大汗淋漓、浑身湿透，又担心老人出事，一直给他打伞、给他水喝、给他讲好话。“你有难处我们理解，可以走正常途径，闹事不能解决问题，可不能影响韶山形象。”毛冬和也在场，好说歹说，总算将老人劝回了家。毛冬和说：“韶山的老百姓都说，韶山冲派出所的民警是我们老百姓的贴心人。”

2022年10月的一天，韶山村桥头组两户村民闹纠纷，有人报警，派出所民警3分钟就赶到了。毛冬和赶到时，两家正僵持着，互不相让。毛冬和知道，其实事情很简单，郭、庞两家是几十年的老邻居，都开了饭店，门前一块坪做了停车场，一直没有权属证。就为这停车位置经常争吵，郭家说这块地在我家门口，土地是集体的，我想怎么用就怎么用。庞家说是我打的水泥硬化，当然算我的，你要用就得出钱。两家一闹就报警，民警多次出警，村里多次出面，当时答应了不再闹，过不多久两家都反悔。这次闹得更凶，各自喊来社会无业人员，打着横幅，还在微信群里发视频。副所长周微带着两个民警一直守在现场，周微大声说：“你们找人煽动闹事是违法行为，谁闹事我抓谁！”

闹事的人被镇住了。周微把郭、庞两人叫到一起，说：“你们都是老邻居，又都是开饭店的，何必呢，我要是有块地让给你们都行，和气生财嘛。土地是集体的，庞家打了水泥硬化了，郭家省了事，你就出点儿钱，退一步海阔天空，不要让外人看笑话。”好话说了一箩筐，句句在理，句句暖心。郭家最后答应每年给庞家4000元，停车场两家共用。周微看着郭家和庞家握手言和，感到很欣慰。

毛雨时是韶山的名人，当了20多年村党支部书记，连续当了中共第十五、十六、十七、十八、十九届党代表，获评湖南省劳动模范、全国劳动模范、全国优秀村主任和全国明星小康村模范带头人，2022年又被湘潭市委、市政府评为“最美乡贤”。

我来到毛雨时家，他的家就是韶山情饭店。

毛雨时讲了一件20年前的往事。

当时，毛雨时正在村部忙活，突然有人跑来告诉他：“出事了。”

毛雨时没好气地说：“你这样慌里慌张的，出了什么事?”

来人说：“村里停车场……外地车不给钱……快要打起来了。”

毛雨时一听，拔脚就往外跑。他刚到停车场，韶山冲派出所所长周利人也到了。

停车场收费员说：“这辆外地牌照的车，停了车不给钱，好像还是个当官的，10元钱都不肯出，什么人啊?”

“欢迎你们来韶山，我们工作不到位的地方，还请你们多多谅解。”周利人对客人说，“这是韶山村集体的第一个停车场，投入大，每台车收 10 元停车费是经过物价局批准的，请你们理解，配合一下。”

外地当官模样的人朝手下使了个眼色，那个人赶紧掏出 10 元钱，交了停车费。

中午，那几个人开车来到韶山情饭店用餐，当官的主动拉着毛雨时的手，说：“毛书记，今天真不好意思啊，为一点儿小事与村民发生了争吵。你们韶山人实在，周所长有水平，我们心服口服。”

毛雨时说：“我当过五届党代表，每次回到韶山都会到各单位去宣讲，每次到韶山冲派出所宣讲，所领导和民警都特别认真。我与派出所打了几十年交道，他们的故事我最清楚，方方面面的工作，千头万绪，既要讲法，又要与民心连心，难度大、压力大，真的不容易。他们讲政治、讲法律、讲素质，也讲人情，保护了韶山一方平安，也赢得了老百姓的爱戴。我对他们都是很佩服的。”

韶山村村部有一个特别显眼的地方——中共韶山特别支部历史陈列馆，在这里复原了 99 年前的“阁楼建支部”。青年毛泽东正在宣讲革命道理，5 个人围坐在桌前听得入神，墙上挂着一面鲜红的党旗。“从韶山支部建立至抗日战争、解放战争时期，韶山先后有 1598 人为革命献身，有 144 人被认定为革命烈士。毛主席一家为革命牺牲了 6 位亲人。”我伫立在这里倾听历史的回音，倍感“牺牲”二字的伟大。

如今，毛春山是中共韶山村党支部第 25 任书记，也是党的二十大代表。

毛春山说：“1990 年我曾在村上当过一年联防队员，也算是半个警察吧。那时我们韶山村刚开始搞旅游，矛盾纠纷比较多，派出所民警特别忙，他们贴近群众，经常到村里走访，到村民家里坐坐，警民关系特别好，真的是亲如一家。民警调处纠纷有威望，群众满意度也高。我印象中派出所搬过 4 次家，全部在韶山村范围内，每次选址、搬迁，群众都给予支持，从来没有发生过任何纠纷。维稳是韶山的重中之重，事情特别繁杂，派出所总是协助村上治安调解工作，我们有什么事、有什么困难只要打个电话，派出所就会千方百计帮我们解决，真正为我们保驾护航。今日的韶山村被评为全国美丽休闲乡村，45 个村民组 5 千多人，去年村级可支配收入 1248 万元，村民人均收入 3.5 万元，全村实行普惠制，凡是考上‘985’大学的学生，每年奖励 1 万元。村民的幸福感满满。”

英雄不问出处

意外总是在不经意间悄然发生。

2020 年 3 月 28 日，肖杰智吃过晚饭，来到楼下港越世纪城的药店买口罩。回家路上，忽然听到有人大声疾呼：“起火了！起火了！”他转头一看，步行街一家装饰公司的二楼窗口处窜出火光，浓烟滚滚。他冲了过去，楼上传来呼救声“救命啊，救命——”肖杰智忙叫路人打 119 报警，自己则准备上楼救人。一楼大门紧锁，他绕到后门，从旋转楼梯冲上二楼，摸黑进入大厅。这时，头上感觉有水喷来，原来是消防喷淋系统已经启动。他顶着水柱，循着呼救声找到一个小房间，发现了 3 名被困员工。其中 2 名女子已经被吓得昏昏沉沉，不省人事。另一个男人则一边咳嗽一边说："厨房……厨房……"

"你们不要慌。"肖杰智安抚着他们，又大声问，"灭火器在哪儿?"

确认三人没有受伤后，他立即把他们带到后门，说："你们快走。"自己则抱着灭火器转身冲向厨房。这时火势更大了，眼前一片火海，他将灭火器喷头对着厨房一阵猛扫，火灭了。他准备进去处理煤气罐，恰好这时，消防人员赶来了，说："谢谢你！让我们来吧。"

我找到这家装饰公司老板贺总，他激动地说："起火时我在外地出差，是我们3个员工晚上加班，在厨房做饭时不小心引发了火灾。事后我们才知道，救火的那个人是肖杰智，是韶山冲派出所的辅警。要不是他舍己救人，那3个员工就会有生命危险，公司的财产也会遭受更大的损失。"那一年，肖杰智被评为韶山市"见义勇为先进个人"、"湖南好人"。

我在韶山冲派出所见到肖杰智，这是一个有几分腼腆的男子，他淡淡地说："当时确实很危险，我来不及多想，只想救人。"

生活告诉我们，意外更能考验一个人。

2021年1月的一天上午，韶山冲派出所民警曹亮亮和辅警张旺在外调回所的路上，看见手机工作群里刚刚发布了一条消息：有位60岁的老人在青年水库不慎落水……

曹亮亮急忙掉转车头，直奔事发位置。到达现场一看，岸上有不少人围观，距离岸边30米左右的水面有人在苦苦挣扎，沉沉浮浮，万分危急。张旺奋不顾身地跳入水中，哪晓得天寒地冻的，张旺刚入水就冻得直哆嗦，手脚无法游动，只好爬上岸来。不会游泳的曹亮亮和岸上的群众找来一根绳索，系在张旺的手腕上，张旺第二次跳下水，铆足劲朝落水老人游去。快到老人身边时，他机智地一个猛子扎下去，抓住老人的一只脚腕，拼尽全力往回游。曹亮亮等人使劲拉动绳索，将二人拖回岸边。刚上岸时，老人脸色铁青，已经动弹不得。曹亮亮马上将老人侧卧，拍背，好一阵儿急救。老人吐出一口水后气就上来了，被紧急送往医院，最终转危为安。

这年6月，曹亮亮和张旺被评为"湖南好人"，张旺还被评为"最美辅警"。

肖杰智、张旺都是85后青年，都是从部队退伍回到家乡韶山，2019年通过辅警公开招聘加入公安队伍的优秀辅警。这里的故事只是他们日常中的一个缩影，他们的壮举让我想起一句话："辅警也是警，英雄没有编外。"

英雄是什么？不正是像他们那样平时默默无闻、遇到危险就挺身而出的人吗?

在毛家饭店，汤瑞仁老人激动地说："派出所民警年年都来看望我，问问饭店经营和安全情况，我也会去看看他们，送些毛氏腊肉给他们吃，他们就像我的孩子。全国每年牺牲民警三四百人，那都是人家的崽女啊，我们不心疼吗？我总是讲，韶山人民也好，游客也好，大家都要理解公安民警，尊敬他们，爱护他们，把他们当作自己的崽女。"

其实，公安工作相当繁琐紧张，又充满危险。每一位公安民警就是在这日复一日、年复一年的工作中奉献着自己的青春和热血，在动与静、新与旧、法与情、打击与保护、传承与创新的碰撞中，锻造出人民公安的坚韧与忠诚。

世界是那么美好

“万千人涌韶山冲，长空高奏东方红。”这是韶山的盛况，也是韶山的日常。

可以说，一年三百六十五天，不管刮风下雨还是天寒地冻，来韶山参观游玩的人络绎不绝，任何艰难险阻也阻挡不了人们对毛主席的崇敬和热爱之情。每年9月9日是毛泽东同志的忌日，12月26日是毛泽东同志的诞辰，在这两个日子来韶山祭拜的人特别多，人山人海，人声鼎沸。尽管近年来韶山不准燃放鞭炮烟花，可游客的热情始终不减。

已经记不清从哪一年开始，每年的12月26日，韶山冲里家家户户都会架起大锅，烧起大火，煮菜、下面，村民们用吃“福寿面”的方式给毛主席过生日。其实，头一天凌晨就拉开了序幕，特意为庆祝毛主席诞辰的游客从全国各地赶来，到处是人的海洋、灯光的海洋、红旗的海洋。从韶山宾馆、毛家饭店、韶山情饭店到每一家饭店、每一户人家，每一位来韶山的游客都能免费吃上一碗热气腾腾的“福寿面”。渐渐地，这已演变成当地的一种民间习俗，大家一起吃着清香的“福寿面”，寄托着对毛主席绵绵的思念，期盼来年好运，家人幸福安康、国泰民安。

韶山每年都有许多次重大安保任务，每到这个时候，就是公安最紧张、最忙碌的时候，韶山市公安局全力以赴，湘潭市公安局向韶山增派警力，湖南省公安厅也从省厅或长沙、株洲调派警力支援，韶山冲派出所就是阵地最前沿，也是前线指挥所，每一条警情汇聚到这里，每一道指令从这里发出，每一个人既是指挥员又是战斗员，每一身警察蓝都是最暖心的景色。

在韶山冲派出所食堂，吕微执意要和张师傅、何姨夫妇俩照张相，吕微笑眯眯的脸上挂着泪水。她是湘潭市公安局治安支队来韶山冲派出所的支援民警，马上要回去了，她与所里的民警和师傅们都依依不舍，她动情地说：“韶山冲派出所就像一个温暖的家，我能在这里工作一年，是我的荣幸。我得到了锻炼，收获满满，我会把从他们身上学到的东西，特别是韶山精神带回去，更好地发扬光大。”

一尊金光闪闪的“长安杯”，摆放在韶山冲派出所荣誉室的正墙上。夏厦所长告诉我，这个奖是2005年中央综治委设立的全国社会治安综合治理优秀地市奖，是综治领域的最高荣誉。获得参评资格的城市，必须连续三届（每届4年）被评为“全国社会治安综合治理优秀地市（单位）”。这意味着要连续12年都站在先进集体这个位置上才有资格拿到“长安杯”奖。

在“长安杯”的两边，各有一张巨幅照片，夏所长欣喜地说：“一张是2019年6月，韶山冲派出所荣获中组部、中宣部颁发的‘人民满意的公务员集体’荣誉称号，当时所长章爱良进京领奖；一张是2022年5月韶山冲派出所荣获中共中央、国务院授予的‘全国模范公安单位’荣誉称号，是我代表所里进京领奖。”

短短3年间，一个派出所两任所长接连进京领奖，受到习近平总书记等党和国家领导人的亲切接见，这是绝无仅有的，这是何等的荣耀啊。

韶山市委、市政府特意将“长安杯”放置在韶山冲派出所，这是韶山人民对韶山冲派出所最大的褒奖。

我这次到韶山，正值阳春三月，小雨是那样清新，风儿是那样温柔，阳光是那样迷人，漫山遍野的映山红热烈而奔放，大片大片金黄的油菜花灵动而秀丽，成千上万的游客也像花一样，多姿多彩。

在韶山这片红色的热土上，红色象征着神圣与激情，绿色象征着生机与活力，那一抹警察蓝就是闪现的精灵与亮光，守卫着这里金光闪闪的平安与祥和。

（文中部分人员为化名）

从今识尽青山好
——贵州省黔西南州青山中心派出所采访纪实

陈菡英

引　子

“青山”这两个字，在中国诗词中是被赋予了独特意象的一个词，它既饱含灵性，又充满深情。在诗人们眼里，青山有时是一片巍峨挺拔、郁郁葱葱的大山，充满了永恒、力量与希望，比如“踏遍青山人未老，风景这边独好。”有时又是可以归隐、栖息的精神家园，比如“荷笠带夕阳，青山独归远。”

在贵州省群山环绕的翠微之中就有这样一个宁静而惬意的古镇，名字叫青山，早年因其林深箐密而得名，明洪武十五年时改名为青山。

青山镇是黔西南布依族苗族自治州普安县所辖的一个镇子。在贵州省西南部，南盘江、北盘江的水养育了依偎在它们身旁的勤劳人民，而盘江水域赫赫有名的“盘江八属”在民国时期那是无人不知无人不晓。青山镇历史上曾因发达的商贸被列为“盘江八属”四大集镇之首，曾经，“头青山，二者相，三龙广，四捧乍”名震一方，后来，历史航道历经无数个现实与当下的转舵，现如今，青山镇俨然已成为无数游人慕名前来的中国古茶树之乡了。

然而，典型的喀斯特地貌却是贵州疼痛的美。它因其别具特色的岩溶之美而被世人瞩目，却也因其地貌由可溶性岩石组成，使得庄稼与渐次流失的水土无时无刻不在比拼着生的速度。在普安地区，年轻的劳动力放弃家乡贫瘠的土地外出打工已如盘江之水将大地切得沟壑纵横般不可逆转，留下来的，是孱弱老人皱纹里堆砌的无助和孤苦孩童脸上带着的防备——它们描摹出两个活生生的象形字飘荡在普安石漠化的田间地头，那就是“贫困”。

2020 年 3 月，随着国家脱贫攻坚战略的持续推进并取得实效，公安部定点帮扶的普安县也终于退出了贫困县序列。同年 8 月，青山派出所被贵州省公安厅命名为全省首批“枫桥式公安派出所”，2022 年 3 月，派出所再上一个台阶，迎来了“全国第二批枫桥式公安派出所”殊荣，同年5月，这个守护着382.9平方公里上的15个村寨、4个社区、10.4万多人口的派出所，再次荣获“全国爱民模范集体”的称号。

荣誉与“摘帽”接踵而至，是谁帮扶了谁？又是谁成就了谁？在艰难的脱贫攻坚道路上，完成任务已是不易，派出所还能获此殊荣，这里面又有什么奥秘？

71年的派出所生命之河流经了新中国社会历史性转轨的每一个重要阶段，也一定蕴藏着从辉煌到平淡、从成长到再次崛起的每一次历史航道转舵的精华。

回溯派出所生命之河的足迹，叩访派出所浴火重生的岁月，编织出派出所的历史花纹，成了我此行最主要的目的。带着无数个好奇和疑问，我们踏上了前往“青山”的旅程。

一水滴两江，一心同此圆

20世纪60年代初，正是社会主义教育运动大放光彩时期，浙江省诸暨县（现诸暨市）枫桥镇的干部群众在运动中创造了“发动和依靠群众，坚持矛盾不上交，就地解决，实现捕人少，治安好”的经验。为此，毛泽东同志亲笔批示，“要各地仿效，经过试点，推广去做”。随后，中央又两次对“枫桥经验”作了批转。由此，“枫桥经验”成为全国政法战线的一面旗帜。

历史的车轮碾过疾风骤雨的重重岁月，有剧变下的沉寂滞重，也有断崖处的加速转轨。“枫桥经验”跨越世纪重新启程，在新时代来临的时候形成了具有鲜明时代特色的“党政动手，依靠群众，预防纠纷，化解矛盾，维护稳定，促进发展”的枫桥新经验，成为新时期把党的群众路线坚持好、贯彻好的典范。

“枫桥经验”的核心要义是为了群众、相信群众、发动群众和依靠群众。青山镇以“青城义警”这个民间自发形成的组织为这道公式写上了自己的注解。

有人曾说过：在中国地图上，也许很难找到两条河流，既以点滴之水发源于同一座山岳，随即各自在深山峡谷中闯荡一气之后，又在数百公里的下游地带紧紧地拥抱在一起。养育了黔西南州世世代代各族人民的南盘江和北盘江，恰恰就是这样的两条河流。

犹如母亲生下的一对同胞兄弟，南北盘江水，都发源于云南的马雄山。这一南一北两条河流，一路高唱进行曲，突破崇山峻岭的封锁，义无反顾地向东南前进，最终在黔西南这块肥沃的土地上汇合。“两江夹八县”，两条盘江水犹如两条粗壮有力的臂膀一样，在中下游地带把年轻的黔西南布依族苗族自治州拥抱其中，使这里成为土地富饶的吉祥之地。

逐水而居的布依族和苗族从此在盘江边上扎了根。水的源头在与黔西南州仅一山之隔的云南省境内，山那边的人也渐渐寻到这里。据说，如今青山镇17%的回族人口很多是从云南那边移居过来的，是当年曾七下西洋的回族先人郑和的族系后人。

民族大融合的景象在这里随处可见，但在不同族群、信仰、习俗、职业多元多样的背景下，社会治理的难度和压力也相应增大，因民族习惯和生活琐事造成的纷争龃龉更是时有发生。

开斋节是回族同胞一年当中最重要的节日了。每到这一天，省内外回来过节的有好几千人。为了能让他们过上一个祥和的节日，派出所提前几天就开始部署谋划，到这一天更是全员上岗疏导交通、维护秩序，一站就是一整天，宣传提醒的话说得嗓子都哑了。

回族同胞看在眼里，记在心上，他们也总想着能为派出所做点儿什么。

在回族聚居的地方，家里的大事小情都要请阿訇来帮忙处理，因此阿訇有着极高的社会威望。有时候邻里纠纷会涉及民族矛盾，他们不一定听警察的话，但是一定要给阿訇面子。因此，派出所的工作也离不开回族主事人的协助。

这不正是一个良好的契机吗？2016年，从宗教管理局领导岗位上退下来的马义找到派出所，诚挚地表达了他们想要成立“青城义警协会”的愿望。于是，由11个回族兄弟组成的“青山镇青城义警协会”成立了。每逢节假日、赶集日和重大活动等时间节点，义警们都会挂上工作牌，穿上工作服，戴上“红袖套”，与派出所联合开展巡逻，发放禁毒反诈传单，宣传禁毒反诈知识，同时将自己收集到的社情民意反馈给派出所。

“所长，您这工作效率太高了，第二天走进派出所感觉服务态度真的好了很多。”

“你们也是群众的知心人，群众觉得不方便直接和我们说的问题，可以通过你们转达，对我们的工作就有很大帮助呀，要感谢你们才是。”

2021年5月的一天，义警协会成员在收集社情民意时，听群众反映说某些辅警服务态度有些怠慢，于是马上把这个问题反映给了派出所。事虽是小事，可是群众利益无小事，细枝末节才更能体现群众的真实冷暖。时任所长邓锋立即组织召开工作会议，对问题进行了严肃处理。

俗话说，“都在一个锅中抡马勺，哪有勺子不碰锅沿的?”都在一个村里住着，哪能有不脸红的时候？农村的矛盾纠纷化解工作始终是派出所的一项重要工作，“青城义警”成立后责无旁贷地把这项重任承担起来。

2021年夏天的一个傍晚，义警队在青山镇二街开展治安巡逻时，看到手里拿着锄头的老瓦和举着木棍的老彭像两头愤怒的困兽扭打在一起。

老瓦上货时把货车停在老彭店门口，老彭说影响了他做生意，两人你一言我一语，口角迅速升级为“决斗”。义警保帮龙和陈太正拉开两个喘着粗气的老人，先是冷脸批评，后又耐心劝解：“你俩加起来年龄都超过一百岁了，咋还像个不懂事的娃？你们家娃就在这里，他们还有没有脸见旁人?”老瓦和老彭自知理亏，脸上红一阵白一阵的，闷头抽了半晌烟，最后不约而同伸出手，尴尬和矛盾就在这一握里化解了。

在义警工作室，负责人老马一边给我们翻看一摞摞调解过的案件记录，一边告诉我们说：“我们的队员很多都是退休干部职工，一把年纪了，干不了什么大事，就想着为青山的人民做点儿力所能及的事，以此来报答党和国家给予我们美好生活保障的恩情……相比较派出所的同志，我们在处理矛盾纠纷上有民族优势，我们倡导民族团结，反对搞各种对立和分裂。构建社会治理同心圆，我们责无旁贷啊。”

这是一份沉甸甸的信任与支持。如今，“青城义警”已经由原来的11人发展壮大为31人，其中除有2名阿訇以外，还有2名退休的共产党员也加入其中。成立至今，他们已经成功调解了140多起矛盾纠纷。看着案卷上一页页“同意调解”的字迹，我仿佛看到了一张张群众满意的笑脸。

两江水养育了一方人民，民族虽有不同，但融荣与共的心是相同的。他们是中华民族大家庭的一个小缩影，一个“义”字，撑起了各民族繁荣与共的责任和使命，饱含了兄弟民族的深情与厚谊。这是一段双向奔赴的努力，这也是一幅多民族共同绘就的和谐画卷。

派出所的镇所之宝——老杨调解室

我们中午到达派出所的时候，老杨正好出去了。他每天不是在调解纠纷，就是在去调解纠纷的路上。

老杨名叫杨天江，今年54岁了，34年的基层公安工作经验使得他有了一套自己的独到方法。因为多年做辖区群众矛盾纠纷调解工作，村民们没有不认识他的。老杨，老杨，在村民心中老杨就是一杆秤，就是一块能稳住事儿的秤砣。

还别说，老杨慈眉善目的宽阔脸庞配上200多斤的厚重身躯，这块“秤砣”还真算是“有点儿分量”的。

俗话说：“家有一老，如有一宝。”派出所有一个经验丰富的老同志，那更是这个派出所求之不得的宝，更别说这个宝还不是一般的宝呢。

现在做社区民警的老杨早年也当过领导干部。他在雪浦乡和新店乡派出所工作的时候曾分别担任过所长和教导员。当过所领导意味着面对过无数纷繁复杂的情况，也锤炼过解决各种问题的能力。什么事一打眼儿，就能抓住主要矛盾，再加上他处理问题公平、公正，多年揣摩各种人的心理也练就了他的人情练达，所以经他手调解的纠纷，基本上到最后都是以双方握手言和告终。

当老杨因派出所整合而调到青山中心派出所工作时，虽然不再担任领导职务了，但是他的工作法宝没有丢，所长邓献奎也及时邀请这个老将出马，不仅为派出所解决了大部分棘手的纠纷事件，老杨还带出了一帮徒弟呢。

下午，老杨风尘仆仆地赶回来了。曾经是他徒弟的副所长陈金一看老杨神态自若的表情就告诉我们：“放心吧，搞定了。”

昨天派出所接到雪浦乡一户人家报案，他家的大儿媳妇和二儿媳妇因为种地的事打起来了。说白了就是谁家的地又过了谁家的“三八线”了。这种小学生同桌间都掰扯不清的“案件”是最令人头疼的了，因为谁也说不清楚到底是谁对谁错。

大儿媳没吵过二儿媳，一气之下回家拿了菜刀要拼命，两个兄弟平时就不和，眼看自家媳妇受了欺负，哪个都不示弱，镰刀棒子的全都挥舞起来了，他家婆婆一看事情要闹大，吓得赶紧打了电话报警。

陈金说：“师傅，我们昨天去调解一个晚上了，大儿子情绪很激动，态度也很蛮横，始终都不配合，你是怎么一下子就给搞定了的呢？”

老杨先是不紧不慢地呷了口茶，吊足了徒弟的胃口，然后眼睛盯住徒弟说：“我不是经常告诉你打蛇要打七寸嘛！这种事情，你就得抓住他的要害，先发制人。

“为了压住他们的嚣张气焰，我就说了三点：第一，你们兄弟两个历来对父母都不好，现在成了家娶了媳妇，媳妇进了门有样儿学样儿也不尊重父母，更别提孝顺老人。我说这话的时候他们全都抬不起头来，两个老人听得直流泪。

“我说第二，老大媳妇提刀回来要砍人，你们不但不制止还将矛盾升级，拿刀就是违法的，你们这是在行凶，我们只能按法条处理了。

“我说完这两条就已经把他们的气势打下去了，他们不再吱声，同意让我来调解。我说，两个老人还都健在，他们最不愿意看到的就是你们两兄弟不和睦，今天我就不追究你们动刀的事了，但是你们也要保证今后两家人和睦相处，如果今后再出现今天这样的事，我要老账新账一起算了！”

“战争”就此偃旗息鼓，徒弟陈金又学到了一招。

在农村，有一种说法叫“侵地就是欺人”，因土地产生纠纷的现象很常见，而为了“争口气”打官司的更是比比皆是。

这天，青山镇雪浦村村民老陈走进老杨调解室，与老杨诉起了多年的烦恼。老陈与邻居老倪为了屋前道路地界纠纷争执多年了，不说是小吵天天有吧，也差不多大吵三六九。眼看着老陈的儿子要结婚，他想着婚礼那天车辆进出方便些，就准备把屋前的道路加宽一下。老倪知道后百般刁难，还故意在路边堆放石块等杂物，阻止老陈施工。

老陈又憋屈又郁闷，就来找老杨求助。老杨找老倪谈了十多次，可他就是不肯让步。老杨茶余饭后有空就打听，终于被他打听到了，村里一个组长是老倪家亲戚。老杨约上村组长又找到老倪，一个以亲情相劝，一个用道义相佐，好话说了一箩筐，老倪最后终于同意让步了。他仅用半天的时间就把杂物和石块清理得干干净净。老陈儿子办喜酒那天，老倪还去凑了热闹，讨了两杯喜酒喝，俩人多年的恩怨也随着欢快的喜酒下了肚烟消云散了。

在基层工作过的人都知道，派出所的工作纷繁复杂，但最令人头痛的就是矛盾纠纷调解。这就像炒菜，火候过了不行，火候不到也不行。能炒得一手好菜的，非得是一个在灶上“辗转腾挪”“出神入化”练就了一身过硬本领的人。

这一天，青山镇博上村的老王来到派出所找老杨求助。他一看到老杨就老泪纵横：“老杨啊，我的宝贝闺女今年 16 了，家里对她真是捧在手里怕掉了，含在嘴里怕化了，可是她长大了却不学好，整天有学不上，有家不归，还和社会上的男娃娃搞同居。我们和那男娃家的爹妈也为这事吵过多少次了，甚至还动了手，你看我这手上的伤就是他们给打的。老杨你能帮我劝劝我闺女吗？我闺女要是再不回来，我就找他们拼命去！”

老杨听了之后，觉得这种事情涉及未成年人，不能贸然行事。青春期的孩子叛逆性强，弄不好会适得其反。他先找到两个少年了解情况，又到双方家里问清事情的原委。

原来，女孩子正值青春萌动，老王对女儿的心理和情感需求没有过多关注，导致她对陌生的情感感到很新鲜。老杨给女孩讲起自家孩子成长过程中走过的弯路，讲他对自己孩子的亏欠，女孩听得动容，也理解了父亲的良苦用心。

接着老杨又去男孩家里讲明利害。沟通、疏导，劝解、谈判，每一步都无比艰辛，却也在老杨的努力下水到渠成。老王后来得到了合理补偿，他没有再追究下去。一起极有可能由民转刑的案事件就这样被消灭在了萌芽状态。

现在，老杨调解室无人不知、无人不晓，“有事找老杨，老杨帮你忙；青山一群杨，专帮百姓忙”已经在辖区群众间口口相传。这群“杨”坚持法、理、情统一，想群众之所想、急群众之所急，既讲“尺度”又讲“温度”，既坚持以事实为依据、以法律为准绳，又秉持特殊情况特殊处理的情理因素。调解室成立两年多来，成功调处的各类矛盾纠纷就有136起，调处成功率达到98%。如今，在青山派出所探索形成的多元矛盾纠纷化解新机制中，老杨调解室已经成为一块“金字招牌”。

有一种尊严叫
“有人为你守护安全”

天刚蒙蒙亮，青山镇的集贸市场随着太阳一点点升起也开始躁动起来。镇上生意最红火的马大娘“六七”清真馆拉开大门开始营业了。前来赶集的商贩们陆续走进店内，点上一碗热腾腾的牛肉粉。

“不早点儿来没摊位，上次差点儿和隔壁卖辣椒的吵起来。”前来赶集卖菜的大姐和马大娘一边唠嗑，一边等着吃粉。

一个中年男人凑上来对卖菜大姐笑着说：“上次要不是巡逻队及时赶到，没准你们还真会打起来。”

马大娘把牛肉粉递给中年男人，问他：“你看见了？”中年男人挑眉说道：“我每周都来赶集卖农具，上次她就摆摊在我旁边。不过话说回来，赶过这么多集镇，感觉这里最安全，那个‘快反队’的警察一天要从我摊子前来回好多次。”

卖菜大姐听见后也笑起来：“老板，镇上的警察都成你们的私家保镖了。”

“现在小偷都少了。”

“那可不是吗？我原来赶集要把钱塞在内衣口袋里，现在就挂胸前也不怕。”

马大娘笑着回应着，忙着烫粉、放牛肉、放佐料，陆陆续续，店里四五张桌子坐满了赶集的人。

“老板，要碗红烧牛肉粉。”

“老板，来个大碗清汤牛肉。”

源源不断的顾客一直让马大娘忙到中午，休息了一会儿，又迎来了一批赶完早市的顾客。

“今天咱们赶集摆摊，警察也来摆摊了！”六十多岁的老汉边放下扁担挑子边说。

周围的人都来了兴致：“为啥子？他们也来跟咱们抢生意了？”

正在扫地的马大娘听得新鲜，赶紧放下手里的扫帚凑上前来听“故事”。

“是呀，我摊子旁边的摊主就是好几个警察，不过他们的摊子上不卖货，他们支起的是‘反诈宣传摊’，那喇叭里一遍遍播放着什么‘乌鸡土鸡三黄鸡，提到转账就挂机’，我都背下来了哩。”

马大娘听得直笑：“这些‘警察摊主’真有才，编出来的‘土话’防诈宣传语，就是小孩子都记得住。”

看到另一个顾客结账要走，马大娘赶紧提醒他：“杨叔，你吃饭的时候点了两瓶酒，回去就不要骑车了哦！”

“你放心，我坐其他人的车回去，早上来的时候村口就有人提醒我要安全驾驶，现在路上都有交警，不敢乱来。”

下午六点，集市上的喧哗声渐渐消

退，不少店铺也关了门，马大娘家的餐馆一直忙碌到晚上。

“今天的收入还不错。”马大娘笑着缓缓关上了店门，此时，闪烁着红蓝警灯的巡逻车和戴着“110 快反队”袖标的民警刚好从店门口走过。

2021 年以来，黔西南州公安机关稳步实施州、县、派出所“三级一体”勤务改革，打造了 18 支城区专职、73 支乡镇轮值的“110 快反队”，让 110 接处警再快一秒，让优质服务更暖民心。

“110 快反队”实行点、线、面结合，重点区域全覆盖，特（巡）警、街面交警和属地派出所警力“三警合一”。日常勤务中实行车巡与步巡相结合，动中备勤，聚焦“预警、接警、派警、出警、处警、反馈”六个环节，形成了一套接处警闭环管理模式，处警全流程快速高效。

“警察同志，我刚刚看到一名儿童睡在马路边上，身边没有家长陪同，请协助寻找其家人。”

2023 年 7 月的一天下午，一条群众求助信息突然出现在“青山中心所校园安全宣传共治微警务群”里。

这太危险了！派出所综合指挥室根据警情立即调派就近的“快反队员”出警。当“快反队员”在马路边上看到这个年龄很小的孩子时，他揉着惺忪的睡眼，却怎么也说不清楚自己的名字，也不记得家人的任何信息，只会张着嘴边喊妈妈边哇哇大哭。

民警耐心地安抚好孩子的情绪，将他带回了派出所。派出所的每个微信警务群同时响起，一则关于走失儿童体貌特征的信息同步出现。与此同时，遍布全镇的监控视频探头也在紧急搜索着孩子父母的身影。

时间一分一秒地过去了，两个小时以后，一对年轻的父母跌跌撞撞地跑进派出所，妈妈一把抱住孩子，爸爸则一边懊悔着自己的粗心，一边真诚地感谢着民警们。

每天早晨，派出所旁边卖水果的李大爷一看到民警范洪人从派出所里走出来，就知道晨会结束了，老范要去他的辖区了。他总是亲切地上前问候一下：“范警官，吃早餐了吗?”

马路上汽车有序地行驶着，路旁的集市人头攒动、熙熙攘攘，每个人脸上都洋溢着幸福的笑容。

范洪人从警 23 年，到青山中心派出所一年多了，他所管的 3 个村面积不大，却有 3000 多户、10000 多常住人口。在村里，范洪人遇到的大多数是繁琐小事，但就是这些小事，却实实在在影响着老百姓的生活质量。

常在村上转悠的范洪人深知，作为青山中心派出所的社区民警和群众打成一片的重要性，而这里的人也早将他处成了老街坊，平时看似他在村上溜达，实际上他时刻绷着一根弦，在村里家长里短的小纠纷之外，他也时刻关注着辖区安全。

在青山镇的每一处街道村寨，最美的颜色不是青山特有的绿色，而是一道最为群众熟悉的风景线——“警察蓝”。在这里，像范洪人这样的辖区民警和巡逻民警有很多，他们给了管内群众最贴心的安全感，也给了他们一份无比珍贵的权利，叫尊严。

谁又不是用一颗心换另一颗心呢?

著名哲学家雅斯贝尔斯曾说过：“教

育就是一棵树摇动一棵树，一朵云推动一朵云，一个灵魂唤醒另一个灵魂。”

而我在青山镇采访中却发现这句话也可以应用在这里。

八月的深山之中，盎然的桂花正奋力迎着秋日暖阳绽开笑脸，整个小城都在桂花的香气中微醺着。

青山派出所大院外立着一块形象宣传展板，我们到的时候，只见展板上那个帅气的小伙子从画面中走了出来，走向我们。他敬着比照片上还要标准的举手礼，一张口却是满口的东北味，聊上几句就能听出他一定是我的哈尔滨老乡无疑。问他怎么跑到这么远的地方当警察来了，他不无幽默地说，因为很向往贵州美丽的山水，所以一看到这个名叫“青山”的派出所就毫不犹豫地填报了，以为这里一定是一个和它名字一样有着青山绿水的地方，他的话逗得我们哈哈大笑。

我们笑的是这个小镇虽然美丽，却并不如想象中“青山横北郭，白水绕东城”那般景象。小镇被群山环抱着，在云贵高原的陡坡处，并不见它有多美丽，但它却温厚、恬淡，给人一种闲适的感觉，与我们想象中的偏远山区有很大出入。

派出所所长邓献奎是个年轻的苗族汉子，三十出头的样子，却有着和他年龄不相符的干练、沉稳。只要你和他确认过眼神，健谈的他就会把派出所的故事一个个如数家珍地倒给你。

第一个晚上我们随便聊聊就一下子聊到了夜里11点多。午夜的茶已寡淡如白水，而午夜派出所的故事却在他的讲述里愈嚼愈浓。

“嘀嘀嗒嗒”，夜深人静的所长办公室，除了我们的交谈，还有邓所长办公桌上那个手机在不停地闪烁。他看了一眼我好奇的眼神，不无歉意地说，这是派出所建立的218个“公安+多元共治群”在推送信息。

在青山派出所，有一个硬性规定是民警上班的第一件事：必须浏览半小时手机。派出所为了打造群防群治和报警求助平台，建立了民警和辅警们通过微信群向群众通报辖区治安警情，推送反诈、禁毒和道路交通工作提示，群众只要打开手机就能通过微信群报警、求助和咨询，警民互动又方便又快捷。

今年6月份的一天晚上，派出所接到本镇在江苏务工的群众小张报警，称他已经七天没在“平安黔哨”视频监控中看到他独居在家的智障父亲的活动迹象了，很是担心，希望警察能去他家看看老父亲是否安全。

“平安黔哨”是2021年时贵州省公安机关在建设“平安贵州”过程中，通过“公安+四家通信运营商+群众”模式实施的一项视频安防网络项目。这个项目通过组织动员、资金补贴等措施，引导居住在乡镇（街道）、村寨等技防力量薄弱地区的群众安装民用视频监控，自愿接入公安机关监控终端，提升公共视频覆盖率，消除“天网”和“雪亮工程”的监控盲区。

这不，无论离家务工的脚步走得多远，家里房前屋后、田间地头的稻谷辣子，老人娃娃、牛羊牲畜的一举一动都会实时出现在游子的检索视频中。

民警接到指令后立即赶往小张家，可是家里也不见老人身影。民警反复调取他家附近的视频监控，又挨个询问周边居民，都说有七天没看到张父了。

这可不是个小事，邓所长立即警觉起来。作为国家重点帮扶地区，他深知一个家庭最主要的经济来源就来自外出打工的劳动力，他们挣的每一分钱供养着一个家庭的同时，也为这个贫困山区摘下贫穷帽子贡献着一份微薄的力量。

千万不能让他们的大后方出事。邓所长立即调回部分正在休端午节假的警力，一起研究制定周密方案并部署在全镇开展地毯式搜索。

因为张父不使用手机，所以没有办法通过技术手段获取他的定位信息。派出所立即将“寻人启事”发布到辖区 6 大类 218 个微警务群里。第二天上午就有人在微信群里语音回复，说曾看到照片中的老人在高箐社区老地组那儿出现过，好像是和老地组的老吴在一起。可老吴居住的房屋位置偏僻，平时他也很少与别人交往。

怎么办？派出所的“一标三实”系统这个时候该发挥作用了。啥是“一标三实”？通俗地说就是“标准地址、实有人口、实有房屋和实有单位”。当初公安机关采集完所有信息后，运用警用地理信息系统进行管理，对辖区内的每一栋房屋，甚至每一套房子都进行过精确的标注。

于是，老吴的居住信息、房屋精准位置以及联系方式几秒钟之内就呈现在了指挥中心的电子大屏幕上。电话接通老吴时，他告诉民警，被他收留的老人正在他家里吃午饭呢。民警立即赶赴老吴家中，将走失的张父接到了派出所。

焦急等待的小张听到电话那头传来父亲咿咿呀呀的熟悉声音时，激动得泣不成声。

我也听得泪目了。漆黑的夜色里，邓所长的手机还在闪烁着，信息无时无刻不在推送，警情处置分分秒秒都在进行。

想起来时路上我们曾路过一个小学校，校门口挤满了接孩子放学的家长，邓所长一边小心开着车，一边探出头去叮嘱小朋友：“同学，你的钱掉了，看好你的钱包。”然后又提醒骑电动车的家长：“请戴好头盔!”每次我想问他问题时都发现他的注意力全部集中在放学的孩子们身上。学校门前几百米的马路上，他像是一个安装了雷达探测仪的机器人，哪里有隐患，他的预警信息就及时出现在哪里。

我不禁对他的性格产生了一丝好奇，是他天生心细吗？更确切地说应该是责任使然吧。这个镇上每个群众都是他的家人，在这个家里他是年轻的长者，守护家人的平安他义不容辞。

茶至深夜，我们都有点儿兴奋了，想问的问题也越来越多，我问邓所长：“和其他枫桥式派出所相比，你们的‘枫桥之路’特点是什么呢？”他说：“我们自 1952 年建所，70 年以来，就始终把‘爱民’作为我们的‘传家宝’，有了这条亘古不变的情感线，才能串起我们用心、用情、用力守护的服务线。”

是呀，我一路采访下来，仿佛都稳稳地踏在这条情感线上。无论是以一个“义”字托举起多民族共同治理同心圆的“青城义警”，还是以经验和智慧成为群众心中安全压舱石的老杨，抑或不遗余力护全群众尊严的范洪人和他的同事们，还有眼前这个年轻却拼尽全力带领派出所守护全镇人民的苗族所长，他们不都是在践行着“用我心换你心，用我的真情换你的真情”吗？这是“枫桥经验”的本质，也是映照在每一个助力脱贫攻坚工作者心中的无声誓言。

“从今识尽青山好，归向人间别看天”，这意味深长的诗句，又何尝不是挣脱了贫困枷锁从此走向美好生活的青山镇群众内心的感叹呢！

走完青山，我已豁然开朗。青山之美，不在于它的一草一木，一花一树，而在于它内置的一份安全，一份信任。这安全与信任，源自一段情和一份感念。世界会千变万化，历史会高度浓缩，而走出去的人，青山一直是他们现实的和精神世界里的原乡。这里的风是否温柔如初，这里的水是否清澈依旧，这里的亲人是否安然无恙，是他们从彼时到今日一直的眷念。

青山还会更好，而我，也将会再次足踏青山的土地。

（文中部分人员为化名）

小户人家　木　南

第一章　小文字匠

1

户外大雪纷飞，寒风凛冽。徐春坐在温暖的办公室里，精神集中地赶写材料，题目是《“枫桥经验”深入人心》。

徐春在市委社会治安综合治理委员会办公室的工作是负责写材料，这是个费力不出彩的活儿。单调、寂寞、乏味先不说，就是材料写得再好，也是给别人做嫁衣。评先晋级跟他沾不上边，更何况还有材料写得让领导不满意的时候，打回来重写，徐春就得挑灯夜战。

经常熬夜，徐春的烟瘾越来越大。不过，他抽的是三块多钱的廉价货，那种劣质烟草的气味总是把坐在他对面的刘丽熏得直皱眉头，一边狠劲儿地扇着烟雾一边抗议：“抽就抽点儿好烟，这味儿多难闻!”

每每这时，徐春心里就来火。谁不想抽好烟？可每月就那几百块钱，家里上有老下有小，抽得起吗？再说，好烟里就没尼古丁了？同样是被动吸烟，好烟跟次烟有区别吗？徐春真弄不懂这是什么逻辑。

办公室里抽烟的不止徐春一个，但人家抽的是红塔山。工资都差不多，人家为什么能抽好烟？因为人家是搞外勤的。

搞外勤的有油水，就拿补助来说，徐春拿补助的机会很少，只有两种情况才能拿到补助，一是赶材料加班；二是材料写得让领导不满意时修改材料加班。加班费是按小时计算的，那几个子儿少得可怜，够干吗的？搞外勤就不同，平日不说，赶上综治大检查，一下去就是十天半月，免费好吃好喝，补助按天计算，一次综治大检查下来，光拿补助就二三百元，被检查部门难免还要送些好烟好酒。同是搞综治工作，每月的实际收入差距这么大，徐春常为此生闷气。

当然，徐春也要花花肠子。写材料有套路，比如年终总结、工作简报、申请建设精神文明先进单位、会议纪要等等，这些材料无非是照猫画虎，格式结构、叙述方法变化不大，只要把上年的文件找出来，稍加改动就可以了，有些材料甚至连这些也不需要，只是改一下上年材料中的数据就 OK。用徐春的话说，这叫技巧。

每次有材料要写，他常以办公室嘈杂为由，向领导要假回家去写。明明是半天的活，却要两天的时间，无形中给自己多放了一天半的假。这其实也是一种实惠，这种实惠，徐春每月都能捞上一两次甚至更多。搞外勤的人就没戏，大兵团作战跟独立作战不同，不管你是当领导的还是当兵的，出去检查工作，大家都在一起，既跑不了张三，也走不了李四，每个人的一举一动，互相都瞧得一清二楚。

徐春所在的办公室就他这么一个笔杆子，若徐春撂挑子，别人还干不了这活儿。有时领导即使觉得徐春要假要得有些过分，也只能睁一只眼闭一只眼。徐春常常为此自鸣得意，可得意过后，也在心里骂自己没出息。好歹是名牌大学的毕业生，到社会上混了这么多年，反倒连做人最起码的诚实都丢了。不过骂归骂，骂完了，该怎么做还是怎么做，毕竟在家多待一天两天的时间，比上班舒服多了。

2

最近，老主任退休，综治办主任的位置一下子空了出来。办公室里的人都在琢磨，是外派一个新主任呢，还是从办公室里提拔一个。

大刘搞综治工作资格最老，业务也算拿得起来，去年他配合公安局抓捕犯罪嫌疑人时受了伤，为此受到市里的表彰。同事们都说大刘这次最有希望，可徐春不这么看。大刘这人，工作上是把好手，可他是部队转业的，就是个高中学历，看看市里近年来走上领导岗位的年轻人，哪个不是大学文凭，研究生博士生学历的也不少见。再者，一把手要总揽全局，要有很强的指挥和协调能力，这一点大刘也不具备。大刘的可贵之处是，他可以带一帮人冲锋在前，绝不后退半步，但这不是当一把手的素质。凭徐春的直觉，大刘当综治办主任，没戏！

徐春倒是看好李芬。李芬调来之前就是领导干部。那年公安机关实行侦审合一，李芬所在的预审处被撤销，当时已是预审处副处长的李芬以身体不好为由调到综治办，没挂实职，但以前的副处级待遇还保留着。几年下来，李芬对社会治安综合治理工作已经不陌生了，再加上李芬又有大专学历，所以徐春认为李芬应该是比较合适的人选。

当然，如果上面派一名干部来当主任，想这些就没意义了。有意义也好，无意义也罢，徐春成天在办公室里坐着，不想这些想什么？

徐春是几年前由一家工厂调到综治办工作的，没半年就入了党。当时老处长在徐春的入党仪式上说，入党不是为了升官发财，是为了更好地为人民服务。办公室里的几个年轻人却对徐春说，这次你得请客，你跟我们不一样了。说这话的人语气酸溜溜的，自然这位还不是党员。

客，徐春是请了。对于徐春这种在机关工作的人来说，入党是人生大事。许多年过去，徐春由副股级升到正股级，虽然说起来好听——处于事业的上升期，但工作分工一直是写材料，他内心深处期盼的那一刻始终没有到来。徐春难免失望，也动过调走的念头，可转念一想，换个地方又能怎样？像他这种上面没人、家庭又没有背景的小人物，调到哪儿还不都是为人民服务。

这天上午，大刘进门就咋咋呼呼：“可把我气坏了！今早我骑车上班，等红绿灯的时候，正好停在路坡上，前面停着一辆崭新的桑塔纳。绿灯一亮，桑塔纳不往前走，冲着我就倒过来了。要不是我躲得快，非把我放倒不可。我冲司机喊，小伙子却让我看他后窗。你们猜上面写着什么——新手，不会坡起，随时倒车。”

大家哄堂大笑。徐春却一点儿也不觉得可乐。一个小伙子，能买得起桑塔纳，要么是人家有本事，要么是家里有矿。试问，在这个办公室里，甭管是老的年轻的，谁有私家车？还有脸笑呢……

想是这么想，但大家都在笑，徐春也跟着大笑，而且是捧腹大笑，笑得弯了腰，笑得上气不接下气。换了大学刚毕业那会儿，徐春指定会把内心的真实想法淋漓尽致地表达出来，但现在不会了，他的表情、动作等等一系列反应都跟同事们保持一致，不管心里怎么想的，大家笑，他也笑，大家心情不好，他也愁眉苦脸……

办公室的老人都说徐春比刚来那阵儿成熟稳重，越来越合群了。徐春听了，只是一笑而过。

3

徐家哥儿仨，徐春行大。

徐春的父亲是老中医，母亲是护士，退休前老两口均在本市一家中医院上班。徐母先于老伴退休，一直盼望着等老伴也退下来，两口子一起到全国各地走走看看，毕竟辛辛苦苦大半辈子，该享享福了。没想到老伴退休后却得了结肠癌。万幸的是，手术还算比较成功，术后经过一段时间的治疗，可以回家休养了。

从医院把老伴接回来没几天，徐母无意中冒出一句：“下周二是你爸生日。”

说者无心，徐春哥儿仨却是听者有意。父亲恢复得不错，但毕竟是癌症，能活多少时间谁说得准，生日自然是过一个少一个了。在徐春的记忆里，家里从没有给谁过生日的习惯，可现在情况不一样了。

徐春父亲说：“过哪门子生日，搞这个形式有啥意思？我自己就是医生，生老病死这种事早就看开了。想想这辈子也没白过，把你们哥儿仨都送进了大学……我最不放心的是你们妈，跟着我没享过什么福，等我到那一天的时候，你们只要好好孝敬你们妈，就算对得起我了……”

可父亲越是这样说，徐春哥儿仨就越是觉得必须给父亲过这个生日。

过生日总是要吃一顿生日宴的。生日宴不像家常便饭，虽说过生日讲究吃长寿面，可饭桌上总不能光吃面。父亲得了这种要命的病，徐春哥儿仨都明白，作为儿子，尽孝的日子屈指可数。正因如此，父亲的生日更应该过好，要有质量。

生日宴上要有鸡鸭鱼肉，还要有生日蛋糕，酒也不能少。徐春粗算了一下，这顿饭在外面吃的话，没个两三百元打不住。那年徐春大学毕业刚参加工作，工资不高，两个弟弟都在上大学，这个钱自然是由徐春这个当大哥的来出了。

徐母说：“没必要到外面吃，就在家里给你爸爸过。小春挣得不多，又在谈女朋友，我看这样，生日宴的钱我来出，生日蛋糕由小春来买，以后你的两个弟弟毕业了，就由你们哥儿仨轮流坐庄。”

这件事就这么定了下来。本来一切都很顺利，可问题却出在了生日蛋糕上。一个像点儿样的生日蛋糕，少说百八十元，徐春每月的工资不到三百，还要上交家里一百，买了蛋糕，除了买食堂饭票，剩下的连烟钱恐怕都不够。

又要少花钱，又要办成事，徐春只能多劳驾自己的两条腿了。各家商店转来转去，终于在一家商店里买到了价位合适的蛋糕，个儿大便宜不说，包装也体面，美中不足的是，不是纯奶油的。这也是没办法。纯奶油的蛋糕谁不爱吃，可钱呢？从爸爸的角度说，他老人家有糖尿病，根本吃不了甜食，买生日蛋糕也就是意思一下。意思到了，也就可以了。

那个生日蛋糕徐春花了五十元。

生日宴那天，除了徐春的父亲，全家人都吃了蛋糕。没想到，第二天除了父亲全家人都拉肚子。父母和两个弟弟都体谅徐春，没说什么，可徐春还是感到很没面子。本来挺好的事，结果弄成这样。那蛋糕为什么降价卖？说不定就是过期的。徐春在心里咬牙切齿，真是无奸不商。可话又说回来，苍蝇不叮无缝的蛋，谁让你图便宜呢？

转眼七八年过去，徐春的两个弟弟先后大学毕业走上工作岗位，老二去年结了婚，老三有了女朋友，徐春也有了儿子。父亲的病情控制得不错，术后的五年危险期平稳度过，但每年给父亲过生日，已经成了徐家的习惯。还是按当年的规矩，生日宴的钱由妈妈出，蛋糕由徐春哥儿仨轮流买。

好在这些年徐春父母的退休金都涨了，两个弟弟有了工作，不需要徐春支援了，徐春的工资翻了倍，妻子也有工作，虽说算不上富裕，但比起当年来，日子好过多了。徐春父亲的生日宴也由在家里办改成去外面的饭店，生日蛋糕越买越讲究。

4

今年父亲生日，又该轮到徐春买蛋糕了。本是件高兴的事，可徐春却高兴不起来，原因出在徐春的妻子玮彤身上。

玮彤所在的工厂是国营矿企，计划经济年代红得发紫，是市里当之无愧的一面旗帜，市里许多大领导都出自此厂。由于厂子名气大，新闻媒体采访、外省兄弟单位取经，人员来往络绎不绝，繁重的接待和宣传任务成就了玮彤所在的宣传科，当时叫宣传股。老一辈人都知道，玮彤所在的厂就是市里干部的摇篮；而玮彤所在的宣传科，又是厂里干部的摇篮。

只可惜玮彤没赶上好时候。随着计划经济时代的结束，行业间竞争加剧，玮彤所在的厂管理滞后，产品与市场脱节，几年来一直处于亏损状态，来采访的记者不见了，来取经学习的兄弟单位也消失得无影无踪，而宣传科的规模却越来越大，从十几年前的两三个人壮大到十几个人，减员增效已是大势所趋。

玮彤和徐春是大学同班同学。上大学时的玮彤不算漂亮，但举止、言谈在同班女生中还算是比较出众的。可这几年，玮彤在宣传科闲得不但身体发了胖，整天津津乐道的不是东家长就是李家短，怎么看都是一副家庭妇女的嘴脸，哪还有半点儿大学时的样子。一个连年亏损的企业却养着这么一群整天无所事事的闲人，徐春换位思考，如果自己是厂长，首先消肿的肯定也是这种没用的负担部门。

宣传科的裁撤几乎毫无悬念。一旦玮彤下岗，家里的生活就成问题了。大人俭省点儿没关系，可孩子不行。儿子上的是寄宿学校，每年的学杂费近三千元，往后还能不能继续上，恐怕得打问号。再有，玮彤自尊心那么强，能不能面对这么残酷的现实？徐春不敢往下想……

晚上，徐春下班回到家，玮彤告诉他，厂里已有传言，要撤销三个科室，其中就有她所在的宣传科。科长已把话说明了，谁有门路赶紧找，这两天有急事可以不来上班。

关系到妻子的饭碗，徐春岂能不急。可问题是找谁去？两口子搜肠刮肚也想不出家里人或亲戚朋友里谁能和矿上领导扯上关系。关键时刻，玮彤彻底“交代”了自己的“问题”，说这些年她偷偷存了两千元私房钱，可以把这笔钱用于送礼。

当初徐春调到综治办，也只是给老主任送过两条“大重九”。现在虽说工资涨了，生活比从前好了，但两千元的礼物，也应该算是拿得出手了。可问题是，送给谁？

徐春忽然觉得小人物挺可悲的，就像一滴水，如果不迅速汇入江河，马上就会被太阳蒸发。眼下，他和玮彤就如同这一滴马上就要被太阳蒸发的可怜的小水珠。

第二章　新官上任

1

老主任说话就要退休，新主任是内部产生还是从市委空降一个，成为综治办的老同志们最近热议的话题。

按编制，市委综治办是副处级的架子，领导干部的设置应该是一正两副，可这么多年来，综治办一直是老主任一人当家，像徐春、大刘和李芬这些骨干，始终没有机会得到提拔。这次机会总算出现了，难免有些人想要拼命抓住。

在徐春看来，机会是抓不住的。机会就像拴在绳子上的鸡食儿，绳子的另一头是牵在主人手里的，贪吃的小雏鸡蹦蹦跳跳扑上去撕咬，主人轻轻把绳子一拽，小雏鸡就扑了空。它自然不甘心，又拼命扑上去，而主人不慌不忙又是轻轻一拽……用天津话说这叫逗你玩；用官场上的话说，这叫驭人之术。机会不是天上掉下来的，只有领导实实在在地给你，你才有机会。

这天，市委分管领导委托大刘召集办公室全体干部开个小会，集体讨论的议题是：如果你是综治办主任，应该怎么做？

徐春心里嘀咕：逗你玩来了。

既然会议由大刘主持，大刘首先发言：“社会治安综合治理工作不是一个部门的事情，要协调社会方方面面的力量共同参与。说到协调，我很惭愧，来综治办有几年了，至今感觉自己仍是新兵，许多业务一知半解，还需要加强学习。市委领导让我来主持这个会，无非是觉得我工作时间长些，遇到的困难、碰到的钉子比大家多些，发现问题也多些。今天咱们是仁者见仁，智者见智，我不过是抛砖引玉……”

大刘的话听起来谦虚满满，但棉花球里有针。论干综治工作，你大刘时间最长，论资排辈也算是老资格了，像你这样的老资格对综治工作尚一知半解，其他人还有资格说什么？如果主任一职从内部产生，论资排辈，除了你大刘还有谁呢？

大刘不简单，不露痕迹就把意思说明白了。不过，综治办里的明白人不止大刘一个，你能不露痕迹地说明白，我也能不露痕迹地给你把明白搅浑。

徐春的发言就是如此："我刚来综治办工作时，大刘就已经在综治办干了很长一段时间了，我从大刘、李芬这些老同志身上学到了很多东西。李芬从领导岗位上下来，虽然有很高的组织领导协调能力，在我们这里却只是一般干部。尽管如此，李芬同志依然毫无怨言，仍是踏踏实实、勤勤恳恳地工作，这一点非常值得我学习。还有大刘，去年配合公安机关抓获犯罪分子时光荣负伤，受到市里的表彰，这都是我学习的榜样。搞综治工作，关键时刻就要能冲上去。"

徐春的意思是，老同志里不光是你大刘，还有李芬，他徐春自然也在其中。

往下李芬发言了："我不是什么老同志，虽然工龄长些，但在综治办工作的时间不长，远远不如徐春、大刘他们。综治办主任由谁来担任，领导说了算，不存在如果的问题。我不是综治办主任，自然也没想过综治办主任应该怎么当。"

老同志就是老同志，逗你玩的把戏在李芬这儿不好使。

既然李芬亮明了观点，徐春马上跟进："这是个典型的伪命题。什么叫如果？如果我是市委书记呢？让一个根本不可能当上市委书记的人考虑市委书记应该做的事，有意义吗？"

李芬、徐春对会议的议题持否定态度，大刘也不好再说什么，其他年轻人就更不好说什么了。会议草草收场。

2

新的综治办主任上任了，叫王广志，刚从部队转业，副团级。徐春想不明白，综治办一没人事权，二没财权，王广志来这个部门干吗？在徐春看来，综治办就是缓冲从一线退下来的老干部的地方，来这里降降温，平稳一下，一两年后退休完事。

王主任的到来，让综治办主任由内部产生的传闻不攻自破。不知道大刘、李芬是怎么想的，徐春倒是有点儿幸灾乐祸，不过这种幸灾乐祸多少带着点儿酸味。

后来徐春才知道，王主任在部队从事宣传工作，据说还在国家级刊物上发表过诗歌、小说之类的文学作品。在徐春看来，这种在部队靠笔杆子混饭吃的干部转业到地方，什么业务都不懂，安置在综治办当主任，倒也算是人尽其才。按照惯例，部队转业到地方的干部降半级使用，而王主任来综治办工作却是级别对等，同是副处级，却是一把手。

新官上任，先要跟部下讲几句，名为沟通，实是训话。王主任上任的第一天也是如此，办公室的人全部到齐，大家静等王主任发言。

王主任取出一个牛皮纸信封，当着大伙的面交到大刘手里："你给你嫂子买的那个手机不错，给我也买一个吧，钱在信封里。"

王主任的开场白透露出两个信息：一是大刘跟王主任从前就认识，而且关系不一般；二是大刘给王主任送礼了，而且送的是手机这样的大礼。这个时候送礼，动机是什么？不言自明。徐春下意识瞥了一眼对面的大刘，大刘的脸已成了猪肝色。

此时，徐春心情很复杂。本来玮彤要下岗，他心里烦得要命，方才见大刘当众出丑，心里又挺舒服的。看来送礼也是一门艺术，送不好，反而自取其辱。大刘想当官很正常，谁不想当？可欲速则不达。这不能怪王主任，实在是大刘太着急了。这下可好，拿自己的热脸贴人家的冷屁股，王主任不买账，还让大家看笑话。话又说回来，“当官不打送礼人”。王主任此举，是想表明自己是个“清官”吗？

往下还有让大刘下不来台的。王主任问大刘什么是“枫桥经验”，大刘居然答得磕磕绊绊。徐春心里有些得意，这么简单的问题回答不上来，说明你大刘脑子里没东西。接着，王主任又问徐春同样的问题，徐春想都没想，脱口而出。本以为会得到几句表扬，没想到王主任接着问，综治工作应该怎么开展？综治大检查应该从哪里入手？

徐春是写材料出身，没有任何实践经验，让他回答这样的问题实在是勉为其难了。可是，如果回答不上来，自己岂不是跟大刘画等号了吗？徐春心里难免愤愤不平，这个王主任一上来就让部下出洋相，他到底想干啥？

王主任话锋一转，说他也是坐办公室出身，坐久了，容易对周围发生的事漠不关心，麻木不仁。王主任提倡激情办公，提倡动脑子，提倡嘴勤、手勤、腿勤的“三勤”工作作风。还说不怕干错事，就怕明明知道这件事怎么干，却装成不懂的样子，等待领导的命令，揣着明白装糊涂。

最后，王主任发给办公室每人一本书，书名叫《闲话人性》，说这本书内容不错，让大家抽时间翻翻。

王主任的做事风格，越来越让徐春看不懂了。

3

综治办每年3月都要开展社会治安综合治理工作大检查。每年这个时候，除徐春在家留守，办公室的所有干部分成几个组，全部下去检查工作。今年则不同，王主任让徐春也下去参加综治检查工作，并把徐春分到大刘组。用王主任的话说，这次检查工作，徐春要虚心向大刘学习综治业务；检查结束后，材料由大刘写，再交给徐春汇总，徐春要耐心帮助大刘提高写材料的水平。而在王主任没来之前，都是每组把检查单位交上来的材料交给徐春就完事大吉了。

王主任的意思很明白，写材料的人要学习业务，搞业务的人也要学会写材料，这样在今后的工作中，才能增强互补性。

徐春对王主任的安排很赞同。他来综治办干了这么多年，仕途上总是不顺，跟不熟悉综治业务有密切关系。光写综治材料，不能说不了解综治工作，就凭这，徐春已经无数次为基层单位讲过课。表面上看，徐春似乎成了综治专家，其实是糊弄人的，自己有几斤几两，别人不了解，徐春还不知道吗？

了解综治工作的大政方针，并不等于熟悉综治业务，理论与实践的关系，中学课本上就写着呢。只有下到综治一线，才能真正了解综治工作应该怎么干、从哪儿入手。一个只有半瓶子醋的综治干部，是很难得到提拔的。徐春今年已三十二岁，谁不希望事业有成，但事业有成是需要条件的，徐春对综治业务不熟悉是硬伤。

检查工作开始前，王主任召集大家开会，把注意事项、检查重点、纪律要求说完，出乎意料地问大家："有谁看了《闲话人性》这本书？"

多半人都说看过了。王主任请大家谈谈对这本书的感想，等了半天，没一个人发言。王主任说："既然很多人都读了这本书，又都不愿意谈感想，只好我来说了。这本书的中心内容是分析了窝里斗的各种弊端，主要有以下几点：一是阴，用阴谋诡计害人；二是软，用软刀子杀人；三是小，打小报告，搞小动作；四是粘，没完没了。以上几个特点，都有一个共性，即暗箱操作。当面不说，背后乱说。窝里斗的结果是把人搞成两面派，让人意志消沉，心胸狭窄……"

王主任讲了一个多小时，会议结束前，他要求大家，等综治检查结束，每个人就窝里斗的各种弊端写一篇不少于两千字的感想。大家不由得面面相觑，这个王主任，花样还真多……

在处理大刘送手机这件事上，徐春认为王主任做得很有分寸。这事要换成徐春来处理，必定是背地里将手机退给大刘，若大刘坚决不肯收回，僵持起来，说不定双方都下不来台。王主任选择在新官上任的时候还手机，表面看是没给大刘面子，实际上还是照顾了大刘的面子：一是你大刘买的手机我要了，面子给了；二是东西收下，钱照付，原则坚持了；三是警告了有大刘这种想法的人，今后不要搞小动作，一举三得。

但若说王主任有领导艺术，徐春认为还言之过早。听说之前那个"如果你是综治办主任，应该怎么做"的讨论就是王主任的主意，说是王主任想通过这个讨论，对未来部下的工作能力做个调查。提起这事徐春就来气，你王主任搞调研没人反对，等正式上任之后再调查嘛，干吗非得赶在那个节骨眼儿，不是拿我们当猴耍吗？

第三章　孔雀开屏

1

一连几天，徐春下班回到家里，玮彤都给他炒几个精致的小菜，还有两瓶啤酒，这是徐春平日享受不到的待遇。

玮彤的父亲和徐春的父亲是中医学院的同班同学，也是最要好的朋友。他们各自结婚后的次年，徐春的父亲有了儿子徐春，玮彤的父亲有了女儿玮彤，玮彤比徐春大四个月。除了高中，两个孩子小学、初中、大学都是同班。徐春和玮彤结婚，可谓是典型的门当户对。

徐春在家是老大，家务活自然干得多些。玮彤是独生女，被父母宠成了公主，和徐春结婚后，除了洗衣服，什么活都不会，做饭还是婚后找在饭店做厨师的二叔学的。平日下班后都是徐春做饭，这几天玮彤所在的宣传科即将被裁撤，下午基本没事，玮彤回家早，晚饭就由她来做。

"啊，这么多好吃的！"一进门，徐春看着饭桌上热气腾腾的饭菜，故意表现出很激动的样子。其实玮彤的拿手菜就那么几样，这几天来回来去做，徐春早就吃腻了。可是没法子，老婆干活不得哄着点儿吗，何况还有酒喝。

玮彤告诉徐春，今天王主任专门为她的事到厂里找领导了，办公室主任通知她明天下午给厂长办公室送一份个人简历。

那天散会后，王主任特意留下大刘、李芬、徐春分别谈话。最后一个轮到徐春。王主任听说玮彤厂里裁人，问徐春家里是否有什么困难。

徐春这几天急得就像热锅上的蚂蚁，为玮彤的事到处托关系走门路，结果四处碰壁。细想起来也在情理之中。退一万步讲，就是真有人能把玮彤的事摆平，这么大的人情，徐春用什么来还？要钱？徐春没有；要权？徐春是个一文不名的小办事员，所在的部门又是个协调单位，手里没有半点儿实权。此刻的徐春，已是山穷水尽。

王主任的关怀恰似寒冬中的一丝暖风，徐春把玮彤下岗对家里的诸多影响说了，请求王主任跟玮彤的厂领导求个情，保住她的岗位。王主任当即答应下来，表示要尽最大的努力。

“这事王主任没跟我说啊。”徐春装糊涂。其实从一开始徐春就没打算把这事告诉玮彤，一是徐春知道玮彤是个大嘴婆，让她知道了，用不了一天时间，跟她认识的人就都知道了，徐春怕这样一来，对王主任影响不好；二是这件事八字还没一撇，说早了，要是没办成，玮彤还能有好脸色？

此刻徐春心里既感激又不安，感激的是，王主任是刚刚走马上任的新领导，跟他非亲非故，如此下大力气为手下的一个大头兵办事，说明王主任为人古道热肠；不安的是，如果王主任办成这件事，这么大的人情，徐春怎么还？

2

下星期三就是徐春父亲的生日了，不巧，正赶上徐春要下去检查综治工作。每年徐父的生日，全家团聚，今年若是徐春不在，就少了点儿意思。徐父说过不过生日无所谓，主要图的是全家人聚在一块儿吃顿饭。徐母说干脆推迟几天，等徐春综治大检查回来再过生日。

全家人都同意。

最近玮彤为工作的事，愁得饭吃不下，觉睡不好。简历递上去了，厂办却迟迟没回音，又不好催问，玮彤时常一个人坐在家里发呆。下岗名单下周公布，徐春知道玮彤心理压力很大，真怕她愁出个病来，想安慰几句，又不知说什么好。

昨天，老二媳妇宝芳约玮彤一起逛商场。

宝芳上大学是学英语的，大学毕业后分到学校教课。不到两年，宝芳觉得没意思，辞去教师职务，在家当起了家教，每周四天给来她家的学生补习外语，收入竟比老二还高。

玮彤和宝芳在性格上十分相近。两人都大大咧咧的，闲时还都喜欢逛商场。玮彤的儿子上寄宿学校，平日不用操心，闲暇时间自然很多；宝芳是不要孩子，除了在家给学生补课，剩下的时间都打发在商场里。

徐春最不爱逛商场，认为纯粹是瞎耽误工夫。跟玮彤交朋友那阵，两人都在上大学，学业要紧，加之也没有经济来源，自然很少去逛商场。结婚后，玮彤逛商场的热情与日俱增。其实玮彤最爱去的地方不是大商场，而是夜市。那时候没有综合性的批发商场，一些南方的时尚服装都是在夜市出售的。玮彤是工薪阶层，收入有限，商场里的高档服装买不起，只好满足于夜市里的廉价货了。

宝芳的收入虽然比玮彤高，但结了婚的女人，花钱方面跟玮彤一样锱铢必较。逛夜市有个好处，可以狠杀价，一件上百元的衣服拦腰一砍，五十元就能拿到手。两人逛街还有一个共同特点，那就是逛多买少，有时逛两三个小时也未必买一件衣服，时间都浪费在试穿上。

徐春对玮彤逛夜市很无奈。在夜市一泡就是好几个小时，家里的活儿谁干？自然是徐春。可玮彤每次逛夜市都是跟宝芳一起，不让她去吧，一是根本管不了，二是怕得罪宝芳，影响他和老二的关系。徐春琢磨，多半老二在宝芳逛夜市的问题上也是这么考虑的，才成就了两个“夜市人”。

逛夜市耽误时间不说，玮彤买回来的衣服徐春也看不上眼。尽管玮彤认为既便宜又时髦，但在徐春眼里却是说土不土，说洋不洋。便宜是便宜，可质地差，穿在身上不显档次，一看就是穷人美。

玮彤给徐春买了几次衣服，徐春坚决不要，坚持让玮彤退掉。一来二去，玮彤索性不给徐春在夜市上买衣服了。

自从有了孩子，玮彤去夜市更多地是为了给孩子买衣服。每次买回来，玮彤都要在灯光下仔细检查，那认真劲，当年写毕业论文的时候也没有过。曾经玮彤给儿子买了条裤子，拿回家才发现两个裤兜兜布的颜色不一样。第二天去找人家换，挑了半天，竟没找到一条兜布颜色相同的。其实这些衣服本身就是用边角料做的，要不怎么会这么便宜？徐春想，又想少花钱，又想十全十美，世上的好事总不能都让一个人占了。

近年来徐春家好事不断。前年老三提为年级组主任，得到消息，正好是老爸过生日的头一天。老爸说，这是最好的生日礼物。今年老二又被提拔为公司的部门主管，看来今年老爸的生日，不愁没有生日礼物了。可徐春两口子却没什么开心事，综治办来了新领导，浇灭了包括徐春在内很多人的希望，玮彤又面临下岗……

难得地，这次玮彤没跟宝芳出去逛街，而徐春却真心希望她出去散散心。徐春问她咋不出去，玮彤心灰意冷地说：“逛什么商场，哪还有这心情。”

3

徐春对玮彤说：“我明天就去你们厂进行综治检查，如果他们敢让你下岗，我就找理由一票否决他们。”

其实这是句戏言，纯粹是为了逗玮彤开心。行使一票否决权哪有那么简单？被否决的单位不但在三年内失去评优评先的资格，而且这个单位的一把手在三年内晋职晋级的机会也没有了。在徐春的记忆里，搞了这么多年的综治检查，还没有哪个单位被一票否决过。一票否决就像一把高悬的利剑，人见人怕，起到震慑作用就可以了，真要落下来，是要见血的。

徐春头一次参加综治大检查，要给被检查单位找不足，谈何容易？怎么找？找什么？从什么地方下手？徐春毫无头绪。

前往检查的路上，大刘告诉徐春：“综治大检查就像孔雀开屏，不管你去哪个单位，他让你看到的绝对都是最美丽、最动人的一面。如果我们按着他们的路子走，就瞎了。”

徐春自然明白大刘的意思，孔雀开屏固然好看，但要想找到不足，必须去看孔雀的屁股。话虽如此，可孔雀的屁股在哪儿？

大刘胸有成竹：“再过十分钟，就让你看到孔雀的屁股。”

汽车在一个报亭前停下，大刘下车，抄起报亭的公用电话，也不知打给谁，说了些什么。片刻大刘上车，徐春问：“刚才给谁打电话？”

“厂保卫科。”

“给保卫科打电话干吗？难道他们不知道我们要去检查？”

大刘得意一笑：“我告诉他们，刚抓住一个盗窃工厂器材的小偷。”

徐春一愣，青天白日，说什么梦话呢？转而明白了大刘的用意。“这招太损了，被检查单位遇上你，不死也得掉层皮。”

根据综治属地管理文件精神，属地发生治安案件，单位保卫部门接到报案后应该在十分钟内到达发案现场。说是报案，不过是给被检查单位出了一道试题。

两人就在车上等着。“报案”快一个小时了，保卫部门的人影都没见到。不说别的，这次综治大检查的第一考，被检查单位已经不及格了。

大刘下车又给保卫科打了个电话，回来告诉徐春说：“再等十分钟，如果还没来人，咱们就撤。”

大刘让司机把车开得远些。眼看十分钟就要过去，工厂方向终于开过来一辆车，停在电话亭旁边。车上下来一个小青年，探头探脑四处张望。

大刘和徐春走上前去。大刘问：“您是保卫科的？”

小青年点点头，上下打量着大刘：“刚才是你报的案？”

“没错。”

“人呢？”

“你们来得这么晚，人早跑了。”

小青年立即瞪眼：“捣什么乱！”说完就要上车。

大刘拉住小青年：“你不向我了解一下情况吗？”

小青年甩开他的手，没好气地说：“没工夫！”说罢上车绝尘而去。

大刘望着远去的汽车，像是自言自语，又像是对徐春说：“孔雀的屁股。”

4

回到车上，大刘告诉徐春，综治检查方式有两种，一是看好的，二是找不足。这么多年检查下来，甭管去什么单位，总是看好的少，给人家找不足的多，虽说是为了工作，可结果是到处得罪人。以往徐春看到的是大刘每月能多拿补助，还真没想到得罪人这一层。

同样一件事，不同的人办，效果肯定不一样。通过综治大检查，可以跟被检查单位的领导拉近关系，多一个朋友多一条路；但如大刘的做法，被检查单位领导固然不高兴，但对综治工作却有好处。

徐春虚心向大刘请教：“我虽然干了这么多年综治工作，可净写材料了。这次下去检查，你可得好好教教我。”

“包在我身上。先教你一个窍门，被检查单位一般是搞人海战术，大大小小的领导前呼后拥，看似热情，实则是大包围战术，弄得你想去看哪儿都看不成；而他们带你去检查的地方，你根本就找不到问题。”

“那我们该怎么办？”

“这次去检查，他们肯定又要搞人海战术，你还真没辙。起码表面上看，说明人家对综治工作非常重视，要不怎么会大小领导都到场？我肯定被他们包围死了，干脆负责吸引火力，你找机会抽出身来，看一些他们不想让咱们看的地方，争取发现综治死角。”

徐春犯愁了：“我一个人怎么检查？”

“自己下去转，找工人谈嘛。”

“人家会理我吗？”

“放心，不但会理你，还怕你听烦了呢。”

“可是，我怎么抽身？”

“随机应变。比如上厕所，如果他们陪你去，你就说你蹲大号，人家只能在外面等，时间长了待不住了，你就可以溜之大吉了。”

徐春笑问：“这手你们是不是常用？”

“呵呵，屡试不爽。”

第四章　进退两难

1

汽车离工厂还有近百米远，徐春已听到震耳欲聋的锣鼓声。只见厂门左右各支着四面大鼓，每面鼓跟前站着四个年轻力壮的小伙子，正抡圆了胳膊玩命地敲。厂门上方挂着横幅：“热烈欢迎市委综治委领导莅临我厂检查指导工作”。

横幅下，站着十几个西服革履一看就是有头有脸的人物，站在最前面的是位五十多岁的高个子方脸大汉，应该就是厂里的一把手了。这些人两侧是厂里的保安人员，齐刷刷地朝车子敬礼。徐春这下明白了，难怪刚才保卫科接到大刘的“报案”却迟迟不到现场，都在这儿忙活呢。

汽车停稳，车门打开，方脸大汉三步并两步迎上前来，双手握住大刘的右手，边猛力摇晃边说：“欢迎！欢迎！”

大刘介绍：“这就是张书记。”又半开玩笑地指着徐春对张书记说，“他可是你们厂的女婿。”

张书记热情地握住徐春的手：“我也是刚听说，看来有必要好好审审玮彤，这么好的小伙子，她是怎么骗到手的。”

四周一片哄笑。

徐春被张书记说得有些不好意思。凭直觉，玮彤的事应该有门，心里不由窃喜。

接下来，两个漂亮姑娘给他们献上鲜花，张书记给他们介绍了厂里的主要领导，双方依次握手，在厂门前合影留念。

徐春没经历过这样的阵势，有点儿手足无措。再看身边的大刘，挺胸抬头，满面春风，一副很受用的德性，看来是早就习以为常了。徐春心想，平日在办公室没觉得怎么着，没想到一出来，这小子竟然如此威风八面。

集体合影后，一路前呼后拥，一行人浩浩荡荡进入会议室。

汇报开始，张书记照稿宣读，整个汇报材料足足有四十余页，看来没有两小时完不了。

徐春假装看材料，心里早就一团乱麻了。自打张书记跟他开了那句玩笑，徐春就后悔不该跟大刘商量什么对策。现在看来，所谓的对策简直就是胡闹。大刘可以胡闹，因为大刘有胡闹的本钱，人家老婆又不用下岗，自然是什么都敢说，什么都敢干。可徐春不同，玮彤下岗与否，全凭张书记的一句话。如果得罪了张书记，玮彤死定了。可事先商量好的方案不执行，该怎么跟大刘解释？

徐春横下一条心，小人就小人吧。小人怎么了？你大刘给王主任送手机，难道就是大丈夫行为？许你州官放火，就不许咱百姓点灯？

2

张书记的汇报足足用了三个多小时，汇报完毕，已到午饭时间。

开饭前，大刘瞅个空子把徐春叫出来，低声质问：“一上午的时间就这么白白浪费了，我们不是事先说好了吗，你为什么不行动？”

“行动？什么行动？”徐春装糊涂，“上午的会议很重要啊。”

大刘冷冷地说：“你是怕得罪张书记吧？”

大刘的话一针见血，一下扎到了徐春的痛点。徐春辩解：“这是什么话？那种场合溜号，实在太显眼了。检查工作不是刚开始吗？今后有的是机会，何必刚开场就搞得大家心里不痛快。”

这话也不是完全没道理。徐春察言观色，见大刘脸色缓和了些，赶紧接着忽悠：“这次综治大检查，我明显感到自己的差距，除了写点儿材料，其他的什么都不会，连大点儿的场面都应付不了。那么重要的工作，你让我这个半吊子去干，万一搞砸了，丢人现眼的不光是我，还有你和咱们整个检查组。”

大刘只好妥协：“那好吧，下午检查工作时，你一定抽身下去看看真实情况。”

不出大刘所料，下午去检查的地方都是综治工作搞得不错的。徐春有意拉开跟大刘的距离，大刘一个劲儿朝他使眼色，他假装看不见，一路紧跟着张书记。

担心大刘冲他发火，晚饭前徐春主动对大刘说：“这一路张书记把我看得死死的，实在抽不出身来。”为表示诚意，徐春建议，“我看不如等晚饭后，陪同人员都走光了，咱们再神不知鬼不觉地出去调查。”

“人都下班了，还找谁去了解情况？”徐春装孙子装过了头，大刘难免恼火。不过，大刘也不是不通情理，平心静气想想，徐春这么做倒也情有可原。他叹口气，“算了，我也不怪你，要是我老婆在这厂里，说不定我也会给自己老婆留条后路。”

徐春心想，哪还有后路，搞不好就是下岗丢饭碗的事。但这层意思没必要跟大刘挑明，相信大刘也明白。徐春早就盘算好了，吃饭的时候，借着厂里人敬酒，就坡下驴，喝个酩酊大醉。既然不能得罪张书记，又不能得罪大刘，那就只有得罪自己的胃了。自残一把，为了老婆不下岗，值得。

晚宴上，徐春对敬酒的厂方领导来者不拒，酒到杯干，到最后徐春觉得喝酒就像喝白开水，什么味也喝不出来了……

3

一觉醒来，徐春发现自己躺在宾馆房间里。昨晚是怎么住进来的，是谁送的他，一概想不起来。看了一眼手表，已是早上6点多种，想起上午还要综治大检查，他赶紧从床上爬起来。脑袋依旧晕乎乎的，双腿无力，说不上来的难受，徐春进卫生间擦了把脸。这时，门铃响了。

进来的是厂里综治办的陈主任。看上去陈主任也就二十七八岁，正科，徐春今年都三十二了，却还是个正股级，不免自惭形秽。

陈主任满脸笑容，将一兜子水果放在茶几上，关切地问徐春："怎么样，休息好了吗?"

徐春有点儿难为情："实在不好意思，昨晚真是失态了，没做出什么出格的事吧?"

陈主任忙说："哪里话。再怎么说，您也是咱们厂的女婿，对外是来咱们厂检查工作，对内您这是回娘家探亲来了，我们欢迎还来不及呢！别说没做出什么出格的事，就算是真有那么点儿，还不是说明您没有上级机关的架子，咱们这心里都热乎着呢!"

徐春暗暗感叹，陈主任比自己年轻，可说话比自己有分寸。比如他没有说"上级领导的架子"，而是说"上级机关的架子"，这个表述就很准确。徐春是上级机关的人，但不是领导，若把徐春说成是"上级领导"，奉承的意图就太明显了。

离吃早点的时间还早，陈主任给徐春削了个苹果，先简单说了说厂里综治工作的困难，比如缺少编制和办公经费，最后将话题转到了玮彤身上。

徐春打听："听说咱们厂正在裁员?"

陈主任叹口气："现在厂里不景气，又养着那么多科室，机构臃肿，尾大不掉，这次准备撤掉一些科室……"

听到这儿，徐春不由得心跳加快。

陈主任接着说："不过您放心，张书记让我转告您，玮彤不会下岗，厂里会有安排的。听说玮彤上大学是学中文的，我倒是有个建议，只是还没跟厂领导汇报，不妨先征求一下您的意见。咱们综治办自我以下，没一个大学本科毕业的，每到写材料的时候就愁得要命。如果张书记肯把玮彤安排到我们科室，那我可真是松了口气，只是综治办里都是一群老粗，太委屈玮彤了……"

徐春的心终于放到肚子里："这是厂里对玮彤的关心，怎么能说是委屈？这几天正检查工作，不方便，等手头工作一完，我和玮彤一定专程来感谢厂领导，也要感谢陈主任。"

"咱都是一家人，还说什么谢不谢的，显得生分了。"

临走，陈主任从包里取出两条中华烟放在茶几上："早就听说您是大手笔，下次再出简报，可别忘了咱娘家。"

送走陈主任，徐春突然有了一种莫名其妙的优越感。谁说综治工作没意思？就是拿个副处级对调，老子还不换呢！

4

下午综治检查时，大刘悄悄把徐春叫到一边，叮嘱他今晚别喝酒，晚上有暗访行动。徐春想问问大刘暗访什么、暗访谁，又不便问出口。

综治检查采取的手段大刘跟他说过，一个是明查，一个是暗访。今晚下去暗访，如果查出什么问题，徐春可就为难了。检查回来的报告是徐春主笔，最后还要发简报，全系统都看得到。写吧，得罪了张书记，玮彤的事弄不好就砸了；不写吧，真查出问题来，隐瞒不报，谁敢啊！

徐春当初跟大刘来时挺高兴，多学些综治业务毕竟是好事，对徐春今后的发展是有好处的，没曾想，遇见的全是些棘手的问题，干不行，不干也不行，这到底该怎么好？徐春的头大了。

中午吃饭的时候，徐春抽空给玮彤打了个电话。玮彤这两天挺高兴，此前徐春已电告她综治办陈主任向他透露的消息。接到徐春的第二个电话，满以为又是一个好消息，谁知竟是这么难办的事。

玮彤嘱咐徐春：“一定要慎重。大刘这头肯定不能得罪，张书记这边更不能得罪，最好想一个两全其美的折中办法。”

徐春问：“这个折中办法是什么?”

“还没想好……”

整个一下午的综治大检查，徐春脑子里光想着这件事。如果不参加今晚的暗访，得有不去的理由，这个理由还不能是暂时的理由。因为即便自己不去，大刘也会去，将暗访回来的情况告诉徐春，徐春写报告的时候依然无法回避这个问题。怎么才好呢?

一筹莫展之际，厂综治办陈主任急匆匆赶来告诉徐春，玮彤下午突然昏倒，已送到医院去了。徐春表面装出十分吃惊的样子，心想准是老二的主意。玮彤是个没主意的人，估计她找宝芳商量了，宝芳又找老二，结果老二就出了这么个点子。这事做得有点儿过，万一穿帮，今后可没脸见人了。

“快去吧，厂里派车送你过去。”陈主任催促。

徐春心里清楚，如果汽车真的开到医院，老二骗人的小把戏马上就得露馅。“那不合适吧，怎么能为我的私事用厂里的车?”

陈主任略微迟疑了一下，从兜里掏出一把钥匙：“那骑我的自行车去，就是办公室门口那辆。”

5

徐春没去医院，直接骑车回了家。一路心里七上八下，总觉得这事办得太不妥当，到处都是漏洞。

没想到家里还真热闹。父母来了，老二一家、老三一家也都到了。

父亲说：“玮彤的事我们都听说了，你们要正确对待，下岗也好，不下岗也罢，人活着，只要有一双手，总不至于饿死。下岗干点儿别的，也只是换种活法，没什么大不了的!”

母亲说：“能不下岗最好别下，再怎么说，这份工作也干了这么多年了，说没就没，太可惜了。”

宝芳说：“我觉得爸说得对，无非是换种活法。工作就像穿衣服，总穿一件多乏味，时不时换件新的，心情也不一样嘛。”

老二白她一眼：“我可告诉你，老公还是原装的地道。”

宝芳笑：“我说的是工作，谁说老公了。”

徐春问老二：“让玮彤装病是你的主意吧。”

老二难掩得意："这么说也可以，但有一条得说明，主意是我出的，但征求了嫂子的意见，嫂子同意。"

父亲说："这样不好，最起码不够诚实。"

母亲说："那也要看具体是什么事。这不也是迫不得已嘛，也没伤害谁。"

老二说："诚实和不诚实从来都是相对的。就拿我们房地产开发公司来说，你想得到这块地皮，就要释放出大量假情报假消息，扰乱对手的思路，比如……"

宝芳打断老二："现在不是讨论你们公司业务的时候，大嫂这事怎么办，你有个准谱没有？"

"这事再清楚不过。人家给大嫂解决下岗问题，老大还在人家那里横挑鼻子竖挑眼，换了是你，你乐意啊。把人家惹恼了，一句按政策办，最后吃亏的是咱们。"

玮彤问："那该怎么办？"

"让老大在家待俩星期，等检查结束了再去上班。"

徐春摇头："你说得轻巧，最后的检查报告还得我写。"

"别别，你千万别写！刚才听嫂子说，你们今晚要去暗访，准没好事。回头暗访查出来问题，你再给写到报告里，你让人家怎么想你？"

"让我在家待半个月，总得有个理由啊，总不能又拿玮彤生病说事吧？"

"你还就得拿嫂子说事，就说头晕，晕起来就站不住，医院也正在查原因，目前还没结果。"

徐春犹豫："这……行吗？"

这时，一直没开口的老三说话了："我看你们这是胡闹。要是让老大的领导查出真相，他还怎么在单位工作？如果我有这样的手下，我还能信任他吗？可别因小失大。"

父亲说："我看老三说得有道理。做人还是要老实，好多事，坏就坏在太精明了。"

老二反驳："做人诚实固然重要，但有些事还是要从权。咱又不是想害谁，也不是想在工作上偷奸耍滑，就是为了保住饭碗嘛，这不算过分吧。当然了，这事咱怎么说都没用，最后还得老大拿主意。"

一场家庭讨论无疾而终。

第五章　弱势群体

1

这两天，徐春和玮彤心里都是七上八下。玮彤不安的是工作问题，张书记虽然答应玮彤不下岗，但只是口头表态，是否成真，还要到下周公布下岗人员名单时才能揭晓；而徐春的不安又多了一层。

昨天王主任打来电话，关心玮彤的病情。徐春立刻心跳加速。万一露了马脚，今后怎么有脸面对王主任，怎么继续在综治办干下去？可谎话已经说出去了，现在收回也来不及了。

接着，玮彤厂里的综治办陈主任也打来电话，代表张书记对玮彤进行慰问，还要来家里看望玮彤。尽管徐春一再谢绝，可陈主任说，这是张书记的指示，他必须执行。

陈主任在电话里一再言明是代表张书记来的，徐春断定大刘那边查出了问题，而且不是小问题。可徐春毕竟只是个小人物，如果真的查出问题，他想盖也盖不住。再说了，检查组又不是徐春一个人。徐春连大刘都左右不了，又怎么能左右整个检查组呢？

中午，大刘也打来电话，一是询问玮彤的病情，二是希望徐春参加今晚的暗访。

徐春越来越被动。玮彤本来就没病，谎称有病，无非是想把徐春从检查组撤下来，以免得罪厂领导。但是这么一来，徐春就得把这个谎话圆上。无论哪位领导、同事询问玮彤的病情，徐春就得以说谎应对，问的人越多，徐春的谎就撒得越多。如果继续这样下去，徐春感觉自己都要撑不住了。

下午1点多，陈主任来了。这个时间，别说病人，就是正常人也应该是午休时间。“实在不好意思，这个时间来打扰。我是趁着检查组午休赶过来的，张书记说了，就是时间再紧，也要代表他来看望一下玮彤。”

徐春说：“您太客气了，回去替我好好谢谢张书记。”

“玮彤现在的情况怎么样？”

玮彤本来就没病，能怎么样？刚才听到陈主任敲门，赶紧躲到里屋去了。徐春只好说：“原因没查出来，还要继续检查。”

“那就在家里好好调理。”陈主任说着，从包里取出两个精致的礼品盒放在茶几上，“这是一盒人参和一盒虫草，都是补气的，给玮彤补补身体。”

徐春虽不懂中药材，但从包装上也可以看出这两盒中药十分贵重。徐春的心跳又加速了。

陈主任继续说：“来之前，我请示过张书记，希望玮彤调到我那儿，帮我写材料，张书记基本同意。我这次来，也想征求一下玮彤的意见，如果玮彤同意，那这事基本就定下来了。当然了，这还不是组织的正式决定，我先犯点儿自由主义，对外可不能说啊。”

徐春心里更加不安。无功不受禄，如此大礼一个接一个，陈主任想让自己办的事，恐怕也不简单。

果然，陈主任往下就说到正题了：“厂里效益不好，这你也知道。就是在这种情况下，每年仍然拿出资金增加综治工作的投入。前年为厂巡逻队员统一了服装，购买了警棍、头盔等警具，还投资为巡逻队盖了四间宿舍；去年，又投资为巡逻队购置了对讲机、自行车。这些都是实实在在的，没有半点儿虚的，你们检查工作也都看到了。”

徐春点点头。

“就说今年吧，厂里精简那么多科室，综治办非但没撤，反而增加了一个编制。这不都说明一把手对综治工作的重视吗？”

陈主任说的这个编制，徐春明白是给了玮彤，所以使劲点了点头表示肯定。

陈主任继续说：“你们来厂检查综治工作，我们双手欢迎。你们是上级单位，工作经验比我们多，见识也比我们广，你们来，一来对我们厂的综治工作是个推动，二来通过你们的检查，也能让我们发现自己的不足，对今后的工作是有好处的。可是，你们那位姓刘的同志……”

徐春心里一紧："他怎么了？"

陈主任叹口气："综治检查要明查暗访，这么做我们赞同，既然是来检查的，用什么手段，那是工作方法问题。可是，你们查出了问题，也需要和我们沟通嘛，我们有错就改，没必要跟大爷训三孙子似的。我们虽是下级单位，可话说出去咱们还是同志关系，工作上有上下级，可人格上是平等的。"

徐春说："不瞒你说，综治检查工作我也是头一年参加，许多事情该怎么做我也没弄明白。如果大刘的态度不好，我在这里替他道个歉。其实大刘人挺好，就是脾气急点儿，这可能跟他当过兵有关系。"

陈主任说："有些问题是需要共同讨论的。比如大刘这次暗访的结果吧，咱们厂从前有名职工，叫徐来，因打架致人伤残，被判了刑，咱们厂将他除名了。咱们这么做，一是厂规有明文规定，二也是为了教育其他职工。徐来的老婆在咱们厂做保洁员，徐来进去后，她就偷厂里的东西拿出去卖，被厂里发现了，对她多次警告，她仍不悔改，继续偷厂里的东西，也被厂里辞退。大刘暗访的就是这件事。据大刘讲，徐来的母亲得了癌症，他老婆是实在没办法才偷厂里东西的。这种情况的确值得同情，可这也不能成为偷东西的理由啊。谁家没困难，要是都像她这样，厂里的东西不早就被人拿光了？"

"那大刘是什么意思？"

"大刘说，徐来一家是弱势群体，厂里不能不管，如果厂里不管，等于把矛盾推向社会，这不符合'枫桥经验'关于发生矛盾就地化解的精神。可是，国有国法，厂有厂规，我们按规矩办事，也不能说我们错了嘛。"

"徐来老婆现在在干什么？"

"听说她为了挣钱给婆婆看病，出去卖淫，被公安局处理了。但是，这跟我们厂没关系啊。"

"徐来家还有什么人？"

"还有个女儿，已经到了上学的年龄，但交不起学费，上不了学。问题是，这也不是咱们厂里该管的事，这是民政部门的事嘛。可大刘说，这件事厂里处理得不好，说我们有直接责任。听说，他还建议将咱们厂综治先进这块牌子拿掉。如果是因为管理不严，我们认了，可如果是因为这件事，我们实在太冤了……"

对此，徐春也有同感："这件事我回头再问问大刘。如果真像你说的这样，我觉得厂里没什么错，我坚决站在咱们厂这边。"

"我刚才跟您说的句句属实，这事跟我个人没半点儿关系，我犯不上编瞎话。"陈主任站起身，"玮彤身体不好，需要好好休息，这个时间来已经很失礼了，我就不再打搅了。回头您跟玮彤商量一下去厂综治办工作的事，如果她没意见，这事就这么定了……哦，对了，张书记还让我转告您，玮彤的事纯属工作需要正常调动，和我刚才跟您汇报的工作是两码事。"

送走陈主任，徐春心里有底了。如果陈主任所说属实，那厂方对徐来及其家属的处理应该没什么问题，跟落实"枫桥经验"更是不沾边。徐春不明白的是，大刘搞综治工作这么多年了，比自己有经验，连自己都能明白的事，大刘能看不明白？为什么他偏偏抓住这件事不放呢？

2

徐春上班的当天，综治大检查工作也结束了。大刘找到徐春，说要带他去一个地方看看。徐春估计大刘要带他去的地方十之八九是徐来家，徐春也正想了解一下此事，欣然同意。

去徐来家的路上，大刘把徐来家的情况介绍了一下，和陈主任说得差不多。

徐来家住两间平房，屋里光线很暗。徐春一进门，一股呛人的霉味扑面而来。外间屋里，靠墙放着一张用两条木凳支起的单人床，床上坐着一个双目失明的老太太，脖子上长着一个大瘤子，身子下面的床单，几乎分辨不出是什么颜色的。想必她就是徐来的母亲了。

屋里脏乱不堪，连个下脚的地方都没有。油污斑斑的碗柜上放着一台12英寸的黑白电视机，正播放着电视节目，一个六七岁的小姑娘蹲在地上，仰脸看电视。那电视实在是太老旧了，雪花比人影还重，徐春根本看不明白播放的是什么节目，可小姑娘却看得津津有味。

见大刘和徐春进来，小姑娘站起身："叔叔，你们又来了。"

大刘说："是啊，叔叔们来看看你。"

小姑娘看看徐春："这位叔叔上次没见过。"

徐春蹲下身："你说得很对，叔叔是第一次来你们家。你好啊，小朋友。"

小姑娘说："我很好。每天有爷爷、奶奶轮流给我们做饭，我和奶奶再也不挨饿了。"

徐春用手摸摸小姑娘的头："你跟奶奶挨过饿？"

"是啊，我爸爸妈妈都在外地工作，平时管不了我们。我和奶奶饿了的时候，就去饭馆。奶奶说，不能浪费粮食，好多人吃剩下的饭就不要了，我们拿回来再热热，挺好吃的。可有时赶上下雨下雪什么的，我们就出不去了。奶奶什么也看不见，什么也听不见，有一次下雨我和奶奶出去，差点儿让汽车撞着，以后这种天气我和奶奶就再不出去了。"

"不出去，饿了怎么办？"

"睡觉啊。奶奶说睡着了就不饿了。"

"能睡着吗？"

小姑娘认真地点点头。

徐春心里一酸，这个世界上，竟还有这样活着的人。

小姑娘天真地仰头看着徐春，忽闪着一双大眼睛，分明是等待徐春再问些什么。徐春却问不下去了。

小姑娘又问大刘："叔叔，你说我爸爸妈妈很快就能回来，可他们这么长时间了也没回来。他们不回来，我怎么上学啊！"

大刘说："爸爸妈妈会回来的，你放心。什么时候上学，叔叔给你想办法。"

"我爸爸妈妈为什么不管我上学？他们是不是工作忙，把我和奶奶忘了？"

"怎么会呢……"

"昨天我奶奶说，爸爸妈妈就要从外地调回来工作了，那时我就可以上学了，是吗？"

徐春见大刘眼圈发红，忙把话接过来："你奶奶说得没错，在你爸妈回来前，一定要听奶奶的话，不要让奶奶生气啊！"

小姑娘郑重保证："我不会让奶奶生气的。"

徐春还想跟床上的老太太打声招呼，大刘把徐春拉出来："算了吧，老太太看不见，耳朵也背，真让她知道咱们是干什么的，能哭晕过去。这一家困难到这个分儿上，总不能没人管啊……"

徐春说："这个情况我事先真是没想到，的确应该帮忙想想办法。"

"他们厂子是落实'枫桥经验'先进单位，可在这件事上做得不漂亮。"

徐春试探着问："要不，我们往上面反映反映？"

"这不等于把矛盾上交吗？"

"我们可以先想办法，如果实在没效果，那就只好给上级写报告了。"

"其实，办法还是有的……"

徐春已经猜到大刘想说什么，可还是问了句："什么办法？"

"这事最终还得由徐来的厂子解决。徐来虽然进去了，但厂子不能简单把徐来开除了事，他们这样做，不是等于把矛盾推给社会了吗？何谈就地化解矛盾？"

对此，徐春有不同看法，但他不想跟大刘发生争执，只有沉默不语。他寻思还是先将此事向王主任汇报一下，看看领导是什么态度吧。

3

徐春本想直接找王主任汇报，但转念一想，最后的检查报告还得由自己执笔，大刘肯定要提出徐来的事，而徐春对此事的看法又和大刘相左，想回避矛盾根本没有可能。与其两人在王主任面前各说各的理，还不如先交换一下意见，说不定能达到求大同、存小异的效果。

徐春找到大刘："徐来家的事，你是怎么知道的？"

大刘说："综治大检查期间，街道综治办主动找到我，说徐来家目前的情况是一老一小无人照看，于是他们组织几个老大爷、老大妈轮流给这一老一少做饭，也是冷一顿、热一顿，就这么凑合着。街道方面希望我们能彻底解决这个问题。"

徐春说："这事我们可以协调，关键是怎么协调。"

"事情明摆着，厂里对这件事的处理有问题。徐来和老婆都出不来，厂综治办本来可以延伸帮教，现在可好，直接把徐来两口子都开除了。他们倒省事了，徐来一家人怎么生活？徐来在监狱里能安心改造吗？"

徐春不语。

大刘接着说："就说徐来老婆偷厂里东西这事吧，那要看犯罪动机是什么。她偷厂里东西不假，可据我了解，徐来母亲得癌症后，她多次向厂里请求帮扶，厂里根本不予理睬。在这种情况下，她又要给婆婆看病，又要带女儿，你让她怎么办？她也是迫不得已。后来厂里将她开除，我认为更不妥，这是断了人家唯一的生活来源啊，实在没办法，她才走上了卖淫这条道。我不是说她卖淫有理，但从某种程度上说，这是厂里的处理方式间接导致的。徐来老婆的人品，我去街道进行过调查，街坊邻里反映，她一向很本分，也没有什么东家长西家短那些闲言碎语，绝对的良家妇女型。被公安机关处理，街道方面压根儿就没想到……"

大刘越说越激动，徐春递给他一支烟，帮他点燃："我也听说了一件事。一对十分恩爱的夫妻，同在一个工厂上班。丈夫是正式工人，妻子是临时工。厂里发生事故，丈夫为救工友献出了宝贵的生命。厂里破格给他家发放了五万元抚恤金，还决定将他妻子转为正式工人。可你猜他妻子怎么着?”

大刘不耐烦地催促：“别卖关子!”

徐春说：“他妻子只要了五万元抚恤金，谢绝了厂里将她转为正式工人，带着两个很小的孩子干起了个体。”

大刘表示理解：“也是，指着那点儿工资带两个孩子，的确难了点儿。不过，也不是所有干个体的都能挣大钱，要是挣不着钱怎么办？她这么做是不是太冒险了?”

“这就是她与徐来妻子的不同之处。”

大刘一愣，继而意识到自己掉徐春挖的坑里了。

徐春说：“在徐来这件事上，我跟你的看法是有些不一致。不错，他们是弱势群体，是被社会边缘化的人。但问题是，我们如何看待弱势群体？他们又如何认识自己？即便是弱势群体，只要自强不息，终有一天会脱离这个群体；相反，如果不努力，即便不是弱势群体，早晚也会滑到弱势群体里去。”

还好，这回大刘没跟徐春争吵。但有一点很明确，大刘没有被徐春说服，在如何处理徐来一事上，他俩的看法截然相反。

4

徐春找到王主任，想征求一下领导对徐来之事的意见，没想到一照面，王主任先问起玮彤的病情。这让徐春很尴尬。玮彤的病，本来就是一个骗局，王主任这一关心，倒让徐春脸上阵阵发烧。

他只好装出愁眉不展的样子：“谢谢领导关心，到现在为止，还是没查出病因。”随后赶紧将话题转到了徐来身上。

徐春将徐来家庭的近况向王主任汇报后，王主任问他对这件事的看法。徐春说：“这件事我认为跟厂子没什么关系。原因有三：一是厂子开除徐来，是因徐来违法犯罪在前。厂规写得明明白白，有违法犯罪行为的职工一律开除。这是一道分界线，无论是谁，越过这道分界线，都要受到处罚。否则，制定厂规还有什么意义？其二，徐来妻子在家境十分困难的情况下，选择了错误的解决问题的方式。先是违法，偷厂里的东西出去卖钱，在厂里将其辞退后，采取了更加极端的办法。不错，徐来家的情况是让人同情，但只要犯了罪，就要受到法律的制裁。否则，法律的严肃性何在？这个国家不就乱套了吗？其三，徐来已经不是厂里的人了，他的问题跟厂子没有关系，要解决，也应发动社会的力量。”

王主任没有马上表态，而是问徐春：“这次综治大检查的报告，关于徐来这部分内容，你打算怎么写?”

徐春在找王主任之前，已想过这个问题。“听说大刘也写了份关于徐来家情况的报告，我也想就这个问题单独写一份，到时候两份报告都报给您，您审改不就得了。”

王主任微微一笑，突然转了话题：“综治办准备成立一个矛盾纠纷排查调解处，设正副处长，分别是正科级、副科级。你看这两个职位咱们办公室谁比较合适?”

听到这个消息，徐春不由得心跳加速。他在心里狠狠骂自己，这两天光顾在家里装孙子了，眼前要发生这么大的事，自己竟然一点儿不知情。

徐春看了王主任一眼，见王主任正用征求意见的目光望着他。无奈，徐春只得说："大刘综治经验丰富，李芬来咱们这儿稍晚，但人家当过领导，也知道该怎么领导一个部门，我看他俩比较合适。"

王主任起身关上屋门。"你认为这几年咱们综治办的工作如何？"

在王主任关上屋门的瞬间，徐春已料到王主任下面要说的话一定是十分要紧的，但还是没想到王主任提出如此尖锐的问题。这个问题确实把徐春难住了。让徐春这么个小人物来评价综治办的工作，那不是勉为其难吗？

王主任说："我想听真话，空话、假话就没必要在这儿浪费时间了。"

徐春迟疑着。

"你上大学是读文科的，对中国历史一定不陌生。刘邦打败比自己强大数倍的项羽，建立起西汉王朝，在总结经验教训时，刘邦说了一段很经典的话，你知道吗？"

这可难不倒徐春，他几乎是脱口而出："运筹帷幄，决胜千里，我不如张良；筹集粮草，保证运输畅通，我不如萧何；挥师百万，战必胜，功必取，我不如韩信。"

王主任问："这是什么意思呢？"

"因为这三个人都是人才。"

"说对了。我刚才问你这几年综治办的工作如何，你不说，其实这个问题你不是没想过，无非是觉得不好说而已。既然你觉得不好说，那我就说说我的看法。当然，我也是个新兵，肯定有说得不对的地方，我们可以共同探讨。从我这些日子了解的情况看，这几年我们的制度没少制定，工作简报也没少写，总体看还是表面文章多，实际工作开展较少，工作不扎实。当然，也不是说没有成绩，比如将每年一次的综治大检查形成了制度，对下面开展综治工作是个很好的推动，事实证明也很有效。"

这几乎是对上届领导工作的全盘否定了。徐春弄不懂，这种话王主任为什么要跟他这个小萝卜头讲。

王主任继续说："现在正是矛盾凸显期。为什么中央综治委提出在全国推广学习'枫桥经验'？说白了就是一句话，矛盾不上交，解决在基层，最大限度地防止民转刑案件的发生。具体到咱们这个地方，矛盾集中表现为职工下岗与再就业，这是当前影响稳定的主要因素。在这个问题上，咱们综治办都做了什么工作，你能想得起来吗？"

徐春回答不上来。

"当然，综治工作开展不起来，责任不在你们，在主要领导。前任领导被派到综治办的时候就快退休了，上级让他过来，无非是为退休做个铺垫，结果，我们综治办就成了一个名副其实的养老部门。"

徐春做梦都想不到王主任会跟他说这些。从内心讲，他觉得王主任说得没错，可是，这是他一个小科员该考虑的问题吗？

第六章　对症下药

1

徐春写完综治检查报告，马上找到大

刘："我想跟你一起解决徐来家目前遇到的问题。当然，在这个问题上，你是主力，我是帮手。我知道我出不了太大的力，虽然说我能力有限，但我还是想参加。"

徐春的态度来了个一百八十度大转弯，大刘一时无法适应，像不认识似的打量着徐春。

徐春说："别这么看我。我也有孩子，从父亲的角度想一下，看着徐来的女儿生活在那样一种环境中，心里不是滋味！大刘你放心，我绝对没有半点儿跟你争功的意思，我只是想为这个困难家庭尽一点儿微薄之力，求个内心安稳。"

大刘说："这话说哪儿去了。前几天你写报告，我不跟你提这事，是怕你分心。既然报告写完了，你主动提出帮助我做工作，我欢迎还来不及呢。什么功劳不功劳的，我压根儿就没往这上想，是你多虑了。再说了，徐来家的事非常棘手，能办多少，办到什么分儿上，我心里也没底。"

"那你说，我们应该怎么下手，哪里是突破口？"

大刘叹气："目前是全面出击，全面没戏。该做的都做了，可就是没效果。"

徐春问："徐来家最关键的问题是什么？"

"要我看，哪个问题都关键。孩子到了上学年龄却没法上学，老母有病却没钱看病，一老一少平时的生活没人照看，你说这些问题哪个不是关键？"

"这些都是矛盾，但其中必有一个最主要的矛盾，只要我们抓住了，问题的解决就有希望了。"

"你说哪个是主要矛盾？"

"要弄清这个问题，首先要搞清徐来家的问题是什么性质。"

大刘不耐烦了："你有什么好办法，就快点儿说出来，别整这些没用的。"

徐春说："办法是有，关键是怎么运作。徐来家的问题是社会问题，既然是社会问题，就得从社会这个角度考虑。"

"听你说话能把人急死，说了一大堆废话，还是没扯到正题上。"

"我们已经进入正题了。"

大刘一愣："什么正题？"

"徐来家的问题既然是社会问题，那就只有通过社会来解决，而不是仅靠一两个部门。"

"怎么解决？"

"我打算给报社写篇稿子，呼吁社会关注。综治工作说出大天去就是动员群众嘛，让大家都来参与，众人拾柴火焰高。"

大刘的失望之色溢于言表："这就是你的办法？写篇稿子就能解决徐来家的问题了？"

"我刚才说的那些，其实你根本没听进去。我说要抓主要矛盾，徐来家的主要矛盾是什么？"

"你说是什么？"

"钱。徐来家的主要矛盾是没钱。孩子上不了学，老人有病看不了，家里缺衣少吃，你说这些哪样离得开钱？如果徐来家有钱了，这些问题不是都解决了？"

"你给报社投篇稿，钱就有了？"

徐春自信地点点头。

大刘笑了："您那篇大作写出来，报社给不给发还是未知数呢。丑话说前头，我在报社可没熟人。"

徐春说："这篇文章不用走后门，只要我写出来，报社准发。不信咱们就试试看。"

2

王主任这几天的心情可说是喜忧参半。

先说喜。昨天，报社编辑小吴打来电话，说徐春大作《谁来帮帮这一老一小》刊发后，社会各界人士不断给报社打电话询问徐来家目前的情况，一些人明确表示要捐款资助徐来的家庭，但不知道把钱寄到哪儿，寄给谁。市里的钟山小学校长也找到报社，说徐春的文章在全校师生中产生很大反响，学校正在开展为徐来家捐款的活动，同时学校决定，破格收徐来孩子入学。

这可是竟想不到的好消息。钟山小学是全市重点学校，许多家长为了能让自己的孩子进入这所名牌小学费尽心机，请客送礼更是不在话下。以徐来的家庭条件，孩子能到这里上学，是做梦都想不到的好事。

王主任更没想到，徐春一篇不到千字的通讯，竟解决了徐来家那么棘手的问题。他不得不承认，这也是一种能力的体现，而这种能力大刘不具备，李芬也不具备。这种能力首先来源于徐春对徐来家问题判断的准确，正是因为徐春找准了徐来家问题的关键，解决起来才能对症下药，问题才能迎刃而解。

再说忧。王主任得知玮彤突然昏倒送进医院的消息后，一种不祥的预感笼罩心头。当初他的一个战友也是这种症状，到医院一查，竟是白血病，没到一年，这位战友就去世了。当时战友的症状还伴着高烧，打电话给徐春一问，得知玮彤也是伴着高烧，王主任越来越担心。

王主任的妻子林丽是市属人民医院的副院长。晚上，王主任给林丽说了玮彤的病情，林丽说："昏倒和发烧只是白血病的症状之一，你先别那么紧张，等验血结果出来再说。"

王主任特意叮嘱："如果是这种病，一定给玮彤找最好的医生。"

林丽说："要真是这种病，就是找最好的医生，一般也就是两三年……"

想到徐春妻子那么年轻，孩子又那么小，王主任的心情沉重起来。

谁知第二天一上班，林丽打来电话，说徐春妻子根本没来医院看病。王主任又打电话给徐春，问他的妻子是在哪个医院看的病。徐春不明何故，只能按以前的剧本回答，说就在市属人民医院。王主任再找林丽核实，林丽说："我让人查过了，近期绝对没有一个叫玮彤的患者来看过病。"最后林丽半真半假地说，"徐春不会骗你吧。"

本是一句玩笑，却一下提醒了王主任。他马上给大刘打电话，询问综治大检查的前后经过，重点是徐春的各种表现。大刘如实汇报，再联想到徐春妻子可能会下岗，王主任全都明白了。

其实，在综治大检查开始之前，王主任已找过玮彤的厂领导，只是其中细节不便跟徐春明说。这次派徐春下去检查综治工作，目的是想让徐春尽快熟悉综治业务，没想到徐春在关键时刻会来这一手。

徐春的所作所为让王主任太失望了。眼下综治办缺少得力干将，以徐春的悟性，重点培养一下，完全能够派上大用场，可事实证明，徐春身上有致命的硬伤，那就是太自私。当集体利益与个人利益发生冲突时，徐春为了个人利益，可以弃集体利益于不顾，这一点十分可怕。

不过，王主任并没有张扬此事，更没向上级汇报。他希望徐春能就这件事主动找他谈谈，起码徐春对这件事应有个明确的认识。上次徐春向王主任汇报徐来家的情况时，王主任有意点了徐春一下，可徐春却马上把话岔开了。过后几天，徐春也一直没来找王主任。但王主任并没有死心，他相信徐春会来的。

3

这两天，徐春感觉办公室里的气氛有些不对头，大家仨一群、俩一伙地聚在一起窃窃私语，见到徐春就马上散开。他们看徐春的目光，让徐春感到后背阵阵发凉。

到底是哪里出错了？徐春开始认真地反省自己。自从在报纸上发表那篇报道徐来家情况的通讯后，几天来徐春很是得意。徐来家那么棘手的问题，竟被他一篇通讯给解决了，从这一点上说，徐春也的确有得意的资格。但问题是，为什么大家的反应跟他期待的不一样呢？是不是那篇文章没署王主任的名字，王主任挑理了？也不像。如果是那样，也仅是王主任一个人看他不顺眼，犯不着大家都这么神秘兮兮的。

最近自己还做了什么？徐春思来想去，想到了玮彤装病这件事。难道事情败露了？想起同事们看自己的目光，徐春不由得坐立难安。王主任会不会从侧面了解到玮彤装病？这是徐春首先想弄明白的问题。

这天下班后，徐春去市属人民医院找他的一个哥们儿，打听王主任在医院里有没有熟人。这位哥们儿难以置信地看着徐春：“你是王广志的部下，竟然不知道王广志跟我们医院的关系？”

徐春立刻感到眼前一黑。这是他最担心的事情。“王广志跟你们医院是什么关系？”

哥们儿反问：“你听说过林丽这个人吗？”

“几年前好像报纸上登过，是你们医院的骨科专家。”

“她就是王广志的老婆，现在是我们医院的副院长。”

徐春几乎站不住了。

哥们儿问他：“你们那儿有个叫大刘的吧？”

徐春预感到雪上加霜的事来了，点了点头。

“大刘孩子的病就是林院长治好的。”

“大刘孩子得的是什么病？”

“周状骨缺血性坏死症。这种病几百万儿童中也难得见到一例，林院长愣是给治好了，还发表了治疗这种病的论文，获得了五一劳动奖章。”

徐春恍然大悟，可为时已晚。离开医院时，徐春只觉得头重脚轻。

回到家跟玮彤一说，玮彤也傻了，谁也没想到居然这么巧。

徐春没了主意，赶紧找来老二、老三商量。

老二说：“这事既然穿帮了，我看你是没法在综治办干下去了。再干下去，王主任也不会重用你，与其那样，不如辞职。趁现在年轻，干点儿什么都还有希望，反正无非是换种活法而已。”

老三却有不同意见：“我不同意你这种观点。老大除了会写材料，还能干什么？

要我说，这事最好跟爸爸商量一下。他是过来人，比我们的人生经历要丰富，不妨听听他的见解，兴许对老大有启发。”

晚上，徐春回到父母家，把玮彤装病败露的事跟父亲说了。徐父叹口气：“当初你们这么干，我就不同意，但我也说服不了你们。这世上哪有不透风的墙，就是现在不穿帮，迟早也有穿帮的那一天。”

徐春说：“现在不是检讨的时候，您说我现在该怎么办，还有没有可能弥补？”

徐父说：“都这样了，还怎么弥补？现在最好的办法是去找王主任，把前因后果跟王主任说清楚，让他体谅你的苦衷，求得他的谅解。这样至少还能争取主动，等到王主任拆穿你的谎话，那可就真的晚了。”

4

第二天，徐春找到王主任，把玮彤装病的前前后后及自己在此事中扮演的角色全部向王主任说了，并作了深刻的检讨。

王主任说：“你能主动承认错误，说明你眼里还有我这个领导。你最近的工作很有成绩，你写的那篇题为《一个下岗职工，用勤劳迎接明天的辉煌》的调研报告很有见地，市领导都对我们综治办另眼相看。你知道这是为什么吗？”

徐春摇了摇头。

“你在报告里分析了当前职工下岗问题和综治问题之间的关系。目前正是矛盾凸显期，不说全国，就说咱们这儿，哪个国有企业不是大批职工下岗？这些人的生活问题不解决好，那就要出大事。我们为什么要推广‘枫桥经验’？不就是要解决处理好各种社会矛盾，维护社会稳定吗？”

徐春这两天心乱如麻，如果有点儿小得意，就是报道徐来家庭的那篇文章见报后在社会上引起了反响，让徐春多少找回些自信。至于王主任说的那篇调研报告，他早就忘到九霄云外去了。没想到王主任看完报告后，还呈送市领导，得到了市领导的好评。

事情明摆着，第一眼看报告的人是王主任，如果得不到他的首肯，市领导怎么会看到？徐春诚心诚意地说：“这些都是歪打正着，写这些东西时我根本就没想得那么深……”

“实事求是地说，这是你的成绩。但你的错误犯得也很严重。你想过没有，综治大检查一年就这么一次，不但被检查单位重视，市领导也重视。这么重要的工作，怎么能为了自己的一点儿私利不顾大局呢？”

徐春低下头：“我真是糊涂……”

王主任语气沉重：“坦率讲，这件事如果发生在别人身上，我会很生气，可发生在你身上，我不但很生气，而且很失望。”

“既然是我犯的错，就由我承担后果。这件事，组织上无论对我怎么处理，我都毫无意见地接受。不过，我还是要感谢您……”

“感谢我什么？”

“感谢您在我认识到错误之前没有将此事扩大化。同样一件事，我主动向组织汇报和组织了解真相后找我谈话，在处理的方式、轻重上是有区别的。您顶着压力，等着我来向您承认错误，实际上是在为我争取时间，是为了我好。您在关键时刻挽救了我一把，这道理我还不清楚吗？”

王主任这几天来心里窝的火，被徐春

这几句话消去了一半。“尽管如此，如果你不从这件事中好好吸取教训，如果你的检查写得不深刻，大家通不过，那就还不能算完。”

5

晚上回到家，王主任对林丽说：“你能不能找个机会跟大刘老婆谈谈？”

林丽不解：“跟大刘老婆谈什么？”

“徐春老婆装病的事，是你跟她说的吧？”

林丽承认：“那天是我说走嘴了……”

王主任叹气：“你随口说说容易，我的工作可不好做了。”

林丽不服气：“还不是您老人家干的好事？那天，大刘老婆气冲冲地来到我们医院，把一个手机放我桌上，转身就走。我一看不对劲，追出去一问才知道，您老人家办事可真够绝的，当着全体部下的面给大刘难堪。换成是你，你能下得了台？”

王主任解释：“大刘给我送这么重的礼，如果让办公室的人知道了，都照他的样子来，这队伍我就没法带了。”

“那你也不能采取这种极端的方式，再说大刘家跟咱们家是什么关系，你又不是不知道。”

“问题就在这儿。这事你知我知大刘知，其他人怎么会知道？我总不能给大家开个会，把咱们家跟大刘家的关系说明一下吧？”

“你这个人就是爱拿着不是当理说，明明是自己做错了事，还往回找理。”

王主任笑了：“这还在其次。问题是现在大刘抓着这事不放，搞得徐春在办公室抬不起头来，影响工作。”

“你们单位的事我不干预。徐春干出这种事来，抬不起头来也是自作自受。”

“话是这么说。问题是徐春这个人我还得用，办公室那一摊子事，不能光靠我一个人，哪怕我浑身是铁，能打几个钉子？我不还得指着手下这帮弟兄给我干活儿吗？大刘这个人，处理具体事情还可以，但综合素质还是差一点儿。”

林丽反驳：“徐春的综合素质就行了？他要是行，还能做出欺骗组织的事？”

“我可没说这话，我只是请你帮个忙嘛。”

“我能帮什么忙？”

“你跟大刘老婆说说，别让大刘总抓着徐春的小辫子不放。综治办这么多年没提干部，要是大家都打成一锅烂粥，结果肯定是谁也提不上去，窝里斗既害人也害己。”

林丽终于被说服：“好，算你说得有理。”

第二天晚上，林丽把大刘老婆约到家里吃饭。王主任知道林丽的用意，借故躲出去了。

第七章　往事如烟

1

综治办成立矛盾纠纷调解处，徐春为处长，大刘、李芬为副处长。

没当领导前，徐春做梦都想当领导，原因很简单，领导体现的是权力、地位和身份嘛。在矛盾纠纷调解处当了几年处长之后，徐春可不这么认为了。电视剧里那些衣锦还乡的领导都是大领导，像他这种连七品芝麻官都够不上的小萝卜头顶多就是个筐，工作中的破事、烂事一股脑地往里装。更何况徐春仅仅是个科级干部，没钱又没权，非要说他是个筐，也顶多是个烂筐。眼下这个烂筐里，就装着一件颇有难度的事。

国企方家仗子煤矿由于资源枯竭倒闭了，那么多下岗职工突然没饭吃了。上面给的精神是转产再就业。什么叫转产再就业，不就是让下岗工人自救吗？但现实残酷，他们要什么没什么，唯一有的是一把子力气，现在也不需要了。下岗与再就业的矛盾怎么解决？不管怎么解决，都得徐春这个四处都是窟窿眼子的破筐先接住。

徐春带领大家在社区居委会成立了由司法局、当地法院、社区民警、街道工作人员共同组成的矛盾调解小组；在乡镇，他们利用农村老人威望高的特点，以村为单位，成立了老人说事会。这些基层小组织，能及时发现身边发生的小矛盾，及时就地解决。

这天徐春上班，意外地遇到了徐来。徐春还记得，去年夏天，他顶着倾盆大雨来到徐来服刑的监狱，说明徐来家的情况，希望监狱方面关注徐来的改造。徐来也算争气，根据他在监狱的表现，于去年深秋被提前释放。按常规，徐春应该到徐来家探望，可近来工作繁忙，一直没工夫。

徐来推着一辆自行车，车后挂着两个小木箱子，里边放的全是火烧。见到徐春，徐来迎上来招呼：“早就想去看您，知道您忙，没敢去。”

徐春关心地问：“现在还好吗？生活上有什么困难没有？”

徐来从木箱里取出一个火烧：“您先品尝一下这火烧味道如何。”

徐春正好没吃早饭，狼吞虎咽吃下一个，感觉这火烧酥脆香甜，最好吃的是中间夹着的那片肉。徐春连说不错，徐来又从木箱里取出一个递给徐春。徐春问：“中间这片肉真好吃，怎么做的？”

徐来说：“这片肉叫‘一片香’，是我服刑期间一个狱友教给我的。”

“看来这里边有故事啊。”

“当然。”

一个念头在徐春脑中一闪而过。“今天的火烧都卖得差不多了吗？”

“还剩下两个，都被你干掉了。”

徐春呵呵一笑：“走，去你家，有话跟你说。”

到了徐来家，徐春问起“一片香”的来历，徐来给他讲了一个故事——

2

我有个狱友叫佟辉，因为偷东西进来的。这小子刚进监狱时，用头往墙上撞，说他不想活了。后来被管教及时发现，抢救过来。就这么一号人物，监房里根本没人愿意搭理他。您想啊，进监狱自残，什么意思？这不是跟政府对抗是什么？跟政府对抗，就是对抗改造，是要加刑的。谁跟这种人打得火热，那不是闲自己刑期短吗？

佟辉关在我们监房里，开始我也不愿意搭理他，可我好奇啊。要说打架斗狠，没进去前，我在咱们这一带是出了名的，我打了别人也行，别人打了我也行。可你要是让我撞墙自杀，我绝对不行。我真的没有这份胆量。

佟辉年岁不大，长得又瘦又小，没想到对自己这么狠。从此，我就对这小子比较留心。佟辉这人不太合群，我们干活休息时，他总是一个人躲在僻静的角落里，一待就是好长时间。我就更好奇了。

有一次，我见佟辉又跑到僻静的角落里，就不声不响地跟了过去。他对着墙坐在地上，正聚精会神地看着什么。我悄悄走到他身后，他竟没有发现。我站在他背后一看，原来佟辉在看一张照片。

我故意咳了一声，佟辉被吓了一跳，回头见是我，冲我笑笑，示意我在他旁边坐下。我就坐到他身边，对他说："这些日子看你老是振作不起来，原来是这张照片闹的，能让我看看吗？"

佟辉小心翼翼地把照片递给我。我接过照片一看，上面一个是佟辉，一个是个挺漂亮的女孩子。我问佟辉："这姑娘是谁？"

其实他不说我也猜得出来，照片上的女孩子长得这么漂亮，准是他女朋友。没想到我猜错了，佟辉说这是他妹妹。我仔细端详照片上的女孩子，果然眉眼间跟佟辉有几分相似。我问佟辉："你妹妹现在在哪儿？"

佟辉说："被一个好心人收养了。"

我这才意识到，佟辉的父母肯定已经都不在了，不然他妹妹怎么会被别人收养？可是，佟辉不太愿意提家里的事，我也不好多问。不过，从此以后，我就和佟辉成了朋友。我们之间的关系说不上有多好，但起码我搭理佟辉，而佟辉看样子也不讨厌我，仅此而已。

有一次，我发现我的袜子不见了，找来找去也没找到。没多长时间，就见佟辉把洗干净的袜子搭在我的床头。这事让我很感动。我说："你看你，我穿的袜子，放在地上都能立起来，我自己都嫌臭，让你洗，还不把你熏个半死？"

佟辉笑笑："难道我穿的袜子就香？干了一天活，脚上出那么多汗，明天再穿着这样的袜子干活肯定不舒服。"

通过这件事，我跟佟辉的关系更进了一步。但我总不能老让佟辉给我洗袜子，有时我也帮他洗袜子。就这么洗来洗去，我们洗成了铁哥们儿，干活的时候也搭伴儿一起干。

有一天干活的时候，我注意到佟辉满脸通红，呼吸急促。一问，他说有点儿不舒服。我一摸他的额头，烫手。赶紧向管教汇报，管教把佟辉送到了队部的医疗室。

晚上收工回到监房，没见到佟辉，我估计他可能病得挺严重。去问管教，管教说佟辉已住进公安医院，具体是什么病，还有待进一步检查。

一连几个星期，还不见佟辉回来，我更担心了，又找到管教询问佟辉的病情。管教告诉我，佟辉得的是一种怪病，老百姓管这种病叫"黑病"，其实是血癌的一种。

听到这个消息，我连着几个晚上睡不着觉。癌症啊，哪有能治好的？我估计，佟辉在这个世界上的时间已经不多了。我跟管教多次提出，想在佟辉离开这个世界前去公安医院看他一眼，可是管教不同意。这个我倒也理解，监狱有监狱的规定，我是犯人，不是自由的老百姓。道理虽然懂，可我还是担心佟辉的病情。

突然有一天，管教从工地上把我叫过来，说要带我去见见佟辉。我当时眼泪就下来了，管教肯让我去见他，说明他多半是不行了……

3

见到佟辉，我已经不敢认他了。他本来就瘦，现在更是瘦得不成人样了。佟辉躺在床上，已无力坐起来，他把手伸给我，我紧紧地握住他的手，一时不知说什么好。管教是个好人，给我们争取了一小时的时间……

佟辉有气无力地告诉我：“我跟医生请求过多次，想见你，医生不同意。昨天我又提出要求，医生说要跟监狱领导汇报一下，今天你就来了。看来，我是没几天活头了。”

我说：“没那么严重，你别多想。”

可佟辉说：“我的病我心里最清楚，现在我几乎连喘气的力气都没有了，不定哪天接不上这口气，也就完了。上次你问我父母的情况，我没告诉你，其实我是没脸提起他们。”

“我能理解，谁都有不愿说的事。”

“其实告诉你也没什么。我是吉林人，父母是下岗职工，他们没下岗前，我们家挺幸福，可自从他们下岗后，情况就不一样了。爸爸天天喝酒，喝醉后就跟妈妈吵架，有时还打妈妈。妈妈没处出气，就打我和妹妹。那年我十四岁，妹妹才七岁。后来妈妈染上了毒瘾，不久爸爸也开始吸毒，家里能卖的东西都让他们卖光了。有一天，我正在外面菜站捡菜，妹妹慌慌张张找到我，说妈妈要将她卖掉。我说，你是怎么知道的？妹妹说，来买我的人就在家里，他们说的话我都听见了，借口上厕所才跑出来的……”

佟辉流着泪问我：“你见过这样的妈妈吗？这就是我的妈妈，我的亲妈!”

我当然是无言以对，也终于明白了他为什么不愿意提起他的父母。

当时佟辉对妹妹说：“哥带你离开这个家，你愿意不愿意?”

妹妹坚定地说：“咱们现在就走，不管去什么地方。”

从此，佟辉就带着妹妹四处流浪。

说完自己的身世，佟辉问我：“你是怎么进来的？你最好用十分钟的时间说完，我下面还有重要的话对你讲。”

我说：“既然剩下的时间不多了，还是留给你吧，我不重要。”

佟辉摇摇头：“不，这对我很重要。你讲吧。“

我只好告诉他：“我是你嫂子的第二个丈夫。她的第一个丈夫很有钱，是做服装生意的。可这人很花，长期在外面包着女人，你嫂子受不了这个，就跟他离婚了。他们有一个女儿，离婚时将女儿判给了那个男人。离婚后，那个男人拿女儿说事，总来找你嫂子。一次他说孩子在家发高烧，要见妈妈。你嫂子一听这，就跟着他回去了。没想到，家里根本没有孩子……他本以为你嫂子不敢声张，可是他想错了，你嫂子回家就把这事告诉我了。我抄起菜刀就往外走，你嫂子拦住我，你猜她跟我说什么?”

“那还用问，求你别去。”

“你错了。你嫂子说，去吧，如果为这你判了刑，不管多长，我都等着你。如果你被判了死刑，你死的那天，就是咱们夫妻在阴间团聚之时。“

佟辉竖起大拇指："嫂子是女人中的伟丈夫！"

"当时我也这么想。本来我是想杀了这小子，见你嫂子这样，我又改变主意了。你猜我怎么收拾的他？"

"你该不是让他做不成男人了吧？"

"要是你也会这么做！我没想逃避，废了这小子，我就去公安局投案自首了。我是怎么进来的跟你说完了，下面该你说了。"

佟辉问："你还有多长刑期？"

"还有三年多。"

"出去后怎么打算？"

我说："离出去的时间还长着呢，现在想是不是早了点儿？"

"可你总有出去的那一天。本来我想出去后，咱们一起干点儿事，可现在，我是出不去了……"

我劝他："好好养病，说这些干吗？"

佟辉说："现在不说，以后就没时间说了。临死前，我有两件事交代，一件是我送给你的，一件是请你帮我办的。"

我说："别说两件事，就是二十件，只要我能办到，你就放心好了。"

"这世上真正关爱我的人没有几个，能遇见你，我这辈子也算知足了。下面我说的话很重要，你记好了……"

佟辉把第一件事重复了三遍，问："记清楚没有？"

我说："记清楚了。"

佟辉不放心，又让我背了两遍。他告诉我："你刚才背的，就是制作'一片香'的配方。其实制作'一片香'的工艺非常复杂，据说有三十多道，我知道的这些仅是制作'一片香'的皮毛而已，但就是这点儿皮毛，你出去后靠它维持生活，应该不成问题。"

我问："这是你家的祖传秘方？"

佟辉摇头。

"为什么要告诉我？"

"因为你是我唯一的朋友。"

接着，佟辉交代了第二件事。他说："我死后，按说我的骨灰应该通知家人领走，可我进来时跟监狱说我是孤儿，妹妹也不知道我现在的情况，真的到了那一天……"

我帮他把话说完："真的到了那一天，我会把秘方保管好，等我出去后，把它完好地交给你妹妹。"

"我妹妹叫佟铃。她是被人领养的，当时只有十岁。后来我去看过她几次，她生活挺好。你出去后，帮我把这封信交给她。"说着，佟辉费力地从枕头下面拿出一个信封递给我，我看见信封上写着一个地址。"还有一件事必须告诉你，传我'一片香'秘方的人就是领养我妹妹的人，是个老太太，我们都叫她王姥姥。我给你的这个秘方，只能保证你出去之后不挨饿。如果王姥姥能把制作'一片香'的完整秘方传给你，说不定能成就你一辈子的富贵。那就要看你自己的造化了……"

这时，管教咳嗽一声，指了指手表。我知道分别的时间到了。我用力握住佟辉的手，佟辉睁大双眼看着我，两行清泪从他干瘪的眼角流下来，顺着他黑瘦的脸，一直流到脖子里……

4

我没有食言。佟辉死后，我向管教提出，由我来保管他的骨灰。监狱方面知道佟辉是孤儿，答应待我出狱后，把他的骨灰连同死亡证明一起交给我。

佟辉走了，我的日子还得继续。自从得了佟辉的秘方，我经常胡思乱想。如果出狱后找到佟辉的妹妹，见到王姥姥，把我在狱中跟佟辉的故事说给老太太听，说不定老太太一感动，就把制作“一片香”的完整秘方传给我了。我觉得这不完全是白日做梦，王姥姥能收养一个和她毫不相干的孩子，说明她是一个善良的老太太。

佟辉生前说过，若能得到制作“一片香”的完整秘方，说不定能成就我一辈子的富贵。一想到这儿，我就激动不已，也从内心感谢佟辉。服刑期间，我加倍努力，终于因为表现良好提前获释。

回到家后我才知道，徐处长您帮了我家那么多忙，要不是您，我这个家就没了……大恩不言谢，这段我就先不提了，继续跟您说我去见王姥姥的经过吧。

那天中午，我带着佟辉的骨灰，按照信封上的地址找到了王姥姥家。王姥姥家住在一个大院里，按响门铃后，给我开门的是一个十五六岁的姑娘，皱着眉头，用疑惑的目光上下打量我：“你找谁？”

在监狱里，我见过他们兄妹俩的合影。我问：“你叫佟铃吧？”

佟铃语气冷淡：“你怎么知道我的名字？我不认识你。”

“可我认识你哥哥佟辉啊！”

听到哥哥两字，佟铃的脸上立刻露出了笑容，请我进屋说话。

我跟着她进了院子。院子不大，迎面是三间北房，左右两边各是两间偏房。院中间是一个圆形水池，里面养着鱼。院子四周种的全是树。

佟铃领着我进了北屋。一进门，我吓了一跳，屋子里居然拴着两条大狼狗，竖着耳朵，伸着大长舌头，对我虎视眈眈。我有点儿紧张地问佟铃：“这狗……”

佟铃笑着说：“没事，进来吧。”

进屋坐下，我四下打量，这王姥姥的家可不是一般的家。满屋都是红木家具，左边一排博古架上放的全是瓶瓶罐罐，右边墙上挂满了字画。我不懂这些，但我估计应该都是很值钱的东西。

这时，里屋传出老太太的说话声，那语气尖利又不满：“小铃，你怎么又把生人带进家了？”

佟铃冲我做个鬼脸，大声朝里屋说：“他不是生人，是我哥哥的朋友。”

“佟辉这小子，这么多年也不来看我，把我老婆子忘了不要紧，连自己的亲妹妹也不要了？”这话听上去还是在责怪，但比起刚才那句，显得温和多了。

佟铃也着急地问我：“你说你是我哥哥的朋友，我哥哥现在怎样了？他在哪儿？”

我说：“这几年你哥哥不是不想来，而是来不了。”

佟铃睁大双眼：“为什么来不了？他出什么事了？”

“你哥哥进监狱了。”

佟铃大吃一惊：“进监狱了？你怎么知道？”

“佟辉进监狱了，你却来到这里，这么说，你也是刚从监狱里出来的？你是从哪个监狱出来的？”里屋的声音又尖利起来。

我大声冲着里屋的方向说：“省一监。”

“小铃，告诉他，咱家为什么养这些狼犬。”里屋的声音说。

佟铃冲我摆摆手，示意我不要说话，

然后对里屋大声说："您说人心难测，万一家里进来坏人，咱们好有所防备。"

"你再告诉他，从前咱家进来过坏人吗？"

"进来过一两次，每次都被大花、二花咬个半死。其他坏人听说咱家养的狗这么凶，都不敢打咱们的主意了。"说罢，佟铃冲我挤挤眼，压低声音，"你别介意啊，王姥姥就是这么个人，其实她心眼满好的。"

但她的话还是被王姥姥听见了。"小丫头又在胡说什么？什么介意不介意，介意怎么着，不介意又怎么着？不介意最好，介意就赶紧滚！"

我坐不住了。再怎么说我也是个男人，打我我不在乎，可王姥姥是在毫无顾忌地侮辱我。我站起身，抱起佟辉的骨灰，转身就走。

5

这就是我去王姥姥家的经过。不怕您笑话，去之前我还打着"一片香"全部配方的主意，谁曾想，连王姥姥的面都没见着，就被人家连损带挖苦地给轰了出来。

事后我也想过，我那样去王姥姥家，是有点儿唐突了。毕竟人家从来不知道我这个人，我冷不丁冒出来，说我是佟辉的好朋友，还说佟辉进监狱了，人家肯定要打一个问号。那院子里只住着一个老太太和一个十五六岁的小姑娘，对陌生人警惕一点儿是应该的。

其实那天我只要把佟辉的骨灰交给她妹妹，也就算完成任务了，从良心上说，也算对得起佟辉了。但佟辉的妹妹还不知道哥哥已经不在人世，一门心思盼着和哥哥团聚，我实在是开不了这个口。这么一个小姑娘，该怎么面对残酷的现实？再加上王姥姥当时那个态度，我一气之下就转身走了。

但我答应佟辉的事还是要办的。不好把骨灰直接交给佟铃，那就交给王姥姥吧，毕竟王姥姥是佟铃的监护人。可王姥姥认定我没安好心，我直接上门，恐怕人家都不肯让我进屋。那可怎么办？

思来想去，没别的办法，只好在王姥姥家门口等着。可一连等了三四天，王姥姥根本不出门，出来的只有佟铃。

就在我打算放弃时，这天下午，王姥姥家院子的大门又开了，从里面走出一个六十多岁的老太太，一头白发，可走起路来腰不弯背不驼，两脚生风。我赶紧迎上前说："您就是王姥姥吧？"

王姥姥停住脚步，上下打量着我："你是不是那天来我家的那位佟辉的朋友？"

我点点头，刚想解释几句，她突然一把抓住我的手："好孩子，那天是姥姥冤枉你了，来，快进屋，我正想找你呢！"

这王姥姥的态度前后判若两人，一时把我整迷糊了。

我跟着王姥姥再次来到她家。王姥姥说："佟铃上学去了，回来还早呢，咱俩正好说话。"

说着，她取出小烟锅，抽出一支香烟，把碾碎的烟丝塞进去点上。我用余光扫了一眼那盒香烟，竟是软中华，心想这王姥姥的生活条件还真不赖，抽这么贵的烟，而且抽烟的方式也这么特别。

王姥姥吸了两口小烟锅，才对我说："你别客气，想抽就抽。"

等我点上烟，王姥姥告诉我："我已经打电话跟省一监联系过了，佟辉的确进了监狱，而且死在了里边。我也知道他的骨灰是你主动提出来保管的，那天你是不是来送骨灰的?"

我点点头。

"佟铃还小，这事到现在她还不知道。你那天没把骨灰交给她，做得很好！很好！"

"我觉得您是佟铃的监护人，佟辉的骨灰还是交给您较为妥当。"说罢，我取出骨灰包，交给了王姥姥。

王姥姥接过骨灰，她的双手有些发抖。接着，我又取出佟辉留下的那封信。王姥姥接过信，犹豫片刻，还是拆开看了。

看罢那封信，王姥姥问我："佟辉把制作'一片香'的配方传给你了?"

我点头承认。

"你照着做了吗?"

说实话，出狱这几天，我一直在王姥姥家门口守着，想见王姥姥一面，哪有时间做"一片香"。但我怕王姥姥觉得我对她这个秘方不重视，就说："做了。"

王姥姥半晌没说话，低下头只顾抽烟，我也不知说什么好。直到她把那一小锅烟丝抽完了，才抬起头问我："效果怎么样?"

听王姥姥的口气，她对自己的秘方是很自信的，尽管我还没来得及制作，想必一定差不了，于是我回答："挺好的。"

王姥姥又续上一锅烟，吸了几口才说："你把佟辉传给你的秘方背一遍。"

那个秘方几乎已经刻在我脑海里了，当即我就一字不差地背了一遍。我都觉得奇怪，我这人天不怕地不怕，最烦的就是别人命令我。在监狱里没办法，我只能服从管教的命令。现在我出来了，没人管得了我了，可在王姥姥面前，不知怎的，不论她说什么，我都是身不由己地服从，就跟面对管教时一样。

等我背完秘方，王姥姥问我："你真的觉得效果不错?"

"是啊，真的挺好的！"

王姥姥的语气突然冷下来："既然挺好的，那你就走吧，我没什么好说的了。"

这王姥姥真是让人琢磨不透，刚才这张脸还晴空万里，转眼之间又阴云密布了。好歹算是把佟辉托付我的事办了，既然王姥姥下了逐客令，那我就走吧。

想起佟辉，我心里不由得又是一阵难过。

6

办完佟辉交代的事，我心里一块石头落了地。接下来我就尝试按照佟辉的配方制作"一片香"，做出来后，我傻眼了。这哪是"一片香"，简直就是一锅碎面子。尝尝味道，却是好吃得说不上来。问题是成不了饼，怎么能叫"一片香"?

我把制作步骤又仔细过了一遍，没错，可结果为什么会是这样? 难道佟辉没跟我说全，故意留一手? 应该不至于。回想起我跟王姥姥见面时她前后判若两人的情景，我觉得问题可能出在王姥姥那里。

我赶在上午佟铃上学之后去了王姥姥家。这次我吸取了教训，王姥姥绝非等闲之辈，在她面前，最好别抖机灵。于是，我一五一十将制作"一片香"遇到的麻烦讲给了王姥姥。

王姥姥本来沉着脸，听我说完，脸上

的阴云渐渐散去。她对我说："我最烦说瞎话的人，如果对方在骗你，你跟他还有什么好说的?"

原来如此。那天王姥姥问我制作"一片香"的效果，我随口敷衍"挺好"，被王姥姥看破了。

我赶紧解释："王姥姥，这是误会。当时我刚从监狱出来，忙着送佟辉的灰骨，根本来不及制作'一片香'。您问我制作'一片香'的效果，如果我说不知道，怕您觉得我对'一片香'不重视。我寻思着，一来佟辉不会骗我，二来您传给佟辉的方子肯定错不了，所以就顺嘴说出挺好的话来了。"

王姥姥点点头，算是接受了我这个说法，我总算松了口气。然后，她打开抽屉，从里边取出一张写好的纸条交给我："当初我传佟辉'一片香'配方时，故意跟他留了一手，是想看这小子到底做没做'一片香'，是不是跟我说瞎话。没想到他太实诚，说做'一片香'太麻烦，现在他还能吃上饭，等混不上饭吃的那一天再考虑制作'一片香'也不迟。你听听，真是把我气死了……"

我说："我比较了解佟辉，他生性闲散，一板一眼做'一片香'这种事他可能不愿意干，但对朋友却很真诚，他对我都如此，就更不会骗您了。"

王姥姥又取出一个铁牌递给我："我为佟辉买了一块墓地，这是陵园的地址和墓穴号。我老了，跑不动了，你帮忙把佟辉的骨灰安葬了吧。"她的语气又严厉起来，"你要记住，'一片香'的制作配方不能告诉任何人，能做到吗?"

"能。"我试探着跟王姥姥说，"佟辉告诉我，原本制作'一片香'的工序有三十多道，他给我的秘方只是个简化版。我做出来尝了尝，仅仅这个简化版就这么好吃，要是三十多道工序用全了，那味道岂不是要上天?"

王姥姥仿佛陷入了深深的回忆中，半晌，长叹一声："可惜，在这个世上，再也不会有人吃到真正的'一片香'了。"

我心里惦记着完整的配方，就势说："要是'一片香'的手艺失传了，那也太可惜了。"

王姥姥猛然回过神来，脸色又沉了下来："你在监狱里对佟辉不错，所以他才在临终前把'一片香'的配方给了你，佟辉到死都相信这个配方能做出'一片香'。我不能骗佟辉，现在我代佟辉补上最后这道工序。再想多得，就是贪心了!"

我被王姥姥一语点中了要害，虽说难为情，但还是不甘心："王姥姥，您传我的秘方跟三十多道工序用全制作出的'一片香'，差距有多大?"

王姥姥说："就好比蟹肉对豆腐。"

临走前，王姥姥还叮嘱我，以后不要再来这里，她说佟铃还小，不想让佟铃为此分心耽误了学习……

第八章　合作共赢

1

徐来的这段奇遇，让徐春唏嘘不已。

"没想到你因祸得福，这是老天成全

你呀。”

徐来点头：“有时我也这么想。”

徐春突然产生了一个想法：“你这‘一片香’卖得怎么样?”

“我每天差不多做两百个火烧，用不了两个小时就卖光了。”

“这足以说明顾客接受它。‘一片香’是不是好东西，好吃不好吃，发展前景如何，你这个销售情况就给出了答案。既然你看好‘一片香’，就应该扩大规模。”

“饭馆我没开过，说不好，但要说卖‘一片香’，通过这些日子的实践，我认为这种推车零售的方式挺好。首先是节省资金，一辆自行车，谁家都有，再做个小木箱用绳子绑在后车架上，家伙事儿就齐了，花不了多少钱。现在大家都不富裕，能节省还是尽量节省。”

徐来的回答出乎徐春的意料，但细想想，确实有道理：“你的想法是对的，刚起步，以这种方式经营比较实际，待经济条件好了，再往大了发展。那你做这个买卖，还有什么困难没有?”

“困难当然有，小的都能克服，但有个事真的很麻烦……我办不下营业执照，每天东躲西藏的，为了避开工商检查就耽误不少时间。万一被查到，又是没收又是罚款的，一个月都相当于白干了。”

“这事交给我，我想办法帮你申请个营业执照。”

徐来立刻激动了：“徐主任，您要是能帮我申请下营业执照，那可是帮了我大忙了。”

2

为解决下岗职工的就业问题，徐春跟玮彤厂领导商量，成立了一个洗衣机制造厂。虽说机械制造是玮彤厂的优势，但个别零部件的生产质量还有待提高。从目前的经营情况看，返修率高，除了解决三十多名下岗职工的就业问题，盈亏打了个平手。

相对于矿务局下属企业那么多的下岗职工，只解决三十个人的就业，根本就是杯水车薪。就在徐春焦头烂额时，遇到了徐来，发现了“一片香”。徐春敏感地意识到，“一片香”的前景一片光明。

几天后，徐春把徐来请到王主任办公室，商量营业执照的事。最终商定，公司名称叫“一片香有限公司”，注册资金十万元，徐来任经理。

十万元对徐来来说不是小数目，他根本拿不出来。接下来的问题是，十万元的注册资金从哪里筹措。王主任和徐春四处出击，几番努力，却毫无进展。

在市委孙书记办公室，王主任和徐春向领导汇报了徐来的情况，以及他开公司筹措不到注册资金的困难。

孙书记感慨：“徐来的问题，不是他一个人的问题。眼下那么多职工下岗，这不是小事，是天大的事情。”

徐春说：“为解决下岗职工的再就业问题，我们尝试着办了洗衣机制造厂，但由于技术等原因，发展前景有限。”

“明天你们把徐来请到我这里来，我要跟他谈谈。”但马上孙书记就改了主意，“不用了，明天早上你们带路，我要到徐来卖火烧的地方去看看。”

次日，孙书记、王主任、徐春步行去了徐来卖火烧的摊位。此时是早上 7 点，正是大家准备去上班的时候，只见徐来的摊位前排起了长队，徐来头也不抬，忙得满头大汗。徐春上前要跟徐来打招呼，孙书记一把拉住徐春：“没想到生意这么好，我们不要打扰他。”

孙书记、王主任和徐春就这么远远地看了一会儿，孙书记说：“行了，我们走吧。”

回来的路上，孙书记说：“小徐，干得不错，能发现徐来这样的典型，说明你们矛盾调解处在学习‘枫桥经验’上下功夫了。”

徐春说：“我们的设想是，让徐来经营的‘一片香’发展壮大，为我市的下岗工人提供更多的就业机会。”

“你们有这个信心就好。资金问题，我来帮你们协调。”

3

营业执照顺利办下来了，公司终于成立。注册资金由市委孙书记出面，市财政局协调有关企业筹借，以免息偿还的方式解决。公司地点就在徐来家，第一批招收五十人，全是下岗职工。

“一片香”品牌打出后大火特火，供不应求，以流动服务车的形式在全市街道四处开花。徐来的压力也相应增大了，直接表现就是，“一片香”的制作量跟不上。

制作“一片香”的秘方在徐来手里，原料的配制只能由徐来一个人完成。换句话说，秘方只能徐来一个人知道。这是王姥姥的意思，自然徐来也不想把秘方告诉他人。由于制作能力有限，导致“一片香”越切越薄，长此以往，会带来负面影响，对此徐来心知肚明。

副经理赵志伟找到徐来：“公司要发展壮大，领导力量光靠你和我不行，需要高人。”

徐来深有同感：“谁说不是，一个不到五十人的团队我都带着吃力，我看我这个经理不当也罢。”

赵志伟说：“不是你，是我们。企业管理是一门学问，我们都不懂，我这个副经理也不称职。”

“公司走到今天不容易，不能因为我们能力不够，把公司带垮。”

“让位不是主要问题。主要问题是这位高人在哪儿？我们怎么请？就咱们这个规模，即便有高人，人家愿不愿意来还是回事……”

“一片香”出人意料地打开了市场，但消费者也越来越精明，许多人在买早餐时询问，只要“一片香”的肉，不要火烧行不行。有些顾客甚至提出，“一片香”能不能论斤卖。

针对顾客的需求，徐来和赵志伟商量，顾客需求什么，公司就做什么，道理无疑没毛病，顾客喜爱“一片香”，那是求之不得的好事！问题是，那么大的产量，徐来根本做不出来。明明生意越来越红火，但因生产能力有限，眼睁睁看着与赚钱的好机会失之交臂，徐来和赵志伟都是心急如焚。

徐来原以为能当上经理是件光宗耀祖的事。这么想也合情合理，往上倒几代，他们老徐家都是矿工出身，除了挖煤什么也不会，到徐来父亲这一辈，依然是连自己姓名也不会写的大老粗。万没想到，到徐来这一辈，竟出了个公司经理，连徐来自己都觉得这是祖坟上冒青烟了。

可当上这个经理，徐来面对的却是问题成山、困难成山的局面，而这些问题和困难都是需要他这个经理来设法解决的。此时徐来终于意识到，经理不是是个人就能干的差事，他第一次萌生了退却的念头。

他有这样的想法不难理解。以徐来的能力水平，做个小买卖，比如卖“一片香”火烧，推车上街小半天时间，挣个百八十元轻轻松松，小日子过得照样有滋有味，不必像现在这样吃苦受累伴熬煎。

最近，徐来又遇到了更为棘手的问题。由于“一片香”火烧供不应求，从起初的一天一洗脸盆肉，变成一天两洗脸盆肉，再后来增加到一天三洗脸盆肉，现在三洗脸盆肉也不够。“一片香”的加工食材有二十多种，需要打碎后，掺入一定比例的糯米浆制作，工序复杂，对于徐来来说，一天做三洗脸盆肉已是极限。

徐来不可能一天做出更多的肉，可慕名前来报名加入公司的下岗工人络绎不绝。眼看着扩大公司规模前景广阔，但由于受到生产能力的制约，公司发展只能停滞不前。

因每天搅拌食材和不停地切肉，徐来的手臂出现红肿症状，过度疲惫导致他饭量逐日减少，精神状态也每况愈下，还出现了几次低血糖的情况。赵志伟见状劝他：“再这么干下去，人就废了。”

赵志伟和徐来再次找到徐春，把公司出现的问题向徐春说明。赵志伟说：“徐来是我们公司的顶梁柱，他要是垮掉，我们公司就完了!”

徐春看着徐来红肿的双臂，想了想说：“干吗要用手搅拌，用搅拌机不行吗?”

徐来叹气：“行当然行，问题是搅拌机需要地方安放，就我们家那块巴掌大的地方，你们又不是没去过，根本不可能放得下。再说买搅拌机需要资金，我们公司白手起家，根本买不起；还有，运行搅拌机这样的设备，靠生活用电也不行，需要增容，这些条件我们都不具备。”

4

送走徐来、赵志伟后，徐春和王主任来到孙书记办公室汇报。

近日，孙书记多次来到“一片香”摊位周围观察，发现每辆流动车二百个“一片香”火烧，一般是早晨 7 点出车，不到两个小时就卖完。连续一个星期的观察，得出的结果一样。

伴随着“一片香”火烧受到当地群众的如此热捧，一个远景规划在孙书记脑海中越来越清晰。

听了徐来和王主任的汇报，孙书记说：“徐来的‘一片香’投入资金少，见效快，很受群众欢迎，你们两个很有眼光。”

王主任说：“但公司的现状却令人担忧，缺乏可持续发展的后劲。”

徐春说：“帮助徐来的公司顺利度过眼下的困难期，就是在帮助我们解决下岗职工的困难。”

孙书记点点头：“帮是一定要帮，关键是我们怎么帮？你们要尽快拿出一个切实可行的方案来。”

王主任取出一份报告：“这是徐春几天前写的，我已经看过了，观点鲜明，切中要害。”

孙书记一边浏览一边不住点头：“时不我待，全市那么多下岗职工，就像嗷嗷待哺的孩子，党委政府有责任有义务帮助他们解决生活问题，不但让他们顺利再就业，而且生活还要越来越好。”

5

徐来做梦也没想到，这次来家里的不止徐春一个，还有市委孙书记和市长。徐来的家本来就不大，再加上他在家加工“一片香”，屋里更是凌乱不堪，杂乱无章，连个下脚的地方都没有。

徐来有些不好意思：“三位领导来视察，怎么不通知我一声，我也好有个准备，您看，这样子接待领导，也太不像话了。”

孙书记笑着说：“是啊，我们来得实在有些唐突，失礼了！”

徐来赶紧解释：“我不是这个意思，家里乱七八糟，是我对三位领导失礼。”

寒暄几句，孙书记进入正题：“听说你的公司发展中遇到了问题，能说给我们听听吗？我们三个臭皮匠，顶个诸葛亮嘛。”

明白孙书记一行人是来帮助解决公司问题的，徐来诚惶诚恐：“请几位领导稍等，我把赵志伟叫来一起说行不行？”

“好啊，就这么办。”

没多久，赵志伟气喘吁吁一路小跑过来了，向孙书记和市长分别介绍了目前公司遇到的困难和问题。孙书记和市长都取出随身携带的笔记本，边听边认真地做记录。

汇报完毕，孙书记说：“公司发展中遇到的问题，原因是多方面的。我归纳了一下，主要有这么几个：一是生产规模受到限制，需要增加生产设施，提高‘一片香’的产量；二是需要提供生产设施的场地；三是大功率生产设施需要增容；四是队伍建设出了问题，需要专业的管理人才。”

徐来说：“从我们公司目前的情况看，这些问题，哪个都无力解决。”

赵志伟说：“如果这些问题市委市政府能够帮助我们解决，哪怕是其中一两个，也是对我们极大的支持。”

孙书记说：“俗话说得好，众人拾柴火焰高。你们公司的主要问题是人员少、资金缺、规模小、底子薄，那么，可不可以考虑跟市政府合作？当然，我只是代表市委市政府向你们提出一个建议，是否可行，你们还可以再商量。刚才我说的你们公司存在的这些弱项，反过来说正是市政府的强项，比如说，缺少设施，可以让机械厂帮助你们协调；工作场地狭小，可以给你们寻找合适的场所；缺少企业管理人员，也可以从市委市政府的有关部门中选拔优秀的人才充实到你们公司里。”

这简直是天上掉下来的馅饼！徐来说：“这是我们想都不敢想的，我们高兴还来不及呢，不需要商量。”

孙书记说：“既然是合作，就存在股份的问题。你们都是公司的创始人，特别是徐来，更是公司的核心力量，政府不会让你们吃亏。如果合作成功，公司的规模和营收一定会有迅猛的提升。”

徐来十分激动，连声说：“谢谢孙书记，谢谢市长，谢谢市委市政府！”

孙书记呵呵一笑：“我也代表市委市政府谢谢徐来，谢谢赵志伟，谢谢公司的全体员工。正是由于你们的努力，解决了矿务局部分下岗工人的再就业问题，让他们的生活有了依靠。可以说，咱们的合作，是双赢！”

第九章　夫妻同心

1

通过这段时间跟徐来的接触，赵志伟发现徐来这个人外圆内方，许多事情明明已经有了主意，还要征求大家的意见，特别是他这个二把手的想法。当然了，实际事情真办起来，件件都是按徐来的意思和思路进行的。

对此，赵志伟倒也看得开。人家是经理，自己是副职，就应该配合徐来的工作，这是天经地义的事情。再说了，徐来做任何事的出发点都是为了公司的利益，只要公司的经营能更上一个台阶，对自己、对那些员工都是好事。

徐来对赵志伟也不藏着掖着，有什么话都直来直去。这天晚上，徐来又把赵志伟请到了家里。

徐来说："咱俩说是公司的一二把手，其实跟普通职工没什么区别，早晨都推车卖'一片香'火烧，不同的是我还得制作'一片香'里的那片肉，你得负责公司管理。"

赵志伟笑笑，没说什么。他已经习惯了徐来的叙事方式，先要来个开场白，然后才进入正题。

果然，徐来接着说："昨天王姥姥找到我，就一件事情，不同意我们用'一片香'的名字成立公司。"

赵志伟说："那就改名叫'片片香'，王姥姥是咱们的恩人，更是咱们的大神，她的意见必须尊重。"

赵志伟随口一句话，解决了徐来昨晚想了一夜都没想通的问题。徐来始终弄不明白，赵志伟是堂堂正正的大学生，怎么会跟自己这个刑释人员成了搭档？

赵志伟多次在徐来面前表示，公司要想扩大发展，必须引进人才。徐来也意识到企业管理人才的重要性。为提高自己的文化水平，徐来买了许多书籍，比如《与人交往的谈话技巧》之类。此举纯粹是病急乱投医，这类书籍都是由个体出版商向出版社买的书号，然后根据社会的热点，从各种不同的材料上东拼西凑而成。看这种书，不但没有益处，若是盲目按照书上说的做，反而弄巧成拙。

2

玮彤在厂综治办工作并不开心。综治工作玮彤一窍不通，必须从头学起，可她对此又根本不感兴趣。到了这个年纪，她对工作早就没有了激情。对她来说，工作的目的只是糊口而已。看到许多下岗工人在"片片香"找到了出路，而且干得风生水起，她早已蠢蠢欲动。何况她还有个优势——通过丈夫徐春，她跟"片片香"的两位领导徐来和赵志伟都熟悉，尤其是赵志伟，还是玮彤以前在厂宣传科的领导。

人家当领导的都自谋出路了，自己还怕什么？虽然目前还抱着铁饭碗，但从大趋势看，整个工厂都面临着转产的命运，前途未卜，与其晚走，不如早做打算。据赵志伟说，他一个月至少能挣一千多，生意好的时候两千元也有过，这不是比在工厂强多了？

玮彤的兴趣点在钱上，特别是结婚以后。过日子嘛，柴米油盐，哪样能离开钱？玮彤跟徐春商量过多次，想离开厂综治办，去老领导赵志伟那里工作。徐春劝玮彤再等等，等“片片香”的规模扩大了，有了管理层，可以找个坐办公室的活儿。毕竟玮彤也是大学毕业，推个自行车在大街上卖火烧，说出去太没面子了。

玮彤心里不认可。又想赚钱，还又想体面，你徐春有这个命吗？连人家“片片香”的经理徐来、副经理赵志伟都推车上街卖火烧，咱一个打工的还有什么可说的？玮彤几次想反驳徐春，可话到嘴边，又让她生生地咽了回去。

自打徐春受到提拔，当上矛盾调解处处长后，脾气也跟着见长。芝麻绿豆大的官，在玮彤看来，就是矬子里面拔将军，徐春却拿这个显微镜底下看都可能一不小心漏过去的职务挺当回事。干脆，直接找赵志伟说去。

一大早，玮彤赶在赵志伟出摊前找到了他。赵志伟笑着说：“今天这个摊位就交给你，所得的收入也归你，能不能赚到钱，就看你的了。”

玮彤问：“收入真归我？”

“童叟无欺。”

3

玮彤一上午卖了不到三小时的火烧，虽说有点儿辛苦，但赚了将近六十元，除去上缴公司十五元，剩下四十多元钱都归自己是不争的事实。玮彤在厂综治办的工资是每月七百多元，而且一天八小时的时间都得泡在单位，可如果去卖“片片香”，每天上午两三个小时就完事了，剩下的时间干什么是她的自由。真是不比不知道，一比吓一跳。

她还有点儿不放心：“一上午挣了四十多，真的都归我了？”

赵志伟说：“将近三个小时，我见你累得满头大汗，连擦一下的时间都没有，这钱是你劳动所得，不偷不抢，理所应当。”

玮彤长舒一口气：“今天真刺激，我第一次体会到，钱原来是可以这么赚的！”

“怎么样？来我们公司吧，在厂宣传科我就是你领导，现在我接着管你不好吗？”

玮彤还是有些迟疑。

赵志伟鼓励她：“公司创立伊始，正是用人之时，你现在过来，不管公司将来发展到什么程度，你都是公司的元老，功勋级人物，公司不会忘记你，也自然会给你应有的位置。”

玮彤被看穿了心思，有点儿不好意思：“什么位置不位置的，天天卖火烧就挺好。”

赵志伟呵呵一笑：“将来公司发展壮大了，你以为我们还会推着自行车在大街上卖火烧吗？”

4

当晚徐春下班回到家中，见饭桌上摆着一盘鸡蛋炒蒜苗、一盘糖拌西红柿和一盘炸带鱼，外加两瓶冰镇啤酒，不用问徐春就知道，玮彤肯定有事跟自己商量。

结婚这么些年了，玮彤对做饭还是一窍不通，这几样菜，已经是玮彤的最高水平了。家里一直是徐春做饭，玮彤倒从不挑食，不论饭做好做坏，每次都是多半碗米饭，雷打不动。

玮彤殷勤地给徐春倒上一杯啤酒："我已经想好了，到徐来的公司去。"

这个问题要是玮彤几天前跟徐春说，徐春肯定不会同意。现在就不同了。这段时间，市政府批了一块五百平方米的市中心地段给"片片香"，解决了场地、增容问题，同时协调玮彤所在的机械厂，为"片片香"量身定做了搅拌机。经过调试，搅拌机正式投入使用，缓解了"片片香"供不应求的矛盾，每辆早餐车的销售额比往日提高了一倍还不止。

产能提高，徐来又扩招了一百名下岗职工。孙书记得知，比徐来还开心，说"片片香"不光是朝阳产业，更是全市下岗职工的希望产业。孙书记特别强调，要像爱护眼睛一样爱护"片片香"。

市政府正式入股"片片香"，从人力、物力和财力上逐步向"片片香"倾斜，计划成立市场开发部、核心技术部、营销部等七个部门。在这个节骨眼上，一步赶不上，步步赶不上，徐春怎么能不知道其中的利害。此刻玮彤提出去"片片香"，他哪有不同意的道理?

不过，想起当初自己对玮彤加盟"片片香"的态度，他给自己找台阶："你也不会经营，人家能要你吗?"

玮彤把今天上午的事给徐春讲了。这下徐春放心了："赵志伟本就是你的领导，他动员你去，自然是因为人头熟，用着方便。就是不知道他会把你安排在什么岗位上。"

第十章　重任在肩

1

玮彤的加入，让公司如虎添翼。赵志伟以公司副经理的身份答应玮彤，到公司后一定安排职务。目前，公司与市政府刚刚开始合作，要做的事千头万绪，玮彤的职务问题一时还排不上议事日程。

作为公司的员工，玮彤每天早晨和其他人一样推着自行车出摊。徐春多次嘱咐玮彤，既然赵志伟答应给她安排职务，就一定不会食言，千万不要因此闹情绪。

其实徐春的叮嘱对玮彤来说是多余了。玮彤固然希望在公司能担任个一官半职，但远没有到如饥似渴的程度。对玮彤来说，现在的工资比在机械厂强多了，这才是最大的满足，知足者常乐嘛。

更重要的是，每天早上去卖"片片香"，就像冲锋陷阵一样，既紧张，又充实。三个小时过后，如果公司不开会，基本上可以回家休息。钱赚了，家里的事情还不耽误，有时下午还能出去逛逛商场。由于钱袋子比从前鼓了，买件衣服也不像从前那么斤斤计较，这种感受，玮彤喜欢。

自从使用上搅拌机，制作出的"片片香"肉片源源不断，彻底满足了营销需求。然而没多久，玮彤又开始不安起来——原先三个小时的工作时间被打破了。

所谓三个小时的工作时间，是指从早

晨6点到徐来那里领“片片香”火烧，差不多7点能赶到摊位销售，一般8点前就收摊了。可现在的情况是，常常到了9点都收不了摊。原因很简单，从前一条街只有一两个摊位卖“片片香”，现在一条街有七八个摊位都在卖，而吃火烧的顾客还是那么多，市场出现了供大于求的局面。

徐来主要负责加工“片片香”肉片，基本没时间出摊。赵志伟忙于公司的经营，也是如此。玮彤赶紧找到徐来和赵志伟，把眼下面临的问题向他们汇报。

玮彤说：“从目前的情况看，不仅出现了供大于求的问题，有些摊主为了快进快出，甚至采取大幅度降价的方式野蛮销售，使‘片片香’品牌受到极大损害，如果长期这样下去，我们的牌子就砸了。”

徐来的头顿时大了。

连日来，徐来好事不断，在市政府的大力支持下，公司规模不断扩大，如今他又担任了公司的董事长。这让他既兴奋又担心。兴奋的是，市政府就是一棵大树，有了这棵大树的庇护，公司的前景看好；担心的是，自己肚子里到底有多少货，别人摸不清，他自己还能不清楚吗？这么大的摊子，他怕自己根本没有能力当好这个董事长。

赵志伟看出了徐来的焦虑，提醒他说：“用不着着急上火，出现问题，我们就解决问题。我建议召开一次董事会，听听大家的意见。”

2

这天，孙书记把徐春叫到办公室：“你的工作水平和处理问题的能力，市委是肯定的，经过研究，决定把你借调到‘片片香’，这是组织对你的信任和期望。”

徐春低头不语。老实说，徐春对此没有一点儿心理准备。离开市委，到“片片香”上班，这一去会不会就回不来了？徐春是大学本科毕业，是名副其实的公务员，调到徐来的公司，那跟下岗工人还有什么区别？

想到此，徐春问孙书记：“就是说……我下岗了？”

孙书记笑了：“你想哪儿去了。你是代表市里指导他们工作，职务当然保留。”

徐春的心这才放回肚子里。

孙书记说：“目前的形势不用我多说，你们心里都清楚，让全市这些下岗职工有饭吃，是维护社会稳定的重中之重，也是我们大力推广‘枫桥经验’的重要举措。徐来的公司必须办好，我们没有退路。”

徐春知道孙书记说的不是官话套话，但自己就是一个普通的机关干部，能扛起这么沉重的担子吗？

孙书记语重心长：“你的任务的确很重。目前‘片片香’的发展遇到了瓶颈，产品从供不应求发展到供过于求。之前我们一起研究过几次，认为要想解决供大于求的问题，只有将公司业务向外部扩展。我们市就这么巴掌大的地方，‘片片香’能否成功打出去，成为咱们市的拳头产品，就看你如何带领大家杀出一条血路了。”

在此之前，王主任曾经征求徐春的意见，问他愿不愿意去“片片香”，徐春婉言谢绝。徐春的理由非常简单，综治办的工作他早已得心应手，没必要到一个自己不熟悉的领域重新开始。徐春不想给自己找罪受，保持现状挺好的。

孙书记告诉他："安排你去'片片香'，不是王广志的建议，是我的主意。为什么？你还记得当年解决徐来孩子上学问题的事吗？大刘不行，尽管他对综治工作比你熟悉，但在解决实际困难和处理问题上不如你；甚至王广志也不行——当然，王广志知人善任、人尽其才方面的能力确实比你强，但在为徐来家解决诸多实际困难方面，他不如你。解困突围、另辟蹊径、出奇制胜，这是你的强项，而'片片香'现在面临的困难和问题，恰恰能发挥你的强项，所以只有辛苦你了！怎么样？帮帮'片片香'，帮帮徐来，帮帮我，帮帮咱们市，更是帮那些目前还没有生活出路的下岗职工！"

孙书记的话说到这分儿上了，徐春还能再说什么？

徐春问："我去了之后，负责什么？"

"当然是产品的开发和推广了，这是公司未来发展的命门所在。我跟徐来和赵志伟商量过了，任命你为'片片香'的副总经理。"

徐春还是有点儿犯难："让我负责开发产品，可资金……"

"市里给你们争取了十万元资金支持，这十万只是开个头，往后一定会有更多的资金注入。但有一个要求，就是必须专款专用。这笔钱交给你，我还是放心的。怎么样，给你一到两年的时间打开市场，有没有信心？"

3

就在徐春马上要上任时，一个绰号"火星子"的下岗职工爬上塔吊，声称要和市委领导对话，如果市领导不出面，就从三十多米高的塔吊上跳下来。

"火星子"是徐春从小学到中学的同学，双方熟悉对方就像熟悉自己一样，于是他临危受命，代表市委市政府和"火星子"对话。

"火星子"的小名叫三妞，但他却是个如假包换的老爷们儿。三妞的父母生了两个孩子，都是男孩儿。他爸爸特别想要个女孩儿，三妞母亲怀第三胎时，邻居都说她肚子下垂，准是女孩儿没错。没想到，生下来又是一个男孩儿。他爸爸失望至极，索性把三妞当女孩儿养，三妞从小是穿花衣裳长大的，还扎了一条小辫儿，这当然是三妞爸的杰作。

上学后，班里同学都叫他三妞，一直叫到上中学，弄得三妞在学校里一直抬不起头，还经常因此受同学的欺负。不过，三妞用事实证明，他可不是好欺负的。有一次，终于被一个同学欺负急了，两人动起了手。那同学比三妞高出半头，身体也比三妞壮实许多，没几个回合，对方就把三妞掀翻在地，问三妞服不服。三妞说服了，就在对方转身要走时，三妞从地上捡起一块板砖，抡圆了照着对方后背就是一下子，对方被打得趴在地上半天起不来。

这个举动把周围看热闹的学生都镇住了。只见三妞歪着脑袋，哆哆嗦嗦地用兰花指指点着那个倒地不起的同学，一边跺脚一边嗲声嗲气地说："打死你！打死你……"

三妞下手太狠，从此班里没人再敢欺负他了，而且又有了一个"火星子"的绰号。高中毕业后，徐春考上了大学，三妞从小就不爱学习，去矿务局接他爸的班当工人了，由于各自生活、工作不同，徐春和三妞再无联系。

徐春赶到现场时，三妞正挂在塔吊的翻斗里，围观的群众里三层外三层围得水泄不通。徐春要过喇叭，仰着脖子冲三妞喊："老同学，我是徐春，你还记得我吗?"

看来对方是记得他。只见三妞伸出手，手心朝上，用力往上抬了抬，意思是让徐春上来。

徐春喊："我从小有恐高症，你知道的呀。"

三妞伸出手，在空中划了一条弧线，意思是徐春不上去，他就从上面跳下来。此刻，围观的群众也看懂了，开始起哄。

间不容发，徐春横下一条心，快步走到塔吊前，往上攀爬。每上一步，徐春的头昏就加深一层，爬到中段，徐春有了想呕吐的感觉。他索性闭上双眼，在天旋地转中艰难爬行。有几次，他都想放弃了。

"老同学，恐高症好了?"

徐春睁开双眼，发现自己已经爬到了翻斗前，三妞笑嘻嘻地坐在翻斗里，悠哉游哉地跟他打招呼。徐春做了几个深呼吸，勉强支撑："你好啊老同学，没想到这么多年不见，你是越来越会玩了。"

这天风和日丽，不过这是站在地面上看，塔吊上却是风呼呼作响，而且晃动得非常厉害，徐春又是一阵天旋地转。

三妞揶揄："你不是有恐高症吗?这么高你都敢上来?你看你看，没事逞什么能?毛病犯了不是?"

徐春实在坚持不住了，闭着眼睛用最后的力气说："你少跟我装孙子，有屁下面放!"

三妞哈哈大笑："好吧，看你离死也不远了，其实我也不舒服，咱们下边说去!"

徐春缓了好一阵，才晃晃悠悠去会议室和三妞对话。

三妞说："我不是为我一个人来的，而是代表矿务局所有的下岗职工。我们只要求一条，请政府给我们找一份工作养家糊口。没工作就没钱，没钱就买不了粮食，没粮食就得挨饿。下岗职工也要吃饭，也有活下去的权利，这个要求不过分吧?"

徐春斩钉截铁地说："不过分。"

"我们当然知道政府有困难，但也请理解我们的苦衷，失去工作，我们已经受到伤害了，别再让我们家里揭不开锅，老人孩子吃不上饭!"

三妞这番话说得合情合理，是因为他事先已和众多的下岗职工商量好了，现在就像唱戏一样将台词说出来，所以才没有跑偏。

徐春从心底里同情三妞以及和三妞一样的下岗职工的处境，多年之前，玮彤不也差点儿下岗吗?那时候，他和玮彤整日急得就像无头的苍蝇，后来虽然阴差阳错地解决了玮彤的工作问题，但当时的那种焦虑、无助、茫然的心态，徐春感触极深。有几次他甚至脱口想说，我一定帮你们解决就业问题，但话到嘴边，又让他生生咽了回去。徐春知道，自己能力有限，这么大的事，这么多的下岗职工，解决他们的难题，不是一朝一夕的事。

徐春真诚地说："老同学，请你相信政府，我们正在努力解决这个问题，但这么多的下岗职工就业，不是一朝一夕的事，请你转告工友们，给我们一点儿时间。"

"时间有的是，问题是你们办不办，是真心办，还是应付差事?"这几句话倒不是事先商量好的，三妞是真真切切的有感而发。“大伙儿信任我，让我代表他们出面和政府对话。如果你们长期拖着不解决，大伙儿真的到了没饭吃那一步，人逼急了，什么事都做得出来，我可拦不住他们……”

4

好说歹说，徐春终于把三妞劝走了。这几天，他脑子里一直装着三妞的事。而三妞呢，也是心急如焚。

徐春要调动工作的消息不胫而走。人走茶凉，徐春人都不在综治办这边工作了，他答应要办的事情，还不就成了未知数？徐春可以拍拍屁股一走了之，可这些下岗职工怎么办，三妞该怎么面对他们——他当初可是和工友们拍胸脯保证过，徐春一定会帮他们想办法的。转念又想，他觉得徐春应该不至于撒手不管。徐春帮助徐来一家的事他是听说过的，这些事情表明，徐春是个有担当的人。

三妞没有看错徐春，徐春果然来找他了。

“听说你调动工作了，我还以为你不管我们了呢。”三妞明知这话说得不合适，但此刻见到徐春，高兴也好，激动也罢，还是不由自主地把他的担心表露了出来。

徐春笑着说：“怎么会不管你们，我的工作是调动了，不在综治办了，但一定会有人接手这件事。再说了，我之前对你的承诺，并不是我徐春个人的表态，而是代表组织。还是那句话，你们一定要相信政府。”

上次和三妞见面时，徐春就说过这句话。不过，那时徐春心里一点儿底都没有，而现在可以说是胸有成竹。

两天前，孙书记召集徐来、赵志伟、王广志、徐春一起研究了“片片香”扩大招收下岗职工之事，决定再吸收包括三妞在内的十名下岗职工来公司就职。孙书记特意叮嘱，让徐春负责落实此事。

当徐春把这个消息告诉三妞时，三妞简直不敢相信自己的耳朵：“是真的吗？我可以到‘片片香’上班了？”

“丑话说在前头，半年试用期，你可得争气。”

第十一章　开拓市场

1

徐春能来公司，徐来倍感欣慰，也知道人家徐春是带着公务员的身份来的，更确切地说，是代表市委市政府，这也恰恰证明市委市政府对公司的重视，好事啊！

赵志伟就不这么想了。在他看来，徐春这是脚踩两只船，公司这边干得好了，多拿钱毋庸置疑；万一干不下去了，转身回公务员队伍，照样是铁饭碗。如此说来，徐春来公司到底能发挥多大作用，是不是真心实意，踏踏实实地服务于公司，还需看徐春的实际行动。

徐春走马上任，第一件事是和徐来、赵志伟开会，解决产品向外省推销问题。

徐春说：“都是熟人，客套话就免

了。目前公司的重中之重是向外省推销产品，不知道二位领导对此怎么看？”

徐来说：“前段时间，我们在流动车服务上进行了改进。因为有了搅拌机，‘片片香’的产量上来了，我们把‘片片香’包装成半斤一袋，连同‘片片香’火烧一并出售，利润对半赚，效果非常好。”

赵志伟说：“只是我们的包装太粗枝大叶，基本谈不上设计，看上去一点儿档次也没有。我们已经聘请了专业设计师对包装的样式、图案等方面进行设计，样品出来后，再征求大家的意见。”

徐春说：“最好能多设计出几套样品，我们好有的选。”

“没问题，样品下周出来。”

“我建议马上成立产品推广部，‘片片香’这么好的产品，不能总在咱们家门口转悠，一定要打出去。”

徐来说：“本地市场就这么大，已经饱和了，必须打出去！”

赵志伟也表示赞同：“这件事刻不容缓，现在已经是火烧眉毛了。”

徐春说：“既然大家都同意，产品推广部就算成立了！”

徐来问：“产品推广部的主任由谁担任？”

赵志伟说：“我认为玮彤比较合适。我和玮彤共事多年，对她的能力我还是比较了解的。”

徐春有点儿犹豫：“她行吗？”

赵志伟说：“你别有顾虑，举贤不避亲嘛，玮彤一定能行。”

2

包装“片片香”的食品袋设计出十几种，徐春、徐来和赵志伟看后都不太满意。

徐春说：“食品袋的设计就像我们公司的脸面，它的背后应该有深厚的我们公司独有的历史背景，是公司文化的重要组成部分。”

赵志伟说：“没有徐来，就没有我们这个公司。怎么能反映我们公司的文化？要我说，干脆把徐来的头像放上去得了。”

徐春竖起大拇指：“这个提议好！”

徐来连连摆手：“别别，就我这副德性，你们别让我出洋相了。”

徐春说：“这绝不是出洋相，‘片片香’的来历我们大家都知道，这是企业的历史，也是企业文化的一部分。”

赵志伟让徐来放宽心：“这可不是宣传你个人，而是宣传企业。”

徐春和赵志伟都支持，徐来也就不好再推辞了。

从此，“片片香”的包装袋上印上了徐来的头像。后来王姥姥入股，徐来建议把“片片香”包装袋上的头像改成王姥姥。可王姥姥说，“片片香”真正的创始人是她的奶奶，要放也只能放她奶奶的头像。

于是，“片片香”的 logo 就成了王姥姥的奶奶的头像。但普通顾客不了解内情，都以为这就是王姥姥。

这是后话。

3

三妞刚来公司就坐办公室，这是因为三妞的叔叔在外省任某百货公司采购部经理。产品推广部一共两个人，玮彤当主任，下属是三妞。玮彤带着三妞出差，直接去找三妞的叔叔推销“片片香”。

三妞的叔叔大力支持，特意安排将“片片香”产品摆放在商店玻璃冰柜正中间的位置，没想到销售并不理想，一周过后，“片片香”还是原封不动地放在那里，根本无人问津。

玮彤急得满嘴起泡。三妞说：“‘片片香’在我们那里受欢迎，是因为我们那里的生活水平比较低，早餐大家吃个馒头火烧就凑合了，这才成就了我们的‘片片香’；这个地方不同，不知道你注意过没有，这里的人吃早餐一般都去小饭馆，讲究干稀搭配，一点儿不将就。”

玮彤恍然大悟：“照你这么说，我们的产品不应该放在商店里，而是应该跟这里的早餐饭馆合作。”

“我觉得是这样。”

三妞的叔叔帮助玮彤联系上当地最知名的饭馆，玮彤首先向饭馆吴老板出示了公司的营业执照副本以及生产加工食品许可等方面的文件，然后免费赠送吴老板两袋“片片香”：“您卖早点时把‘片片香’夹在火烧里，三天内，如果卖不出去就算了，如果卖出去了，我们再谈合作。”

等不到三天，吴老板就通过三妞的叔叔找到了玮彤。

“这‘片片香’真是好东西，我知道配方一定是保密的，我不要配方，只想跟你们合作。我出二十万入股你们公司行不行？”

玮彤这下为难了，她是来推销“片片香”的，突然冒出来一个毛遂自荐要入股的老板，玮彤不可能擅自决定。

当晚，玮彤跟徐春电话联系，把情况作了汇报。

接到玮彤的电话，徐春、徐来、赵志伟连夜碰头，商量对策。

赵志伟说：“入股不大可能，就算吴老板不跟我们合作，至少我们明白，‘片片香’还是有市场的，这更增强了我们的信心。”

但徐来舍不得吴老板这么个大客户：“‘片片香’初次走出家门，是不是在利润上可以放低一些？”

近日，徐来参加了市场营销学课程培训，虽然还没学到市场调查与预测、市场营销环境分析、购买行为分析等内容，但从正在学习的客户关系管理课程中了解到，客户是企业管理中的重要资产，客户关怀是客户管理的中心。给客户让利，从企业的长期发展看，让的是小利，抓住客户，让其长期围着企业转，为企业服务，才是大利。

徐春附和：“我同意徐来的意见，目前我们还在开拓市场的阶段，先舍才能后得。”

徐来说：“我们是不是可以把代理权给吴老板，但范围仅限于吴老板所在的城市，我们可以观察一下，如果效果好，再适当扩大代理范围。”

赵志伟说：“我们公司是不是考虑请一位法律顾问？眼下我们马上就要接触到授权代理协议之类的法律文书，都需要律师为我们服务，这些我们都不懂啊。”

徐春知道赵志伟的妻子是律师：“请弟妹帮帮忙可不可以？”

“她是涉外律师，术业有专攻，这方面她不一定行，但让她负责找一位优秀的同行还是可以的。”

徐来说：“就我们公司目前的实力，恐怕出不起聘用法律顾问的钱……”

赵志伟笑了："这个我还能不清楚？先请律师帮帮忙，正式聘请嘛，可以等公司条件好了再说。"

4

次日中午，徐来、赵志伟与玮彤会合，商量与吴老板谈判事宜。

"这就是吴老板的早餐铺？"徐来半信半疑地问三妞的叔叔。

三妞的叔叔介绍说："这是我们这里最大的一家饭庄，只不过也卖早餐。"

徐来四下打量，只见门牌楼梁柱涂金，两旁矗立着两头威风凛凛的石狮子，雕工精细。穿过门牌楼，脚下是青石台阶，由下往上，数了数，一共八级。再往里走，眼前是青色的房屋，红色的屋墙，绿色的门窗，形态各异的假山错落有致地分布在周围，点缀着万年青、如意草、美人蕉、鸡冠头等植被，环境清幽。

这么大的排场，徐来寻思老板一定是位男性，而且八面玲珑，能说会道。没想到的是，这位吴老板竟是位楚楚动人的美女。

"啊哟，能跟徐总合作可是天大的缘分。"与徐来初次见面，如花似玉的吴老板向徐来伸出雪白纤细的手。

徐来跟对方握手，只感到滋润水滑，柔若无骨。"吴老板的入股要求，我跟公司的股东们商量，认为几乎没有可能。我们倒是可以把'片片香'在本市的代理权交给你，由我们负责提供产品。一袋'片片香'我们只收你成本价二十元，而我们的零售价可是四十元。"

"这么说我每卖出一袋，就能赚二十块钱？徐总真是腹中天地宽，常有渡人船，大格局啊！"吴老板竖起大拇指。

对方的一通恭维，让徐来有点儿飘飘然："希望我们的合作能够成功。"

"那是一定的！"吴老板笑靥如花，"市场的开拓离不开像徐总这样的非凡洞察力，'片片香'的制作独一无二，没有任何一种产品可以替代，不管是现在还是将来，市场潜力无限。正是由于'片片香'独一无二的特点，注定它在市场竞争中没有对手，徐总也特别清楚您的企业还处于起步阶段，开拓市场还需要我这样的合作伙伴。在产品的顶层设计上，徐总的团队对产品的定义以及对市场需求的定位，还缺少必要的经验，而解决这些问题最好的办法是找个靠谱的合作伙伴。我说得对不对啊徐总？"

吴老板一言中的，徐来不禁对她刮目相看——这女人绝对不是个花瓶。他真诚地说："'片片香'初次走出家门，不求赚多少，只愿消费者了解就好。"

吴老板笑道："别这么谦虚嘛。做生意的，说不想赚钱是假话。如果我帮你们打开市场，我可不可以这样认为，今天少收钱，是为了明天收更多的钱。"

第十二章　希望之光

1

为打开"片片香"的销路，玮彤拼了，一个月没回家，换来的是"片片香"

在外省销量的节节攀升。玮彤没想到，原来做推销工作也上瘾，看到“片片香”在外省开花结果，内心涌起的是一种难以形容的成就感。

三妞受玮彤的影响，也是一个月没回家。在他看来，人家玮彤都一个月没回家，他一个单身汉还有什么可牵挂的？然而事与愿违，正当他干得热火朝天时，突然接到电话，让他和徐春速回，原因是他昔日联系的那些下岗职工要闹事。

三妞的头顿时大了。以他目前的状况，他实实在在不想见这些人。尽管之前通过培训，他知道当前社会稳定是压倒一切的重中之重，但如今的他生活有保障，工作有目标，恨不得一天当成两天用，打内心深处再也不想跟这些人有来往。但给他打电话的是综治办的王主任，语气很严肃，让他立刻回来，没商量余地。

三妞硬着头皮回到公司，没等汇报工作，又接到综治办的电话，让他立刻回家。

这是三妞最不愿意看到的一幕，屋门前里三层外三层站满下岗职工，见到三妞，大家你一言我一语，抱怨声、牢骚声夹带着谩骂，一下子把三妞的两个耳朵灌满了。三妞把大家请进屋，但是来的人太多，屋里根本站不下。

三妞满脸堆笑：“我就不给大家沏茶倒水了，不怕大家笑话，没那么多碗，可能茶叶也没了。”

“沏茶倒水就算了吧，只要你把心思放正就好了。”人群里传来冷冷的声音。

立刻有人附和：“三妞，你是不是把我们大家都忘了？”

“他还能记得我们？什么叫近水楼台先得月？三妞你给我们解释一下好吗？”

众人七嘴八舌，质问之声把三妞包围了。

“当初我们大家听了你的话，没去市委市政府，结果呢，好处都被你窃取了，我们这些老实巴交的什么都没得到，合着你是踩着大家的肩膀给自己捞好处，你就那么心安理得吗？”

“怎么不心安理得？现在人家不就挺心安理得的嘛。”

当初徐来和赵志伟为了安抚这些下岗职工，在公司极度困难的情况下，拿出十个名额，于是，三妞等人加入了公司。这部分人的生活问题得到了解决，让其他下岗职工看到了希望，自然也就安心等待政府拿出办法来。可这种做法无异于扬汤止沸，治标不治本。下岗职工实在等不下去了，意见越来越大，终于闹到这个分儿上。

面对众人的质问，三妞无言以对，汗也不知不觉从脸颊上淌下来。

“好处都让他们得了，凭什么？”

“是啊，太不公平！”

“老实人受欺负，我们不当老实人！”

群情激愤，眼看局面就要失控。就在这时，人群外传来一个声音：“大家说得有道理。”

随着话音，从门外走进四个人，三妞转身看去，正是孙书记、市长、王主任和徐春。

2

“孙书记！”下岗职工中不知是谁喊了一句，大家立刻安静下来。

孙书记对众人说：“谢谢大家还记得我。现在矿务局没了，那是几代人奋斗的成果，你们为国家的经济发展做出了贡献，国家不会忘记你们，政府也不会忘记你们。眼下你们遇到了难处，政府不会袖手旁观，请你们相信政府。但是，这么多人下岗，这么大的困难，光靠市委市政府，一时是难以解决的，需要全社会的共同努力。只要我们众志成城，齐心协力，请你们相信我，我们团结一致，一定能把压在我们头顶上的困难之山和问题之山搬走!”

徐春说：“由于产品的推广比较成功，目前‘片片香’已经打开了伊宁市的市场。为了减少运输成本，我们决定在伊宁市开设加工点，决定再招收十名员工，条件是可以在外地工作，每周回来一次。”

玮彤在伊宁市的业务非常顺利，大大出乎她的意料，连徐来、徐春、赵志伟等人也没思想准备。之前估算每天也就是五十袋左右的销量，第一次送货三百五十袋，本来估计能卖一个星期，没想到两天的时间就卖完了。

照此计算，伊宁市的消费潜力非常巨大。徐来请专家评估了一下，结果把他自己也吓了一大跳。专家给出的结论是，未来伊宁市购买“片片香”的消费需求是每天两千袋左右。

为此，孙书记、徐春、徐来、赵志伟开会商量对策。现在是冬天，气温低，不担心食品变质。一旦到了夏天，用冷藏车运输成本太高。商议来商议去，决定尝试在该市成立加工点，一来节省成本，二来解决了“片片香”在本市供大于求导致恶性竞争的问题，三来可以多出几个岗位安排下岗职工就业。

徐来把情况说明后，众人纷纷报名，然而，很多人都不符合招工条件。

方家仗子煤矿是老矿区，下岗职工中，夫妻双方都在矿区上班的比比皆是。矿区倒闭了，就意味着夫妻双双下岗，全家都没有了收入。孙书记召集王主任、徐春、徐来、赵志伟、大刘等人分析了矿区的现状，决定这次招收的十名职工，仅限于夫妻双双下岗的职工家庭。同时鼓励下岗职工自谋职业，靠自己的双手发家致富。

徐春当众宣布招收条件时，不知是谁说了一句：“你们的子女都安排好了，所以才故意弄出这些苛刻的条件，目的就是不帮助我们解决问题呗。”

这话一出口，人群又开始骚动起来。

徐春大声说：“谁说我们的子女都安排好了？孙书记的女儿也是矿务局下岗职工，因为她丈夫有工作，这次招收员工，她就不在考虑范围之内。大家不信可以打听打听，是不是这么回事!”

听徐春这样说，众人又安静了下来。

孙书记说：“这项政策对咱们还是有倾斜的，在咱们这些人中，如果有符合条件的，现在就可以报名了。”

话音刚落，人群里立即响起了掌声。

3

孙书记的心沉到了谷底，走出医院大门，他还是没缓过神来，他无法接受手里的那张化验单。还不到五十八岁，不抽烟、不喝酒，没有半点儿不良嗜好，老天为什么要让他得这种不治之症？

医生告诉他，积极配合治疗，最多还能活两年，这已经是肝癌晚期的极限了。在告别人生、告别世界前，老天留给他的时间不多了，在这么短的时间里，还能做什么？

就家庭而言，老伴从公务员岗位上退休，每月有退休金，生活不成问题。唯一的女儿下岗在家待业，本来想去“片片香”，可女儿的爱人有工作，不在招收范围之内，尤其这个规定还是他自己同意的，女儿自然对他有意见。对家庭不够关心，事业上也不顺利，好好的一个矿务局，说没就没了。虽说矿务局是国企，下岗职工在隶属关系上不归市委市政府负责，但这么多下岗职工的矛盾积攒起来，出问题是早晚的事。

昨天上午市委召开的扩大会议上，徐来汇报了公司近况。目前公司业务迅速向周边几省市扩展，速度之快，超出想象。如果“片片香”成长为大企业，如何管理？如何经营？就他所知，为尽快提高经营管理能力，徐来、徐春、赵志伟等公司骨干，有的读函授，有的读电大，有的读夜大，大家都在拼命恶补，以尽快适应公司发展所需。市委市政府也万般呵护着这个企业。大家都明白，“片片香”不光是一个品牌，也是全市的拳头产品，更是矿务局下岗职工的希望所在。

他想起昨天下午去医院看望的那对夫妻，两人双双下岗，上有老下有小，家里却已经揭不开锅了。夫妻俩觉得生活没有盼头，绝望之下开煤气自尽，好在发现及时，被抢救过来。

徐来也去了医院，对那对夫妻说：“对不起了，按照公司新规，虽然你们夫妻双双下岗，但只能招收一人，剩下的名额要留给其他和你们一样困难的家庭，请你们理解。”

丈夫说：“徐总的公司就是我们的衣食父母，家里的事好商量。”

徐来安慰他们：“有困难想办法解决，千万不要再想不开了。你们一死了之倒轻松了，老人孩子怎么办？”

妻子说：“放心吧，不会了，如果有活路，哪怕只有一点点希望，谁愿意走这条路……”

孙书记想，徐来为什么会得到这么多下岗职工的信赖？因为在他们眼里，“片片香”就像是一道色泽鲜艳的彩虹，能让他们有个盼头，让他们有信心、有依靠，让他们挺胸抬头地做人！

想想徐来，再想想自己，孙书记觉得自己格局小了。大丈夫立于天地之间，人生不过几十年，早死晚死都是死，又能怎样？他把手中的化验单撕碎，随手扔进身旁的垃圾桶里，然后大步流星地向市委大院走去。

4

上完夜大，徐来拖着疲惫不堪的身体回到家。女儿正写作业，母亲已经回屋休息了，厨房锅里的笼屉上放着母亲给他留的晚饭。

徐来母亲的身体比以前强多了。徐来出狱之前，她已经在政府、社区和企业的协调下住进了医院，连续做了两个手术，一是癌症手术，二是白内障手术，两个手术都非常成功。等徐来从监狱里出来，母亲不但能够下地行走，还能做些简单的家务。

徐来已经在公司里吃过了。不过，既然家里给留了饭，他还想再吃点儿。他自小身强力壮，饭量也大，比一般人饿得快，吃了晚饭不算，还要吃顿夜宵。再者，忙了一天了，又累又乏，吃饭的时候喝点儿小酒，这是他从父亲那里继承下来的光荣传统。

这时，女儿将一个封着的信封交给徐来，说是刚才一个姓王的叔叔送来的，叔叔在家里等了徐来好半天，也是刚走，跟徐来几乎是前后脚。

徐来展开信，上面只是寥寥写着几行字——小徐，明天上午你爱人出狱，接。落款只写着一个字：王。

这是综治委王主任留给徐来的信，之所以要专门送一趟，肯定是有什么话想当面说几句，没见到徐来，只能留下张字条。

徐来望着手中的字条，内心百感交集。

上中学时，徐来就是一个什么都不在乎、打起架来不要命的混小子。赵蔷薇是他的同班同学，是班里长得最漂亮的女生。不管家里条件好不好，许多男同学都追过她。徐来却是个例外，甚至连看都没多看过蔷薇一眼。

初中毕业那年，班里调位子，徐来阴差阳错地和蔷薇调在了一起。徐来上的那个中学，是全市学校里的末流，踏踏实实认认真真学习的学生凤毛麟角，更多的是当一天和尚撞一天钟混日子的。

一次，其他班的一帮男生来骚扰蔷薇，同班男生谁都不敢出面阻止，徐来站出来单挑，一个对七个，结果被徐来打趴下四个，打跑了三个，徐来也被打得血流满面。

从此之后，蔷薇开始关注起徐来——从前她是根本不把他放在眼里的。在蔷薇看来，只有这个肤色黑黑、小眯缝眼、平日寡言少语、打起架来却不要命的混小子，在关键时刻可以保护自己。

徐来初中毕业上了技校，然后去机械厂工作。蔷薇没考上高中，一直在家待业。蔷薇的父母给她介绍了一个大学生，是矿务局的技术员，家庭条件不错。蔷薇死活不同意，跟父母吵得天翻地覆，可最后还是迫于父母的压力结了婚。没想到丈夫家暴，对蔷薇竟然是三天一小打，五天一大打。蔷薇的父母看到女儿被打得遍体鳞伤，也后悔当初识错了人，让女儿平白无故地受委屈。

离婚后，蔷薇第一件事就是找到徐来。徐来此刻早已不是当初那个什么都不懂的混小子，蔷薇找到他的用意，徐来心知肚明。用徐来自己的话说，就我这条件，能找个这么漂亮的媳妇还有什么不满足的，二婚不二婚，又能怎么样？

婚后，两人生下一女，本来小日子还过得去，谁知后来发生了那么多意想不到的事情。徐来因为故意伤害致人伤残被判了刑，徐母病重没钱看病，蔷薇偷窃厂里的东西卖钱给婆婆治病，厂方发现后，将蔷薇辞退。

一家人生活无着，蔷薇被迫卖淫，判了一年劳教。其实一年时间也不算长，可家中婆婆无人照料，女儿又太小，蔷薇心里像长了草，无法安心改造，情绪极不稳定，多次和其他劳教人员发生冲突，结果从劳教转为刑事处罚。服刑期间，蔷薇得知婆婆和女儿得到了政府、厂方和社区的关照，徐春还为她一家写报道募集捐款，感动之余，决心好好表现，争取减刑早日出狱。

往事不堪回首……经综治委与监狱方面多次协调，加之蔷薇在服刑期间表现不错，多次获得减刑，终于得以提前释放。

徐来总算松了口气。家里没有蔷薇，还真是不行。老母虽然恢复得不错，但毕竟年龄大了，女儿还在上学，也需要照顾。想到明天一家人就可以团聚了，徐来心里充满了甜蜜的幸福感。

5

吃完晚饭，蔷薇说："我们出去走走吧。"

徐来知道，这是蔷薇有话想跟他说，只是碍于老人孩子在场不方便。

蔷薇提前释放，徐来心里高兴，晚饭多喝了几杯。在月明的夜晚，他和妻子投射在柏油路上的身影一会儿拉长，一会儿变短，一会儿歪斜。徐来像个孩子，不停地变换着走路的姿态，其乐无穷。

蔷薇觉得好笑："真有那么好玩吗？你都多大了！"

徐来也笑："跟年龄大小没关系，是角度。"

"你这些年变化可真大。"

"有吗？我觉得我还是原来的我。"

"以前哪见过你学习，现在居然上电大……哦，新说法应该是上网课。"

"文化低吃苦头啊，这也是没办法，这个公司要经营下去，我就得储备点儿知识。"

"所以我说你变化大嘛，现在都开公司了。"

"其实这也不全是为了自己。如果就为了咱家能吃饱饭，我推个自行车走街串巷也没什么不好，可是，光咱一家吃饱不行啊，你想想，那么多下岗职工的家庭等着吃饭呢，咱不能只顾着自己吃饱。"

蔷薇叹口气："还说自己变化不大，当年你哪有这样的格局。可我呢，这半辈子做错了许多事情，先是任由父母包办结错了婚，你进去后又偷厂里东西，之后又……"

徐来打断蔷薇的话："结错了婚怪你父母逼你，偷厂里东西是因为给咱妈看病缺钱，后来发生的事，没有一样你不是为了咱们这个家。"

"你不用安慰我，如今你都当上公司的老总了，可老婆却是这样一个人……我配不上你，也不想让你为难。"

徐来真诚地说："我徐来再浑，好坏香臭还是分得清的。从前怪我不知道努力，把好多本应该我来承担的事情推给了你。如果不是你，我们这个家早完了。"

"其实，当初你是为我进的监狱，是我连累了你……"

"都是些陈芝麻烂谷子的事情了，我们能不能不再说这些了，过去的事情翻篇了。"

在路边的一张长椅上，两人坐了下来。

蔷薇望着前面的花圃："我就是怕你压力太大。听说你这个公司的规模越来越大，我却帮不上忙，说不定还得拖累你，我不想让你再为我操心。"

提起公司，徐来又来劲儿了："我也没想到公司竟然能发展到这个规模。起初办这个公司，只是想多帮助几个下岗职工，不辜负综治办的领导对我的信任。后来，参与进来的人越来越多，更是得到了方方面面的支持和帮助，我不努力，对不住他们啊。"

"他们，指的是谁？"

"这里包括的人可太多了。我俩前后脚进了监狱，那时妈妈重病缠身，女儿还不到六岁，家里留下一老一小，是综治办组织居委会大妈大婶轮流帮咱家做饭搞卫生，这些大妈大婶不但不收费，还自费给咱家买米买面。如今矿务局没了，大妈大婶们的家人都下了岗，当初他们帮助咱们，现在他们有难，我能不帮吗？还有，为解决咱们女儿的上学问题，综治办出了多大的力啊，号召社会上给咱们捐款，救了咱家的急，这些钱来得太不容易了。还有孙书记、王主任、徐春、大刘，帮助咱们的好人恩人说也说不完。这些知名知姓的我必须报答，那些给咱妈捐款没留下姓名的好心人，我虽然无法报答他们，但换个角度想，如果别人有难，我会不会帮忙？放在以前，我多半不会，可现在我还能说不会吗？”

蔷薇幽幽地说：“我都懂，你帮助别人，是因为之前许许多多的好心人帮助过咱们。”

“没错，你帮助我，我帮助你，咱们这么忙忙叨叨的才有意义嘛。”

第十三章　群防群治

1

徐春有时觉得自己就是消防队的。前天下雨，吴大爷摔了一跤。老爷子摔跤不是什么稀奇事，可这个老爷子不一般，不仅是全国劳模、“五一劳动奖章”获得者，还受到过国家领导人的接见。这一跤，就摔出事来了。

来看望老爷子的不仅有市里的领导，还有省里的。看到老爷子住的地方，均作出“迅速改善居住环境”的重要指示。问题是，指示谁都会做，可“改善居住环境”需要钱啊。钱呢？没有。

上面千条线，下面一根针。领导指示由省委转到市委，由市委转到矛盾调解处，副处长大刘拿着领导的层层批示一筹莫展，只好找徐春想办法。

大刘对徐春说：“‘枫桥经验’的主旨说一千道一万，核心就是以人民为中心，及时化解矛盾，努力提高人民群众的幸福指数，没错吧？”

毕竟是多年的同事，大刘一开口，徐春就知道他想说什么了。其实，在大刘找上门之前，他已经跟徐来商量过，从公司拨款五万元，对吴大爷居住的福矿小区进行修缮。

福矿小区是矿务局成立伊始建立的第一批职工宿舍，三四十年过去，当年曾让无数矿工羡慕的职工宿舍已成为典型的老旧小区。社区内电线杆长短不一，东倒西歪，架在上面的电线东拉一根、西竖一条，有的像一团乱麻，缠在一起挂在一楼住户窗外锈迹斑斑的铁窗罩上；有的悬在半空，每逢下雨天，行人从下面路过，不免心惊胆战。下水管道也因年久失修，经常是污水四溢，不论春夏秋冬都臭气熏天……

福矿小区之所以破烂到如此地步，是因为小区的维修单位是矿务局，如今矿务局已经不复存在，也就没人关心维修的事了。其实就是矿务局在的时候，也根本拿不出资金来维修福矿小区。

基础设施差，小区周边的社会治安也

没好到哪儿去。在福矿小区流传的一句话是，谁家没丢过自行车，谁家就不是福矿小区的居民。由于是老旧小区，四栋楼房的四周根本没有围墙，各种闲杂人员在小区里串来串去，没人管。

五万元修缮资金捉襟见肘，只能用到紧要的位置上，先解决下水管道的问题，除了请一名水暖工负责技术指导，小工活儿得动员居民共同参与。可是，居委会动员了半天，居然没人愿意出力。

站在福矿小区的“臭河”前，一股无名火蹿上徐春脑门，大刘心里也不痛快。“这都是什么素质的居民啊，帮助你们提高生活质量，你们总该伸把手吧。”

徐春没说什么，脱去鞋袜跳进污水中，用自家带来的脸盆一盆一盆地往外舀水。大刘见状，也不发牢骚了，照着徐春的样子干起来。没多久，从一栋楼房里颤颤巍巍地走出一位老爷子，二话不说，也跟着徐春、大刘干起来。

此人正是吴老爷子。徐春、大刘怎么敢劳驾老爷子，可就是死活劝不回去。这时，楼里又跑出两个中年人，徐春、大刘都认识，是吴老爷子的两个儿子。大儿子说：“爸，您回去行不行？这活儿我们哥儿俩干了。”

吴老爷子气呼呼地说：“你们早就应该出来，人家是在帮咱们，你们好意思就这么看着？”

小儿子说：“爸，您别生气了，我们错了还不行吗？您赶紧上楼吧，回头再给您弄病了，麻烦大了。”

把吴老爷子哄上楼，四个人热火朝天地干起来。随着时间的推移，又有一个小伙子加入进来，接着是两个、三个……

福矿小区修缮后，下水管道重新铺设，路面整体抬高，臭气熏天的桶子河成为历史。在修缮过程中，徐春、大刘得到社区群众的充分认可，在此基础上，大刘、徐春以社区党员为基础，成立了社区治安巡逻队。徐春提出建立社会治安志愿者队伍，创造性地总结出“33+”工作法：第一个“3”，是每个志愿者要发展三名志愿者；第二个“3”，是已被发展的志愿者再发展三名志愿者，依次类推……

2

徐春要走的消息在“片片香”可谓一石激起千层浪，首先坐不住的就是徐来和赵志伟。用赵志伟的话说，公司发展到目前，正是关键时刻，这时候把徐春调走，无疑是釜底抽薪，严重影响公司的发展。

徐来又何尝不明白这个道理。得知徐春要走，他马上和赵志伟碰头商量对策。

赵志伟说：“目前刻不容缓，要想尽一切办法把徐春挽留住。”

赵志伟如此说，是真心诚意的。徐春来公司后，在产品的对外推广、公司制度的建立、公司股份制的形成、领导层的布局、社会治安志愿者队伍的建设等各个方面，都发挥了不可替代的作用。徐来和赵志伟在工作中遇到解决不了的问题，第一时间想到的就是徐春。按分工，徐春来公司只是负责产品的推广，可他实际起到的作用甚至比徐来和赵志伟加在一起都要大。

徐来更是着急，怎么才能把徐春留下？公司业务正处于上升期，在徐春的主持下，陆续开发出的“片片香”馒头、

“片片香”面包、“片片香”春饼等产品，上市后大受欢迎，供不应求。为了满足市场需求，公司成立了三个分厂，招收了近五百名下岗职工都忙不过来。目前，徐春正在开发新产品，如“片片香”烤鸭、“片片香”烤肉等，这时候徐春怎么能离开呢！

徐来是真急了，对赵志伟说：“只要能留下徐春，我这个董事长让给他，我当副手还不成吗？”

赵志伟说：“没用的，调徐春走，不是徐春本人的意思，是市委的安排。”

解铃还须系铃人，徐来和赵志伟来到市委孙书记的办公室。

听了徐来、赵志伟请求留下徐春的一大堆理由后，孙书记笑着说：“我也不想调徐春离开公司啊。你们可能还不知道，把徐春调到你们公司，虽说是市委的决定，可最先提议的是我。徐春在你们公司发挥的作用，别人不清楚，我还能不清楚吗？”

“那您为什么还要把他调走啊？”徐来着急地问。

“市委的工作千头万绪，你们也不能只想着‘片片香’啊。学习推广‘枫桥经验’，解决群众最关心的难点问题，是上级领导对我们的要求，也是市委市政府的重要任务。人民群众迫切希望有一个良好的社会治安环境，这不仅是提升群众安全感的需求，也是经济发展的需要。这个问题不解决，学习‘枫桥经验’就是空谈。而解决这个问题，就要建立社会治安志愿者队伍，加强治安防范。鉴于徐春同志在福矿社区的经验，市委认为，他是主抓这项工作最合适的人选。”

徐来失望地问：“那就是说，徐春必须得走？”

“市委有更重要的任务交给徐春，我作为市委的一把手，考虑的是市里的全局工作，你们公司的发展当然也非常重要，但是跟全局工作比起来，是局部利益，局部利益毫无疑问要服从全局利益。”

徐来、赵志伟碰了一鼻子灰，闷闷不乐地离开了孙书记办公室。

徐来问赵志伟：“怎么办？”

赵志伟说：“看来没其他办法了。最后一招，只能找徐春再谈谈，看他什么态度。”

那么，徐春是什么态度呢？

从内心来讲，他的确不想离开公司，原因很简单，在公司，他就像一只飞出笼子的小鸟，随心所欲地在蓝天翱翔，与风霜雪雨抗争，同时也享受着成就感带来的惬意，起飞也好，降落也罢，都让徐春感到从未有过的从容。在公司，徐春的想法和创新，没有任何羁绊，件件都得到了徐来、赵志伟的全力支持，让他看到了自己施展拳脚的广阔天地，感受着天高任我飞、海阔凭我跃的豪迈。在公司，徐春办任何事情都不用看领导的脸色行事，因为徐来和赵志伟本来就是他坚定的支持者。虽然在公司打拼比在综治办的工作累很多，但工作舒心、顺手，对徐春来说，这才是人生最大的幸事。

可是，面对徐来、赵志伟的挽留，徐春没有别的选择：“我是党员，必须无条件地服从组织的决定。”

3

放在几年前，徐春、玮彤都是名副其实的大闲人。现在正好相反，玮彤忙着

“片片香”的产品推广，经常出差外地，家都回不去；徐春被任命为综治办副主任后，忙着在全市建立社会治安志愿者队伍。如此一来，俩人都没时间管孩子了。

徐春的孩子最近转到了另一所学校，虽没有徐来女儿的学校好，但比起原来的学校，教学质量提升了很多，唯一不理想的是，学校不能寄宿。

徐春的父亲身体不好，母亲照看父亲，管孩子的事情玮彤的父母自然承担得多些，特别是孩子上学的接送，玮彤的父母几乎全包了。玮彤、徐春常为此过意不去，不过，孩子的姥姥、姥爷也不是外人。

玮彤的父母早已退休，在家闲来无事，平日三天一小吵，五天一大吵，弄得街坊四邻都不得安生。这下可好了，老两口接送外孙子上下学，对他们来说，就像重新找到了工作一样，俩人一个负责给外孙子精心准备饭菜，一个负责接送外孙子上下学，分工明确，各负其责，架不但不吵了，而且每天精神饱满，干劲十足，配合默契。

这天下午，徐春突然接到玮彤从外地打来的电话，说她的父亲感冒了，怕传染孩子，今天下午孩子放学后让徐春去接。

这两天徐春和大刘几次下到社区调研，群众对参与社会治安志愿者队伍建设态度积极，特别是大爷大妈们，戴着红袖章，上面写着金灿灿的三个大字“志愿者”，个个意气风发。

组建社会治安志愿者队伍，是为了加强治安防范，防范有两个方面，一是人防，那就必须有人；二是技防，那就必须有设备，如监控探头等等。一套像点儿样的监控设备动辄上百万，市政府只批下来二十万元，简直是杯水车薪。孙书记当然也知道这点儿钱远远不够，他对徐春说：“市里的困难你知道，资金是少了点儿，所以你们一定要另辟蹊径，走出一条技防工作的新路。”

徐春、大刘急得火上房，绞尽脑汁，苦寻良策。偏偏这个时候玮彤打来电话，让徐春去接孩子，徐春能不火冒三丈嘛，电话里就跟玮彤吵起来了，气得玮彤挂掉电话，任凭徐春再怎么打，就是不接。

大刘对徐春说：“咱们解决不了的问题，你跟玮彤撒什么气，人家有什么错，在外出差，活儿不比你轻松。”

徐春一想，大刘说的也对。

徐春来到儿子所在的学校，学校还没下课，他坐在台阶上等着，脑子里还在琢磨社会治安志愿者队伍建设的事。大刘前几天提醒徐春，技防经费不足，能不能让徐春再在报纸上发表一篇文章，从社会上募集。徐春当即予以否定，理由是政府的经费也让群众捐，你拿群众当印钞机啊！

此刻，徐春坐在台阶上，想起大刘出的这个馊主意就忍不住来气。突然，一阵清脆的电铃声在学校的上空盘旋回响，所有的教室门大开，学生们潮水般地涌出教室，欢歌笑语让平静的校园立刻沸腾起来。

徐春脑子里灵光一闪，对啊，我好笨，怎么没想到电铃！

4

民间有一句谚语，前半句是人分三六九等，说的是人的素质、能耐、水平是不一样的，其实这个观点特别不准确，那要看你遇到什么事情了。

绰号“老仙”的吴树然是矿务局的老职工，十年前“老仙”看出矿务局开始走下坡路，脑子灵活的他办了病退，在社区开了一家餐厅，主营东北菜。十来年下来，餐厅积攒的人气让“老仙”的生意越来越火，别人下岗生活难，“老仙”病退却越来越挣钱。

偏偏“老仙”还是个爱臭显摆之人，真正有钱人穿的，“老仙”自然比不上，但是“老仙”穿得也不差，都是一眼能认得出的名牌；有钱人开的是奔驰宝马，老仙开的是辆奇瑞，虽然品牌比不上，但都是四个轱辘也是不争的事实。再看家里，家用电器不说了，一水儿的红木家具，还有真真假假的古董字画。在矿务局宿舍区，“老仙”是名副其实的有钱人。

可仅凭这些就判定“老仙”的素质、能耐、水平不差，还是有些草率。徐春、大刘近来在“老仙”所在的矿务局商业一条街推行十户联防制，每十户是一个联防小组，每户出十块钱，安装一个串联电铃，开关就安在柜台下，一户发生案件，只要老板按下柜台下的电铃开关，另外九户商家的电铃也会响起，大家听到铃声后一致行动，对付盗窃犯罪再有效不过了。

其他商户都装上了电铃，只有“老仙”认为是瞎胡闹，就是不装电铃，这素质的差距一下子就体现出来了。

“大苞谷”是这一带有名的流氓加无赖，在矿务局家属宿舍区无法无天、为非作歹，当地群众对“大苞谷”敢怒不敢言。

“大苞谷”经常带着手下的兄弟到“老仙”的餐厅蹭吃蹭喝，说是蹭，也不全蹭，一顿饭给一半的钱。“老仙”不服，去当地派出所报案，警察找到“大苞谷”，“大苞谷”立刻就把差的钱补上，态度诚恳，向“老仙”承认错误，但下次来吃饭，还是照旧只给一半。久而久之，“老仙”也没脾气了。为这种事总去麻烦警察，差的钱倒是能追回来，可也把人折腾得够呛。不说别的，光是一份笔录就得一个多小时。老仙只能自己安慰自己：“算了，这点儿钱就只当喂狗了，有人生没人养的玩意儿!”

“大苞谷”去“老仙”的餐厅吃饭打五折，“老仙”忍了，可“大苞谷”还继续蹬鼻子上脸，“老仙”无论如何也忍不了了。

“仙人，借你的小四轮用用呗。”“仙人”是“大苞谷”对“老仙”的独家称谓。

“不借。”“老仙”气不打一处来，寻思我的汽车，凭什么借你王八羔子?

“我这可是跟你好好说呢，看来你是不给我面子了?”“大苞谷”瞪着三角眼。

“说不借就不借!”“老仙”硬是把他怼回去了。

当天夜晚，“大苞谷”带着手下兄弟摸到“老仙”的汽车前，明目张胆地用改锥撬车门。“老仙”发现后想出去喊人，可门口被“大苞谷”的两个手下把守着，“老仙”干着急没办法。就在此刻，“老仙”左边一家商铺的电铃突然响起来，紧接着，另外九家商铺的电铃也跟着响了。就在“大苞谷”一伙儿惊慌失措时，右边商铺的十个电铃也响起来，二十个电铃带动周围其他商铺的电铃响成一片，在夜空中汇集成惊天动地的怒吼。

“抓贼啊!”每个商铺的屋门大开，人们从四面八方如潮水般涌来，小伙子们拿着棍子，大爷、大妈们拿着拐杖，大姑娘、小媳妇们拿着洗脸盆、擀面杖……人们将“大苞谷”一伙儿人包围起来，还没等警察赶到现场，“大苞谷”一伙儿已经被打了个半死，结结实实地捆了起来。

“老仙”有生以来第一次看到群众组织起来的排山倒海之力，服了。

其实当地派出所事先已得到线索，徐春为检验技防设备的实际效果，提前和民警埋伏在“老仙”家的汽车周围。连徐春自己也惊讶，技防威力居然如此之巨。看着“大苞谷”等几个家伙被群众用绳子绑成了大粽子，徐春开心地笑了：“孙书记说得没错，钱少有钱少的办法，关键是要把群众发动起来！”

第十四章　锦囊妙计

1

王姥姥病危！

徐来得知消息，火速赶到医院，埋怨佟铃说：“王姥姥病成这样，你为什么不通知我？”

佟铃委屈：“我早想通知你了，王姥姥不让。”

受人滴水之恩，理当涌泉相报。更何况王姥姥对徐来，何止滴水之恩，简直是再造之恩。一连几天，徐来除了工作，余下的时间就在医院照顾王姥姥，端屎端尿从不嫌弃。

这天傍晚，徐来又是匆匆忙忙赶到医院。王姥姥躺在病床上，气息微弱：“傻孩子，你天天这么跑，不累吗？”

徐来说：“不累。”

“你天天为我端屎端尿，不嫌脏吗？”

“不嫌。”

“为什么？”

“人不能没有良心，没有您，哪有‘片片香’。我刚从监狱出来那会儿，连个活路都找不到，是您给了我‘一片香’的秘方，不然哪有我的今天？现在您身体不舒服，我来照顾几天算什么？”

王姥姥点点头：“你果真是好孩子。我跟你讲讲咱们这‘一片香’的来历，你想听吗？”

“当然想听。”徐来注意到王姥姥的呼吸越来越急促，“您先歇会儿，等您睡一小觉，有精神了再给我讲。”

王姥姥摇头：“现在不说，我怕来不及了……”

“姥姥……”

王姥姥摆手示意徐来不要打断她：“我家祖籍山东，后来因为穷逃荒到东北，辗转来到此地。我爷爷的名字叫周树挺，我奶奶的名字叫常玉峨，‘一片香’的秘方就是我奶奶研究出来的，后来交给了我爷爷。我的爸爸叫周海山，我妈妈叫谢洁，我叫周谢子，取的是我爸妈的姓，‘子’代表我是他们二老的孩子。”

“您这名字取得有学问。”

“有学问的还在后面呢。你还记不记得，当初我把‘一片香’的秘方交给你的时候，说你那个火烧的做法只是‘一片香’的皮毛而已。”

徐来点点头。

“我没骗你。‘一片香’的精髓是火锅，火烧只是搭配。”

徐来大惑不解："火锅我知道，最有名的在北京，叫东来顺火锅，咱们'一片香'也是火锅，有什么不一样吗?"

"太不一样了。先说汤，他们涮羊肉的汤是靠高汤调味，而我们'一片香'火锅，汤的制作就要复杂多了，里边有按比例配制的二十四种调料，熬出的汤冷时明洁光透，清澈见底，沸时又殷红如赤，无油无香。你知道这是什么意思吗?"

徐来思忖片刻："您是说这'一片香'火锅的汤，不开时跟清水一样，烧开后却是鲜红色的?"

"就是这样……说到'一片香'，你可能一直都不知道，这'一片香'是肉片不假，却不是你们卖的火烧中夹的那片肉。"

徐来若有所悟："您是说……"

"咱们'一片香'虽说也是火锅，但是跟北方流行的火锅有天壤之别。一般的火锅只涮羊肉，后来虽然也有了牛肉和海鲜之类，汤却是一样的。而我们'一片香'火锅是牛、羊、猪肉都涮，三种肉的加工方法各有不同，吃的时候要配上不同底料的火锅，不能在一个火锅里乱涮。这些秘方，以后佟铃会交给你。"说着，王姥姥微微叹了口气，"当初我爷爷奶奶立下规矩，秘方不能外传，偏偏我爸妈就生了我这么一个女儿，到了我这辈又无儿无女，造化弄人啊……"

王姥姥一口气说了这么多，已是气若游丝。

徐来知道王姥姥大限将至，眼泪不由得夺眶而出，扑通一声跪在王姥姥床前，哽咽着说："从现在开始，您就是我的母亲……"

王姥姥欣慰地看着徐来，伸出一只手，轻轻抚摸着徐来的头："好孩子，姥姥没白疼你……"

说完，闭上了双眼。

2

王姥姥的墓地依山傍水，墓碑下方刻着"儿徐来敬立"几个字。徐来跪在王姥姥的墓碑前，"咚咚咚"连磕了三个响头。

佟铃从挎包里取出一封信递给徐来："这是王姥姥留给你的，你看看吧。"

徐来站起身，从佟铃手中接过信。信上写道——

徐来我儿：

你既然认了我，我也必不会负你。四件事跟你说清楚。

第一件事：我有一百万元存款，你五十万，佟铃五十万。

第二件事：这笔钱不是给你用来挥霍的，必须用在发扬光大一片香上面。一片香到底好不好？把这些钱投进去，是否能成功？不用我多说。你那个不伦不类的片片香现在怎么样，你心里清楚。

第三件事：我一辈子痴迷水墨画，一片香在我手里算是废了，你把一片香发扬光大后，用挣来的钱给我建一个小小的展馆，存放我的上百幅画稿。佟铃知道那些画稿在哪里。

第四件事：从今天起，佟铃就是你的亲妹妹，你一生一世都要关心爱护她，不能让她受半点儿委屈。

信写到这儿，戛然而止，既没有署名，也没留年月日。徐来寻思，这倒是王姥姥的风格，弃虚存要。

面对着眼前孤苦伶仃的佟铃，徐来心中由衷地升起一种做哥哥的感觉。她是狱友佟辉的妹妹，如果没有佟辉，哪来的“片片香”？仅仅是为了佟辉，徐来也不能不管佟铃，何况还有王姥姥的托付。王姥姥说得没错，在这个世界上，佟铃只剩自己一个亲人了，他不管谁管？这既是对王姥姥的承诺，也是自己的责任。

徐来问：“你今后有什么打算？”

佟铃揉着哭红的眼睛：“我不知道……”

这是个毫无涉世经验的女孩子，徐来越来越觉得自己肩上的责任重大。“不想不行啊，得想，好好想。”

佟铃说：“你是不是不想管我了？王姥姥可是让你管我的，你不能耍赖。”

徐来哭笑不得：“谁说不管你了？就是管你，你今后如何发展，走什么样的人生道路，我也不能一言堂，总要听听你的意见，再决定怎么管你吧？”

佟铃依旧有点儿不放心：“爸爸妈妈不要我，哥哥不在了，你是哥哥的好朋友，又是王姥姥认下的儿子，你就得好好听王姥姥的话，王姥姥怎么说的，信你也看了，反正你就得管我。”

徐来斩钉截铁地说：“就是没有王姥姥的托付，冲着我跟你哥哥的交情，我也不能不管你。王姥姥给你的五十万，我明天就取出来，存在你的名下，你也要好好考虑一下，今后有什么打算。”

“我能有什么打算，都听你的，谁让你是我哥呢。”

“既然你听我的，那我就说了。你先完成学业，等你大学毕业后，‘片片香’也应该成规模了，我会把我的股份全部交给你。”

“我要股份干吗？有哥哥关心我爱护我，不让我受半点儿委屈，就够了。”说着，她紧紧拉住了徐来的手。

3

“一片香”的秘密揭开后，“片片香”的地位就有些尴尬了。用王姥姥的话说，“片片香”跟“一片香”比起来，就是个不伦不类的仿制品。问题是，根红苗正的“一片香”直到现在还不为人所知，而“片片香”已经是多点开花，处处结果。

徐来找赵志伟商量，往下该怎么办。

赵志伟说：“这也不算问题嘛。‘一片香’是正宗，‘片片香’是旁支，两者混为一谈反倒不好。如今‘片片香’销售势头正旺，咱们把‘一片香’加入进来，不是锦上添花吗？我觉得，‘一片香’和‘片片香’不矛盾，不但不会影响‘片片香’的发展，反倒会成为‘片片香’发展的助力。我看不如成立一个‘一片香’的分公司，就像是中国肉饼和比萨饼的关系，这叫小猫撒尿，各有各道。”

徐春和徐来对于赵志伟的想法都大加赞赏，向孙书记汇报后，孙书记也认为这个想法很好。

孙书记说：“‘片片香’经过这么多风风雨雨，终于见到了彩虹，就像辛辛苦苦做好的一盘菜，已经是香气扑鼻了，而且形成了系列产品，销售势头旺盛。‘一片香’也好，‘片片香’也罢，都是不可多得的精品中的精品。两个系列不冲突，采取并行发展的战略，无疑是正确的选择，让它们在各自的土壤中生根发芽，顺其自然嘛。”

徐来心想，“一片香”到底好不好，

试试不就知道了？王姥姥生前住的独门独院，拆了翻建一个“一片香”饭店易如反掌，资金又是现成的。

恰在此时，佟铃拿出了王姥姥留下的第二封信——

臭小子：

不能拆我的房子。你痛快了，我的女儿、你的妹妹将来住哪儿？光想着你自己，还有半点儿当哥哥的样子吗？

徐来内心略感惭愧。可话又说回来，拆了这个大院，我也不能让佟铃睡大街呀。“片片香”有职工宿舍，给她安排一间就是了。想到这儿，徐来下意识用眼角的余光偷偷瞄了一眼佟铃，只见她撇着嘴角，正用不屑一顾的目光看着自己，吓得徐来赶紧避开她的视线，心想王姥姥真神了，怎么什么事情都能料到，连我要拆她的房子也预想到了！

徐来接着看下去——

你能看到这封信，我很欣慰，说明你没有食言，真是按照当初答应我的在认真做。想开“一片香”饭店没地方？告诉你，饭店是现成的。

信写到这里，又没下文了。徐来不解地问佟铃：“姥姥说开‘一片香’的店是现成的，我怎么不知道？这个店在哪儿？”

4

王姥姥去世前，跟佟铃有过一次谈话。

佟铃说：“我爸爸妈妈不管我，唯一管我的哥哥也不在了，您百年之后，我无依无靠，怎么办？”

王姥姥说：“找徐来。”

“如果徐来不管我，我怎么办？”

这是佟铃一直在焦虑的问题，并非没有依据。一是她跟徐来非亲非故，徐来没有义务负照顾她的责任；二是徐来的脾气、禀性她也并不了解，能不能相处、相处得好不好，都是未知数。

王姥姥仿佛看穿了佟铃的心思：“徐来帮你，也不全是因为你哥哥和我，他要想把‘一片香’做大，离不开你。”

王姥姥的话把佟铃说糊涂了，佟铃不解地问：“凭什么？”

“就凭这。”王姥姥说着，拿出几封信，告诉佟铃关键时刻该怎么用。

王姥姥去世后，佟铃按照王姥姥的吩咐，在徐来拜祭王姥姥时拿出了第一封信，在徐来起意要拆王姥姥的住宅时，拿出了第二封信。她手里还有第三封、第四封、第五封，不过，现在还不到拿出来的时候。

这些情况，佟铃不说，徐来自然不知道。而且即便是在信里，王姥姥也没有把怎么解决问题写明白，还得问佟铃。

当徐来问佟铃饭店的具体地址时，佟铃说：“我带你去。”

5

眼前的一切，徐来再熟悉不过了。巧夺天工的亭台楼阁有如仙境，各种奇花异草伴随着弯弯曲曲的小路四通八达，还有气派的门楼，这不就是吴老板的饭庄吗？徐来不明白，难道吴老板跟王姥姥也能扯上关系？

徐来问："这不会就是将来'一片香'饭店的地址吧？"

佟铃笑着说："没想到吧？"

徐来如坠云雾之中，不敢相信眼前的一切。"王姥姥跟吴老板是什么关系？"

"整个饭庄都是王姥姥的，你以为呢？王姥姥一没工作，二没子女，如果没有这个饭庄，王姥姥和我的生活费从哪里来？"

徐来顿时如醍醐灌顶。

跟吴老板见面后，佟铃把王姥姥留下的第三封信交给了吴老板。

看完书信，吴老板如释负重："好了，我的任务算是圆满完成了，回头办完交接手续，我终于可以离开这里了。"

这时，佟铃又取出王姥姥留下的第四封信交给吴老板。

吴老板看完信，仰天长叹："我本想过几天舒服日子，没想到，王姥姥她老人家，人是走了，但还是不肯放过我……"

徐来正想问信里写的什么内容，佟铃取出王姥姥留下的第五封信交给了徐来。

徐来我儿：

地址有了，你不要得意。吴老板跟我渊源很深，我让她担任"一片香"饭庄的副总经理，她的能力，你看看她现在的经营状态，自然就会心中有数。

"一片香"饭庄由你担任总经理，但你没有管理饭店的经验，日常的经营让吴老板去做就可以了，你不要过多参与，不要让你这个外行影响到人家内行。从此，"一片香"有吴老板百分之二十的股份，剩下百分之八十的股份，你和佟铃各占百分之四十，谁手中掌管秘方，产品的所有权归谁。

我说的你照办就是了。你的精力还是放在那个非驴非马的"片片香"上面去吧。

信还是有头没尾。

徐来忍不住问佟铃："王姥姥到底给你留下了多少封信？"

佟铃笑而不语。

6

今天是王姥姥七期的日子，徐来和佟铃又来到王姥姥墓前。

祭奠完毕，佟铃问徐来："过了七期，以后你还会来看王姥姥吗？"

徐来不假思索地说："当然，我是她儿子嘛。"

"你把这层关系看得这么重吗？"

"如果没有王姥姥，哪里会有'片片香'？王姥姥本来就是我们'片片香'的衣食父母。"说着，徐来取出三千元递到佟铃手里，"这是你的生活费。"

佟铃把钱还给徐来："不用，吴老板已经给过我了。"

徐来又把钱塞到佟铃手里："她给是她的，我给是我的。我答应了王姥姥，这一辈子都照顾你，我不能说话不算数。"

"你对我已经很好了，就是想报答王姥姥，也没必要这样。"

"这是两码事，报恩固然重要，但是作为一个男人，承诺更重要。"

回来的路上，徐来一直在琢磨，说好了自己照顾佟铃生活的，怎么吴老板也给她生活费？吴老板跟王姥姥到底是什么关系？王姥姥去世前，佟铃是不是就跟吴老板有联系？王姥姥为什么不让我插手

“一片香”饭店的经营管理？吴老板这个饭店，占地至少三个跨院，居然都是王姥姥的私产，王姥姥的家庭背景恐怕不像她说的这么简单吧……

一连串的问题，都没有答案。

很快，吴老板经营的饭庄改名为“一片香”，金字牌匾早就准备好了，佟铃说那是王姥姥家祖传的物件。服务员和经营饭店的一应设备都是现成的，一切都有条不紊，就差“一片香”的秘方了。这时，佟铃微笑着取出了王姥姥的第六封信。

徐来此时已经不感到意外了。这就是王姥姥的行事方式。

徐来我儿：

看到你那个四不像的“片片香”生意如此之好，我对“一片香”的发展前景更加充满了信心。说你的“片片香”画虎类犬，是因为我当初没有把“一片香”火烧的秘方全部告诉你。现在，我也不再保留，“一片香”火锅，还有正宗的“一片香”火烧，两个的秘方都告诉你。到时候你比比，正宗的“一片香”火烧是不是比你那个“片片香”好吃？

但我有话在先，“一片香”火烧只能供“一片香”火锅专用，“片片香”是“一片香”繁衍出的怪胎，招摇撞骗的事，你们“片片香”去做好了。

现在我宣布：“一片香”火烧的制作由你来完成，秘方由你保管；涮肉的制作也由你完成，秘方由佟铃保管；肉汤的制作由吴老板完成，秘方由吴老板保管。

王姥姥的信里说得非常清楚，“一片香”三分天下，大局已定。对于徐来来说，这是最好的结果。“一片香”虽好，但徐来的心思并不在此，让徐来魂牵梦绕的当然还是“片片香”。尽管“片片香”无法与“一片香”相提并论，但“片片香”就像徐来的孩子，在家长眼里，自己的孩子无疑是最棒的。

第十五章　司法援助

1

工人中传言，加工车间的李婶每天下班都比别的工人晚走半个小时。明明完成了一天的生产定额，为什么还要比别的工人多干半个小时？徐来不解，下班后悄悄来到加工车间，想看看传闻是不是真的。

公司 5 点半下班，徐来是 5 点 50 分进入车间的，果然看到李婶还在工位上干活。徐来上前问：“李婶，听说你每天都比别的师傅要多干半个小时，公司又不多发你工资，为什么？”

李婶头也没抬，一边干活一边说：“原因很简单，我们那位现在一分都挣不来了，我不就得多干点儿吗？”

徐来觉得李婶的回答莫名其妙。工人加班不新鲜，那是生产任务繁重忙不过来的时候，而且有加班费。可像李婶这样主动加班，也没人给她开加班费啊。他上下打量李婶，长相谈不上漂亮，但文静端庄，不像脑子有毛病的。

徐来问：“就为这？”

李婶说："我怕失去这份工作。如今哪里找工作不需要竞争？跟其他工友比，我是最没实力的，家里生活困难，初中没毕业就挣钱养家了，没有文化，再不多干点儿，拿什么保住这份工作？"

"你可以让你们家那位也找份工作啊，两个人挣钱，压力总归小一点儿。"

李婶表情黯然："他不在了，去哪儿挣钱……我和儿子就指着这份工作生活呢。"

徐来心里一沉，原来如此。"那……他以前是干什么工作的？怎么就走了？"

话刚出口，徐来就后悔了，这么打听，似乎不太礼貌。好在李婶并不介意："他以前是个小包工头儿，在外地打工，辛辛苦苦干了一年，到头来人家不给结施工款，急死了。"

"这是欺负人啊，你可以告他们。"

李婶叹息："我哪有钱打官司……"

离开车间，徐来心里窝火。明明有理的事，最后却是无可奈何，让不讲理的人得势占便宜。这要是放在几年前，徐来拎着把菜刀就去给李婶抱不平去了，但现在的徐来早已不是当年那个混小子了。如何帮李婶解决这个难题？他想到了赵志伟，赵志伟的老婆不是律师嘛。

徐来马上找到赵志伟，跟他说了李婶的情况："这种事，嫂子能不能帮忙？"

赵志伟笑着说："我以前不是跟你说过嘛，你嫂子是律师不假，但她是涉外律师，国内的诉讼案件是不接的。"

"嫂子接不了没关系，能不能请嫂子推荐一个可以帮忙打这种官司的律师？"

"可以是可以，不过我觉得你这是舍近求远。干吗不去找徐春？一来徐春是从咱们公司走出去的，是咱们公司的娘家人；二来他现在干的就是社会治安综合治理工作，就是管这个事情的啊。"

一语惊醒梦中人，徐来紧接着又去找了徐春。

徐春听了徐来的讲述，认为这不是个案。方家仗子矿区倒闭后，大量下岗工人到异地打工挣钱糊口，身处他乡，如果个人权益受到侵害，该怎么运用法律的武器来保护自己？谁来为他们做主？徐春思索着，维护在异地他乡打工者的合法权益，难道不正是属于综治工作的范畴吗？

送走徐来，徐春找到王主任，把李婶的遭遇和自己的想法进行了汇报。二人又一起去找市司法局副局长林峰，把情况说明后，林峰说："这个问题应该可以解决。就目前情况看，李婶如果没钱打官司，完全可以申请司法援助。李婶的情况完全满足司法援助的条件，在我们这里申请，或者在当地申请都可以。"

徐春问："那究竟在哪里申请对李婶最有利呢？"

"要我说，在当地更有优势。你们想，如果咱们的律师去当地办理案件，对当地的情况不了解，人生地不熟，怕是有一定的难度；如果当地律师承办此案，他们可以利用手中掌握的资源，办理起来更加轻车熟路。"

徐春觉得林峰说得有道理。

2

徐春、大刘和林峰来到李婶家，三个人都不敢相信自己的眼睛。两间屋子空空荡荡，几乎没有一件像样的家具，墙壁用报纸糊着，挂着一面小镜子，地上铺着厚厚的草垫子，四摞砖头支撑着一张木板，下面放着两个小板凳……这是个穷得不能再穷的家庭，却收拾得洁净无尘，利利索索。

李婶的丈夫叫胡立福，原是煤矿工人，眼看单位效益一天不如一天，心眼灵活的他辞职下海，成了家庭装修的小包工头儿。

胡立福所在的矿务局家属区，由于矿工收入普遍偏低，居民手中没什么钱，即便装修，也多是极简风格，用胡立福的话说都是零星碎活，本小利薄。可即便如此，家里的收入比起从前，也算是有天壤之别了。

久干工程的人，谁不想有朝一日承接一个大工程呢？就像司机，开了一辈子破车，谁不想体会一下开豪车的滋味，哪怕就一次。

胡立福时来运转的那一年，通过朋友介绍承揽了S市政府招待所的装修工程。两层小楼，整个工程投入五十万，刨去各项开支，净赚十万不在话下。

施工之初，胡立福手里资金有限，只有设法东拼西凑，支撑胡立福大胆接下工程的底气，缘于这家招待所是政府开办的，信誉满满。

可是，胡立福手下的施工人员都是些没有经过安全培训的农民工，在施工过程中，因电焊机的电源线老化，又被工人在地上拖来拽去的，导致短路，引起周围木材起火，好在扑救及时，没造成多大损失。

出人意料的是，工程竣工后，虽然通过了方方面面的验收，工程质量合格，甲方却以工程单位无视施工安全造成重大事故为由，拒付工程款。

胡立福没钱给农民工发工资，东拼西凑借来的钱也还不上。时间不久，他家门前来讨债的人排起了长队。胡立福多次催要工程款无果，连急带气，病倒了。

那年春节前，讨债的人又蜂拥而至，病得奄奄一息的胡立福有气无力地对李婶说：“钱一时半会儿是还不上了，大过年的，谁家不缺钱，家里的东西让他们随便拿吧，什么值钱就拿什么好了……”

很快，胡立福就不行了。临终前，他流着眼泪，紧紧握着李婶的手说：“工友们都不容易，我走后，欠他们的钱一定想方设法还上，你还不上，就让儿子还，儿子还不上，就让孙子还……”

李婶的遭遇，让徐春、大刘和林峰心里久久不能平静。

李婶知道徐春等人的来意后，显然有些激动，待情绪平稳下来，她说：“像我们这样的人家，根本打不起官司，请律师不仅要给律师费，我听说律师出差的路费、食宿也都要由我们来出。我家这个样子，领导们也都看到了，自己吃饱肚子都勉强，哪有闲钱打官司……”

林峰说：“像你家的这种情况，打官司是不需要花钱的，你可以申请司法援助，让律师免费为你打这场官司。”

3

吴主任曾任S市商业局保卫处处长，退居二线后，调到该市综治办当主任。吴主任本以为这是个闲差，没想到比当保卫处长还忙，配合公安机关打击犯罪分子、综治工作队伍的建设、教育挽救违法犯罪青少年……工作没完没了，人手不够，没有经费，吴主任一天到晚均处在焦头烂额的状态中。最要命的是，吴主任从前根本就没接触过综治工作，快六十岁的人了，还得重新学起，其紧张程度如同进京赶考。

市委领导交办的事情处理起来一般是两种结果，一是能办好，结果让领导满意；二是事情相当棘手，处理起来难度大，处理结果不理想，领导不满意。而在吴主任这两年的综治工作经验中，往往是后者居多。

眼下，吴主任正为领导交办的一件工作忧心忡忡，几乎到了山穷水尽的地步。

十几年前，本市居民董麦帆嫁给了徐春所在城市郊区小黄江村的农民王利平，董麦帆和王利平曾是一个农业技术培训班的同班同学，董麦帆是本市的城市户口，王利平则是徐春所在地区的农村户口。

他们学的是育种专业，学习结束后，王利平回家在县城开办了育种公司，董麦帆不顾家里反对，和王利平结婚，小夫妻俩联手经营公司。公司起始阶段异常艰难，好在经过他们的共同努力，还是挺过来了，从贷款开办公司，到初赢小利，用了近十年时间。

本以为公司业务开始好转，收入也会渐渐增加，没想到一夜之间，人工培育的优良品种被某国的转基因种子所替代。小两口本想拼死一搏，但看看转基因种子的价格，他们只能无奈放弃。从某国进口的转基因种子，其价格还不到他们辛辛苦苦培育出来的种子价格的一半，拿什么跟人家拼啊！

不得已，他们放弃经营公司，回家务农。好歹他们是学育种专业的，小两口坚持自家农田决不用转基因种子，几年下来，虽然产量有限，但他们家的农田是远近闻名的一块没有被转基因种子污染过的良田，城里人都开车来他家买菜买粮，他家种的粮食蔬菜供不应求。

董麦帆和王利平做梦也没想到，办种子公司赔得一塌糊涂，回家务农倒发财了，两人又成立了“非转基因粮菜有限公司”。不到三年时间，他们家买了汽车，盖起了二层小楼，眼看日子一天比一天好起来，谁知飞来横祸，王利平在开车运输蔬菜的途中和他人相撞，不幸身亡。

王家哥儿仨，王利平行二。他的大哥和三弟强行霸占了公司，理由是公司法人是王利平，没董麦帆什么事。当初成立公司时，王利平建议董麦帆担任公司法人，一门心思研究培育优良品种的董麦帆嫌麻烦，根本没把老公的建议当回事，此事也就搁浅了。直到丈夫去世，公司被丈夫的兄弟无理霸占，董麦帆才意识到问题的严重性。更过分的是，王家兄弟以董麦帆跟王利平结婚十几年无后为名，把她赶出了家门，不但霸占了公司，还霸占了他们刚刚盖起来的二层小楼。

无依无靠的董麦帆只能回娘家找律师求助。董麦帆告诉律师，王家兄弟不但霸占了公司、房子，还霸占了她放在公司里来不及取出的种子培育实验的数据，那可是她十几年的心血！

由于董麦帆的公司在周边几个地市小有名气，引起有关领导的高度重视。S市分管综治工作的副市长对吴主任说：“董麦帆在外面被欺负成这样，我们娘家不管谁管？我们不仅要帮她讨回公道，还要动员她回家乡参加经济建设。她的公司不是被当地人霸占了吗？那我们帮她成立新的公司。她的房子不是被霸占了吗？那我们在这里帮她重建！我们给她提供施展拳脚的空间，让她把聪明才智投入到家乡的建设上来!”

4

如何运用法律武器维护董麦帆自身的合法权益，讨回损失？如何动员董麦帆回到家乡参加经济建设？应该从哪儿入手？就在吴主任一筹莫展时，徐春、大刘和林峰来了。

S市司法局胡副局长跟林峰是公安大学的同班同学，虽然两市比邻，但两位副局长平日也没有见面的机会，都是各忙各的工作。胡副局长听说老同学来此，特设家宴，请林峰一行吃饺子。

席间，林峰说明了李婶的情况，胡副局长说：“请老同学放心，这件事我一定尽全力协调。”

借此良机，吴主任也把董麦帆的遭遇介绍了一番。

林峰说：“这件事也请吴主任放心，我们会认真调查。如果属实，他们这种行为已经涉嫌侵占罪了。回去后我们就跟他们接触，动员他们主动退还董麦帆的公司和房产，否则坚决依法处理。”

吴主任没想到，这么棘手的事情，竟然在如此轻松的氛围中形成了最佳解决方案，不由得松了一口气。

林峰还提议：“咱们两地的律师协会可不可以签订一个战略合作协议。”

胡副局长马上响应：“这个建议我非常支持，打造两地公益法律服务联盟，是好事。”

吴主任说：“我看我们两地的综治部门也应该加强联系。”

大刘说：“好啊，在打击违法犯罪方面，我们可以开展合作。”

徐春补充：“在学习推广‘枫桥经验’方面，我们也可以交流心得体会。”

5

出乎徐春的意料，解决李婶的问题，根本就没动用律师力量，而是由S市市委副书记苏杭直接出面解决了。

苏杭分管S市的综治工作，但他也属于“半路出家”。十几年前，血气方刚的他辞去市工商局科长的职务，接手一个濒临倒闭的小卷烟厂，不但让这个卷烟厂起死回生，如今这个厂子生产的香烟已成为全国知名品牌，还远销海外。

不用说，这个卷烟厂成了市里的利税大户、支柱产业，苏杭也因此一战成名。此后，他的职务越来越高，直至市委副书记。一次他去市里开会，听说去年全省社会治安排名，S市位列全省第一，不过是倒数的。苏杭心里很不是滋味。他本人就是一名企业家，能不知道发展经济，稳定的社会环境是基础吗?

在此背景下，市委决定让他分管综治工作。这时他才深切体会到，这综治工作真的不好干。经过认真调研，苏杭认为，解决治安问题的有效途径不能光靠打击，这样只是去表，发动群众积极参与维护社会治安，才是彻底扭转治安面貌的根本。他决定，先从群众反映强烈、跟群众的利益密切相关的案件入手，其中就包括胡立福案。

了解了这个案子的始末，苏杭的心情久久不能平静。当时负责招待所内部装修的负责人已经退休，应该支付的五十万工程款当事人并没有占为己有，而是用这笔钱买了办公设备，可这么做的后果却是逼死了一条人命。

无疑，这笔钱是应该给胡立福的，就算办公经费再紧张，也不能打这笔工程款的主意。对胡立福的家人进行补偿是当务之急。他跑了一趟市财政局，将拖欠的五十万工程款如数下拨，很快，钱就转到了李婶手里。

李婶按照丈夫生前的叮嘱，连本带息还清了这么多年来拖欠工友的钱，自己还剩下二十万。拿着这笔钱，李婶泣不成声……

在会议室里，苏杭望着墙上挂着的李婶送来的锦旗，不由得心潮起伏。他语重心长地对与会人员说："这是我们欠群众的钱，本来十几年前就应该还给群众，可被我们的干部生生卡了下来。欠债还钱，天经地义，可我们又做了什么？是的，我们改正了错误，群众没有骂我们，反而给我们送来了锦旗。看到这面锦旗，我脸上发烧，难道你们不觉得吗？怎么还好意思把锦旗挂在墙上……"

6

从S市回来后，徐春、大刘把情况向王主任作了汇报。

林峰的意见是："董麦帆丈夫的两个兄弟无理霸占其公司和房产，经有关部门鉴定，价值达三十八万元，已构成侵占罪，而且数额较大。如果罪名成立，可处两年以上五年以下有期徒刑，并处罚金。走司法程序的话，董麦帆的赢面比较大。"

徐春说："既然是这种情况，我们就请有关部门办理好了。"

林峰说："侵占罪属于自诉案件，需要当事人自己去法院起诉，法院才受理。"

次日清晨，大刘、徐春、林峰和属地派出所民警找到了董麦帆，就公司、房产被其已故丈夫王利平的兄弟无理霸占一事的解决办法征求她的意见。

董麦帆说："虽然利平去世了，可再怎么说，他们也是利平的亲兄弟。他们这么做，是因为没文化，不懂法律。利平自小家境贫寒，是他哥哥、弟弟靠打工挣钱供利平上学，情义我没忘，只要他们退还公司、房产和我多年积累下来的实验数据，我希望能让他们免于刑事处理。我相信，如果利平地下有知，恐怕也是这个意思。"

王利平的哥哥叫王利达，弟弟叫王利安，哥儿俩均在当地一家三星级饭店当厨师。哥哥主攻炖菜系列，弟弟主攻火锅系列，经过几年实践，哥哥烹饪的铁锅鸡、铁锅鸭、铁锅鱼等铁锅系列成了远近闻名的招牌菜；弟弟独创的大铜锅七仙汇也大功告成，大铜锅是特制的，弟弟还专门开设了一个五六平方米的小店，出售大铜锅锅具的同时，兼带着经营大铜锅七仙汇的各种食材。

哥儿俩生意火了，萌生了自己开饭店的想法。开饭店需要资金，家族里手中有点儿钱的就是老二了。尽管老二的公司初创，手头资金紧张，但兄弟之情尽在不言中，没等哥儿俩张口提钱的事，老二主动找到大哥，答应出五万赞助。谁知就在这节骨眼儿上，老二出车祸命归黄泉，五万赞助泡汤了。更麻烦的是，哥儿俩张罗开自己的饭店，都辞职了，要是开饭店的事黄了，那可就亏大发了。万般无奈之下，老三想出了这么一个馊主意，以董麦帆嫁给老二十几年无后为名，强行霸占了董麦帆的公司和房产，准备变卖筹钱。

徐春、大刘及属地派出所民警找到王利平兄弟，向他们讲明利害关系，哥儿俩得知自己可能面临刑事处罚，怕了，主动退还了非法霸占的公司和房产。

事后，董麦帆找到这哥儿俩："你们有困难，为什么不跟我说？利平是你们的兄弟，而我是利平的妻子啊！利平答应赞助你们五万，但是他现在不在了，身后也有欠债，我刚接手公司管理，公司能不能经营下去，我心里没底。五万赞助你们让我拿出来的确有困难，但我可以把房子借给你们作为经营场所，等你们生意好了，我们再说租金的事。"

老三愧疚地对董麦帆说："嫂子，这件事是我出的主意，不赖老大，是我对不起嫂子，也对不起二哥，你别跟我一般见识。"

矛盾就这么解决了。这时候，董麦帆接到了S市农科所聘她为副研究员的聘书……

尾　声

时间到了2021年。人民大学新闻系学生林依娜到春华杂志社实习，她想结合社会实践，写一篇波澜起伏、荡气回肠的实习报告。她的师哥、杂志社编辑部主任徐晓然协调她去采访全国社会治安综合治理先进个人、已经从综治办主任位置上退下来的徐春。半个月的采访让林依娜心潮起伏，在徐春的讲述中，她认识了徐来、玮彤、大刘、赵志伟、王广志……

今天是她采访的最后一天。和往常一样，采访的地点还是在徐春家的书房。林依娜打开录音笔问："您的孩子现在干什么工作？"

退休后的徐春虽然已是满头华发，但两眼炯炯有神，举手投足间依然充满活力。听了林依娜的提问，徐春笑着说："不是他让你来采访我的吗？"

林依娜恍然大悟。"徐来现在怎么样了？"

"徐来退休前，业务已经发展到海外了。现在他跟我一样在家里享清闲，'片片香'交给他姑娘打理，'一片香'火锅店交给佟铃经营，两家公司都计划着要上市呢。"

"那……孙书记呢？"

"从发现肝癌到离开这个世界，不过两年时间……追悼会那天，自发来送别的群众近五万人，这么大场面，你能想象吗？方家仗子矿务局下岗职工三万多人，在孙书记的带领下，其中三分之一解决了就业问题，平均下来，基本上每个下岗职工家庭中都有一个找到了工作。虽然不会因此发家致富，但保证了每一个下岗职工家庭不挨饿。我想，这就是那么多人送别孙书记的原因吧。不管你是什么级别的干部，书记也好，市长也罢，或者就是个普通的科员，只要真心实意为群众办事，群众就会把你当成亲人。"

林依娜接着问："那玮彤呢？"

徐春指了指厨房："听说今天是你采访的最后一天，她想款待你一下，正在厨房里忙活呢。我把赵志伟和王广志也请来了，到时候一起吃饭！"

“能不能再问一个私人问题？”

“只要我能回答。”

“在您讲述的故事里，包括您在内，还有徐来、赵志伟、王广志、玮彤、大刘……原本都是再普通不过的平常人，为什么能干出这么一番事业，在我看来，简直是波澜壮阔啊！”

徐春认真想了想：“的确，我们就是小户人家走出来的普通人，没有显赫的家庭背景和令人羡慕的人脉关系，更没有雄厚的经济实力。我们脚踏实地努力工作、生活，尽管也犯过这样或那样的错误，但我们有梦想，我们也愿意为之付出，不论成功还是失败，最终都会拥有独属于自己的那份人生体验，这才是人生最宝贵的财富！”

本色刑警　乔　桦

一

县公安局谭局长大步流星地在前面走，刑侦大队大队长李正健步如飞地在后面追赶，他的两条腿倒腾得跟风火轮似的。谭局长推门走进办公室，他马上就跟了进去。

刑侦大队的警力像九分裤一样，总是短了那么一截，最近又有4名侦查员被上级抽调去搞专案了，办案子人手短缺，他心急火燎，天天来找谭局长要人。

李正一身汗，头发犹如被牛犊子舔过一样，全部卧倒在头皮上。谭局长看着他滑稽的样子，"噗嗤"一声笑了，他一笑，脸上就荡漾着细密的皱纹。谭局长说："这回不让你白跑，今天就给你们刑侦大队派人。"

"真的？派谁？"

"刚调到咱们县公安局的，一会儿你就能见到人了。"

"从哪里调来的？多大年龄？"

"从葵市调来的，比你小个两三岁。"

"这可是跨区域调动，葵市是地级市，比咱们滨江县强多了。他要调就去个好地方，往咱这穷地方调干啥？"

"你小子咋这么多废话？我可跟你说，你回去跟你们刑侦大队的人说一声，不许你们打听人家调工作的事儿。"

"这有啥可保密的？"

"还真就需要保密，你们不能乱打听！"谭局长一脸严肃地说。

李正敦实矫健，胳膊腿粗壮得如同成熟的玉米棒子。谭局长高挑瘦削，像秋天的向日葵。两个人站在一起，有点儿搞笑。

阳光透过窗外高大的老榆树照射进来，谭局长身上洒落着一层细碎的金斑，就像一群通体发光的热带鱼在他身上游来游去。

李正看着那群"小鱼"觉得很有趣，有点儿愣神儿。他漫不经心地问道："新同事叫什么名字？"

"余桃，富余的余，桃子的桃。"

"一个大男人，咋叫个女人的名字？"

"我说过余桃是男人了吗？"

"什么？余桃是女的？"李正差点儿没惊掉下巴，"谭局，我管你要的可是侦查员，不是内勤，我们刑侦大队不缺内勤。"

"我说给你派内勤了吗？余桃在原单位就是刑侦大队的侦查员。你瞧不起女同志？我可告诉你，论起破案能力，你们刑侦两个大老爷们儿也未必是人家的对手。"

李正心想，谭局长可真能忽悠，他这么夸奖余桃，无非是给自己画一张大饼。他挠挠头皮，狡猾地一笑："局长，我可不是瞧不起女同志，您以前当过多年刑侦大队长，您知道干侦查员有案子就得出现场，侦破案子得黑白两头骨碌，女同志麻烦。"

"你嫌女同志麻烦是吧？那好，我这就把余桃给经侦大队派去！"

李正知道，谭局长这话不是说着玩的。他来找谭局长要人，就碰到过经侦大队长王图也来要人。由于历史遗留问题，滨江县公安局民警编制超级紧张，紧张到啥程度？按照上级要求，每个乡镇派出所都要配齐5个正式民警，可实际情况是，每个乡镇派出所最多也就配了3个正式民警，缺口那两个人就从局机关移花接木过来。所以，每个派出所门口的警务监督台上，按局里的要求都悬挂着5个正式民警的照片，只不过，其中有两个人是"赝品"。这些人就像精致的烤瓷牙，把他们的照片挂在警务监督台，是为了撑门面应付上级检查。派出所的工作，和他们隔着几十公里，可以说一毛钱关系也没有。

李正听谭局长说要把余桃分给经侦，心里"咯噔"一下，他马上接过谭局长的话茬儿，说："麻烦就麻烦点儿吧，我们大队凑合凑合用。"

"啪"，谭局长大手往桌子上一拍，怒气冲冲地说："我看你更麻烦！"官大一级压死人，谭局长拍桌子李正没有防备，吓得他一哆嗦。

不怪谭局长说，李正的确麻烦，他38岁了，整天冷着脸，不修边幅，只知道工作，至今还是光棍儿一条。

谭局长和李正母亲李天菊是高中同学。他受李天菊之托，对李正找对象的事情很上心。前些日子，谭局长突然邀请李正下班陪他去茶吧喝茶。李正一想谭局长每天忙得跟陀螺似的，哪有去茶吧喝茶的闲情逸致，一定是"毛裤换成皮裤，其中必有缘故"。可谭局长邀请，他不敢怠慢，急忙赶到茶吧，看到谭局长正和一个姑娘面对面坐着聊天。

姑娘名叫尤小朵，是个公务员，二十五岁，脸色白净，上面长着稀疏的雀斑，就像白面馒头上沾着星星点点的黑芝麻粒一样。姑娘胖乎乎的，满脸都是胶原蛋白，冷眼一看，就像刚灌好的香肠，浑身的肉紧绷绷的，仿佛随时都能杀出衣服的重围，弹出来一样。

谭局长介绍说："小朵是我亲戚家的孩子，人家闺女崇拜英雄，听说你是刑侦大队长，不挑你岁数。"说完，谭局长就闪出去了。

李正本能地抵触，他耐着性子和姑娘聊了几分钟，故意问她："小妹妹，我比你大10多岁，你心里是不是有恋父情结？"他本以为这么一问，那姑娘会转身就走。令他没有想到的是，姑娘眼眸波光粼粼，眉飞色舞地说："对呀，对呀，这个你都看出来了？你好厉害，刑警的眼睛就是不一样！"

李正差点儿没把正喝着的一口茶喷出来，他谎称有案件，匆忙逃离了现场。

过后，谭局长问他姑娘怎么样，他说："不怎么样，没啥感觉。"谭局长生气了，把他好一顿数落："都快奔40岁的人了，还找啥感觉？能生孩子，过日子就行呗！我倒是要看看你能找个啥样的！"最后一句话，谭局长是咆哮着喊出来的。李正心里想："不就是相个对象吗，至于生这么大气吗?”他感觉谭局长对自己关心得有些过头了，让他有压力。但一想到他是母亲的老同学，也就释然了。

李正从谭局长办公室出来，仿佛冲出了包围圈，全身都是汗，黏腻得就像裹了一层浆糊。他刚要擦把汗，就接到母亲李天菊的电话，李天菊兴奋地说：“儿子，你二姨又给你相中了一个闺女，那闺女模样好看，屁股又大又圆，一看就能生养……”李正本想逗逗母亲：“那磨盘还又大又圆呢，干脆搬个磨盘回家吧。”他担心这句话成了导火索，会把母亲对他的埋怨引燃，就急忙把电话挂了。自己被谭局长训斥的感觉就像大热天里被捂上了一条毛毯，他不想母亲再给他加盖上一层羽绒被。

二

余桃细高挑个，清瘦，带着一点儿骨感。她皮肤白净，容貌冷艳，脑后扎着一束马尾辫，给人一种干净利索，敏捷干练的印象。只是，她不苟言笑，眉宇间锁着淡淡的忧郁，让人觉得她心里藏着风霜。

暑伏天气里，余桃的到来给刑侦大队带来一丝清凉。她走进一群五大三粗的男人中间，就像一束亭亭玉立的新荷，开在一池塘的芦苇中间，很是惊艳。

肖阳有一天私下里跟李正嘀咕：“余桃咋瘦得跟个白骨精似的?”

李正斜他一眼：“白骨精也比你强！自己长那个熊样，还好意思说人家?”肖阳小脑瓜，大身板，他老丈人家是开饭店的，他总去那里蹭饭，肚子喂得蓬蓬勃勃，一天比一天壮大。他杵在那里不动，像只不倒翁；动起来，像一只行走的墨水瓶。他长得欠火候儿，李正没少拿这个奚落他。

肖阳是刑侦大队的教导员，比李正大两岁，他和李正是工作上的黄金搭档，个人关系也不错，一有闲空儿，就斗嘴。他盯着李正，皮笑肉不笑地说：“我怎么觉得你不对劲儿呢，咋？怜香惜玉了?”

李正脸子一撂：“别整没用的，人家余桃的孩子都能打酱油了。”

李正星期天上街，遇见了余桃和她的女儿。余桃女儿四五岁的样子，小鼻子、小眼睛、小嘴，五官就像一窝刚出蛋壳的鸟儿，亲密地聚拢在一起，长得非常可爱。

即使没看见余桃女儿，李正也能猜到余桃早就结婚了。30 多岁的人，有几个不结婚的？这个年纪不结婚，多多少少都有点儿问题。李正自己就有心理问题。他的父母当年爱得山盟海誓，电闪雷鸣，可在李正 6 岁那年两个人就断得泾渭分明。李正的父母离婚不到三年，他父亲就患癌去世了。李正是在缺少父爱的环境中长大的，他抗拒婚姻。在他眼里，爱情就像开在尘埃里的花朵，只是看着养眼，没啥实际意义。他感觉自己就像一封马不停蹄行走的信笺，身上盖满了中年的邮戳，即使没有爱情，也活得很鲜亮。

李正想让余桃接管内勤工作。刑侦大队的内勤一直是李白带着两个辅警负责。李白兢兢业业，在刑侦大队管了二十多年内勤，明年就要退休了。他患有哮喘病，一犯病就一波三折地咳嗽，就像沉闷的雷声。他的内勤工作马上需要有人接手。余桃这节骨眼儿来到刑侦大队，正赶趟。

内勤坐办公室，上通下达，主要工作就是文字综合、报表、调研、收发上级文件等。这么说吧，内勤和侦查员都是一样的庄稼，但是，一个长在恒温的大棚里，一个裸露在田野上，要经历风吹日晒，雨打雹砸。女同志干刑警，最适合的岗位就是内勤。

李正和肖阳代表大队跟余桃谈话，表达了让她接管李白内勤工作的意思，没想到被余桃拒绝了。余桃说："领导，你们觉得我当不了侦查员？这是你们对女同志有偏见！李白不是还没退休吗？等他退了我再接内勤也不迟。"余桃的话保留着进退的尺寸，李正和肖阳没理由拒绝。

单看余桃外表，具备当一名优秀刑警的素质。李正突然想起谭局长说余桃的那番话："论起破案能力，你们刑侦两个大老爷们儿也未必是人家的对手。"他觉得谭局长说话未免太夸张了，女人干刑警侦查员，在滨江县还是蝎子粑粑独一份。他不相信余桃能比男人强。不管咋样，是骡子是马，先遛遛再说。

几个人正说话时，兴安乡偏脸子村警务助理张民走了进来。他大大咧咧地跟李正说："兄弟，我来问问俺村儿丢牛的案子有没有线索？"张民是李正的亲表哥。农民兄弟直肠子，说话开门见山，一点儿也不见外。李正私下里嘱咐过张民，不要老打听案件的侦办情况，对案情保密是警察的纪律。张民是个大老粗，早把表弟的叮嘱当耳边风了，他为这个案子跑刑侦大队好几趟了。

李正没言语，他脸上晴转多云，阴得马上就要下雨了。偏脸子村丢牛案是他的内伤，张民这么一问，让他没有结痂的伤口，又渗出缕缕血丝儿。

上个月6月13日晚上，兴安乡偏脸子村村民葛小蒜家牛圈里的两头母牛被偷走了。在贫困山区，两头老牛能顶得上一个贫困家庭的半壁江山。葛小蒜家住在村子的最东头。盗贼处心积虑，特别选定住在村头的养牛户家作案，这样的位置，偷盗时一旦被牛主人发现，可以借助有利地势迅速逃跑。

葛小蒜家是村里刚刚才脱贫的贫困户，丢了两头牛可不是小事儿。俗话说："母牛生母牛，三年五个头。"葛小蒜家两头母牛丢失，意味着这个家庭又会重新陷入贫困的泥潭。这虽然是一起普通的盗牛案，但县镇村三级政府都非常重视，侦破意义重大。

丢牛案很蹊跷，蹊跷得有些诡异。案发的夜晚是农历五月十五，那晚的月光像探照灯，照得大地一片银白。葛小蒜半夜12点左右到牛圈旁撒尿时，老牛还在。他凌晨3点半再起来时，牛圈里的牛已经不翼而飞了。

案发现场村东头和村东头通往大路的几个摄像头都坏了，葛小蒜家是大铁门，那晚铁门里面上锁，锁头完好无损；葛小蒜家新砌的一米五高的红砖院墙完好无缺；外面水泥路上看不到车辙的印记。

在葛小蒜报案的第一时间，李正就带着几个侦查员进驻现场勘查，但没有查到任何有价值的线索，案子陷入僵局。在这紧要关头，县里发生了一起特大杀人案，刑侦大队警力不够，几名侦查员都撤回来查案子，丢牛案只好按下了暂停键。

张民走后，李正闭着眼睛，长时间闷头坐着，就像荒野中逐渐风化的石头。

当时参与调查的侦查员王勇说："奇怪了，那老牛能去哪儿呢？难道真的飞走了？"

余桃刚来，不了解情况。她问王勇："啥意思？老牛咋能飞走呢？"

王勇说："这话是葛小蒜的小孙子毛毛说的，我们去现场勘查时，那孩子说，老牛飞走了。"

"你们询问孩子了？"

"没有。那孩子也就三四岁，童话听多了，孩子的话怎么能信呢？"

余桃说："找时间，咱们再去葛小蒜家一趟，兴许有新的发现呢。"

突然，尤小朵拎着一个方便袋，没有敲门就走进了办公室。她径直走到李正面前，嗲声嗲气地说："李哥，我打你电话，你咋总不接？"

李正睁开眼睛，吃惊地看着尤小朵，脸上就像卷着一个门帘，"呱哒"一下就撂下来了。

尤小朵尴尬地笑笑，说："我妈刚煮好的粽子，我给你送几个尝尝。"

"谁让你来我单位的？"李正两眉紧蹙，眉骨上仿佛横卧着两支毛笔头。

尤小朵见李正凶巴巴的表情，有点儿吓着了。她紧咬着嘴唇，脸色瞬间就红成了鸡冠子色。李正意识到自己有些过分了，尤小朵毕竟是谭局长家的亲戚，他怎么也得给谭局长留点儿面子。想到这里，他态度温和下来，说："粽子我留下，你回去吧！"说完，就把尤小朵晾在办公室，他自顾自地出去了。

尤小朵吐了一下舌头，不好意思地朝着余桃和王勇笑笑，扭搭着身子走人了。尤小朵虽然相亲时遭遇了李正的拒绝，可她不死心，每天都给李正打电话，发微信，黏着李正。李正膈应得不得了，假如不是看着谭局长的面子，他早就把她拉黑了。

王勇看着余桃，耸了一下肩膀，说："别人的爱情都山清水秀的，轮到咱们李队，咋就苦大仇深了呢？"

三

滨江县地处东北山区，深黛色的老母猪山蓊蓊郁郁，像一条蜿蜒的游龙，盘踞其中。老母猪山无孔不入，全县9个乡镇，哪个乡镇都拱进了它或高或矮、或长或短的余脉。

余桃第一次出现场，是和李正、王勇、肖阳还有法医王大治几个人去五马架乡一个村庄的鱼塘。回来时，车子七拐八绕，把余桃本来就不舒服的胃绕得翻江倒海。她闭着眼，眼前浮现出刚才出现场时看到的一幕。死者男性，70岁，是给亲戚家看守鱼塘的。他悬挂在鱼塘的房梁上，就像一条正在变质的青鱼，青紫色的舌头耷拉出一截，上面长满了霉斑。现场绿豆蝇纷飞，空气中飘动着一股腐臭的气息，犹如一部惊悚悬疑的大片。

法医尸检结果，死者是自杀。死者兜里揣着一份肝癌诊断书，他应该是恐癌引起的自杀，案件没啥悬念。鱼塘周围挤满了看热闹的村民，余桃借着维持秩序的机会，快速逃离了现场。阳光飞瀑般地灿烂流泻，一点儿风丝都没有，余桃汗流浃背，她感觉自己的胃就像正在上涨的潮汐，正一波一波地往上汹涌，她强忍着没呕。此时，她再也忍不住了，把头伸出车窗，吐出几口黄水。王勇侧着身子，体贴地递给她一瓶矿泉水，随后又递给她一沓纸巾。

从鱼塘的死亡现场出来，李正的心里像刚刚卸掉了一个千斤顶，未曾有过的轻松。鱼塘吊死的男人六指，并且额头正中隆起一枚拇指盖儿大小的黑色素痣，痣上面长着一撮白毛，白毛向四周挓挲着，乍一看像一只四分五裂的毛刷。这两个突出的特征让李正一眼就认定死者是李发财。他本来想给大家讲一个和李发财相关联的陈旧案件，可看到余桃呕吐，就忍着没说。

十年前，肖阳和王勇还没有来刑侦大队，李正参与侦破了一个很稀奇的案子：竹帘镇永发村一个叫毛月的34岁美丽新娘，在新婚的第二天吊死在鸡架里。法医鉴定排除他杀。死者新婚的丈夫悲痛不已，他说他和刚娶回家的妻子没吵架，也没矛盾，只是夫妻同房时，妻子针扎火燎般地抗拒，并且浑身像筛糠似的颤抖不已，大汗淋漓。

李正和队友们调查走访了毛月的亲友以及她生前的朋友圈，毛月的奶奶讲述了一段尘封已久的悲伤往事，据此，解开了新娘自杀之谜。毛月3岁那年父亲就去世了，母亲改嫁给邻村的光棍李发财，她一直留在爷爷奶奶家生活。毛月12岁那年的暑假去看望母亲，遭遇了人间地狱。

一天晚上，窗外的月光像水一样泼进来。李发财喝了酒，酒精像火苗子，在他身体里游走。毛月母亲出去打麻将了。看着像百合花一样亭亭玉立的继女，李发财顿生邪念，他悄悄关闭了门窗，向毛月伸出了罪恶的魔掌。事后，毛月大出血，连续多天冒冷汗，浑身发抖。毛月母亲没文化，性格大大咧咧，她以为女儿来月经了，是经期的正常反应，就没放在心上。一朵娇嫩的花儿凋零了。毛月初中没念完就外出打工，少年时期的经历让她变得异常内向敏感，对男人毒药般抗拒，以至于34岁才嫁人。新婚之夜，刚为人夫的丈夫在房事上有些着急，不够温柔体贴，把她心底没有结痂的伤疤撕开，思维钻进了死胡同，一时想不开，就上吊自杀了。

李发财当年种下的恶果，像一条带着毛刺的绳索，毛月就是被这种看不见的绳索勒死的。可强奸案发生在20多年前，已经过了法律的追诉期，而且毛月香消玉殒，死无对证了。眼睁睁地看着李发财逍遥法外，法律奈何不了他，李正气得唇齿生寒，很长时间都郁郁寡欢，这成了他的一块心病。今天在现场看到李发财吊在房梁上，李正长出了一口气。他突然想起一句话：天道好轮回，苍天饶过谁？他想正义的审判也许会迟到，但从来都不会缺席。李发财干了坏事，虽然逃脱了法律的制裁，但他遭遇了良心与道德的审判，这也许就是他患癌的原因。想到这里，堆砌在李正心里十年的阴霾终于清零了。

余桃努力分散着自己的注意力，她从车窗向外望去，路两旁铺展着大片大片农田，好像碧绿的丝绸。在农田里劳作的农民，宛若伏在绿丝绸上的甲壳虫。在远山近岭之间，横卧着一个个大大小小的村庄，这些村庄好像是打在翠绿大山里的补丁。

车子路过一个村庄时，李正直接把车开到一座破旧的老式砖瓦房前，说："下车，咱们去看看这屋里的老爷子。"他打开警车后备厢，从里面提出来20斤大米、20斤白面，还有一桶5斤装的豆油。

余桃问："这老爷子是谁啊？"

"一个犯罪嫌疑人的父亲，他儿子靳大勇是一名在逃的抢劫杀人犯。"看到余桃向自己投来探寻目光，李正解释，"这些东西是我用自己工资买的。老爷子就靳大勇一个孩子，靳大勇出事后，老爷子孤苦伶仃，挺可怜。我一个月来看老爷子一回，已经3年多了。”余桃不再问，随着几个队友走进屋子。

靳老爷子脸上布满了烂渔网似的皱纹；没有牙齿，褐色的牙床就像一面烟熏火燎的老墙，下巴上蓄着一缕花白的长胡须，胸脯子上的骨头根根分明，犹如两扇百叶窗。

李正把东西放好，对眼泪汪汪的靳老爷子说：“大爷，前段时间有人在滨江市看到了一个很像大勇的人，大勇是孝子，他如果跑回来看您，您可一定要劝他投案自首啊，争取宽大处理！”

听到李正提到儿子的名字，靳老爷子眼睛一亮：“孩子，这几年——亏得你常来看我，要不然——我这把老骨头——撑不到现在。”咳咳咳，靳老爷子突然剧烈地咳嗽起来，他的咳嗽声听着就像密集的鼓点儿。李正急忙上前给老爷子拍后背，老爷子憋得乌青的脸色，好半天才变过来。

“你放心，犬子——回来，我立刻——带他——投案。”靳老爷子读过国高，说话咬文嚼字。他拄着拐杖，颤巍巍地坚持送李正他们到门口。

从靳老爷子家出来，王勇说：“头儿，你这招儿挺好，这叫攻心策略，说不定那个在逃的靳大勇真被你感动了，有一天主动来咱队里投案自首呢！”

“王勇，你不要想得太复杂。我告诉你，我来看老爷子，是看他可怜，和攻不攻心没有关系。”

“可怜的人多了，你咋不去看别人？”

“嘎吱”，警车突然急刹车，停在了路边。几个人正感觉莫名其妙，李正说：“靳大勇去年就落网了，他上个月被滨江市中级人民法院判处死刑。判决书送达时，我特意嘱咐村干部压下了。老爷子80多岁，苍蝇尥个蹶子，都能踢个跟头。他如果知道儿子被判了死刑，可能马上就撑不下去了。我每次来看老爷子，都这么叮嘱一番，就是让老爷子心里有个盼头儿，给他活下去的念想。”

李正平静地讲述，车里的人听完都被感动了，车里好半天都没有人说话。

余桃看着大大咧咧的李正，仿佛重新认识他一般。她觉得李正表面看起来粗糙得像沙砾，内心柔软得堪比棉花，这才是本色的李正。

让余桃对李正刮目相看的，还有他对辅警的态度。刑侦大队一共有八个辅警，都是最近几年通过考试招录进来的，年龄都是20岁出头。公安局警力不够，就招录辅警补充，辅警没有独立办案的权力，只能辅助正式民警办案。辅警完成本职工作后，李正严格约束他们玩手机游戏。他强令辛蓬勃、张亮等几个文化课功底不错的辅警学习，督促他们考正式警察编制，几个辅警的复习资料都是他给买回来的。

李正跟辅警说：“你们不考正式编制，将来用啥养老婆孩子？”李正说得没错，当地辅警的工资杯水车薪，根本养不了家。

滨江县是2019年才脱贫的国家级贫困县，辅警的待遇是1600元工资外加四险一金，这个工资标准已经执行十来年了。能坚持干辅警不辞职的，多半都是家庭条件比较好，不指望着辅警那点儿工资；还有一部分辅警幻想着熬到年头能涨工资，能有转正的机会。在余桃眼里，李正就像一条锲而不舍的鞭子，一直抽打几个年轻的辅警上进。以前有几个辅警因为待遇低，经常发牢骚要撂挑子，李正劝他们复习考编制后，他们一有空暇就学习，发牢骚的时间都没有了。

滨江县是农业县，不但经济落后，人口也少，户籍人口才20万人。近几年来，外出务工人员逐年增多，常住人口不足10万。全县的刑事案件比前些年少了很多。刑侦大队由以前的东部、西部和县城3个中队整合成县城和乡下两个中队。余桃坚决请求到乡下中队，她的理由是，她对滨江县尚不熟悉，在乡下中队可以让她更快了解当地的风土人情，便于开展工作。为了说服李正，她说："我闺女由我妈给我管着，我肯定不会因为孩子问题拖后腿。"

李正说："咱刑侦大队有两个侦查员被上级借调去搞专案了，还有两个去县里搞专项，高旭日上班儿老抓不着人影儿，民警就剩咱们几个外加几个辅警。警力不够，办案子已经不分地域了。城里乡下无论哪里出案子，咱们几个侦查员都得出现场。你先跟着大家下乡熟悉一下情况，别急着决定去哪个中队。"

李正心里有自己的小算盘，余桃和他们到全县最偏远的五马架乡出现场，他开车故意走了一条弯道比较多，路况不好的路，目的是让她知难而退，好接手李白的内勤工作。刑侦大队案件多，文字材料多，没个能人把关不行，他认定余桃是做内勤的好手。

四

秋收后，农民腰包鼓了，刑侦大队接到的报警电话像走马灯似的多起来了，这些报警电话多半都和钱有关系。

一天早晨，刑侦大队接到报案，丰收乡壶盖儿村许大柱家卖土豆的5000元钱被盗。案情就是命令，李正和余桃、肖阳还有辅警辛蓬勃、张亮马上开车赶到了现场。

许大柱家昨天中午刚刚卖完100袋土豆，许大柱媳妇把卖土豆的钱用塑料袋装起来，塞到了洗衣机里面一堆脏衣服里。因为第二天乡里有大集，许大柱媳妇本打算拿着这笔钱去赶集，给大人孩子买点儿换季衣服，剩下的钱存到银行。可早晨一打开洗衣机，钱就不见了。

经过细致的询问、勘查、走访，侦查员把目光集中在许大柱家东院邻居潘三身上。潘三是许大柱的亲表弟，许大柱家平日里与潘三家交往甚密。前几天，许大柱家起土豆时，潘三两口子帮了两天工。昨天许大柱家卖土豆时，潘三也过来帮忙。许大柱家在村子前趟街最西头，住得比较偏僻，只有潘三多次出入案发现场，他知道许大柱家卖土豆收入5000元钱，也知道许大柱媳妇有往洗衣机里藏稀罕物的习惯，最重要的一点是他有很充分的作案时间。

许大柱见几个侦查员向他询问潘三，头摇得像拨浪鼓似的，很肯定地说："你们怀疑我表弟？不可能是他。我和我表弟好得跟亲兄弟似的，他怎么能偷我呢？这绝对不可能！"

肖阳说："这个案子有点儿难缠，虽然潘三多次出入案发现场，具有充分的作案时间，但这两家人关系不是一般铁，我们又没有目击证人。"

"咋？泄气了？"李正用眼睛剜了肖阳一眼，明显对他不满。李正和肖阳说话时，余桃一直静静听着，始终都没说话。

"只要是人作案，就会露出马脚，不

管咋说，咱们先去潘三家碰碰再说。”无论怎么棘手的案件，李正总是自信满满。

太阳像一张热气腾腾的白干大饼，贴在天庭上，刺眼的白光扫射着人间，热浪紧贴着地面肆虐横行。李正和四个队友好像刚从桑拿室出来，汗淋淋地并排走着，几分钟后就走到了潘三家。潘三家院脖子很长，长得就像长颈鹿的脖子，里面散养着几十只大白鹅。见有生人进来，几只大白鹅“嘎嘎”大叫着，迈着盛装舞步朝他们几个人大摇大摆地走了过来。走到余桃面前时，一只大鹅突然伸长脖子，张开翅膀，猛地俯冲过来，用嘴一下子就叼住了她的裤腿。余桃吓得“嗷嗷”大声尖叫着，脸色惨白，但任凭她怎么挣扎，大鹅就是不肯松口。

几个队友看着余桃的窘态，拍手打掌，哈哈大笑。李正说：“连畜生都知道欺负女生，怎么样，侦查员这活儿不是好干的吧？你看咱们五个人一起进院子，大鹅就不敢咬俺们四个。”说罢，飞起一脚，就把大鹅踢翻白了。由于用力过猛，他脚上的鞋子也跟着飞了出去。那只鞋在空中划了一条优美的弧线，然后稳稳地落在一只正看热闹的芦花鸡身上，芦花鸡受到惊吓，“咯咯”大叫着，扑扇着翅膀飞走了。

李正金鸡独立，被迫斜靠在辛蓬勃身上，张亮急忙去为他找鞋。这一幕堪比喜剧，非常滑稽，逗得几个人疯狂大笑。

潘三听到笑声从屋子里走出来了。他光着膀子，瘦得像一根细长的失掉了水分的黄瓜，身子两侧的肋骨根根可见，跟搓衣板差不多。潘三尖嘴猴腮，丑得像车祸现场。看到几个警察走进自己家院子，他脸上闪过一丝惊慌，马上又镇定下来。

李正不动声色地问：“你表哥家丢钱的事儿，你知道吧？”他的眼神像钻子，仿佛要旋进潘三的皮肉。

“知道，知道啊，我表嫂一大早就哭天抹泪儿的，谁能不知道？屯子里的人八成儿都知道了。”潘三一字一板，回答得看不出任何破绽。稍微停顿了一下，他问，“这案子有线索了吗？警察同志你们可得费费心，说什么也得把这案子破了。我表哥家孩子多，刚刚才脱贫，唉，这小偷也真是，偷谁不好，偏偏偷他家!”潘三画蛇添足，说了一大堆儿，表情倒是很淡定。

“你能为我们提供一些破案的线索吗？”李正紧盯着潘三，眼神冷冽犀利。

“这——我昨天下午帮我表哥家卖土豆，卖完就回家了，一直都待在家里没有出去，提供不了啥线索。”潘三说话滴水不漏，很从容。

李正问话的时候，肖阳紧紧盯着潘三，仿佛他脸上有朵花似的。这是心理战术，可以透过嫌疑人的表情，洞穿他内心的蛛丝马迹。

“你昨晚都干什么了？”肖阳追问。

“我——我在家啊，咋？你——你们怀疑我？许大柱是我亲表哥，我能干那丧良心的事儿吗？”潘三眼神儿飘忽不定，说话有些底气不足。

李正和肖阳盘问潘三时，余桃和辛蓬勃、张亮始终在不远处饶有兴趣地观看装在一只塑料桶里的小鱼小虾，边看边小声地议论着什么。

“潘大哥，你昨晚在家喂大鹅了吗？”张亮回过头，看似无心地问了一句。

“对呀，我昨晚喂大鹅了，这些个张嘴兽儿喂它们可费工夫了。”潘三有些抱怨地回答。

“这桶里的小鱼小虾是喂大鹅的吗?”辛蓬勃手指着地上的塑料桶，很随和地问潘三。

“对呀，对呀，这些鱼虾是我在西大泡子捞的，就是喂鹅的，大鹅吃鱼虾愿意长个儿，也愿意下蛋。”

余桃得意地对张亮和辛蓬勃说：“怎么样，这坑没白挖吧？用鱼虾当钓饵，真就有人主动跳到坑里了。”说话的同时，她从衣服兜里拿出来一副铐子，向几个队友晃了晃，手脚极其麻利地“咔嚓”一下，就铐住了潘三的双手。

潘三没有防备，脸一下就红了，激动得声音都变调了：“干吗？警察妹子你怎么能随便铐人?”

余桃说：“我铐的是盗窃犯!”

潘三亮开嗓门狡辩道：“红口白牙的，警察妹子你可不能冤枉好人，凭啥说我是盗窃犯？得拿出证据啊!”

余桃没说话，她弯腰从水桶里捧出来一些鱼虾，扔在跟前的几只大鹅面前，那几只大鹅闻了一下，马上就跑开了。

“看到了吧？鹅不吃鱼虾，也不吃荤腥儿，你是土生土长的农村人，这一点你不会不知道吧？告诉我们，你为什么撒谎?”余桃威严地质问潘三，眼睛里喷溅出愤怒的火星子。

潘三哆嗦了一下，汗水滴滴答答顺着他的脸颊不断流地往下淌，一股脑把什么都说了……

一个侦破难度较大的案子，只用了不到半个小时的时间就破案了。李正和肖阳从小在城市长大，从来没听说过大鹅不吃鱼虾，他们两个人不错眼神地看着余桃，就像在看一幕川剧的变脸一样，人都看傻了。

趁着给潘三办理刑拘的工夫，李正好奇地问余桃：“鹅不吃鱼虾，你啥时候知道的？真新鲜，这事儿我从来没听说过。”

余桃说：“我就比你早知道几分钟。”原来，李正和肖阳盘问潘三时，余桃和张亮、辛蓬勃闲唠嗑，她问桶里的鱼虾是人吃的东西，咋能放院子里呢？辛蓬勃说可能是给鹅准备的。张亮说辛蓬勃胡说，大鹅不吃鱼虾，也不吃荤腥儿。于是余桃和张亮、辛蓬勃商量，用桶里的鱼虾当饵料钓一下潘三，结果他真跳坑里了。整个过程，张亮和辛蓬勃是演员，余桃是导演。

五

余桃到刑侦大队工作后，深感大队警力捉襟见肘，跟缩水的衣服似的总不够长。除去外出执行任务的，在家的刑警就屈指可数那么几个人。高旭日像生产队时代的半拉子，干活顶不上一个整劳力，根本指不上。余桃来到刑侦大队两三个月了，就见过他四五次。

高旭日是鲜族人，一米九二的身高，长着鸵鸟一般的大长腿，走路脚下生风，仿佛带着翅膀。他是刑侦大队的副大队长，破案有两下子。三年前，他和同为刑侦大队副大队长的李正一起述职，竞聘大队长。他比李正年龄大，资历老，但他平时自律性差，江湖朋友多，脾气像盛开的金菊格外火暴。他因为喝大酒被督察处理过，群众基础没有李正好，结果竞聘时输给了李正。高旭日从此一蹶不振。他认为李正“朝中有人”，是谭局长暗中助力，李正才当上大队长的。他把这种情绪表现出来，工作吊儿郎当，有一种破罐子破摔的架势。

由于工作的特殊性，刑侦大队日常不签到，不刷脸，施行弹性工作制。但大家都养成了自觉的习惯：每天早晨都到单位报到，碰个头儿，领了任务后再分头去忙。高旭日很少露头，偶尔像鲶鱼似的冒个泡儿，随后就沉底了。

与高旭日的自由散漫相比，李白严于律己，是个切面条儿都要努力切出统一尺寸的人。他像一只上满了发条的闹钟，在单位和家里高速运转，终于累趴架了，住进了医院。

前段时间，李白脸色乌青，眼睛红肿，眼眶总饱和着一汪眼泪，像沾在草尖儿上的露水，手指轻轻一碰就会掉下来，而且眼眶四周漆黑，跟抹了锅底灰似的。李正感觉不对头，硬拉着他到市人民医院做了眼底检查。结果显示：眼压高，玻璃体混浊，视神经受损。李正很清楚，李白干了二十多年内勤，天天八小时坐在电脑前工作，忙的时候还要加班加点，他的眼病是活活累出来的。

李白还不到 60 岁，就一副老态龙钟的样子。他性格内向，不善言辞，虽然和唐代浪漫主义大诗人李白叫同一个名字，可一点儿浪漫细胞都没有；他工作像老黄牛一样任劳任怨，十几年里，从没休过病假；他老伴儿患有乳腺癌，家里生活困难，从来没跟组织张过口。李白这次住院，李正硬逼着他顺便也查个肺 CT。检查的结果不乐观，他的两个肺叶严重纤维化。李白病成了这个样子，还一直在坚持工作，李正既敬佩又心疼，同时心里又滋生出许多牵牵连连的内疚和自责。县医院和公安局挨着，他每天无论多忙，下班后都要去医院陪陪这位令人肃然起敬的前辈。他只要一看到李白，整颗心就会变得柔软而潮湿。

这天晚上，他从医院出来时，街道两边的路灯全亮了。路灯点亮了夜行人的眼睛，街道上的行人开始稠密起来。凉风习习，白天虚张声势的“秋老虎”终于败下阵来。

李正拖着疲倦的身体往家走。他家住的小区距离医院大概有一里多地的路程。他把车停在单位，步行着往回走。干警察这一行，三餐不定时，没有节假日，有案子就得出现场，加班加点是常态。相比较而言，刑警比其他警种还要辛苦。难得没有案子，他信马由缰地四处走走，吹吹夜晚的风，梳理一下工作思路，放松放松心情。

前面，新开业的大老板商厦像一台巨型的 CT 机，正变换着魔幻而诡秘的灯光，辐射和透视着城市的夜晚。李正不经意地往商厦门口望去，头顶突然就炸了一个响雷，短促而痉挛般地深吸了一口气。他看到母亲李天菊正亲密地挽着谭局长的胳膊，从商厦里面走出来。“什么——什么情况?”他问自己。有几秒钟时间，他脑子里呈现了短路的状态。能成双入对地挽着胳膊在公共场所出入，说明两个人绝非普通的同学关系。他们在处对象？趁着母亲和谭局长还没发现自己，他急忙原地向后转，招手叫了一辆出租车，钻进车里，快速逃离了现场。

谭局长老伴儿是县医院的大夫，她是在疫情最猖獗那年殉职的。老伴儿走后，谭局长蔫头耷脑，整个人如同一只用过的包装袋，皱巴得可怜。李天菊和几个高中同学经常去他家里陪伴他，一来二去，两个人就擦出了火花。

李正一直以为母亲和谭局长的关系纯洁得像蒸馏水，怎么也没想到他们已经热络得挎胳膊了。这个意外的发现不亚于7级地震，一下子就把他震蒙圈了，好半天都没缓过神儿来。

李正突然想起，他前几天回家，仿佛发现了新大陆：母亲皮肤光洁紧致，如同被电熨斗熨烫过一样，皱纹全没了。不过，表情像刚刚浆洗完的被面儿，有点儿僵硬。不用问，这是刚做完医学美容。他当时还想，捯饬得这么年轻，给谁看呢？原来，母亲早就心有所属了。

李天菊干枯了大半辈子，她就像一片干旱的土地，太需要男人的滋润了。谭局长口碑好，脾气温和，工资高，马上就要退休了，是很抢手的钻石王老五。他们两个人结合，就像螺母对螺栓，牙对牙，口对口，再合适不过了。

李正有一点想不明白，母亲和谭局长既然能在公共场所大摇大摆地挽着胳膊出行，为什么不结婚呢？“难道是因为我？”“啪嚓”一下，李正拍了一下自己脑门儿，顿觉茅塞顿开。“难怪谭局长给自己介绍对象，自己不结婚，母亲就没法嫁啊。”想到这儿，他的内心掀起了狂澜，心想，自己若想成全母亲的幸福，就应该马上找个女人结婚。这样想着，他脑子里突然就出现了余桃那惊鸿一般的身影。“怎么能有这种龌龊的想法？人家孩子都那么大了。”他甩甩头，感觉自己不可理喻。

突然，李正的手机铃声响了，是尤小朵打来的。尤小朵约李正周日晚上一起去看电影，李正破天荒地想都没想就答应了。他感觉自己内心先是被铲车铲出来一条通道，随后又被推土机推进来一堆泥土，莫名地轻松，又莫名地拥堵，他被两种情绪撕扯着，心里七上八下，说不出来是一种啥感觉。

这时，李正电话响了，靳老爷子病危，指名要见见李正。

李正开车急忙赶到靳老爷子家。

靳老爷子气息微弱地躺在炕上。屋里坐着村主任、村书记，还有几个邻居和老人的几个远房亲戚。

李正说：“我前几天来，老爷子还好好的，这咋说病就病了？”

村主任说：“昨儿几个败家老娘们儿在小卖店唠闲嗑，老爷子去买东西，她们以为老爷子耳朵聋，就没背着他说话。老爷子听说他儿子大勇被判了死刑，觉得日子没盼头了，当时就倒下了。唉，这人上了岁数，像干树枝子，脆着呢。”

李正俯下身子，在靳老爷子耳边轻声呼唤着：“靳大爷，我是李正，我来了！”

靳老爷子努力睁开眼睛，他的眼神空空洞洞，像两眼干枯多年的老井。老人使出全身气力，断断续续地说：“孩子，我是——烧了——啥高香？才——遇到——你这样——这样的——好警察。我就想——在——上路前，再见——再见——你一面。”

“大爷，您得振作起来，等您病好了，我开车拉着您去见大勇。”

“你——说话——当真？”

“咱爷儿俩相处3年多了，您看我啥时撒过谎？等您好一点儿了，我就带您去见大勇！”李正攥着靳老爷子的手，把嘴巴贴在他的耳朵上，说话的声音很温柔，温柔得就像掠过树梢儿的春风。

一周以后，李正开车载着靳老爷子，去北安监狱探望了老人的儿子靳大勇，回到村里3天后，靳老爷子安详辞世。

李正闻听靳老爷子去世，急忙赶到村庄。村书记慨叹：“靳大勇在号子里，老爷子又没有近亲，连个戴孝的人都没有。”李正就头戴孝布和村干部一起料理了老爷子的后事。

六

星期天早晨，李正特意给高旭日打电话，约上他和肖阳、余桃，打算去兴安乡偏脸子村王勇岳父家，把王勇媳妇接回来。高旭日平时像个带刺的蒺藜，正在被刑侦大队的队友们边缘化。李正想和高旭日推心置腹地谈谈，拉他一把，不想让高旭日掉队。

王勇是刑侦大队的一名中队长，破案子是把好手，过日子的能力麻绳穿豆腐提不起来。王勇媳妇任月在市场卖烤地瓜，每天收摊儿回到家，身体累得像被掏空了一样，指望着王勇能多干点儿家务活，可王勇每天都披星戴月，根本就指不上。媳妇抱怨他几句，他硬邦邦地回怼：“对付活着吧，别拿小芝麻粒烦我！”可一地的芝麻粒，不烦王勇，就得烦任月。任月瞬间就崩溃了，她像母狼一样，竖起青色的狼毫，顷刻间就进入到了战斗状态。王勇仓促迎战，两口子跟摔跤运动员似的滚在了一起，大战十几个回合。这次战争的直接结果——任月把王勇的电话和微信全部拉黑，孩子不管，烤地瓜也不卖了，干脆回乡下住娘家去了。王勇开始还能绷住，最近几天辖区连续出了两起重伤害案，他连续熬了几个通宵，又被朋友拉出去喝了一顿酒，结果突发急性胰腺炎，住进了医院，差点儿没过去。躺在病床上，王勇才跟李正说实话，他委托李正去他岳父家把他媳妇接回来。

李正说：“跟我说实话，你是不是喝酒了？光是熬夜得不了急性胰腺炎。”

王勇说：“喝了。不喝点儿酒，心里憋屈。”

李正说：“你少拿憋屈说事。有规定就不让喝酒，你这恋酒的毛病咋就不能改改？”

王勇说：“规定是规定，喝酒是咱们刑警的本色。”

李正说：“你可不要曲解本色两个字，本色的理念在咱们办公室墙壁挂着呢——做人德为本，做事民为先，从警法为上。”王勇生着病，李正不想和他抬杠，就故意转移话题，“你咋总和任月闹别扭呢，哄哄你媳妇不行吗？我就不信了，跟媳妇相处比破个案子还难吗？”

王勇说：“就你嘴大！跟媳妇好相处，你咋一直不找媳妇呢？俺家老娘们儿那是鲁蛮瞎臭，跟她啥也掰扯不明白，还不如破案子来得痛快呢！”王勇比李正小两岁，他比李正晚来刑侦大队几年，两个人破案子是好搭档，生活中也无话不谈。

李正认识王勇媳妇任月。任月性格开朗，不像不明事儿的人。他隐约地感觉任月和王勇闹别扭，可能和王勇的病有关。

前年秋天，李正去大兴安岭公出，王勇委托他买几根鹿鞭带回来。李正知道鹿鞭能壮阳，就问：“买那玩意儿干啥？”

王勇说：“吃呗！”

李正说：“你壮得能打死头牛，用得着吃那玩意儿吗？”

王勇说：“那次咱们进山里抓逃犯，蹲了好几天，还淋了一场大雨，感冒十多天。打那以后，我那杆枪就感冒了，老他娘的不打火，任月总拉着我去看病，我不去，她就拿一些芝麻粒的小事儿跟我怄气。”

李正说：“你这是因公负伤，要不要我和局长汇报一下，给你报个工伤啥的？”说完两个人哈哈大笑。

后来，李正总想问问王勇病好了没好，每次话到嘴边儿就咽回去了。毕竟自己还是个没有结婚的生荒子，不好意思打听人家的房事。

警车在乡间路上颠簸，路两边的稻田像一马平川的金色锦缎，正在秀出籽粒饱满的语言。远处，老母猪山穿着迷彩服，高低起伏，连绵不绝，一眼望不到尽头。

李正一行人不虚此行，任月听说王勇得了急性胰腺炎差点儿没丧命，“嗷”的一声大哭起来，哭得肝肠寸断，还一边哭一边检讨着自己。余桃调皮地朝李正和肖阳眨了眨眼睛，李正觉得余桃卸掉了眉头的忧郁和脸上的冰雪，就像个邻家妹妹，俏皮而又可爱。

因为几个人还要去葛小蒜家，任月惦记着王勇，等不及了，她就让自己的娘家兄弟开车送她回县里。

高旭日望着任月的车子疾驰而去，感慨道：“天上下雨地下流，两口子打仗不记仇，这话说得还真没错啊！”

李正知道高旭日和媳妇离婚了，就说：“两口子打仗记啥仇啊？老高你也应该把媳妇接回来，好好过日子。你和王勇都属于毛驴子脾气，都得改一改。”高旭日42岁，并不老，刑侦大队的队友都习惯于叫他老高。

肖阳说李正：“婚姻是一座城堡，你一个城外的人老进城里掺和啥？你能说明白咋地？本人婚龄15周年，比你更有说话权利。依我看，这两口子过日子就像是两只刺猬过冬，靠紧了就会互相伤害，不靠紧又寒冷。两个人非得有一个人先主动拔了自己一边的刺，才能互相取暖。我在家里就先把刺拔了，啥都听媳妇的。”

高旭日伸手摸了一下肖阳的头，他的头顶心像锃明瓦亮的电灯泡子，毛拔得一根不剩。

李正把头转向余桃，饶有兴趣地问道：“余桃，你在家里拔刺不？”余桃到刑侦大队工作好几个月了，他还不知道余桃丈夫是干啥的，挺好奇。

“无可奉告！”余桃语气没有温度，脸又戴上了冰冷的面罩。余桃哪样都好，就是人太冷，冷得带着冰碴。

李正不是第一次挨余桃怼，他已经习惯了。队里就余桃一枝警花，这枝警花具有超强的侦破案件的能力，他不计较她冲撞自己。

几个人一同走进葛小蒜家屋子里，看到葛小蒜的样貌大吃一惊。家里耕牛被盗窃的这一段时间里，葛小蒜吃不香，睡不实，人瘦得就像送葬队伍里纸扎的替身。头发疯疯张张乱成了鸟窝，脸上的颧骨高耸得像两座山丘，白背心脏得跟抹布差不多，整个人就像久染沉疴的病秧子。葛小蒜老婆的脸就像隔宿的菜叶子，说话声音跟蚊子似的，仿佛一大声说话就能把她自己震碎一样。

李正和肖阳对视了一眼，两个人的心就像被马蜂蜇了一口，难受无比。他们俩都没有想到，丢牛这段时间，葛小蒜两口子变化这么大。可以想象，丢失两头耕牛，给葛小蒜一家人带来了多么大的打击。

几个人正说话时，从里屋跑出来一个男孩。男孩三四岁模样，眼睛明亮，耳朵像两把立着的小蒲扇，头发焦黄，宛若茶壶盖一般扣在圆圆的小脑袋瓜上，非常可爱。

余桃蹲下身子，拉着男孩的手，柔声问：“你就是毛毛吧?”

“是呀，你怎么知道的呀?”男孩天真地问。

“我当然知道啊!”余桃说着话，牵着男孩的手出去了。

十几分钟后，余桃领着叫毛毛的男孩回来了。毛毛蹦跳着，手里拿着一根棒棒糖，开心极了。余桃说：“这个盗牛案子有眉目了，马上查兴安乡全乡养吊车的人家。”看到队友们不解的表情，余桃解释说，“丢牛的那天夜里，毛毛夜里被尿憋醒了，他起来撒尿时，看到一头老牛从房檐底下飞过去了。小孩子不会撒谎，你们想想，在什么情况下，老牛能从房檐底下飞过去?”

“莫非盗贼用吊车把老牛吊走了?”肖阳“啪”地拍了一下脑门子，很后悔地说：“我和王勇第二次来勘查现场时，那孩子就说老牛飞走了。我当时以为孩子童话故事听多了，没往心里去。”

余桃说：“盗贼很可能是用吊车把老牛吊到墙外的大卡车上运走的。”

李正说：“咱们马上去调查附近村屯都有谁家养吊车。”

几个人讨论案子时，高旭日一直没说话，这会儿他开口了：“我朋友鲁大胖养吊车，他家就住在兴安乡，我这就领你们见他。不过那小子人特别仗义，干不出这种偷盗的事情来。”

三天后，葛小蒜家丢牛案成功告破。盗贼分工协作，一个盗贼事先从院墙外翻到院内的牛棚里，用棕绳把老牛捆住；留在外面的另一个盗贼，用吊车把老牛从院里吊出来，再放到卡车上运走。整个兴安乡养吊车的只有鲁大胖一家。葛小蒜家的老牛是鲁大胖的小舅子闫老六伙同一个朋友干的。

案发后，肖阳和王勇他们来勘查现场时，毛毛说老牛飞走了，可大家都认为他是个孩子，胡咧咧，没重视。这就导致案子的侦破被拖后几个月。

案子告破的那天晚上，刑侦大队特意在局机关食堂吃了一顿庆功饭。队里最近喜事连连：辛蓬勃考上了正式警察编制，李白第六次被评为全市优秀公安民警，加上大队又破获了偷牛案，的确应该庆贺一下。庆功宴不能缺酒，可在局机关食堂吃饭，眼睛太多，不能喝酒。没办法，大家以水代酒，喝了个水饱。最近一段时间，大家伙被盗牛案子闹得尿黄尿，嘴起泡，心理压力极大。案子好不容易告破了，每个人都开心得不得了，一开心，大家的话匣子就全都打开了。

饭桌上，只有高旭日一直闷头吃饭，沉默不语。高旭日坐在座位上比别人高出一大截，就像打在那里的一个惊叹号。因为鲁大胖的关系，他跟盗牛贼闫老六在一起吃过两回饭。有一次闫老六酒后闹事儿，他还受鲁大胖之托找过兴安乡派出所所长给闫老六讲情。闫老六平时穿得溜光水滑，他怎么也没想到这家伙金玉其外败絮其中，一肚子花花肠子，竟然干出偷盗的事情来，震惊不已。他暗自思量，江湖水太深了，幸亏和闫老六没有深交，不然真被他给拐到阴沟里去了。

谭局长背着两手走过来，用满意的眼神检阅着他的兵，悄声对李正说：“李白可是马上就退休了，你打算让谁接内勤?”

说完，貌似不经意地瞥了余桃一眼。

谭局长话里有话，李正听明白了。他面红耳赤，一句话也没说出来。他专注地看着余桃，眼神里满是钦佩。余桃侦破案件时所表现出来的独特而敏锐的洞察力，令他折服。

七

秋雨如同尿失禁的老人沥沥拉拉连续下了半个月，淋得人心里都好像长出了木耳。接连破获三起入室盗窃案，刑侦大队的侦查员们累得要散架了，刚想轮班串休一下，又接到了报警电话：兴旺朝鲜族乡政府所在地兴旺村刚刚发生了一起爆炸案。

兴旺村在301国道旁边，是滨江县全力打造的国家三A级风景区村庄，前不久刚刚面对省内外游人开放。这个时候发生爆炸案，影响非同小可。20分钟后，县公安局刑侦和技术两个大队的民警几乎都赶到了现场。

爆炸现场是村民粉金碧家的前门房。粉金碧呈大字形仰卧在地上，已经死亡。门房窗户上的玻璃多半都炸碎了，窗台、墙壁和棚顶到处都飞溅着死者的血肉，现场让人不忍直视。

村书记崔哲俊操着生硬的汉语介绍了情况：粉金碧是金英子招来的上门女婿，汉族人。最近几年，村里几乎所有的青壮年劳动力都去韩国打工了。粉金碧的妻子金英子和儿子也去韩国打工八九年了。粉金碧不会说朝鲜族语言，不愿意去韩国打工，留守在家里，偶尔去东院照顾一下八十多岁高龄的岳父母。说完这些话，崔书记就像完成了使命，从兜里掏出来一支烟点燃，吧嗒吧嗒地抽起来。过了好半天，才想起来啥似的补充道："粉金碧家的事儿挺复杂，你们找他媳妇金英子了解吧。"

李正问："金英子不是在韩国打工吗?"

兴旺派出所所长卢东在案发第一时间就赶到了现场，他说："金英子一周前就飞回来了，她刚才被余桃带到村委会问话去了。"

李正这才注意到余桃不在现场，心里一热。余桃心思缜密，大队一群男人无人能及。

金英子50岁，轻微跛脚，矮小瘦弱，眼角的皱纹好像绽放的菊花瓣，脸上沉淀着体力劳动者所特有的倦怠和沧桑，染过的头发很随意地拢在一起扎成了一条马尾辫，就像在脑后缀着一束乱蓬蓬的玉米须子。她眼睛红肿，神情哀伤，提起丈夫又恨又悲："我和儿子在韩国拼死拼活打工，他在家里把钱全都填给骚娘们儿了。他是自作自受，活该!"说完，眼泪像黏稠的雨水，不断流地往下淌。几个侦查员互相交换了一下眼神儿，爆炸案涉及婚外情，挺复杂。

在兴旺村委会，李正主持召开了案情分析会。县公安局谭局长和分管刑侦工作的鲁副局长参加了会议。会上，李正综合了法医、痕检的意见和现场勘查结果，通报如下：死者粉金碧，男性，汉族，48岁，身高一米七八，体重164斤，兴旺村农民。死者下巴颏炸没了，左太阳穴被炸出一个窟窿，左手有三个手指头被炸飞，死亡时间为早晨7点30分左右。

按照金英子的说法，她是因为老父亲确诊了胰腺癌才临时决定飞回来的，丈夫粉金碧并不知道她回来。她是晚上10点钟在滨江市下的飞机，然后转乘出租车，10

点30分左右到家。为了给丈夫一个惊喜，她悄悄地用钥匙打开了房门，蹑手蹑脚地走进卧室，打开灯，却看到了辣眼睛的一幕：丈夫赤裸着身子正与一个女人抱在一起。金英子当时就疯狂了，她蹿到几步之隔的厨房，抄起一把菜刀砍向女人，被粉金碧从后面拦腰抱住。这工夫，刚才还在和丈夫交欢的女人已经穿上衣服，麻利地往出跑，她回头一瞥，金英子看到了一张熟悉的脸，那个女人是姑表妹姜柳花。

当晚，金英子和丈夫吵了半宿架，一夜未眠。她和表妹姜柳花的老公在韩国同一家工厂打工，知道姜柳花贪婪成性，只要和表妹夫联系就会要钱。金英子多了个心眼儿，她特意查看了家里的银行卡，结果发现银行卡里只有几千块钱，她这几年从韩国邮寄给丈夫的几十万元都没了踪影，她断定这笔钱都被丈夫填给了姜柳花。一怒之下，性情刚烈的金英子带着自己的姐姐砸了姜柳花的家，还把姜柳花拽出来当街揍了一顿。

爆炸发生的早晨，睡在隔壁房间的粉金碧不到7点就出门了，金英子以为丈夫遛弯去了，没多想。半个小时后，就听到从门房里传出剧烈爆炸声。

爆炸早不发生晚不发生，偏偏在金英子回国后发生。死者粉金碧到底是自杀还是他杀？爆炸的原因是什么？这是整个案件的焦点。

排除仇杀可能，所有人都认定死者是因为婚外情引起的他杀。一是现场符合他杀特征；二是从人的本能思考，如果是自杀，死者大多都会选择服毒、投河、上吊等比较温和的方式，爆炸太极端，一般情况下，死者都不会对自己下手这么狠。

法医王大治说，他研究过上百起自杀案件，爆炸案件凤毛麟角。最近10年来，全省几乎就没发生过自杀式爆炸案。

死者妻子金英子有重大作案嫌疑，村民反映她性格极其刚烈较真儿，而且具有充足的作案动机和时间。她家里以前开过烟花爆竹厂，了解炸药爆炸的原理。

只有余桃的发言与众不同，她说：“这个案子情杀的可能性大，但不可能是金英子作案。我接触金英子时间比较多，感觉她虽然提起丈夫就恨得咬牙切齿，但内心深处还是爱着这个男人的。大家可能没注意一个细节，把死者从现场抬出来往殡仪馆送时，她追赶着殡葬车，一遍又一遍地哭喊：死鬼，你心真狠，炸那个样子你疼不疼啊？我觉得这是真情流露，她不可能对丈夫下死手。”

肖阳对余桃说：“女同志心软，你这是被她的伪装蒙蔽了。”

余桃说：“到底是不是金英子作案，咱们拭目以待吧！”

李正说：“是不是金英子作案，都需要用证据来说话。假如不是她作案，那么作案的人会是谁？我初次看到姜柳花时，就觉得这个女人不简单。我们下一步的任务，就是要调查死者粉金碧以及两个女人的社会关系，看能否有新的发现。”

案情分析会上，谭局长最后一个发言，他说：“今天是10月26日，这个案子就定为‘10·26’爆炸案吧。群众看公安，关键看破案。‘10·26’爆炸案啥时候告破，老百姓可都看着我们呢。”兴旺村日接待游客几千人，爆炸案影响极其恶劣。谭局长转达县委县政府的意思，指示刑侦大队必须尽快破案，给全社会一个交代。

散会后，肖阳和王勇各自带着几个辅

警分头查线索去了。李正和余桃再次询问了金英子。金英子脸色苍白，瘦得像个纸片人。这次询问有新收获，金英子说，粉金碧出事前的凌晨，她为了哄丈夫去找姜柳花要钱，主动与他和解了。分别两年之久的夫妻相拥在一起痛哭流涕，丈夫很激动地趴伏在她身上，试图过夫妻生活，可是努力了几次，男人的武器都没有一点儿硬度。金英子眼前突然浮现出丈夫和姜柳花在一起的画面，怒不可遏，趁着丈夫不注意，她操起柜子里的一把剪刀，照着丈夫的阴茎就剪了下去……丈夫手捂着裆部，号叫着跑到隔壁的房间，不大一会儿就出门了。她以为他去卫生所治疗，就没在意。大概半个小时以后，就听到了门房传来剧烈的爆炸声。整个询问过程，金英子表现自然，不像假装的。

与此同时，肖阳和几个辅警对粉金碧夫妻两个人的外围调查结果也出来了。粉金碧平时沉默寡言，性格偏执，喜欢独来独往，他和村里人没啥交往，也没啥矛盾。金英子在韩国打工多年，社会关系简单。她本人回国一周，一直在家里没有出门，她的父母和姐姐以及村里的两个干姐妹都能证明这一点。肖阳的调查结论等于把粉金碧死于仇杀和金英子雇凶作案这两种可能都排除了。

余桃问肖阳："粉金碧的名字叫得就挺奇葩，他人偏执到什么程度？"

肖阳说："有一次，他和金英子的父亲一起砌院墙，他扔砖时不小心砸在了岳父的左手背上，老爷子痛得龇牙咧嘴，忍不住数落他两句，粉金碧气不过，拿起一块红砖，照着自己左手就砸了下去，痛得在院子里蹦跳了好一阵子，好像跳大神一样。还有，朝鲜族村民文化娱乐生活非常丰富，他却把自己封闭得严严实实，从来都不参与。"

辅警辛蓬勃反馈上来一条消息，村里的一位古稀老人讲，粉金碧心老硬了，好多年以前，他亲眼看见粉金碧把烧红的炉钩子放到脚底的鸡眼上，鸡眼被炉钩子烧得吱吱冒着白烟，他痛得大汗淋漓，硬是没哼一声。不过，他脚上的鸡眼倒是从此彻底去了根儿。

正当大家议论案情时，王勇带回来一个惊天的调查发现：在粉金碧和姜柳花好之前，高旭日和姜柳花交往密切，后来不知道什么原因，两个人突然就分道扬镳了。爆炸案发生后，有好几个晨练的村民看见高旭日甩着两条大长腿，从几个人身边走过。

听到这个消息，所有人都如同襁褓中的婴孩听到响雷，骨头都要震碎了。高旭日既有作案动机，又有作案时间。每个人心里都揪揪着，冷场了好半天都没人说话。还是李正先开口了，他说："高旭日家以前就住在兴旺村，后来才搬到县里的，他爷爷奶奶现在还住在这里。他来兴旺村不奇怪，奇怪的是，爆炸发生时他就在村子里，为啥不来现场呢？"

肖阳说："老高虽然工作态度散漫了点儿，但只要哪里出了大的刑事案件，不用招呼，就会主动归队。这次他家乡出了这么大的案子，他却迟迟不见人影，表现得是有点儿反常。"

王勇一脸凝重："我们是不是可以这样设想：因为姜柳花移情粉金碧，把老高踹了，老高就来个一箭双雕，炸死了粉金碧，嫁祸金英子……这咋像电影里的情节？老高人挺仗义，他绝对不会这么做的。"

余桃眉头紧蹙，说出一句分量很重的

话："我们不能放过任何一个坏人，但也绝不能冤枉自己的同志。当务之急就是要马上见到高旭日，搞清楚爆炸发生时他在哪里？都跟谁在一起？"

大家都明白，余桃话里的潜台词是先搞清楚高旭日是否具备作案时间，所有人的心里都像压上了千斤顶，沉重得喘不过气来。

说曹操，曹操就到了。几个人正说话间，多日不见的高旭日神出鬼没地推开了村委会的门，走了进来。几个人面面相觑，心里暗暗吃惊。高旭日是来找刑侦大队的队友们说明情况的。他头发凌乱，眼睛里布满血丝。高旭日说："我和姜柳花是初中同学，我离婚后和姜柳花处过几个月对象，当时她告诉我她和她丈夫离婚了，我和她谈婚论嫁时才发现她在欺骗我，她根本就没离婚，我就和她掰了。"

李正不动声色地问："老高，爆炸发生的早晨，有好几个遛弯的村民都看到了你。你当时既然在村里，为什么不出现场？"

"操！你咋用这种语气跟我说话？你在怀疑我吗？"高旭日面红耳赤，上去就摔了一只水杯，而后又踢翻了一把椅子，整个人像一只煤气罐瞬间就燃爆了。

"老高，别整没用的，咱们都是干刑警的，你知道刑警办案不会放过任何一点线索。你和姜柳花处过一段时间的对象，案发的早晨你又在村里，我们向你了解情况很正常。如果你和案件没有关系，更需要咱们队里的兄弟用事实还你一个清白！"

李正话语温和而又诚恳，他的话像灭火器，高旭日马上就平静了。高旭日点燃了一支烟，狠吸了两口，才不情愿地说："我那天和几个朋友在六号民宿耍钱了，我们从晚上八点多耍到早晨，爆炸声响起来时我们还没有结束。我没出现场，是因为我不想让你们知道我在村里耍钱。督察上一次给我的处分还没解除，我不想再背个处分。"

"老高啊老高，让我说你点儿啥好呢？警纪警风抓得这么严格，你咋还管不住自己呢？就你这样，早晚得脱下这身警服。看你浑浑噩噩的样子，我都想揍你！"王勇一激动就喜欢爆粗口。他平时和高旭日很要好，两个人经常在一起侃大山。他恨铁不成钢，劈头盖脸骂了高旭日一顿。

高旭日没有撒谎，跟他在一起耍钱的几个社会上的哥们儿都证明爆炸声响起来的时候，高旭日还在和他们几个一起耍钱。高旭日没有作案时间，但他的到来，却给案子侦破带来了重大转机。

几个人从村委会出来，路过粉金碧家门前时，高旭日锁定了高挂在树梢上的一段两米多长的电雷管导线。这根导线打开了案件的突破口。

之后，在县殡仪馆，刑侦大队和技术大队按照电雷管爆炸的侦破方向，再次对死者粉金碧做了尸检。第二次尸检结果发现，在死者左太阳穴周围炸裂的肌肉中可见明显的焦灼痕迹。同时，用镊子在死者的伤口处夹到了纸屑（电雷管的外包装），由此可以断定死者左太阳穴就是爆炸点。此外，死者的阴茎中间部位血肉模糊，有一处明显的剪刀剪过的伤口。

当天下午，在县公安局会议室召开的第二次案情分析会上，李正率先发言："刚开始，我们刑侦大队和技术大队的大部分同志都怀疑金英子出于气愤，炸死了丈夫。可是，如果锁定是电雷管爆炸，金英子作案的推测就站不住脚了。因为如果是金英子作案或者金英子雇凶作案，一定要同时满足两个条件：一是死者在爆炸发生前就已经处于没有自我防卫能力的状态。因为粉金碧高大威猛，他不可能容忍妻子或者妻子的帮凶拿雷管炸他；二是凶手在把粉金碧炸死的同时，得确保自己不会被炸死或者炸残。因为电雷管通电后，瞬间就爆炸了，任何人都不可能逃出爆炸现场。”李正没有在案情分析会上提高旭日，他是故意给自己的队友留着面子。余桃注意到了这个细节，她向李正投出了赞许的一瞥。

轰动一时的滨江县“10·26”爆炸案在案发一周后，成功告破。在新闻发布会上，谭局长面向媒体和全社会通报了案件侦破结果：“10·26”爆炸案是一起自杀式电雷管爆炸案件。死者粉金碧因为婚外情引发了家庭矛盾，产生了悲观厌世的想法，他把电雷管的两根导线分别接在电闸上，然后左手用力把电雷管按压在左太阳穴上，右手推上了电闸，制造了这起惊天爆炸案。

早晨，太阳像刚出烤箱的蛋糕，露出了清新的脸。高旭日早早就来到单位上班了。他无言地挨个儿拥抱了队友，到余桃时，他像个冰棍一样僵住了。余桃笑着说：“老高，你都抱他们了，还差我一个吗？”说完，很大方地抱了抱高旭日。

余桃一贯冷若冰霜，她能有这样俏皮的举动，让队友们颇感意外。

经历了这场风雨，高旭日又背了一个处分：他被降到普通侦查员，刑侦大队副大队长的职务被撤掉了。高旭日坦然地接受了这个处分，他感觉自己体内就像被注入了一种新生的力量，这种力量像滚滚洪流，摧枯拉朽，让他重新思考工作与生活的意义。

八

经过一段时间的拉锯战，秋天放弃了最后的抵抗，随着南飞的大雁撤退了。雪花如同美丽的白蝴蝶，拍打着翅膀款款而来。谭局长踏着第一场冬雪，来到李正家做客了。

李正心里直打鼓，心想：“该来的还是来了。”坐在谭局长面前，李正拘谨得眼神都无处安放了，就像林中的鸟儿四下里踅摸，寻找落脚点一样。谭局长犹如一只烧得正旺盛的炭火炉，炙烤着李正，他脑门子上涌出了一层细密的汗珠。李正和谭局长认识十几年了，他还从来没有过这种感觉。

李天菊看着儿子紧张的样子，没心没肺地大笑起来，说：“谭谭，瞧你把我儿子吓的！”李天菊称呼谭局长为“谭谭”，李正听着很肉麻，浑身起了一层鸡皮疙瘩。

李天菊下厨，李正和谭局长在客厅里唠闲嗑。谭局长看着李正，故意逗他，说：“余桃毕竟是女同志，办案子不方便。咱局里最近又考进来几个大学生，都是警校毕业的高材生，需不需要跟余桃调换一下？”

李正急忙说：“不换！余桃是钻石，您想用金子换走钻石，这也不对等啊！”

谭局长哈哈大笑：“你的意思，余桃千金不换呗！怎么样，你谭叔没亏待你吧？”谭叔两个字，谭局长特意加重了语气。

李正不好意思地挠了挠头皮，说：“谭局，我正想问您，余桃爱人是干什么的？她来好几个月了，我们刑侦大队的人对她爱人都一无所知，好神秘啊。”

谭局收敛了笑容，一脸凝重，说：“你知道艾耕野吧？”

“您说的是那个牺牲的缉毒警吗？他可是全省公安系统都在学习的英雄。”

“对，就是他。”

“艾耕野是余桃的……”李正问道。他突然产生一种预感，并且因为这种预感，心突然剧烈地跳动起来，就像有一头小鹿在横冲直撞一样。

“余桃就是艾耕野烈士的遗孀。”谭局长表情肃穆，川字眉紧蹙着，如同两座隆起来的冰峰。

李正惊得半天没有说话，他怎么也没想到余桃的家庭会是这样一种情况。他回忆起谭局长曾经叮嘱过他：跟刑侦大队的人说一声，不要询问余桃调工作的事儿。他当时很不理解，现在才明白，原来事出有因。怪不得余桃眼神忧郁，表情冰冷，原来她的内心凝固着一块坚冰。

“艾耕野牺牲后，为了让余桃离开伤心地，换个环境生活，组织上才把她调到我们滨江县。余桃娘家就剩一个老妈，一个姐姐，她老妈跟她姐姐在一起生活，就住在咱们滨江县城。”

“开饭喽！”李天菊端着两盘菜，满面春风地走进来，说，“谭谭，在咱们自个儿家里，你可别跟儿子摆你那臭官架子。不说了，开饭！”

李天菊说话时，特意把儿子前面的定语“我”去掉了，她的意图很明显，她是在和谭局长分享儿子。李正脸上飘落着一片红云，不过他挺开心，母亲形单影只了大半辈子，后半生总算有了依靠。

突然，李正手机铃声响了，是尤小朵打来的。

李正原本答应尤小朵，周日晚上和她一起去看电影。他周日上午和余桃、肖阳去兴安乡偏脸子村接王勇媳妇任月，后来又去了葛小蒜家。从葛小蒜家出来，就马不停蹄地会合当地派出所民警一起调查盗牛案，等他回到县里时已经是第二天中午了，电影没看成，他手机里显示着尤小朵打来的十几个电话。

李正小心翼翼地接尤小朵的电话，生怕哪句话说错了，惹得尤小朵不高兴。谭局长如果知道他放了尤小朵的鸽子，没去看电影，肯定得批评他。

谭局长说：“是小朵打来的电话吧？你要是没相中人家，就当机立断。小朵是我小舅子的女儿，你不能敷衍人家。”

李正突然觉得天高云淡，秋水长天。他的心就像被打开了两扇门，一下子就敞亮了。他暗自庆幸，幸亏没有去看那场电影，不然，以尤小朵的性格，非得纠缠个没完没了不可。

王勇出院了，他和媳妇任月和好如初。任月专门准备了丰盛的家宴，宴请刑侦大队的人。李正带领大队在家的刑警和辅警全来赴宴了。因为是周日，又是家宴，除了李正要开车没喝酒外，大家都喝了一点儿啤酒。王勇几次张罗要喝白的，都被大伙劝住了。

王勇和任月柔情蜜意，满面春风。李正感觉自己的内心正涤荡着一江清流，他突然意识到自己的确应该寻找另一半了。他呆呆地看着坐在他对面的余桃，目光慢慢灼热起来，像两颗燃烧的星斗。

余桃正静静地聆听队友们侃大山。难得出来放松，平时总是锁着的眉头舒展开了。她面若桃花，美而不妖。李正的心怦怦乱跳，感觉窗外溪水潺潺，一片茂盛的春天正铺天盖地向他走来。

饭局结束，李正送几个远道的同事回家。余桃家住得比较远，最后一个送她。她下车时，他也跟着下了车。

天上飘着纷纷扬扬的雪花，像幽蓝夜空中闪烁的星星；冷风迎面吹来，为夜晚注入了大量的寒凉和清醒。在这样安宁的时刻，李正有很多话要对余桃说。

余桃问："李队，有事儿？"她感觉今晚的大队长有点儿奇怪。

李正腼腆而又温情地向余桃摆摆手，他真后悔自己刚才在饭局上没有喝酒，只要有几口白酒垫底，李正确信自己身上的英雄气概就会迸发出来，他也许就会向余桃表达他的爱恋与思念。他像放风筝一样，用热切的目光把余桃送进小区，等余桃柔弱的身影看不见了，他才下了很大决心，给余桃发了一条短信，内容是：下雪了，我很想和自己喜欢的那个人一起散步，一起慢慢地白头。短信发出去之后，他忽然觉得太磨叽，太娘，这样的语言不适合刑警，可短信已经发出去收不回来了。他像个醉汉一样，长久地站立在风中，看漫天的雪花迎风飞舞。

九

夏天穿着七彩的裙子，吟着清脆的虫鸣走来了。转眼之间，余桃来刑侦大队一年多了。

刑侦大队的同事们发现，余桃还是从前的余桃，李正已经不是以前的李正了。他精神抖擞，意气风发，每天胡子刮得雪青，跟打了鸡血似的。

发现李正在追求余桃，肖阳大吃一惊。他忧心忡忡地跟王勇说："你看出来没有，咱们头儿动了春心。"

王勇说："早看出来了，他是剃头挑子一头热，余桃那么冷，我看没戏。"

肖阳说："现在是一头热，将来就说不好是几头热了。不行，我得找他谈谈。"

王勇说："这大热的天儿，别人都是哪凉快去哪儿，你咋没事儿找事儿呢？这是人家的自由，你管得着吗？"

肖阳说："追求有夫之妇也是自由？我是刑侦大队的教导员，负责全队的思想政治工作，这事儿我还真就管得着，我要不管，那就出大事儿了。"

王勇说："操，你还上纲上线了。我得提醒你，你得讲究分寸和方法。"

肖阳给李正泡了一杯龙井茶，清了清嗓子，说："咱俩风里来雨里去搭班子这么多年……"

李正像不认识似的看着肖阳，"噗"一声笑了，说："别扯肠拽肚整这么长的前奏，有屁就快点儿放。"

肖阳说："你咋这么跟我说话呢？我是以教导员的身份和你谈话，你给我严肃点儿。"

李正没吱声，摆出一副洗耳恭听的样子。

肖阳严肃地说："桃子是好吃，可有些桃儿是不能吃的。人家孩子都能打酱油了，你还掺和啥啊？追求有夫之妇是什么性质？你是大队长，你可要想好喽。"

李正看肖阳的脸绷得跟个兵马俑似的，就想大笑。他努力控制住自己的情绪，感觉五脏六腑都要憋出内伤了。他正要解释，手机铃声响了，电话是郑家店镇派出所所长田英打来的，田英电话里说，郑家店镇古城村有一户村民家着火了，火着得很邪性，怀疑有人故意纵火，让刑侦大队去几个侦查员到现场勘查一下。

案情就是命令，20 分钟后，李正带着队友们赶到了火灾现场。

着火的是村民钱大炮家正房。他们到达时，钱大炮家的房顶正冒着滚滚浓烟。浓烟像一条条黑色的大蟒蛇，正扭动着肥硕的身子，张牙舞爪地扑向天空。浓烟下面，一团团火苗子像一朵朵狐媚的罂粟花，开得疯疯癫癫。

不一会儿，消防队救火车赶到，大火被熄灭了。钱大炮家三间大砖房的墙壁上，都是水龙头冲刷的痕迹，里面徐徐往外冒着青烟。

钱大炮家门口围拢着一大群村民，郑家店镇派出所所长田英全身黑不溜秋，眼球上的红血丝像地图上的公交车路线，他刚刚在火场指挥救火了。

田英跟李正他们介绍火情："大炮家电闸拉下来了，灶坑里的火也灭了，这把火着得可真邪性，我怀疑有人故意纵火，才上报给你们。"

李正说："先让大炮家里人说说情况吧！"

一个脸上脏兮兮的矮个子女人往前拱了一下，从人群外挤进圈里。女人很胖，穿着长袖运动服，衣服有点儿瘦，两只乳房像两座麦秸垛一样耸立在胸前，头发凌乱得像一把拖布头儿。

女人说话犹如爆豆："早晨我和俺家大炮去西北地铲地，西北地离家远，俺们带着一天的饭……"

"大炮媳妇，你又犯啰唆病了，时间金贵，你别说那些个没用的，挑干的说吧。"村书记谢凯有点儿不耐烦了，他向钱大炮媳妇打个刹车的手势。

"看我这张破嘴，说话老没个把门的，我这就捞干的说。我和大炮走之前，怕起风，把窗户钩全挂上了，又把电闸拉下来了。临出门时，把院里院外的两个房门都锁上了。俺们俩到地里干活干到中午，邻居就打电话说俺家着火了，我这腿就软了。"

"你能确定电闸拉下来了？"

"这我能证明，拉电闸时我就在跟前儿。"钱大炮说话瓮声瓮气，他的脸乌漆墨黑，嘴里龇着一口白牙，就像脸上横拉着一条白森森的拉锁。

看热闹的人越聚越多。几个侦查员随着谢凯和钱大炮夫妇，一同走进烧得黑魆魆的房子里，经过仔细勘查，确认这把火是从卧室窗帘开始着的。窗帘引燃了木制的窗框，火势才越着越大，无法控制。窗户钩挂着，大门锁着，电闸拉下来了，奇怪了，这火是咋着起来的呢？侦查员们百思不得其解，讨论了老半天，也没讨论出个结果。

突然，王勇指着水泥窗台上一个黑乎乎的东西说："什么玩意儿这么结实，愣是没烧咋地，这是最后一只恐龙呗！"

听到王勇把那个东西咧咧成恐龙，几个人都凑过来看。那是一只被烧得黑漆的大肚金鱼缸，鱼缸里面有半缸水，漂浮着几条已经死亡的小金鱼。

李正眉头紧锁，他像伯乐相马一样，从各个角度反复打量着这只鱼缸，边打量边问："这只金鱼缸是啥时候放在窗台上的？"

"今儿早晨，俺们临走时，特意把金鱼缸从北屋搬到卧室窗台上，就寻思着让那几条小金鱼晒晒太阳。"

李正说："火灾原因找到了，应该就是这个金鱼缸引起了这场大火。"他看着高旭日，问，"老高，大肚鱼缸相当于一个凸透镜，这话没毛病吧？"

"没毛病。"高旭日回答得很干脆，"你怀疑凸透镜引起了这场火灾吗？"他抬头看了看太阳，太阳又大又圆，倾泻下来的光铺天盖地，如淙淙而下的泉水。高旭日兴奋地说，"气温这么高，日头这么毒辣，你的推测完全成立。"

看余桃等几个人不解的眼神，李正说："老高，你给大家伙解释一下着火的原因吧。"

高旭日清了清嗓子，眼睛巡视了一圈，才像做报告似的说：这装满了水的大肚子鱼缸就是一个凸透镜，正午阳光足，凸透镜将太阳光线折射，会聚到窗帘上的一点，当温度达到窗帘的燃点时，窗帘着了，引起了这场火灾。高旭日当警察前，当过三年初中物理教师，他讲得头头是道。

高旭日话音落下，王勇向他投去了敬佩的一瞥："老高，你啥时候变成文化人了？以前我咋就没看出来呢？"说完，照着他的胸脯就是一拳。

肖阳又开始马后炮了："老高说得有道理。我刚才进屋时，也看到了这个金鱼缸，我上学的时候物理成绩也不错，我怎么就没想到是这个原因呢？"

李正说："那是你把心思都用到思想政治工作上了。"说完，瞥了一眼余桃，哈哈大笑。

田英钦佩地说："我早就听说你们刑侦大队藏龙卧虎，这回我可是长见识了。"

这时候，窗口挤满了脑袋瓜，像大雨后朽木上长出的一串黑蘑菇。高旭日的讲述让村民们发出了啧啧的惊叹声，紧接着屋里屋外响起了热烈的掌声。有很多村民都初中毕业，学过物理，高旭日说的话，他们大体听明白了。

"大炮家烧成这个样子，你们鼓啥掌啊？乡里乡亲的，快想想咋帮帮他家吧！"

李正麻利地掏裤兜，掏出一把钱，里面有整的也有零的，大概能有三四百元，他把钱塞到钱大炮手里，说："这是我的一点儿心意！"

余桃和几个队友都没带钱，情急之下，她把钱大炮两口子的手机要过来，她和队友们依次向两部手机扫码转发了捐款。李正欣慰地看着自己的队友，心想这才是本色刑警。不经意间，他和余桃的目光碰撞在一起，余桃看他的眼神依旧冰冷，没有焦距，就像一眼望不到底的潭水。李正的情绪马上低落下来。

十

雨季犹如一条幽深的巷子，好不容易走到头了。谭局长踩着雨季的尾巴退休了。李天菊终究没有等到儿子李正成家，她在谭局长退休后嫁到了谭家。

李天菊带走了一屋子的烟火气息。李正孤零零地坐在沙发上，头顶上的灯管好像被夹住爪子的老鼠，不时地传来吱吱的叫声，让他心烦意乱。他感觉没有母亲的家就像一座没有温度的荒城。他不由自主地想到了余桃。余桃早就知道他的心思，没拒绝，也没接受，她像个受伤的小兔子，一直本能地回避着。他和她的关系比普通同事近一点儿，比恋人远一点儿。李正知道艾耕野是余桃身上永远都不能愈合的伤口，他虽然迟迟都没有打开余桃的心窗，但一点儿都不气馁。

李正胡思乱想时，突然接到了线人打来的电话：两个网上追逃的抢劫犯已经潜回到滨江县，目前正藏匿在城东平房区一个胡同的出租房内。犯罪嫌疑人带有砍刀等凶器，还带着一把自制的钢珠手枪。

半个小时后，李正和肖阳、王勇、高旭日每个人都戴着头盔，穿着防弹背心赶到了现场。余桃和特警大队长姬明也随后赶来了。姬明没有穿防弹背心，大家都争着要把自己的背心脱给他，被李正制止了。他说："就脱我的吧，我光棍儿一条没啥牵挂，你们都拖家带口的，千万不能有啥闪失。"

余桃脱口而出："咋你一个人？不是还有我——我们吗？"余桃话里的潜台词大家都听明白了，如果在平时，队友们一定会调侃她和李正几句，可在这个特殊的时刻，大家都没有心思开玩笑。余桃鼻子一酸，双眼像两尾鱼，突然就涌出两串珍珠一般的眼泪。刚才的场景仿佛是艾耕野牺牲前的情景再现，艾耕野就是因为把防弹背心让给了队友，在抓捕毒贩的战斗中壮烈牺牲的。

李正没时间多想，借着朦胧的月色，他仔细扫视着眼前的环境：两个犯罪嫌疑人隐藏的出租房，北面是一座封闭得很严实的门市房，另外三面围着高高的围墙，房西挨着一条狭窄的胡同。他们悄悄绕过门市房，来到房西。房西的院墙上拉着带毛刺的铁丝网，好像监狱的外墙。高旭日的大个子这时候派上了用场，他用钳子麻利地剪掉了墙上的一段铁丝网，几个人顺着这个豁口，依次翻墙跳到了院子里。

房子没有开窗户，也没有开灯。蛐蛐们亮开了嘹亮的大嗓门，尽情地聒噪着，全然不知院子里已经进来了几个不速之客。

出发之前，高旭日一再坚持他冲锋在前，可是往屋子里冲时，李正飞也似的蹿到了他前面。李正敏捷地分开纱窗门，率先冲到屋里。其他人紧随其后。客厅里没人。从左侧房间里传来震天动地的呼噜声，李正一脚就踹开了玻璃门冲到了屋内。床上一个黑乎乎的身影一跃而起，挥刀朝着李正就劈了过来，说时迟那时快，李正飞起一脚就把砍刀踢飞了。这会儿，队友们也冲进了屋里，和李正一起把犯罪嫌疑人制伏了。

此时，另外一个犯罪嫌疑人嘴里冒着熏人的酒气，打着震天动地的鼾声，在深度睡眠中被侦查员们铐上了手铐。屋子里弥漫着酒精和臭脚丫子混合在一起发酵的气味，把几个刑警差点儿熏晕过去。

刑侦大队只用了半个多小时的时间，就抓捕了两名犯罪嫌疑人。李正的右小腿处被划开了一道很深的口子，伤口处的血液不断流。余桃惊呼一声，急忙拿过来救生包，简单处理了一下，用纱布把伤口缠住了。明亮的车灯下，李正包扎完的右腿上布满了蚯蚓一样的血道道，余桃的心像被碎玻璃扎过一样，痉挛般疼痛。

余桃调到滨江县公安局刑侦大队后，李正像一束阳光猝不及防地照进来，她本能地拒绝这束光亮，却又不可抗拒地吸收着它带来的温暖，她已经深深地爱上了李正。

把两个犯罪嫌疑人押上了警车，肖阳才缓过神来调侃："余桃，心疼了吧？你都没看到咱们头儿刚才的表现，那才是本色刑警！"

王勇夸张地啧啧了两下，说："你可拉倒吧，咱们头儿对余桃那劲头才叫本色呢。”

月亮如镰，用冷幽幽的清辉收割着人间。城市仿佛是一头冬眠的大熊，进入到了沉睡模式。在这个难忘的子夜，李正和余桃的心经过长途跋涉和迁徙，终于靠在了一起。

老母猪山像个天然的大日历，当它由黛色变成金黄时，秋天就来了。星期天，天空犹如清澈的蓝水晶，一朵朵白云宛若驮着蓝水晶的羊驼。阳光雪亮而干爽，散发着清爽的薄荷味。风儿擦着脸颊吹过，柔顺得像只猫。

余桃坐在公园的长椅上，温情地看着不远处的草地，那里，一个头扎羊角辫的小女孩正和一个男人追逐着，嬉戏着……女孩是余桃的女儿芬芳，男人是李正。

余桃了解芬芳，她一疯闹起来，就没完没了。她柔声喊道：“宝贝，快过来，到妈妈这里来啊，让你李伯伯歇一会儿。”

小女孩蹦跳着跑过来，亲昵地搂住了余桃的脖子，小声说：“妈妈，我想跟你说悄悄话。”

余桃问：“你想跟妈妈说什么悄悄话?”

小女孩说：“李伯伯说，他和妈妈还有我是一个组合。”

余桃饶有兴趣地追问：“什么组合?”

芬芳开心地说：“妈妈你真笨，我们是桃李芬芳组合呀!”

咯咯咯，芬芳无拘无束地笑了，她的笑声像一串风铃，在微风中清脆地鸣响。

“蛇”影迷踪

赵华斌

一、尾厢上的指印

凌晨，中国西南边境某便道上一个流动查缉点。

此刻正是人睡意最浓的时候，边境巡控队副队长覃时担心自己瞌睡过去，狠狠地掐了自己一下，望了望正在路边发呆的民警杨添益和不远处“值班”的两只大鹅，心中祈求希望今晚没什么事。

在边境执勤民警眼中，鹅也是纪律严明的“战友”，它们不会放过任何风吹草动，有时比警犬还管用。当地的老乡曾做过试验，发现鹅在警觉性上比狗还要敏锐。遇到突发状况，一般都是鹅先叫，狗才跟着叫，预警功能相当可靠。

覃时点燃一支烟，他打算在车上眯5分钟。一支8.3厘米长的香烟，自然烧完大约需要3分钟，到时候火星会把自己烫醒。

正要闭眼，一束远光灯晃了过来，只见一辆黑色越野车缓缓驶向查缉点。

杨添益亮出停车牌，示意车辆停下。

“还在执勤啊，几时得休息?”司机操着本地口音。

杨添益围着车子转了一圈，发现后尾厢上有几枚清晰的指印。

“打开检查一下。”

司机打开后尾厢，外面堆放着几袋晒干的八角和玉桂皮，里面码放着6个花花绿绿的行李箱。

“这些行李箱都是你的?”

“哦，是我的……哦，是我帮几个朋友拉的。”司机显得有点儿紧张。

“覃副。”杨添益使了个眼色。

“打开检查一下。”覃时盯着司机。

“这是我帮几个朋友拉的。”司机又重申了一遍。

一个人拉6个行李箱，还说不清楚由来?覃时带着疑问将司机传唤至附近的边境派出所进行核查。

“嘎——嘎。”覃时和辅警押着司机刚离开，杨添益忽然听到身后的草丛中传来了鹅叫声。

二、草丛里的女孩儿

黑夜好似一团浓墨，深沉得化不开。一支6个人的队伍正在边境乱草丛生的山路上摸索前行。

这是一群正准备偷渡到中国的外国女孩儿。

就在一个多小时前，3 辆摩托车驮着女孩儿们，穿过蜿蜒隐蔽的边境便道，来到这座山的山坳里。摩托车司机告诉她们，沿着山路一直走到顶就会有“蛇头”接应。

“看。”一个女孩儿轻声指向前方，山脊上露出淡淡亮光。

女孩儿们不敢走得太近，她们躲在几十米外的草丛里向灯光处张望。

灯光下竟是一个边境查缉点。女孩儿们认不得中文，只看到大写的 NIA 标志和几个中国警察。

女孩儿们看了看眼前的警察，望了望身后的山崖，进也不是，退又生怯。窸窸窣窣的声响，引来了大白鹅的警觉。

“嘎——嘎!”大白鹅走到草丛附近，朝着她们藏身的方向大声鸣叫。

还来不及反应，一道耀眼的白光就直刺面庞。两名身着反光背心和执勤装备的警察已经站在了草丛前。

“查缉点这边有情况。”杨添益朝着对讲机喊道。

三、“非毒”合流

覃时走进讯问室，扑鼻而来的就是一股让人上头的劣质香水味，每次查到这个国家的偷渡人员，他们身上都带着这样的“体香”。

“她们我都做了讯问，都准备偷渡到内地打工。”兼任翻译的杨添益简要复盘了情况。

“‘蛇头’不会这么傻。”覃时分析道，“往常偷渡都尽量避开查缉点，她们今天不是相当于自投罗网吗?”

电话突然响起，是大队长王镇的声音：“检查了行李箱，在其中一个的夹层里发现冰毒。”

行李箱、女孩儿，深夜偷渡、夹带毒品……太巧了。

覃时一拍脑门，让王镇赶紧把行李箱的照片发过来，让女孩儿们逐个辨认。

果然，行李箱正是这几个女孩儿的。

覃时打电话向王镇汇报了情况，两人口中几乎同时蹦出一个词：“非毒”合流。

一些犯罪分子为了获取巨大利益，夹带毒品混入偷渡人员中，通过“非毒”合流的方式蒙混过关。

覃时扫了一眼坐在地上的女孩儿们。其中一个女孩儿手背虎口处的莲花图案勾起了他的回忆。

他记得这个名叫阮氏梅的女孩儿，大约半年前因为偷渡入境被查获，毒品就是从她的行李中发现的。

四、阮氏梅口中的“中国男友”

半年前，正是覃时讯问的阮氏梅。

覃时看这个姑娘又黑又瘦，手背上有一处莲花文身，十分狼狈可怜，于是给她叫了一份炒粉填肚子。

阮氏梅告诉覃时，她家里姐妹四人，父亲终日酗酒家暴。为了打工赚钱，她打算偷渡入境后再前往内地打工。她说上次被遣返回国后，自己再次通过偷渡进入中国，辗转到广东打工。

没想到新冠疫情暴发后，工厂关停，阮氏梅也失了业。她在同乡的介绍下做起了站街女。在这期间，她跟一名中国男子慢慢熟悉起来。

这个男子自称父亲是归国华侨，平时对阮氏梅关怀备至。阮氏梅顿时感觉有了依靠，一来二去，就和这名中国男子谈起了恋爱。

随着她住的地方开展入户排查进行疫苗接种，阮氏梅感觉“危险”步步逼近，打算偷渡返回国内。

男子说他朋友多、门路广，可以安排她偷渡出境。分手前男子将她和其余几个女孩儿的行李另外托运，让她们步行穿越边境便道赶往接头点。

“你的中国男友叫什么名字?”覃时问。

“不知道真名，只知道他的外号叫‘阿嘿’。”

五、跨国恋是“真香”吗

“阿嘿!”听到这个名字，覃时立即警觉起来。

近期有个以“嘿总”为首的偷渡团伙，一直组织人员偷渡。这个“嘿总”也被道上的马仔叫作“阿嘿”。

覃时告诉阮氏梅，“阿嘿”很可能是个“蛇头”，靠组织偷渡、运毒牟利，她可能被骗了。

“不可能!‘阿嘿’不会骗我!”阮氏梅瞪大眼睛，双手撑在讯问椅上。

眼看阮氏梅还是不肯松口，覃时并不着急，他点了份宵夜，并专门嘱咐给阮氏梅带一份和上次一样的炒粉。

宵夜送到后，覃时把外卖小哥阿东拉到旁边。阿东的另一个身份，是边境巡控队的群防信息员。

覃时在工作中发现，外卖员几乎全天候在城镇各街道小区穿梭，能去到民警不常去的地方，看见民警可能看不到的情况。他通过微信群组建了一支有300多名外卖小哥的巡防队伍。

一个多月前，两伙人骑车持刀相互追赶，阿东及时反馈两伙人的位置和相关情况，覃时带领民警及时驱散人群并抓获了带头人，防止了人员伤亡。

回到讯问室，阮氏梅的精神好了很多。在覃时的耐心劝导下，她的态度明显动摇。她告诉覃时，“阿嘿”跟她分手前曾说，他正计划组织一伙中国籍人员偷渡出境。

六、神秘旅客

根据阮氏梅提供的线索，王镇连夜召开会议，部署全线严密封控。

晚上11点左右，一辆满载乘客的旅游大巴缓缓驶入边境检查站执勤点。

民警在抽查中发现，多名旅客携带了大量的手机、耳机、笔记本电脑等电子设备。

“为什么带这么多台手机?”“你怎么有好几张手机卡?”“今天准备去哪些景点?”“你们的导游呢?”面对民警的提问，乘客吞吞吐吐。

这座边境小城风光旖旎，“上山下海出国”是这里的旅游特色。但是车厢里这36名乘客的疑点，顿时让王镇提高了警惕。

他立即将情况上报边境管理支队指挥中心，经过信息比对，初步认定这批“游客”有偷越国（边）境参与电信诈骗的嫌疑。

由于涉案人员众多，支队决定由王镇牵头成立专案组。

讯问过程比预想的要艰难。嫌疑人犹如铁板一块，回答口径几乎一致。

讯问室内，民警在嫌疑人钟某的钱包夹层内发现一张印有二维码的精致卡片。覃时扫描二维码，发现这是一个境外电诈网站的入口，而钟某手机里有该网站的注册记录。

“你为什么登录这个网站，最好老实交代清楚……”覃时迅速对钟某开展心理攻势。10多分钟后，他的心理防线彻底被攻破。钟某供述，他是受到高额利益诱惑，准备出境参与电信诈骗。

“我是来旅游的，警察怎么能随便抓人……”另一间讯问室内，嫌疑人凌某态度蛮横、气焰嚣张。

“来，看看这段视频……”王镇打开凌某的手机，里面是诈骗团伙高薪招揽人员的视频，凌某看后顿时傻眼。

他低下头，交代了自己为偿还赌债，打算冒险偷渡出境从事电信诈骗“淘金”的事实。

经过连续攻坚，多名嫌疑人均提到了“嘿总”这个关键人物。通过笔录整合、分析比对，案情逐步清晰，一个以“嘿总”为首的全链条组织偷渡团伙浮出水面。

七、沾满泥土的鞋子

覃时了解到，“阿嘿”也是个瘾君子，为了继续筹措毒资，他很快就会再次出手。

两天后，专案组掌握了一条重要线索：这个团伙再次准备组织十几名中国籍人员偷渡，而这次行动由“嘿总”亲自参与。

因为边境持续严密封控，偷渡团伙只能隐藏在城区内伺机行动。

经过大量调查取证，专案组基本锁定了偷渡团伙的位置，即将收网。但此时，嫌疑目标却突然人间蒸发。

“之前我们盯梢的出租屋，已经没了人影。”杨添益向覃时报告。

“扩大摸排范围，重点检查老城区的出租屋、民宿，还有废弃的厂房。”通过综合分析，专案组做出决定。

24小时过去了……48小时过去了……这伙人是从民警眼皮底下偷渡成功了，还是仍在市区潜伏？依然没有任何消息。覃时有点儿沉不住气了，一支接一支地抽着烟。

“覃队，你们再这样加班，小心老婆都跟别人跑咯。”外卖小哥阿东提着大包小包的餐盒走进办公室。

阿东扯了一下覃时的衣袖，把他拉到门外。

“我昨天送外卖，发现一个奇怪的事。”阿东说，“我往一个老旧小区送外卖，看到门口密密麻麻有很多沾满泥土的鞋子。我想，应该是走山路才会有那么多泥，疫情期间这么多人同时走山路，太奇怪了。”

“还有什么发现？”

“嗯，他们开门取外卖的时候，我闻到屋里有一股奇怪的味道，说不上香，也说不上臭。”

又是可疑的香水味！

这条线索很有价值。专案组成员立即化装对出租屋进行排查，锁定了藏身老旧小区的偷渡团伙。

“警察，都别动！”当晚，民警破门而入，房间内的十几人还未来得及反应，就被全部控制。

“‘嘿总’在哪里？”覃时厉声问道。

一名嫌疑人指着一扇打开的后窗。

窗户外，一名男子正驾驶摩托车消失在夜幕中。

八、巡山抓捕

出租屋距离边境线不到3公里，如果“嘿总”偷渡出境，那就相当于虎归山林、鱼入江海。

“必须要把嫌疑人堵截在国内!”王镇下达命令。边境巡控队尽锐出战，对通往境外的便道、码头进行全线封控。

“我们在山脚下发现一辆丢弃在路边的摩托车。”前方民警对边民提供的线索迅速核查，正是嫌疑人驾驶的那辆。

翻过这座山，下面就是界河，抓捕刻不容缓。王镇立即命令民警带领警犬进行地毯式排查。

边境山区植被茂盛，山高林密、杂草丛生，加上夜晚江边薄雾笼罩，伸手不见五指，藏下一个人真是再容易不过。

三个多小时过去了，依然没见嫌疑人的影子。

王镇忍不住冲着对讲机大吼：“杨添益，你小子不是号称‘飞机仔’吗？快把刚配发的热成像无人机扛出来!”

无人机迅速升空，通过热成像装置对山林进行视频侦查。

只见监视器上靠近界河方向，一个白色人形正缓慢向前移动。

“你们几个，跟我上!”覃时转身招呼3名队员奔上山去。

闯进树林，影影绰绰，覃时一手反握手电，一手拨开杂草，快速朝目标区域前进。

一个黑影“唰”地闪到一块巨石后面。

覃时加快脚步往前奔去，另外两名队员迅速绕到侧翼包抄。

翻上巨石，只见黑影正朝山下夺路狂奔。

覃时顾不得高差，纵身一跃，猛地向下扑去，一把扯住黑影的衣袖。两人扭作一团，翻下山去。

等包抄队员赶到时，覃时已经满身泥草，将嫌疑人反剪双手，用膝盖死死顶在地上。

九、卧榻之侧竟是一只“狼”

讯问室里，覃时第一次看到阮氏梅背后的男人“嘿总”时，差点儿惊掉下巴。

眼前的“嘿总”其貌不扬，甚至可以说非常丑陋。他颧骨突出，个子矮小，差不多只有1.4米，还有点儿驼背，可能是佝偻病。

经过民警前期的缜密侦查，涉案人员也全部落网。铁证如山，“嘿总”没有做太多的抵抗，向民警交代了犯罪经过。

“嘿总”的真名叫骆兴东，因为身材矮小、其貌不扬，从小就受到同龄人的欺凌和嘲笑。为了混出个人样，他偷走了家里的2000块钱，跟随老乡到广东打拼。因为仗义疏财，而且肯为兄弟出头，骆兴东慢慢在当地有了一点儿“名声”。

在一次争抢地盘的争斗中，骆兴东发现对方帮派中有很多不会讲中国话的外国工人。他利用通晓两地风土人情和人脉资源的优势，逐步干起了双向偷渡的生意。

他通过班车、面包车、摩托车、竹排、快艇等方式绕关避卡。疫情发生后，他又组织电信诈骗人员偷渡出境，同时采取夹带毒品的方式牟取利润。

“阮氏梅，你还记不记得?”讯问基本结束，可是还有两个问题始终困扰着覃时，“那天你为什么让她们往查缉点的方向去，是故意让她们被警察抓到吗?”

“哼，”骆兴东冷笑一声，“这还用问吗？当然是为了钱啊。”

骆兴东交代，把“三非”外国人偷渡出境，还要给当地的过边团伙每人2000元的费用，风险大、成本高。如果被公安机关直接查获，只需羁押审查2至3天，罚款1000元，即可通过正规口岸被遣送回国。这样降低了成本和暴露的风险，可谓“一举多得”。

“反正都是送她们回去，怎么送不是一样。”骆兴东说。

“那个女孩儿说你是她男朋友，还准备要带你回家。你，真的爱过她吗?”

“爱?”骆兴东笑道，“我们这些人有什么资格说爱不爱的，我跟她们在一起，只是为了钱。”

讯问室另一边，杨添益负责翻译。阮氏梅看着讯问视频，忍不住掩面痛哭。一段虚幻的异国恋破碎一地，阮氏梅心如死灰。一趟偷渡之旅，一场荒唐碎梦，而她的命运不知是否会和偷渡脱钩。

灯塔守望董家口

李明珠

接到去董家口采访的通知时，我还处于哺乳期。驱车前往董家口的路是宽阔的滨海大道，两旁高楼林立，霓虹闪烁。然而越往前走，所有的繁华都驶离了我的视线，取而代之的是连绵不绝的密林和田野。大约1小时40分钟后，车子在一座高楼前停下，打开车门，一股带着青草味道的风吹过来，空旷而干净的天空下，“青岛董家口航运中心”几个大字映入眼帘，这就是我即将采访的地点了：泊里镇港润大道66号。

来之前我已经大致知道：董家口毗邻日照，是一座正待开发的港口。但如果不亲临其境，很难想象在经济繁荣的山东青岛，还有这样一个地方：道路一直修到田间地头，因为人迹罕至而显得崭新空旷；植被覆盖率极高，因为任其生长而葳蕤繁茂；渺然天地间的风带着一种不由分说的鲁莽，直冲心田。这是一个山清水秀的地方，在一片荒芜中蕴含着勃勃生机，但也是一个远离尘嚣的所在，生活极不便利，除了办公楼和宿舍楼，没有任何娱乐设施，快递只有顺丰和邮政才能送达，其他快递只能送到附近的泊里镇。如果你要去镇上取快递，只能乘坐一小时一班次的公交车，或许你嫌它慢，但没有更好的选择，因为这里根本叫不到滴滴或出租车。

为什么当初要选择在这里办公呢？“为了开发董家口这个港区。”执勤队队长李晓峰说。那是2014年，为了积极响应青岛市开发董家口的战略规划，一纸调令将还是边防军人的李晓峰等3人调到董家口，肩负起筹建董家口边防检查站的使命。那时，“董家口边防检查站”只是躺在文件中的一个名词，没有办公场所、没有人员编制、没有车辆装备。真可谓是“创业艰难百战多”，但他们知难而上，没有办公桌就从兄弟单位借，没有办公室就在港区食堂办公。从2014年到2017年这3年间，3人筹备组协调解决临时办公用房9600平方米，保障董家口港口岸18个泊位临时开放，从无到有地绘制出了董家口边检站的“雏形”。2017年6月22日，第一届党委班子宣布任职，与筹备组完成交接。9月4日，来自全省各地的16名官兵作为第一代董家口边检人集结到位，掀开了为董家口保驾护航的新篇章。

“还没去过董家口港区吧？走，我带你去港区转转。”为了让我深入了解董家口，李队长驱车带我驶往海潮澎湃的码头一线。巡查车行驶在新建的港润大道上，这条道路经常有卡车频繁往来，运输着港区大宗货物，道路中间的隔离带栽种着木槿花，这种花在《诗经》中被唤作“舜华”，她的特点是朝开暮合，每一天都是一次崭新的盛开，就好似董家口的开发一样，每一天都有新的进展。在飞驰而过的村庄和树林中，我看到了一座白色的圆柱形建筑，在它红蓝相间的顶部刻有“董家口”几个大字。“这是什么?”我好奇地问。

队长告诉我：“这原本是董家口港上的灯塔，它是董家口历史上的一个标志，为了纪念它，人们在这里修建了灯塔的模型。”接着，他又给我讲述了董家口的历史。古老的董家口港，历来是军事、交通要冲，民国时创造过“日出千杆旗，日落万盏灯”的辉煌。它位于泊里镇南12.5公里，处于海岬前端，在董家口设置灯塔，不仅因为这里是海上交通要塞，更因为它曾是著名渔港，在那个“一靠风，二靠潮，三靠使橹摇”的年代，董家口的灯塔就是海上的保护神，为无数进出董家口的船只指明方向，保驾护航。

但上世纪90年代以后，随着海洋渔业资源的枯竭，这座著名渔港进入了长期的沉寂。直到21世纪初，青岛市政府做出以董家口港为核心的“环湾保护、拥湾发展”战略推进对策，昔日小渔港焕发了新的生机：因为董家口是世所罕见的天然优良深水港，港区的自然水深平均15米，距岸1000米水深可达20米，并且不淤不冻，适合全天候靠泊。它的开发生动地说明了什么是“因港而生，以港而兴”。一批批建设者从四面八方汇聚到这里，为建设国家第一大深水港“一枢纽两中心”而挥洒青春汗水。2018年，注定是董家口历史上值得铭记的一年。就在这年1月，国务院下发了《关于同意山东青岛董家口港口岸对外开放的批复》，这标志着董家口港拿到了走向世界的“国际通行证”，开启了青岛逐梦世界级大港的崭新历程。

2018年，对于驻守董家口的李晓峰他们来说，同样是值得铭记的一年。就在这一年，原公安边防部队响应党的号召，退出现役，加入新成立的国家移民管理局。董家口边防检查站正式更名为董家口出入境边防检查站。45名边防军人脱下橄榄绿，换上了国门蓝：虽然制服变了，但边检人履行出入境手续的职责不会变；体制改了，边检人守卫国门的使命永不会改！

巡查车一路前行，“梦想飞扬董家口”几个大字闪耀在车窗外让人热血沸腾。海风荡漾中，李队长将车子慢慢停下，对我说：“让你看看世界最大的矿石码头。”

我好奇地问道：“为什么说是世界最大?”

他说：“咱们所在的这个码头可以满载停靠全球40万吨级以上的巨轮，来自全球的原材料和能源在这里迅速被接纳，现在全球想要来的巨轮挤破头。”

我不禁咋舌，指着墙上那几个字赞叹道：“这真是名副其实的世界最大，效率最高啊!”

李队长点点头说：“你知道吗，40万吨级码头不仅对青岛的经济发展意义重大，对于我们边检人，也具有划时代的意义。”

2020年1月1日零时整，就在董家口40万吨级矿石码头，董家口出入境边检站举办了董家口港边检勤务交接仪式。星月朗朗，海风浩荡，民警倪国众、王皓誓言铿锵："值班员同志，根据上级命令，现由我站正式接管董家口港口岸勤务，感谢你们的坚守和付出，我们必将牢记使命、不负重托，维护口岸安全稳定，捍卫祖国尊严！"历史将永远铭记这一时刻，夜色浩瀚中的 40 万吨级矿石码头，波涛一浪高过一浪，正如董家口边检人澎湃的心情久久不能平息：为了这一刻的到来，他们准备了 6 年！从 2014 年筹备建站，到 2017 年正式建站，再到 2020 年的今天，2000 多个日日夜夜，凝聚了多少边检人的心血！因为时代的一声召唤，五湖四海的边检人汇聚在一起；因为经略海洋的梦想，国门卫士勇当先锋逐梦千万里。他们远离城市的繁华，远离温暖的小家，将奋斗的梦想安放在子良山港湾，将汗水编织进董家口的经路与纬路。

因为路途遥远，许多家在青岛的边检人过着不是两地胜似两地的"双城"生活。家住青岛胶州的张小东，家距离董家口边检站 80 多公里，两地之间既没有地铁也没有班车，开车需要两个多小时，如果走高速还要交过路费，算一算来回的时间和经济成本，张小东决定每周只回一次家，周一来，周五回。每个驻守董家口的夜晚，他都是在加班中度过的，他把全家福设置成手机屏保，虎头虎脑的儿子在他和妻子中间露出笑脸。每当加班累了，他就掏出手机，一张又一张翻看孩子的照片，或者跟儿子视频聊天。从 2018 年来到这里，只在周末回家的生活持续了四年多。不知道当他在夜深人静思念儿子时，有没有后悔过当初的选择？

他并没有回答是或者否，也没有点头或摇头，而是告诉我，来这里的第二年，儿子出生了，他给儿子取名叫"张安之"。哪个"安之"呢？就是"既来之则安之"的"安之"啊。这句话令我回味良久，或许这就是他的心声吧。身穿这一身警服，胸口就写着"忠诚"。无数像张小东一样的国门卫士都是最平凡的守护者，然而，如果没有他们忘我地奉献，执着地守护，董家口这个亿吨大港就不可能焕发出日益璀璨的光芒。

2023 年的初春三月，执勤民警梁志诚在对停靠于董家口港 D2 泊位的巴拿马籍"洛狄特"轮办理入境正检手续时，发现一名外籍船员所持的海员证中有一枚涉嫌伪造的中国出境验讫章。

"当接取证件时，我首先对办理的所有证件进行了一个初步判断：哪本证件属于有免签要求的、哪个国籍的证件需要录入第二证号或者第二姓名等等，然后按照'查疑、查假、查伪'的'三查'工作要求，结合证件防伪特点对每一页进行翻阅检查。"梁志诚说。当翻阅到这本证件的最后一页时，一枚中国出境验讫章映入他的眼帘，这枚验讫章印的大小与颜色引起了他的警觉，于是他进行反复复核，发现这枚验讫章的"国"字字体不对，日期中"2"的字体也有异常。待他将这一页放入荧光灯下时，发现无荧光反应。"我初步判断这是一枚伪造的中国出境验讫章，并将鉴定结果立即上报至站指挥中心。"梁志诚说。

在确凿的证据面前，该名船员对违法事实供认不讳。原来，根据该船员所在国家的管理规定，船员晋升必须满足一定工作年限，每 5 年进行一次资质认定，工作年限越长工资就越高。为了获取更高的工作报酬，该名船员通过当地中介机构在其海员证上加盖了伪造的验讫章。根据

《中华人民共和国出境入境管理法》的规定，给予责任人罚款人民币 2000 元的行政处罚。

任何一枚伪假验讫章都难以逃过执勤民警的火眼金睛，任何一次违法出入境企图都难以通过国门卫士的审查。以梁志诚为代表的中国移民管理警察用丰富的实战经验，将“守土有责，守土负责，守土尽责”的使命落实到日复一日、平凡又细微的出入境检查中，也融入到他们晨起暮眠的生活中……

2023 年 3 月 15 日是一个春寒料峭的日子，当天的执勤民警董帅记得：“那天风特别大，已启动橙色预警，董家口也已封港。”但 9 时左右，前台执勤人员接到船舶代理的紧急求助电话，称其所代理的新加坡籍“鲁贝”轮在锚地停泊期间，一名菲律宾船员突发休克：“目前我们也判断不出病因，警察同志，他现在人已经晕厥，呼吸微弱，急需入境就医啊！”

接报后，值班员第一时间请示领导，立即启动紧急救助船员预案：派出当天执勤民警董帅、刘岩火速奔赴现场，同时联系海事局、引航站、直升机以及就近医院，15 分钟后，直升机载着执勤民警董帅等人降落在船上，他们将体重 200 多斤的船员从船舱里抬到甲板上。此时该名船员已失去意识、口吐白沫，董帅他们陪他一起进入狭小的直升机，一路将他护送到医院。

当天是大风橙色预警，直升机一路颠簸，董帅尽全力扶住船员的身体保持平衡，刘岩不停地搓着船员的双手，用这种方式传递着自己的体温与关爱。但他也感觉到这名船员的双手越来越凉，呼吸和脉搏也越来越微弱，此刻，两位民警的心情也如同直升机的颠簸一样忐忑不安，他们不停地呼唤着船员的名字……

飞往医院的航程有二十多分钟，这二十多分钟对于两位民警来说是煎熬的，两人的脑门上都沁出细密的汗珠，执勤服的后背也一点点被浸湿。在飞机的噪音里，他们彼此交换着焦灼但坚定的眼神，两人都能读懂对方的心声：人命关天啊，一定要坚持住，一定要把他救活！

直升机的飞行就是在与死神赛跑！一分又一秒，直升机终于降落在医院，机舱门打开，董帅和刘岩抬出生命体征微弱的船员，将他交给赶来救治的医护人员。

经医生诊断，该名船员为突发性脑溢血。“再晚个六七分钟就没救了！”经过昼夜不息的抢救，该名船员终于转危为安，十多天后，从重症监护室转移到普通病房。董帅他们前来探望，清晨的阳光透过病房的玻璃窗，洒在这名船员的身上。扶他坐起来的医护人员提醒他说：“快谢谢一路护送你来的警官们吧，挽救你生命的就是他们啊……”船员眼里含着泪水，对着两位警官竖起大拇指！

作为这片海港国门的守望者，董家口边检人不仅仅是铁面无私的执法者，更是以人为本的爱心传递者，在他们这一身藏蓝色的警服中，流淌着超越国边界的鲜红血液……3 月 27 日，“鲁贝”轮船长委托船舶代理送来了感谢信和锦旗，上书“飞速救援显国际大爱，蓝衣胄甲展边检风采”。

是呀，在这片拥有 10 个开放码头、18 个对外开放泊位、吞吐量破亿吨的国家第一大深水港区，哪一位移民管理警察不是稳舵撑帆的人？无论是港湾尚未醒来的清晨，还是海潮澎湃的子夜时分，只需谛听这吹过的每一阵风声，看这翻腾的每一层波浪，这群身穿警服的人就能分辨出这是哪个码头哪个泊位。可以说他们已经达到了“非以目视，而以神遇”的境界：这浸润着多少个不舍昼夜的坚守啊，又蕴含着多少个寒来暑往的付出！

应驻地党委之邀，我们走进泊里民俗博物馆，听讲解员生动地解说泊里镇的历史文化，身临其境地感受董家口的人文风情。当来到博物馆那幅灯塔影像前时，我想起了刚来时跟随李队长看到的灯塔，不禁脱口而出：“这不是灯塔吗?”

讲解员微笑着介绍说：“对，这幅影像就是董家口的灯塔。它建于上世纪50年代，矗立于董家口港的最前端，大家可以看到，整体塔身用青灰色石块垒成。在那个摇橹挂帆的年代，在苍茫险峻的出海岁月里，董家口的灯塔就是海上的航标，为世世代代的渔民指明方向、保驾护航。”

仔细聆听着讲解，我的眼前浮现出灯塔照耀的画面：一开始，那束光是电石灯，之后是乙炔灯，后来又换成了电灯。而今天，这束光幻化成了移民管理警察肩扛的银星，在董家口的月光下流淌成银辉闪耀的灯盏：为每一艘巨轮照亮前方的路，将温暖注入每一位思归的旅人心中。那月光下的警辉融进了“一家不圆万家圆”的情怀，护航每一个惊涛骇浪的夜晚，唤醒每一个充满希望的朝阳。就让这熠熠警辉化作灯塔之光守望在董家口的岁月深处，照耀着国门卫士的使命与荣光，更照耀着一个亿吨大港的崛起，一个大船时代的来临。

啄木鳥

公安法治文学专辑（下）

群众出版社·北京

图书在版编目（CIP）数据

啄木鸟公安法治文学专辑：上下册 / 啄木鸟杂志社编 .—北京：群众出版社，2024.6.—ISBN 978-7-5014-6377-0

Ⅰ. I217. 1

中国国家版本馆 CIP 数据核字第 20246KX723 号

啄木鸟公安法治文学专辑（上下册）

啄木鸟杂志社　编

主　　编：杨桂峰
责任编辑：谢昕丹、吴贺佳、季伟、张璟瑜
装帧设计：王子
责任印制：李铁军

出版发行：群众出版社
地　　址：北京市丰台区方庄芳星园三区 15 号楼
邮政编码：100078
经　　销：新华书店
印　　刷：天津盛辉印刷有限公司

版　　次：2024 年 6 月第 1 版
印　　次：2024 年 6 月第 1 次
印　　张：27. 25
开　　本：787 毫米×1092 毫米　1/16
字　　数：555 千字

书　　号：ISBN 978-7-5014-6377-0
定　　价：98. 00 元（上下册）

网　　址：www. qzcbs. com
电子邮箱：qzcbs@ sohu. com

营销中心电话：010-83903991
读者服务部电话（门市）：010-83903257
警官读者俱乐部电话（网购、邮购）：010-83901775
啄木鸟杂志社电话：010-83903494

目 录

追命 刘楚仁

第一章

1

1993年的第一场雪来得特别早，还没立冬，就猝不及防地从天而降，纷纷扬扬地覆盖了整个皖北大地。

也就是在这个大雪纷飞的早上，刚刚做完绝育手术的我爹不听医生的劝阻，一甩门从乡卫生院冲了出来。虽说结扎也不算什么大手术，但毕竟在小腹上划开一个血淋淋的口子，还出了不少的血。按说应该在医院稍住两日，待恢复一下，方可回家。我爹哪能听得进医生的忠告，捂着小腹，一脸的悲哀，愤愤地离开了医院，踏上回家的乡间小路。

我爹怎么能不难过？不久前我娘东躲西藏生下了第四胎，依然是个女娃，当时就噙着泪送给了别人。这次我爹躲不掉了，不得不做了这个一万个不想做的小手术。

结扎过的我爹万分痛苦和失落。倒不是怕传说的那样——男人结过扎就是太监，我爹痛苦的是儿子梦彻底宣告破灭。我爹四代单传，到了他这一代，却断了香火。我爹觉得对不起我死去的爷爷，更对不起孔家的列祖列宗。我爷爷临终前还紧紧拽着我爹的手，气若游丝地说，爹没抱上孙子，死不瞑目啊。

雪花不知愁滋味，依然不紧不慢地在空中飘扬飞舞，悠闲地抖落了一地，把纵横交错的乡间小路，湮没在银装素裹的天地里。本来千姿百态的世界，被雪花包裹得只剩下单调的苍凉和肃穆。

我爹的心情坏透了。我爹的心灵被这种单调苍凉的情绪包裹得窒息不堪。

我爹因啜泣变得呼吸粗细不均，鼻涕也流了出来。眼泪和鼻涕常常是一对孪生姐妹，肆无忌惮地流了一嘴巴，吊在下巴上，像屋檐下的冰凌。我爹顺手抹了一下嘴巴，擤了一下鼻子，想找棵小树或路边的小石头帮一下忙，擦擦手。可他环视了一周，这荒山野岭的除去雪，还是雪。最终还是蹲下身子，抓一把雪清理手指，再把手心的雪团成蛋掷向远方，同时还伴随着他的一声怒吼——啊！

我爹似乎把心中的郁闷也扔了出去，心情舒坦了许多。心情舒坦了，便感觉小腹的伤口隐隐作痛，后来又感觉疼的位置不对，方恍然大悟，一天一夜的光景没有撒尿了，膀胱硬是给尿憋痛了。

说解就得解。当然了，这荒郊野外也不会有公用厕所，花美元你也找不到。我爹站在路边开始了排水工作。

事有凑巧。我爹的排水工作进行到一半时，一对年轻夫妇牵着儿子正巧赶到身边。可能是下雪视线不清，那女人原以为我爹是前面的一棵树哩，走近一看，顿时羞红了脸，夸张地扭过头，鼻孔里发出不屑的一哼。她丈夫也一脸嫌弃，狠狠剜了我爹一眼。

如果不是我爹看到两人牵着的男孩儿，他也不会说出后面的脏话。就在那男人与我爹擦肩而过时，我爹注意到男人的目光，便说，看什么看？没见过？想看回家脱了裤子看自己的！

我爹说了也就说了，那男人看到我爹五大三粗的块头也就忍了——真的较量起来，他不一定是我爹的对手。可偏偏在这个时候，那女人又说了两个字，流氓！

我爹以牙还牙，你不流氓？不流氓你咋怀的儿子！

这下男人不愿意了。是可忍，孰不可忍。男人撸着袖子，走过来要教训我爹，女人赶忙拽着男人的衣角，说，值得和这种没素质的人较劲吗？

儿子被吓得嗷嗷直哭。男人看到儿子惊恐的目光，终于止住前行的步伐，转身抱起满脸泪痕的儿子，嘴里不停地安慰着，儿子，别怕，这样的人爸爸见得多了。

女人说，你看，把儿子吓成啥样了。那就是个神经病，你给他较什么真！

其实刚才我爹也是强撑着。那男人再朝前迈出一步，我爹就坚持不下去了，准会手拎裤子撒腿就跑。成功和失败之间往往就是一步之遥。

我爹以胜利的姿态昂着头，继续排水工作，还幸灾乐祸地说，有种的过来！谁怕谁？

其实那个男人就是俺乡中心小学的校长，当然这是后话了。

2

胜利的喜悦没能保持多久，我爹又沉浸到悲愤的情绪里。

回到家门前，他一脚将那扇千疮百孔的木门踹开。趴在堂屋的家犬阿黄，睡梦中被这突兀的响声惊醒，立即伸直脖子，竖起警觉的耳朵，发出一阵狂吠。我爹随口骂道，狗日的，一天不见就不认识了？

阿黄认出主人，立即冲出狗窝，摇摆着那条硕大的尾巴，不停地用身子蹭我爹。我爹抡起大脚，把阿黄踹出老远。阿黄夹着尾巴委屈地趴在墙角，疑惑地盯着自己的主人。我爹继续骂，妈的，蹭个球！身上有虱子？

正在灶房忙乎的我娘出来了，有气不要朝狗身上撒！

我爹没用正眼看我娘，不朝狗身上撒，朝哪儿撒？朝你身上撒？

我娘懒得和我爹一般见识，你咋跑回家了？谁让你回来的？

正在堂屋织毛衣的我大姐说，爹，娘正说让我给你送饭去呢。

送的啥饭？我爹问。

鸡蛋面疙瘩。

我爹的眉头也皱成一个疙瘩，又是鸡蛋面疙瘩。不能换一样吗？

你就别挑三拣四的了，我生这三个孩子时，连鸡蛋面疙瘩也吃不到口。

严格说，我娘一共生了四个女儿，为了能生个男孩，我大姐叫盼盼，二姐叫接弟，三姐叫小鸾，即拦也，四姐至今我没见过。名字都是我爹给起的。很让我爹失望，因为大姐盼来的是接弟，二姐接来的是小鸾，我三姐也没有拦住下一个妹妹，无奈含泪送了人。

那年我二姐刚十岁，正领着刚满五岁的我三姐在门外打雪仗，看到我爹回来了，都疯疯癫癫跑了过来，抱着爹的腿，亲热地喊爹。

我爹吊着脸，去去去，一边玩去！

我娘从灶房端来了一碗热气腾腾的鸡蛋面疙瘩和一盘腌制的臭豆瓣，趁热快吃吧。

我爹没反应，蹲在门旁，专注地卷着纸烟，半天才蹦一句，不饿！

我娘心疼我爹的身子骨，说，不然把咱家的老母鸡让百孩哥替咱杀了，给你炖汤喝。

我娘原先养了十几只鸡，先后生瘟死了，只剩下一只下蛋的老母鸡，平时称盐打个酱油啥的全靠它。我爹胆子小，连鸡都不敢杀，宰鸡的活都是请一墙之隔的村长百孩代劳。

我爹继续摇头。我爹的肢体语言是说，不想吃这只家里唯一创收的老母鸡，更不愿去求村长，是村长逼他做了绝育手术，至今他心中还有怨气。

我娘误会了，以为我爹想吃又怕求人，所以有些光火。我娘说，想吃又不敢杀，让你找人你又不肯，还是个男人吗……

男人最怕揭伤疤。我娘的话音没落，我爹就腾地站了起来，我不是男人，我是太监好了不？我问你，你是不是女人？你是女人咋就光开花，不结果哩？

我娘无言以对。其实我娘内心深处确实是愧疚的。

在一旁织毛衣的大姐为我娘解围，见面就吵，烦不烦！我说爹你也真是的，都啥年代了还重男轻女！

说完，把给父亲织了一半的线衣朝饭桌上一扔，甩着辫子到村长家串门去了。

我爹瞪着大姐的背影骂，你小孩家懂个屁！

男人伤心时往往借酒浇愁，女人大多去睡觉，用泪水来舔舐自己的伤口。我娘又重复着那个在我爹看来很俗套的伎俩，上床哭鼻子。

我爹对我娘那种单调而枯燥的抽泣声没有丝毫的兴趣，目光在屋里扫来扫去，看到了墙角的塑料桶。那是只专用来打散酒的塑料桶。我爹在地上掐灭了烟头，抓起塑料桶，摇了摇，桶里顿时发出清脆悦耳的哗哗声。我爹双手捧起，对着嘴，与塑料桶亲密接触，一股火辣辣的琼液流入我爹干冷的肠胃。

我爹抹一下嘴巴，扔掉塑料桶，转身背剪着手，走出那个破烂不堪的小院。正在院外打雪仗的我三姐一把抱住我爹粗壮的大腿撒娇，爹，你到哪儿去？

我爹双手把女儿托起，用他酒气冲天的臭嘴亲了一下我三姐冻红的腮帮。看到我三姐高高翘起的小辫，他酝酿良久的微笑，最终还是夭折了。我爹将我三姐重重掷到雪地上，到哪儿去关你屁事！

风雪中，我爹将我三姐的哭声远远地抛在了身后。

3

那天的雪下起来有头没尾，像个贪嘴的孩子。

我爹要到哪儿去呢？没人知道，别人也懒得知道。村里人都被这寒冷撵到了被窝里，或火炉旁，袖着手，或嗑着瓜子，说一些家长里短的闲话。

我爹想到哪里去，当然他自己心里最清楚，那就是他绝育后必须去做的事——去我爷爷坟头谢罪。

来到村后，我爹眼前一片白茫茫的，除去雪还是雪，爷爷的土坟疙瘩早已淹没在白雪之中。我爹眯着醉意蒙眬的双眼，搜寻着我爷爷的安身之处。

还是那棵风雪中摇曳不停的小树提示了我爹。当年的哭丧棒，现如今已长成擀面杖粗细的小白杨。

在那棵杨树的指引下，我爹踉跄着走到我爷爷的坟前，头抵着那棵羸弱的小树，开始酝酿情绪。我爷爷的临终遗言再次在我爹耳边响起，爹没有看到孙子，死不瞑目啊！

我爹的泪水便如涌泉般喷薄而出，不住地拍打着那棵羸弱的小白杨，声嘶力竭地哭喊着，爹，俺爹，俺亲爹！儿子不孝，这辈子也不能让你老人家瞑目了……

其实那天我爹酒喝得并不多。我娘说过，我爹的酒量大得很，一斤不倒，二斤不醉，三斤还能扶着墙睡。可我爹心情不好，加上在我爷爷坟前又一番折腾，酒精便充分发挥了作用。

回家路上，我爹头晕目眩，头重脚轻。他努力克服着困意，他的意识还是清醒的，这么大的雪，要是冻死在路上，我娘连他的尸体也找不到。但瞌睡虫侵袭着我爹的大脑，他最担心的事还是发生了。

本来清晰而又熟悉的乡村小路，被霸道而又野蛮的风雪覆盖了。我爹一脚踩空，掉入冰冷的鸡肠河。后来的事，我爹啥也记不起来了。

农村长大的孩子岂有不会游泳之说，更何况我爹是在鸡肠河泡大的。可失去指挥四肢能力的我爹只能机械地伸拳蹬腿，张嘴喝水，像一条黑鱼沉下来又浮上去，浮上去又沉下来。

要说我爹真是命大，碰上了路过此地的村长百孩。

说也巧，那天村长去乡里开计划生育会，散会时乡长留村长吃饭，说这大冷的天，又下着大雪，吃过午饭暖暖身子再回吧。村长好像有先见之明，他拍拍脑袋，皱着眉头说，他奶奶的，俺总觉得村里有啥事。不行，俺得回去看看。

村长骑着一辆破旧的永久牌自行车，迎着风朝村里赶，骑到鸡肠河时，隐约看到一个奇怪的黑乎乎的东西在上下浮动。定睛一看，我的个乖乖，这不是盼盼她爹——石头嘛！

我爹的名字是我爷爷起的。都说孬名字的孩子好养活。我爹就跟他的名字一样，实心眼一个，踢一脚都不翻个。

村长双手脱把，从自行车上跳了下来。车子歪歪斜斜地跑了十几米，倒在了雪地里。跑到河堰上正准备下水救人，却又刹住了脚。他奶奶的，石头这驴个子，弄不好救不了他，还把老子的命搭上了。

落水垂死挣扎的人一旦抓住什么东西，就是抓住救命的草绳，那是不肯松手的。村长急中生智，折转身，迅速滚了一只硕大的雪球，朝我爹忽浮忽沉的脑袋砸去。于是我爹的脑袋便停止了动弹，乖乖地浮在河面上。

村长一个猛子扎下冰凉的河水，像拖一条死狗一样，把我爹从河里拖上了岸。

村长用手抹了一下脸上的水珠，身子不停打战，上下牙板发出激烈的撞击声。再看看湿淋淋、庞大块头的我爹，村长泄了气，他已经没力气把这个死猪般的石头拖回村子了。

村长环顾荒郊野外，无奈地吼了一嗓子，能来个活的不？

就是村长这惊天动地的一吼，我娘在大雪纷纷的寻夫路上终于停住了脚步，锁定了目标。

4

那天我娘被我爹气得在床上大哭，在抽搭声中进入了梦乡。睡醒起床，我爹不见踪影，墙脚那只孤独的酒桶闯入了视线。我娘心中一惊，她知道我爹的驴脾气，十喝十醉，十醉十出事。

我娘慌慌张张冲进了门外的风雪中，循着浓烈的酒气，走出了鸡肠屯，朝我爷爷的坟茔奔去。我娘对我爹太了解了，我爹想到哪里去她最清楚。

可是，在我爷爷的坟前没有发现我爹的身影。我爹在坟前留下的痕迹，也早被大雪掩盖。就在我娘急得流泪时，听见了村长的那一声吼。

瞅见像死猪一样躺在河岸上的我爹，我娘一下子蒙了，扑倒在我爹庞大的身板上，捶打着我爹的胸脯，惊天动地般嚎啕起来。村长说，哭有个屁用，还不快回家牵牛救人！

我娘顿时醒悟，一边往村里跑一边喊，不好了，快救人啊，石头投河了……

我娘嘶哑的呼救声像一颗手雷，把鸡肠屯炸得底朝天。四邻八舍的乡亲们在我娘的带领下，黑压压扑向鸡肠河岸。

后来我听我娘说，居然从我爹的肚子里控出一条小鱼，醉死的。

我爹又被黄牛驮着送进了乡卫生院抢救。

还是那间病房，那张病床。同室结扎的病友都洒下同情的泪水，摇头叹息说，石头很开朗的人，怎么也想不到，他会投河自尽。

我爹这一睡就是七七四十九天。

这七七四十九天，我娘天天守候在我爹的床前，不知重复了多少遍那几句陈腔滥调，孩子她爹，都是俺对不起你，只知道你心情不好，可想不到你会投河自杀。孩子她爹，你可不能撂下我们娘儿几个不管呀……一边哭着，我娘一边举起拳头，咬牙切齿地朝自己的肚子上砸，不争气的肚子呀，你为啥光开花不结果啊！

我爹的苏醒是从嘴开始的。先是嘴唇微微嚅动，发出一串串令人莫名其妙的声音，像下沉河底的鱼，嘴里吐出一串串气泡。后来我爹慢慢睁开眼了，像做了一场噩梦般问，我这是在哪里呀？

在医院呀……母亲喜极而泣。

爹的视觉世界不断清晰起来，第一个闯入视线的是穿白大褂的大夫。

大夫说，你醒了。

我爹竭力想坐起来，却发现思维和肢体已经完全割裂。我爹又心烦意乱地闭上眼睛，有气无力地说，回家，回家……

我娘说，等你病好了咱再出院。要感

谢村长，不然你的小命早就被阎王收去了。是村长把你从阎王爷那里抢过来的，咱不能没有良心。

村长？你以为村长是什么好鸟，他逼我结扎，断我们孔家的后！

怎么能怪人家村长呢？咱都生四个崽了，人家村长有啥办法？要怪也只能怪我这个不争气的肚子。

5

我爹被水淹的事一直瞒着我奶奶。我奶奶已经八十高龄，我娘担心她老人家经受不住打击，万一有个三长两短，没法向我爹交代。但纸里裹不住火，最终我奶奶还是听到了她不该听到的事情。

那天我奶奶拄着拐杖，踮着红辣椒般的小脚，来到了医院，颤巍巍地走到我爹的床前。我爹本打算说，娘，儿子不孝，没有能给你生个孙子。然而我奶奶却举起她那青筋暴露的巴掌，重重地扇了我爹一个响亮的耳光。

我奶奶说，你还是个男人吗？老娘把你养活这么大容易吗？你说死连个招呼也不打，就偷偷地投河自杀！

娘，我啥时自杀的？我爹丈二和尚摸不着头脑。

好端端的你跳啥河？

那不是酒喝多了嘛。

不提“酒”字还好，一提“酒”字，我奶奶气不打一处来，老娘给你说过多少回了，不让你喝酒，你当耳旁风，一天不喝你心里就痒痒，我看你早晚得死在酒里面！

娘，你别气坏了身子。咱家不是没有男孩嘛，那天我心情不好，所以……

别拿“儿子”俩字当挡箭牌，整天“儿子”不离口，咱村没儿子的多着呢，又不是咱一家，你为啥就死脑筋想不通呢？

那天奶奶着实发了一通脾气，虽然我奶奶嘴里没有一颗牙，讲话漏风，但说得句句在理。

我奶奶临走时，又用拐杖捣捣我爹的被子，说，再喝酒，小心老娘用拐杖敲扁了你的脑袋！

我爹住院期间，村里很多人都到医院里看望他，有的送来了鸡蛋，有的送来了红糖，有的塞给我娘几块钱。村长和媳妇也挎着一篮子鸡蛋来瞧我爹。

我爹睡在床上一直沉默着，村长不识趣，坐在床沿上，喋喋不休地阐述着他从乡里会议上贩来的一堆计划生育大道理……

第二章

1

不说我爹那些烦心的事，还是说说我大姐吧。

我三个姐姐一个赛一个漂亮。她们三个人共同的特点就是，像吃了化肥似的疯长，遗传了我爹的高大身板，继承了我娘好看的脸蛋，但又各自翻新，形成各自不同风格的美。大姐是具有现代气息的富态美，二姐是具有传统气质的羞怯美，三姐年龄尚小，没有定形，但一看就是个美人坯子。

大姐那年十七岁，性格泼辣豪爽，大大咧咧，像个大男人。大姐的辫子最迷人，又黑又亮，耷拉到屁股，在凸起的屁股上一甩一甩的，男人的目光便乱了阵脚。大姐每天起床后，要花半个时辰来收拾这两根辫子。大姐那一口洁白整齐小巧的牙齿，也让人叹为观止。大姐常以此为荣，不笑不说话，一笑咯咯的，笑声中把两排整洁的牙齿展现得一览无余。

说起我大姐，就不能不说村长的儿子小尿。小尿为啥叫小尿？据说他生下来后村长和媳妇都喊儿子孩羔，这也是鸡肠屯对自己孩子的统一昵称，后来儿子长大了，村长媳妇说孩子大了总不能老叫他孩羔吧，再说你叫百孩，儿子叫孩羔，也忌讳呀。

村长着实为孩子的起名烦恼了一阵子。村长喝的墨水不多，想起个吉祥如意的名字，确让村长煞费心机。后来村长一拍脑袋终于来了灵感。儿子时常缠着他问自己是从哪里来的，村长总是被这个简单得不能再简单的问题弄得不知所措，只好搪塞说是你娘尿出来的。于是村长决定给儿子起名叫小尿。再说尿也是农村的上好肥料，浇了庄稼就旺，在鸡肠屯，童子尿还是药引子呢。

小尿比我大姐大两岁，从小青梅竹马，又是同班同学。他们小时一块过家家，大姐扮新郎，小尿扮新娘，他们用砖块垒成新房，扮做新娘的小尿还要下厨去做饭，然后等着下地干活的新郎回来吃饭，怀里还抱着用树枝扎成的小宝宝。俩人还学我爹我妈，新郎大姐喝完酒拍桌子打板凳耍酒疯，把新娘小尿臭骂一通。新娘抱着小宝宝，捏着女人腔说，喝点猫尿要什么酒疯，这日子没法过了。说完把小宝宝朝地上一扔，小尿坐在地上拖着长音哭喊，我的爹呀，我的娘呀……

儿时小尿和大姐一块下地割猪草，一块下河捉鱼，晚上一块遛着树行子摸幼蝉，每次摸到的幼蝉，小尿全部交给我大姐。我大姐总是把我娘用铁锅煎好的幼蝉，偷偷地塞到裤兜里，带给小尿吃。大姐说，那时的幼蝉是记忆中最好吃的东西了。

儿时割猪草，小尿总把自己割的猪草塞到我大姐的篮子里。每次我娘都夸我大姐是个能干的好孩子，而小尿常常被村长拧着耳朵质问，你一下午跑哪儿疯去了，连一根草也没割到？

随着年龄的增长，大姐的身体逐渐发育，两个人渐渐不好意思天天摽在一起了。突然间，他们彼此感到如此的陌生，路上碰见都不好意思打招呼，但一种神秘的力量又诱使着彼此的心灵关注着对方，一个眼神或一个不经意的举动，都在彼此的脑海里掀起经久的波澜。

2

小尿深深地喜欢上了我大姐，常常找很多不是理由的理由接触我大姐。我大姐总是表现得大大咧咧，似乎对小尿用心良苦的举动麻木不仁。面对冷漠的我大姐，羞于启齿的小尿几宿没有合眼，终于酝酿出一封求爱信。万万没有想到，小尿斗胆写下的第一封求爱信，却落入他人之手，引来了不小的麻烦。

那天小尿趁着课间十分钟休息的空隙，把缠绵的情书悄悄塞到了我大姐的语文课本下面，希望在教室外踢毽子的大姐回来能尽快看到。窗外突然刮来一阵可恶的风，把那封情意绵绵的信吹到了地上，被一个外号叫猴子的同学无意捡到。这个意外的秘密，让喜欢恶作剧的猴子乐开了花，捧着小尿的情书，在讲台上极富感情地当众朗诵了一遍。而那时蒙在鼓里的我大姐还在教室外专注地踢着毽子，教室里同学们传阅小尿的情书，笑声一阵接着一阵。

上课铃声敲响之后，伴随着我大姐和小尿先后进入教室的瞬间，掌声、笑声、叫声连成一片……

弄清楚原委，我大姐羞红了脸，恨不得钻到地缝里。小尿更是如坐针毡，捂着脸，趴在桌子上，羞涩得把嘴唇咬出了血。

下课后，我大姐骑到猴子身上，狠狠地把他捶了一顿。又冲到小尿书桌前，把他的书本、铅笔盒扔了一地，狠狠地瞪着小尿骂道，流氓！

小尿如木雕泥塑，空洞的眼睛里滚出悔恨莫及的泪水。

第二天，我大姐发现小尿的座位空着，心里不是滋味。

第三天，小尿的座位依然空缺，我大姐心乱如麻。

第四天，我大姐伤心地看着小尿空洞的座位，心想，不能再这样等下去了。她担心小尿会出什么事。

我大姐到村长家去看个究竟。

小尿不在家。我大姐问村长，小尿这几天到哪儿去了？

村长疑惑，他不是每天都上学去吗，怎么，你没见他？

我大姐觉得问得有些冒失，自作聪明地找补，我是问他今天到哪儿去了。

姜还是老的辣。村长从我大姐游移的目光里发现了破绽。

那天上午，我大姐把村前村后、角角落落都寻了个遍，还是没发现小尿的踪影。直到当天晚上隔壁村长家传来小尿嘤嘤的啜泣声和村长的叫骂声，才知道自己把事情搞砸了。

3

那天小尿如往常一样按放学时间回到家，村长阴沉着脸，向小尿发出质问。小尿以为是我大姐告了他的黑状，只能承认，爹，我错了，我不该逃学。

村长本来都扬起来的手停在半空，叹了口气，又放下了。

我大姐进了村长家的院子。空落落的院里只有小尿，村长媳妇和闺女也不知躲到哪里去了。村长的闺女叫雪花，村长媳妇生雪花时，正是雪花满天的冬天。村长说，这闺女就叫雪花吧，瑞雪兆丰年嘛。

我大姐走过去想安慰小尿几句，小尿却把身子转了过去，给我大姐一个冷冷的脊背。我大姐说，小尿你咋了？

小尿没理会我大姐，昂扬着鄙夷的头颅。

我大姐不知趣地又问了一句，小尿你咋了？

小尿终于忍无可忍，吼了一句，滚！

你吃了枪药了！

我不想看到你。

狗咬吕洞宾，不识好人心！晚上八点我在桥头等你，有话给你说，去不去随便！说罢，我大姐气哼哼地甩着辫子离开了村长家。

那天晚上，初秋的风很大，还有点冷。月亮捂在厚厚的云层中，时而露出半边脸，洒下几许清冷的月光，九曲的鸡肠河荡着银光，通向遥远的天际。河上架着一座孤独的石桥，村里的人有的叫它缺桥，也有的叫它鹊桥。到底是鹊桥还是缺桥，至今无法考证，连我奶奶也说不清。我大姐来得很早，倚靠在残缺的桥栏上，倾听着寂静的村野里秋虫发出的大合唱。

就在我大姐等得不耐烦时，小尿犹豫的身影终于出现在我大姐的视线里。小尿见到我大姐第一句话就是，有事就说，有屁就放！

我大姐说，没事就不行吗？还生我的气呀？

小尿没吱声，仰头望着刚刚从云层钻出的半边月亮。

我大姐说，有什么话不能当面说，还要写信？

小尿说，张不开口……

就是写信你也不能这么大意，把笑柄留给人家抓。

你以为我想……

我大姐说，你信中想说啥，现在就直说吧。

小尿低头不说话。

你咋不说了？

我现在不想说了。

今天不说，以后可别怪不给你机会。说着，我大姐转身就要走。

小尿一把抓住我大姐的手，盼盼，我说！

第三章

1

我爹这次溺水身体受到了重创。医院费用太昂贵，尽管我爹的身体没有完全恢复，在他的强烈要求下还是回了家。我爹的病一直没有根本性好转，原本强壮的身体越发瘦弱，家里的气氛被我爹的唉声叹气和阴郁的脸，弄得异常沉闷。

嗜酒如命的我爹更是借酒浇愁。我爹也曾下过决心戒酒，可是两天不沾酒，爹浑身就痒痒，吃饭不香，睡觉做噩梦。我爹的口头禅是，男人不喝酒不抽烟，活着又有啥意思。我娘和我奶奶等反方观点认为，鸡肠屯的男人不抽烟不喝酒的多的是，人家不是也活得有滋有味？退一步说，即便喝酒，也不能不要命地喝。我爹心悦诚服地说，对，对，喝酒不喝醉，才有男人味。但说一套做一套，每次都没少喝了。

酒这东西看上去像水，喝到肚里就闹鬼。酗酒耍酒疯，在我爹来说是家常便饭。一旦酒仙附身，我爹就完全变成另一个人，打老婆打孩子打村民；醒酒之后，我爹就像做了一场噩梦，追悔不及，捶胸顿足。然而事过三天，我爹就好了伤疤忘了痛。有人替我爹开脱说，石头人是个好人，酒不是个东西。

我娘永远忘不了那个冬日的午后，我爹的醉拳给我娘右眼下侧留下了终生无法消除的疤痕，像个蚯蚓趴在那里。

我娘后来给我说，那天的阳光很好，刮了一夜北风，鸡叫二遍时才渐停，天上被吹得一尘不染。可能天气有点冷吧，我爹一直留恋着热被窝，不肯起床。我娘把饭送到床头，说，她爹，太阳晒屁股了，别把头睡扁了。

我爹不耐烦地说，叫个鸟，烦不烦。不起就是不起，俺身子不舒服。

我爹就是这样的臭脾气，不识好歹，你越是喊，他越赖着不起，你不喊说不定他还起床，似乎故意跟我娘对着干，故意让我娘生气，这样他才舒服。

我娘不再啰嗦，折身进灶房收拾碗筷。

那天家里只有我爹和我娘，连我三姐小鸾也出去玩了。说也怪，大冷的天，大人恋着热被窝，小孩子却早早地闹着起来瞎折腾。

我娘把里里外外收拾停当，出门去田沟里作些肥料，来年上地。我爹本来是不困的，睡眠时间已经超过生理的需要，但在这个让人容易瞌睡的环境里，我爹又迷迷糊糊地进入了梦乡。后来我爹被一个噩梦吓醒了。我爹梦见我爷爷带着孔家的列祖列宗手拿着棍棒要揍他，他吓得跪地求饶，可那些人都怒目圆睁，不为我爹的言语所动。

我爹再无睡意，翻身起床。

我家当时是土墙草房，虽然我爹常说土墙草房冬暖夏凉，好处多多，但窗户上破烂的塑料布张着嘴向屋里吹冷风，土墙也年久失修，裂出长短不一的曲线，透着阵阵寒气。我爹木然地坐在床沿上打寒战，骂了一句，狗日的，这天。

我爹循着阳光来到堂屋门前，接受着太阳的恩赐。我爹想抽烟，便掏出一张废纸，这些纸都是我姐姐用过的旧课本，一折为二，卷成筒状，取出烟丝袋，捏出一小撮烟丝，轻轻地塞进去。

我爹面无表情地抽着纸烟，刻意要让所有的烦恼都滚得远远的。他想，人能想得开才算个大男人，有些事都是命中注定的，不是你想咋样就咋样的，再烦有个屁用。可那些烦心事依然无休无止地纠缠着他。

我爹抽着烟，阳光就像河水一样，在我爹身上流来流去，烟雾迷漫在我爹周围，像城里的男人在蒸桑拿。抽完一支纸烟，我爹的精神得到了些许安抚。虽然早上没吃饭，我爹一点食欲都没有，懒懒的像一只猫。

烟一停，我爹的脑子里就乱糟糟的。为了转移一下注意力，他四下里踅摸，看到墙角的一个酒瓶，可惜是空的。酒瓶上的标签引起了我爹的注意——高粱大曲。我爹想到了地震。

地震是村支书，他的名字有点来头。据说，地震出生时淮北地区恰巧发生地震，母亲就给他起了这个名字。上世纪七十年代，中国经历了一场大地震，人人谈之色变。父母轻易不敢喊儿子的名字。有一次，地震的娘找儿子吃饭，喊道，地震，地震……结果吓得全村人都跑出屋。

地震的脸白，丹凤眼，双眼皮，嘴角上翘，笑容可掬。我爹生病期间，地震提了四瓶高粱大曲来瞧我爹。地震知道我爹嗜酒如命，没有什么礼物比送酒更让我爹高兴的了。我爹见到酒，所有的诺言都抛到了九霄云外。

我爹清楚地记得，四瓶高粱大曲喝了三瓶还剩一瓶，便径直到床下去摸，果然还在。看到了酒，我爹心里立即洒满了阳光，暖烘烘的，每一个细胞都张着嘴，像久旱的禾苗渴望着雨露的滋润。

我爹拎着酒瓶来到灶房，抓了一把青辣椒，又蹲到了门前的阳光里。

我爹很少能做到饭前洗手，除非在我娘逼迫下无奈为之。更不用说让我爹起床后刷牙了。只要不出门，我爹很少洗脸刷牙。他说，不出门，洗脸刷牙给谁看？

当然了，要是走亲戚串门子，或逢集赶会，我爹还是挺注意门面的。有时头发梳得一根一根的，油光贼亮，连蚂蚁拄棍也爬不上去。有时一天能刷四遍牙，生怕口臭损害他的形象。可在家就不一样啦，有时牙齿黄得让人看了恶心。更让我娘难以忍受的是，我爹睡前从不洗脚，每次洗脚都像要他命似的。我爹自有他的道理，脚洗得那么干净，谁能看见？因此，被窝总是让我爹那双脚弄得臭烘烘的，熏得我娘夜夜失眠。

每次我娘给我爹洗袜子，洗十遍的水依然是浑浊的。我娘常皱着鼻子说，这水要是上到田里，庄稼不要施肥，保准明年有个好收成。

不怕你笑话，我爹就是那种属驴屎蛋子的，外面光。

我爹一个人喝酒从不用酒盅什么的，直接对着瓶吹。我爹说不懂酒的人才用杯子，就像吃狗肉，用手撕着吃才带劲，用刀一切，再也没那股特有的风味了。再说一个人喝酒，先把酒倒杯子里，再从杯子里倒嘴里，太麻烦，多此一举。

我爹一边品着高粱大曲，一边咯嚓咯嚓地吃着青辣椒。喝着喝着，我爹就出现了幻觉，仿佛自己坐在浮云上，身子悠悠地飘荡在蔚蓝的天空中，鸡肠屯便尽收眼底。在蓝天上俯瞰，鸡肠屯的男女老少小得像蚂蚁，忙碌地四处乱窜。我爹笑了，脸上绽开了一朵花。

在鸡肠屯的男人里，我爹的酒量不算小，可我娘说得对，河里淹死的往往都是那些水性好的。那天我爹是空着肚子喝酒，很快，整个肠胃就被泛滥的酒精淹没，直到所有的神经细胞都浸泡在高粱大曲里。我爹彻底被酒精俘虏。喝醉酒的我爹就不再是原来的我爹了，高粱大曲变成了魔鬼，附到了我爹身上。于是我爹就成了高粱大曲的形象代言人，演绎出一出出精彩的剧目。

醉酒的我爹一反常态，真正诠释了什么叫酒壮怂人胆。

我爹吊着嗓子唱起了京剧。平时难能听我爹唱什么戏，更别提流行歌曲。可酒后的我爹又唱又跳，边歌边舞，像欢度节日似的。那天，我爹唱的是《智取威虎山》……

2

我娘从田里回来得不是时候。我爹正唱到兴头上，我娘却扫了我爹的兴。

其实，我娘在村头就已经有了预感，因为她隐约闻到了一丝酒香。顺着气味回到家，就看见了正手舞足蹈的我爹。我娘心想，这下完了。

我爹喝酒前，我娘总是要百般劝阻，喝多了之后，我娘就不敢说什么了。我爹喝多了是要打人的。这次就是如此。

其实我娘心里憋得很，她在田里忙活了一上午，累得半死，我爹却在家里撒酒疯。我娘想说我爹不要脸，没一点儿记性，身体这个样子还喝醉，不知死啊！可我娘只能把这些话咽到肚子里。

我娘的突然归来扫了我爹的兴，脸立即阴沉下来。我娘不敢正眼看我爹，但我娘全身的神经已充分感受到我爹目光的冷峻。我娘不敢招惹他，蹑手蹑脚地进了里屋，打算等我爹醒酒后再数落他。就在我娘一只脚门里一只脚门外时，我爹发话了，跑哪儿野去了？

我娘知道我爹这是没事找事，故意找茬。我娘对我爹的问话置若罔闻。这是吸取以往的教训——只要和我爹搭上话茬，他就会没完没了。而我爹的问话，无论你怎么回答，都是无法让他满意的，哪怕是语言大师，在我爹面前也无能为力。

我娘没有回答我爹的质问。她还清晰地记得不久前我爹醉酒的一幕，就是因为接了话茬，被我爹一脚踹到粪池里，一池的污水浸透了我娘的红花小袄。我娘刚刚从粪池里挣扎着爬出来，又被我爹踹了下去，我爹用食指点着我娘的额头，你他妈的再出来，老子还能把你踹进去，你信不信……

我爹依然锲而不舍地追问，你到底哪儿疯去了？我娘铭记上次血的教训，干脆不搭理我爹。我娘心想，我不回答你的问题，你拿我没办法了吧？

我娘又错了。

我爹歪着脖子，等待着我娘的回话。而我娘沉默的背影，相当于火上浇油。我爹说，你聋了吗？长着耳朵是留给别人看的？

我娘终于意识到，保持沉默不是上策，再这么沉默下去，炸弹有可能立即引爆。我娘强忍着委屈，满脸堆笑，像唱戏背台词一样说，她爹，我没有到外面去疯，我在田沟作肥料呢。

一边说着，我娘进了里屋，翻找旧衣服，其实主要是为了躲我爹。

我爹的语气里带着威胁，你就不能给我出来说话吗？

我爹的无理取闹和谩骂，能把我娘的肺都气炸，真想搂脸扇他一巴掌。可我娘不敢，只好从里屋出来，他爹，你喝多了，快回屋歇着吧。

说着话，我娘就搀扶着我爹的胳膊朝里屋架。

我爹打掉我娘的手，少来这套，你以为我喝醉了？耍老子？我不进去，屋里有你亲爹？

这下终于把我娘惹火了，她忍无可忍，喝点猫尿耍什么威风？

我爹没想到我娘敢顶嘴，愣怔片刻，突然放声大哭，俺爹，俺娘，儿子对不起你们呀！儿子不孝，没能给你们生个孙子，还给你们赚了骂挨……

我爹在鸡肠屯是有名的孝子。我奶奶为了把我爹拉扯大，不知吃了多少苦头。据我奶奶说，我爷爷解放前一直跟地主打长工，至今手上还有一块被打的伤疤。上世纪七十年代的小学语文课本上有篇课文，讲贫农张大爷受剥削，在地主家扛活，地主心肠狠，把长工当牛马，还砍伤了张大爷的手……我爷爷就是张大爷的原型。

我爷爷打了半辈子光棍，直到推翻了三座大山，我爷爷才娶了我奶奶。那时贫下中农最光荣，是国家的主人啊，我爷爷喝凉水放屁都响。1957 年农历十月初一，伴随着一声长啼，我爹出生了。我爹的出生给我爷爷和奶奶带来了无限的欢乐，让我爷爷激动得光张嘴，就是讲不出一句话来。

在我爹刚刚挪着步子会走路的时候，全国掀起大跃进的热潮，席卷了九百六十万平方公里的每一个角落，鸡肠屯也不可抗拒地被卷入了这场历史的洪流。紧接着的三年自然灾害，刚学会挪步的我爹突然被饥饿打折了腿，怎样努力也站不起身来。

那几年鸡肠屯饿死了很多人。人死了也没有人埋。你想啊，人们连走路的劲都没有，哪还有力气和心思去葬人？我奶奶说她早上去南湖干活，走到中午才晃悠到。

全村的树皮都被扒光吃净了，在鸡肠河岸上游栖的大雁的粪便，未隔夜就被一抢而光。

我奶奶说，我原本还有一个姑姑，就死在了那个年头。我爷爷饭量大，村里分给一家四口的口粮不够他一个人吃的。在生死攸关的年头，我奶奶为了孩子毅然与我爷爷离婚。那时离婚不像现在这么琐碎麻烦，只要我奶奶说要离婚，我爷爷说行，这就成了。

尽管如此，我大姑还是命丧鸡肠屯。

那天村里只发了一块黑饼。我奶奶、我爹和我姑都命悬游丝，这块黑饼谁吃就意味着谁能生存下来。我奶奶深陷的眼窝滚出两滴浑浊的泪水，把这块黑饼掂量半天，最后放到了自己的嘴里，咀嚼之后，嘴对嘴地送入我爹的口中。我大姑终于闭上了眼睛……

我爹永远也忘不掉，是我奶奶用生命换来了他的今天。我娘的反戈一击，一下子就捅到了我爹的伤心处。

其实我娘并没有侮辱我爷爷和奶奶的意思，只不过是我爹过于敏感罢了。话又说回来，喝醉的人，哪给你讲理？

我爹哭着哭着，就露出了凶相。我娘预感到大事不妙，三十六计走为上策，她决定逃离这个是非之地。刚刚跨出破旧的大门，就听到我爹破锣般的吆喝声，站住！

话音刚落，我爹像一只盘旋在蓝天觅食的巨鹰，猛地向我娘扑了过去。我爹拎着我娘的长发，一把就把我娘扔到了院里。

我爹冷笑一声，小样，还能跑了你？

我爹骑到我娘身上，把我娘打得鼻青脸肿。手打疼了，就抽出皮带继续打，我娘的疤瘌眼就是皮带的铁扣留下的。

从外面玩耍回来的我二姐和三姐，刚进门就被眼前的景象惊呆了。我二姐吓得嘴似水瓢般地哭叫起来。我三姐去拉我爹，说爹，你别打我娘了。

我爹只用一个指头的力量便把我三姐拨拉出老远，三姐也只有坐在地上扯开嗓子哭的份儿了。

我爹决定进屋找绳子，把我娘捆起来继续打。我娘趴在冰凉的地上一动不动，不是我娘已经奄奄一息，不能动弹，大不了一条命，日子到了这步境界，活着又有何意义？正在哭泣的我二姐趁着这个机会，跑过来连拖带拽，我娘也只有半推半就，被她拽出了大门。

3

当我爹手里拎着根草绳返回时，已经不见我娘的踪影。我爹暴跳如雷，扔掉草绳，随手摸了一块石头，踉跄着追了出去。他绕着村子满处寻找，边走边骂，臭娘们儿，你别让我找到你，老子要剥了你的皮……

村民们见到我爹，避之唯恐不及，都知道这时候不能劝，谁劝谁倒霉。有的人干脆躲回自己家里，紧紧关上自家的大门，生怕被这只冲出栅栏的疯狗咬一口。

这种时候，全村只有村长敢收拾这个烂摊子，可村长去乡里开会了。

我奶奶去北湖地看麦子，刚回村，迎面看到了我爹，赤着一只脚，趺趺撞撞，张牙舞爪，骂骂咧咧。我奶奶气得浑身哆嗦。教训过我爹一千次、一万次不要酗酒，可我爹把我奶奶的话当耳旁风。我爹把我奶奶的脸面丢尽了。

气愤和伤心像一块石头，压在我奶奶的心口窝，堵得我奶奶心发慌，手发抖。我奶奶迈着三寸金莲般的小脚，冲到了我爹面前。

俗话说打人不打脸，骂人不揭短。可我奶奶此时最想打的就是我爹的脸。我奶奶已过古稀之年，腰弓了，筋骨收缩了，她想用那只青筋暴起的老手扇我爹的耳光，却够不到我爹的脸，反而因用力过猛，扑了空，一屁股摔坐在冰凉的地上。

我爹哈哈大笑，笑罢指着我奶奶说，你这个老太婆，我与你无怨无仇，为什么打人？

我奶奶喘着粗气，混账东西，我是你娘！

你是我娘？我还是你爹呢！

我奶奶差点儿被气晕过去，挣扎着想爬起来继续扇我爹的耳光，可身不由己，怎么也站不起来，只能不停地擂着自己的胸脯哭天抢地，老天爷啊，造孽啊……

村支书地震实在看不下去了，径直来到我奶奶跟前，大娘，我扶您回家。石头喝醉了，您别给他一般见识。

地震伸手拉我奶奶。我奶奶却不肯起来，依旧哭喊着，造孽啊，造孽……

地震劝，大娘，别气了，回家吧。

我爹上下打量着地震，满脸的不高兴，你是谁？

我是你地震哥。

地震哥是谁？我认识你吗？

地震不理睬我爹，只顾劝着我奶奶回家，拉着我奶奶的胳膊说，大娘，天冷地寒，别冻着……

话还没说完，我爹就踹了他一脚。那一脚是踹在地震屁股上的，力量很大，地震失去了平衡，一下子弄了个狗啃泥。

我爹没有善罢甘休，跳上去骑到地震身上，抡起拳头就打，嘴里还说，老子给你脸你不要脸！

地震只能双手抱头大喊救命。我奶奶不知哪里来的一股力气，腾地从地上爬了起来，抓着我爹的衣角，竭尽全力朝后拽，然而无济于事。

这时，村长骑着一辆破自行车从乡政府回来了，正好看到了这一幕。

我爹骑在地震身上，地震拼命挣扎。我爹说，你要能把我媳妇找着，我就让你起来。

地震哭笑不得，被我爹重重地压在身下，无力反抗。我爹一身的憨劲，又加上几分的酒劲，地震不是我爹的对手。我奶奶站在旁边干着急，也是束手无策。

还好村长回来了。别看村长个头小，大个子我爹最怕小个子村长。

这世界谁怕谁并不是以个头大小论的，俗话说千斤的老鼠也怕九斤的狸猫哩，一物降一物。村长把车子朝地上一扎，走过去揪着我爹的耳朵怒斥，熊货，耍什么酒疯！

我奶奶说，百孩，你替婶子扇他的脸！

我爹挣脱村长的手，你别拧我耳朵，我给你唱歌听。

一首《济公传》的主题歌被我爹的破锣嗓子唱出来，鞋儿破，帽儿破，身上的袈裟破，你笑我，他笑我……

唱着唱着，我爹就开始脱衣服，最后竟光着身子绕着村子跑，又唱又跳，又哭又笑……我奶奶的脸被我爹全给丢尽了。她让村长把我爹捆起来，村长喊来几个小伙子，费了九牛二虎之力才算把我爹治住，抬回家里。

我爹四肢不自由了，可嘴还是自由的，依然像机关枪一样不肯停下。我奶奶从床上拽了条枕巾，团成团，塞到我爹的嘴里。

我爹这下只能干瞪眼了。停止了挣扎，又没穿衣服，他开始打哆嗦，村长把我大姐屋里的被子给我爹加了一层。他看着我爹叹气，石头啊石头啊，你喝这么多猫尿干啥？

村长又转过脸，对着吓傻了的我三姐说，三妮，还不去找你娘，让你娘给你爹熬点姜汤。

我三姐抹着眼泪说，我不知道俺娘在哪儿……

村长说，不知道不能去找啊？

我三姐抹着眼泪出了家门。

4

我娘被我二姐从家里拉走后，躲在了村长家。进了村长家院子，我二姐就把半掩着的大门闩上了。

村长媳妇正在睡觉。因为感冒了，吃了几片感冒药，结果一整天都昏昏沉沉的，眼睛睁不开。外面闹腾得惊天动地，竟然也没把她吵醒。直到我二姐拉着我娘闯进来，村长媳妇才腾地从床上惊坐而起。

我二姐急慌慌地说，大娘，俺爹喝多了，要揍俺娘，快把俺娘藏起来！

我二姐一句话就让村长媳妇弄明白了正在发生的事。这样的事已经不是一次两次了。村长媳妇赶忙下床，问大门闩上了没有。我二姐点点头，说闩上了。我娘还在咿咿呀呀地抽泣着。

村长媳妇说，他婶子，你别哭了，要是他叔听到了，不就麻烦了。说着，村长媳妇掀开耷拉到床脚的床单，还愣着干啥，还不快钻进去躲一会儿。

我娘赶紧钻进了床下。村长媳妇来到门口，猫着身子，通过门缝观察门外的动静。也就是在这时，我爹拎着块石头，从门前摇晃而过。片刻，村长媳妇听到我爹的谩骂声渐远，方才放心回屋。

村长媳妇说，他婶子，出来吧，没事了，他叔走远了。

我娘从床下爬了出来，嘴唇发青，浑身抖成一团。

村长媳妇说，你衣服咋都湿了？

我娘说，我从地里干活刚回到家，还没来得及换……

村长媳妇叹了口气，进屋找来自己的衣服，他婶子，换上吧，不然要感冒的。

我娘摇摇头，没事。

村长媳妇连拉带拽，把我娘弄进里屋，帮她换了衣服。村长媳妇说，天冷，咱都到被窝里坐着说话吧。

我娘打了一个喷嚏。村长媳妇说，感冒了吧。我这儿有感冒药，快吃两片。

村长媳妇下床，拿药，倒水。

我娘说，没事。

村长媳妇说，没事也得吃。吃了只会有好处，肯定没坏处。

我娘吃了药，又哭了。

村长媳妇劝，他婶子，别难过了。

我娘抹着眼泪，他一喝醉就找事，这日子啥时候能熬到头呀。

他喝多了，你别跟他一般见识。

她爹做梦都想有个儿子，为这不知吵了多少架，我难道不想生个儿子吗？

他叔还年轻，火气大，等再过几年就好了。慢慢熬，会有好日子过的。你也别太想不开。其实，哪个人没缺点呢？他叔是个厚道人，除去喝点酒，嫖赌一样不沾。你看咱村有几个男人不赌钱？要么就是有点钱了就到城里嫖……

我娘说，我要不是这样想，一天也不能跟他过。

我娘和村长媳妇聊着聊着，就听到院外又闹腾起来。我娘执意要出去看看，担心我爹出啥事。

村长媳妇说，千万不能出去，万一石头看见你就麻烦了。

我娘说，她爹今天穿得薄，天这么冷，别冻坏了他。

村长媳妇说，那我出去看看，你别动。

就在这时，院子大门传来了哐当声。我娘吓得赶忙跳下床，又钻进了床下。村长媳妇蹑手蹑脚地来到堂屋门口向外张望，原来是我三姐。

村长媳妇问，三妮，咋了？

我三姐说，大娘，我娘在您家吗？我大伯把我爹捆起来了，让我找我娘回家。

我娘从床下爬出来，长出一口气，掸掸身上的土，说，嫂子，我回去了。

村长媳妇不放心，我陪你回家。

我家挤满了人。

我爹被五花大绑扔在床上，嘴里还有我奶奶塞的枕巾。我娘一下子扑到我爹身上，拽掉枕巾，声泪俱下，我这是造的什么孽……她爹，要是你骂人能舒服些，你就骂我吧。

我爹像泄了气的皮球，无力地翻了一下重若千斤的眼皮，痛苦地皱了一下眉头，接着狂吐不止。我娘忙着给他擦拭，村长说，他婶子，快去倒碗茶，让石头漱漱嘴。

暖瓶里空空如也。我娘赶忙到灶房烧水。等水烧开了，我爹也进入了梦乡。

拥挤的院子渐渐冷清，村民们各自回了自己的窝。

天色暗下来，我娘掌上一盏灯，坐在床前做着针线活，等着我爹苏醒。谁知我爹这一觉一直睡到下半夜。

我爹睁开惺松的双眼，看到我娘伏在床边已经睡着了，也闻到了一屋子的酒气。我爹拍了拍硕大的脑袋，竭力搜寻记忆的碎片串连起来。

我爹终于如梦初醒，不由得万分悔恨，攥紧拳头狠狠地朝床上砸了一拳，自言自语，我他妈的真不是人！

我娘被我爹这一拳砸醒了。她爹，你醒了……

我爹沉默不语。

我娘起身倒了一碗茶，加了红糖，说，她爹，肚子一定难受吧，喝点糖茶熨熨肠胃。

我爹说，我昨天又丢人了吧？

我娘点点头，给你说过多少遍，你就是不长记性。唉，咱家的脸面都给丢尽了……

我娘把我爹丢人现眼的事和盘托出。我爹抓住我娘的手，狠狠扇自己的耳光。

我娘挣脱出被我爹钳制的左臂，你干什么！想打用自己的手。

于是我爹左右开弓，轮番扇自己的耳光，清冷寂静的夜晚，巴掌声异常清脆。

我娘叹口气，好了，别贱了，三更半夜，别把孩子吵醒了。

后半夜我爹一直没合眼，当冬日的第一缕阳光钻进阴冷的屋子时，我爹腾地爬起床，咬破食指，在床头墙壁上写下了“戒酒”二字，还把昨天喝剩下的半瓶酒狠狠摔碎在院子里，把所有能盛酒的空酒瓶和塑料桶砸得稀巴烂。

我爹决定与酒彻底决裂。

我爹这次戒酒异常坚决，义无反顾，还发誓说，我要是再他妈不长记性，就不是人养的！

接着，我爹决定一一负荆请罪。

5

第一个去的是支书地震家。

我爹刚走到地震家门口，顶头迎着地震的三个弟弟，大虎、二虎、三虎。他这三个弟弟，个个虎背熊腰，力大如牛，骄横跋扈。

三只虎看到我爹，像见到仇人一样，不约而同蜂拥而上，把我爹按倒在地拳脚相加。大虎说，给我朝死里打，他娘的，喝点猫尿谁都敢欺负！

我爹抱着头，一声不响地让他们尽情发泄着胸中的怒气。

地震听到动静跑出来制止，混账东西，都给我住手！

三只虎骤然间停了手，但依然气恨难平。二虎说，他娘的，喝点酒就撒疯，不揍他不长记性！

地震说，我是村支书，你们这样做，别人怎么看？去去去，都一边去，这儿没你们的事。

三只虎骂骂咧咧走了。

我爹还趴在地上，抱着脑袋，一副甘心挨打的样子。他说，地震哥，让他们揍吧，不然我真的对不起你啊！我挨一顿揍，大家心里都舒服点。

地震说，好了，别瞎扯了，快起来吧。

我爹从地上爬起来，拍拍身上的土，地震哥，我昨天实在对不起你，你别往心里去。

地震帮我爹掸掸后背的土，咱兄弟俩，谁跟谁，你怎么搞得这么外气呢？

接着，我爹蹒跚着朝我奶奶家走去。

我爹的胸口被三只虎打得隐隐作痛，当然，更痛的是心。我爹想，家族强弱全靠男人的支撑。要是他也有三虎四狼般的儿子，谁敢欺侮他？连一个儿子也没有，活着实在没啥盼头。

走着想着，就来到了我奶奶的家门口。

我奶奶正在洗衣服。我爹扑通一跪，我奶奶吓了一跳，继而也就明白了我爹这一跪的含义。我奶奶低着头继续洗她的衣服。我奶奶不想搭理他。

我爹双膝跪得直直的，一点弯都没有。我爹把头深深地埋在胸前，等候我奶奶的一顿臭骂。半晌，我奶奶终于打破了尴尬的沉默，让我怎么说你呢？

我爹说，我错了，娘，你打我吧！

我奶奶说，你这话老娘都听一千遍了，听腻了。

娘，我保证再也不喝酒了。如果再犯，天打五雷轰！

我奶奶叹了口气，还不起来。没有点眼色，把老娘的太阳光挡净了。

娘，我来替你洗。我爹站起身，硬把水盆拽了过去，蹲下身子帮奶奶洗衣服。娘，我给你说过多少次了，让你把脏衣服送到俺家，让盼盼的娘洗，唉，你又自己洗。

我奶奶说，我又不是老得不能动了，让你们伺候我，闲着我能闲出病来。我奶奶又用干枯的手指戳了戳我爹冻红的大鼻子，你能不惹老娘生气，就是最大的孝顺了。

我爹嘿嘿干笑两声，娘，我再也不惹您老人家生气了。

洗完衣服，我爹接着扫地、收拾床铺。我爹多次劝我奶奶到我家住，我奶奶却死活不肯。我奶奶说跟着儿子过吃闲饭不自在。我爹没事就转悠到我奶奶家，帮助我奶奶做一些力所能及的活，和我奶奶聊聊天，时常掏几个零钱让我奶奶买零食吃，比如说买根麻花，买几块糖果啥的。

我爹忙完了，说，娘，我走了。随手掏了几个一元硬币扔到桌子上，娘，你买点零食改改口味。

我爹走了，最后一句话一半门里，一半门外。

6

天虽然还是很冷，但阳光很好。

因计划生育的事，我爹对村长是有怨气的，可是想一想昨天，实在对不住村长。虽然有些事让他气不顺，但毕竟昨天是他的不是，不能混为一谈。我爹决定去村长家，对自己昨天的行为进行一次检讨。

村长家的大门虚掩着。说是大门，其实已基本失去作为门的功能了，两块门板破烂不堪，显示出岁月的沧桑。村长一家四口一字排开，倚靠在堂屋的南墙，晒着阳光。村长的两只手插在袖筒里，右肩抵着土墙，逆着阳光，眯着眼瞄了一下我爹，吊着长脸不说话。

村长有个外号叫驴脸，有人说村长的脸长得可以跑火车。村长的脸时常是吊着的，很少见到他有笑容出现，所以更显得脸长，好像谁都欠他钱似的。

村长媳妇首先说话，他叔，吃了吗？

我爹想笑，这不早不晚的，问的是哪顿饭吃了没有？其实“吃了吗”相当于城里人说的“早上好”或者“晚上好”一样，是个招呼罢了。

我爹未置可否，模棱两可地点点头，又干笑两声，准备给下面的话作铺垫。还没开口，村长闭着眼，却懒懒地说，好话重三遍，狗都不想听。

村长显然知道我爹为何而来。

我爹说，你听我说……

村长说，狗改不了吃屎。

村长媳妇拍一下村长，你说什么呢！又转向我爹，他叔，他爹就这脾气，别在意。

我爹说，百孩哥讲得对，我不要脸，没记性，狗就是改不了吃屎。

村长依旧闭着眼，不紧不慢地说，滚回去，我不想看到你，见到你连午饭都不想吃了。

村长的儿子小尿和女儿小雪也听不下去了，都用眼瞥着村长，齐声合力地说，爹，你看你……

村长始终阴着脸，我爹准备好的那些道歉话，也只好咽回肚里。窘迫的我爹看着村长媳妇，说，嫂子，谢谢了。

村长媳妇说，快回去歇着吧，以后可别再喝这么多酒了。

村长不耐烦，你给他啰嗦什么，少说两句还能把你当哑巴卖了？

我爹最后用歉意的目光看了看村长，低着头离开了村长家的大院。

第四章

1

我爹和村长、村长老婆、村支书地震四人曾是小学的同班同学。说来话长，那就先说他们小时候的事吧。

那时他们四个人在一个班，一块结伴上学，一块手拉着手回家。我爹和村长、地震桃园三结义结拜为兄弟。他们仨是同年生，都属鸡，大的是月份。村长老大，地震居中，我爹最小。

后来村长媳妇又加入了他们的队伍，天天在一块玩，四个人好得能穿一条裤子，路上捡了一块糖果也得咬四块。

那时候他们都觉得时间过得特别慢，就像爬行的蜗牛，日子要掰着手指数着过。虽然穷却无忧无虑，鸡肠屯就是他们的整个世界。

我爹他们四人上学时正赶上“文化大革命”。那是个不学无术的年代，那是个知识越多越反动的年代，那是个交白卷上大学的年代。他们在整天以工代学的日子里，玩得异常开心。一块偷玉米，一块扒山芋，一块捉迷藏。

夏日，他们还经常在一块捉幼蝉炒了吃。晚上，他们带着豆草一类的柴禾，放在几棵大树中间的地上。那时村里的树很多，蝉也很多，天天叫得哇哇的。我爹、村长、地震爬到树上，村长媳妇点燃柴禾，火光照亮了半个天空。树上三人使出吃奶的力气摇晃树枝，蝉因惊吓四处乱飞。燃烧的柴禾像磁铁，吸引着八方来客。在翅膀的抖擞声、飞蝉连绵的叫声、树枝的晃动声中，像下了一场黑暴雨，声势震撼人心。

村长媳妇伏下身子抓捏落在火堆四周的飞蝉，将它们放进事先准备好的盛有清水的铁桶里。

收获是可观的。他们回到我奶奶家，掐掉蝉翅，加点猪油，在地锅里干炒。他们边炒边捏着吃，嘴里还不停地说好香好香。现在看来撂给狗都不吃的东西，在当时好吃得不得了，舌头都能一块咽下去。

我们村是一个古老的小村庄。村边有一条小河，九曲十八弯，鸡肠子似的，河由此得名鸡肠河。小村散散落落依河而建，鸡肠屯也因此叫开。村子到底存在多少年了，我奶奶这辈子人也记不清，现在更无从考证，据说孔子他老人家曾来过此村会友，还小住过些日子。不过，鸡肠屯至今也没有出过什么大人物，有些令村民们遗憾。坏蛋倒是有一个，也是鸡肠屯出来的最大的官，当了三年县长，贪污受贿，后来被枪毙了。

鸡肠屯地势低洼，十年九淹，还有一年不淹，那肯定是大旱。鸡肠屯的村民多年来一直处于水深火热之中，天灾人祸连连。

村长的父母在三年自然灾害期间饿死了。村长四岁便成了孤儿，村里人都可怜这孩子，挨家挨户轮换着给他吃、给他穿。虽然日子苦些，但村长的命总算保了下来。为表感恩，村长把自己的名字改为百孩，意即吃百家饭长大的孩子。

村长从小到大没穿过一件新衣服，十六岁之前没穿过鞋子，寒冬炎夏都是光脚。衣服多数是拾别人旧的。十六岁时，村里把他送到了部队。换军装那天晚上，百孩一夜没睡，穿着新衣服在床前走来走去，左看右看，兴奋得不知姓啥了。

送行那天，全村老少都簇拥着来到乡政府，大家都含泪为他送行。有的说，孩子，到部队可要好好干争口气；有的嘱咐别忘了来信；有的说到了部队要自己照顾好自己呀……百孩啥都没说，流着泪，一个劲地点头，像小鸡啄米似的。

百孩上了拖拉机，由乡武装部统一送往县城，送行的人齐刷刷挥手告别，百孩这时才嚎啕大哭，哭声伴着轰鸣的发动机声渐远渐小……

2

百孩当了三年兵，很快到了转业的时间。百孩在部队干得很出色，连长想让百孩留下，等有机会给他转干。可百孩拒绝了这千载难逢的好机会。百孩说他想家，想鸡肠屯，想得要命。连长说，你爹娘骨头都化成灰了，想哪门子的家！百孩说，鸡肠屯把俺养大的，鸡肠屯就是俺爹，就是俺娘……

百孩最终还是背着行李，回到了他朝思暮想的鸡肠屯。

村民敲锣打鼓，欢迎百孩转业回家。

那时地震是鸡肠屯的村长。百孩转业回村，被任命为民兵营长，带领一帮青年拿着红缨枪，练军姿，走正步，冲冲杀杀。我爹也是民兵营中的一员。

后来，村支书突然出车祸死了，地震顺理成章地顶了支书的位子，村长的位置便空缺了下来。虽然村长算不了什么狗屁官，可村里有好多官迷，走后门拉关系，削尖脑袋朝里钻。面对全村激烈的竞争，决定村长人选的关键人物是村支书地震。让谁来当这个村长呢？支书地震是经过一番思想斗争的。谁能更加巩固他在村里的地位？谁能真正地为他所用？谁能真正维护地震的权威？地震心里的小算盘打得啪啪响，最后，他决定力荐百孩。

百孩小头小脑，小脚小手，身瘦如猴，没有丝毫的官相，对村长位子也没有丁点的兴趣。然而，人该走好运，挡都挡不住。

地震在村民选举会上，把桌子拍得啪啪响，说，我们要民主产生一个真正能代表全村利益的、能忠于共产党的人来当村长。有些人不采用光明正大的手段来竞选村长，却搞阴谋诡计，请客送礼，拉拢关系。有些人竟把东西送到我家，还有些是人托人脸托脸，找县里找乡里，写纸条子打电话……我在这里告诉你们，你们也太小瞧我了，我姓陈的这点觉悟还是有的嘛。

会场上有人被地震的话说得脸红耳赤。

地震的嘴像机关枪，还在哒哒哒地说，我们共产党人立场是坚定的，是经得起考验的。这次我们一定要民主推选一位德才兼备的好村长。我认为，民兵连长百孩就是最佳候选人。他从小没父母，几辈子都是贫下中农，政治清白，当过兵，受过党和人民的教育多年，又是党员……

地震说到此，还落下了几滴眼泪。他抹了一把眼泪，擤了一把鼻子，继续说，百孩同志是个好同志，人穷志不穷，在整个选举过程中没有找过任何人，没送过一分钱的礼物，当然了，他也没钱送。我想，如果选他当村长，在他的带动下，我们村一定能早日富裕起来。

接着，地震做了一件令众人始料不及的事。地震弯下身子，从桌子下面拎出两瓶白酒，放在桌子上，作最后的总结发言，大家瞧瞧，这就是我的一个近房送给我的酒，为的就是当村长。我就不当众点名了，给他留个面子吧。可笑啊，两瓶酒就想把我这个堂堂正正的村支书砸趴下吗？我们共产党人是用糖衣炮弹打不倒的。现在，我当众宣布，赃物归公！

地震话音落地，雷鸣般的掌声一阵高过一阵。我爹的手都拍红了。

选举结果揭晓，百孩顺利当选鸡肠屯村的村长。

百孩上台作就职发言。望着几百双聚焦在他身上的目光，百孩头皮发麻，本来想好的几句话，一紧张忘得精光。

台下一片寂静，都等着百孩发言。百孩张了几次嘴，却一句话没说出来。地震使劲冲百孩使眼色，示意他赶紧讲话。

百孩大脑一片空白，最后一拍桌子，说，我想好的几句话，全他妈忘了。

台下一片大笑。

百孩继续说，乡亲们，想好的词儿忘了，那我就随便扯两句吧。鸡肠屯是生我养我的地方，鸡肠屯就是俺娘，鸡肠屯就是俺爹。好话说一筐，不如好事做一桩。我的发言完了。

台下又是一片掌声。

3

百孩当选的晚上，前来道喜祝贺的拥满了门。村长却不在家，被支书喊到家进行个别谈话。

支书语重心长地说，任重道远啊！

村长点点头。

支书还是那句，任重道远啊！

村长说，别绕狗尾巴圈子了，有话就说。

支书说，咋的？当上村长还有情绪？

村长脖子一梗，说，你以为老子想干这个破村长？

支书脸一沉，这是组织对你的信任。

那事先也得给我通一下气，我一点思想准备都没有。你以为这个村长好当？

这是组织的决定，你必须无条件服从。难道你不知道有多少人惦记着这个村长的位子吗？

谁想干，我现在就让位。让全村几百户人家都富起来，我能有那本事？这是多大的责任啊……

支书笑了，你小子真是没当过官，没尝到当官的甜头。其实当村长很容易，只要你听我的话，保你吃香的喝辣的，吃不愁穿不愁，三年盖个大洋楼……咱兄弟有福同享，忘了我们小时候的盟誓了？

百孩腾地站起来，骂道，你他奶奶的，说的啥屁话！

说罢一甩门，扬长而去。

地震隐隐约约有不祥的预感，难不成，我选错人了？

地震一心想把百孩推到村长的位置，当然有他的小算盘。百孩既是同学，又是结拜的兄弟，由百孩当村长、当助手，地震完全可操纵全村所有的事情，论官职他是支书，论感情是结拜的兄弟，于公于私百孩都没有不听他村支书话的理由。他这个想法也是酝酿已久的，虽然没有向百孩透露过，但凭他这么多年风风雨雨积累的经验，他认为自己的决断应该是正确的。地震有充分的理由相信百孩会感激他。

谁知，地震第一次与百孩谈话就碰了钉子，心里顿时凉了大半截。他突然觉得百孩很陌生，也许，是自己一直都不了解这个儿时的玩伴。

百孩当上村长之后，并没有采取什么与众不同的治村之策。俗话说新官上任三把火，也没见到他的任何重大举措，只是做了几件很普通的小事，但这些小事却遭到了村支书地震的强烈反对。

那时候农村已经包产到户，村民们八仙过海各显神通。贫穷饥饿带来的痛苦，村长刻骨铭心，他想得最多的是怎么让大家尽快富起来，能吃饱穿暖，光棍汉子能找着个媳妇。村长在会上说，一个小家庭过不好日子，当家的男人要负主要责任，一个村富不起来，那村长就是个草包。

要想富先修路。村长首先考虑的是如何把通向鸡肠屯的几条路修好。鸡肠屯有句顺口溜，天不怕，地不怕，就怕鸡肠屯的大泥洼。晴天过车灰尘滚滚，雨天泥泞坑深，车子一旦陷进去，三头老黄牛都拽不出来。

修路也不是一件容易的事，困难和阻力是多方面的，首先遭到村支书地震的反对。地震找到村长家里，说，修路劳民伤财，吃力不讨好的事，坚决不能干。

村长说，只要是对村民有利的，即便有个别人捣蛋，我们也要排除阻力，把这件事做好。

地震说，咱村穷，没有闲钱，修路谈何容易？要修的话也要晚几年，我认为现在机会还不成熟，决不能打肿脸充胖子，自讨苦吃。

村长说，村委会没有钱，咱可以向村民筹集一部分，有钱的出钱，没钱的出劳力干活。我们发动群众到象鼻山开山运石铺路，这个工作由我来做。

地震说，百孩你不要再啰嗦了，我坚决不同意。你拍拍脑袋想一想，这样对咱村委会和咱兄弟俩有啥好处？干好了没事，干不好别人还会说风凉话。我们不能做这样的傻事。有空多与乡政府联络，揣摩揣摩乡领导的想法，搞好与他们的关系，这不比啥都好？

放屁，你说的这叫人话吗？

你瞧，驴脾气又上来了。我好心搭个驴肝肺，你真是不识好歹。

没想到你竟是这样的人，我都为你感到脸红丢人！

地震的脸色非常难看，别给你脸你不要脸！我能让你当上村长，也能撤你的职，让你滚蛋！

村长拍拍手，好啊，你以为我想干这个破村长？你有本事现在就撤了我，我早干腻了。你今天撤了我的职，我明天打酒买菜，磕头谢你的大恩大德！

4

村长没有向地震妥协，按照既定方针开展工作，召开村民大会，阐述了铺路的重要意义，希望各家各户有钱的出钱没钱的出力。

村长最后两手叉腰，作总结性发言，这个决定大家理解了要执行，不理解也必须执行！

铺路的事，村民有不同的看法，有的举双手赞成，有的摇头反对。第一个公开站出来和村长唱对台戏的是二赖。

还没散会，二赖就在会上嚷嚷开了，铺什么鸟路，路铺好了，车子过得多了，村子就别想安静，这样小偷来得顺当了。我首先声明，既不出钱，也不出劳力。俺们家的二亩地还没有人帮着种哩，哪有工夫去铺路！

村民们议论纷纷，有人说，村长要铺路，还不知打的什么小算盘呢。还有人说，村长想利用铺路作幌子，断支截流，捞油水呗。

大部分村民还是支持村长的决定的。但有的村民对二赖既不出钱也不出力的做法提出抗议，为啥二赖坐享其成？不行，我们也不干了！

村长说，不能因为少数人拖我们的后腿，我们就不干了。

村长这次首先带头捐款五百块，不仅捐了钱，全家大人小孩还齐上阵，参加了劳动。村民有交钱的，也有提供板车之类的运输工具的。村长让村会计铁锁把收集的钱登记造册，购置铺路物资。

其实，家人对村长的做法也有不同意见。不过，村长在家里是绝对权威，说啥是啥。村长脸一沉，眼一瞪，家里没有人不怕的。

铺路是选在冬季农闲时开工的，大家干得热火朝天。别看村长的个子小，干起活来最卖命。村长热得汗流浃背，拉着满满一平板车石子在路上没命地跑。大家喊着号子，开山、运石、铺路……

只有二赖双手插在袖筒里，蹲在村头用不屑的目光看着运石队伍，说着风凉话。二赖说，谁要是拉石铺路，我睡谁娘！

我爹气不过，把二赖骂人的话学给了村长听。村长非常恼火，你不交钱、不出力也就算了，还阻拦别人干活，简直岂有此理！

下午收工后，村长去了二赖家。

二赖正在床上躺着，村长一把将二赖的被子扯了下来。光着屁股的二赖从睡梦中惊醒，抱着膀子缩成一团，骂道，姓贾的，你他妈的干什么？快给老子把被子盖上！

村长说，你还嫌丑？

二赖说，老子不怕丑，怕冷！

村长说，我让你冻一冻，清醒清醒脑子。

二赖说，我喊三声，你要不把被子给我盖上，我让你吃不了兜着走！

村长两手一叉腰，我倒要看看你怎么让我吃不了兜着走的。

二赖也不示弱，直着嗓子喊道，一！

停了一下，二！

接着提高了嗓门，三！

村长依然无动于衷。没想到，二赖突然在床上打着滚，尖叫着，来人呀，打人了！

二赖的两个儿子大庆、二庆住在隔壁，听到呼救声，匆忙赶来，不问三七二十一，把村长按倒在地一顿恶打。

大庆说，你他妈的，欺负人欺负到家里来了。

二庆给了村长一个封眼锤，说，单打你个有眼无珠！

村长没有任何反抗和辩解，痛苦地蜷缩在地上。

地震闻讯赶来时，大庆、二庆已经停了拳脚，正在喘粗气。进屋看了一眼，地震啥都明白了。他跨步上前，给大庆、二庆每人一个响亮的嘴巴，骂道，畜牲！你们想造反？都给我滚出去！

大庆支吾道，村长欺负我爹……

地震眼一瞪，还不给我滚蛋！

大庆二庆灰溜溜地挤出了前来看热闹的人群。二赖看到地震，便钻进了被筒，把自己裹得严严实实，好像生怕地震会拽他的被子一样。

地震撵走了大庆二庆，又伸手到被窝里拽二赖的耳朵。二赖躲闪不及，被拧得嗷嗷直叫。

地震说，二赖啊二赖，你不是个东西，你不出钱，又不出人，还给村长唱对台戏，你还是个人吗？说着，又转向人群中的我爹，还不快把村长送到医院去检查一下。

一直沉默着的村长被我爹和铁锁架出了门。

地震的做法很让村长感动。这次铺路虽然地震坚决反对，但最后还是向村长作了妥协，尽管他没有参加劳动，却交了钱。

傍晚时，地震带着村委会的成员来看望村长。

村长蹲在门前，不停地抽着他的旱烟锅。地震劝他，群众工作要讲方式方法啊，凭热情、凭感情用事那是不行的。

沉寂了半晌，村长猛然站起身子，二赖不在村民大会上检讨，我这个村长不干了！

地震无奈地摇了摇头，行，今晚就开村民会，让二赖当众检讨！

村民大会是当晚由地震紧急召集的，唯一的内容就是大伙听取二赖代表他爷儿仨作深刻的检讨。地震是怎么说服二赖公开认错的，没有人给我说过，只知道是地震一手做的工作。地震还是抱着侥幸心理，希望能感动村长，今后能听从他的调遣。

5

村子通向县城的路终于修好了。

路铺好了，并不等于鸡肠屯就富起来了，这只是一个必要条件。如何让鸡肠屯尽快富起来，是村长天天思考的问题。鸡肠屯太穷了，村民都渴望着能吃上白面馒头，骑上自行车，戴上手表，住上瓦房。当改革开放的春风吹进这个偏僻的村庄，村长兴奋得几夜没合眼，琢磨着如何抓住机遇致富奔小康。

做什么能挣钱呢？村长想，隔行如隔山，挣钱还得结合实际，挑村民懂行的事来做。村长了解到去年县城里西瓜非常紧俏，于是号召村民种西瓜，还请来了专家传授经验，又买了不少科技种瓜的书籍发给大家。

这一年的西瓜，鸡肠屯可以说是大丰收。可谁又能想到，全县种瓜的村太多，西瓜供大于求，结果都烂在了地里——拉到城里去卖，不仅不赚钱，还得搭工夫搭油费，瓜民无奈只好自家先吃个肚圆，再送亲朋好友，剩下的全都撂在地里，当施肥了。

村长为这次决策失误深深愧疚，在村民大会上作了沉痛的检讨。对此，村长进行了反思，认为治富不能一窝蜂，要全面考察、分析市场，不能看别人种啥赚钱就跟着别人屁股后种啥，这种投资往往折多赚少。

村支书地震对此并没有多少抱怨，而是安慰村长说，生意场上哪有常胜将军，失败是成功他娘嘛。

村长被地震的话逗笑了，心里也舒坦多了。

如何挽回损失，再次寻找新的致富路，村长又开始了新的思考。

这天村长到乡里开会，在镇上一个小摊点吃饭，和一个贩鹌鹑蛋的小伙子闲聊起来，越谈越投机。贩子说，致富要选冷门，你们如果要养鹌鹑的话，下多少蛋我全包了。我保证你们村不出三年走上小康路。

村长很兴奋，但也没有轻信贩子的一家之言。他走东串西，详细调查了鹌鹑蛋的市场需求情况。城里人的生活条件好起来了，吃饭追求营养。据说一只鹌鹑蛋蕴含十只鸡蛋的营养，比鸡蛋更易吸收，鹌鹑蛋虽小，浓缩的却是精华，所以城里人争先恐后地买鹌鹑蛋吃。

村长认为喂养不是问题，鹌鹑就是鸟类，和家鸡是一个祖宗，比着葫芦画个瓢，会养鸡就一定会养鹌鹑——其实村长想简单了。

村民们都信任村长，年长的都把村长看作自己的孩子一样，村长说啥大家就信啥，坚信村长一定不会害他们。村长说养鹌鹑一定能赚钱，村民就满腔热情地去养鹌鹑。他们把买油盐的钱买了鹌鹑苗，用养鸡的方法养鹌鹑，结果养着养着，鹌鹑莫名其妙地就死了，黑压压一片。村民们望着死去的鹌鹑，欲哭无泪。

虽然那年鹌鹑蛋的价格卖得高，可鸡肠屯的鹌鹑能活到下蛋的却寥寥无几。村长看着大伙死气沉沉的脸色，心如刀绞。唉，致富之路并非那么平坦笔直啊！

6

村长无法原谅因自己决策失误给村民带来的损失，痛定思痛，决定采用自家试点推广的办法，来确保鸡肠屯治富少走弯路。

村长做通了媳妇的工作，首先选择了植物榨油，便借钱买了榨油机，让媳妇学榨油。干了一段时间，村长媳妇很快掌握了榨油的技术，但村长很快发现了榨油生意的致命问题——榨油机耗电大，弄得村民无法正常用电，灯泡像萤火虫，有时还因用电超负荷造成全村停电，村民有怨言。再说正在运行中的榨油机突然停电，又要重新开机、预热，这样既浪费电，又损害机器。最后村长一咬牙，折本把榨油机卖了，再寻找新路子。

经过一段时间的酝酿，村长决定还是干农民的老本行——养鸡。并非传统的作坊式养鸡，村长到城里考察之后，发现有一种新品种肉鸡，个头大，成长期短，肉细嫩，价格昂贵。村长想，养鸡是农民的看家本领，肯定不会出问题，鸡要是再养不好，那可是天绝我路了。尽管这样想，为了确保万无一失，村长还是打算自己先饲养一批，如果行，再推广。

村长买来了鸡苗，开始实施自己的方案。开初情况还是令村长满意的，但随着苗鸡数量不断增多，麻烦也接踵而来。最让村长头痛的是经常发生瘟疫，染上瘟疫的小鸡，像人有心事一样，不停地踱着沉重的步子，来回转圈。再后来不吃不喝，眯着眼打瞌睡，半死不活地硬撑着，命大的撑过来了，多数的小鸡肩靠着肩、膀靠着膀相继死去。

村长看着满地鸡尸，干跺脚一点办法都没有，只能发出悲凉的叹息，不得已放弃了养肉鸡发家致富之路。并不是因为死了几只鸡，村长就失去了养鸡的信心，挫伤了坚定的信念。但肉鸡的确不好养，即使自己掌握了技术，村民们也不一定学得会。村长想寻找一条致富的捷径，既简单，又易学，又不容易出现大的意外。他不能再失败，否则他无脸见乡亲父老。

村长屡败屡战，但每一次失败都给下一次进攻带来更大的麻烦。麻烦中最大的麻烦就是钱，因为每一次试验的投入都离不开一个“钱”字。人常说一分钱难倒英雄汉，村长为此不知费了多少心思，动了多少脑筋。

下一步的目标是什么？村长经常一个人蹲在鸡肠河河岸上，望着缓缓流动的河水发愣，一愣就是半天。村长托着下巴蹲坐在河岸上，一动不动，像一块石头。

苦心人天不负。鸡肠河终于给了村长一个灵感。村长望着波光粼粼的河水，一拍大腿，何不就地取材，圈河养鱼！

说干就干。村长把想法告诉了媳妇，不料媳妇反对，他爹，你就别再折腾了，咱家这几年被你折腾得一穷二白，还欠了一屁股的债，你就过几天安稳日子吧。

村长说，那不行，我是村长，我有责任把咱村弄富喽，不然大伙选我当村长不就白搭了？是鸡肠屯的乡亲父老把我养大的，我不能让鸡肠屯的乡亲父老们失望啊！

村长媳妇说，他爹，这些年你干啥我都是全力支持，不拖你的后腿，一句怨言也没有。我理解你的心，可你不能为了大家，就一点也不顾咱这个小家吧？你看我跟你过的是啥日子……

村长媳妇话没说完，已经泣不成声。

村长唉了一声，进了屋，躺在床上不停地抽着烟锅，屋里很快迷漫起呛人的烟雾。村长没有和媳妇争论，说良心话，媳妇能做到今天这样，已经相当不容易了。为了村子百姓的富裕大计，村长媳妇不知吃了多少苦，受了多少委屈。为啥？还不是因为村长是她老公？哪怕村长的做法她不理解。

但村长还是铁了心要走下去，哪怕前面是万丈深渊，哪怕摔得粉身碎骨。村长坚信媳妇会被他说服的，媳妇的心，村长最了解。不过，这次村长说服媳妇顺从自己的想法，没有使用惯用的手段，而是以静制动、化被动为主动——不起床，不吃不喝，绝食抵抗。

媳妇知道村长葫芦里卖的什么药，故意与他展开了心理较量——不闻不问、不理不睬、无动于衷。可是到了第二天傍晚，村长媳妇再也坚持不下去了，担心村长这样下去会把身体搞垮。于是，只好缴械投降。

村长媳妇扯开被子说，他爹，你别拿

自己的身体作贱了，我依你行了吧。

村长一个鲤鱼打挺从床上跳了起来，还是媳妇疼我！

7

攻破了媳妇这一关，下步村长便开始四处筹钱。钱这玩意儿可不是土坷垃，到地里就能扒一粪筐。能借的都借了，能想的办法都想了，杀鸡取卵的想法都有过，真是难如上青天啊。鸡肠屯的人常说，亲戚好友见面说什么都行，别提钱，一提钱就薄气人。

经过几天的苦思冥想、搜肠刮肚，村长终于想到了一个在乡储蓄所上班的小学同学钱进。当天夜里，村长激动得失眠了，眼巴巴地望着屋脊，等着天亮去找财神爷钱进。

总结概括起来，村长这次借钱有两个没想到，第一个没想到钱进这么重同学感情；第二个没想到事情办得如此顺利。

村长见了钱进，羞答答地支吾了半天也没有清楚地表达出主题，钱进都迫不及待了，说，你别啰嗦了，是不是想借钱，别拐弯抹角费口舌了。

村长搓着手说，是，是，老同学真聪明，一猜就猜着了。

钱进也是个直肠驴，一点也不顾及村长能否接受得了，就一针见血地说，拍马屁都拍不好，还想借钱？

村长一听，心里咯噔一下子，心想这下玩完了，没戏了。

谁知钱进话锋一转，说，借钱没问题，按规定找个担保人，明天就可以来办借款手续。说完又补充一句，你小子在鸡肠屯当村长的事我是有耳闻的。

村长有些激动，他想控制一下内心汹涌澎湃的情绪，可来势太猛，也太急，还是情不自禁地溢到脸上。村长恨不得插翅飞回鸡肠屯，钱进热情留他吃饭，也没留住。村长说，来日方长，将来机会多的是，等咱村富了，我天天请你到俺家喝酒。

回去的路上，村长真的有点像长了翅膀，走得飞快，两只胳膊有节奏地在身体两侧甩动着。路上村长就想好了，找村支书地震来担保，因为只有他符合担保的条件。

村长没回家，径直去了地震家。

地震正在搓麻将，看到村长进来了，便心不在焉地说，百孩，有事吗？

村长说，等你打完牌再说吧。

没事，你尽管说。

我在乡储蓄所贷了一笔款，想让你担保一下。

地震一愣，贷款干什么用？

你少废话，不愿意拉倒。村长张扬着欲走的架势。

地震尴尬地笑了笑，唉，你小子也太倔了吧，求我办事，还给我脸色看？

村长下了最后通牒，你到底帮不帮，给个痛快话。

我不和你一般见识。地震伸手又摸了一张牌，啪地拍到桌上，又是白皮，妈的，败兴！

气归气，地震终究还是屈服了。他伸了伸懒腰，从衣袋里掏出一盒香烟，抽出一根撂给了村长，说，尝尝这外烟味道怎么样，可是烟中极品呀，去火的，抽一支消消气。担保的事，你说咋办就咋办，满意了吧？

村长如愿以偿地贷到了款。但这次村长投资养鱼，又是瞎子点灯——白费蜡。村长把鸡肠河用尼龙绳网隔了一段，放了一批鱼苗。虽然鸡肠河不长，但要是全部放鱼，村长没有那么多资金，也不能冒那么大的风险。

之所以养鱼失败，主要归结于村长缺乏科学的经营理念，凭主观想象、经验主义，更没有听取别人的意见，一意孤行，失败当然在所难免。

失败原因很简单，鸡肠屯十年九涝，还有一年不涝是干旱。河里刚刚放下的鱼苗，被一场洪水冲得妻离子散。这么简单的问题，村长硬是看不透，像电脑感染了病毒，整个黑屏，啥都看不见。

这次的失败确实挫伤了村长的信心，对自己的能力产生了彻底的怀疑。村长想，让他这样一个无能的人来当村长，这不是坑了鸡肠屯嘛，于是毅然决定辞去村长的职务。

村长三番五次向上级递交辞职信，可村民这一关却通过不了。村民大会上村长哭了，说，大伙这么相信我，我却不能带领大家尽快富起来，我愧对乡亲父老啊！村长抹了一把眼泪继续说，既然大伙相信我，那就再拼一次吧！

8

村民们给了村长信心和干劲。他决定出去走走，寻找发展的新路子。村长看到报纸上介绍说，邻省的苏西村富得淌油，想去看看人家致富的秘诀是什么。

虽然是两省，但实际距离却不远。不过，村长除去当兵出过远门，县城去的都不多。这次到了苏西村，村长算是开了眼界——到处是楼瓦雪片，机器轰鸣。村长感慨万千，要不是亲眼目睹，哪敢相信这是个小小的行政村，比城市还城市呢！

看着苏西村民滋润的生活，村长眼睛湿润了。村长心里想，人家苏西村的人是农民，鸡肠屯村的人也是农民，为啥生活相差如此悬殊？村长攥紧了拳头，暗下决心，好好向人家求道取经，尽快让鸡肠屯的农民过上这样的生活。

村长原计划到苏西村看上个一天半日就回去，却临时改变了主意，决定多住几日，好好研究研究这苏西村的发展史。

村长倒背着手，勾着头，东瞅瞅，西望望，好像对什么都感兴趣。他发现苏西村的乡办企业最多的就是纸板厂、造纸厂、家具厂，且形成了规模。村里村外木材堆积如山。

村长来到一家木料厂门口，想进去瞧瞧里面是啥玩意儿，结果一脚门里一脚门外，就被一个男人一嗓子给吼住了，干什么的？找谁？

村长收回步子，四处寻找说话的人，目光扫了一圈，才发现声音是从厂房二楼传出来的。村长望着二楼的玻璃窗大声说，不找谁。看看。

那男人看村长缩头鳖脑，鬼鬼祟祟不像好人，说，厂房重地，谢绝参观！

见村长赖着不愿意走，那男人干脆下楼驱赶，有什么好看的，快出去，不是告诉你了嘛，谢绝参观！

等走近了，男人突然怔住，挠了挠头说，你好面熟。

村长也有同感。四目相撞，双方都在搜寻着记忆的碎片。最后还是村长一拍大腿说，你不是那个贩鹌鹑的甄有缘嘛！哎哟，我的娘哎，真的有缘啊！

那人果然是甄有缘。有缘也一拍大腿，说，你不是那个鸡肠屯村的村长百孩嘛！

村长说，你不是贩鹌鹑的嘛，怎么跑到这里来了？

有缘说，唉，说来话长。我原先在老家贩鹌鹑，可后来生意萧条了。我姐夫是苏西村村长，开了个木料厂，人少活多，忙不过来，找别人也是干，找我也是干，还放心，就让我来这里帮忙。

有缘一边说一边递烟，是大中华。村长却掏出自己的旱烟锅，纸烟劲小，我还是抽这个过瘾。

两人越聊越投机，村长就把这几年曲曲折折、坎坎坷坷的致富努力说了一遍，恳请有缘结合苏西村致富的经验，给鸡肠屯出出主意，拿个办法。

有缘受宠若惊，贾村长，你就别拿老弟开涮了，我大字不识一筐，能拿出啥好主意？

村长说，有缘老弟，你就别谦虚了，你在苏西村待了这么长时间，一定学了不少本事，帮我们村把把脉，开个药方。

有缘笑道，谢谢贾村长对我的信任，算不上把脉拿药，我们就随便侃侃吧。不知你们那里的树木面积和价格怎么样？

村长不解，你问这有啥用？

有缘说，如果数量多、价格便宜的话，我倒有个好主意。

村长眼睛一亮，我们那里就是不缺那东西，到处都是，满眼都是，价格当然不会贵。你快说，有什么好主意？

有缘说，苏西村木板厂、家具厂、木料厂、纸板厂有百来家，需要大量的木材。这几年苏西村附近的树木都收购得差不多了，如果在你们村设个木材市场，让你们村里的人到周围购买树木，苏西村再派人到你们那里选购，这样发挥各自优势，扬长避短，风险又小，鸡肠屯不愁富不起来。

有缘的一席话让村长激动起来，太好了！但不知你们能否到我们那里去购买木料？

有缘说，这你放心，以苏西村为中心，向周边辐射十几个村，都建了木材加工厂、纸板厂，就怕你们弄不到大量的木头。

村长说，这个你放心，我敢打保票——木头不成问题。

有缘说，木材市场建立后，还能带动其他产业的发展，比如饭店、旅馆、运输、商店，只要把木材市场经营好，包你们村财源滚滚。

村长握住有缘的手，老弟，你要给你姐夫做做工作，到时候，一定号召苏西村的人到我们那儿买木材。

有缘胸有成竹，这个没问题。苏西村缺的就是树，谢你还来不及呢。

村长要请有缘下馆子，有缘不肯，说，来到我的一亩三分地，怎么能让你掏钱呢？那不是扇我的嘴巴嘛。如果你真有这个心，将来事成之后，我一定好好吃你一顿！

接着，有缘带着村长去了他姐夫家。有缘的姐夫也是一个爽快人，听了有缘的介绍，说，贾村长，你们村建个木材市场，我们村举双手欢迎，全力支持。回家筹备去吧，我们等你的好消息！

村长离开苏西村，回家的路上，乐得嘴咧到后脑勺。

第五章

1

还没进村，村长一眼就看到媳妇和两个孩子站在村头，伸着脖子，望着远方。村长的突然出现，着实让他们惊喜。

村长出行前说过，当天不回来，第二天一定回来，可这一走就是四天，杳无音讯，能不让全家人挂念嘛。雪花和小尿飞快地迎了上去，一人拽着他一只胳膊。雪花说，爹，你咋才回来？小尿说，都把俺娘急死了。

村长呵呵一笑，不是回来了嘛。

村长媳妇和孩子们正相反，语气冷冷的，你还回来干什么？

村长解释，有事耽搁了两天。我又不是三岁小孩，说跑就跑掉了。

就不能给乡里摇个电话，让谁传个话？

屁大的事，值得大动干戈吗？有打电话的钱，我不如买几块糖果唆唆哩。

村长媳妇不再说什么，和孩子们簇拥着村长回了家。本以为媳妇已经做好了饭，谁知进屋一看，家里冷锅冷灶。

村长说，雪花她娘，你看啥时候了，咋还不做饭？

村长媳妇说，家里的红芋面和玉米面都吃光了，地窖里剩下的几块坏红芋也都煮着吃完了。

村长看着面黄肌瘦的两个孩子，心里一阵阵泛酸，皱了一下眉头说，那也不能等着饿死吧？就不能去借点面吗？

村长媳妇说，问谁借？咱村有几家日子过得宽裕的？你身为一村之长，我怎么能厚着脸皮到人家去借，我张不开那个嘴。

村长说，你不吃，可两个孩子还得吃哩。

村长媳妇还没说话，雪花接茬了，爹，你就甭当这个村长了，在家好好过日子吧。你看人家当村干部的吃的啥、住的啥、抽的啥，你呢？你去看看二赖他娘家过得啥样，二赖的娘到南方要了半年饭，日子就大变样。咱家的日子还不如一个要饭的过得好。

村长瞪眼，小孩子懂什么，少胡说八道！

村长媳妇说，雪花哪点讲错了？雪花小小的年纪都比你明白。

村长不耐烦，男人的事你们女人少掺和。

村长媳妇说，你是不见棺材不掉泪，不碰得头破血流，你都不回头！你想咋折腾就咋折腾，反正收了麦子我就去南方要饭，你也别怕我给你丢人。

好好的日子你不过，去要饭？脑子有病！

好日子？吃了上顿没下顿，欠了一屁股债，这就叫好日子？这是什么狗屁好日子？

村长摆摆手，懒得跟你说！

摆在面前的现实问题必须解决。媳妇嫌丢人，村长只好自己出门去借面。到谁家借面？村长经过一番思考，认为相比之下还是地震家较为宽裕。

地震正在和几个朋友喝酒。酒桌上有一个人村长认识，是乡长的秘书——李秘书，至于叫什么名字，村长记不清，到乡政府开会见过几次，别人都叫他李秘书。

地震醉醺醺地说，来得早不如来得巧。百孩，快进来喝两盅。这两天不见你的影子，正说要找你哩！

李秘书也跟着附和，坐，里面坐，喝两盅。

村长说，李秘书，我就不坐了，你们慢慢喝，我找地震有点事。

有啥事也得喝盅酒再说。地震说着便拽住村长的褂角硬朝酒桌上拉。

村长说，真的不能在这儿喝酒，家有急事，我有话给你说。咱出去说。

到了门外，村长说，我家里没啥吃了，想借点面。

地震笑了，我当是啥事哩，小事一桩。放心吧，有你哥我的饭吃，就不会让小弟你饿着。我马上让你嫂子送去。

那就谢谢你啦。接着，村长又谈到了建木材市场的事，我这几天到苏西村考察了一下，取了真经，我准备在咱村建个木材市场，保准能让咱村尽快富起来……

村长的话还没说完，地震就给了他当头一棒，搞什么木材市场！这几年你把鸡肠屯折腾得还不够嘛。农民要本分，种好地就行了。想个啥就是啥，乱弹琴！

村长说，有时间我给你详细说个明白，那时你就会改变看法的。

地震说，我不想听。你要是想搞什么木材市场，就别借我家的面。

村长的自尊心受到了打击，拉长了脸，瞪圆了小眼，说，你不要用这样的话威胁我，不借你家的面，我家也饿不死一个。你以为现在还是饥荒年代？

说罢，村长愤愤而去。身后隐约传来地震家酒杯相碰和猜拳的声音。

2

回到家，村长媳妇问，你借的面呢？

村长支吾，没借到……

村长媳妇说，没借到就不吃了？我们一家喝西北风啊？

村长低着头自顾抽烟，似乎抽烟他就不饿了。

就在两口子僵持的时候，地震媳妇扛着半口袋面进了院。他婶子，在家吗？

村长媳妇赶紧迎出去，嫂子，你这是干啥？

地震媳妇笑着说，孩子他爹说你们家断了炊，催我送点面来。

村长媳妇从地震媳妇肩上接下口袋，一个劲道谢，说着说着眼泪就下来了，哽咽着说，嫂子，你坐下，喝口水吧。等我家粮食宽敞了，马上还您……

地震媳妇说，一家人说那外气话干吗。孩子他爹说了，乡里乡亲的，谁能没有困难的时候。也别说什么还不还的，一口袋棒子面算个啥？

一直沉着脸的村长终于开口了，把你们家面扛走，不吃你们家面，我看我们家能饿死几个？

地震媳妇莫名其妙，你这是咋了？

村长媳妇赶紧打圆场，嫂子你别理他，他吃错药了。地震嫂子好心给咱家送面，你不说声谢谢，还抽风说胡话。你不吃饭能活着，我和孩子还得吃呢！转过身又对地震媳妇说，嫂子，你别跟他一般见识，他这是发神经。

村长不再吱声，蹲在门口闷头抽烟。

送走了地震媳妇，村长媳妇回屋打开面口袋，捧出一把黄灿灿的棒子面，说，瞧，多香的棒子面，我马上做馍去。

看着两个孩子欢天喜地，村长低声嘀咕，都是饿死鬼托生的，想吃你们吃，饿死我也不吃一口！

嘴还硬哩！村长媳妇麻利地和面蒸馍，没多久，香味就从灶房里飘了出来。

村长真是饿了，肚子里一个劲地叫唤。可他已经把话撂出去了，怎么好意思收回。干脆站起身出门转悠去，眼不见为净。

在外面转悠了一圈，估计家里吃得差不多了，村长才回来，从兜里掏出一个粉红的绢质蝴蝶结在雪花面前晃悠——这是他回来的路上买的，刚才生了一肚子气，给忘了。

蝴蝶颤抖着翅膀，像要飞起来似的。雪花脸上顿时绽开了花，像兔子一样跳了过去。村长说，别急，让爹给你戴上。

雪花乖乖地站在村长面前，把一头的秀发呈给了村长。村长找来梳子，轻柔细心地给雪花收拾了一番，把蝴蝶结别上。村长说，让你娘看看，漂不漂亮？

雪花高昂着头，噘着小嘴，像童话里高傲的公主，娘，你看我漂亮吗？

村长媳妇笑着说，漂亮，我闺女最漂亮了。

一直在一旁观望的小尿好像被冷落了一般，噘着嘴，满脸的不悦。村长媳妇逗他，我们小尿的嘴噘得像不像猪八戒？

村长明知故问，儿子，咋了？

小尿不言语。

村长拍拍他的小肩膀说，生气了？

小尿倔犟地背过身，甩掉了村长的手，气哼哼地说，偏心眼！

村长笑了，男孩子要什么蝴蝶结。

那你就不能给我买别的东西？

男子汉怎么能和女孩子一样去争东西呢？

她是姐姐，我是弟弟，什么都要我让着她，那让她喊我哥哥算了。

村长媳妇说，儿子，别气了，等明儿个娘给你买个礼物，咱不给你姐姐。

强扭的瓜不甜。小尿说着，又白了村长一眼，重女轻男，等你老了我不疼你！

3

村长本打算下午再去找地震，把这次苏西之行原原本本讲给他听，希望能说服他，得到他的支持，在鸡肠屯建个木材市场。可转念又想，中午地震喝得醉醺醺的，头脑一定不清醒，干脆晚上找他吧。

晚上，村长把要说的话都想好了，来到了地震家。

地震正在屋里睡觉。地震媳妇说他中午喝多了，现在还没醒酒哩。

村长说，让他睡吧，待一会儿我再来。

话音没落，地震翻了个身，迷迷糊糊说，百孩来了吗？坐，我马上起。

地震起了床，用凉水洗了把脸，撂给村长一支烟，说，尝尝朋友从外地捎来的外烟。

村长接过来，又撂给了地震，说，我抽这个不习惯，不过瘾，哪有我的带劲。说着，村长拽出别在腰上的旱烟锅。

地震问，是不是木材市场的事？

村长说，对，我想详细给你谈谈。

地震说，中午你走之后，我也反复考虑过，觉得还是不妥，风险太大。这几年鸡肠屯让你折腾得还不够吗？你哪一次成功了？弄得大家怨声载道。村委会的一点积蓄，也让你折腾得差不多了。

村长惭愧地说，我的本意是好的，想让咱村快点富起来，可是……

地震说，你别解释了，我理解你的心情，咱俩更没必要为这事争得面红耳赤。可群众不看过程，看的是结果啊。我们作为村干部，办事要稳妥些，搞那些花里胡哨的事风险太大，吃力不讨好。农民嘛，把地种好就行了。

村长说，我虽然几次尝试失败，但大多数村民还是理解支持的。这次苏西村之行，我确实收获很大，在咱村建木材市场，我也不是一时冲动……

村长还是把苏西村之行向地震讲述了一遍。地震耐着性子听完了村长情绪激扬的演说，我还是不赞成。老老实实地当咱的村干部不好吗？冒这个风险，咱又捞不着啥油水，弄不好鸡飞蛋打，得不偿失。

村长说，你身为村支书，咋能讲出这么没水平的话？共产党的干部，捞不到油水就不干了？

地震冷笑，你清高，你伟大，你能天天不吃饭不？你品格高，把你家的钱都给我花行不？

村长说，反正木材市场我一定要搞！不管你支持不支持，我相信村民一定支持。

地震寻思，村长还是有些民意基础的，自己如果执意反对，在村里的口碑可就堪忧了。眼珠一转，计上心来，他说，老弟，你的驴脾气又犯了。好，既然你坚决要搞，我还有啥可说的？谁叫咱俩是一个头磕在地上的好兄弟呢？那你就说说吧，木材市场怎么个搞法？

这么轻易就说服了地震，村长有点意外，但更多的是惊喜。他把吸完的旱烟锅在脚后跟上磕了磕，说，我觉得场地设在村东头最好，可以不占用村民的土地。但唯独有一棵小树碍事，把它砍掉，拉料的汽车才能顺利通行。

地震打断了村长的话，谁家的小树？

村长说，二赖家的，可能工作不好做。

地震大包大揽，这个工作我来做。

村长说，那你就多费心了，二赖听你的话。

地震说，那就今天连夜召开村委会。如果顺利通过，明天再开个村民大会。

那天晚上的村委会开得很顺利，大家一致赞同村长的构想。第二天的村民大会一直开到中午，村民大多数都赞同，当然也有持不同意见的。村长说，少数服从多数。只要大家心往一处想，劲往一处使，咱们鸡肠屯一定能翻身。

接下来的工作，就是如何砍掉一棵碍事的小树的问题。

村民大会散后，村支书地震就匆忙跑到二赖家。

地震到二赖家时，二赖正坐在床沿上洗脚。地震笑道，二赖，你小子懒得脖子上挂馍都能饿死的人，居然还能洗脚，真没想到。

二赖说，表舅，你就别拿我开涮了，这不是被媳妇逼的嘛。

村长问，你今天去开会了吗？

二赖说，听说是致富会，咋能不参加，做梦都想发财。村长的发言我还是挺服的。我已经想好了，要好好抓住这次机会挣俩钱，也让老婆能瞧得起我。

地震说，我来找你就是为这事，木材市场建在村东头的空地里，通向市场的路要拓宽，你家门前的一棵小树挡道，要砍掉。

二赖笑道，我当是啥事呢，砍掉就砍掉呗，这有啥可说的，表舅，听您的。

地震一怔，二赖，没想到你小子思想真进步了。不过呢，有些话，我这个当表舅的不能不说，如果是别人，我也就不多这个嘴了，谁让咱们有这层亲戚关系呢。栽树不容易啊，虽说这棵树还小，可十年之后就是一棵参天大树！你受损失，必须要求村里给你补偿。公家的事，不要白不要，没有人承你的情，你不要，反而有人背后骂你傻。

二赖疑惑地看着地震，您不是给我开玩笑吧？

地震一脸严肃，你看我像在给你开玩笑吗？

表舅讲得有道理，我听您的，你看向村长要多少钱？

你的树，你说了算。

二赖试探，50块？

地震反问，50块？

二赖寻思要低了，说，那100块总差不多了吧？

我看1000块都值！当然了，树是你的，你不要一分钱，我也不能说一个不字。

二赖简直不敢相信自己的耳朵，1000块？

地震说，你小子别大惊小怪的。机不可失，时不再来。主意我来出，意见得你来拿，要是赚了钱，别忘了表舅就行。

二赖经地震一点拨，迫不及待地说，只要事能成，我还能忘了您？二一添作五，说到做到。

离开二赖家前，地震叮嘱，既然你要求赔偿1000块，就不要乱改了，不要别人说几句好话，就被人家忽悠了。

4

第二天，村长和地震一大早就去了二赖家。果然，二赖张口就是1000块，少一个子儿也不行，态度相当坚决。村长把牙咬得咯咯响，真想搂脸给他一巴掌。

回去的路上，村长说，村委会困难，我个人掏500块钱垫上。

地震不解，百孩，你脑子有病吧？

村长说，村里哪弄这么多钱去？

地震说，你又哪弄这么多钱去？要借也得村委会去借，你私人掏腰包，谁承你的情？

村长说，为官一任应造福一方，别人怎么说我不管。当村长是一个良心活，我不能辜负父老乡亲的一片厚望啊。

最终，二赖如数获得了赔偿，地震也一文不少地中饱私囊500块。

木材市场在村长的积极运作下，很快建好了。甄有缘带着苏西村村长一行人过来考察，签下了两村长期合作的协议。村民也有了劲头，纷纷寻找路子收购木材。

市场很快运转起来了，但也出现了许多令人意想不到的头痛事。没有钱，人家笑你穷；有钱了，有人就眼红，乱伸手。一些冒充工商、税务、公安的社会闲散人员竟设卡拦车，巧设名目收费，严重扰乱了市场的正常秩序。村长成立了护送队，将运木材的汽车一直送到安全地带。有时车辆不小心碰破了路边的树皮，村民便借机敲诈，村长总是挺身而出，坚决制止。还有的村民强迫客户购买他们的木材，村长也毫不留情地打击，哪怕是亲爹老子，他也决不手软。

时间过得很快，过了麦忙季节，村长媳妇向村长提出，要和二赖娘一起到外地讨饭。这是村长没有料到的，好好的日子不过，为啥去讨饭？

村长媳妇说，这日子还能过？吃了上顿没下顿。

村长说，咱村不是快富起来了嘛。

村长媳妇说，村里富了，也富不到咱家。你是只顾村不顾家，我是看透你了。指望你，我们只能等着饿死！

胡闹！你走了孩子咋办？

其实村长知道，媳妇说的是气话。只是，他还顾不上自己家的事。好不容易找到一条适合鸡肠屯致富的道路，付出了那么多代价，可千万不能再有什么闪失。

村长劲头十足，每天天不亮就起了，有很多事情等着他去做。

木材市场很快就产生了效益，村民尝到了甜头，个个红光满面，憧憬着美好的未来。有的村民开起小商店，有的开了小旅店，有的开起了小吃铺，由主业带动了副业，鸡肠屯的日子一天比一天好起来。

5

一个闷热的下午，秋雨滂沱。村长正在家里制作换算表。不少村民没上过学，丈量木方非常困难。为了使村民能根据木料的长短和粗细，直接换算成立方数，村长列出一个换算细则表，村民拿着这个小本本一对照，就能估算出价格。

这时，儿子小尿和闺女雪花回家了。村长纳闷，你们俩咋这么早就放学了？

小尿和雪花异口同声，教室漏雨，没法上。

村长不由有些内疚。这些年只顾忙村里致富，很少过问孩子上学的事，他深感自责。俗话说，十年树木，百年树人。教育乃百年大计，再苦不能苦孩子，再穷不能穷教育。

村长放下手中的笔，也不打伞，出门直奔村小学。

雨似乎与村长作对，下得更加猛烈，整个世界都笼罩在烟雨朦胧之中。他来到校门口，看着破烂不堪的校舍，心里很不是滋味。

这座小学校舍原是一座古庙，周边的村民经常来烧香磕头，请神送佛，人来人往，络绎不绝。解放后破除迷信，这里的住持被赶跑了，留下这几间庙宇，多年风吹雨打，早已破烂不堪。平时还能凑合上课，一下雨便四处漏水，近年来更为严重。

村长迈着沉重的步伐往家走，每一步都走得如此艰难。途中，几个村民给村长打招呼，说村长你这是咋了？瘟头耷脑的。

村长充耳不闻。

回到家里，村长呆呆地坐在椅子上发愣。看着如落汤鸡般的村长，村长媳妇心疼地说，这么大的雨，出去不打伞，也不怕淋病了？说着，推了推发愣的村长，愣着干啥，还不快换衣服去。

村长摇了摇头，算是对媳妇的回答，而后又眉头紧锁，想他的心事。小尿和雪花在一旁窃笑，嘀咕说，爹今天咋了，像中了邪似的。

村长媳妇把换洗的衣服递到了他面前，说，快换掉吧，小心感冒。

村长依然沉默不语。村长媳妇用手摸了摸他的额头，说，别是真的病了吧？

村长腾地站了起来。村长媳妇被吓了一大跳，还没反应过来，村长已冲出屋子。村长媳妇喊道，他爹，雨这么大，你到哪儿去？

村长媳妇的喊声被雨声淹没了。

地震家的门半掩着，被村长一膀子就撞开了。

地震和几个人正在搓麻将，门哐当一声响，他还以为是风吹的呢，拍出一张牌说，风真大，再来一个北风！

话音刚落，村长就冲进了屋子。地震一惊，赶忙示意牌友把桌上的钱收拾起来，然后站起身，挡住村长的视线，说，啥事急得你下这么大雨还跑来？

村长说，搓麻呢？

地震说，嗨，下雨没事，消磨消磨时光呗。

这几个人我咋都不认识？

几个外地的朋友……

村长推开地震，看到他面前一沓厚厚的钞票，说，你小子今天手气不错，发财了。

地震尴尬，小打小闹……说着，顺手从桌上抓了几张递给村长，你来得真是时候，吃我的喜面吧。

村长没有伸手接钱，听说你的麻将打得很臭，咋还能赢这么多钱？

地震拿钱的手还举着，今天手气好嘛，时来运转了。

村长疑惑的目光打量着地震，不是他们有事托你，故意输给你的吧？

地震像被点中穴位一样，你可不能瞎说啊！

这时，地震的牌友、一个胖子不冷不热地开口了，谁还想故意输钱，我们又不傻。

村长没搭理他，对地震说，学校的屋都漏得不能上课了。

地震不以为然，漏雨就停课呗。这我早都知道，有什么大惊小怪的？

村长说，早知道你为啥不给我说一声？

地震冷笑，给你说又有个屁用！你到哪儿弄钱去？

校舍必须推倒重建，不然学生上课很危险，不仅仅是漏雨的问题。

重建？说得容易。

村委会拿点，再让村民凑点，就差不多了。

别说手头紧张，就是有钱，我们也不能扒了重建。那不是一般的房子，那是古庙，得罪了天神，可是要遭报应的！

村长的目光上下打量地震，你怕得罪天神，就不怕屋塌砸到学生？孩子上学是大事，孩子是咱村未来的希望，我们这一代就是吃了没文化的苦，你想让咱们的孩子重走我们的老路吗？

地震说，我倒想给学校盖楼哩，可钱呢？

村长说，村委会不是有一些积蓄嘛。

那点钱够干啥的，乡里的工商、税务经常来咱村指导，不招待好，万一得罪哪位天神，那还有咱的好日子过吗？谁不知道咱村肥了，其实真没多少钱，可如今打肿脸也得充胖子。

我们依法纳税，按章办事，谁都不求，他们来了吃个便饭，不就了事了嘛。

地震嗤之以鼻，你也太幼稚了，你这脾气得罪了多少人你知道吗？这些掌管着生杀大权的各路大神，哪一个给你小鞋穿，你能受得了？

村长气愤地说，经是真经，都让这些歪嘴和尚念歪了。今天我不是来和你磨嘴皮的，就问一句话，学校的事到底咋办？

地震双手一摊，你说咋办？

勒紧裤腰带，也要扒倒重建！

你都有主意了，还过来和我商量个屁？

我原以为你会支持，可我想错了。

地震吧叽了几下嘴，无奈地说，你既然决定了，那我也没啥说的啦，不过你得答应我一条。

什么？

土建工程由我负责。

村长思忖片刻，行，但质量要保证。

地震说，这没问题。

村长转身走了，地震追着村长的背影喊，雨大，拿把伞走，当心淋病了！

村长头也不回。

回到屋里，牌友胖子说，地震支书真是个好心人呐。

地震摆手笑道，应该的嘛，来，我们继续打牌！

胖子说，校舍的土建我承包了？

地震说，打牌不谈工作。

胖子说，不谈就不谈。哎，听说城里西关新开了一家桑拿，小姐一个比一个俊……

这场牌打了很久，直到胖子带的钱输完了才散场。

后来，胖子又到地震家打了几次麻将，带着地震到城里洗了几次桑拿，地震便把校舍的土建交给了胖子。

胖子开价很高，村长起初坚决不同意，因为中间有地震打坝子，价格没杀下来多少，村长最后只能勉强同意。

第六章

1

村长就是这样一个人，干啥事都认真执着，抓计划生育工作也是不折不扣。村长第一个让媳妇到医院做了绝育手术。当时村长已经有两个孩子，在那个年代并不算多。

农村的计划生育工作不是那么好干的，在有些人看来，那是断人家子、绝人家孙的事。关于计划生育工作的重要性和必要性，村长可谓讲得口干舌燥，可还是有村民说，你是站着说话不嫌腰疼，你有儿有女了，所以能唱高调。

我爹和村长的疙瘩就是在那个时候开始结的。我娘连续生了三个丫头片子，一直不见个带把的，我爹为了孔家的香火，带着我娘东躲西藏。终于在我娘生下第四胎之后，我爹被村长堵到了，喊了几个村民，硬是把我爹“押送”到乡医院做了结扎手术。去医院的路上，我爹央求，百孩，难道你一点都不可怜我？我小时断粮，差点饿死，现在日子好点了，你又让我断子绝孙！你还有点人性吗？看在咱俩是结拜兄弟的份上，你就放我一条生路吧。

村长不为所动。

我爹结扎过后第二天就跑回了家，那天下了1993年的第一场雪。

我爹酒后掉进冰凉的河水里，虽然捡回一条命，但身体垮了，就像一只霜打的茄子，再也光彩不起来。这期间我娘领着我爹走东串西，找了不少老中医把脉问药，只是疗效甚微。

病急乱投医，我娘竟然请来一个神婆给我爹瞧病。神婆来到我爹床前，微闭着眼，手舞足蹈，嘴里念念有词，一阵折腾之后，对我娘说，孩子她爹被狐狸大仙缠身了。

我娘吓一跳，咋会被狐狸大仙缠身呢？

孩子她爹身体虚弱，定是路过坟地，邪气乘虚而入，附上他的身体。如果不抓紧治，你男人撑不到半年，到时就是请如来佛过来也没用了。

那咋办？

你不要怕，只要你按我说的去做，定能成功。

神婆让我娘准备一盆清水，然后让我爹平躺在床上，用她干瘪的双手在我爹身上来回摩挲着，嘴里念道，天灵灵，地灵灵，太上老君急急如律令……

在我爹身上摆弄了一番之后，神婆突然吆喝一声，妖怪，哪里逃！说话间，飞速拿起事先准备好的一把一尺来长的小木剑，一边挥舞，一边在窄狭的卧室里来回打着圈子，像是在追逐着什么。

我娘睁大眼睛，简直被这场面吓傻了。就听神婆又一声吆喝，接剑！

小木剑刺入床前的那盆清水中，水面荡起层层涟漪，片刻，呈现出一片殷红。我娘急剧跳动的心，终于被眼前这一片血水抚平，长吁一口气，心里说，狐狸精被斩，孩子她爹终于得救了。

神婆大汗淋漓，似乎刚刚经历了一场血战。我娘扑通一声给神婆跪了下来，磕了一个响头，救命之恩，永世不忘！

神婆揩了一把汗，把我娘拽起来，说，除魔降妖乃是我的本分，不必言谢。不过，你也不要高兴得太早。狐狸精只是被我刺伤，我担心，我走后它还会回来。

我娘又着急了，那咋办？

想不想斩草除根，今后高枕无忧？

那还用问？您老救人救到底，只要能救了孩子的爹，您让我干啥都行。

那你就必须按照我的办法去做。准备三支香，两千块钱……

我娘插话，这收费也太高了吧？我们家穷得叮当响，哪儿弄这么多钱去？

你听我说完。驱魔降妖我分文不收，这两千块钱只是暂时借用一下而已。

干什么用呢？

神婆说，这只狐仙已有三千年的道业，法力高强，我一人奈何它不得，只有请大罗金仙出手降妖，才能根除后患。

咋个请法？

你亲手点上三支香，放在堂屋正门，把两千块钱用红纸裹上，埋入面缸里，置于香炉旁，每天磕三个响头。三天后可以撤掉香案，大罗金仙定会如约而来，降妖除魔，保你病去根除，终生平安。

我娘东凑西借，总算凑齐了。神婆亲手用红纸把钱包好，又把此后的步骤给我娘演示一遍，在我娘的千恩万谢中翩然离去。

我娘按照神婆的吩咐，每天烧香磕头。三天后撤去香案，打开红纸包一看，不禁傻了眼——两千元钱变成了一沓旧报纸！

我娘幡然醒悟，知道上了当，可为时已晚，只能以泪洗面。我爹知道后，病情更是每况愈下。

天无绝人之路，就在我爹病入膏肓之际，地震的一剂良药扭转了乾坤。

那天晚上地震过来的时候，我爹已经一整天粒米未进，半死不活地躺在床上，我娘坐在床沿攥着我爹干瘦的大手，长吁短叹，眉头紧锁。

地震摸了摸我爹的额头，说，你小子没病装啥病？

我娘脸色阴沉，都啥时候了，你还开这样的玩笑。

地震收拢了笑容，石头的病，我保准能治好。

我娘叹口气，你就别拿我们开涮了。

地震笑道，你还别不信，我开的方子一不吃药，二不打针，手到病除，立竿见影。

说罢，他凑到我爹耳边，嘀嘀咕咕耳语了一番。说来也怪，我爹灰暗的脸上突然有了神采，猛地坐起来，一把抓住地震的手，大概是太激动了，嘴里咿咿呀呀，却一个字也说不出来。

我娘惊得目瞪口呆，她大爷，您到底用的啥灵丹妙药，咋这么灵验？

地震故作神秘，天机不可泄露。

我爹冲我娘说，女人家问这么多干啥，还不快给地震哥倒茶去！他依然紧紧握着地震的手，哥，这个事就全拜托给你了！你的大恩大德，我就是当牛做马也……

地震摆摆手打断他，咱兄弟俩客气啥？当年我们一个头磕到地上，我不帮你谁帮你？不过这事不可声张，你知我知，否则，你哥我的饭碗就砸了。

我爹赌咒发誓，我要是向第三个人透露一点风声，天打五雷轰！

我娘端着茶进屋时，地震已经走了，我爹脸上的笑容还没退尽。我娘问，地震到底给你说的啥？

我爹说，不该你们女人知道的事，不要多问。这回你一定要争气，给我生个儿子！

我娘丈二和尚摸不到头脑，你说啥？

我爹自知失言，哦，没啥……

我娘疑惑地上下打量他，你不会真的是狐仙附身说胡话吧？

我爹瞪眼，胡说八道个啥，我清醒得很。

那天晚上我爹说饿，要吃东西。我娘拌了五碗面疙瘩打鸡蛋，我爹连碗底都舔得干干净净……

2

我爹之所以奇迹般恢复，是因为地震告诉他，他医院里有个朋友，可以把我爹的输精管接上。

我爹跟着地震进了城。他对我娘的说辞是，到城里看一个朋友。至于地震找的哪个医生给我爹接上的输精管，我至今无从知晓，只知道第二天我爹就满面春风地回到了鸡肠屯。

回家路上，地震反复叮嘱我爹，此事不可张扬，哪怕对媳妇也不能说。我爹郑重承诺，要把这个秘密带到坟墓里去。然而，我爹并没有兑现他的诺言……当然，这是后话。

从城里回来的我爹，精神面貌焕然一新，对我娘的态度也来了个一百八十度的大拐弯，百般体贴，让我娘受宠若惊，更多的是不知所措。

生儿计划严密而又谨慎地实施后，我

爹是掰着手指过日子，关注着我娘的一举一动，等待着喜讯传来。终于有一天，我娘告诉我爹，她的例假迟迟没来。我爹故意逗我娘说，我可是扎过的太监，太监的老婆还能怀孕，这不是天大的笑话？

我娘也觉得不会怀孕，但心里总不踏实，我爹于是提议去医院检查一下。路上，我爹捂着嘴偷笑，我娘还蒙在鼓里。

检查结果可想而知。我娘嘴里一个劲念叨，不可能，咋可能呢……

我爹用警察审犯人一样的口气说，还有什么可狡辩的吗？快交代，这是谁的种！

我娘抬手给了我爹一耳光，放你娘的屁！

我爹居然没生气，你咋动手呢？开个玩笑都开不起了？

我娘不理他，被那张化验单弄得心烦意乱。

我爹说，行了，别瞎琢磨了，我还能不相信你？肯定是上回做手术的时候没扎紧，老天爷不想让我们孔家无后。说不定这次是个带把的，真是天无绝人之路啊。

自从我娘怀孕，我爹是跑前跑后，忙里忙外，无微不至地照料着我娘。我爹不让我娘出门，在家静养，如果非出门不可，就一定要挺胸收腹，以免别人发现破绽。

我爹的想法是，过段时间让我娘做个B超，如果是男孩就留着，女孩就偷偷打掉。

而我娘呢，坚信怀的肯定是儿子，因为这次身体的反应和以往任何一次都不一样。

三个月后，我爹带着我娘做了B超。

大夫说，这个孩子不能要。

我爹的眼睛睁得铜铃似的，说，咋了？

大夫说，这个孩子睁一只眼，闭一只眼。

我爹不解，睁一只眼闭一只眼咋了？

大夫思忖半天，不知怎样解释更含蓄些，只好直说，这孩子只发育了一半，左半体发育萎缩，右半体发育正常。

我爹当时就哭了，一百个闺女也比不上半个儿子呀。半条命的儿子我也要！

3

尽管我娘小心翼翼，最终还是没逃过村长的眼睛。

村长找到我爹，狐疑地问，我看盼盼娘的肚子不对劲？

我爹装糊涂，咋个不对劲？

村长说，不会又怀上了吧？

我爹笑道，我都被你阉了，她还能怀上？笑话。

村长沉下脸，我可不是给你开玩笑的，到底咋回事？

我爹不敢和村长对视。他觉得事情已经瞒不下去了，再说这事瞒了今天瞒不到明天，迟早村长要知道，不如早作了断，光明正大地把孩子生下来。于是我爹就把事前编好的故事讲给村长听。

我爹说，村长大人，实话不瞒你，当初我也奇怪，后来一问大夫，大夫说可能是结扎不彻底，结果落地生芽开了花。

那你抓紧时间带盼盼娘去做人流。

我听你话做了结扎手术，盼盼娘还是怀上了，这是天意啊！再说了，盼盼娘已经怀了四个多月，万一有个三长两短，你承担得起？

村长确实承担不起。他一脸无奈地说，既然没扎彻底，明天我带你到医院重新扎一下。

村长走了，一边走还一边自言自语，这些大夫真不负责，怎么不扎紧呢……

我爹望着村长远去的背影，一颗心终于落地。

第二天，我爹在村长的陪同下，再一次做了结扎手术。

村长把我爹的事安排妥当，又去找村支书地震，接着召集了村委会成员大会。村长通报了我娘怀孕的情况，征求大家的处理意见。会议室里七嘴八舌，等大家说得差不多了，地震拍了一下巴掌，大家静一静，听我说两句。

会议室里安静下来，所有的目光都聚集到地震的脸上。

地震清了清嗓子，今天听村长通报了石头再次超生的事，我心里很不是滋味。大家都清楚，计划生育是基本国策嘛。石头再次超生，我作为村支书也有不可推卸的责任。我的工作做得不细致，在这里我首先向大家作个检讨。既然事情已经出来了，就应当采取果断措施，严惩不贷。有人说我和石头是同学，又是好友，肯定网开一面。屁话！作为一名村干部，作为一名党员，我应当以身作则，抛弃私情，按章办事。对这起事件，我提出几条处理意见：第一，要立即送石头去乡医院做结扎手术，这次要把工作做实做细，告诫大夫不可粗心大意，要对自己的工作负责！第二，要对石头严惩不贷，不管他是什么原因造成的，都要重罚……

村长插话了，支书提出的处理意见我基本赞同，我想说的是，昨天我已经带石头去乡医院做了手术，结扎问题算是解决了。至于罚款，一定要罚，但也要考虑到实际情况。石头家的经济状况大家都清楚，非常困难，再说这次超生毕竟是个意外，罚款数额不宜过多……

村长还没讲完，地震就表示反对，不行，一定要重罚，杀鸡给猴看，决不能感情用事，否则以后工作咋开展？

村长说，石头的情况有些特殊，不然向乡里汇报一下，看上级领导是什么意思吧。

地震说，我们自己能解决的事就不要请示领导了，否则领导都把我们看扁了，连这点小事都处理不好。我建议罚石头一万，作为村委会的日常开支，不要入账。

村长说，你让石头哪里去弄一万块钱？这不是胡来吗？

大家议论纷纷，有主张重罚的，也有支持村长意见的。大家吵来吵去，也没吵出个结果。

4

当晚，地震带了两瓶酒去医院看望我爹。见了我爹他就抱怨，石头，你来医院，也不给我说一声。

我爹感激地说，这大老远的，你还来看我……

地震从提兜里掏出那两瓶酒塞到我爹床下，说，来得匆忙，也没给你买啥，别人送给我的两瓶好酒，很长时间都没舍得喝，我给你带来了，等你身子恢复了再喝吧。

我爹更是感动，你这是干啥，应该是我感谢你，你还给我送东西。

地震借题发挥，我这人的优点是重感

情，缺点也是重感情，可现如今这社会，谁还拿感情当二分钱？唉……

看地震一副欲言又止的样子，我爹说，你这是咋了？有啥话就直说。

地震像下了很大的决心才开口，唉，其实我不愿背后讲别人的坏话，可是有些话不讲，又觉得对不起兄弟。

你要是把我当兄弟，就说给我听听。

地震环视四周，压低嗓门，村长要罚你一万块超生款。我当场就提出反对意见，为这事和村长争得脸红脖子粗。

我爹气得腾地坐了起来，咬牙切齿地骂道，他这是成心跟我过不去呀，我跟他拼了！

地震按住我爹的肩膀说，石头，你千万别冲动。你这不是弄我难看吗？我就不该跟你说……

我爹喘着粗气，胸脯一鼓一鼓的。

地震说，你要冷静。俗话说，君子报仇，十年不晚。只要你听我的，我会为你主持公道的。

听着地震感人肺腑的话，我爹哽咽了，地震哥，你的大恩大德，我永世不忘！

自家兄弟别说外话，我是希望你把眼睛擦亮，不要听信别人的谣言，不分孬好人。

我爹连声说，那是，那是。

地震又凑到我爹耳边，轻声说，你知道村长家盖的新房哪里弄的钱吗？

听我大闺女盼盼说过，村长家房子墙裂了，还漏雨，没法住了。从哪弄的钱盖的新房我还真不清楚。

地震呸了一声，什么漏雨不能住了，都是哄人的。你不知道，村长这几年利用职权，贪污受贿的钱够盖一栋洋楼，另外再买辆小轿车都绰绰有余。

我爹难以置信，不会吧？

怎么不会？你不知道，我能不清楚吗？只不过我不想揭他的底罢了。

我爹嗫嚅，他总跟我过不去，我是看不惯他，可是，看他也不像那种贪污受贿的人……

地震哼了一声，什么事不能光看表面，不要被假象蒙蔽了。就拿你来说吧，村长一直对你家超生的事不放过，表面上对你关心得很，背地里对你黑得很。我没说错吧？

我爹默默地点了点头。

地震越说越来气，让这样的人继续当村长，会把咱们全村都带进沟里。

我爹附和，对，早该把他撤了！

撤了？哪那么容易。他有后台，没有真凭实据，想扳倒他谈何容易。地震叹了口气，唉，现在的人都只管自己，谁愿出这个头……

我爹是出了名的胆小鬼，那天也不知是出于什么原因，他竟鬼使神差地向地震表明了自己的立场，主动请缨。

地震紧握我爹的双手，石头啊，我们鸡肠屯的希望就寄托在你身上了！

我爹说，我怎么做才能把村长撵下台呢？

这个简单，证据由我来搜集整理，到时你拿着材料向上级反映就行了。

啥时去？

不要急，这几天你先把身体养好，等出了院再商量。

几天后，关于我爹超生罚款的事，村长再次找到地震，重申了自己的想法，希望能做通他的工作，统一思想。地震不耐烦地说，我这样做还不是为了村委会多创些收入。

村长坚持己见，这罚款也不能留在咱村委会啊。我看这样吧，罚款四千，上交乡计生办。

地震怏怏地说，你既然决定了，我还能说啥呢？

为了表功，当天晚上，地震又跑到我家，告诉我爹说，我据理力争，差点和村长大吵起来，最后才把罚款由一万降到四千，我实在是无能为力了。

我爹心情复杂，一方面，毕竟可以少交六千，另一方面，即便是罚四千，对他来说也是个天文数字，况且家里还欠着债。

地震不失时机地说，检举村长的材料我带来了，你抓紧行动，一定要保密。

我爹接过一沓厚厚的信纸，翻开看了看，材料中检举了村长贪污公款建造私房的问题，请求上级派员调查处理。

我爹是个没主心骨的人，就这么被地震当枪使了。他怀揣检举材料去了县城，把材料交到了信访办。事情办完，我爹像什么也没发生似的返回村子，静候结果。

检举材料经县领导签批，转到了乡政府，要求乡里派人调查。乡政府很重视，按照上级的要求成立了调查小组，进驻鸡肠屯。

调查组组长是一个戴着金边眼镜的年轻人。眼镜首先找村长谈了话，交代了政策，希望村长能坦白自己的问题。村长非常气愤，但他很快冷静下来，表示愿意配合调查。村长对眼镜说，我在工作中难免有错误，但说我贪污公款、收受贿赂建私房，那是诬陷。

眼镜问，那你建新房的钱是哪里来的？

村长叹了一口气，说，这个问题我不想回答。

眼镜语气严厉，我看你是不见棺材不掉泪呀。你现在交代，算你主动坦白，等我们查出来，这个事的性质可就不一样了。

村长说，不做亏心事，不怕鬼敲门。你们说我违法犯罪，那就拿出证据来。

5

经过一周的账目审查，结果出人意料。

几年前，在村长的带领下，村里建立了木材市场，村民的腰包渐渐鼓起来，可村长还住着那三间破草房。三间破草房还是解放前盖的，年头久了，多次修缮也无济于事。有村民建议村长扒掉盖新的，村长却说，过几年再说吧。

村民说，你是一村之长，住这样的房子，来我们村做生意的人看了会笑话的。这不仅仅是你个人的形象问题，还关系到我们村的经济发展。没钱盖高楼大厦，至少也得盖个砖瓦结构的平房吧。

村长觉得村民的话不无道理，和媳妇商量后，决定拆旧盖新，从岳母家、战友和亲戚家借了些钱，又赊了一些水泥黄沙砖瓦，便把新房子盖了起来。

调查组封存了村委会的账目逐一核查，没查出村长一点问题，反而发现了村支书地震贪污挪用公款的线索。

调查组正式找地震谈话，地震的脸吓得煞白，差点当场尿裤子。他动用各种关系，使尽浑身解数，好不容易摆平了这件事。尽管没有受到刑事追究，但他村支书的位子还是没能保住。

这件事在鸡肠屯引起了轩然大波。

地震非常恼火，没有达到目的，反而搬起石头砸到自己的脚。他没有反思自己，坚信一定是村长暗中捣的鬼，才让他落到这步田地。

怨恨像一个毒瘤，在地震心中越长越大，一个阴谋也在渐渐酝酿……

第七章

1

我大姐和村长儿子小尿的爱情，一直笼罩在两方家庭的阴影下。

那是夏天一个闷热的夜晚，我大姐以闷热为幌子给我爹说到外面透透气。她来到小尿家门前，捏着嗓子学了两声猫叫。这是他们的接头暗号。

他们约会的地方是村头的缺桥。

我大姐早已到了桥头，火急火燎地等待着小尿的出现。小尿终于喘着粗气赶了过来，我大姐牵着他的手，两人来到鸡肠河岸，拥坐河边，互诉衷肠。平时木讷的小尿见到我大姐就变成了话痨，我大姐斜靠在小尿的身上，望着天空刚刚升起的一轮明月，耳边是潺潺的流水声、田野里的哇鸣虫嘶，还有小尿的絮絮叨叨……他们享受着爱情赐予的甜蜜和浪漫。

我大姐搂着小尿的脖子娇嗔地说，真想就这样一直到天长地久。

小尿调整了一下身子，傻笑，你稍微动动，我的腿都被你压木了。

我大姐转动了一下身体，小尿，你看今晚的月亮像什么？

小尿抬头望了一眼，像个发光的馒头。

我大姐就吃吃笑，三句话离不开吃。

小尿说，人是铁饭是钢，一顿不吃心发慌，还有啥比馍更重要的？

那你说，是馍重要还是我重要？

小尿不假思索，当然是馍重要，饭吃不上，连命都没有了，我还怎么……

话没说完，我大姐狠狠拧了小尿的大腿一把，痛得他嗷嗷直叫，连声说，你重要，你重要还不行吗……

俗话说隔墙有耳，我大姐和小尿的幽会被路经此地的地震看得一清二楚。

那些日子地震的心情低落得很，镇干部的梦没有实现，连村支书的位子也丢了。那天晚上，地震憋闷得睡不着觉，起来顺着河边溜达，不经意间发现了我大姐和小尿的爱情。

次日天没亮，地震就跑到我家喊门。门是我娘开的，我娘说，支书来了，大清早的就跑来有啥急事？

地震连连摇手，别再叫我支书了好吗？

我娘这才反应过来，歉意地笑了笑，把地震让进屋里。

我爹睡得像死猪一样，地震走过去，拧了一把我爹的耳朵，你现在行了，能吃饱睡香了。

我爹老大不情愿地睁开了惺松的睡眼，地震啊？这么早，有啥事？

地震看一眼我娘，又回头看看我爹。

我爹会意，跟我娘说，还不去倒水？

我娘知趣地离开了房间。

地震关上屋门，故作神秘，你可知道你闺女盼盼的事？

我爹一愣，盼盼咋了？

唉，我本来不想说，可考虑到咱俩的关系，又不能不说。

那你就快说吧！

小尿这个兔崽子在勾引你家闺女，要是盼盼不识好歹，上了他的贼船，那就麻烦了。

我爹的眉毛拧成一个疙瘩，你咋知道？

你别问我咋知道的，反正我告诉你的句句都是实情。你可不能看着自己的闺女朝火炕里跳呀！村长是什么东西，你是最清楚的。

我爹一拳砸在床沿，她敢，我打折她的腿！

生气是没用的，重要的是想办法解决。地震又朝门的方向瞅瞅，压低了声音，你可千万别说是我告诉你的。

我爹气得脸发紫，长吁了一口气说，我知道……

地震离开后，我娘才进了屋，见我爹凶神恶煞的样子，小心翼翼地问，咋了？

我爹没说话，又倒头睡了。

2

天已大亮，我娘去了西屋，喊我大姐做早饭。我三个姐姐都睡在西屋。

我家的早饭很简单，烧一锅稀饭，贴几个饼，也就完事了，菜是现成的，是我娘腌制的臭豆瓣。

饭很快做好了，我大姐喊我爹起床吃饭，我爹翻了一个身，说，不吃了，让你气饱了。

我咋气的你？我大姐纳闷。

你还有脸问我？你昨天晚上跑哪儿去了？

我大姐的脸顿时羞得通红。她不明白，昨晚的事，怎么就传到我爹耳朵里了？

看到我大姐的表情，我爹知道地震没说假话，瞪圆了眼睛对我大姐说，你要敢跟小尿那狗杂种搞对象，就永远不要进我孔家的门！

为啥？小尿哪点不好？我大姐也火了。

为啥？你瞎吗？我也不想给你多解释，就两个字——不行！天下男人千千万，你为什么偏偏找他？你死了这条心吧。除非你爹我死了。

我大姐的眼睛里噙满了泪花，现在都什么社会了？你没权力干涉我的婚姻。

我爹气得火冒三丈，抬手就扇了我姐一个响亮的耳光，你翅膀还没硬就想飞了？

我大姐的脸上立马多了五个鲜红的手指印，捂着脸哇哇大哭。

我娘听见动静过来了，她爹，你为啥打盼盼？

我爹气哼哼地说，问你闺女去！

我娘看我爹气得脸都变了形，又问我大姐，盼盼，到底咋回事？

我大姐没正面回答我娘的话，而是掐头去尾哭着说，小尿哪点不好？我偏和他好！

我娘一下子全明白了。她安慰我大姐说，我觉得小尿这孩子不错，娘支持你。

我大姐就像抓到了救命稻草，一下子

扑到了我娘怀里，委屈地呜咽着，谁也管不着我和小尿搞对象！

我爹气得浑身发抖，手指着我大姐的脑门说，反了天了你，我就不相信胳膊能拧过大腿！

我大姐毫不示弱，我看你能把我怎么着！

我娘不知如何应对眼前的争吵，只能说，都少说两句吧……

我爹转身把堂屋门的铁锁拎了过来，把我大姐推进了西屋，啪的一声锁上屋门，看把你能的，我让你再跑出去野！

有话好好说，何必这样呢？我娘叹气。

我爹说，你瞧她犟得像头驴似的，不识劝，锁她几天，圈圈性，她才能想明白。

吃饭的时候，我娘只能把饭菜送到窗棂前，可我大姐就是不接，采取绝食的方式进行抗议。

我娘急了，对我爹说，盼盼不吃饭，这样下去会出人命的。

我爹不以为然，她还是不饿，饿极了自然会吃。

三天过去了，我大姐粒米未进，我娘再也沉不住气了，趴在窗户上，泪流不止地求我大姐，盼盼，娘求你吃点东西吧，你别给你爹较劲了。

我大姐不说话，依然是一副视死如归的样子。

我娘再也看不下去了，没经过我爹的许可，捡起一块石头砸坏了那把铁锁，解救了我大姐。

我娘搂着我大姐，心疼得无以言表。我大姐突然仰起小脸，说，娘，我饿。

我娘一阵激动，你等着，娘给你做饭去。

当我娘笑吟吟地把一碗热气腾腾的荷包蛋面端进西屋时，顿时傻了眼，我大姐不见了！我娘一哆嗦，一碗热面打落在地。

我大姐用调虎离山计支走了我娘，随即卷起行李，找小尿去了。尽管三天没吃饭，但我大姐想着马上就能与心上人见面，浑身便滋生了无穷的力量。她急匆匆来到小尿家，把还蒙在鼓里的小尿拉到僻静处，开门见山地说，小尿，你真心爱我吗？

你脑子没病吧？小尿被我大姐弄得莫名其妙。

我大姐盯着小尿的眼睛，不作任何解释，再次问道，我只要你给我一句话，是不是真心爱我？

小尿郑重地点了点头。

我大姐又问，永远吗？

小尿抓着我大姐的手说，天荒地老，海枯石烂，行了吗？

你要真心爱我，就跟我私奔！

小尿忍不住问，到底出啥事了？

我大姐说，你不要问这么多，你要同意，现在就收拾东西跟我走。

行，你说去哪里我就去哪里！

当我娘和我爹找到村长家时，我大姐和小尿早就远走高飞了。

3

我大姐这一走，两个多月杳无音讯。我爹把所有的亲戚朋友家找了个遍，也没见我大姐的影子。我爹又到村长家发脾气要人，说盼盼是小尿给拐跑的。村长说，你找我要人？我没找你要儿子就便宜你了！你闺女把我儿子拐跑了，你还倒打一耙？

小尿走时留了一张纸条，说他和盼盼一起到外地打工去了，请爹娘放心。村长把纸条扔到地上踩了一脚，屁话，老子怎能放心！胡闹！

不久后的一天傍晚，我娘坐在门前的石头上，眺望着远方，幻想着我大姐能突然出现在村头。突然肚子一阵阵绞痛，我娘痛得浑身冒汗，我爹赶忙用平板车将我娘拉到了医院。

我就这样出生了……

我爹给我起个名字叫金贵。

我爹为了庆贺喜得贵子，还请来戏班子，在村里唱了三天三夜的大戏，热闹非常，欢天喜地。

当日子渐渐平淡之后，我大姐迟迟不见踪影，阴郁又开始笼罩在我爹的心间。就在这时，地震利用我爹致命的弱点，趁机挑拨我爹与村长的关系，借刀杀人，在鸡肠屯上演了一场血案……

那是一个秋高气爽的中午，地震带着两瓶白酒来到我家，说要陪我爹喝两杯。我娘说我爹心情不太好，不要让他喝酒，免得喝多了闹事。

地震说，少喝点，不会有事的。

其实地震是早有预谋的，他无时不想借助我爹的手，除掉这个让他恨得牙根子痒痒的村长百孩。

劝说无用，我娘叹了口气，只好进厨房做了几样家常菜端上来，并再三提醒我爹少喝点。我爹对我娘的啰嗦有些不耐烦，挥挥手说，哄你的儿子去吧。

我娘就抱着我在门口晒太阳。

我爹和地震边喝边聊。地震仰头喝了一盅，说，石头老弟，你说我对你咋样？

我爹把喝完的空酒杯朝桌上一蹾，说，没说的，我一辈子都报答不完你的恩。上次想替你出出气把村长告倒，没想到竟连累了你……

地震假装满不在乎，没什么，我早就不想干这个村支书了。唉，我只不过为你的事抱不平罢了。

我爹又喝了一盅，擦擦嘴说，这话咋讲？

猪脑子，你还蒙在鼓里呢？你闺女还不是村长教唆他儿子给拐跑的？

提起这事我爹就来气，骂道，他妈的真不是东西！

地震又给我爹满满地倒上一杯酒，老弟你想想，这些年来村长一直都跟你过不去，处处别你的象眼。咱村超生的不止你一个，为什么偏偏只盯着你？他这是欺软怕硬，老太婆买柿子——专拣软的捏。

我爹的情绪被地震点燃了，啪的一声将喝完的空酒杯朝桌上一摔，老子也不是好欺负的！

我娘听到动静，赶忙进屋看个仔细，发现桌上一瓶白酒已经见底，立即劝阻，我的天呢，你们不能再喝了。

这时我爹已经喝高了，酒精主宰着他的大脑。他醉眼蒙眬地瞪着我娘，滚！大老爷们儿说话，你个娘们儿插什么嘴？

我娘不敢多言，瞅瞅地震，用乞求的口气说，不能再喝了，你劝劝……

地震摇摇手，有我在没事，你哄你的孩子去吧。

我娘实在看不下去，也怕我爹喝醉了在家里就撒酒疯，闹不好再伤着我，干脆抱着我串门去了。

地震又给我爹倒上一杯，说，这个世道，人善被人欺。

你说得对！我爹又喝了一杯。

地震接着说，鬼都怕恶人，你越是胆小怕事，越是有人敢骑到你脖子上拉屎拉尿。你看邻村张庄的孙野子，生了六个孩子，村干部没有一个敢找他的茬儿。谁要是问他要罚款，他敢拿着菜刀堵谁的家门。

我爹眼睛都喝直了，打了一个酒嗝，他妈的，老子也不是胆小怕事的人！

地震跟我爹耳语，我还听说，前天村长到乡里和派出所告你的黑状，说你要赖皮不交超生款，要让派出所抓你进牢房！

我爹把筷子朝桌上一拍，欺人太甚！四千块钱的罚款我不是借钱交了吗？怎么还能告我没交呢？岂有此理！

地震继续煽风点火，他就看你是个软蛋，好捏！

二斤白酒几乎全倒进我爹的肚里了。他腾地站了起来，眼睛瞪得像灯泡似的，谁是软蛋？老子这就找村长算账去，老虎不发威，当我病猫呢！

说着话，我爹抄起靠在墙角的一把铁铣，踉跄着就要出门。地震说，铁铣顶个屁用，厨房有刀。

我爹进了厨房，握住那把锃亮锋利的菜刀，怒气冲冲地走出家门。

地震见阴谋得逞，心中不禁窃喜，趁机溜回了家。

4

我爹拎着菜刀径直走进村长家，骂道，百孩，老子要宰了你，有种的你出来！

村长正巧不在家，只有女儿小雪在家睡午觉。小雪被一阵吵闹惊醒，慌忙出来看个究竟，打开房门，被我爹凶神恶煞的样子吓坏了。

我爹说，快让你爹出来，老子要找他算账！

小雪胆战心惊地说，我爹不在家。

你少骗我！

我真的没骗你……

我爹冲上前去，一只有力的大手钳住了小雪的脖子，把寒光闪闪的菜刀在她面前晃了几下，说，今天你爹不出来，我就宰了你个兔崽子！

小雪吓得脸色煞白，挣扎着说，石头叔，你一定喝多了，快放开我！

我爹恶狠狠地说，说，你爹在哪儿，否则别怪老子手狠！

有人从村长家门口路过，看到喝醉酒的我爹正在闹事，赶忙通知正在地里干活的村长。村长一听就着急了，正要往家赶，有人拉住他说，石头喝多了六亲不认，正在找你事呢，去了凶多吉少，还是等他醒酒了再说。

村长哪里放得下心，甩开两条腿朝家里跑去。冲进院子时，小雪还被我爹钳着，泪流满面，惊恐不已。

村长高声喝道，住手！跑这儿撒什么野！

我爹看到村长，丢开小雪，挥舞着菜刀猛扑过来，没头没脑地朝村长身上乱砍。村长躲闪不及，应声倒下……

我爹并没有就此罢手，朝村长的背部又砍了几刀，嘴里还骂道，我让你小子欺软怕硬！

看到村长不再动弹，我爹才扬长而去。

小雪吓傻了，半晌才扑到村长跟前，摇着村长单薄的身板声嘶力竭，爹！爹！

你醒醒！你醒醒啊……

村长家的院子里很快挤满了人。有人说快把村长送医院抢救，村医摸了摸村长的脉搏，又翻了翻村长紧闭的眼皮，摇摇头说，已经不行了……

这时有人说，人命关天，快报警！

正在值班的派出所汪所长接到报警，立即带领值班民警赶往鸡肠屯，途中他向县局刑警大队作了汇报，请求协助勘查现场，缉拿凶手。

警察赶到时，现场早已被村民们围得水泄不通，村长媳妇因受刺激昏厥过去，被送到村诊所。警察向村民询问凶手的去向，大家你看看我，我看看你，谁也说不上来。

为了防止我爹外逃，警方封锁了鸡肠屯的主要路口，然而守候一夜，也没有见到我爹的影子。

事发当天，我爹把村长砍死之后，竟摇摇晃晃地钻进了高粱地，倒头睡去。

到太阳染红西山时，我爹从睡梦中醒来，身边那把沾满血迹的菜刀，自己身上溅满血污的衣服，一下子唤醒了我爹的记忆。他意识到闯大祸了……

村长是死是活，我爹尚不清楚。他本想回去看看，最终还是收回了脚步，担心万一村长死了，被警察抓住可就没命了。我爹一直在高粱地里躲到凌晨一点多，才蹑手蹑脚回了家。

我娘整晚坐卧不安，看到我爹突然回来，冲过去抓住我爹的手说，孩子爹，你闯大祸了，村长死了！

我爹本来还有一丝侥幸心理，听我娘这么一说，顿时浑身冰冷。我娘扑到我爹怀里啜泣不止，孩子爹，咱可咋办啊……

我爹浑身哆嗦着推开我娘，叹了口气，我去投案自首。

我娘泪水滂沱，你忍心扔下我们娘儿几个吗？

我爹真的后悔了，不由捶胸顿足。我娘赶紧做了个噤声的手势，小点声，别让人听到！

我爹一把抓住我娘的手，娥子，赶紧收拾东西，跟我远走高飞吧。

我娘没有丝毫迟疑，行，要走快走，不然天亮了就走不掉了。

让我爹娘头痛的是刚刚出生的我，他们担心我太小，逃亡路上跟着受罪，只得狠心把我留在家里，给我奶奶写下一张字条，托我奶奶照看我。

他们带上我三姐小鸾，含泪离开了鸡肠屯。担心警察守着大路口，他们穿过高粱地出了村，开始了漫漫的逃亡生涯。

第八章

1

村长被石头杀害，整个鸡肠屯炸开了锅。

村长死得很惨，全身十六处伤口，整个变成了血人。村长媳妇哭晕过去几次，醒了再哭，哭着哭着再次昏厥，多少人也劝不住。汪所长一再表示，全力追捕凶手，严惩不贷。

事发当夜，睡在西屋的我二姐醒来后

发现身边的我三姐不见了，赶忙起床去堂屋一看，我一个人正躺在床上张着大嘴不停地哭。我二姐预感到事情不妙，接着，就在我身边发现了我爹给我奶奶留下的字条。看了字条，我二姐的眼泪也淌下来了。我二姐抱起我说，弟弟，别哭了，姐姐抱你去找奶奶。

我二姐抱着我，敲开了我奶奶的门，把我放到奶奶的床上，掏出了小纸条，读给我奶奶听，我奶奶老泪纵横，泣不成声。

村长媳妇拖着虚弱的身子安排村长的后事，就是无法联系上儿子小尿，三天后，只好让村长入土为安。

小尿知道他爹被杀，是在事发半个月后。

小尿在外地打工，碰巧遇见同村的人。听到父亲的死讯，他一下子蒙了，不敢相信这是真的，当晚小尿便草草收拾行李，给我大姐留了张字条，自己先回去了。

坐在回去的火车上，小尿心里翻江倒海。一路颠簸，小尿终于赶到家。母子相见，抱头痛哭。良久，小尿问，我爹是咋死的？

村长媳妇揩了一把眼泪说，儿子，你别问这么多，先去你爹坟前磕个头。

小尿没再多问，在村长媳妇带领下，前往村东的河畔。

小尿扑通一声跪倒在村长的坟前，连叩了三个响头，爹，儿子不孝，您走了，也没能给您送终……

小尿匍匐坟头，伤心地哭了好一阵，在村长媳妇的劝说下，才拖着沉重的步伐回了家。小尿再次问母亲，我爹到底是怎么死的？

村长媳妇长长叹了一口气，石头把你爹给杀了……

小尿顿时如五雷轰顶，盼盼的爹杀了俺爹？

娘还能骗你嘛……

村长媳妇把事情叙述了一遍。小尿愣怔着，像一尊雕塑，空洞的目光落在母亲清瘦的脸上，半晌才开口，警察抓到他了吗？

村长媳妇摇摇头，跑了……

小尿眼中燃烧着愤怒的火焰，我爹死得不明不白，必须给个说法！

我到派出所找过几次，汪所长一再说要尽快将凶手抓捕归案……

村长媳妇话没说完，小尿攥着拳头，气势汹汹冲出了家门。村长媳妇追在他后面喊，小尿，你可不能做傻事……

说着话，却停住脚步，望着堂屋里村长的遗像，泪水又模糊了双眼。

2

小尿径直来到我家大门口，大门紧锁，家里没有人。我奶奶已把我二姐和我都接到了她破烂不堪的家里。小尿一脚将大门踹开，冲进屋里，把屋里的东西砸得稀巴烂，又把砸不烂的东西抱到院里，点把火烧了，火苗像无数条蛇扑向天空。

小尿的举动引来很多村民，有人告诉了村长媳妇。村长媳妇赶到我家时，小尿还在向火堆里扔东西，嘴里不停地咒骂着我爹。

你这个混账东西，你想把娘气死啊？村长媳妇扯着小尿的衣服朝家里拽。

小尿不肯回家，一边挣扎一边嚷嚷，我要杀了他儿子，为我爹报仇！

村长媳妇扇了小尿一个响亮的耳光，说，你有本事去抓石头解恨，烧人家的东西，杀人家的儿子算什么本事！

在村民们的劝说下，小尿终于跟母亲回了家。小尿仰躺在床上，张着大嘴哭得撕心裂肺，村长媳妇和小雪也不能自己，跟着一起哭。

半晌，村长媳妇坐到床沿上，抚摸着小尿的头说，小尿，你替父亲报仇我支持，但你烧人家的东西、杀人家的儿子我不能依你，你爹是石头杀的，你想办法找到石头，让他来抵命才行。

小尿郑重地点点头，娘，我听您的。

一天傍晚，村长媳妇从我奶奶家门口路过，见门锁着，就向邻居打听。邻居说，石头娘听说你儿子要杀她孙子，吓得躲起来了，也不知去了哪儿。

村长媳妇寻思，一个老人带着两个小孩能躲哪儿去，绕着村子转了一圈，就转悠到了北湖地那块高粱地。

还真让村长媳妇蒙对了，我奶奶带着我姐弟俩就躲在高粱地里。

我奶奶白天躲在高粱地，夜里跑回家打糨糊带回来喂我，她和我二姐饿了就啃点胡萝卜充饥。

我奶奶老眼昏花了，可我二姐眼尖，一眼就发现了“敌情”，惊慌失措地捅捅我奶奶的胳膊说，奶奶，不好了，村长媳妇来了！

我奶奶吓得一个激灵，说，快，先带你弟弟躲起来！

说罢，拉着我二姐就朝高粱地深处跑。这一下把我惊着了，扯着嗓子哭叫。

村长媳妇听到我的哭声，加紧步伐追了上来，边跑边喊，大娘，你别跑，我有话要给您说……

我奶奶根本不理会，只顾穿过层层高粱秸没命地跑。

村长媳妇很快追上了我奶奶，气喘吁吁地说，大娘，我又不是老虎，你跑啥？

我奶奶绝望地收住了小脚，扑通一声跪在村长媳妇面前，尿的娘，你高抬贵手，放过俺孙子吧……

村长媳妇伸手搀扶我奶奶，大娘，你快起来，你这是折我的寿啊！

我奶奶说，你要是不答应，俺就不起来了。

我二姐也陪着我奶奶一起跪在地上，哭着说，大娘，你别杀俺弟弟……

村长媳妇无奈，也扑通一声跪在我奶奶面前，大娘，你这是老糊涂了，我怎么会杀你孙子呢？要想杀你孙子，还会等到今天？小尿的爹是石头杀的，抵命的也是石头，与你们不相干。

尿的娘，大娘我对不住你呀……这个该死的石头，怎么能做出这种傻事，这可坑了你们全家了。说着，我奶奶又要给村长媳妇磕头。

村长媳妇拦住她，大娘，你别这样，石头不仅坑了我，也坑了你们啊！

村长媳妇如此宽宏大量，让我奶奶感激涕零。

村长媳妇扶起我奶奶，大娘，走，咱回家吧，有啥困难您说一声。

我奶奶的房子破烂不堪，我爹没逃亡之前，一直说要修一修，我奶奶执意不肯，说，花那个冤枉钱干啥？指不定我哪天就蹬腿了，留着钱买两块糖果也能香香嘴。

我奶奶就这样一直住着两间破草房，屋里更是没有一样像样家当，一张用绳子编制的小床，挂着变了色的破蚊帐，床头放着一只大木箱，早已退色，那还是我奶奶当年出嫁时的嫁妆。

村长媳妇把我们送回家就匆匆回去了。我奶奶手扶着门框泪眼相送，直到村长媳妇拐弯看不见了，她还呆呆地站在那里。

3

村长媳妇回到家里，见儿子正抱着村长的遗像流泪。她轻轻把相框从儿子怀里抽出来，轻声细语地说，小尿，人死不能复生，你不要太伤心，你要是有个三长两短，娘怎么给你死去的爹交代呀。

小尿低着头，说，娘，我想俺爹……

村长媳妇又想到了我奶奶，说，金贵奶奶的日子也不好过，你别恨到她身上。

小尿抬起头，牙咬得咯咯响，她不好过活该，谁让她生了一个歹毒儿子的，这是报应！我恨不得把他全家人都给掐死！

村长媳妇理解儿子心情，叹了口气，石头可恶，但他的家人是无辜的啊……看见墙角的一篮子鸡蛋，她问小尿，这鸡蛋是谁送来的？

小尿说，乡亲们送的。

村长媳妇拎起那篮子鸡蛋出了门。小尿心下狐疑，蹑手蹑脚跟在母亲身后，看到母亲走进我奶奶的院子，心里也就明白了，但他怎么也转不过这个弯。

村长媳妇来到我奶奶家里，放下鸡蛋，说，大娘，这些鸡蛋留给金贵吃吧。

这个举动让我奶奶一时接受不了，尿的娘，你这样比抽我的脸还让我难受啊！你能不恨大娘，大娘就感恩不尽了，你又来帮俺，唉……

村长媳妇岔开话题，二妮上学去了吗？

我奶奶说，不上了，赶集卖豆子去了。金贵这几天感冒，总是流清鼻涕。

孩子不上学，就把前程耽误了。

饭都吃不上，还谈啥前程，只要能认得自己的名字就行了。

村长媳妇走到我的床边，摸了一下我的额头，这孩子发热，还不去瞧瞧？

我奶奶说，这不是正等着二妮卖豆子换钱回来嘛。

不要再等了，我身上带着钱呢，咱这就去村诊所。

那哪儿行呢……

大娘，您就别这么客气了，给孩子看病要紧。

村长媳妇陪着我奶奶把我送到了村诊所，打了针，拿了药。回到家里，小尿正生着气，整个脸紫得像猪肝。

小尿对村长媳妇的做法相当不理解，怨气得很。但小尿是孝顺孩子，不想惹母亲生气，硬是把想说的气话咽到了肚里。

村长媳妇看他的表情，以为他想盼盼了，于是问，怎么盼盼没有回来呀？

小尿说，你能不提她吗？

得知杀父仇人是盼盼的爹，小尿心情矛盾得很。尽管他很喜欢盼盼，可杀父之仇不共戴天，怎么能继续和仇人的闺女在一起呢。纠结良久，小尿痛下决心，与我大姐一刀两断！

在南京打工的我大姐一直在等着小尿回来，可他却一去不返。我大姐无法与小尿联系，更不敢往村里打电话，担心暴露了行踪。我大姐心急如焚，嘴上都起了血泡。她做了各种猜想，有乐观的，也有悲观的，但做梦也想不到我爹会把村长杀了。

等了三个多月，我大姐再也沉不住气了，守株待兔已经毫无意义，于是去电话亭给乡政府挂了一个电话。

接电话的是个女的，问，找谁？

对不起，打扰您了。我想问一下，鸡肠屯的村长甄百孩您认识吗？

那个女的说，百孩？你找他？他已经不在了。

我大姐没理解对方的意思，啥叫不在了？不当村长了？

死了。

啊？我大姐大吃一惊，咋死的？

被人杀了，听说是本村的一个叫孔石头的人杀的……

我姐顿时如五雷轰顶，手持听筒僵在那里，半晌才缓过神，当即回到住处，收拾行李往家赶。

4

回到村里，我大姐没有直接去找小尿，而是先回了自己家。家里空无一人，她又去了奶奶家。

我奶奶见到我大姐，泪水瞬间夺眶而出，你个死妮子，怎么才回来？

我二姐上前抓着大姐的手说，姐，咱爸把村长杀了，带着咱娘和小三跑了，咱可怎么办啊……

祖孙几个哭成一团。

我大姐把家里安排妥当后，去了村长家。村长家门锁着，没人。小尿和村长媳妇都去了派出所，找所长要人去了。

汪所长说，我们正在全力以赴缉拿凶手，这事急不得的。

村长媳妇说，不能光耍嘴皮子，要有实际效果。

汪所长说，要想尽快抓住凶手，你们也要尽力协助我们，积极提供信息。

小尿说，我们怎么给你们提供信息？

汪所长说，据说凶手是个孝子，把老母亲扔在家里，他一定会与家人联系。你们要多留几个心眼，密切注意凶手家人的行踪，一旦发现什么可疑情况，及时和我们联系。

我大姐站在村长家门前久等无人，正要转身回去，村长媳妇和小尿回来了。

我大姐几步上前，跪倒在地，大娘，我们家对不起你们家，我替俺爹给您磕头！

村长媳妇双手扶起我大姐，孩子，你别这样，快起来。回来就好，把你奶奶和弟弟妹妹照顾好，这事跟你没关系。

可我大姐死活不起来，硬是要给村长媳妇叩头。村长媳妇说，孩子，你爹的事和你不牵扯，你快起来。

小尿目光空洞，没搭理我大姐，自顾打开门锁。

我大姐跟着他进了屋，小尿，出了这么大的事，你咋不给我回个话？我都急死了。

小尿没说话。

我大姐说，你哑巴了？

小尿终于开口了，你走吧，我不想再见到你。

我大姐说，我也不希望发生这样的事，再说了，又不是我干的，你跟我发这么大火干吗？

我也没说是你干的，我只是不想再见到你！小尿的话透着彻骨的寒气。

我大姐说，你咋不讲理？

小尿说，我要是真的不讲理，我会让

你站在我面前，心平气和地跟你说话吗？

那咱俩的事咋办？

小尿冷笑，我能做到不恨你，已经需要很大勇气了。你在我心里已经死了。

我大姐先是惊愕，继而是愤怒，没想到你会说出这样的话。实话告诉你，今天我不是来向你乞求什么的。三条腿的蛤蟆不好找，两条腿的男人遍地都是！

小尿指着门口，那你现在可以走了，我们家不欢迎你。

我大姐恼羞成怒，扬手给了小尿一巴掌，转身而去。

小尿没有还手，呆呆地望着我大姐远去的身影，自言自语，你爹为啥要害我爹？我爹哪里错了？

正在灶房里做饭的村长媳妇没看见这一幕，见我大姐走了，追到大门外喊道，盼盼，在家吃饭呀……

我大姐没有回头。

5

村长被害，一个幸福的家庭就这么毁了，每天被悲伤的气氛笼罩，让人窒息。村里有人劝村长媳妇改嫁，开始新的生活。村长媳妇谢绝了别人的好意，说，我这辈子谁也不嫁了。

村长常常在深夜潜入小尿的梦乡，神情悲戚地说，尿啊，你一定要为父报仇，不抓住孔石头，爹死不瞑目啊……小尿悚然惊醒，满脸泪光。他决心协助公安机关，尽快找到孔石头的踪迹，为父报仇。

天下之大，一个人躲起来，就像鱼儿入海，想找，谈何容易。但小尿的决心大得很，发誓就是大海捞针，也要把杀父仇人捞出来。

小尿到县城买了一摞书，全部是与侦查破案有关的——《公安侦查学》《犯罪心理学》《犯罪信息通论》《一个杀人逃犯的逃亡日记》《追捕》等等，有理论的，有纪实的，有小说，五花八门，只要有利于侦查破案，小尿都认真阅读，反复揣摩。

小尿在理论的指导下，深入全面了解我爹的社会关系网，根据关系的疏密程度，画好路线图，踏上了漫漫追捕路。历尽千辛万苦，却始终没有寻找到蛛丝马迹，失望而归。痛定思痛，他决定以退为进，守株待兔。被死看硬守的阵地有两块，一是我奶奶家，二是我姥姥家，小尿把我姥姥家作为重中之重。他坚信我爹或者我娘不会不与家人联系，只要有耐心和恒心，一定会有收获。

每逢佳节倍思亲。当千家万户都沉浸在节日的欢乐中时，小尿一家人却忙开了，他们分工负责，各守一块。可以说，小尿家人是冬练三九，夏练三伏。寒冬腊月之时，小尿裹着一件棉大衣，埋伏在我姥姥家门口对面的一片麦地里，一动不动守望着目标，有时一连几宿坚持不懈，村长媳妇硬是换不下来小尿。小尿自有他的道理，儿子身体比娘好，耐冻。

村长媳妇看着儿子被冻得万紫千红的手脚和脸蛋，泪水失控。她摩挲着小尿的脸说，儿子，娘不能再失去你，你是娘的命根子，你要是再有个三长两短，娘也没啥盼头了，只有死路一条。

小尿总是笑着说，娘，你这是说的啥话？俺又不是泥捏纸糊的，雨一淋风一吹就完了。

除了阵地控制，小尿还加强了对我们家信件的监控，希望从中发现我爹落脚点的蛛丝马迹。他用小恩小惠收买了送信的邮递员，只要有我们家的来信，邮递员首先非法扣留，通知小尿先行审查。每次小尿接到邮递员的通知都激动不已，然而每次都失望而归。

还有一个措施就是跟踪追击，只要我们家任何一名成员外出，小尿都要偷偷尾随其后，查看是否与我爹有关。

能想到的都做了，虽是多措并举，战果依然是零。

第九章

1

当警方和小尿家人全力以赴寻找我爹的下落时，我爹正在经历着一场生死考验。

一个背负着命案的逃犯，拖家带口，身无分文，东躲西藏，其艰难和不易不言而喻。我爹在事发的夜里离家出走，路上拦了一个好心人的货车，马不停蹄赶到了邻省的一个小城，又盲目地爬上了一列火车，没有具体的目标，反正走得越远心里越踏实。

火车到了终点。我爹茫然四顾，不知身在何处，问了一个旅客，才知道到了上海。出站时我爹遇到了麻烦，因无票乘车被检票员拦了下来，要罚款。我爹可怜兮兮地给检票员跪下磕头，声泪俱下地说，钱在车上被偷光了，你们就可怜可怜我们吧。检票员也拿他没办法，只好挥挥手说，走吧走吧。

我娘跟在后面千恩万谢，好人一生平安。

出了站，我爹望着高楼耸立、人头攒动的大城市，茫然无措。我爹从来没出过远门，第一次看到这么高的楼，这么多的人和车，不禁感叹道，天下之大，何处是我家。

看着饥寒交迫的我三姐，我娘到路旁的饭店讨了几口残羹剩饭，先给我三姐充饥。我三姐狼吞虎咽吃完，就躺到我娘怀里睡着了，那时三姐还不满六岁。

没有钱，当然无法住旅店，只能找一个僻静的屋檐下，铺几张报纸席地而坐，相互用体温取暖，度过漫长的夜晚。

我爹和我娘商量，上海虽然很大，但不是我们的藏身之处。我爹挖空心思想了很久，终于想起安庆有一个远亲，警察绝对不会排查到这层亲戚关系——是我奶奶的姨表舅的四闺女，几年前曾经在鸡肠屯见过一次面。

我爹决定投奔这家亲戚，便和我娘一起拾破烂卖废品筹集路费。一个多月后，路费存够了，我爹便带着我娘和我三姐出发了。

我奶奶曾经告诉我爹，姨表舅的四闺女——我爹的四表姨家附近有一棵千年古槐，这是个非常明显的地标，到了安庆，他到处打听，终于找到了四表姨。

四表姨相当惊讶，这么多年了，又没来过，居然能找到家门。我爹谎称因为计划生育超生，想在安庆躲避一阵子。四表姨相当热情，帮我爹租了房子。安顿下来之后，我爹靠捡破烂维持生计。

为了逃避警方的追踪，我爹改名换姓

叫王天涯，留了长发，蓄起了胡须，出门戴上从垃圾堆捡来的单腿破墨镜，头缩到衣领里，活脱脱一个“套子里的人”。我娘一个人躲在出租房里，不敢出门，更不敢和街坊邻居打交道，生怕和别人聊天失了嘴，走漏了风声。只有我三姐不谙世事，整天欢蹦乱跳的，她哪里知道爹娘的心情。

小尿明确提出与我大姐断绝关系后，我大姐非常失落。那段时间我大姐精神恍惚得很，吃不下饭，睡不着觉，偶尔打个盹，梦中全是小尿。越是想把小尿忘掉越是忘不掉，小尿霸道得像道上的一块顽石，搬也搬不走，踢也踢不开，绕也绕不过，真想一头撞上去同归于尽。

有一天，大姐在村头迎面撞见了小尿，情不自禁地喊了一声，小尿！

小尿却视而不见，充耳不闻，昂首挺胸从她身边走了过去。

大姐被弄得很尴尬，涨红了脸，厉声吼道，小尿，你给我站住！

小尿收住脚步，转过身，咋的，你想吃人？

你凭啥不理我？

小尿鄙夷地说，你以为你是谁？

大姐尽量控制住自己的情绪，难道你把咱俩的过去都忘得一干二净了？

小尿语气冷淡，过去的事就让它过去吧，重要的是把你现在的位置摆正，懂吗？

我爹杀了你爹，是我爹的错，与我有什么相干？

谁让你身上流着他的血？

那我问你，你现在到底还爱不爱我？

我承认曾经爱过你，可我现在看见你就想起你爹，恨不得掐死你……

大姐主动把脖子送到小尿面前，一副视死如归的样子，给你掐！给你掐！不掐死是孬种！

大姐就这样伸着脖子闭着眼，可半天不见小尿的反应，睁眼一看，小尿早已扬长而去，留给我大姐一个远去的背影。

2

村长死后，地震常常做噩梦，梦里披头散发满脸血污的村长追得他无路可逃。地震在家里待不下去了，决定外出打工，借此调整一下自己的心情。

无巧不成书。地震去的也是安庆市，在避风巷租的房子竟与我爹在同一栋楼，楼上楼下。一天傍晚，我爹下楼，地震上楼，在楼梯口擦肩而过时，我爹一下子认出了地震，顿时有一种他乡遇故知的惊喜，地震哥！

地震被这一嗓子喊得一愣，转身打量我爹，觉得眼前这个戴着破帽子、蓄着长胡须的中年男人很眼熟，但一时又叫不上名字。正纳闷时，我爹摘下帽子说，我是石头呀。

地震这才反应过来，有点不敢相信自己的眼睛，哎哟，是你呀石头，这么巧呀！

我爹很激动，拉住地震，走，到我家好好聊聊！

推门进屋，我爹对我娘说，娥子，你看谁来了？

地震的出现让我娘大吃一惊，你咋找到这个地方的？

地震说，我在附近一个建筑工地打小工，没想到租的房子和你们是邻居，刚才在楼下碰的面。

好不容易见到老家人，我娘赶忙问道，盼盼的奶奶和几个孩子都好吗？

地震没来得及回答，我爹就催促我娘说，别啰嗦了，快做点好吃的，我要跟地震哥好好喝一杯。

家里穷，也没什么好吃的，我娘搞了几样小菜，又让我三姐买了两瓶啤酒。我爹和地震坐下来边吃边聊。

我爹给地震倒了一碗啤酒，只能委屈你了，将就着吃吧。

地震说，咱兄弟俩还客气啥，来，一块喝。

我爹摇摇手说，我已经戒酒了。

地震不以为然，夺过我爹的杯子，将茶水泼到墙根，再倒满啤酒，戒什么鸟酒，男人不喝酒还叫男人嘛。

我爹说，我真的不能喝，现在看着酒我就过敏。

地震说，喝酒不是坏事，问题是要把握住量。

我爹叹气，我就是把握不住这个量……

我爹的态度相当坚决，地震也不再劝，不喝也好。唉，上次喝酒你如果听我的劝，也不至于出这么大的事。我让你少喝点，你不听，还骂我多管闲事。三两酒下肚，你谁也认不得了。

我爹低下头，悔恨交加地说，我喝多了，啥都记不住了。现在说啥也晚了。

地震说，百孩死得不亏，谁都不能怪，只怪他自己，这也是报应。

杀人偿命，我这条小命不知啥时就被枪子给崩了。有时我想，与其整天这样担惊受怕，过着人不人、鬼不鬼的日子，还不如死了干净。唉，可一想到老婆、孩子、老母亲，又放不下……我爹说到伤心处，眼泪噼里啪啦往下掉。

地震赶紧岔开话题，咱弟兄真有缘分，又在这里见面了。我来这里打工有一段日子了，租住处也换了好几个地点，这次没想到竟和你成了邻居。天意啊！今后有什么困难，我还得帮你，我这个人就是讲情义，为朋友两肋插刀。

我爹说，你如果不是为了俺，村支书的职务也不会被免掉。你为了俺能生个儿子有个后，费了那么多心，你的恩情我一辈子也报答不完。

地震夹了一口菜，说，那都是应该的，谁让咱们一个头磕到地上呢。

我爹说，家里的老母亲和孩子也请您多多关照，您的大恩大德，就是来世变牛变马我也要报答。

地震摆摆手，你别给我客气，再多就外了。

吃完饭，地震意犹未尽，要和我爹一块出去溜达溜达。我爹说，我是一个逃犯，少到外面转悠，万一被警察逮住就没命了。

地震说，我们不到人多的地方，找个僻静地方走走，权当消化消化食。

我爹无奈，只好陪着地震出门。下了楼，我爹问，到哪儿去？

酒意微醺的地震说，想不想放松一下？

怎么个放松法？我爹孤陋寡闻，不明白地震的意思。

地震诡秘一笑，你小子装纯情？

我爹更糊涂了，我怎么装纯情了？

看着我爹一脸的懵懂，地震知道我爹并不是装傻，于是说，给你找个小姐消消火。

我爹的脸一下子涨红了，说话也变得语无伦次，我没有火，你胡扯啥，我要回去了……

地震哈哈大笑，腰都笑弯了。你小子枉活了三十多年。伟人说得好，要想知道梨子的味道，必须亲口尝一下。真不想开开荤？

我爹说，我连粗茶淡饭都吃不上，哪有钱开荤？

地震说，这样吧，今晚你请我，下次我请你。

我爹说，我没带钱。

地震一眼就瞅见我爹衣兜里鼓鼓囊囊的，伸手去掏，说，你小子别的没学会，这两年学会撒谎了。

我爹赶忙双手按住衣兜，这是今天卖废品的钱，给女儿上学用的。

地震脸一沉，你小子现在行了，用不到我了，过河拆桥，忘恩负义！

我爹赶紧赔笑脸，我咋会忘恩负义？刚才跟你开玩笑呢。好，今天我请你。说着，我爹从衣兜里摸出50块钱零钞，数了数，塞到地震手里，老兄，你自己去吧，我就不陪你了。

这多不好意思。地震的脸晴朗起来。

那天晚上，地震终于如愿以偿。

地震很晚才回到租房处，又敲我爹的门。我爹我娘吓得一骨碌爬起来，半晌不敢吭声，以为是警察。听到地震叫门，我爹我娘才松了口气。

我爹打开门，心有余悸地说，半夜三更还不去睡觉，闹腾啥？把我吓坏了。

地震嘿嘿一笑，伏在我爹的耳边小声说，我来给你汇报一下情况嘛。那个小姐真俊，才十七岁，和你家盼盼同岁呢。

这话我爹不爱听了，打比方也没有这样的，不禁脱口而出，扯淡！

地震意识到失言，赶紧换了话题，你两条腿咋抖成这个样子，还在害怕呀？

我爹说，天冷，冻的。

地震就坡下驴，别冻着你，我回去了。

3

小尿根本无法从父亲横死的阴影里走出来，心头像被无法驱散的黑雾笼罩着，他觉得只有抓住杀父仇人，才能解心头之恨，才能重新生活，享受阳光。这些年来，他无时不在寻找我爹的下落，终是徒劳无功。我爹就像人间蒸发了一般，了无踪迹。

小尿心情不好，时常借酒浇愁，十喝九醉，喝醉了就到派出所要人，指着警察的鼻子骂，要你们这些警察有个屁用，连个逃犯都抓不住。你们公安局不如改成粮食局算了！

有一次，小尿喝得醉醺醺的又跑到派出所大闹，出口成脏不算，还解开裤带，在派出所院子里撒尿，边撒边说，派出所不如改成厕所。

汪所长一向理解受害人家属的心情，对小尿持宽容态度，可这次小尿实在是过分，汪所长再也无法容忍了，下令民警把小尿铐起来，关进留置室，直到他酒醒。挣扎中，小尿鼻子撞破了，流了一脸的血。

派出所决定对小尿进行治安处罚，罚款200元。

午饭时分，村长媳妇找不到小尿，便围着村子叫唤。有人说，小尿出事了，被派出所抓去了。

小尿是她的命根子，村长媳妇大吃一惊，问那人，派出所为啥抓小尿？

那人也说不清楚，村长媳妇风风火火赶到了派出所。

留置室就设在过道的侧门里。村长媳妇刚进门，就看到小尿被隔离在一个铁门里，斜躺在一张固定的铁椅子上，头耷拉在一侧，满脸是血，双手被铐着，还此起彼伏地打着鼾。

看着血头血脸的儿子，村长媳妇心头一酸，眼泪哗哗流下来。她摇晃着铁门，声嘶力竭地喊道，小尿，我的儿，你这是怎么回事？

村长媳妇的动静不小，居然没把小尿吵醒，依然鼾声不断。村长媳妇转过身子，目光直逼值班民警，我儿子做了什么事情，你们这样惨无人道地对待他？我要见你们所长！

值班民警见怪不怪，努努嘴，所长在办公室里。

村长媳妇噔噔噔闯进了汪所长的办公室。所长正伏在办公桌上打盹，村长媳妇不管不顾，先声夺人，警察就可以随便打人吗？

汪所长揉了揉惺忪的睡眼，大姐，你别激动，听我给你解释。

村长媳妇说，你们把我儿子打成这样，我能不激动嘛。如果我儿子有个三长两短，我给你们没完！

汪所长起身给村长媳妇倒了一杯水，你坐下，听我慢慢给你讲……

汪所长把小尿在派出所闹事的前后经过讲述一遍，接着又说，百孩死得冤枉，我能理解你们全家人的心情。派出所一直没有停止追捕凶手，哪怕有一丝线索我们都不放过。我昨天才从新疆回来，就是为了抓捕石头。前不久，你们村一个在新疆打工的村民反映，他看见石头在新疆石河子郊区跑摩的，我和刑警大队的一个同志连夜去了新疆，查了一个礼拜，终于找到了那个人，确实和石头长得很像，可惜不是……

村长媳妇有些愧疚，不好意思地低下了头。

汪所长叹了口气，我们何尝不想早日将杀人凶手缉拿归案。你看我这眼圈，黑了好几个礼拜了。

村长媳妇站起身来，握着汪所长的手说，小尿这孩子做得不对，我向你赔礼。汪所长，你怎么处罚小尿我都接受。

汪所长说，小尿做得确实过分，根据治安处罚条例，至少治安罚款200元。看在你的面子上，罚款就算了，待会儿等他酒醒了，你把他带回去，好好教育教育。

村长媳妇说，小尿既然犯了错，就应该处罚。

没有这个必要了。走，看看小尿醒酒了没有。

时近麦忙季节，地震从安庆赶回来收麦，恰巧路经派出所，看到村长媳妇和所长出来，便上前招呼，嫂子，你在这儿干什么呢？

村长媳妇把事情说了一遍。地震掏出一盒香烟，抽出一支，双手递给汪所长，抽一支孬的。

汪所长跟地震是老相识，摇摇手说，不抽了不抽了。

地震不解，你不是一直抽烟吗？

汪所长说，这几天办案熬夜上火，嗓子发炎，不能抽了。

地震哦了一声，又说，小尿年轻，喝

多了，您可别给小孩子计较。

村长媳妇朝留置室里看了一眼，汪所长，小尿还没醒酒呢，我这就去借钱。

地震说，嫂子，我这里有钱，先给你垫上。说完，便把200块钱塞到村长媳妇手里。

村长媳妇有些不好意思，那好，晚两天我一定还你。

嫂子，你还给我客气啥？

所长不再推辞，依法办理了治安罚款手续。

地震说，小尿喝得不少，不知啥时能清醒，我看先把他弄回家吧。

村长媳妇说，这么远的路，咋能把他弄回去？

附近我有一个熟人，我去借一辆平板车，把他拉回去。

4

地震用平板车把小尿拉回了鸡肠屯，着实让村长媳妇感动。

地震说，嫂子，百孩哥不在了，有啥困难你尽管说，别客气，我和百孩那可是一个头磕到地上的好兄弟。

村长媳妇说，我这个人就怕欠人家的人情，到时用啥还？唉……

你一个人领着两个孩子过日子挺不容易的，我最近在外地打工，总算赚了点钱，也开了眼界。说着，地震把两只皮鞋脱了，从鞋垫下面抽出两沓百元现钞，接着又解开裤带，从内裤里拽出一沓现金，递到村长媳妇面前，你看，我没有骗你吧！

看着地震一手拿着钱，一手提着裤子，村长媳妇羞红了脸，哎呀，你快穿上裤子，这叫人家看到了像啥样子。

地震装憨卖傻，心底无私天地宽嘛。怕个鸟！

村长媳妇想撵地震走，又张不开口。但一个大男人在她家待着不走，别人看到了会说闲话。村长媳妇说，你还没回家看看吧？你出去打工，妹子一个人在家带着孩子也挺不容易的。

地震说，甭提那个死婆娘，提起她我就心烦，八年不见都不想她。

村长媳妇对地震的这番话感到相当意外，你也太没有良心了吧，大妹子在家忙里忙外，伺候老的又伺候小的，你怎么能说出这样的话呢？

地震说，俺俩的婚事是父母包办的，没有什么感情可言。

村长媳妇说，你们男人都是喜新厌旧，吃着碗里的看着锅里的，总觉得孩子是自己的好，老婆是人家的好。

地震摇着手，我可不是那样的人，我对感情专一得很。哎，你都不知道，这些年来，我心里一直装着一个女人。

装着谁？

远在天边，近在眼前。

村长媳妇听出地震话中有话，正言厉色地说，你瞎扯什么！

地震心想，脸皮厚吃块肉，脸皮薄吃不着，心动不如行动。他一把搂住村长媳妇的腰，俺都想死你啦。

村长媳妇挣脱地震的双臂，劈脸给了地震一个响亮的耳光，你这是干什么？把我当成啥人了？我明天借钱也会把200块钱还你！你现在就可以走了。

地震被这一巴掌扇得头晕目眩，直到耳鸣声消失，他才说，哎，你怎么这样呢？俗话说打人不打脸，这脸能随便打吗？

村长媳妇说，你脸都不要了，还怕人家打？

我咋不要脸了？我这不是关心你嘛。看你一个女人挺孤单的，没想到好心搭个驴肝肺！

村长媳妇转过身，手指着大门的方向，赶紧走吧，我不想看到你。

地震皮笑肉不笑，咋的？真生气了？行了，嫂子，我错了，向您承认错误还不行吗？

村长媳妇态度坚决，滚，你现在就滚！

谁知地震扑通一声跪倒在地，嫂子，您要不原谅小弟，俺就跪在这里不起来了。

地震使出这一招杀手锏，村长媳妇有些招架不住了，只好说，我原谅你了，你现在可以走了吧？

地震说，你撵我走，就说明你还没有原谅我，我还有好多话要给你说呢。

村长媳妇说，还有啥话你就说吧。

嫂子，虽然你打了我，但我打心眼里佩服你，我为百孩哥高兴，只是到现在还没把石头逮住，百孩哥在阴间也不能瞑目啊。

这几句话戳到了村长媳妇的痛处，她鼻子一酸，眼泪流了出来。

地震站起身，拍了拍裤子上的土，说，石头禽兽不如，怎么能对百孩哥下得了手？不抓住石头，俺心里都气不过。

村长媳妇长叹一声，也不知这个千刀万剐的躲到哪里去了，派出所到现在也没有一点线索，不知道猴年马月才能有一个结果。一天逮不住石头，我的心就一天不安。

地震说，嫂子，你光指望着派出所那是不行的。

我不指望派出所还能指望谁呢？

每年发生那么多案子，派出所哪有闲工夫管这个事？

不是吧，刚才汪所长还给我说，他们最近为这个案子专门去了一趟新疆呢。

地震不屑，抓住石头了没有？

没有。

所以说嘛，你也太实诚了，他们编个谎话你就信以为真。

村长媳妇睁大眼睛，不会吧？

地震点上一支烟，深深吸了一口，吐着烟圈说，人家把你卖了，你还帮人家数钱呢。自己的事还得靠自己，依靠别人那是瞎扯淡。

村长媳妇说，小尿也一直帮着派出所寻找石头的下落，办法想了不少，路没少跑，苦没少吃，就是没有效果……

地震狡黠一笑，你是不是真想找到石头？

你这不是说废话嘛。我没有一天不在盼望石头早日落网，要用他的血祭奠小尿爹的在天之灵。

地震故意试探道，你打算花多大代价抓住石头呢？

村长媳妇坚决地说，不惜一切代价！

怎么个不惜一切代价？

我就是砸锅卖铁，也要把石头从老鼠洞里找出来。

如果我帮你找到石头，你怎么谢我？

只要你能帮我抓住他，你说怎么谢都行，只要我能做到。

地震没说话，那双色迷迷的眼睛盯着村长媳妇看来看去。村长媳妇一下子明白了地震的鬼心思，立即板起脸，你别打我的主意，就死了这条心吧！

地震厚着脸皮说，嫂子，你活得累不累呀？掰着手指数一数，就算活一百岁，也只有三万多天，何必跟自己过不去呢？该吃吃，该喝喝，该玩玩，要尽情享受人生啊。只要你和我好，我挣的钱全交给你，还能帮你找到石头，给你出这口恶气。我们可以暗地里相好，不让村里人知道……

地震还想再说下去，村长媳妇早已怒不可遏，你现在就给我滚！

地震不但不走，反而一转身又搂住了村长媳妇，嫂子，俺真的好喜欢你……

村长媳妇拼命挣扎，可一个弱女子，怎是一个壮男人的对手。村长媳妇气喘吁吁，你要再不松手，我就喊了！

地震厚颜无耻地说，你喊吧，反正我不怕丢人现眼，只要你敢喊，看你以后在村里还怎么待下去。

纠缠中，村长媳妇伸手乱抓，突然抓住桌上的一把剪刀，猛地冲地震扎了过去。地震反应快，赶紧松开双手往后一跳，才没被剪刀扎到。

村长媳妇说，你再敢朝我跟前走一步，我就死给你看！

谅你也不敢！地震向前逼近一步。

你看我敢不敢！村长媳妇举起剪刀，伸出左手小拇指，一咬牙一狠心，把手指头剪断了，顿时鲜血飞溅。

地震吓呆了，脊背上直冒冷汗，他干咽了一口唾沫，别别，你千万别做傻事，我这就滚！

太阳已经落山了，小尿还没醒。

村长媳妇没有打搅他，忍着剧痛简单处理了一下伤口，清洗了堂屋里的血迹，把身上沾了血的衣服换掉，然后来到儿子床边，把蹬到床下的被单捡起来给儿子盖上。望着儿子消瘦的脸，再看看自己的断指，泪水扑簌簌地掉落。

小尿醒了。他睁开干涩的双眼，恍惚地望着泪流满面的母亲，娘，我这是在哪儿？

村长媳妇赶紧收住眼泪，你连自己的家都不认识了？

小尿说，我不是在做梦吧？

别说傻话了。渴了吧？说着，她起身去给小尿倒水。

小尿疑惑地追问，娘，你刚才哭啥？

村长媳妇没有回答，又抹了一把脸上残留的泪痕，说，娘啥时哭了。等着，娘给你倒水去。

片刻，村长媳妇端着一碗红糖茶进了屋。喝点吧，解酒的。

小尿接碗时，注意到母亲包扎的小拇指，娘，你的手咋搞的？

村长媳妇轻描淡写，刚才切菜，一不小心碰伤了。

小尿信以为真，又问，怎么天都黑了？我怎么在这儿睡着了？

村长媳妇说，你真的啥都记不起来了？

小尿眨眨眼睛，摇摇头。

你中午喝多了，到派出所闹事，是娘把你弄回来的，派出所还罚了 200 块的款。唉，你这孩子……

村长媳妇的话唤醒了小尿的记忆，他气愤地说，破案不行，只会罚款创收，一群酒囊饭袋！

村长媳妇说，你不要冤枉人家，派出所为了这个案子没少费工夫，这么大的中国，抓一个逃犯哪有那么容易？

小尿说，你就别护着他们了，指望他们把凶手抓住，不知猴年马月哩。以后打死我都不去求他们了，求人不如求己，挖地三尺，我也要把石头找出来！

第十章

1

拉小尿回家的板车放在小尿家好几天了，村长媳妇始终没有还给车主——那是地震借的，她不知道车主是谁。本打算送到地震家，可她又不想再看到地震。无奈之下，她只好让儿子代劳，说，板车是你地震叔借的，你给他送去。接着，她又掏出200块钱，让儿子顺便还给地震。

小尿推着板车去了地震家。地震刚从麦地回来，正在用压井里的凉水洗脸，看到小尿来了，赶忙甩甩手上的水，在身上揩了一把，说，快进屋坐，把板车放在院子里就行了。你这孩子，今后要少喝点酒。

小尿有些不好意思，地震叔，你也知道呀。

地震说，还是我把你拉回家的呢，你娘没给你说？

小尿摇摇脑袋，我娘没告诉我。

还是我给你小子垫了200块钱的罚款哩！

你不说我还差点忘了。小尿赶忙从兜里掏出钱递给地震，这是我娘让我还给你的钱。

地震装出一副生气的样子，熊羔子，当叔的就不能帮你垫200块呀？快把钱装起来吧。

小尿固执地说，我娘说一定要还你。

地震推辞不掉，只好收下，好，好，叔收下。你娘还好吧？

还是那样，经常失眠。

地震打探道，你娘没给你说什么吧？

小尿不解，说什么？

没什么，随便问问。唉，你娘带着你们姐弟俩不容易。

小尿说，地震叔，没啥事我就走了。

地震说，光顾说话了，忘了给你倒茶。

小尿摆摆手，我不渴，我回去了。

地震拦住他，你这孩子真不懂事，叔好久没见你了，想和你唠唠呢，你忙着回家相亲呀？

话都说到这份儿上了，小尿不好意思地嘿嘿一笑，地震叔，你别生气，我是看你干了一天活太累，不想打搅你。

我不累。来，坐一会儿，咱爷儿俩聊聊。

地震进屋搬出两只小木凳，一人一个，面对面坐在院子里的树荫下。地震掏出一盒烟，抽出一支递给小尿。

小尿说，我不会。

不抽烟好，抽烟有害健康。地震给自己点燃香烟，在烟雾中窥视小尿，听说你去派出所催问你爹的案子，被警察打了一顿？

小尿情绪低落，俺爹的案子到现在还没着落，我气不过，就去找他们讨说法，去之前喝多了，后来的事情记不清了……

地震说，派出所这帮人，就是光吃饭不办事。

提起这事小尿就来气，现在村里说啥的都有，居然还有人说石头杀我爹是正当防卫。派出所的人说，凶手不抓住，是非黑白都不能定。岂有此理！还有人说，石头是为了报十几年前的夺妻之仇，都是胡说八道！

你不知道……地震欲言又止。

我不知道啥？

没什么……地震岔开话题，当务之急是尽快抓住石头。派出所的人都是饭桶，不会破案，只会打人。你去告他们，告他们非法拘禁！

小尿有气无力地说，告他们有个屁用，再说，我爹的仇还没报，我哪有那份心思。

地震说，你是个孝顺孩子，你爹有你这样的儿子，值了。

我爹活着的时候我没尽孝，被人杀了，我也没能抓住凶手，何谈孝顺？

你能做到这样已经不简单了。今后打算怎么办？

小尿咬牙切齿，逮不住石头，我誓不为人！

地震拍了拍小尿的肩膀，侄子，有种，有志气。可是，到哪儿去找他呢？

小尿无语。

其实你爹被杀，我也难过，毕竟我们是一个头磕到地上的兄弟呀。地震挤出了两滴眼泪，这几年我在外地打工，一直也没有忘记打听石头的下落。

小尿急忙问，打听出什么线索没有？

多少也打听到一些，可跑去一看，都不靠谱。前段时间我在安庆打工，听一个朋友告诉我说，他知道石头在哪里。

小尿噌地站起身，在哪里？

地震示意他坐下，侄子，你不要急，听我说完。听朋友这么一说，我也特别激动，就问他石头在哪儿。可他说，他和石头也是朋友，他不能出卖朋友。但他也没把话说死，都是出来打工赚钱的，家里都有老婆孩子等着吃饭，想知道石头的下落，就要拿出两万块钱来。

两万？他的心也太黑了吧。

地震说，想一想，人家要两万自有人家的道理，石头毕竟是杀人逃犯，公安局追捕逃犯还有悬赏呢。再说了，人家举报石头，也是有风险的。当时我要是有两万块钱，我就给他了。可我从哪儿弄那么多钱啊？我就和这个朋友商量，能不能少点。可那个朋友说，他又不是靠这个吃饭的，少了这两万块钱也饿不死。人家那意思你懂不？一个子也不愿降。

小尿哀求，地震叔，您能不能再跟他商量一下，让他少要点，我确实一下子拿不出这么多钱。

行，明天我给他打个电话。

那就拜托您了。

都是自家人，别说外气话。

小尿临走一再嘱咐，这事你千万不能告诉我娘，钱的事我来想办法。

第二天一大早，小尿就敲响了地震的家门，问他跟朋友联系上没有。

地震当然没跟他所谓的朋友联系，那只不过是一个幌子罢了。地震一边穿衣服一边说，我昨天费了好大劲才联系上那个朋友，好说歹说，他答应了，一口价一万块，少了免谈。

小尿唉声叹气，人家只要一万，一下少了一半，确实够给面子的了，可我到哪里去借这一万块钱呀！

地震问，你能弄出多少现款来？

小尿说，最多五千块，就这还不知要费多大劲呢。

地震一挥手，这样吧，你先拿五千块钱，剩下的我替你垫着，事成之后你抓紧时间还上，你看行不行？

小尿感激涕零，行，地震叔，谢谢你了！

那你赶快筹钱吧，钱凑齐了，我们立马动身去安庆。

小尿不放心，你的朋友不会骗我们吧？

地震立马沉下脸，连你叔的话都不相信了？你叔我走南闯北这些年，过的桥比你走的路多，我还会被人骗？你要是不信，那这事就当我没说过。

小尿赶忙赔不是，叔，我不是这个意思……

地震拍拍胸脯说，要是逮不住石头，你找我算账，我双倍赔你的钱，这样你可放心了？

小尿连说，放心，放心。

从地震家离开，小尿脚步轻快，恨不得立马飞到安庆。

2

我爹做梦也想不到地震会出卖他，当然不会改换藏身之地。就算他想换，拖家带口的，哪有那么容易？到一个新环境要重新找工作，重新租房子，还得给我三姐小鸾转学……

那时我爹在一家预制厂打工，我娘在预制厂小食堂帮着烧饭，我三姐在郊区小学读书，已改名思佳，就是想家的意思。我三姐离家出走时年龄尚小，不谙世事，我爹我娘从来不在她面前提及过去的事。我三姐从小就懂事、聪明、好学，成绩在班里名列前茅，这很让我爹我娘感到骄傲。

小尿回到家，就把能借到钱的人都列了出来，也想出了借钱的理由。次日，天刚蒙蒙亮，小尿就骑着破自行车到处筹钱。费尽口舌，东借西凑，总算把五千块钱凑齐了。

小尿径直去了地震家，问他明天能否出发。地震说，你办事效率挺高嘛。行，我们明天一早就出发，别忘了带上路费。

回到家已经很晚了，村长媳妇坐在院门口的石头上，焦急地等待着儿子。看到小尿的身影，心里的一块石头才算落地。她快步迎上去，儿子，你咋回来这么晚？让娘担心死了。

小尿淡淡一笑，娘，我都这么大的人了，能出啥事。今天在城里见了几个朋友，多聊了一会儿，所以回来迟了一些。

村长媳妇问，没吃饭吧？

没呢。

饭都热了好几次了，你先去洗把脸，我给你再热饭去。

村长媳妇很快把饭菜端了上来，素炒萝卜丝，烧的稀饭，熘的馒头。小尿这时才感到了饿，狼吞虎咽地把菜饭席卷一空。

吃完了，小尿抹了一下嘴巴，娘，今天我到城里见了一个朋友，他在安庆打工，说在一个酒店当服务员，活也不重，工资挺高，我明天一早就和朋友去那里看看。

村长媳妇很高兴。小尿天天在家闷闷不乐，能出去打工换个环境散散心，又能挣些零花钱，何尝不是一件好事呢？村长媳妇把雪花打工寄来的钱取出500块，塞到小尿手里，说，带着，省着点花。

小尿数了数，娘，用不着这么多，300块就够了。

村长媳妇说，出门在外，多带点钱心里踏实。

小尿没再推辞。

夜里，小尿趁母亲睡熟，偷偷在褂子内衬上缝了一个布兜，把五千块钱缝到了里面。衣兜里只装着零钱，以防被盗。五千块不是个小数目，万一有个闪失，那可不是闹着玩的。

小尿一夜没合眼，睡不着。鸡叫一遍他就起来收拾东西，村长媳妇也跟着起了床，给小尿做饭。小尿说，娘，你睡吧，我不饿。

村长媳妇说，路远不能饿着，吃了热饭再上路。

村长媳妇还特地给小尿煮了几个鸡蛋，让儿子路上带着。

小尿辞别了村长媳妇，偷偷转个弯，到了地震家。地震听到敲门声就知道是小尿，他简单收拾了一下，对小尿说，我也没啥要带的，也给你婶子说过了，咱们这就出发。

3

在安庆下了火车，小尿说，地震叔，先到你打工的厂子去吧，住下来之后再办事。

地震撒谎，我是在一家建筑工地打工，临时住在一个亲戚家，你去了不方便，再说也住不开。

小尿说，那咱们现在就去找你那个朋友，抓紧把石头逮住再说。

我那个朋友不想和你见面，他要带我一个人去认门，然后我再带着你去抓石头。

那好吧，我在哪儿等你？

站在大街上等肯定不行，万一被石头看见，我们岂不白来这一趟？这样吧，咱先找个便宜的旅社住下，你在旅社里等我消息。

地震叔，一切听您的。

地震带着小尿找了一家小旅社，安顿好之后，地震说，我有点感冒，出去买点药马上就回来。

小尿说，我正想买把水果刀备用，咱们一块出去吧。

地震和小尿一同出了旅社，分头去办各自的事情。

地震先回，不一会儿，小尿也回来了，买了一把折叠水果刀，还有几米长的绳子。

地震拍了拍小尿的肩膀，你小子想得挺周全的。

小尿说，地震叔，这次你要帮到底，帮我一起制服石头，送到公安局。

行，侄子放心吧，你地震叔说到做到，连家里的麦子都不收了，还不是为了你的事。

小尿和地震商量了一下对策。地震说，刚才我买感冒药时给我那个朋友通了一个电话，他说夜里趁着石头睡觉的时候去逮最保险。他让我10点钟过去，带我去认门。我的朋友还说，石头就住在火车站附近，咱俩11点半在火车站北门碰面，千万别迟了！

小尿点头，叔你放心。

地震从包里拿出两瓶可乐，打开后递给小尿一瓶，来，喝点汽水提提神，预祝我们今晚马到成功！

小尿接过可乐，跟地震碰了一下，一口气喝干净，一边打着嗝一边催促，地震叔你快去吧！

记住，11 点半，我准时在那儿等你。

地震匆匆忙忙走了。小尿一路奔波，十分疲倦，看看时间还早，干脆半躺半靠在床上，一手摁着内衣里鼓鼓囊囊的钱包打起了盹。

万万没想到，一觉醒来，天已微明，窗外几只小鸟在叽叽喳喳叫个不停。小尿惊出一身冷汗，腾地跳下床，看了一下时间，已经是凌晨 5 点多钟了。

小尿匆忙出门，招手打了个出租车，风驰电掣般朝火车站开去。

赶到火车站，小尿看见地震正在北门处焦灼地来回踱步。小尿跑过去，满脸愧意地说，地震叔，我不小心睡过了。

地震气得脸色青紫，跺着脚抱怨，你小子还来干什么？你睁眼看看几点了？

小尿说，路上太乏了，没想到打一个盹就睡过了。

你小子让我白等一夜，把我肺都快气炸了！

小尿擦了一把汗说，你想骂我打我等以后吧，现在快带我去抓石头吧！

钱带来了没有？

小尿拍拍鼓鼓囊囊的夹克衫说，一直带在身上呢。

地震说，石头就住在火车站东边不远处的一个巷口里，三层小楼，201 室，我已经去看过了，咱快去吧！

小尿摸了摸裤兜里的水果刀，地震叔，坏了，绳子忘带了！

来不及了，咱俩能制服他一个人。

地震和小尿一前一后一路小跑，很快来到了石头租住的 201 室门前。

小尿心情异常激动，加上一路奔跑，呼吸急促，心跳加快。他掏出水果刀，深吸了一口气，进入一级战备状态。

201 室的门反锁着。地震轻轻叩门，咚咚咚……敲门声越来越大，但里面没有任何反应。小尿再也按捺不住急迫的心情，推开地震，肩膀用力，强行破门而入。

屋里一片狼藉，但一个人也没有，显然撤离得很仓促。

从室内的布局可以看出，石头两口子睡一间，石头的三女儿睡一间。三女儿的房间布置虽然简单，却依然透着几分温馨。单人床靠里墙放着，床上用品没来得及拿走，被单是花格竖条印花，被面是儿童专用的，上面印着不同动物的卡通画，床里面放着一个宠物熊，床头放着一张破旧的木桌，桌体糊满了花花绿绿的纸，桌上放着一个米黄色塑料台灯，现在已经歪倒在一边。桌上还放着一本影集，没有来得及带走，里面是三女儿小鸾和同学的照片，照片上的小鸾笑得天真烂漫。床边的墙壁上贴满了奖状，有三好学生，有校文明学生，有田径竞赛荣誉证书……

毫无疑问，石头一家就住在这里，可惜自己来晚了一步，小尿气得踹了一脚床帮。

他又走进石头两口子睡觉的房间，里面摆放着一张双人床，被褥都没来得及带走，上面打了不少补丁，相当破旧，但很干净，能看出多次洗涤后泛着的淡淡白迹。靠门口有一个旧式的多用柜，门开着，里里外外零乱散落着衣物，柜子上面摆放着石头一家三口的合影。照片上的石头和离家时变化很大，头发稀疏了，脸显得瘦长，还留起了络腮胡子；石头媳妇苏娥表情僵硬，神情抑郁；只有小鸾笑得那么开心。

地震在一旁一个劲埋怨，你小子这下可误大事了。

小尿忍不住抄起相框朝地上狠狠摔去，怎么让他跑了呢？

地震说，我哪里知道？

你怎么不去旅社喊我呢？

我咋想得到你会睡觉？这么大的事，你居然能睡得着？再说了，我去找你，你来找我，这不就错过了吗？

小尿叹了口气，又去敲邻居家的门。开门的是一个老太太，小尿礼貌地问，大娘，打扰您了，请问对门的人到哪里去了？

老太太打开半掩的门，看到对面大门洞开，不解地问，他家的门怎么开了？

小尿答非所问，我们是那家的亲戚。

老太太说，今天早晨天没亮他们就走了，说是急着赶火车，留下了房门钥匙，让我转交房东。

他们到哪里去了？

老太太摇头，我哪里知道？

小尿说了声谢谢，拽着地震便朝楼下跑。地震问，你这是干吗？

小尿急切地说，快去火车站，说不定还没坐上车呢。

这么长时间了，早走远了。

有一线希望也得去！

你早干啥了呢！

地震只好跟着小尿来到了火车站候车室，一个人一个人地瞅，也没发现石头一家三口的影子。小尿跑得满头是汗，小褂都湿透了。他擦了一把汗，嘴里嘀咕，能躲到哪里去呢？

地震说，别找了，回旅社再想想其他办法吧。

不会是你那个朋友告的密吧？

地震一听不高兴了，你小子自己耽误了事，反倒怪罪别人？你要是准时赶到预定地点，石头怎么会跑？

小尿自知理亏，不说话了。

石头怎么知道你来安庆逮他的消息，我也搞不清楚。只有一种可能，我们昨天上街被他家人发现了。停了停，地震突然问，5000块钱啥时给人家送去？

小尿一怔，没逮住石头，咋能给他钱呢？

地震立马变了脸，你小子跟谁学的无赖？明明说好的，人家给你提供石头的住址，你给一万块钱，我中间担保，先付五千，你小子咋说变就变了呢？

小尿说，这不是没抓住石头嘛。

没逮住石头怪谁？你要是按时到，咋会变成现在这样？

小尿只能自认倒霉，拉开上衣，撕开内缝的钱兜，让他吃惊的是，那5000块钱居然变成了一沓废报纸。小尿目瞪口呆，手里攥着一沓旧报纸半晌说不出话。

地震问，怎么了？

我的钱……被人调包了！

地震用狐疑的目光打量着小尿，你小子可别给我耍心眼子！

小尿又急又气，带着哭腔说，地震叔，我真的没骗你，我要是骗你，天打五雷轰！

地震叹口气，我也知道你不是那样的人，你没骗我，可是，我咋跟朋友交代呀？大老爷们儿吐口唾沫砸个坑，咱说话可要算数呀。

小尿掏出身上所有的零钱，给我留点路费，剩下全给他吧！

地震切了一声，这点钱打发要饭的？你这不是让人家扇我的嘴巴子嘛！

小尿抱着头蹲在地上，石头跑了，钱又被人家偷走了，我怎么能想到会是这样呢！

地震拍了拍小尿颤抖的肩膀，别哭了，哭有啥用，得想个办法呀。

小尿一边抽泣一边说，还能有啥法子？我咋就这么倒霉呢！

你看这样行不？钱丢了，也找不回来了，我知道你这些钱来之不易，这5000块钱我给你垫上吧。

小尿揩了一把眼泪，叔……

谁让我是你叔呢？你先回去，我在这里打工，替你把这5000块还了。不过，你得给我打个欠条，我也好给那朋友一个交代。

小尿打心里一千个不想掏这个钱，又怕对不起好心的地震叔，想想说，要不然我也留下打工还钱？还能继续寻找石头的下落。

地震摆了摆手，没这个必要。石头既然知道你来找他了，肯定不会再留在这个城市。再说了，我还在这里待着呢，可以继续帮你打听石头的消息，他要真的敢回来，早晚被我撞见，一有消息我马上和你联系。你回去好好照顾你娘。你姐在外打工，你又要在这儿打工，把你娘一个人扔在家里，你放心吗？

回到旅社，小尿明知5000块钱不会落在房间里，还是不由自主地四处翻找。他拼命搜索着记忆，怎么也想不明白是哪个环节出了问题。

地震捅了捅小尿，别再找了，收拾东西回家吧，过了12点，又要收半天的房费。

4

小尿怎么也不会想到，这出戏是地震一手导演的。

那天傍晚，地震和小尿到了旅社之后，地震声称去买感冒药，其实他去买的是安眠药、针线和饮料。第二次返回旅社，地震就提出让小尿11点半赶到火车站北门与他会合。分手前，他与小尿分别喝了一瓶可乐，其实他早已在小尿的饮料里下了安眠药。

他在外面转悠了一会儿，估摸着安眠药应该起作用了，便再次返回。推开房门一看，小尿坐在床边靠着墙已经睡熟。他又用手捅了捅小尿，小尿睡得跟死猪一样。地震完全放心了，于是解开小尿的衣扣，将钱袋撕开，拽出钞票，然后将预备好的报纸塞了进去，再用线缝好，恢复原状。

离开旅社，地震径直去了我爹的住处。

当时，我爹刚从预制厂下班回到家，一身的臭汗还没来得及洗一下，地震就气喘吁吁赶到了，不好了，你们快走！

我爹心头一紧，怎么了？

地震说，我这次回鸡肠屯，顺便去了趟小尿家，小尿说过两天就到安庆来找你。我问他怎么知道你在安庆，他不肯告诉我消息来源。但他给我看了一张纸条，上面写的果然就是你们现在的住址，吓我一身冷汗。

我爹也吓得浑身哆嗦，小尿到安庆了吗？

你别急，听我慢慢说。当时我对小尿说，安庆那么大地方，找一个人不是那么容易。我在那儿打过工，地熟人熟，你要是相信我的话，我陪你一块去。这不，我刚刚带着小尿过来，把他安排到一个小旅社里，这就过来给你报信了。

我爹一把抓住地震的手，地震哥，大恩大德，我这辈子也无法报答。下一步我该怎么办？

你们抓紧时间收拾东西，我给你们找个地方先躲一躲再说。说着，地震向里屋张望，老婆孩子呢？

我爹说，苏娥带孩子洗澡去了，还没回来呢。

正在这时，敲门声响起，我爹一头钻进了床底。地震狠狠踹了我爹还露在床外的屁股一脚，说，快出来，一定是苏娥娘儿俩回来了。

地震打开门，果然是我娘和我三姐。我爹狼狈不堪地从床底下爬出来，急切地对我娘说，收拾东西，我们马上走！

我娘不知道发生了啥事，但从我爹焦灼的表情猜出个大概。我三姐不明就里，问我娘，怎么了？

我娘一边收拾东西一边说，小孩子家不要问这么多，把你的书包拿着，跟娘走。

黑夜中，我爹一家三口悄悄离开出租房，去了地震找的一间破房子，闩上门，焦急地等待着地震的消息。

地震把我爹安排妥当，便去了火车站，买了一包香烟，耐心地等候小尿的到来。地震不知小尿什么时候能苏醒，反正已经大功告成，蹲在路边吸着烟耐心等着就是。

小尿终于来了……地震把小尿哄上火车，又去了我爹那里。

地震安慰我爹说，你们不要害怕了，小尿去你家没找到人，被我哄回老家了。

我爹悬着的心这才落地。我爹嘴笨，感动得不知说啥好，拉着我娘一起，扑通一声跪倒在地震面前，声泪俱下，地震哥，你就是我的再生父母啊！

地震赶忙扶起我爹我娘，你们这是干吗？都是兄弟，这点小事算啥？

我三姐看着奇怪，问我娘，你们今天是咋了？

我娘冲她摆手，大人的事，小孩少掺和，到外面玩去。

地震向我爹建议，你们原来住的地方不能再住了，虽然小尿让我支走了，也要防他杀个回马枪。

我爹叹息，可我们又能往哪儿搬呢？

地震说，这事你不要担心，我早已经给你们想好了，那地方准行。我也准备搬过去，我们还做好邻居。

我爹问，在哪儿？

在市西郊，独门独院，环境僻静，保证安全。

那里有小学吗？

地震笑，现在哪儿没小学？你是不是给吓傻了？

5

当晚，我爹一家三口从东郊搬到了西郊，和地震租住一个小院。当然，我爹是不会让大恩人掏一分钱房租的。

我爹又开始了新的生活。

我爹我娘把原来的工作辞了，我三姐转到了西苑小学。为确保安全，我爹再次改名，叫刘重生，我三姐当然也得改，叫刘思乡。

我三姐不乐意，改名就改名吧，怎么连姓也改了，我不改。

我爹说，爹现在改姓刘了，你就得改姓刘，不然人家怎么能知道你是我女儿呢？

胳膊拧不过大腿，我三姐只好同意。

晚上，新家拾掇妥当，我爹让我娘多做了几个菜，把地震请过来吃饭。

地震自然是痛快地接受了邀请，好啊，是要好好喝几盅，一是庆贺你们逢凶化吉，二是祝贺你们乔迁之喜。

酒菜很快上了桌，我爹陪地震喝酒聊天。我爹当然是不喝酒的，只能以茶代酒，聊表心意。几杯白酒下肚，地震开始讲段子，这些段子讲给别人，总能把人笑得肚子疼，可我爹听了，只是礼貌地笑笑。地震不由皱眉，你真是个不懂幽默的男人，木头疙瘩一个！

我爹叹了口气，我咋能笑得出来呢。我是个杀人逃犯，脑袋别在裤腰上，这条小命不知啥时就上西天了。说到此处，我爹的眼泪又喷涌而出。

地震抹了一把嘴巴，大男人别动不动就掉泪，你心胸要放宽一点，有什么大不了的，该吃吃，该喝喝，过一天是一天，今朝有酒今朝醉，管它明天喝凉水。你以为我的日子就比你好过？谁不是一肚子苦水？可再怎么着，这日子也得过下去不是？

我爹问，地震哥还有啥难处吗？你有啥难处说给我听听，虽然我不一定能帮上忙，说出来总会舒服些。

地震清了清嗓子，我这次回家有两个原因，一是回去收麦，二是我的小三子驴蛋一直高烧不退，我回去打算带儿子去县医院瞧瞧，没想到儿子已经烧成肺炎……

驴蛋现在情况怎么样？

医生说孩子必须住院，先交一万块钱押金。我手头哪有这么多钱，你能不能借给我点？

我爹说，救人如救火。你是知道的，我的手头也很紧。这样吧，我让苏娥给凑5000块钱。

送走了地震，我爹磨磨蹭蹭地来到我娘身旁，说，地震家驴蛋住院，管我们借5000块钱。

我娘面无表情，你答应他了？

我爹默不作声，只是不停地挠头，答案不言而喻。

我娘正在刷锅，把一摞碗朝盆里一掼，水花四溅。我娘一句话没说，起身进里屋往床上一躺，用被子蒙住头。

我爹跟到床前，你听我说完……

我娘猛地掀开被子，吼道，还有什么可说的？

地震的儿子得病住院，我们总不能见死不救吧！

你总是同情别人，怎么不同情我？这些年我跟你过的啥日子，你能不清楚吗？整天提心吊胆，东躲西藏，是人过的日子吗！

滴水之恩当涌泉相报呀。地震对咱家这般好，咱不能没良心吧？

我娘更加气愤，地震对你好吗？要不是那次他灌你这么多酒，你怎么能把村长杀了呢！

我爹争辩，话不能乱说，杀人和地震没关系，只怪我自己喝多了，一时犯糊涂。

我娘不想跟他纠缠这个话题，咱家就攒了五千块钱，你把钱借给他，咱今后日子怎么过？

救急不救穷。地震家有急事，不然我也不会同意帮他这个忙。

我娘越想越难过，越哭越伤心。我爹扑通一声跪在她面前，左右开弓扇自己的嘴巴，这些年是我对不起你，都是我害的你，我不是人……

我娘心软了，这次就借给他吧，但下次再有这种事，你不能不跟我商量就自己做主。

第十一章

1

地震的儿子驴蛋烧成肺炎倒是真事，但没有地震说的那么夸张，只在医院住几天就出院了，前后花了不到三百块钱。我爹那时对地震的话深信不疑，他哪里想得到，地震拿到钱后并没有回鸡肠屯，而是迫不及待地去了一个美容店。

冰儿是地震来安庆之后认识的。每次地震来找冰儿，冰儿都十分热情，服务也很周到。一来二去两人熟悉了，地震成了冰儿的常客。

看到地震，冰儿忙起身笑呵呵地迎了上去，地震大哥，今儿个你怎么这么早就来了？

闻着冰儿身上的脂粉香味，地震心里像猫抓，冰儿妹子，上次你和我说的话可当真？

冰儿一愣，我上次和你说什么了？

你上次不是和我说，只要我能帮你开店，你就答应和我好吗？

原本一脸疑惑的冰儿一听这话，美目顿时绽放出万丈光芒，地震哥，你没开玩笑？

地震豪气十足，男人说话一口唾沫一颗钉，我今天就是特意来找你的！

冰儿踮着脚尖使劲亲了地震一口，地震哥哥你真好，冰儿果然没有看错人，跟我来！

地震和冰儿虽然是站在店门口说话，但店内几人都听得清清楚楚。眼见地震和冰儿勾肩搭背地离去，冰儿刚刚服务的那个老男人冷笑一声，呸地吐了一口唾沫。

地震跟着冰儿来到了冰儿租住的地方。两人一进屋子，地震就迫不及待地一把搂住了冰儿，冰儿咯咯笑着推开地震，地震哥哥钱凑够了？

当然，这事我还能骗你？说着，地震从怀中掏出了用报纸包裹的一万块钱，你看这是什么？

冰儿一把抢了过来，迫不及待地拆开了报纸，看到里面的钞票，整个脸都笑开了花，勾着地震脖子使劲地亲，地震哥，你真好，你就是我亲哥！

地震感觉整个人都飘了起来，搂着冰儿朝卧室走去，好妹子，钱我给你了，你可要说话算数！

地震哥哥，我现在人都是你的了，还怎么不算数！

地震被迷得晕头转向的时候，冰儿突然伸手从枕头底下拿出一个喷雾剂，对着地震的脸噗嗤喷了一下。

这回地震真的头晕了，感觉脑袋一沉，眼皮像是灌了铅一般睁不开。失去意识的一瞬间，他脑海里一闪念，上当了……

冰儿一把推开地震，冷笑道，癞蛤蟆想吃天鹅肉，就凭你也想让老娘伺候一辈子，我呸！

这时，从外面进来一个三十多岁的男子。冰儿冲他扬了扬手中的钞票，媚眼如丝。男人看着昏倒在床上的地震，几个大耳光抽了过去，他妈的，竟敢搞老子的女人，找死！

地震醒来时，已是深更半夜。他发现自己竟然躺在垃圾堆中，半晌才想起白天发生的事，顿时怒不可遏，找了一根钢管，直奔冰儿的租住处，一脚踹开房门，却早已人去屋空。盛怒之下，地震将房里的东西砸了个稀巴烂。

刚刚骗来的一万块钱，这么轻易就没了，地震万般懊恼。想起小尿那张5000块钱的欠条，心里才稍稍平衡了一点。他打算过年回家再找小尿要。

2

小尿到安庆没抓到石头，丢了钱不算，还欠了地震5000块。回到家之后，小尿一下子就病倒了，卧床不起，水米不进。这下可把村长媳妇吓坏了，儿啊，你去了一趟安庆，咋就病成这样子呀？

小尿当然不会讲出实情，不想让他娘添堵，只是摇摇头，有气无力地说，娘，我没事，休息两天就好了。

你这样不吃不喝，身体咋受得住？

村长媳妇请来了村医，村医检查后说，体内有火，多休息几天就好。

几天之后，小尿身体才慢慢康复。

这天早晨，小尿起床后说，娘，我到村头转转。

村长媳妇说，行，不要转太长时间，娘做好饭等你。

就在小尿转身之时，突然发现村长媳妇的小拇指少了一截，急忙问，娘，你的手咋搞的？

村长媳妇轻描淡写地说，前两天铡草时不小心铡掉了。

你怎么不告诉我呀？

你甭操心了，这不已经好了嘛，你出去转你的吧……

天亮得很早，朝霞涂满半个天空，远处的村庄显得格外朦胧，还有布谷鸟在叫，丝丝的凉风拂面而来，空气中夹杂着泥土的气息和农作物的清香。小尿深深地吸了一口气，感到心旷神怡。

小尿一边转悠一边思考着怎样才能尽快还上这笔钱。他想了很多方案，最后自己又都给否了，觉得都不切合实际。因为娘需要照顾，他不能远离村子，前思后想，最后决定在村子里卖馒头。他想，现在许多劳力都外出打工，家里剩下的是老弱病残，加上农活，留守家里的大人懒得蒸馍，自己卖馍应该是不愁卖不出去的。

小尿为自己的突发奇想感到兴奋，急忙回家把这个想法告诉了母亲。

村长媳妇说，卖馒头能挣几个钱，不够辛苦的，你还是出去打工吧。

小尿说，我两天不在家，你竟然把手指给丢了，我要是一年半载不回来，你还不得把整个人给丢了？

村长媳妇笑了，你既然主意已定，那

就干吧，家里的活不要你操心，娘有时间也给你做个帮手。

小尿说，娘，我没蒸过馒头，你得教我两次。

村长媳妇说，好，你就拜娘为师吧。

说干就干，小尿找来几张红纸，写了布告——

父老乡亲们，为了减轻您的家务负担，为您腾出更多时间做更重要的事情，本人成立了小尿馒头加工部，专门生产销售馒头。本人出售的馒头个头大，价格便宜，没有任何添加剂，纯绿色食品。销售时间：每天中午11点到1点，晚5点到7点。地点：村头大槐树下。

小尿馒头加工部

小尿的馒头生意就这样开张了。

没想到的是，生意竟然越来越好，村里各家各户都到他那里去买馒头，原来有几家自家蒸馍的现在也不蒸了。随着经验的不断积累，小尿的馒头做得越来越好吃，备受村民喜爱。

就连我大姐有时也去买馒头。每次我大姐去买馒头，小尿总是吊着脸，冷冰冰的，瞅都不瞅我大姐一眼。我大姐有时故意找茬和他讲话，小尿也不搭理，把脸转向一边，充耳不闻。我大姐自然恼火，面对这种尴尬的处境，她总是朝地上啐上一口，说，有什么了不起的，不就是个卖馒头的嘛，看你傲得跟企鹅似的，你要是真当上经理，还不把头昂上天！

面对我大姐的讥讽，小尿总是轻蔑一笑了之。

馒头生意越来越好，后来竟供不应求。小尿决定扩大规模，于是找人重新支了一个大地灶，还打算找个帮手。招工布告很快张贴出来——

招工

本加工部急需招录一名帮手，男女不限，年龄在18岁至50岁，身体健康，有蒸馍经验的优先，工资面谈，有意者速与小尿联系。

小尿馒头加工部

招工布告刚刚张贴，就被我大姐看见了。我大姐偷偷把招工布告全部撕掉，然后去了小尿馒头加工部。小尿正顶着毛巾、光着膀子、满头大汗地烧着地锅呢，看见我大姐，他不冷不热地问，你走错门了吧？

我大姐一本正经地说，我是来应聘的。

小尿说，我们加工部招男不招女。

我大姐说，你胡扯，布告上明明写着男女不限，怎么能白纸黑字不认账呢？

我布告上没写男女不限。

我大姐从口袋里掏出撕下的布告，指着“男女不限”几个大字说，你睁眼看看，这是谁写的？

小尿不能不认账，只好说，我们这儿工资低，活重，你个女孩子家干不了。

我什么苦没吃过？这算什么，工资随你赏。

你要想好了，跟我干，我是老板，也就是资本家，你是打工的，必须接受我对你的剥削。

我大姐笑了，这都什么年代了，你的思想还这么落后。只要你按劳付酬，不管黑猫白猫，逮住老鼠就是好猫。

小尿摆出一副经理派头，趾高气扬地说，在这里我是老板，一切都要听从我的指挥，我让干啥你就得干啥。

我大姐说，你不会让我去杀人吧？

当然不会，与馒头无关的事我不会强迫你去做。

那没问题！

小尿心中窃喜，这也是一种报仇雪恨的办法，抓不住凶手，我就把凶手的女儿抓过来，让她给我卖力流汗，代父受罚。

小尿说，明天你就来上班吧！

3

我大姐原来留着一条诱人的大辫子，家里出事后，就痛下决心剪掉了，为此还哭了一个晚上。剪辫子的原因，一是家里出事无心打理，二是削发明誓，永世不与小尿来往。

但感情这东西永远说不清楚，我大姐竟然正式到小尿馒头加工部上班了。

小尿对我大姐要求相当严格，总是不让她闲着，把她的时间安排得满满的。我大姐任劳任怨，好像真的代父赎罪一样。

小尿在我大姐面前从来没有笑脸，除了指手画脚，就是那句单调冷漠的话，下班了，你可以回家了！

我大姐一开始还能忍受小尿那张时刻吊着的脸，后来终于受不住了，气愤地说，我是来给你打工的，你总板着脸给谁看？

小尿反唇相讥，你以为你是谁？武则天？慈禧太后？我见到你就得满脸堆笑？我笑不出来！你爱干就干，不干拉倒！

我大姐当然不会放弃，好，好，你厉害，你是资本家大老板还不行嘛。

有一次，小尿烧锅热得满头大汗，我大姐找来毛巾，在凉水里浸了下递给小尿，说，看把你热的，擦把脸吧。

没想到小尿摆了摆手，我不热，不用你献殷勤。

狗咬吕洞宾，不识好人心！我大姐气得把毛巾扔到了小尿脸上。

小尿倔得很，毛巾都扔到脸上了，还是不擦，接过来顺势扔到了门外，说，我们是资本家与工人的关系，也就是剥削阶级和被剥削阶级的关系。想用糖衣炮弹软化我，我不会上当的！

我大姐指着小尿，呸，你也太自作多情了，也不撒泡尿照照你那尖嘴猴腮的样子。我懒得跟你啰嗦，但是有一句话我必须告诉你，无论你爱不爱听，也不管是不是糖衣炮弹，那就是，锅里的水已经烧干了，再烧锅底就要掉了。

小尿这才意识到光顾说话了，忘了锅里的馒头，赶忙用湿炭把火压住。小尿说，都怪你在这里打岔，外院待着去！

我大姐在小尿家打工的事，很快就传遍了全村。大家说啥的都有，最让小尿不能接受的是，有人说小尿是个不孝之子，没有抓住杀父仇人，倒把仇人的女儿招到自家一起鬼混。

小尿自然不是想跟我大姐鬼混，而是变相折磨我大姐。可别人不这么看，小尿终于顶不住舆论的压力，决定辞掉我大姐。

我大姐在小尿家吃苦受累，却无怨无悔。她觉得只要能和小尿在一起，受再大的委屈也值得。得知小尿要炒她的鱿鱼，我大姐愤愤不平，我哪点干得不好？在你家我当牛做马，工资随你赏，你凭什么说辞就辞？

我大姐越是痛不欲生，小尿越是开心。他故意用平静的语气说，辞你的原因很简单，你是杀人犯的女儿。

杀人犯的女儿就应当受到歧视吗？

小尿说，想在这里打工，除非你答应我一个条件。

啥条件？

告诉我，你爹藏在哪里？

我大姐冷冷一笑，你这不是说屁话嘛，我咋知道他躲在哪里？

小尿的口气突然变得温和起来，盼盼，你可不能糊涂啊，窝藏罪犯那要坐大牢的。

我大姐说，你不要吓唬我，我不知道就是不知道。

小尿继续耐心开导，盼盼，我知道你是个善良的人，不能是非黑白不分，这样你会铸下终生大错啊。

我大姐剜了小尿一眼，你别挖空心思了，我不知道就是不知道！

小尿沉下脸，你嘴还硬？我都听人说了，你带着你弟弟金贵去了你爹那里一趟呢。

我大姐呸了一声，你也会诈唬人了？行啊，实话跟你说吧，我爹就是我藏起来的，你要有证据，就去公安局告我，让我坐大牢！

小尿失望地摇摇头，从兜里掏出几张钞票，朝我大姐手里一塞，这是你这个月的工资，你现在就可以滚了，滚得远远的！

我大姐把钞票朝小尿脸上一扔，你不是人！我恨死你啦！

我大姐哭着跑出了小尿家。

4

时间过得飞快，七年的时间犹如弹指之间。小尿对我爹的仇恨并没有因时间而淡忘，复仇的种子反而生根发芽。小尿始终没放弃对我爹的追捕，他对过去进行了总结和反思，又制定了新的追捕计划。小尿知道我爹是个有名的孝子，他坚信，我爹拖家带口外逃这么多年，不可能不与家里人联系，只是这种联系隐蔽得很，不容易发觉而已。小尿想，要想获得有价值的线索，必须在我们家人身上下功夫，寻找新的突破口。于是，小尿由过去节假日到我们家蹲坑守候，改成日常守候和节日守候相结合，加大守候力度，希望能获取重要线索，能抓现行更好。

一天傍晚，小尿蹑手蹑脚地来到我家门口，扒着半掩的门缝朝里观望。我大姐正在做饭，突然听到我家小狗阿黄狂吠不止，知道门外一定有生人。我大姐担心阿黄伤着人，赶忙跑出灶房，出了大门，看见阿黄正在追撵小尿，锋利的牙齿已扯住了小尿的裤角。幸亏小尿腿脚麻利，稍慢半拍，非打狂犬疫苗不可。

我大姐唤回阿黄，看着小尿狼狈的样子，笑得直不起腰。她不知是否咬伤了小尿，跑上前关切地问道，小尿哥，阿黄咬伤了你没有呀？

小尿蹲在地上直喘粗气，没好气地说，别猫哭耗子假慈悲了。

我大姐瞪了小尿一眼，好心搭个驴肝肺，怎么不咬死你！

小尿冷笑一声，狗仗人势。说完，转身走了。

我大姐气愤地说，你骂谁呢？

小尿头也不回，没骂你，骂狗呢，你可别捡骂。

我大姐气不过，高声喊道，阿黄，有人骂你，快去咬他！

小尿一听阿黄二字，吓得捂着头狼狈而逃。

有了这次教训，小尿轻易不敢到我家刺探消息，于是又采取了新的方法。

小尿经常偷偷来到我家院墙边，用石块垫在地上，踩上去朝院里观望。有一天晚上，他正踮着脚尖勾着头、聚精会神地观察我家院内情况时，被外出回家的我大姐发现了。她屏住呼吸来到小尿身后，高声喝斥，干什么的！

小尿被这突如其来的喊声吓得魂飞魄散，一脚踩空，摔了个四脚朝天。我大姐忍俊不禁，笑得前仰后合。

小尿爬起来拍拍身上的泥土，故作镇静地说，有什么好笑的？脑子有病吧。

我大姐收住笑声，反问道，是我脑子有病，还是你脑子有病？半夜三更爬我家墙头才有病呢。

小尿狡辩，谁爬你家墙头？我这是爬杀人凶手家的墙头。

你咋不讲理？

讲理？讲理你爹就不该杀我爹，讲理你就不该窝藏杀人凶手！

我大姐说，你别什么事都朝我身上扯！我爹杀人他偿命，与我们不相干！

小尿冷冷地说，怎么与你们不相干呢？他是你爹，没有你爹能有你吗？

你这是什么鬼逻辑！照你的意思，我爹杀人，我们都罪该万死了？说着，我大姐把头伸到小尿眼前，给你个头你可敢杀？

哼，好男不跟女斗！小尿扬长而去。

小尿为了获取我爹的藏匿信息，可以说不择手段，在我身上也下了不少功夫。

我爹我娘扔下我们不管不顾地走了，让我们饱尝了人间艰辛和苦涩。因为家里穷，我八岁时都没能上学读书。为了能让我有学上，将来有出息，我奶奶多次拄着拐棍，找到学校，声泪俱下地哀求学校能减免学费。校方态度相当坚决，校长说，金贵是杀人犯的儿子，他爹至今逍遥法外。如果我们学校减免了金贵的学费，这不是纵容犯罪嘛！

我奶奶给年轻的校长跪了下来，乞求道，您可怜可怜这苦命的孩子吧！我们家实在没有钱交学费呀。

校长皱眉，你这是干什么？你就是磕破头，学校也不会减免一分钱的学费。这是原则！

我奶奶以头撞地，泣不成声。几个围观的老师赶忙把我奶奶扶起来，一个女老师劝慰我奶奶说，老人家，你要理解我们校长的难处啊。

我奶奶一边哭一边说，我儿杀人，和我孙子有什么关系啊？

待她的情绪稍稍平静下来，准备再与校长交涉，校长早已无影无踪。

回到家，我奶奶依然伤心不已，不停地重复着一句话，我可怜的孙子呀……

我不停地安慰她，奶奶别哭，我不上学长大照样有出息。

奶奶紧紧地搂着我，眼泪像断了线的珠子。

我大姐和二姐站在一旁也泪流不止，我大姐带着哭腔说，奶奶，你别难过，金贵的学费我来想办法。

后来，我大姐东借西凑，总算把学费交上，我终于上了学。

5

尽管国家三令五申要求学校不能增加学生的负担，可有些学校还是以各种名目变相收费，诸如让学生购买各种教辅材料，还有老师结婚、过生日、生病等等给红包，名目繁多。对我们这个贫困家庭来说，无疑是雪上加霜。

为了减轻家里的经济压力，我大姐看到报纸上有心连心、手牵手助学活动，便特地跑到报社，希望报社能给找个好心人来资助。报社把我的情况刊登后，很快有一位叫章登锋的个体养猪专业户来到我家了解情况，愿意资助我的学费，直到高中。好心人章叔叔说，只要你能考上大学，大学的费用也由我包了。章叔叔当场就掏给我两千块钱，你先用着，不够再给我打电话。

奶奶和我两个姐姐齐刷刷地给好心人跪了下来，我奶奶流着泪说，大恩不言谢啊！

两千块钱，对富人来说或许就是一顿饭钱，对我们这个贫困家庭来说，那可是一个惊心动魄的天文数字。奶奶将这来之不易的钱里三层外三层地包裹起来，对我两个姐说，谁也不许动一分钱，都留给金贵上学。

个体户资助杀人逃犯的儿子上学，这件事立即引起了社会的关注。人们对好心人的做法说三道四，有人说他纵容犯罪，是非不分，有两个臭钱就烧昏了头……好心人终于顶不住舆论的重重压力，停止了对我们家的捐助。

我上学期间，不仅有经济的困扰，同时，还有精神上的欺辱和身体的伤害。

在学校里，没有人理我，同学们都像躲避瘟疫一样躲着我，还给我起外号，铁拐李、半条命……他们经常拿我开心取乐，顽皮的同学把我当马骑，揪着我的耳朵，用荆条抽打我的屁股，还得意洋洋地喊着驾！哦！还有的顽皮鬼当着众多女生的面，扒我的裤子……我默默忍受着这一切，从来不哭。我奶奶常对我说，男儿有泪不轻弹。

课余时间同学们在跳绳、踢毽子、捉迷藏、打溜弹，我只能蹲在墙角呆呆地看着。那时我最好的伙伴就是书籍，最快乐的事情就是读书。我虽然识字不多，却囫囵吞枣地看了不少书，比如连环画《钢铁是怎样炼成的》《白毛女》《白雪公主》……我只要有机会弄到一本故事书，就反复地看，几乎要把它翻烂。

我多么渴望能有个玩伴……

有一次，奶奶从垃圾堆捡来一个橡皮娃娃，我爱不释手，天天晚上睡觉时将她抱在怀里，和她聊天，倾诉我的喜怒哀乐。我每天都给她洗澡、梳头、换洗衣服。她身上的衣服是我奶奶用破布头缝制的。我还给她起了一个外国名字——安妮宝贝，就是爱你宝贝的意思。

有一天，我把安妮宝贝带到了学校，同学们看到后便来抢夺。我势单力薄，寡不敌众，安妮宝贝最终落到他们手里。我无法忍受失去安妮宝贝的痛苦，便疯狂地扑向他们，要夺回我的心爱之物。他们一边对我拳脚相加，一边喊着号子，打倒杀人犯儿子！

我蜷缩着身体，将夺回来的安妮宝贝紧紧地护在怀里，任凭他们拳打脚踢。等他们慢慢散去，我想爬起来，却发现那条好腿也不听使唤了。我憋足了力气，用手臂支撑起身体，艰难地爬了起来，咬着牙忍着剧痛，一瘸一拐地回了家。

奶奶正在给我洗衣服，看到我脸上有没擦净的血迹，惊问，你的脸咋搞的呀？

我轻描淡写地说，没事，不小心摔了一下。

我奶奶放下手中的衣服，走过来端详着我的脸，是不是有人欺负你了？

我忍着一肚子委屈，故作轻松地说，奶奶，我真没事。

但奶奶已经明白了是怎么回事，眼泪夺眶而出，这都是你爹造的孽呀……

第十二章

1

小尿终于从我大姐盼盼身上寻找到了突破口。

我大姐对小尿的感情始终割舍不下。我大姐和小尿分手之后，也有很多媒婆从中穿针引线，见了不少小伙子，可都提不起兴趣，小尿像一块巨石横亘在她面前，任何人也无法逾越。

我奶奶劝过我大姐无数次，让她不要总是恋着过去不放，在一棵树上吊死，好男人多的是，何必苦苦折磨自己呢？我大姐总是那句话，奶奶，你不懂。

小尿开始着手实施他的复仇计划。为了能接近我大姐，小尿决定找我大姐再回到馒头作坊帮忙。

夏日的一个傍晚，太阳已经落山，依然燥热难耐。小尿蒸完馒头出来吹吹风，在门口正巧看到从田里干活回家的我大姐。我大姐皮肤本来白嫩，经过一夏的暴晒，黑了许多。我大姐拉着一辆平板车，经过小尿身旁时，低头回避着小尿的目光。

没想到，小尿挡住了我大姐的去路。小尿说，盼盼，我这馒头加工部生意好得很，还想请你来帮忙。

我大姐愕然，你搞错了吧？当初是你把我赶走的，现在又要请我回来？

小尿一脸真诚地说，真的，不骗你。

我大姐冷笑，你以为你是谁？你想让我走就走，想让我来就来？别挡道，让我过去！

小尿只好闪到一边。

为了能让我大姐回心转意，小尿可谓煞费苦心。我去小尿的馒头加工部买馒头，小尿总是拣个头大的给我，每次还多给我两个，有时甚至不要钱。但我从来都不占他这点小便宜，把钞票如数一扔，转身就跑。后来，小尿竟免费服务上门，把馒头一放就走。我奶奶总是踮着小脚追赶，小尿，给你钱……

小尿早已跑得不见踪影了。

有一次，小尿提着篮子又给我家送馒头，看到正在烧饭的我大姐，满脸堆笑地说，盼盼，你们要是喜欢吃我做的馒头，我天天给你们家送。

我大姐对小尿一百八十度的大拐弯感到有些惶恐，不知他葫芦里卖的啥药，不冷不热地说，你是不是馒头卖不掉了？

小尿傻笑，冤家宜解不宜结嘛。

我大姐一边拉风箱一边说，你是不是馒头里下了什么毒药，想把我们一家人毒死，一网打尽，斩草除根？

小尿像被揭了短，脸刷地红了，说起话来结结巴巴，你，你，你把俺当成啥人了……

我大姐说，我对你真失望。

小尿不屈不挠，盼盼，你能不能接受我的道歉？

我大姐不屑地说，你有什么可道歉的？

我不该对你这种态度，我恨你爹不假，但我不该连带着你们一起恨。

我大姐瞄了小尿一眼，哼，太阳从西边出来了。

小尿说，盼盼，相信我，我是发自内心道歉，没有半点虚假。

我大姐心里惊涛骇浪，脸上依然平静，说出的话还是那么刺耳，还有什么屁你就放吧！

小尿把事先彩排好的话一股脑全端了出来，盼盼啊，这些年来，你不知道我心里是多么痛苦，多么矛盾。我们原来是多幸福的一对啊，万万没想到后来发生了那样的事……我经过这一段时间的深刻反省，终于感悟到你对我的好，你对我的一片真心，我辜负了你……小尿说着，竟然左右开弓扇自己的巴掌，我不是人！我对不起你……

我大姐再也不能无动于衷了，她抓住小尿的手臂，你这是干什么呢？如果你的脸痒痒，也别在我跟前打，你要是打出个三长两短，我还解释不清呢！

小尿察言观色，感觉火候已到，顺势双膝跪地，握住我大姐的手乞求道，盼盼，原谅我吧，我真的好爱你，我可以对天发誓……

我大姐甩掉小尿的手，说，快起来，让别人看到了像什么样子！

小尿依然跪地不起，你不答应我，我就永远跪着。

答应什么？

答应我们重归于好。

这时，堂屋里传来我奶奶的咳嗽声，我大姐担心被奶奶看到，情急之下说，你快起来，回去，又不是狗吃日子了！

小尿见好就收，慢慢站起身，拍拍裤子上的土，意味深长地对我大姐说，我走了，我等你的回话。

小尿走了，我大姐却站在灶房前发了好长时间的愣。

也就是在当天下午，我正在上课，突然感到头晕难受，尽管如此，我还是咬紧牙关，坚持到了放学。

回到家里，我把书包一扔，躺到床上一动都不想动。我大姐正准备做晚饭，见我这个样子，走到床前端详，才发现我的脸发青、嘴唇发白。她伸手摸了摸我的额头，感觉烫得很。我大姐吓了一跳，金贵，你怎么了？

我有气无力地摇摇头，没事，我睡一会儿就好了。

还说没事，看你都烫成啥样子了。快起来，姐带你去看医生。

我摇摇头，执意不去。

大姐急了，强行把我从床上拉了起来，语气不容置疑，走，姐背你去看医生！

我趴在大姐的背上，眼泪流了下来，大姐，我没事，咱家哪弄钱瞧病呀。

我大姐说，别说傻话了，姐借钱也得给你瞧病。

奶奶看到我病歪歪的样子，坚持要陪我大姐一块去医院，我大姐说，奶奶你在家吧，我一个人带金贵去就行了。

到了村诊所，大夫用温度计一测，果然我烧得不轻。

等我把水吊完，天已经黑透了。此时，我感到身体舒服了许多，轻松了许多。我们正要离开诊所时，却看到小尿用平板车拉着村长媳妇来到诊所门口。没等我大姐张口讲话，小尿先发话，盼盼，谁病了？

我大姐指指我说，金贵感冒了，刚吊完水。

我大姐又走到村长媳妇跟前说，大娘，你怎么了？

村长媳妇强打精神从平板车上坐了起来，唉，不知咋搞的，我正在做饭，突然晕倒了。

小尿接过话头，这些年我娘身体一直不好。

小尿把村长媳妇扶到屋里，让大夫给她检查。趁着这个工夫，小尿把我大姐拉出门外，悄悄地说，盼盼，你想好了没有？

我大姐明知故问，什么想好了没有？

我们重归于好吧！

我大姐欲擒故纵，等我想想再说吧。

小尿满脸期待，行！我等你的回话！

这时，大夫把小尿喊进屋里，你娘身体虚弱，要多休息，平时要注意补充营养……

2

地震在建筑工地打了一段时间短工，嫌太累太脏，辞掉后去了太平洋浴场当了一个清洁工。太平洋浴场是市里最大的一家集桑拿、娱乐、休闲为一体的洗浴中心。地震虽然是乡村来的农民工，对大大小小的娱乐场所并不陌生，多数还光顾过。地震常给我爹灌输这样的思想，人生苦短，一闭一睁一天过去了，一闭不睁一辈子过去了，所以不要给自己过不去，该享受的就去享受，这样也不枉来世间一遭。

地震不相信鬼神之说，只相信金钱，钱是他心中的上帝。地震常说，有钱能使鬼推磨，钱能让死人开口说话，钱能给身体带来无与伦比的享受。地震还常歪曲国家政策，说国家都提出一切要以经济为中心，一切向钱（前）看，我们当然要响应政府的号召嘛。在地震看来，只要能弄到钱，可以不择手段。有了钱就要及时行乐，什么伦理道德，都是骗小孩子的鬼话！

地震常来我家吃饭，我娘除去伺候我爹、我三姐，还要伺候他。地震吃着喝着，还打我娘的主意。他总想利用各种机会占我娘的便宜，我娘总是躲着他。

我娘是一个性格内向、做事古板、不善言谈、不懂幽默的家庭妇女，我娘对生活没有过高的奢望，只希望能过上平淡而又平安的日子。可是，连这点要求都没法实现。长期逃亡在外，生活压力和精神的高度紧张，把我娘折磨得患了严重的抑郁症，常常是拿东忘西，看啥啥烦，情绪相当不稳定。

我娘的命够苦的了，可地震还乘机欺负我娘，在我娘的伤口上撒盐。本来我娘死的心都有了，可为了这个家，我娘只能咬着牙硬撑着，在我娘看来，人活着，不能仅仅为了自己。

地震打我娘的主意，可谓是锲而不舍，大有逐步升级的势头。地震翻着各种花样和我娘套近乎，想赢得我娘的好感，顺理成章地拉我娘下水。可我娘偏不是那种谁想拉就能拉下水的，地震用尽各种手段，我娘也不为所动。

有一次，地震趁我爹不在家时，凑到我娘跟前甜言蜜语，想给我娘灌迷魂汤。我娘可不吃那一套，更没有心情听他的黄段子。那些段子都是他从洗浴中心贩卖过来的。

你今后不要给我讲这些破笑话，我不爱听！我娘把脸背过去，继续择菜。

地震有些尴尬，盯着我娘的后背，哟，连个玩笑都开不起了？

我娘没吱声，只顾择菜。

地震又提高了嗓门说，你以为你是谁？也不掰着手指头数数自己多大岁数了，搞得像黄花大闺女似的！

我娘还是没吱声。

地震继续找茬，不就是在你家吃了几顿现成的饭嘛，你烦了？烦了你就直说，别用这种办法堵弄人！

我娘也不想得罪地震，于是解释道，我没那意思，你可别扯远了。

地震得理不让人，那你说说，我对你们家到底怎么样？

我娘盯着手中的韭菜，想缓和一下气氛，说道，你是我们家的恩人。

地震一副盛气凌人的样子说，恩人？哼，我是你的眼中钉、肉中刺，你根本没把我当人待！

说罢，地震气哼哼地出了灶房。

我娘被地震气得浑身哆嗦，择菜的双手不听使唤，把择好的菜扔到了地上，把废叶扔进了菜篮里。

等我爹一身臭汗回到家，我娘一头扑到了我爹怀里，呜呜大哭起来。我爹一头雾水，问我娘咋回事。我娘哽咽着把事情的经过说了一遍。我爹却不以为然，淡淡一笑说，他这是给你开个玩笑，你别当真。

我娘从我爹怀里挣脱出来，气愤地说，有这么开玩笑的吗？

我爹说，地震对咱家不薄，咱不能昧着良心说话，看人要看人家的长处，不能盯着一些鸡毛蒜皮的事情

我娘反问，这么说，是我小题大作了？

我不是这个意思。地震这些年来一直对咱家很关照，为了让咱生个儿子，弄得人家连村支书都给撸掉了。这次要不是他给咱通风报信，我早被小尿送进监狱了。人家跟咱开个玩笑都开不起吗？再说了……我爹压低声音，要是把他逼急了，他一个电话我就没命了。

我娘冷笑一声，你的意思我明白了，为了你能多自由一天，我可以不要自尊。

我爹无言以对，气恼地蹲在墙根，抡起巴掌扇自己的嘴巴，带着哭腔说，我这是哪辈子造的孽啊，让我落到这般田地，真是生不如死啊……

屋外下起了雨，越下越大，一阵阵电闪雷鸣，整个世界似乎变得狰狞起来，急促的风雨声淹没了我爹的哭声……

3

上次风波后时隔不久，更大的风波向我娘袭来。

那天中午，我娘一个人靠在床边想打个盹，刚刚迷糊着，突然听到咣当一声巨响，吓得我娘打了一个激灵，赶忙坐了起来，定睛一看，原来是地震来了。我娘缓过神来，摸着突突直跳的胸口说，你吓死我了。

地震说，我又不是鬼！说着就跌跌撞撞走到了床前，一屁股坐了下来。一股浓

烈的酒气扑鼻而来，我娘皱起眉头，你喝了不少酒吧？

地震故意把嘴伸到我娘面前哈气，你闻闻，我没有喝酒。

我娘欠了欠身子，回避着地震的臭嘴，都喝成这样了，还说没喝，喝这么多酒有啥好处？

地震说，这你就不懂了，酒是粮食精，友情的润滑剂，许多办不成的事情，只要大家酒桌上一坐，一切就 OK 了。

我娘摇头，酒是害人的东西，就是因为酒，我家才变成了这个样子。

妇道人家哪里知道酒的好处，没有酒，李白能斗酒诗百篇？说着，地震把屁股朝我娘跟前挪了挪。

我娘怕转身就走弄得他难堪，只好把身子朝外挪，尽可能与他保持距离。

地震厚颜无耻地问，我是老虎吗？躲我干吗？

我娘没吭声。

今朝有酒今朝醉，管他明天喝凉水。今天和朋友喝得特开心，还听到一个特大新闻。地震故作神秘，是咱县的特大新闻，你不想听听？

我娘说，我不想听。

地震睁大了血红的眼睛，万县长被抓起来了！

这个话题并没有引起我娘的兴趣，她说，县长抓与不抓与我没关系，这有什么大惊小怪的？

听说从万县长家里搜出存折和现金三千多万元，另外还有金条、玉器、首饰，也价值七百多万元呀！

这个数字终于触动了我娘，她惊愕道，天哪！他家是开银行的吗？咱们县穷得叮当响，他从哪儿弄来这么多钱呀？

地震说，你们女人不懂政治。你想呀，就是因为大家都穷，所以都想发家致富。当官是发财最快的捷径，手里一旦有了权，半夜三更都有朝你家院子里扔钱袋子的。

真是贫穷限制了想象力。我娘像听天书一样，他要这么多钱干吗？

人只有恨钱少的，没有嫌钱多的。我给你说个咱县的顺口溜吧：谁说咱县穷？个个喝得脸通红。谁说咱县差？个个开的桑塔纳。打开窗户朝里看，个个都是贪污犯。先枪毙后调查，没有一个冤假案。

我娘说，这么多的贪官就没人管吗？

当然有人管。听说这次中央下了大决心，决定惩治一批贪官污吏，万县长就是中央在调查咱省一个副省长时，拔出萝卜带出的泥。

我娘叹了口气说，人心不足蛇吞象哩。

地震说，听说万县长的老婆和儿女也都涉嫌贪污，全部抓起来了，可以说是全家覆没。

我娘说，从天堂一下子跌入地狱，他们的日子比我们也好不了哪里去。

地震说，我觉得他们死了也值了，该吃的吃了，该喝的喝了，该玩的玩了，没有什么遗憾的了。办案人员从万县长办公室的抽屉里搜出三十一部手机，每部手机盖上贴着不同情妇的照片，以免弄混了。

我娘撇撇嘴，三十一个情妇能应付得了吗？哪还有时间干工作呀？

这你就不懂了吧，当了县长，哪还需要亲自动手呢，秘书就可以代劳了。再说了，我们县光副县长就十七个，有多少工作还需要县长处理的？据说万县长给每个情妇买了一套别墅，每天轮流着去一个情妇的住处，一天换一个，天天不重样，要是小月份，还有一个情妇当月都轮不上哩。这真是天天喝花酒，夜夜做新郎……

我娘不解地问，那他老婆怎么办？

你没听人家说当官的三个基本吗？老婆基本不用，工资基本不动，烟酒基本靠送。

我娘说，这下万县长该后悔了吧？

据说万县长和老婆都要判死刑。话又说回来，就是死了也值了，没枉来这一世。万县长也算死而无憾了，不过，他媳妇死得不值。

为啥？

据说县长太太平日里抠门得很，家里有这么多钱从来不舍得花，出差到外地都是带着方便面。有了钱不花，结果全被充公，还给司法机关留下罪证，实在是太傻了。我看这女人心理有问题，有人喜好集邮、收藏名人字画，难不成这个女人有收集人民币的嗜好？我就和她不一样，有钱就花，丢了白搭。

说着，地震突然从衣兜里掏出一沓钱，在我娘面前甩了甩，今天我手气特别好，推牌九赢了三千多块钱，中午是我请的客。

我娘说，久赌无赢家，还是少沾为好。

地震用手指头蘸着唾沫，在我娘眼前夸张地一张一张数了一遍，然后两眼盯着我娘问道，你喜欢钱不？

我娘说，命里有时终须有，那些来路不正的钱，我不喜欢。

地震放肆地大笑。我娘不想搭理他，捡起床头上没给我爹缝完的针线活。

地震又问，你不喜欢钱，可喜欢我？

我娘丝毫没有反应，地震提高了嗓门，你喜欢我不？

我娘不能一直装作没听到，只好一边做着针线活一边敷衍，你酒喝多了，快回去歇着吧。

地震把钱塞进衣兜里，突然用两只大手扳住了我娘的肩头，色迷迷地盯着我娘，你不要总回避我的问题，只需要回答是与不是，点头 Yes 摇头 No。

我娘奋力挣脱地震的双手，凛然说道，你这是干什么？

地震被推得一踉跄，不但没有生气，反而嘿嘿一笑，盼盼她娘，自从你嫁到我们村，我就没有一天不想你的。咱们相好吧，我把赚的钱都给你花，你叫我干什么我就干什么。你要同意的话，我也可以带你走，别跟着石头受这份罪了。

我娘气得满脸通红，你把我当成啥人了？我生是石头的人，死是石头的鬼，就是跟着石头饿死也心甘情愿。你就死了这条心吧！

地震说，你跟着石头受这份洋罪何苦呢？人生几十年，短暂得很，何必跟自己过不去呢？社会在进步，我们的思想也要跟上时代呀。你要是同意，今晚我就带你离开这个鬼地方。

我娘根本听不进地震的胡言乱语，声色俱厉地说，你给我出去，你不出去，那我出去！

地震瞪圆了血红的眼睛，一把抱住我娘，你还想吓唬我？我不怕，你喊吧，看谁丢人！

我娘拼命挣扎，但她哪里是地震的对手，情急之下，她猛地一口咬住了地震的手。地震一声惨叫，狠狠打了我娘一个耳光，你他妈的是狗咋的，还咬人？真是敬酒不吃吃罚酒，哎呦……

这一口咬得不轻，见了血。我娘趁着地震呼天抢地喊疼的机会，一把把他推出门外，死死锁上了屋门。

门外的地震还在骂骂咧咧，门里面，我娘扑到床上失声痛哭……

4

难以言说的羞辱在我娘心中郁积着，让人喘不过气来，她再也无法独自承受这个压力，决定告诉我爹。

那天夜里，我爹在工地加班，很晚才回家。为了不打扰我娘和我三姐睡觉，我爹轻手轻脚地摸黑进了屋，走到床边，摸索着解扣宽衣准备躺下休息，却意外地听到我娘的抽泣声。他不由一愣，借着窗外朦胧的月光，他弯下一天酸累的腰板，俯在我娘头部上方，支楞起耳朵，的确，是我娘在哭。

我娘自从嫁给我爹以来，没有过上一天好日子，现在还要东躲西藏，过着人不人鬼不鬼的生活，承受着物质和精神上的双重压力。我爹深感愧对我娘，欠我娘的太多太多，今生今世是难以报答了。我爹以为我娘又想家和孩子了，想劝慰几句，可话到嘴边又咽了回去，觉得说什么都无济于事。我爹只能咂吧一下嘴，长长地叹了口气，木然地坐在床沿上，望着窗外的月光。半晌，我爹转过身子，对我娘低声说，娥子，我知道你跟我受了太多太多的苦……

说了半截，我爹又停住了，这等于说了一句废话，可又能说什么呢？我娘的抽泣越发厉害了。我爹也禁不住哽咽，娥子，你别再哭了……

我娘和我爹两个人抱头痛哭。哭够了，我娘告诉我爹白天发生的事，我爹不敢相信自己的耳朵，扳着我娘的双肩问，你再说一遍！

我娘又重复了一遍。

我爹的脑子一下就懵了。我爹不敢相信这是真的，两只粗糙的大手抓着自己的头发，疯狂撕扯着，继而猛地站起身来，攥紧拳头说，我给他拼了！

我娘一把抓住我爹的衣服，哀求道，你不要冲动好不好？

我爹一把将我娘搂在怀里，撕心裂肺地说，难道就这么算了吗？

我娘说，不算了，又能咋样？

我爹陷入了深深的纠结之中。把他杀了？那是罪上加罪；狠狠揍他一顿？得罪了他，等于把自己送进了监狱。我爹想了很多办法，最后没有一个可行的。

我娘看我爹呆坐在床上不说话，问，咋办？

我爹像泄了气的皮球，打不能打，骂不能骂，走不能走，我没有啥办法。只能忍呗，谁叫咱是个杀人犯的。

我娘说，要是地震再这样咋办？

不会吧……

我说的是假如。这样的人得寸进尺，不给他点颜色看看，他不会收敛的。

我爹说，忍，一定要忍！小不忍则乱大谋。事到如今，咱们只能夹着尾巴做人。

我娘说，我不能再忍，如果他再这样的话，我就报警！

我爹的脸吓得煞白，说，你可别做傻事，就是公安局把他抓起来判个几年，对咱有啥好处？咱们不就暴露了？我身上是有人命的，抓住就是死罪。娥子，你可别冲动啊。

我娘气愤地说，你要早知道做事别冲动，哪能走到今天这一步！

我爹说，唉，现在说啥都是晚了，事

到如今，也只能将错就错，苟且偷生了。

我娘绝望地望着漆黑的窗外。夜空乌云密布，月亮被厚厚的云层遮掩得没一丝光亮……

第十三章

1

祸不单行。在我爹娘逃亡的日子里，病魔从天而降，我不幸患上了白血病。当初没有发现，我一直感到四肢乏力，家里总认为是感冒所致。随着时间的推移，我的病情不仅没有好转，反而越发加重。村医对我奶奶说，金贵的病很麻烦，抓紧到县医院检查。

我奶奶在村里找了一辆机动三轮车，和我大姐一起把我送到了县医院。

医院给我做了抽血检查。化验结果出来之后，大夫没有直接告诉我奶奶结果，而是谨慎地问，病人家属来的是谁？

我大姐说，来了两个，我和奶奶。又指了指自己补充道，我是他大姐。

大夫是个 50 多岁清瘦的男医师，目光从眼镜框上面扫了扫我奶奶，又问我大姐，你父母咋没来？

我大姐说，都出去打工了，不在家。

大夫问我奶奶，老人家，您多大岁数？

我奶奶说，噢，早饭吃了，中午饭还没吃。

医生看向我大姐。我大姐赶忙解释，我奶奶耳背，她过年就八十了。

医生点了点头，让你奶奶带着你弟弟先出去一下，我有话给你说。

我大姐把我向外推了推，金贵，你和奶奶在门外等我一会儿。

我听话地拉着奶奶的衣襟，走出了诊室。

等我和奶奶都出去了，医生问，你父母啥时能回来？

我大姐说，有啥话您给我说就行了，我能做主。

你弟弟的病情，最好能当面给你父母讲。

我大姐不得不撒个谎，大夫，实不相瞒，我爹娘都死了。

医生有些意外，哦，这样啊……那你弟弟的检查结果就告诉你吧。

我大姐从大夫的神情中预感到不妙，紧盯着大夫严肃的脸，呼吸也急促起来。

医生说，你弟弟得的是白血病。

我大姐从没听说过这种病，不解地问，白血病是啥病？

医生说，你看过日本电视剧《血疑》吗？女主角幸子患的就是这种病。

我大姐摇摇头说，我没看过。

白血病，就是血癌。

我大姐一听“癌”字，大吃一惊，眼睛瞪得灯泡似的。癌症我大姐是听说过的，知道那是绝症，等死的病，没有希望的病。我大姐急切地问，我弟弟患的是癌症？

医生说，你也别太紧张，现在医学发达了，很多不治之症都已攻克，只要抓紧治疗，你弟弟的病也不是没有希望。

怎么治疗？

建议你们到省医院再做个检查，确诊

是白血病的话，就得骨髓移植，当然，需要一大笔治疗费用……

我大姐木然地出了诊室。没等我大姐开口，我奶奶就迫不及待地问，大夫怎么说的？搞得神秘兮兮的。

我大姐决定先瞒着我奶奶，于是轻描淡写地说，没事，就是感冒，大夫说是流行性感冒，一时半会儿好不了。

我奶奶松了口气，连连说，没事就好，没事就好，咱农村人可得不起大病呀。

我奶奶和我大姐牵着我的手去了汽车站。在汽车上，我大姐呆呆地望着窗外的风景，一句话也不说。我奶奶不解地问，大妮子，你今天咋了？

我大姐强装笑脸，跑了一天，有点累。

下了汽车，离家还有一段距离，我大姐疼我，看我腿脚不便，就提出背我。

我说，不要。

我奶奶笑着说，你大姐有劲，让她背吧。

于是我趴在大姐的背上，大姐把我背回了家。

到了家，我大姐累得气喘吁吁，满脸是汗，喘着粗气看着我。大姐觉得我的命太苦了，生下来就是一个半残的孩子，不到一周又失去了爹娘的照顾，刚刚长大懂事，又患上绝症，老天太不公平。我大姐越想越难过，不觉眼泪就流了下来。

2

我大姐考虑再三，还是没有把检查结果告诉我奶奶，担心她老人家承受不住这种打击。我大姐抱着一丝侥幸的心理，希望县医院的检查结果是错误的。她决定借钱再去省立医院一趟。

看病需要钱，提起钱，我大姐就犯起愁来。这日子可以说是吃了上顿没有下顿，家里别说积蓄了，欠的外债至今都无力偿还。找谁借钱去呢？如果是白血病，还需要换骨髓，得不小的一笔钱。我大姐不敢再想下去了……

我大姐一直呆呆地坐在屋里想心事。我奶奶做好了晚饭，喊她吃饭。我大姐说，我不想吃，在家憋闷得很，想到村外透透气。

我奶奶追着说，跑了一天，不吃饭咋行？

我大姐没理我奶奶，径直出了院子。

村头的天很黑，月亮还没出来，几颗星星时隐时现，像顽皮孩子的眼睛眨巴个不停。鸡肠屯河里蛙声四起，村头的风一阵凉一阵热，裹挟着泥土的气息。我大姐仰着头，让风尽情地吹着。她心里乱得很，这样或许能让她平静一些。

就在这时，我大姐与小尿不期而遇。

小尿为父报仇的心是执着的，听说我娘从外地潜回了我外婆家，他便隐蔽在我外婆家门附近，以探虚实。几天下来，也没有发现我娘的踪影，只好又撤了回来。小尿当然不会把这一切告诉我大姐，他皮笑肉不笑地向我大姐打招呼，盼盼，你咋一个人站在这儿？

我大姐没理小尿，任凭风吹拂着她那一头飘逸的长发。

小尿又凑近了一步，提高嗓门，你怎么了？

我大姐机械地转过身，不耐烦地说，去，不关你的事。

小尿越发奇怪，不依不饶地追问，有啥事，不妨说给我听听。

你有完没完？我大姐显然不高兴了。

小尿眨了眨眼睛，突然改变了话题，咱俩的事，你想好了没有？

我大姐不冷不热地说，我现在没有心思考虑这事。

小尿估计我大姐一定有心事，并且一定是不小的心事，于是又说，有啥事给我说说，或许我能帮上忙呢。

我大姐也的确需要有人倾诉，便把今天去看病的事讲了一遍。最后她说，我弟弟出了这样的事，我哪有心思考虑咱俩的事。

小尿心里有他的小九九，为了能替父报仇，他啥都能豁出去。灵机一动，他对我大姐说，给小尿看病的钱我来想办法。你如果相信我的话，我陪你去省城给金贵检查。

我大姐有些意外，但还是接受了小尿的一片好意。她感激地说，让你费心了，借你的钱我会还的。

小尿不失时机地解释，过去都是我的错，考虑问题有些钻牛角尖，我现在总算想通了，父辈恩怨不能影响我们这代人相处，再说冤冤相报何时了。

我大姐心头一热，不知说啥好，只是一个劲地点头。

小尿嘿嘿笑了笑，眼睛里闪烁着狡黠的光，这里风大，别着凉，一块回家吧。

我大姐又点了点头。一贯大大咧咧的她，突然间羞怯起来。小尿趁机抓起了她的手。我大姐没有反抗，更没有挣脱，一股暖流像过电一样缓缓流进心窝。

小尿把我大姐送到家门口，说，明天给回话。

我大姐郑重地“嗯”了一声，目送着小尿远去的身影。

3

小尿回到家，屋里静悄悄的，他看见母亲正坐在床头，双手抱着父亲的遗像自言自语，他爹，我昨晚又梦见你，你总是不说话，脸拉得驴脸似的。我知道你死不瞑目，快十年了，凶手还逍遥法外……

村长媳妇听到动静，赶忙把遗像放回原处，对小尿说，看到石头的媳妇了没有？

小尿摇摇头，又白跑一趟。

村长媳妇长吁短叹，他就是钻到老鼠洞里，这么多年也该出来了。接着又关心地问，你没吃饭吧？我去给你弄吃的。

吃饭的时候，小尿告诉母亲，盼盼家出事了。

村长媳妇问，啥事？

小尿的语气有点幸灾乐祸，金贵今天到县医院检出了白血病，就是咱们常说的那种不治之症。

村长媳妇半信半疑，真的假的？你从哪儿听来的？

这事我还能撒谎？小尿把获取信息的经过陈述了一遍。

村长媳妇脸上起了一层雾，半晌才说，盼盼奶奶这日子可咋过呀……

报应，上天的报应。小尿说着，鼻子里还不屑地“哼”了一声，还没确诊呢。盼盼这两天要带着金贵去省城检查，正愁路费呢。要是真确诊了，据说至少要花二三十万，否则他们家也只能眼睁睁地看着金贵死了。

村长媳妇的脸一沉，你这说的啥话！

小尿说，娘，自从金贵的爹逃跑之

后，你对他们家够可以的了，金贵得了癌症总不能怪我们吧？

村长媳妇说，我给你说过多少遍了，杀人偿命，石头杀了你爹，应该由他一人承担，总不能一人有病全家吃药吧。

小尿暂时还不想告诉村长媳妇自己的计划，说了也不会得到支持，于是装出一副恍然大悟的样子，娘说得对，金贵要去检查，我们要不要帮帮他们？

村长媳妇一脸难色，咱家也是罗锅腰爬山——前（钱）紧。想了想又说，不然把你姐在外打工寄来的钱拿出来，先给他们家救救急。

村长媳妇的话正中小尿下怀，他连忙说，行，我看可以。

村长媳妇说，先拿500块用着。

小尿把这个消息告诉了我大姐，我大姐感动得都不知说啥好。小尿说，事不宜迟，明天就去省城吧。

我大姐咬了咬嘴唇，“嗯”了一声。

小尿说，你一个女孩子家出门多有不便，我陪你一道去吧？

我大姐抬起头，怔怔地望着小尿，眼含热泪点了点头。

4

次日，天刚蒙蒙亮，我大姐就把我喊醒，说要带我去省城。

去省城干吗？我睡眼蒙眬地问。

我大姐哄我说，你不是腿脚不好嘛，到大医院瞧瞧去。

我听后特别高兴，一骨碌从床上爬了起来。这些年我因腿脚不便，常被同学取笑，心里留下了阴影，一直特别自卑。

临行时，我大姐对奶奶说，我带小尿到省医院检查一下，不然心里不踏实。

我奶奶不无担心地说，哪儿弄钱去？

花不了多少钱，这个您就别操心了。

一路上，我充满了喜悦和好奇，东瞅瞅西望望，像出了笼的小鸟。我大姐和小尿坐在一旁沉默不语。

省医院的检查结果很快就出来了，确诊我患有白血病。我大姐对检查结果并不感到意外，尽管家里举步维艰，我大姐还是决定在省医院治疗。

大夫是一个瘦瘦高高、戴着眼镜的中年男人，他看过化验单，对我大姐说，你弟弟的病还是初期，只要找到合适的配型骨髓就能治。

要花多少钱？我大姐最关心这个问题。

眼镜大夫顿了顿说，一笔不小的费用，至少需要一二十万。

当务之急是先住院，然后再筹钱。办完了住院手续，我大姐对小尿说，我先回家筹钱，你在这儿替我照顾弟弟几天。

小尿不解地问，这么多钱，你到哪里弄去？

我大姐坚决地说，能筹多少是多少，我总不能看着我弟弟死吧。

小尿点头，那你快去快回。

住进病房，我问姐姐，怎么还要住院？

我大姐骗我说，你的腿脚不好，要住院治疗才行。

我被安排在住院部一楼110室，同屋的还有一个八岁的小男孩。我的病床卡挂在床头上方一个醒目的位置，卡上清晰地写着我的名字、床号，还有白血病三个字。我顿时啥都明白了。

我对白血病还是有些认知的，曾经看过一本叫《血疑》的连环画，里面的主人公幸子就是患了这种病死的。我心里突然涌起一股莫名的恐惧，浑身上下更感到乏力和疲惫。

过了两天，我大姐终于回来了，我一头扑到大姐怀里哭个不停。我大姐知道事情瞒不住了，抚摸着我的头说，弟弟别怕，有姐姐在呢。现在医学发达，这种病一定能治好。

我大姐费了九牛二虎之力，才借到了两万块钱。像我们这样的家庭情况，谁愿借钱给我们呢？

两万块钱对于这样的大病，可以说是杯水车薪。小尿明白我大姐的心事，就安慰她说，你别急，我回去也帮你想想办法。现在最重要的是，怎么能找到合适的骨髓配型，否则有钱也白搭。

我大姐说，配型应该好找吧？

小尿说，我听说不那么容易，和金贵同病房的小男孩，父亲是个大老板，有钱得很，到现在还没找到配型呢，天天愁眉苦脸。

我大姐拉着小尿边走边说，我们去问问大夫。

5

眼镜大夫告诉我大姐，我们医院的骨髓配型库里，暂时还没找到合适的配型，我们正在和其他城市大医院联系，争取尽快找到你弟弟的骨髓配型。如果实在找不到，从你们兄弟姐妹中找，我觉得还是有希望的。

我大姐和小尿回到病房，就开始商量下步的计划。小尿说，大夫说了，这种配型主要是在兄弟姐妹和父母中找，其他人适配概率很小。再说了，抽样检查费用那么高，也不可能让所有的近亲属都来。

我大姐说，你说得在理。我爹娘和三妹不在家，现在只有我和二妹先检查一下，看结果怎样再说。

小尿心中窃喜，心想这真是天助我也，但愿只有盼盼爹的配型才能救金贵。小尿装作着急的样子说，那你先做个检查，看是否适合，如果不行，你就赶紧回家把你二妹接过来。

就这样，我大姐先做了检查，结果配型不一样。我大姐只好赶回家，把我二姐带了过来，再次检查，结果还是不合适。

这下我大姐急哭了，怎么办？金贵难道没救了吗？

小尿安慰我大姐说，你别急，既然这样，你抓紧和你爹联系，让他们过来。

我大姐擦着眼泪说，我到哪里找他们去？他们走后，从来没有跟家里联系过。

小尿故作惊诧，不可能吧，这么多年从来都没联系过？

我大姐说，都啥时候了，我有必要给你撒这个谎嘛，我是啥脾气你还不清楚？

小尿说，盼盼，你别多心，就是你爹回来了，我也不会举报他的。现在救人要紧，再说咱俩都啥关系了，我不会做傻事的。

我大姐没好气地说，不要说那些废话了，我真的找不到他们。

这时，医院又通知我们缴费，可大姐带来的钱已经花得所剩无几了。我大姐和医院商量，请求再缓几天，但医院不同意，还说，不交费就立即停止用药。

果然，第二天就给我停了药，并且通知我们，如果再不交费，床位也不给留了。

小尿对我大姐说，住院花费太高，暂时又没找到配型，留在医院实质意义不大，我们还是先带着金贵回去吧，等筹到钱，找到配型再来。

回到家，我奶奶问，咋回来了？

我大姐终于把实情告诉了奶奶，并说，钱不够，让人撵出来了。

我奶奶老泪纵横，她老人家拄着拐杖，佝偻着身子，跺着小脚骂我爹，该死的东西，你把这个烂摊子甩给老娘了，你让老娘怎么活啊！

我大姐又赶忙劝慰我奶奶，天无绝人之路，办法一定会有的。

小尿回家后，把我的情况都告诉了母亲。村长媳妇非常同情我们一家，当天晚上，她就领着小尿，挎着一篮子鸡蛋来到我家。

我们一家人已经哭成了一团，我二姐眼睛都哭肿了。村长媳妇放下篮子，来到我奶奶跟前，抓着我奶奶的手，好言安慰我奶奶。

我大姐给村长媳妇让座，婶子，您喝水。

村长媳妇说，我不喝，闺女，你别忙活。

趁村长媳妇和我奶奶唠嗑的工夫，小尿拽了拽我大姐的衣角，低声说，盼盼，我有话给你说，你出来一下。

我大姐跟着小尿来到了院子里，眼圈还红着，有啥事，你说吧。

小尿挠了挠头，说，盼盼，我现在向你求婚。

我大姐没想到他会提这事，说，家里出了这么大的事，我哪还有心思考虑结婚？再说，这样对你也不公平，会拖累你的……

小尿扳着我大姐的肩膀说，盼盼，就因为你家里出了这么大的事，我才要向你求婚，和你一块分担。

我大姐说，我爹把你爹杀了，现在你家也困难得很，我不想因为我弟弟给你带来更多麻烦。

小尿语气诚恳，盼盼，你不要再说外气的话了，患难见真情，我愿与你共渡难关。现在救金贵的命要紧，我们要想尽一切办法筹钱，如果找不到你爹娘做骨髓配型，我们俩赶快生个小宝宝，说不定骨髓配型和你弟弟一样，也能救他呢。

听了小尿的一席话，我大姐相当感动，趴在小尿肩头又哭了起来。抽泣了一会儿，我大姐抬起泪眼望着小尿说，你给你娘说了这事没有？

没说，但我相信我娘一定会支持的。

你还是给你娘商量一下吧，我也要给我奶奶说一下，过两天再定，好吗？

小尿沉默片刻说，那也好。

回家的路上，小尿把向我大姐求婚的事告诉了村长媳妇，村长媳妇久久无语。

小尿弄不清母亲到底啥态度，问道，娘，你啥意见？

村长媳妇长叹一口气说，婚姻这东西就像买鞋子，合不合脚，自己最清楚。你们俩要结婚，娘是有许多顾虑的，但真爱难得，我应该支持，找一个真心相爱的人不容易，有时一旦错过，就永远失去了，即使捡回来，也不是原来的样子，就像镜子摔烂，即便重圆，也永远抹不去曾经的伤痕。娘就走错过一段……唉，不说了。娘相信你们俩是真心相爱的，娘支持。

小尿疑惑地看着母亲，娘，你说你曾

经走错了一段路，能讲给我听听吗？

村长媳妇淡淡一笑，将来有机会，我会讲给你的，今天就不说了。

第十四章

1

我大姐在这种境况下同小尿结婚，自然有她的道理。一是听说骨髓配型越是近亲属之间成功率越高；二是听老年人说，家有晦气，用喜事冲冲就能转运；三是我大姐从心里真爱小尿，特别是小尿这段时间的转变，让我大姐觉得更有安全感；四是两家目前的窘况，也迫切需要他们结婚来改变。

我大姐把她的想法告诉了奶奶，奶奶很吃惊，瞪大昏花的老眼望着我大姐好一会儿，打皱的嘴巴动了几次，都没讲出话，最后似有所悟地点了点头。

我大姐拉着我奶奶的手又蹦又跳，我以为奶奶要反对的呢，谢谢奶奶！

我奶奶说，傻妮子，你快把奶奶拽倒了。

我大姐这才松开手，把奶奶拉到床边说，奶奶，我给你捶捶背。

我奶奶说，村长一家都是好人啊，你嫁过去，要好好待人家。

我大姐一边给我奶奶按摩一边说，奶奶，不是小尿要我，是我要小尿。

我奶奶扭过头，疑惑地看着我大姐。

我大姐说，奶奶，我咋能离开您呢？这个家老的老，小的小，还需要我照顾，我走了，你们怎么办？我和小尿说好了，他同意倒插门嫁过来。

我奶奶说，那哪行，小尿娘也需要人照顾，小尿来了，她怎么办？咱家已经够对不住人家的了，你爹做错了一件事，奶奶我也做错了一件对不住小尿娘的事。

我大姐疑惑，我怎么从没听说过？奶奶，你做过什么对不住小尿娘的事呀？

这都是大人的事，本来不想让你知道的，既然你问了，你现在也长大懂事了，说说就说说吧。说起来，话可就长了。小尿的娘差点成了我们孔家的儿媳妇……

那还是大跃进的年代，全国上下吃大锅饭，把所有的铁都砸了，连锅和洗脸盆都统统收缴起来，砸铁炼钢。那时大家一块吃饭，一块干活，要奔向共产主义。其实地里麦子亩产不到二百斤，却向上级虚报亩产一万斤，本来地里产的粮食就少，又全部上缴，结果全村只能吃发霉的红芋面，最后饿得连村里的树皮都扒着吃了。

那时你爹才几岁，本来都会走路了，突然饿得不会走了。有一天我看你爹饿得快不行了，躺在床上一动不动，只进气不出气，实在没办法，我也不能看着你爹活活饿死呀，我狠了狠心，拖着虚弱的身子，顾不上脚都浮肿了，趁着天黑，偷偷地爬进红薯地，想扒块红薯给你爹煮着吃。

我刚刚扒了一块红薯塞到衣兜里，一抬头发现小尿的外爷站在我面前。当时他是咱村的村长，他两手叉腰，两脚叉开，一动不动地瞪着我。我浑身哆嗦着站起来，说，我儿子饿得快要死了……

小尿的外爷伸手拽着我的头发就朝田头拖。我有气无力地乞求他说，饶了我这次吧，我下次再也不敢了。

小尿的外爷人高马大，又有力气，把我拖到路边，就用脚踢我肚子，一边踢一边不停地骂，我让你偷集体的粮食，我让你偷吃！

后来我就什么也不知道了……

幸亏老天有眼，半夜里下了一场大雨，把我浇醒了。我醒时天还黑，但东边朦朦胧胧已经有点亮光了。我醒来后，先是摸摸那块红薯还在不在，还在，我咬着牙，挣扎着爬回了家。要不是想起你爹还在家等这块红薯，我真不敢相信我还有毅力爬回家。

我用瓷盆把这半块红薯煮熟，给你爹喂了下去，你爹才算捡回来一条小命。所以后来一想起小尿的外爷，我就气不打一处来，恨不得生吃了他，你爹的命和我的命差点葬送在他的手里。

万万没想到，你爹大了，竟和小尿娘谈起对象来，真是不争气，我当然不会同意这门亲事。我给你爹说，你要想和她成亲，除非老娘死了！你爹倒挺孝顺，听了我的话，和她分了手。

现在想一想，奶奶不该这么做，都是过去的事了，不能再计较。再说了，小尿的娘是天下少有的好人，我觉得实在对不住小尿的娘，不该干涉你爹的婚事……

2

听着我奶奶的讲述，我大姐觉得像做梦一样，不敢相信是真的。她说，原来是这么一回事啊，那要是他们走到了一起，今天可就没有我喽。

我奶奶笑了，没有你更好，你会托生到一个有钱人家，哪会受今天这份罪。你和小尿谈对象，我没有意见，小尿也是个好孩子，只要你们相爱是真心，我支持。我已经犯过一次错误，不能再犯同样的错误了。小尿的娘以德报怨，让我更加惭愧。你爹干涉你和小尿的婚事，那是不对的，奶奶我不能跟你爹一样一错再错。唉，只是对不住你了，家里没有什么陪嫁的东西……

我大姐的眼睛湿润了，奶奶，我什么嫁妆都不要，只要您支持就好。最近就把这事办了，用喜气冲冲，说不定我弟弟的病会有转机呢！而且，早结婚早有娃，说不定娃娃的骨髓配型能救我弟弟哩。

我奶奶摸着我大姐的头，又是一阵心酸。

得到我奶奶的同意后，我大姐找到了小尿。小尿非常高兴，说，我娘也很支持我们的婚事。

我大姐说，要不，最近选个日子办了吧。

小尿说，我也是这么想的。

我大姐说，你是知道我们家的，盖不起新房，也置办不起嫁妆，只能将就把旧房打扫一下。

小尿说，只要能和你在一起，我什么都无所谓。

我大姐又是一阵感动，幸福的泪水涌出了眼帘。

我们两家的情况全村都知道，我大姐怕别人说三道四，就对小尿说，咱结婚的事不要太张扬，通知几家近亲，简单办了算了。

小尿把我大姐揽到怀里，温柔地说，

我听你的。

3

结婚的日子很快定下来。

我大姐和小尿虽然不想张扬，但这事还是传了出去。村里人知道后议论纷纷。有人说，小尿不孝，竟然娶杀父仇人的女儿，咋对得起死去的村长；也有人说，村长媳妇和小尿大义，没有将恩怨牵扯到下一代；还有人说，我大姐和小尿是孽缘，就算结了婚，将来也不会有好日子过……说什么的都有，但我大姐和小尿置若罔闻。

就在众人议论我大姐和小尿的婚事时，我患上白血病的事情也传了出来。起初我大姐在村里借钱，并没有说我得了什么病。后来，一个村民听乡卫生所的医生说，有一个残疾小孩患了白血病，一家穷得连看病的钱都没有，已经被家人带回去等死了。那人追问，那小孩是不是才八九岁，有一个漂亮姐姐？

于是，我患白血病的事也风一般迅速传开了。全村像炸了锅，有人说这是报应，老天有眼，谁让我爹杀了村长，老天爷都看不下去，所以降下妖病，父债子还；也有人同情我，骂我爹是畜生，丢下老娘和半瘫的儿子，害人害己。

村里人就是这样，刀子嘴豆腐心。当天晚上，还是有很多人拎着肉、鸡蛋、水果、牛奶之类，来我奶奶家探望我，临走时还塞给我奶奶一些钱，再三叮嘱我奶奶，一定要照顾好自己和金贵。

看着满屋子的东西，我大姐和奶奶又忍不住抱在一起哭了一阵。尤其是我奶奶，更是一边哭着一边骂我爹是畜生、不孝子，最好死在外面给村长偿命。

听说我得了绝症之后，村里人也不再议论小尿和我姐的婚事了。相反，不少人看到小尿，都忍不住竖起大拇指，夸赞小尿是个爷们儿，有担当。

婚事确定，我大姐也放下了矜持，每天都早早地去小尿的馒头部干活，忙到很晚才回家。小尿见我姐姐比以前还勤快，心中有些愧疚，但只要一想到我姐是杀父仇人的女儿，心中那一丝愧疚也就没了，代之以无尽的恨意。小尿隐藏得很好，我姐根本没有察觉。为了进一步赢得我姐的好感，小尿还特意去乡里买来一副轮椅。

我姐非常感动，你花钱买它做什么，死贵了！

小尿笑呵呵地说，再贵我也愿意。再说，我们都要结婚了，金贵就是我弟弟。有了这玩意儿，你也方便照顾金贵。

我大姐听了这话，心中像是吃了蜂蜜一样甜滋滋的，认为自己是嫁对人了。

我奶奶看到这一幕，不免又是一阵感叹，不知不觉眼中满是泪水，声音颤抖着说，小尿，你是个好孩子，我们一家对不起你们一家……

小尿忙上前扶住奶奶，话不能这么说，一人做事一人当，盼盼和金贵是无辜的，再说盼盼都答应嫁给我了，我们马上就是一家人了。我以后会和盼盼一起照顾您和金贵的。

后来，为了方便照顾我，我姐经常推着轮椅带我一起去小尿的馒头加工部。我每次去都是坐在轮椅上，看我姐和小尿给我找来的各种书籍。

也就是在这期间，我发现了小尿的异常。小尿有时看我的眼神和看我大姐的眼神似乎有点狠毒，每当这时，我心中都很害怕，担心小尿像班里的同学一样打我。不过，每次小尿这样的眼神都是一闪而逝，很快便恢复了正常。

那时我还小，虽然心中有疑惑，却没有多想。后来我总是想，若是我当时将心中的疑惑告诉我大姐，也许就不会有后来的悲剧发生。当然，那时就算告诉了我大姐，我大姐也不会相信的，甚至还会骂我没良心、白眼狼……

第十五章

1

有半个多月，地震都没有再来我爹娘租住的房子，他大概也是担心我娘把他动手动脚的事告诉我爹吧。

这段日子，我娘能明显感受到我爹的变化，他变得越来越沉默寡言了，而且脾气越来越暴躁。我娘只有自己暗中抹泪。有天半夜，我娘心中难受，忍不住偷偷地哭，把我爹给吵醒了。我爹顿时不高兴了，一脸凶狠地掀开被子，狠狠踹了我娘一脚，大晚上你哭个什么鬼，还让不让人睡觉？

我娘哭着骂我爹，我为什么哭，你不知道？让自己的老婆被人欺负，你还是不是男人？

我爹的面子挂不住了，又开始犯浑，跑到厨房拿起菜刀，就要去隔壁找地震算账。就在我爹拿着菜刀冲出大门时，一阵凉风迎面吹来，我爹不由打了一个激灵，下意识站在门口，低头看向手中的菜刀，脑中不禁浮现出当年杀死村长百孩的一幕，恍惚中，浑身是血的村长向他逼来，厉声喝问，你为什么要杀我，我究竟做错了什么？

我爹吓得扔掉手中的菜刀，哇哇直叫，我没想杀你，我真的没想杀你！

我娘原本不打算管我爹的，听到外面我爹的叫喊，还是忍不住担心，到门口看到我爹一脸惊恐的样子，像撞了邪，再看地上的菜刀，我娘顿时火起，狠狠给了我爹一巴掌，厉声呵斥，你疯了，你想干什么？

我爹被我娘一巴掌打醒了，结结巴巴地说，是百孩，是百孩，刚才百孩站在门前向我索命……

我娘吓得脸都青了，忙拉着我爹跪了下去，不停地磕头哀求，百孩，我知道你死得惨，求求你放过我男人吧！求求你，求求你了……

我爹也说，百孩，对不起，对不起，我真的不是故意想杀你。我那天酒喝多了，不知道为什么那么冲动……

我爹这句话提醒了我娘，她问我爹，石头，那天你是不是和地震一起喝的酒？

我爹一愣，哪天？

就是你杀百孩那天，你不是和地震在一起喝酒吗？

我爹点了点头，是啊，这事你不是知道吗？

我娘越想越觉得不对劲，但没有对我爹再说什么。回到屋里，我爹很快睡着了，我娘却辗转难眠。

换作以前，我娘跟我爹一样，一直认

为地震是个好人，至少对我们一家来说是个大好人。但现在我娘对地震的看法改变了。地震的斑斑劣迹，让我娘越发坚信自己的猜测。我爹平时胆小如鼠，谁给他的胆量杀村长？我娘越想越感觉事情蹊跷，那天地震因啥事来家里喝酒？石头喝得酩酊大醉，地震为啥没醉？地震为啥不顾石头醉酒，就急匆匆离开了？

种种困惑像毒蛇一样噬咬着我娘的神经，她下定决心，要是再碰见地震，一定想办法套出他的话来。

第二天，我爹一早便去工地做活，我娘收拾了一下，出了屋子，地震家房门紧闭，也不知他在不在家。

往后接连几天，我娘和我爹都没看到地震。直到一天早上，我爹匆匆吃完早饭赶去工作，刚出门就撞上了打算外出吃早点的地震。

地震招呼我爹，石头，这么急做什么？走，一起吃个早点，我请你。

我爹看到地震，脸色瞬间阴沉下来，随手砰的一声关上了房门，冷冷地回了一句，不吃！

地震愣了一下，继而反应过来，笑着说，你这大早上的又发什么疯呢？昨晚马尿喝多了还没醒？还是跟你女人吵架了？

我爹虽然心中不舒服，但还是忍住了怒火，说，没事，就是心情不好。时间不早了，我还要赶去做工，你自己去吃早饭吧！

地震一开始还以为他欺负我娘的事情暴露了，可看到我爹这副样子，又得意地笑了起来，叼着烟，背着手，昂首阔步地朝街道边的早餐店走了过去。

我娘正在屋里洗碗，听到外面地震和我爹说话，忙探头张望。一开始我娘还担心我爹找地震打架，心中不免有些担忧。但是看到我爹那副忍气吞声的样子，心中又是一阵失落，泪水忍不住落了下来。

2

收拾过屋子，我娘也准备出去做工了。刚出门，正好遇到地震吃过早饭迈着老爷步返回。地震又没脸没皮地贴了上来，娥子，出门啊？

我娘不理他。地震哈哈一笑，哼着歌进了屋，片刻拿了一张椅子出来，坐在院里晒太阳。

我娘原本打算出去做工，但是在看到地震后，又改变了想法，想套出地震的真话，录音作为证据。我娘去工地请了一天假，到街上买了一个二手的微型录音机、两盒磁带，然后买了一只鸡、一条鱼、两斤猪肉，又打了一壶酒。

坐在院中的地震见我娘手中拎着的东西，顿时两眼放光，起身迎了上去，盼盼娘，今天是什么日子？买这么多好吃的，还打了酒？

说话时，地震伸手便想帮忙拎着，我娘狠狠凶了一眼地震，说，没事就不能买好吃的？

地震也不在意，说，我还以为你见到我，今儿个休息特意给我加餐呢！

不要脸，谁给你加餐了。

我娘拎着东西进了屋子，地震没有跟进来，我娘不由松了一口气，把鱼肉放进厨房，开始忙活家务。

地震在屋外坐了一会儿，终于起身，探头探脑地进了我家，见我娘正坐在屋内做手工，他没话找话，盼盼的娘，做针线活呢？

我娘心里不免紧张，担心录音机被他发现，双手一抖，针扎了手指。我娘忍着疼痛，戒备地看着地震，你来做什么？

地震没有在意我娘的不满，装出一副关心的样子，你看看你多大个人了，怎么就这么不小心，疼吗？

我娘放下手中的针线活，疼不疼，要你管？

地震笑嘻嘻地靠近，我这不是看着心疼嘛！来，让我瞧瞧。

地震说着就要抓我娘的手，却被我娘一把推开，走开，看见你我就生气！

地震也不生气，坐到一旁，一脸意味深长地看着我娘，盼盼娘，你今天怎么没去做活？

我娘故作镇静，心情不好，不想去！

地震嘻嘻一笑，忽然从怀中掏出一串珍珠项链，伸到我娘面前，盼盼娘，你看这是什么？

我娘不为所动，这是给你媳妇买的？

地震不答反问，漂亮吗？

好看，一看就知道价格不便宜！

地震一脸得意，那是，这串项链可是花了我500多块钱！说着，地震把项链塞到我娘手里，给，这是我昨天特意为你挑的，你戴着一定好看！

我娘吓了一跳，慌忙将项链还了回去，说，这太贵重了，我不能要，再说我们是什么关系，你为什么要送我这么贵重的东西？

地震再一次将珍珠项链塞到我娘手中，盼盼娘，我对你的心意你还不明白吗？在我心中，你就是我老婆。我买这个就是为向你赔罪，那天是我冲动了，但我是真心喜欢你的，希望你能原谅我。

我娘正色说，我们之间是不可能的，我不会做出对不起石头的事。这项链你还是拿回去给你老婆吧！

地震突然扑通一跪，一把抱住了我娘的腿，盼盼娘，我今天是真心来向你赔罪的，你就原谅我吧！

男人的下跪，我娘见多了，尤其是我爹，每一次酒后，都是磕头下跪，赌咒发誓乞求我娘原谅，但过不了几天又是老样子。因此，她根本不吃地震这一套，当然，为了套地震的话，也不能把他轰走。

我娘说，你别这样，让人看见了不好。

地震死不撒手，除非你原谅我，不然我就一直这样抱着。

我娘无奈，行了，你先起来吧！

地震见我娘语气软了下来，顿时眉飞色舞，盼盼娘，你原谅我了？

我娘说，不原谅还能咋样？难道报警抓你？

地震故作懊悔，若是你想报警抓我，我绝不跑，我可不是石头，我是个敢作敢当的爷们儿！

我娘白他一眼，我什么时候说要报警抓你了？你还不起来？

地震这才站起身，又嬉皮笑脸凑上来，盼盼娘，你知道吗？我每天晚上都在想你，眼一闭满脑子都是你！

我娘用力推开地震，生气地说，大白天的你想干什么？要是让人看见了，以后你让我怎么见人！

地震满不在乎，看见又如何？又没人认识我们。

我娘生气地将项链塞还给地震，你拿回去，这东西我不能要！

地震说，盼盼娘，你这是啥意思？看不起我？我地震可是一口吐沫一颗钉，说是送给你的，就是送给你的，怎么可能拿回去？

这东西太贵重了，我不能要！

地震听了这话，扬手就要把项链往窗外扔，你要是不要，我就给扔了！

我娘一把抓住地震的手，别扔啊，摔坏了怎么办！

地震顺势拉住我娘的手，好，你说不扔就不扔。盼盼娘，我给你戴上吧，一定好看。

我娘再次推开地震，你快放手，谁要你给我戴了。说着，转身把项链扔到了一旁的针线盒子里。

地震感觉今天有戏，一屁股坐到我娘身边，盼盼娘，我给你说一个有趣的事。

你能有什么有趣的事？

这段时间我不是又在洗浴中心找了一份工作嘛，前几天跟一个客人聊天，客人跟我讲的。

我娘诧异，你又换工作了？

地震给自己点了根烟，工地的活太累太脏，不想干。洗浴中心多好，活不累，还轻松，还可以免费洗澡，还能接触好多大老板。

我娘想到我爹每天起早贪黑，累死累活不挣钱，回到家还一身灰，忍不住一声长叹。

地震继续说，我听一个老板说，他前段时间在希尔顿酒店住宿，看见一个老头和一个小孩开房，原以为人家是爷孙，结果是父子；还有很多看起来像父女的，结果人家是夫妻。

我娘感慨，这夫妻和父子之间的年龄相差也太大了吧！

见我娘感兴趣，地震更得意了，这你就不懂了。古代皇帝三宫六院，不管皇帝多老，妃子都是年轻的。现在很多大老板也是这样。

我娘愤愤，男人都不是好东西！

其实女人也好不到哪儿去。不少女人有钱了，背着自己老公在外找小白脸呢。我上班那个洗浴中心有个小兔崽子，就因为长得帅，被一个五十多的老女人包了。老女人不但给他买了轿车，还给他买了一套房。要是我再年轻个三十岁就好了，凭我这长相和身体，一定能傍上富婆，这辈子也不用这么拼了。

我娘一脸难以置信，这怎么可能？若是让那女人老公知道了还得了？

有钱人的世界你不懂，很多有钱人夫妻两人都是各玩各的，互不干扰。我上班的洗浴中心老板就跟我们前台有一腿，这事整个洗浴中心的人都知道，你说老板娘会不知道？

我娘听不下去了，就算有钱也不能这么下流！

地震不以为然，这算什么，这样的事多了去了。

我娘说，有老婆还在外面找女人，不是下流是什么？你也一样下流！

地震说，冤枉啊！我跟那些男人可不一样。我是怎么和我老婆结婚的，你又不是不知道。这社会就是这样，男人有钱有权就是爷，女人漂亮就是资本。金钱美色，自古以来都是真理。有钱就有权，男人有了这两样就不缺女人。女人长得漂亮，就什么都有了。这叫资源分配，漂亮的女人自然会选择有权有钱的男人做依靠。没钱没权的男人，你还想找漂亮的女人，这不是做梦吗？也就是我们这些生活在农村的没见识，换作是在城里，像石头这样的能找到老婆都算谢天谢地了，更别说娶到你这样的美女了！

我娘不满地瞪了地震一眼，好好的又扯到我身上做什么？

因为我喜欢你。石头配不上你，你若是跟了我，也不会受这份罪。地震说着，突然伸手再一次抱住了我娘，盼盼娘，做我的女人吧！

我娘慌了，忙伸手去推地震，挣扎着站了起来。

有了上次的经历，地震也不敢太过分，只得松开我娘，但他并不打算放弃，看了厨房一眼，说，盼盼娘，买了这么多好吃的，总可以让我吃一个中饭吧！

我娘松了口气，好吧，不过你不准乱来！

说罢，我娘就进了厨房。

3

我娘是一个勤快的女人。借用地震的话来说，我娘若是生在城里，就凭这长相，一定可以找个好婆家。我爹能娶到我娘这样的女人，绝对是三辈子烧来的高香。

很快，我娘便烧好了菜。

这时我三姐刚好放学回家，见地震坐在家里，我三姐礼貌地打招呼，地震叔！

地震笑着说，三妮，你放学回来了啊！最近在学校如何？

我三姐一边朝卧室走，一边说道，还行，学校老师和同学对我挺好的。

这时我娘正好端着菜走了出来，见我三姐回来，脸上不由露出了笑容，三妮，赶紧洗手过来吃饭！

地震闻着红烧鱼的香味，忍不住咽了咽口水，真香，盼盼娘，你烧菜就是好吃！

我娘说，喜欢吃待会儿就多吃点，多喝点酒！

这话正中地震下怀，好，好，今天刚好在家，多喝一点没事！

我娘又陆陆续续地端了几样菜出来，还特意弄了满满一盘子油炸花生米。地震看到这么多菜，更开心了，伸手就将一旁的酒瓶拿了起来，满满地倒了一大杯，边倒酒边说，这可是正宗高粱酒，我今天有口福了，可得好好喝一顿！

地震也不等别人，就着花生米先喝上了。我娘给我三姐盛好饭，我三姐看着满满一桌菜，也是直流口水，娘，你今天怎么做了这么多好吃的啊！说着，给自己夹了一个鸡腿，大口地吃了起来。

我娘说，别急，没人跟你抢，喜欢吃，就多吃点。

地震一边喝着酒，一边连连点头，你娘说的不错，丫头家的，现在正是长身体的时候，营养一定要跟上，多吃点才长得漂亮！

我娘坐在一旁也给自己倒了一点酒，对地震说，我敬你，要不是你，三妮子上学都是一个问题。

三妮是我看着长大的，也算是我半个闺女，有什么好谢的。地震扭头对我三姐说，三妮记住了，一定要好好学习，将来好好孝顺你娘。

我三姐光顾着吃，来不及说话，只一个劲点头。连吃了两大碗米饭，这才打了一个饱嗝，将碗放进厨房，去卧室做作业了。

客厅里就剩下了我娘和地震。兴许是我娘烧的菜太好吃了，我娘还没劝，那瓶酒地震便已经喝掉大半瓶。我娘帮他倒酒，这菜吃不了也浪费，你今天既然不上班，就多吃点多喝点，喝多了也不碍事！

我娘说话时，还不忘给自己倒了一点，我今儿个也陪你喝一点。

地震更是高兴了，酒到杯干。等我三姐背着书包去上学后，地震就不老实了，借着酒劲对我娘动手动脚。

我娘半推半就，继续给地震灌酒，我知道你喜欢我，可是你也知道，我们之间是不可能的！

地震喝得舌头都大了，有什么不可能的，我喜欢你，谁敢有意见？石头？他敢有意见，老子不揍死他。

你们男人是不是都这样，整天惦记别人家的老婆！

那是因为你长得漂亮！说话间，地震又喝了一大口。

我娘端起酒杯，我再敬你一杯，要不是遇到你，我和石头还真不知道该怎么办。

地震红着脸，都是一个村子的，自家兄弟，又是出门在外，自然能帮就帮。

眼见得地震喝得差不多了，我娘突然哭了起来。

地震一愣，盼盼娘，好好的怎么哭了？

我娘一边哭着一边说，我怎么就这么命苦，摊上了石头这样的憨货。要不是他打死了村长，一家人也不用过这种提心吊胆的日子。

地震打了一个酒嗝，你放心，以后有我，我会对你好的，石头今后要是再敢打你，你看我不揍死他！

我娘两眼含泪，真的？你别骗我！

地震使劲拍了拍胸口，老爷们儿说到做到！

我娘擦了擦眼泪，又将他的酒杯倒满，我信你！

地震端起酒杯一口喝干，放心，今后有我……

这时地震已经喝得歪歪斜斜，人都坐不直了，顺势靠在我娘身上。我娘一声轻叹，其实村长也是一个好人，要不是被石头杀了，也许我们村在他带领下已经富起来了。

这话地震不爱听，眼睛一瞪说，屁！那家伙就是个傻子。谁当官不是为了钱？要不是他，老子现在还在村里快活呢，也用不着出来打工受罪。那家伙当初要是听老子的，也就不会被石头那憨货砍死了。

也许是喝高了，地震越说越愤怒，唾沫横飞，跟老子斗，他还嫩着点。当初要不是老子，就凭他，也想当村长？我呸！

我娘心中咯噔一下，忙问，村长不是石头杀的吗？怎么你……

地震得意洋洋，就石头那怂货，连鸡都不敢杀，还敢杀人？要不是老子怂恿，他有这个种吗？酒壮英雄胆！哈哈，百孩那冤货估计到死都不会想到，真正想杀他的是老子！

我娘已经明白是怎么回事了，但依然故作惊讶，你为什么要怂恿石头杀村长？难道村长和你有仇？

地震一巴掌重重拍在桌子上，我跟他仇大了！那混蛋要是听老子的，现在村里的加工厂就是老子的。断人财路，犹如杀人父母，那混蛋既然不听老子的，老子当然不会让他好过！告诉你，不但百孩是我怂恿石头杀的，就连上一任村支书也是老子暗中指使人杀的。敢挡老子发财，不管是谁都得死！

说着话，地震突然一把搂住我娘，冰儿，哥哥想你，哥哥我想死你了，这么多天，你去哪儿了……

我娘一把推开地震，地震死猪一般倒在床上，片刻，就打起了呼噜……

地震做梦都没想到，我娘利用他醉酒的机会，套出了他最大的秘密。我娘将藏在一旁针线盒子里面的小录音机拿了出来，小心收好，又把地震扶回他自己租住的屋子。

得知村长真正的死因，我娘心中再也无法平静。

晚上，我爹回到家，见我娘神色不安地坐在屋子里一动不动，顿时不高兴了，你干什么？到现在还没做饭？难道你想饿死老子吗？

我娘被我爹这么一吼，顿时回过神来。她本想将白天的事情告诉我爹，但见我爹的样子，又犹豫了。

我娘太了解我爹的性格了，平时看起来像个爷们儿，其实一点主见没有，典型的窝里横。就算他知道了当年是地震趁他酒后怂恿他杀了村长，又能怎样？不管怎么说，村长都是被他砍死的，这一点无法改变。

想到这儿，我娘只有暗自叹息。

4

转眼又过了一个多月，年关将近。有一天晚上，我爹、我娘和我三姐正坐在屋里吃饭，地震突然进来了，石头，盼盼的娘，出大事啦！盼盼马上要和小尿结婚了！

我爹和我娘大吃一惊。我娘简直不敢相信自己的耳朵，你说什么？盼盼要和小尿结婚？什么时候的事情？

我爹也回过神来。当初小尿带着我大姐私奔，我爹就把小尿给恨上了，现在一听我大姐竟然要嫁给小尿，顿时火冒三丈，啪的一声，一巴掌重重地拍在桌上，老子不同意！

我娘狠狠瞪了我爹一眼，你凭什么不同意？这些年你有关心过盼盼吗？别忘了，是谁杀了小尿的爹？

我爹原本还一脸愤怒，被我娘这一怼，整个人就像泄了气的皮球。

地震说，其实我觉得小尿那孩子还是挺不错的。再说他俩都这么多年了，要是能分，早就分了，也不会一直拖到现在。孩子都大了，爹妈管不了，儿孙自有儿孙福嘛。不过……地震的语气突然沉重起来，还有一个不好的消息，我告诉你们，你们可千万别着急……

我娘已经有了不好的预感，语气颤抖地问，还有什么事？

地震叹了口气，是金贵……

我爹一把拉住地震，金贵？金贵怎么了？

我刚刚打电话回村里，才知道金贵病了，而且病得不轻！

这下我爹和我娘都慌了，金贵得了什么病？

白血病，几个月前查出来的，据说已经花了好几万了，再也没钱治了。眼下人已经被接回来，在家等死了……

听到这个噩耗，我娘差点晕过去，我爹放声痛哭，好不容易生了一个半瘫的儿子，竟然又得了白血病，这是老天要让我绝后啊！

那一晚，我爹我娘在屋里哭了大半夜。自那以后，我娘就更加想家了，想看看我，想看我大姐出嫁的样子。

我爹整个人更加消沉了，有一天在工地干活，一不留心把头磕了一个好大的口子，差点把命丢了。在家养伤时，我爹整天唉声叹气，金贵啊金贵，我不能没有儿啊！爹啊，我对不起你啊，我又快没儿子了……

每当这时，我娘便坐在一旁偷偷流泪。

眼见快到年底，我大姐和小尿的婚期越来越近，我娘终于忍不住，对我爹说，石头，我们回去吧，你自首吧！就算不能送盼盼出嫁，也要陪陪金贵！

我爹看着我娘，怔怔的，不说话。

这一刻，我爹显然被我娘的话触动了。当初逃为了什么？还不是觉得没有活够，想看着儿女长大？如今儿子患上绝症，就要死了，我爹感觉天都要塌了，再没有了活下去的动力。逃亡这么多年，我爹和我娘天天提心吊胆，没过一天安稳的日子，他们无时不在想家、想孩子、想白发苍苍的老娘，记不清多少回半夜惊醒，以泪洗面。

儿子的病成了压垮我爹的最后一根稻草，他心里第一次有了回家自首的念头。

第十六章

1

虽说就要成婚了，可小尿一点都没有放松对我家的监视。以前小尿都是偷偷摸摸的，现在有了和我大姐的婚约，则变得正大光明起来。

可惜，一连守了几个月，依旧没有我爹一点消息。小尿有时还旁敲侧击，想从我口中套话，可我压根什么都不知道，他自然是套不出来。

小尿不死心，又到我外婆家附近蹲守，接连蹲守了几天，还是一无所获。他干脆以外孙女婿的身份，拎着东西上门来探望我外婆。我外婆不知道小尿的真正目的，看着上门探望自己的外孙女婿，口中一个劲地夸赞。当然，小尿还是没能如愿。

在这期间，小尿甚至悄悄外出几次寻找线索……

眼见马上就要到婚期，小尿来我家更勤快了。小尿认定，只要我爹和我娘知道我大姐的婚事和我的病情，一定会跟我们联系的。小尿满脑子想着报仇，整个人几乎魔怔了。但在我大姐面前，他隐藏得很好，若是让小尿参加奥斯卡评奖，一定能拿影帝。

我的病情又加重了，有一天半夜竟烧到了42度。好在我大姐发现及时，冒着大雪将我背进了卫生所。虽然很快退烧了，但我的身体却越来越虚了。

第二天，小尿见我大姐没有去馒头加工部，找到了我家，从我奶奶那儿了解情况后，慌忙赶到了卫生所。

我大姐问，你怎么来了？店里的活咋办？

小尿一脸关心地看看在床上昏睡的我，小声对我大姐说，再忙也没有金贵重要！

我大姐感动得不得了，扭头看看我，

眼泪又忍不住落了下来。

小尿安慰我大姐说，别着急，金贵一定不会有事的！

我大姐擦去脸上的泪水，你先去忙吧，这里有我就行了！等金贵醒了，我再带他回家。

小尿又安慰了几句，这才回去。

没过多会儿，村长媳妇冒着大雪，拎着一个保温桶走了进来。

我大姐赶紧迎上去，婶子，你怎么来了？

村长媳妇心疼地说，听小尿说金贵昨夜发烧，想着你守了一夜，一定饿了，给你盛了点粥过来，你快趁热喝。

我大姐的眼圈又红了，伸手接过村长媳妇递来的保温桶，谢谢婶子！

村长媳妇看了看我，又对我大姐说，闺女，你可要注意休息！

我大姐忍着泪，摇了摇头，一句话都没说。

小尿回到馒头部，心神不定地做着馒头。

中午时分，小尿拉着板车去了卫生所，将我接了回来。村长媳妇还从家中抱了两床新被子过来，一床给我垫着，一床给我盖着。新被子是村长媳妇为我大姐和小尿结婚准备的，多做了两床。盖着新被子，我感到全身都暖暖的。

将我安顿好之后，村长媳妇跟我奶奶商议我大姐和小尿的婚事。两家商定，结婚当天上午，由小尿骑自行车把我大姐接过去，将双方主要亲戚叫过来吃顿饭，就算礼成。

其实，就算我们想讲排场，也请不到人，毕竟我大姐是杀人犯的女儿。这些年，村里很少有人和我家来往，有些亲戚也和我家断了关系，真正能邀请过来的，也就我外婆一家了。

2

眼见婚期就要到了，依旧没有我爹的消息，小尿心里急得不行，恨不得天天守在我家。我大姐、二姐和奶奶见小尿天天过来，只当他是婚前激动的，没觉得有什么不正常。

后天就是结婚的日子了，小尿一个人悄悄去了派出所。

虽然过了那么多年，派出所所长也换了好几个，但派出所一直没有放弃对我爹的追捕。门口值班民警是老熟人，自然知道他是为了村长的案子来的，冲着小尿招呼了一声，便让小尿进去了。

新来的所长对小尿说，我不是和你说过嘛，只要一有消息就通知你。

小尿说，我今天来，是真的有事。

所长疑惑，关于你父亲案件的？

小尿点了点头，再有两天我就要跟孔石头的女儿结婚了。

所长难以置信，你是不是疯了？你知道你在做什么吗？

近十年的追凶，早已让小尿的心理扭曲了，面对所长的质问，小尿咬牙切齿，我没疯，我知道我在做什么，只要孔石头知道他家里现在的情况，一定会回来探望，这是抓住他的最好机会！

所长不得不承认小尿说得有道理，但他也提醒小尿，你也要有个心理准备，孔石头也可能不回来，要不然也不会这么多年没一点消息。

所以我希望这几天你们能派人盯着，

一旦发现孔石头，立刻将他抓起来！

捉拿逃犯是我们的职责，不过，唉……所长本打算劝他两句，想想劝也没用，话说到一半，代之以一声叹息。

正如小尿所说，这的确是抓我爹最好的机会。当天，所长便带人穿着便衣来到鸡肠屯暗中调查。

另一边，小尿从派出所回来后，若无其事地来到我家，和平时一样蹲了一天，晚上才离开。半夜时分，小尿又裹着大衣悄悄出门，到我外婆家门口蹲守了大半夜，直到清晨。

年关将近，洗浴中心的生意越来越火，地震也跟着忙，几天不回租住的地方，吃喝都在洗浴中心。老板为了将他们留下来，许诺不回家过年的一人奖励两百块钱。地震一听还有这等好事，便决定留下来。

年末，工地上的活停了，我爹整天坐在家里无所事事。人一旦闲下来，就会胡思乱想。我大姐和我的事让他愁肠百结，卧不安席，他更想家了……

一天晚上，我爹躺在床上久久不能入睡，突然起身对我娘说，娥子，我决定后天回家！

我娘原本已经快睡着了，突然听我爹这么一说，立刻坐了起来，回家？你说真的？你打算回去自首？

我爹又沉默了，片刻，才语气凝重地说，不，就是悄悄回去看看老娘、金贵、盼盼，还有二妮。要是不能看一眼金贵，我死都不甘心！金贵是孔家唯一的根啊！

我娘说，我听你的！

我爹说，那就这样定了，后天一早，我们悄悄回去！

3

鸡肠屯往西走五里路，有一个土砖窑，远远看去就像是一个巨大的坟堆，上面长着几株柳树和枣树，以及乱七八糟的杂草。我爷爷那一辈经常在砖窑做工，直到上世纪八十年代初才被废弃，后来成了蛇鼠的天堂。有时村中孩子也去玩耍，将砖窑当战场玩打仗的游戏。我也曾去过一两次，但都是站在一旁羡慕地看着别的孩子玩耍。现在，这里成了我爹的临时营地。

在我大姐结婚的头天晚上，我爹我娘冒着寒风偷跑了回来，躲藏在土砖窑内。砖窑周围全是枯草烂枝，我娘随便捡了一些，生起了火，三人躲藏在里面倒也不冷。

身处寒窑，我爹我娘百感交集，心里有种说不出的悲怆。十年了，恍如隔世，家近在咫尺，又仿佛远在天涯。

年廿八，把面发，贴窗花。这天，也是我大姐和小尿结婚的日子。

为给我大姐准备婚事，我奶奶这几天也是忙坏了，昨晚又跟我大姐、二姐将东西清点了一下，很晚才睡。今早我大姐第一个起床，要给我们做早饭，我二姐赶紧爬起来，把我大姐推回卧室，笑着说，今天可是你大喜之日，哪有让新娘一早做饭的，你快进屋收拾打扮一下，我来做早饭。

我大姐坐在镜子前，有些害羞地拿出了早就买好的化妆盒。

吃过早饭，我大姐换上红色毛线衣和一件大红的羽绒服外套，我二姐帮她把粗黑的辫子高高盘起，上面还插了根镂花的银钗。我从没见过大姐如此美丽，感觉比年画里面的女人还好看。

我奶奶看着我大姐的一身装扮，开心地笑了，笑着笑着，眼泪流了出来。我大姐、二姐也控制不住情绪，三人抱在一起哭成了一团。新娘哭嫁是我们当地的风俗，若不哭，还会被人笑话呢。

虽然村里邻居平时很少与我家来往，但今天这个大喜日子，还是有几个婶子过来帮忙。众人对我大姐又是一阵夸赞，说我大姐长得好看，像电视里面的大明星。

另一边，村长家也在紧张地张罗着。与我们家相比，小尿家要热闹许多，一大早便围满了人，有很多村里的小青年争着要陪小尿来接亲。

小尿穿着崭新的西装，却是眉头紧皱。昨晚他又守了一个寂寞。马上就要接亲了，这一刻，小尿竟然犹豫了。

村长媳妇见小尿心事重重的样子，悄悄问道，小尿，你身体不舒服吗？

小尿摇了摇头，娘，我没事。

村长媳妇只当他压力大，叮嘱他说，没事就好，时间快到了，你去接盼盼，回来的路上一定要小心，千万不能把新娘摔着。

小尿重重点了点头说，放心吧娘，我知道，我这就过去接盼盼！

小尿说着便朝外走去，村里几个同龄人也嘻嘻哈哈地跟了上去。伴随着一阵鞭炮声响，几个人骑着自行车跟在小尿身后，朝我家奔来。

4

派出所所长带人蹲守在村口，村四周也都安排了人盯梢，就等我爹出现。

我爹逃亡这么多年，早已有了经验。在没有确定安全时，根本不敢进村。他裹着一件破破烂烂的大衣远远地趴在鸡肠屯河边，当村中的鞭炮声传来，我爹再也不能自抑，眼泪忍不住落了下来，口中不断地念叨着，闺女，对不起，爹对不起你啊！

派出所所长做梦都没有想到，我爹就潜藏在与他相隔不到两里的鸡肠屯河边。

迎亲队伍很快便到了我家，将我大姐接走了。我躺在床上没出去，透过窗户看见小尿将我大姐抱上了自行车。原本是大喜之日，但我却感觉小尿脸上的笑容十分勉强，只可惜我当时昏昏沉沉的，并没有多想。

我爹趴在鸡肠屯河岸边守了一上午，直到听到吃喜酒的鞭炮声，这才悄悄潜回窑洞。

我娘忙上前问，盼盼出嫁了？

我爹轻轻嗯了一声，走到火堆边坐下，没有说话。

我娘忍不住抽泣起来。我三姐在一旁不敢说话，走到我娘身边，伸手小心地抱住了我娘。

三人就这样坐了一下午，直到天黑。

终于，我爹站起身说，娥子，我要回去看看金贵。

我娘闻言抬头，大晚上的过去？

我爹说，正因为晚上才安全，这个点，村里人应该都在小尿家凑热闹，没人会注意我的，你在这儿等着。

我爹说着，便裹着身上破旧的棉袄，迎着寒风走了出去。

趁着夜色，我爹再一次潜藏在鸡肠屯河边。他并没有立刻进村，而是蜷缩在河边一个涵洞中，直到深夜，才蹑手蹑脚地朝村子走去。

结婚闹洞房是村里的习俗，有时要闹到半夜。几个年轻人一直闹到了十一二点，这才嘻嘻哈哈离开了小尿家。

小尿跟着他们出了门。我大姐问他，你干什么去？

小尿对我大姐说，几个家伙喝多了，黑灯瞎火的，万一摔着就不好了，我跟着看看，一会儿就回来。

村长媳妇叮嘱，那你快去快回，别让盼盼一个人等着！

小尿裹了裹棉衣，便走了出去。不过，小尿并没有送人回家，而是悄悄来到我家附近刺探情况。在屋外守了好一阵子，没发现异常，他又踩着砖头，趴着院墙朝里看，屋里也没什么动静，但他仍不愿离开，便躲到屋外草堆旁蹲了下去。

小尿出去送客，我大姐便一个人收拾房间。就在我大姐整理床单时，意外发现了床头下面藏着一个日记本，她好奇地拿出来随手一翻，看着看着，脸色渐渐变得苍白起来。

5

小尿做梦都没想到，我大姐无意中翻出了他的复仇笔记。看着里面的内容，我大姐脸色越来越难看。尤其是看到“接近盼盼，利用盼盼搜集石头的线索”时，我大姐忍不住哭了起来。再看到后面“通过和盼盼的婚事，将石头引回来抓捕”，我大姐更是气得全身颤抖。

就在我大姐翻看小尿的复仇笔记时，我爹也悄悄潜回了村子。见我家没人，于是又悄悄地摸进了我奶奶家。

小尿蹲守在草堆旁，眼见快到深夜，依旧看不到人影，心中不免失落。就在他准备离开时，突然看到一个身影鬼鬼祟祟地朝这边走来。小尿一眼认出了我爹，大喊一声，孔石头，还我爹命来！

我爹吓了一个激灵，掉头就跑。

小尿一边追一边喊，来人啊，抓逃犯啊！快来人啊，抓逃犯啊！

我爹逃亡这么多年，早就成了惊弓之鸟，听着身后小尿的叫喊，逃得更快了。

仇人见面分外眼红，何况是杀父仇人。小尿在后面紧追不舍。

原本村里人都睡了，突然听到小尿这么一喊，陆陆续续跑出家门。我爹自然也听出了小尿的声音，没命地往村外跑。不过，我爹没有朝土砖窑的方向逃，而是另外一个方向。

蹲守在村中的几个民警听到小尿的叫喊，也追了过来，孔石头，你逃不了的，跟我们回派出所去！

寒风中，雪地里，我爹喘着粗气，心里只有一个念头，快逃，不然被抓住就死定了！

就这样，你追我赶中，我爹又逃了一两里路，转眼来到了鸡肠屯河边。凭着记忆，我爹朝石桥跑去。不料仓促中一脚踩空，身体一歪，沿着河岸滚入了河里。

我爹原本就跑得上气不接下气，浑身大汗淋漓，被冰冷刺骨的河水一激，瞬间就失去了知觉。

这时，小尿、民警和村民们也都赶过来了，大家沿着河岸搜寻，很快就有村民发现了河边雪地上有滚落的痕迹，慌忙叫喊起来，不好，孔石头掉河里去了！

这一喊，众人都慌了，当下就有几个

青年脱衣下河找人。

小尿看着冰冷的河水，满脸恨意，活该，最好把他给淹死！

没想到小尿竟一语成谶，等几个人将我爹从河中捞起时，我爹早没了呼吸……

整个村子都轰动了。有人说我爹是活该，这是报应；也有人说小尿新婚之夜堵截自己的老丈人，还把人给逼死了，不是东西！

我奶奶和我二姐得知我爹的死讯，匆匆忙忙跟着人群赶到了村中广场。

我奶奶步履蹒跚走了过来，看到躺在地上陌生而又熟悉的面孔，谁也没有想到，我奶奶竟冲过去狠狠地扇了我爹一巴掌，恨铁不成钢地骂道，你个畜牲，不孝之子，你把几个孩子害惨了……说完，我奶奶放声大哭，那哭声忽高忽低，还拖着长长的尾韵，仿佛是泗州戏的拉魂腔。

我奶奶的哭声越来越弱，最后竟没有了分贝。人群中有人一声大吼，还愣着干什么？还不快救人！

众人这才如梦初醒，慌忙上前抢救。我二姐跪在我奶奶和我爹身边，哭得让人心碎，爹啊……奶奶……

等我大姐匆匆赶到，我奶奶已经咽气了……

我大姐看过小尿的笔记，本已伤心欲绝，再看到眼前躺着的我爹和奶奶，顿时眼前一黑，晕了过去。

四周一片惊呼，盼盼，盼盼你醒醒啊，盼盼！

村长媳妇也赶过来了，弄明白发生了什么事，也是眼前一黑。恍惚中她看到了儿子小尿，捡起路边的树枝，直奔小尿就冲了过去，你这个逆子，我打死你……

小尿见势不妙，拔腿就跑。

小尿也没想到事情会发展成这样。仇人死了，他本该开心才是，可是这一刻，他没有一丝复仇的快感……

6

我娘带着我三姐躲在土砖窑里，听到村里人声喧哗，意识到出事了。她什么都顾不得了，带着我三姐就往村里跑。

村里人把刚才发生的事全都告诉了我娘，我娘顿觉天旋地转。等回家看到躺在床上奄奄一息的我，我娘抱着我哭得撕心裂肺。

我大姐醒来后，整个人犹如丢了魂一般，脸上没有一丝血色，裹着白毛巾跪在我爹和我奶奶身边一句话不说……

三天后，村干部张罗村民们将我爹和我奶奶一起葬在了我爷爷的坟旁边。我大姐没再去小尿家，而是在家照顾我。

家里出了这么大的事，我也凑热闹似的发起了高烧。这次比以前任何一次都厉害，持续几天高烧不退。眼见我就快不行了，几个村干部将我送到了市医院。紧接着，市医院就给我下了病危通知书。医生对我大姐说，若是再找不到适合的骨髓配型，我最多还能活半年。

我大姐看着病危通知书默默流泪。小尿安慰我大姐，放心吧，金贵不会有事的，一定不会有事的！我们这就回家生孩子，我们的孩子一定能和金贵配型成功！

我大姐一巴掌抽了过去，滚！我不想再看到你！

小尿自知理亏，但依然给自己辩解，盼盼，我知道你怨我，我也没想到事情会变成这样，如果你爹不跑，也就不会发生这样的意外了。再说，我为父报仇有错吗？

我大姐看着小尕，感到面前的这个人是如此陌生，你没错，错的是我！是我太蠢，太天真了！你走吧，金贵的死活与你无关，就算金贵死了，我也会陪着他一起去！

我大姐照顾我住院期间，我娘独自一人拿着录音机去了派出所。她扑通一声跪在所长面前，所长，石头死得冤啊，村长是我男人杀的，但他是受人指使的啊！

所长急忙扶起我娘，你说什么？孔石头是受人指使杀人的？

我娘满脸泪水，我也是最近才知道的。石头是受地震的怂恿才杀了村长的！

所长震惊，你有证据吗？

我娘将手中的录音机递了过去，我有，我录音了！

所长听过录音，气得整张脸都青了，破口大骂，地震这个混账，简直不是人！

我娘对所长说，你一定要为石头主持公道啊，虽然他杀了百孩，但他也是受人怂恿的啊！

所长说，嫂子你放心，我们一定不会让真凶逍遥法外！

7

我娘提供的录音不仅证明地震唆使我爹杀害了村长，还牵出多年前老村书记死亡的疑点。派出所立即将这个情况上报县公安局。

地震还不知道鸡肠屯发生了惊天大事，当他看到突然出现在洗浴中心的警察，顿时傻眼，在众人惊诧的目光中被铐走。

地震被抓的消息传到了鸡肠屯，众人得知前村长和前村支书被害的真相，无不愕然，不敢相信地震竟然丧心病狂到这种地步。震惊、唏嘘之余，也不由得对我娘竖起了大拇指。

村长媳妇以及前村支书的媳妇得知此事，特意来我家，向我娘表示感谢。尤其是前村支书的媳妇，更是当场给我娘跪下，说要不是我娘，她永远不可能知道丈夫竟然是被地震给害死的。

小尕得知这一切的罪魁祸首竟然是地震，心中又多了几分愧疚。第二天，他再次来到市医院找我大姐。我大姐没有搭理小尕，她对小尕已经完全死心了。

我大姐本就是一个敢爱敢恨的女子，即便我爹杀了村长，依旧不放弃对小尕的感情，甚至为了挽回小尕，可以说是低三下四，不要尊严。但她做梦都没想到，小尕一直在利用她。小尕的复仇笔记深深地伤了我大姐的心，也让两人的感情彻底破裂，不存在一丝挽回的可能。

转到市医院后，我的病情稳定了许多。谁知一天夜里，我再次突发高烧。这可把我大姐给吓坏了，连忙叫来了值班医生。一番抢救后，我的命保住了，但病情却更加严重了。第二天，大夫建议我大姐给我转院。就这样，我大姐又带我到省医院检查。省医院专家得出结论，若是再不进行骨髓移植，我可能活不过三个月。

我娘马上和我三姐一起做了骨髓配型，结果很遗憾，都没有配上。

小尕告诉母亲，金贵的病又加重了，医生说，再找不到合适的骨髓配型，有可能活不过三个月。

村长媳妇也是慌了，难道真的一点办

法也没有了？

小尿蹲在门口，使劲地抽着烟，一句话不说。

就在这时，小尿的姐姐小雪从外面走了进来，见小尿和村长媳妇都愁眉不展的样子，问道，娘，怎么了？

村长媳妇看见女儿，心不由得一颤，想了想，又摇了摇头……

8

我娘回村后，又去找了当初送人的四姐。我四姐的养父养母得知我的情况，没有一丝犹豫，便带着我四姐跟着我娘一起去做了骨髓配型。可惜，依旧是不匹配。

得知这一结果，我娘和我大姐在医院哭了整整一天。眼见最后的希望破灭，再加上无法承担高额的住院费用，我娘和我大姐不得已决定放弃对我的治疗。

我娘看着病床上的我，泪流满面，金贵，你恨娘吗？

我勉强挤出笑容，摇了摇头说，娘，我想回家，我想吃你蒸的白面大馒头！

我娘一边哭着一边使劲点头，好，好，娘这就带你回家，做大馒头给你吃！

我伸手替我娘擦去眼角的泪水，娘不哭，我一直是个听话的孩子……

站在一旁的我大姐双手抱着膀子蹲下去哭了起来。

就在这时，一个护士拿着化验报告一脸欣喜地冲进了病房，配对了，配对了，这一份配对了！

闻言，我大姐的哭声戛然而止，你说什么？配对了？谁的配对了？

护士说，孔金贵和贾小雪的骨髓配型成功了，医生让我来通知你们，马上安排骨髓移植手术！

我大姐感觉像是在做梦，这天降大喜，让她一时不知所措。我娘更是激动得浑身颤抖，太好了，太好了，金贵有救了！

护士的话似春天里的一声惊雷，又像黑暗中的一丝光亮，让我重新燃起对生命的希望。人生最开心的事不是锦上添花，而是雪中送炭，枯木逢春。

稍微平静后，我大姐又疑惑地问护士，贾小雪不是村长的女儿吗？她怎么来配型了？你们不是说直系亲属的配型成功率高吗，怎么她……

护士笑着说，直系亲属的配型成功率高，不代表不是直系亲属就一定不行啊！这次你们真是走运了，就等着医生安排吧！

护士转身离去，我大姐赶紧追了出去，一眼看见走廊里站着村长媳妇和小雪。

原来，村长媳妇带着小尿的姐来到医院，瞒着我娘和我大姐悄悄做了骨髓配型。

我大姐神色复杂地看着和自己有几分相似的小雪，突然想起奶奶曾给自己讲过的故事，心中似有所悟。

村长媳妇对我大姐说，盼盼，金贵有救了！小雪和金贵的骨髓配型成功了！

小雪上前拉着我大姐说，盼盼，你放心好了，金贵一定没事的！

我大姐忍着泪点了点头，深深地望了一眼村长媳妇，婶子，谢谢你！

村长媳妇心疼地将我大姐搂在怀里，盼盼，小尿不是个东西，就是苦了你了！

我大姐把头埋在村长媳妇的怀里嚎啕大哭……

我与村长女儿小雪骨髓配型成功的消息，很快便传了出去。新闻媒体得知受害者的女儿竟然愿意捐献骨髓救杀父仇人的儿子，更是大肆报道。几天后，省市电视台、报社的记者涌进了医院和鸡肠屯，许多爱心人士看到报道，都被小雪的胸襟所感动，纷纷捐款救助。

一个月后，我和小雪同时被推进了手术室。手术很成功，我和小雪的骨髓配型十个基因点位全部吻合，手术后排斥反应很小。住院观察两个月后，我出院了。

后来我从我大姐口中得知，小雪之所以能与我配型成功，是因为小雪就是我爹和村长媳妇生的。当初村长媳妇和我爹谈对象时，已经怀上了小雪，只可惜被我奶奶硬生生地给拆散了。村长媳妇一时想不开跳河寻短见，正好被村长发现，及时救了下来。后来两人好上了，并没有将小雪打掉，而是生了下来。

不得不说，真是造化弄人，任谁都没有想到，长辈之间的恩怨，二十几年后竟然还救了我。

回村后，小尿一而再地上门向我大姐道歉，我大姐依旧没有原谅他，甚至就连我娘劝都没用。

一天夜里，我大姐悄悄收拾东西，独自一人趁着夜色离开了鸡肠屯。第二天早上，当我们发现大姐留下的纸条时，再想追已经来不及了。

小尿懊悔不迭，跪在我娘面前一个劲地扇自己耳光，向我娘发誓一定会将我大姐找回来。当天，小尿便急匆匆踏上了寻妻之路。

可我大姐被伤得太深了，小尿在我大姐心中已经彻底死了，又怎么会给他寻找的机会呢？

另一边，地震落网后，很快就被判处死刑。枪毙的现场就在鸡肠屯河的河滩上，据说执行的当天，鸡肠屯的人把河滩围了个水泄不通……

尾　声

转眼十年过去，我二姐也已经成家，我三姐更是考上了名牌大学。这一天，村里缓缓开来一辆宝马车，引起了很多人的注意。

在鸡肠屯人看来，宝马可是不得了的豪车，只有有钱人才能开得起。白色的宝马在众人的瞩目中缓缓停在我家门口，接着，就见一个穿着大红色风衣、打扮入时的女人推门下了车。

我娘看着这个女人，微微一愣，两眼便红了起来，声音颤抖，盼盼，我的好女儿，娘想死你了！

我大姐见我娘一头白发，当即哭着扑通一声跪在我娘面前，说，娘，我回来了！

从我大姐口中得知，她当年独自一个人去了南方打工，其间吃了不少苦，后来我大姐凭着不错的长相成功应聘了一家商场的销售员。我大姐脑子活，当了几年销售员后，便靠着积攒的工资自己开了一个服装店。我大姐能说会道，不怕吃苦，服装店的生意不错，她还在城里买了房子。

这次回村，我大姐没见到小尿。村长媳妇说，小尿上次离开村之后，再也没有回来，一直杳无音信。

几年后，我大姐带着女儿来到杭州灵隐寺游玩。寺院里古木参天，香烟缭绕，大殿里不时传来诵经声。我大姐不由得想起了一句话：天雨虽大，不润无根之草；佛法虽广，不度无缘之人。

当我大姐走进西厢房时，不禁愣住了，一张熟悉的面孔闯进眼帘，那僧人打坐蒲团，手持念珠，双目微闭，口中念念有词……

我大姐瞬间的愣怔被女儿看到了眼里，指着那僧人不解地问道，妈妈，你认识他吗？

我大姐轻轻摇头，不认识。说完，两行清泪悄然滑落……

我是警察也是兵

——记全国优秀人民警察苏毅

孙长林

引　子

当阳光洒落在一座三层小楼的警徽上，夏日蔚蓝的天空仿如刚起床的小姑娘，对着潮白河偌大的镜子开始梳理妆容。淑阳镇十里芰荷娉婷盛开，妩媚清雅，一如运河长堤上参加集体婚礼的新娘。

这里是“仰京华而俯津卫”的廊坊市香河县，河北省公安厅高速交警总队廊坊支队香河大队就坐落在县城的北部。一大早，代理副大队长、中队长苏毅穿戴好反光背心，带齐警用装备，驾驶警车不到10分钟，就驰骋在了京哈高速公路这条“苍龙”的脊背上，一天的执法和巡逻工作由此开始。

高速交警是伴随着高速公路建设应运而生的一个年轻警种，高速公路延伸到哪里，哪里就会有高速交警的身影。中国高速公路的核心骨架，由7条以首都为中心的放射线、11条南北纵线、18条东西横线组成。自北京按顺时针排序，京哈高速公路位列第一，故冠名为G1。这条高速公路自北京起，穿香河，越天津，过滨海，出关外，至龙江，飞越千沟万壑，联通华北与东北。

第一次见到苏毅，就感到他的气质很儒雅，白里透红的面庞上，像涂了一层发光的油彩，一米七多的个头，不高不矮，不胖不瘦，匀匀称称，精精神神。他一说话就笑，说自己没什么可说的，没有惊天动地的事情，都是分内工作。一笑起来呢，眉毛下一双炯灼的大眼睛里，洋溢着谦和、智慧、幽默、豪放。

一个部队转业军官，在14年的高速交管工作中屡获殊荣，受到人民群众的爱戴和同事的尊重，没有故事，谁会相信？

道路上车流滚滚，货车缝隙中若隐若现的光线，透过警车前挡玻璃，像一只顽皮的花鹿，在苏毅的额头上摇曳多姿，红绿蓝三原色的光波交融叠加，幻化出七彩斑斓的光晕。

“寸心寄华年，思绪如长河，回首当以歌……”车载收音机里的声音清澈而豪壮，牵动了苏毅对过往岁月的感喟。是啊，匆匆流年仿如岁月变迁中渐渐褪去色彩的画卷，却在他的内心深处永不消散，只需轻轻拨动时光的竖轴，就会随着记忆徐徐展开。

时间回到 2010 年 5 月，这一天，对于军转干部苏毅而言，是情绪从云端跌落到尘埃里的一天。因为办理转业填表手续，苏毅到石家庄市某基层派出所开证明，其间与户籍民警简短聊了几句家常，就是这几句家常话，让苏毅感到了军转干部的失意和压力。

“这两年军转干部太多了，地方都不想要你们，年龄偏大而且专业又不对口。”此言一出，瞬间让苏毅“石化”。作为曾在单位执牛耳的营职主官，当面听到如此怪话，心里不免涌起黯然和伤感。没想到，甫一转身，部队获得的诸多荣誉、军中骄子的称谓，如蒲公英一样“噗”的一声烟消云散。

难道真像有人说的“辛辛苦苦混到营，回到地方等于零”？多年来与工作生活建立的豪迈链接，好像一股脑被扯断了。这种一脚踏空的失重感，很长时间，像云雾一样笼罩在他的脑海里，一种想法越来越强烈：提高社会对退役军人的尊崇度，不能单靠政策呵护，更要依靠自强不息！

回到家后，他谢绝了妻子精心准备的各类镜框，把曾经的戎装绶带、证章证书悄悄装箱，锁进衣柜，首先扛起了一名丈夫、父亲、儿子的责任，洗衣、清扫、买菜、做饭……

办完转业手续，苏毅来到河北省公安厅高速交警总队报到。面对新环境、新形势、新要求，苏毅颇有一种初进大观园的错觉，不敢轻易多说一句话，多行一步路，唯恐被人笑话了去，生怕言行差池，被当成没见过世面的刘姥姥，丢了军人的颜面。

“放下过去的一切，适应！像新兵一样适应！”他提醒自己，开始以一名新兵的心态去配合新领导、结识新同事、尝试新业务、学习新知识、适应新环境。

但真的能全都放下吗？军旅生涯早已刻入骨髓、淌进血脉，“见第一就争、见红旗就扛，使命高于生命、自律者更自由”的惯性思维，早已成为军人们共同的“肌肉记忆”。

25 年的时光倏然而过，往事不远不近，不离不弃，如同结绳记事上的一个个绳扣，清晰记录着丰饶的内涵，扩充着生命的容量，标注着精神的刻度。

想来，每个人原本是一张没有注解的白纸。对苏毅而言，如果说军营的绿色给了他激情，警营的蓝色给了他守护，那么心中一抹红色一直都是他的最爱。原色聚合，叠加变幻；原色分散，描摹装扮。他把生命的三原色当作底色，把饱蘸深情的年华当作画笔，在不断变化的人生历程中，描绘出一路缤纷绚烂。

上篇　激情的绿色

走进军营

“驾石飞梁尽一虹，苍龙惊蛰背磨空。”宋代诗人杜德源盛赞赵州桥，这里是苏毅的家乡河北赵县。1978年，苏毅出生于一个军人家庭，母亲慈爱有加，对苏毅呵护备至。父亲是中国人民解放军装甲兵技术学院的第一期学员，正营职转业军官。

苏毅家中墙上的镜框内，镶嵌着一张全家福。照片中的父亲穿着笔挺的军装，怀抱着五岁的苏毅。苏毅的小脑袋上戴着父亲的大檐帽，用细嫩的小手抚摸着父亲肩章上的“星星”。从那一刻起，军旅的种子就埋在了他幼小的心灵中。

在苏毅的印象中，父亲总是沉默寡言，很少训斥他。但苏毅从小就很怕父亲，那是一种不苟言笑的庄重严肃。上小学时，有一次上美术课，苏毅用蜡笔在女同学新买的白手帕上画画，被学校叫来了父亲。

“这张画里有您，有叔叔，也有长大后的我……”苏毅抬起头，眼神倔强地盯着父亲的手。原来，女生手帕上画的，一个是军人、一个是警察，笔迹虽然稚嫩，线条也很简单，但质朴天然，洋溢着童真童趣。

父亲的表情舒缓下来，手也从苏毅的头顶移开。他掏出两元钱放到了女同学的手上，而后笑眯眯地看着课桌上的手帕说：“画得挺像的，希望你将来成为画上的人。”说着，他把苏毅的“画作”折叠起来，板板正正地夹进了课本里。

如果说母亲和孩子是依恋关系，那么父亲和孩子就是激活关系。母亲给予孩子一个温暖的港湾，而父亲则用一种赋能的方式，让他勇于面向未来不断前行。父亲没有想到，苏毅记住了他的话，童年“画作”里的形象，日后会成为他努力成为的样子。

小学六年级时，苏毅参加了石家庄市组织的“华罗庚杯”数学大赛，获得第三名的殊荣，被石家庄一中提前录取。1997年的夏天高考时，他第一志愿报考了军队院校，却因三分之差与其失之交臂，被河北冶金学院录取。

大学录取通知书下来后，苏毅却高兴不起来。他翻出父亲珍藏在衣柜里的老式军装，穿到自己身上，在大衣柜镜子前晃来晃去。

“你想去当兵吗？大学不想上了？”父亲看出了他的心思。

“不想去了……”苏毅搓着衣襟，不敢抬头看父亲的眼睛。

“当兵可苦啊，不是一般人能承受的，到时后悔就来不及了。”父亲瞟了他一眼。

“我就是想当兵去！”苏毅坚定地说。

父亲坐在沙发上，陷入了长久的沉思。而后站了起来，拍拍他的肩膀说：“去吧，孩子，军营是所比大学更大的学校。”

征得父亲的同意后，苏毅高兴得手舞足蹈，一蹦三跳去报名了。经过体检、政审等一系列严格的程序，苏毅拿到了《入伍通知书》。而一位部队首长的突然造访，让他更加明白了父亲对他的严格。

那位首长就是他要去的部队的旅长，他没有想到，这么大的官居然来到了自己家！

“老领导，我刚好从北京开会回来，过来看看您。”苏毅这才知道，旅长曾是父亲的兵。

“听说小毅要去当兵，我查了一下，正好去我们旅，让他坐我的车去吧，到部队给我当勤务员……”

“不行！一个新兵坐旅长的车，尾巴

还不翘到天上！让他跟大家一样坐绿皮火车去！新训结束后把他分到班排，图舒服就不要去当兵！”本来还指望利用父亲的“关系”自己能得到照顾，没想到被浇了一盆冷水。

1997 年的冬天，苏毅身着橄榄绿走出家门，与其他新兵一起，迈上了新的征途，在部队当上了一名坦克兵。接下来，三个月的新训开始了，他吃到了从未有过的“苦”，也收获了受益终生的“补”。

两眼一睁，忙到熄灯，这是部队工作与生活的真实写照。刚入伍时，苏毅累得浑身骨头像散了架，浑身摔得青一块紫一块。受不了的时候，他也会躲在被窝里抹眼泪，也想回到节奏舒缓的大学校园，不愿再过这种苦日子。

不过，这样的念头往往会在每天早晨起床时烟消云散，嘹亮的集合号一响，他又会精神抖擞地投入训练。5 公里越野、长途拉练、紧急集合……

北风呼啸，别人执勤后在屋里取暖，他却在水房中关门脱衣洗冷水浴。别人在节假日休息，他却在雪地里练拳。

“别练了，太冷了。”战友经过时劝他。

“自古军旅多艰险，从来为武少安闲。来部队就是为了吃苦，不吃苦当不了好兵。”苏毅一本正经地回答。

“小苏，别练了。”旅长经过时也劝他回去休息。

“没事儿。”苏毅坚信，汗水也是一种洗礼，不汗湿几件衣服怎么证明自己刻苦练过，怎么证明自己曾经来过部队？

正是靠着对自己严格要求的这股子狠劲，苏毅成为同年入伍战友中的佼佼者。在军事大比武中，他获得 400 米障碍、徒手格斗、军体拳等多项科目的第一名。

是啊，吃苦这东西，怕是少有人喜欢它。然而事情就是这样，往往不喜欢的东西却偏偏有用，肯吃苦的人在经受磨炼中增强了毅力、勇气，增长了才干、智慧，在以后的人生路上就能受益于此。

严格规范的军营生活，与时间聚变反应，化合为一剂强心健体的“补药”，补充了苏毅的信念、品格和才能，强壮了他的自信心。新兵集训结束时，他荣获新训营嘉奖，从一名学生转变为合格的解放军战士。

铁甲雄浑

新训结束后，苏毅被分到素有“铁甲摇篮”之称的某部训练基地，开始了长达 8 个月的专业训练。

很多人对国庆阅兵长安街上威武霸气的坦克方阵记忆犹新，战士的眼神是那样炯炯放光，迸射出的坚定、自豪，像一团熊熊烈火感染着每一个人。

但人们不知道的是，“降服”坦克这么个“大家伙”可不是件容易的事，在上车之前，不仅要熟练背记无数专业知识，还要掌握专业战术操作技能。

坦克战术操作车组乘员分工各有侧重：车长一方面要观察战场形势，指挥驾驶员和炮手机动打击目标，另一方面还需要操作通讯导航设备，需要具备全面的理论知识和实践经验。驾驶员需要熟练掌握坦克复杂的传动和转向系统。炮手需要熟练运用火控设备精确命中目标，在颠簸行进中把握开炮时机。

当苏毅的许多同龄人还在为如何通过小轿车科目二、科目三等考试而烦恼的时候，苏毅已经在某坦克训练基地驾驶坦克三个月了，他能透过战车的潜望镜这个比汽车挡风玻璃小上数倍的视野越土岭、过壕沟，越水障、驰骋山林，成为一名指挥坦克的车长。

坦克是同他们并肩作战的战友，这个“钢铁兄弟”也会有“病倒”的时候。特别是在野外训练时，坦克兵们哪顾得上脏和累，毅然钻进满是泥土的坦克底盘，趴在温度高达40摄氏度以上的动力室上，全力抢救坦克。

每逢休息时，苏毅就“溜”进工程师的办公室，打水、收拾卫生、“套近乎”，拐弯抹角地请教坦克修理技术。工程师也喜欢这个懂事上进的新兵，时不时给他传授一些专业上的小诀窍。就是靠着这些小诀窍，苏毅在专业训练过程中，化解了多次险情。

1998年10月，部队正在进行实战演习。苏毅所在坦克的装填手已将炮弹放进炮膛，随着发射命令下达，炮弹瞬间命中目标。本来持续性的实弹射击如行云流水一般，哪知道，就在装填手再次将一枚炮弹塞进炮膛，炮手精准瞄准目标按下发射按钮时，往常那种震耳欲聋的声音却没有如期而至。炮手立即松开按钮，再按下一次，依旧没有动静。

苏毅的心里“咯噔”一下，立即检查炮膛，发现这枚装好引信的榴弹竟然卡在了炮膛内！要知道，炮弹底火此时已被撞击过，炮弹随时会发射，也可能随时在坦克内爆炸。这时，车内的温度已高达50摄氏度，如果这枚榴弹弹药超过临界温度，一旦爆炸，轻则炸毁炮管，重则车毁人亡！

苏毅让炮手将炮口放平，指挥车内人员撤离坦克。装填手的迷彩服瞬间被汗水湿透，负责击发的战友身体发软，不能动弹。苏毅迅速将他从战车上拖了出来。

怎么办？怎么办！苏毅急得直跺脚。

他突然对旁边一个战友说道：“快！去砍根树枝过来！”

战友以为自己听错了，关键时刻，砍树枝跟修坦克有什么关系？苏毅也不多解释，再次重复喊道：“快啊，去砍树枝！”

按苏毅的要求，战友们砍了一根大约3米长、与手腕一般粗细的树枝过来。只见苏毅用砍刀将树枝的一头劈成了个“十”字，随后他大声命令，附近所有人撤离到坦克车100米之外。

战友们这才大致猜到，苏毅竟然想用树枝把炮弹引信夹出来！这个做法实在是太冒险了，卡在炮膛里的榴弹随时可能爆炸，一个操作不慎随时会有生命危险！

苏毅深吸一口气，努力平复了一下心情，他将已经劈成“十”字形的树枝小心翼翼地伸入炮口。探到了炮弹后，他拿着树枝轻轻旋转，经过一番试探，竟奇迹般利用树枝缝隙将弹药引信夹了出来！险情成功排除，现场响起雷鸣般的掌声。

还有一次，苏毅参加实弹演练，由于炮手操作失误，一发炮弹从弹膛里呼啸而出，飞过一座高山，却落到了目标区域之外，比预想的距离远了很多。前方观察人员传来消息，炮弹陷进土里，却没有爆炸。

坦克炮弹爆炸的原理是这样的，击发引燃底火，底火推动膛内火药驱动，火药驱动发射弹头，弹头撞击物体，触发弹头引信爆炸。

当地有一些老百姓也在旁观训练过程，想等战士们走后去捡炮弹皮。如果他们不小心捡到了弹头，触碰到引信，后果将不堪设想。

“排长，我看了，炮弹落点处土壤松软，虽然扎在土里，但撞击引信的力量不足，引信尚未解锁，暂时不会有危险。让我去吧。”看着排长焦急的样子，苏毅请求道。

见苏毅胸有成竹，排长最终同意他去取弹头。

为防止老百姓和无关人员靠近，100多名学员以炮弹为中心围成一圈。苏毅蹲在弹头旁边，仔细观察，小心翼翼地轻轻移动它。终于，弹头安全地离开了泥土，像一个熟睡的婴儿，安静地躺在了他的怀里，现场爆发出一阵欢呼声。

付出换来了成长和回报，1998 年的冬天，苏毅以全优学员的身份毕业回到了原部队。不久，苏毅迎来了他人生中的重大转折——以优异的成绩考入重庆后勤工程学院油料管理专业，开启了人生新的征程。

粮草军官

油料作为现代化战争的“血液”，占后勤物资保障的 60% 以上，可以讲，油料供应就是保障战斗力。随着部队编制体制调整，大量新装备陆续列装，油料成为“铁马”最重要的“粮草”，触摸“战场血液”，跟随“备战脉动”，是每一个油料军官的必修课程。

“这是 92 号汽油，这是 95 号汽油，这是 0 号柴油……”在后勤工程学院同学们惊讶的目光下，蒙着双眼的苏毅轻松说出了放在桌上的油料名称和型号。

通常情况下，油料被封闭保存，通过气味辨识油料及其品质，是油料兵对油料进行初步质检的常用方法，更是油料兵判断是否存在油料泄漏隐患的必备技能。可油料气味难闻、管理风险较大，令不少人对这个岗位敬而远之。

“哪有人天生喜欢油料的气味？但我们作为一名油料军官，再难闻的味道，我们也要当成香味；再难啃的骨头，我们也能把它吃掉！”教员的话语铿锵有力。在日复一日的训练中，苏毅把油料当“香料”，练就了敏锐的嗅觉与辨识力。

随着军队实战化训练不断深入，车辆装备种类也越来越多，定期、定时加油的做法成为“老皇历”，不但油料的型号增多了，加油时间也不固定。而部队油料品种繁多、使用广泛、影响面大，且质量要求严格，油料的收发、储运和使用等任何一个环节管理不善，都可能导致质量下降或者引发事故，这些都对油料岗位提出了更高要求。

战场形势瞬息万变，给车队加油必须分秒必争，熟练掌握加油车的操作方法，这是一个油料兵的基本技能。为练好给车辆加注油料的本领，苏毅每天拿着 20 公斤重的加油枪来来回回穿梭在车辆之间。取枪、开盖、加注、收回，一整套动作下来，衣服湿了半截。

夏天的重庆是全国最炎热的城市之一，周末的午后，树上的蝉声聒噪，别人在树荫下休息，或是在室内打“双升”，苏毅却在训练场里利用废旧油枪练习加注油料，一练就是一下午，胳膊酸痛到拿不稳筷子、洗不了衣服，但仍咬牙坚持。

拿起油枪就能保障，发动车辆就能战斗，这是对油料兵的基本要求。有一次，在返营途中，天空突然下起大雨，苏毅冒雨给各车加油。回来后他便发起高烧，大家问他为什么要硬撑，他说：“我只是想完成任务，把每辆车的油都加满。”

努力的汗水没有白费，2003 年，苏毅以优异成绩从后勤工程学院毕业后被分配到某联勤分部，成为一名油料助理。

2004 年夏天，烈日当空，某训练基地尘土飞扬，一场红蓝对抗演练正在进行。数回合交锋后，红蓝双方进入相持阶段，战场呈现胶着态势。

苏毅带领一支野战油料分队机动到达预定区域，准备给执行完任务的装备补给油料。警卫人员核对信息后，受供部队车辆驶入部署点，分队队员立即展开补给保障。

“行军梯队部分战车燃油即将耗尽，请迅速前往实施油料补给！”

接到命令，苏毅又带领油料保障分队，满载油料赶赴指定补给地域。操作手奔向各自战位，打开各功能模块的舱门；机械操作手迅速打开阀门，油料瞬间充满一条条主油管。

“战场输血”顺利到位，战车很快“满血复活”，呼啸着奔赴前方战场。这种油料“即时配送”的靠前保障模式，让前线补给不足等问题迎刃而解。

“部队燃油耗尽，迅速实施油料补给！”接到红方增援力量的调拨请求后，苏毅轻点鼠标，油料保障单元库存信息以及配置位置跃然于屏幕，各种油品标准参数一目了然。

“迅速派 3 台油罐车至目标地域！”随着苏毅键盘敲击，一道油料保障指令传至保障小组。只见身披伪装篷布、隐身于红方攻击群队侧翼的油料运输车队，调头向增援力量方向驶去。油料很快补充完毕，红方增援力量迂回至蓝方背后，与正面进攻部队协同，对蓝方形成夹击之势，保障了红军始终占有优势。

演练后复盘，红方指挥员直言：“这次胜利的取得，油料保障分队功不可没，以前我总认为后勤兵拖拖拉拉，没想到靠前保障模式如此精准！”说着，指挥员对苏毅竖起了大拇指。

无照明油品识别、野战油库开设、油料装备抢修等科目作业先后上演……苏毅针对部队夜训增多的实际情况，提高微光条件下部队加油效率的课题也随之展开。苏毅根据装备远程机动“吃百家饭”的需要，加大远程机动演训力度，圆满保障了 7 次重大军事行动，受到各级领导的肯定，树立了后勤保障官兵的先锋形象。

“博士”转业

军校毕业后的第 5 年，苏毅当上了某分部油料保管队队长。如何带好队伍，帮助保管员系好油料管理的“第一粒扣子”，这是摆在苏毅案头第一个重要课题。

军需专业拥有丰富和生动的红色教育资源，对培塑战士的战斗精神，有着极大促进作用。让每一名保管员爱上油料专业，首先要解决的是认同感。他上任后，就给大家讲解油料在战争中的重要性，并回望我军后勤战线辉煌的战斗历程和发展脉络，很快，一本汇集油料战线先进事迹的《100 个油料红色故事集》诞生了。

苏毅并不满足在思想上的“灌输”，而是用实际行动把思想工作延伸到课堂之外。他主动向仓库党委请缨，协调各方积极支持，建成了原北京军区第一座油料博物馆。

一幅幅我军油料保障实战的老照片、一座座奖杯、一件件模型，展示了历代油料人辛勤耕耘的成果，和油料保障工作演进的历程，形象地诠释了油料人“特别能吃苦、特别能战斗、特别能奉献”的红色基因。

一拨拨领导和同事前来参观，这个博物馆成了后勤某分部文化建设的一块金字品牌。苏毅以我军油料保障历史教育战士们，深入研究油料保障技术，鼓励大家把所学专业转化并运用到向战、为战的实践之中。年底，他带领保管队参加了联勤保障部队油料保障业务技能比武，荣获集体第一名，荣立集体二等功，获得联勤保障部队“保障尖兵”称号。

熄灯号已过，战士们都进入了梦乡，苏毅还坐在办公室的台灯前。他结合近年演训实践，用半年时间编写了一部《联勤保障中心军需油料专业实战化训练指导手册》，一举填补了该领域的空白。分部组织集中宣讲及试训示教，厘清了官兵抓训思路，强化了组训能力。

“部队油料管理涉及哪几个环节?”军区首长到油料博物馆参观后问。

“包括油库（站）和使用者的加注、运输、存储和使用环节，需要工作人员根据油料的特点，进行科学管理……”苏毅对答如流。

“超期储存油料怎样处理?”首长又问。

“不宜继续储存的超期油料，应当及时安排计划，调出使用；暂时不能调出的，按照原化验期限的一半时间组织化验，发现问题及时上报……”

问得专业，答得精准。“你是问不倒的保管队长！油博士！”首长笑着竖起大拇指。

铁打的营盘流水的兵，每个穿上军装的人，都会面临转业与留队的选择和考验。听到上级明确转业指标后，苏毅的脑子里一直在想：这个人是谁？难道是我？不大可能呀？那谁符合条件……这些问题不停地出现在他的脑海里。从那一刻起，“转业”一词开始真正进入他的头脑。

接到转业通知后，苏毅把自己关进办公室，坐立不安，彻夜难眠。他拨通了爱人的手机，爱人倒是想得开：“转业又不是下岗，天塌不下来。回到地方同样是继续干事业，还可以给我们一个稳定的家，不好吗?”多少年来，他都在做别人的思想工作，没想到今天轮到自己被做思想工作了。

“让你转业我们很内疚，需要帮助的地方部队一定尽力。”仓库主任紧紧握住苏毅的手。

“放心领导，走和留都是为部队作贡献，我一定与全体转业干部一起，站好最后一班岗。”苏毅的回答铿锵有力。

当过兵的人总是会怀念军旅生活，因为他们把人生中最宝贵的青春献给了部队，把人生中最美好的记忆留在了部队。向军旗告别的仪式即将来临，他要穿得干净，更要穿得笔挺，让飒爽英姿始终展现在军旗下，给自己的军旅生涯画上圆满的句号。

他一个人走出营区，来到一家干洗店，平日熟悉的军装从袋子里慢慢取出，怎么突然感觉有些陌生了？他递出去的，好像不是一套衣服，而是从自己身上掉下来的血肉，有撕心裂肺般的疼痛。

在向军旗告别的仪式上，苏毅右手捂

在左胸深情地说道："新兵时我把军装穿在身上，今天我要脱下军装，但它已长在心上，融入血液，会相伴一生。或许很多事情都会忘记，唯一不能忘记的，是军人的荣耀。"短短的两句话，让台上台下的领导和同志产生了共鸣，战友们滚烫的泪水交融在一起，有不舍，有祝福，更有期盼。

中篇　守护的蓝色

归零前行

在部队时，苏毅离家只有30公里。转业后，单位在离家300公里之外。一切好像还在昨天，来不及伤怀感慨。一切又是全新的，踏浪人生的激越，终会被另一种需要重新开启，有一种不及顾盼的力量始终在催促他前行。

苏毅走进蓝色警营的第一站，是河北高速交警的标杆单位——涿州大队。站在指挥中心的大屏幕前，听着民警关于大数据形势下高速交管现代警务机制改革的介绍，屏幕上的画面像天书一样翻动。因为之前从未接触过交警这个行业，苏毅感到有些发蒙，曾怀疑自己选错了职业。

谁都会有失意的时候，区别在于短暂还是久长。能够达到人生一定高度的人，都是积极的，他们会根据情势的变化，定期补充精神之钙。

生活的压力也好，工作的不适应也罢，他相信，只要挺过来，人生就会豁然开朗。但这个转变既需要时间，还需要耐力，需要一点点开始、一点点适应、一点点擢升。一点点，常常被忽视、被抛弃。而一点点是一切的起点，一切的构成。事物的变化、人的成长、人类社会的存在与发展都与"一点点"分不开。

紧张的日常勤务工作，也让苏毅了解到警察与军人职业的相同之处和区别。军人是天天备战，在国家需要时能拉得出、冲得上、打得赢；警察是日日征战，在人民群众需要时第一时间出现，维护他们的安全与利益。从军人到警察，职能任务、岗位特点和编制序列都截然不同，目标却是一致的，就如誓词有差别，但含义是相通的。

苏毅的爱人小王是石家庄某高校的老师，对苏毅的学习精神感触很深，他们的一问一答，彰显出多年来苏毅对职业的执着追求。

"你在大学就学油料专业，现在当了队长，还没学够呀？"

"知识不温故就生疏了，要不断用新知识充实自己、改变自己呀。"

"你当个交警，不就是指挥指挥车，上路巡个逻吗，还用看书？"

"无论哪个行业，都有看得见和看不见的专业知识，不好好学习，怎么能胜任本职工作呢？"

"你们工作性质那么单一，用得着看这么多法律专业的书吗？"

"有一缸水才能灌注好一杯水，而灌注好一缸水，甚至需要一江水！"

执勤间隙背两条法律条文、睡觉前看

几页执勤规定、坐在警车上看几则心理学卡片……从事高速交警工作14年里，在琐碎而繁杂的日常工作中，他总能挤出时间提升自己。

他不仅学习与高速交管工作有关的知识，还虚心向身边的领导和同志学习，从支部班子建设到队伍教育管理与监督，从勤务室组织指挥巡查到路面一线执勤，从窗口规范服务到学校企业社区宣教，他都积极参与，很快就掌握了基层高速交通管理的程序规则和方法要求。

交通事故和酒后驾驶查处现场，他看到了当事人的焦虑和无助；货运企业司机宣教中，他感到他们对交通法律知识欠缺……他慢慢找到了警察这个职业的意义所在，感到了一名高速交警沉甸甸的责任。

“交警是与群众打交道最多的一个警种，必须努力做到心纯身正，以军人、警察‘双形象’展现在人民群众面前。”苏毅对职业的理解越来越深刻。

在执勤执法中，他多到群众中去，了解掌握第一手情况，协调解决群众最需要、最急盼的具体问题，努力从源头上消除安全隐患、规避安全风险，多为人民群众考虑。

他不能保证自己能成功活出自己想要的样子，但他能做到努力去活出自己想要的样子。学习和工作中，他丝毫不敢马虎，仔仔细细，兢兢业业。如果没有达到满意的状态，他就会觉得有愧于曾经的橄榄绿和今天的警察蓝。

昨天很长又很短，明天很远又很近，苏毅就像是一棵从军营移植到警营里的大树，在适应中成长，在幸福中感悟，在磨砺中蜕变，一点点向深处扎根。岁月刻画年轮，历风霜、经雨露，一圈圈向上向外生长，长成枝繁叶茂。

转业两年后，苏毅成为独当一面的业务能手，开始负责高速交警香河大队一个秩序中队的工作。而接下来的历次重大任务，才是他展示个人风采的重要时刻。

特殊使命

高速交警香河服务站号称北京的“东大门”，承担着过滤安全隐患的“桥头堡”功能。特殊的地理位置，赋予了高速交警香河大队特殊的使命。

“东临碣石，以观沧海，水何澹澹，山岛竦峙。”魏武帝曹操的《观沧海》，为秦皇岛这座旅游城市增加了浓郁的文化气息。秦皇岛市的滨海地带，是中国最壮美的自然景观之一，也是距离北京最近的海域。每年7月、8月，滨海方向进入旅游高峰期。高速公路以其单向性、全封闭、全立交、通行能力强等特点，成为很多人出行的首选，京哈高速公路高峰日流量经常冲至20万台，高位流量比设计流量8万台高出两倍多。

过滤安全隐患必然影响车辆通行速度，没有隐患排查，旅客安全就没有保障，面对这种“既卖矛、又卖盾”的难题，苏毅结合站区设置反复调整的难题，琢磨出“3565大流量”工作法，实现了车流高峰下隐患排查与便民服务的统一。仅2012年一个旅游高峰期下来，香河服务站就发放安检证10余万张，数量居全省服务站发证量的六分之一。河北省公安厅在香河召开现场会时，专门向全省推广他们的经验。

针对暴力犯罪人员实地作案和过境流

窜带来的现实危险，时任香河大队大队长蔡路强把这项艰巨的任务交给了苏毅。

苏毅结合多年安保经验，总结研究出培养民警“四个意识”、做好“三项准备”、把握“四个环节”的“434”工作法，并提出“三会八严查”防控战法，从发现、甄别，到处置、打赢，形成一整套处置体系，不仅得到了上级领导的充分肯定，而且在接下来的实际工作中，证明了这种方法的严谨和正确。

2014年7月，香河服务站发现一辆大巴车上有10名犯罪嫌疑人员，正在服务站值班的苏毅接报后，立即组织警力，将小组人员进行分工，指挥警戒组将重点人员稳控，身份核查组详细核对身份，检查组检查车上其他人员与行李情况。

因为平时经过严格训练，虽然民警第一次面对这种情况，但没有慌乱，排查工作有条不紊。由于嫌疑人数目众多，苏毅一边调集备勤民警增援，加强现场控制；一边准备好矿泉水、方便面等食物稳定局面，成功将嫌疑人稳控达36小时，为后续处置赢得了时间。

又一个意外情况出现了，大巴车上有3只大行李箱无人认领，苏毅的第一反应是，包内极有可能是爆炸物！

他紧急疏散周边群众，安排其他民警在外围设置警戒区，然后将行李箱移至安全地带。箱子被打开后发现，里面装满由塑料袋包裹的大麻，经称重为81.65公斤。

处置过程中，苏毅加强与上级公安机关对接沟通，核实犯罪嫌疑人身份，对侦破案件起到了促进作用。省公安厅领导专门到服务站慰问参战民警，说他们打了非常漂亮的一仗，向他们表示祝贺！此后不久，他们又查获6名犯罪嫌疑人员，苏毅荣立个人二等功。

从警以来，苏毅与中队战友一起，累计抓获网上逃犯50余人、其他违法人员70余人、涉毒人员7000余人。其他省、市兄弟单位纷纷到站考察学习，苏毅毫无保留地给他们介绍经验。

神秘“号码”

2014年的7月，京哈高速公路上透蓝的天空里，悬着火球似的太阳。如果将一枚生鸡蛋放到高速公路地面上，不到10分钟就能烤熟，掰开可以直接吃，一点儿溏心也没有。

高速公路香河警务站前方，苏毅正将通行车辆依次指挥进入安检区域。苏毅发现一辆吉林号牌的沃尔沃S90轿车，犹豫不决、走走停停，企图逃避民警检查。苏毅立即将该车前方的大型客车拦停，迫使它停车，然后疏导进安检通道。

在核查该车驾驶员行驶证时，中队民警发现行驶证无异常；进一步检查其前挡风玻璃下的VIN码，与车辆内部车架号也一致，没发现什么可疑之处。

“苏队，我看没有什么问题，可以放行了。”中队民警准备摆出放行的手势。

“稍等一下。”苏毅紧走几步来到车边。

“您先到检查站办理通行手续吧，车辆检查没有什么问题，我们替你开出车道，要不您还得从前面停车位置折返回来。”苏毅友善地对轿车司机说。

“谢谢警察同志，辛苦你们啊！”司机从车上下来，车辆仍保持发动状态。

司机刚走出两步，苏毅就用眼神示意身边两个民警尾随司机。民警搞不清楚苏毅要干什么，但他们相信，中队长这样做一定有他的道理。

苏毅把车开出安检车道，在前方出口旁停下后，站在车辆前挡风玻璃前，认真查看17位的车架号，眉头慢慢由紧锁变得舒展，可以确定了，这辆车是伪造车架号的盗抢车！

苏毅不敢用对讲机呼叫民警，怕司机听到后打草惊蛇。他向办证室方向望了一眼，准备用手机通知民警控制司机。这时，他突然看到司机从警务室惊慌地冲了出来，准备翻越高速公路护栏向护坡下逃跑。

司机知道自己暴露了，以打电话为由，摆脱民警的视线，趁机从办证室跑了出来。

苏毅见势不好，与那两个民警一起紧随其后，从三个方向包抄。司机玩命奔跑，苏毅追上去，一招漂亮的军体拳“挡击绊腿”便将嫌疑人掀翻在地，然后快速将其反剪双手擒获带回。

经进一步对车辆情况的反查，苏毅获取了该车真实信息，确定该车的真实号牌属于福建，并找到了该车的车主雷某。经电话与车主联系，证实该车于2009年6月在福建省上杭县被盗。

“神了，苏队！您怎么看出来的？给咱也说说呗！”中队民警问道。

“先值勤，下班后跟你们说。”苏毅笑着扬扬浓密的眉毛。

下班后，苏毅所在中队没有回大队休息，而是直接来到停车场。民警们看到被盗抢的沃尔沃S90轿车旁，还停着一辆宝马1系轿车。

苏毅指着沃尔沃S90大架号说：“不同品牌车架号打刻的数字和字母其实是有一定规律的，鉴定的时候主要抓住这个特点，就可以判断车架号的真伪。”

“那怎样鉴别呢?”中队民警你看看我，我看看你，最后目光全集中在苏毅的脸上。

“你们看，这两辆车大架号的‘1’和‘0’有什么特征，书写上有什么区别?”苏毅问道。

“都是17位数呀，好像没有什么区别……噢，我看出来了，宝马车上‘1’的书写下端没有横线、‘0’的书写比较圆润；而沃尔沃上1的书写下端有横线，且尾部要向上翘起，‘0’的书写也是四四方方……”

“是的，本该出现在宝马1系上的书写字体，却出现在了沃尔沃上，犯罪嫌疑人不能说不聪明，他知道17位车架号字符代表的含义，但他不了解不同品牌车架号的书写方式。我们分辨真伪，一定要结合车型来判断。”

接下来，苏毅还结合一些典型案例，给中队民警讲解各种车辆车架号鉴别真伪方法。

天上的云彩好像被太阳烤化了，消失得无影无踪，连蜻蜓都只敢贴着树荫处飞，怕阳光灼伤了自己的翅膀。汗水洇湿了民警们蓝色的警服，他们一个个变成了刚从水里凫上来的鸭子，抻着脖子，聚精会神地听，不时发出“啧啧”的赞叹声。

十多年的一线工作中，苏毅带领中队民警累计纠正各类交通违法4.8万余起，排除了大量安全隐患。由于工作成绩突出，他一次又一次戴上立功的绶带。欢欣的光晕如鲜花一样映照在他的脸上，也绽放在他的心里。在高速交管这片沃土上，他又一次找到属于自己的“根”、属于自己的“魂”。2021年6月，苏毅被任命为高速交警香河大队代理副大队长。

保障通行

2015年一个隆冬的早晨，廊坊地区普降大雪，风声尖啸，雪片纷纷横着往身上扑，吹得人眼睛生疼。

几天前，苏毅会同路政、运营管理等单位进行“一路三方”研判，近日大队所在区域及周边省份将出现大范围冰雪天气。按照上级要求，苏毅提前启动恶劣天气应对机制，协调路政、救援、养护工区、收费站等单位提前准备融雪物资，加大路面巡检频次，快速搜集沿线气象监测数据，时刻准备实施交通管控。

保证广大群众出行安全，不因恶劣天气导致车辆滞留而出现大面积拥堵情况，是摆在高速交警面前的一道必答题。虽然雪停了下来，但苏毅没有工夫欣赏雪景，而是从路上抓起一把雪，捏在手中，感受雪的硬度，判断路面情况。经综合研判并请示上级，苏毅决定采取警车压速带道的方式，护送因雪滞留的车辆通过辖区。

什么是警车压速带道？是指因浓雾、冰雪路面采取交通管制措施后，主线高速公路形成道路堵塞但具备基本通行条件时，高速交警在确保安全的条件下，组织警车在前方以压低车辆行驶速度的方式来确保车辆安全通行的一种办法。虽说下雪天路面湿滑、高速公路行车危险，但有警察在前面开道，群众会感到安全踏实。

9点30分，压车带道准时开始，苏毅快速钻进警车，与路政养护车辆一字排开。后方密密匝匝的社会车辆发动引擎，路面也跟着颤抖起来。浓烈的柴油味与汽油味搅和在一起，如当年在部队参加演习保障时的气氛一样紧张。

耳边似乎传来一曲气势磅礴的《装甲师战歌》，让他想起在基地当坦克车长参加阅兵时的情景，一辆辆战车嘶吼着进入演兵场，汇入滚滚铁甲洪流，雄浑壮观。而今冰天雪地、警灯闪烁，那一抹亮丽的荧光黄，让这个冬天不再冰冷。

前面的三辆警车压速行驶，后面的社会车辆逐次跟进，汹涌奔腾的车流，冲出了厚厚的雪障。1万多辆车，约3万司乘人员，被安全带入下一个大队辖区，那儿的警车接力带进。苏毅将车靠在路旁，与车上的战友相视一笑，长长地舒了口气。

“警察辛苦了，感谢你们!”车流中传来男人的声音，紧跟着一只只手从车窗中伸出来，将几包食品甩到了皮卡车后厢内，苏毅甚至连问一下他们姓名的时间都没有。

一股暖流在心中涌动，似乎要将这铺天盖地的大雪融化。雪片狠命亲吻他的嘴唇、鼻孔，堵得他喘不过气来。他向车流方向挥挥手，拿起车上的面包猛啃两口，淋漓畅快的感觉化成了脸上灿烂的笑容。

京哈高速河北段是中国气象局联合公安、交通运输等部门评选的108条恶劣天气高影响路段之一，特别是雨雪冰雾等恶劣天气下，每年封路时长达1200小时以上。也就是说，一年时间内，约有一个多月处在封路或者管制的状态，而苏毅经历的恶劣天气管控时间，就有一半以上。

对于企业经营者来讲，天气原因将导致通行费减少；对于司乘驾驶员来讲，京哈高速是从北京到东北最快捷的通道，绕行将带来时间、燃油等成本增加，出行体验感就会降低。

如何把香河段打造成准全天候通行路段，一直是香河检查站站长邢伟和苏毅关心的重大课题，他们经常与有关部门及经营方座谈交流，初步达成了系统架构，简称为“12345”方案。

实现准全天候通行，需要具备几个条件，一是气象问题，二是气象、公路、交警三方协同联动的机制问题。这个“12345”方案主要内容是，1个智慧高速基础底座，基于数字孪生的2个平台，AI、地图、数据3个中台，感知、边缘、管控、支撑4类设施，管控能力提升、通行效率提升、安全水平提高、通行费增收以及通行体验5类提升。

虽然目前此种模式还处在初步探索与建设阶段，但自2020年以来，随着部分科技设备的投入和智能化推进，京哈高速公路大幅度提升了通行能力，业主部门的收费额也有所增加。

情法相融

从警以来，让苏毅感到最难的事情，就是执法的自由裁量度问题。中国文化的千年传承，造就了老百姓心中理想的法律，是天理、国法和人情的三位一体。如果以“天”为彼岸，“人”为此岸，则“天理”架通了彼岸，“人情”架通了此岸，“国法”居中，连接两桥。

在这样的社会心理下，如果民警教条、机械地使用法律，往往会造成部分群众的质疑甚至是对抗。而只有尽可能把“援法断罪”和“执法原情”结合起来，才能达到教育与处罚相容相契。

苏毅说，他很喜欢英国作家克莱儿·麦克福尔的一句话：每个灵魂都是独特的，都有各自的美德和过错。是的，生命有不同的存在形式，只有看过了生命经历的苦难后，一个人的慈悲心才能从心底生长出来。警察多一些这样的慈悲心，才能提升执法质量，提高执法温度。

2021年7月15日，新的《行政处罚法》施行，给交警的执法带来了新的变化。作为负责法治工作的副大队长，苏毅请示时任站长邢伟，把原来位于大队门口的办案大厅搬到路面检查站。这样既节省警力，又方便群众。

2021年9月21日，陈某林驾驶山东牌照的小型轿车行驶至京哈高速沈阳方向44公里处时，因超速被香河大队民警查获，现场民警对其违法事实、处罚依据、救济途径进行了告知。陈某林说有急事去大连，因为第一次走京哈高速公路，对路况不熟悉，一时没注意就超速了，说着准备在处罚决定书上签字交罚款。

苏毅示意陈某林稍等一下，在调取车辆行驶轨迹、驾驶人违法记录等信息后，确定陈某林为“驾驶中型以上载客载货汽车、危险物品运输车辆以外的其他机动车行驶超过规定时速未达20%”的违法行为，符合“首违免罚”的条件，遂对其进行了普法教育，给予警告处理。当事人离开时，由衷地竖起大拇指，为河北高速交警点赞。

2022年1月20日，一辆河北号牌的轻型普通货车在京哈高速北京方向57公里处发生单方事故，香河大队执勤民警到达现场后，第一时间做好防护。经询问驾驶人，该车辆由唐山出发，运输蔬菜去往北京，途经此处时因操作不当致使车辆与高速护栏板发生刮擦。

经过核对，该车标准车货总重应为

4.5吨，而当事人提供的出货泵单显示，实际车货总重为4.8吨，存在轻微超载的违法行为。苏毅组织清障人员对事故现场进行清撤，向当事人指出其违法行为，当事人积极配合，对货物超载部分进行了转运。鉴于违法行为已现场消除，符合“首违免罚”条件，苏毅对当事人给予警告处理，不予处罚。

新法律执行之初，很多民警认为，对“一般违法首次警告”只是徒增工作量，没有达到实际处罚效果，因此在执行过程中带有抵触心理。苏毅耐心地跟执勤民警宣讲有关规定，分析社会环境和执法环境的变化，努力帮他们改变旧的执法理念，实现社会效果与法律效果相统一。

逾期案件成为执法的难点后，苏毅便用自己的手机逐一给当事人发信息催促，结果被当成了骗子。

委屈，会让有些人选择放弃，也会让有些人经历脱胎换骨般的成长，从而变得更加坚韧。苏毅说，只要经历过，耐心就会被拉长，就有了韧度，也就淡定从容了。

2019年夏天，一天津籍驾驶员未悬挂号牌被民警查获后，索性不要证件直接跑掉了。民警开具了违法处理通知书，案子被移交到苏毅手上。他迅速开展搜集、固定案件证据等工作，并多次打电话给当事人，可当事人就是不肯来。

一年过去了，突然有一天，当事人只身一人来到高速交警香河大队。他辩称自己从未到过河北，驾驶证肯定被别人冒用了，要求撤销其违法行为。苏毅给当事人一一复盘案件细节，劝说他迷途知返。他还年轻，要是因为一起简单的交通违法事件失去驾驶资格太不值了，当事人第二天就接受了处罚。

为违法驾驶人着想，快速办理案件，是一件易说难行的事情。每年7月、8月，是最忙碌的一段时光，随着重点违法查处力度加大，苏毅两个月办理各类案件1000余件，每天窗口都排满了群众，有的不吃饭也要等候，他看到这种情况后，着实有些心疼。

一起一般程序案件平时需要40分钟，他给自己加压，带领站内民警加快办案节奏，将时间压缩到20分钟之内。时常一整天连水都顾不上喝，嗓子喊哑了，胳膊累得酸痛不已，豆腐块般齐整的卷宗，摞起来竟比他人还要高。

2022年7月的一天，一名无证驾驶人被查。当事人是山东人，母亲在黑龙江探亲时去世，因着急上火，当事人不得已实施了无证驾驶行为。

当时工作时间已过，苏毅让民警打开窗口，加班为其办理。他安慰当事人道：“可能是你母亲不想让你用危险的状态去接她，她不放心，想让你慢一点儿。”一句暖心的语言，让50多岁的汉子泪如雨下，表示以后再也不会无证驾驶。

在执法过程中，有时候，警察一句发自肺腑安慰的话语，就能稀释很多矛盾。警察不能吝啬这样的温暖表达和行为方式。如果每个警察都能专注于群众的需要，用心做好每一件事，警民关系会越来越融洽。

道路交通安全管理的发展日新月异，要求交警对道路通行情况做到掌握及时，管控精准。随着科技力量的大力投入，对民警协调道路设施设置也提出了新的要求。

苏毅对上级新设的科技设施、新配的

科技装备进行统计，对相关设置规范进行学习，协调施工单位、业主部门增设各类标志标牌标线20余处。如今，香河大队辖区内标线清晰、标志规范、提示醒目，通行秩序得到全面提升。

每逢暑期旅游高峰期，京哈高速河北段车流量激增，香河大队作为京哈高速入省第一站，担负着分流限行车辆的任务。为达到精准分流的目的，提升工作效率，减少货车运营成本，苏毅与北京警方积极沟通协商，讲明限行的必要性，赢得北京警方的理解和支持。

北京警方在京哈高速首都辖区内设置限行提示牌3处，提示限行车辆绕行。他在香河大队辖区设置提示牌6处，不间断提示驾驶人避免驶入限行区域。

为保证驾驶人在夜间、雨雪雾等能见度低的情况下辨识限行提示，他还在辖区内利用LED电子显示屏进行提示，并采取一系列措施，使误入限行路段的车辆数量大幅减少。

进入高速交警队伍以来，苏毅共排除各类影响交通安全的隐患100余处，处理各类交通事故1000余起，没有一起案件被行政复议或撤销。

难怪，隔三岔五就有人走进警务站问："苏队长在吗？我没事，就是路过这儿顺道来看看你。"苏毅乐呵呵地给来人递上一支烟，或倒上一杯水，聊上几句家常。

暖融融的氛围缭绕在警徽上，洋溢在亲切的笑声里，平日里严肃刻板的警务站，成了司机们消解疲累、缓冲劳顿的旅途驿站。

"我们不能因为自己生命渺小，而放弃对其他生命的托举与责任，尤其是放弃自身生命演进的真诚、韧性与耐力。我们可能永远做不成惊天动地的大事儿，但我们在平凡生活中的行进姿态，在我看来，是有着某种不容忽视的庄严感的。"

拯度亿流，弥历长远，苏毅对公安执法工作的理解达到了一定境界。2022年3月，他荣获河北省"百姓心中好交警"荣誉称号。6月，被河北省公安厅高速交警总队任命为香河大队副科级中队长，代理副大队长。

下篇　忠诚的红色

举起担架

随着采访的深入，从他的言谈中，总能感到一种朴素精纯的内心秩序。这种秩序不是以沉寂守静的方式，对现实采取厌离和弃绝；也不是用自私用智的方式，通过概念思考、逻辑推理去认识现实世界。而是依靠直接体悟，就能完成内在的行动和精神的转化，形成对集体对职业的正向思维。

聊起哪本著作对他的影响较大，他说是《红岩》，也是因为《红岩》这本书才选择去参军入伍的。苏毅脸上泛着红光，骄傲地说："咱们既是警察，也曾是兵……"

内敛而深沉的表达里，积淀着对国家、对职业朴素的热爱。很多人总在穷究存在的意义，也在询问自己和这世界存在意义的关联，但总是究而不得。其实，把正心诚意做好事情作为生活的动力之源，才是安放心灵最好的回答。

看惯了有些人对物质和金钱的崇拜，把自身快乐、幸福、成功交予社会和他人定义，再听苏毅说出的这句话，着实让人惊叹了！当过兵的人，他们理解的忠诚，既不是一种外在强加的规范，也不是一种基于尊卑等级秩序的无条件服从，而是一个人对自身职责的忠实履行，以及对心中道德法规的敬畏和坚守。

2017年7月的一天，京哈高速公路潮白河的桥下，白丝带似的河流在阳光下波光粼粼，闪着点点金光，河床岩石连片，光洁如玉。

“我不活了!”在父母、舅舅惊诧的目光中，小李跃过护栏，向桥下跳去。可是，小李的判断出了问题，没有跳进水里，而是跳到了河床的硬地上，导致双腿骨折，动弹不得。

小李的亲人慌了神，立即找路下坡，查看小李的伤势。那时，小李已经不省人事，虽然身上没有明显外伤，但左小腿部异位。因为事发地地处偏僻，父母赶紧打电话报警求助。

起因很简单，一家人出去旅游，舅舅驾车，刚毕业的大学生小李坐在副驾驶位置，小李的父母坐在后排。行至京哈高速香河段的一座桥上时，因为找对象成家的问题，小李与父母发生了激烈争吵。小李让舅舅停车，舅舅没停稳，他就气呼呼地从车上跑了出来。

“我们都是为你好!”父母没有体察到时代的变化，不能理解青年人的生活方式，也预判不到即将发生的危险，依然固执己见。

“你们都是老古董!”年轻人不了解上代人的生活背景，隔阂和误解长期累积，终于在这个时候爆发。

伤者家属没有什么急救常识，待在原地干着急。苏毅赶到后，让他们不要挪动伤者。待120急救车赶到，医生对伤者做了检查和初步处理。

接下来要面对的问题很棘手，通向高速公路的护坡上有条100多个台阶的小路，与路面的夹角达60度，上面还附着一些细碎沙石，很滑。

苏毅与急救医生、伤者亲属等人合力才将伤者小心抬上担架，他主动要求在后面抬，承担担架的大部分重量。

担架上的小李20岁左右，有180厘米的样子，身体肥胖，高一声低一声地呻吟，压得担架“吱吱”直响。苏毅解下腰带将其固定在担架上，以防伤者侧翻造成二次伤害。

从坡底到路面救护车的位置只有100多米，可苏毅他们每隔五六步就要休息一次，汗水从头上、额上滴滴答答地落到台阶上，瞬间被蒸发掉。

救护车刚一启动，苏毅便瘫坐到了地上，大口喘气。这时他才发现，自己的双臂在不停地颤抖，连拿水杯的力气都没有了。伤者的亲属赶紧旋开矿泉水，将瓶口“喂”到苏毅的嘴边。

经医院检查，小李的腰部、腿部、脚部等多处出现骨折，受伤的小腿还出现缺血性坏死。所幸送医及时，如果再晚一些送到医院，就会危及生命。

一个月后，小李伤势稳定了，他特意制作了一面印有“忠于职守勇敢无畏，一心为民救人一命”的锦旗和一封感谢信，送到河北高速交警香河大队，向苏毅等民警表示感谢。

“一定要注意摒弃先入为主的心态，理性认知，赋予上下代同等的话语权，充分沟通，才能完成代际认识……”苏毅运用心理学知识，嘱咐小李父母加强与孩子的沟通。

救助被刮倒的流浪人员，嘱咐翻车后感受不到右侧肋骨断裂的司机尽快就医，把赴北京接孩子发生交通事故的夫妻送到医院，“破窗”拉出突然发病的大货车司机，把“头抱就酒”准备轻生的女子“拽”到警车上……从警10多年来，光经他手救助的群众就达2000余人次。

日子黑黑白白，岁月匆匆忙忙，往事还闪烁在苏毅的目光里，挥洒在他的手势上。没有悲悲戚戚，尽是浩浩荡荡。

治本之策

2017年8月的一天，一辆核载7人的冀B牌照依维柯小客车驶入检查站，实载14人，超员达100%。奇葩的是，当苏毅打开车门时，看到的是上下两层设计，不仅可拉货、可拉人，而且可躺、可卧、可坐。这种改装虽然设计理念不错，但安全系数极低，一旦发生交通事故，就会车毁人亡。

“你这是辆卧铺小火车啊!”苏毅现场忍不住一句惊呼。该案例经河北高速交警廊坊支队官方微博发布后，一度成为河北年度最受关注的微博，浏览量超过100万次，点赞达1482次。

粉丝纷纷评论——

交警语气严肃又不失礼貌，有理有据，点赞!

太危险啦，多亏交警及时发现纠正，赞一个!

真有胆大的，坐车的人感觉是享受，一旦出事后悔莫及!

多罚点儿!罚得太轻了!出了事故就是大事!

对交通违法行为实施处罚，只是一种手段，不是最终的目的。处罚是要让所有道路交通参与者深刻认识到违法行为的危害，从而自觉遵守交通法规，共同搞好交通秩序。而治本之策则是搞好宣传，广而告之，提升广大人民群众的安全意识。

苏毅在严格执法的同时，注重当好法律的宣传员、安全的教育员、出行的提示员。他常用暖人心的问候和耐心的解释，拉近与被处罚者之间的距离，化解他们的抵触情绪，同时激发他们的自主能力，树立安全意识，增强安全责任。

苏毅日常还有一项重要工作，就是为一线民警执法梳理法律法条，答疑解惑。每遇重大执法活动，他都会研究执法重点，捋清适用法条，对一线执勤民警进行普法，争取每一个执法行为都让当事人心服口服。

采访中，正赶上高速交警香河大队的一堂法治课。随着苏毅深入浅出的讲解，全体民警时而惊讶，时而紧张，时而眉头紧锁，时而笑逐颜开。大家能看到的，是他课程编排的活色生香；看不到的，是他夜深时还在查资料、做链接的灯火长明。

给民警上完课后，他又准备教案教具，走进了香河县第一小学，开展法治宣传。为了让孩子们加深印象，每次课他都会提前做准备，精选卡通图片、与交通安全知识有关的动画片做成PPT，通过看图提问的方式，引导学生们熟知熟记交通安全标志和标线，并现场展开互动问答。

学校课堂上，孩子们的眼神纯净得像一片海洋，苏毅就在这片海的中央。安全宣传要从孩子抓起，近年来，苏毅主动联系大队驻地教育部门，开展了100多场校队法治共建活动。

小朋友们踊跃举手发言，现场氛围热烈。他告诉孩子们，不仅要做好家里的交通安全监督员，而且要养成良好的交通安全习惯。“遵纪守法的意识一旦在孩子们心里扎下根，就一定会带动整个家庭，进而带动整个社会遵循。”他对宣传的认识很有深度。

辖区一起行人上高速的亡人事故引起了苏毅的重视，事故起因是老人上高速拾荒，司机躲闪不及发生惨剧。经过调查，他发现辖区内时常会有老人进来拾荒，这样做安全隐患巨大，于是协调物业部门迅速修复了被人撕破的防护网，并加强巡逻密度，加强防护网监管力度，辖区再无行人上来。

那些年，由于老人使用智能手机相对较少，各种新媒体的宣传老人们几乎看不到，唯有面对面地讲，老人们才能接受。于是，苏毅联合同事们走进辖区高速附近的村庄，面对面进行安全宣传，尤其对那些拾荒老人进行重点宣传。每次，只要苏毅和同事们一走进村子，村民们都会笑着跟他打招呼：“苏队，又来搞宣传了，放心吧，我们听话着呢。”

2021年5月，一起无证驾驶并使用伪造驾驶证的违法行为被查获，当事人必须处以拘留处罚。案件办理中，苏毅了解到，当事人是因为着急回家看望生病的母亲才冒风险的。他平时生活非常拮据，只住得起20元一天的旅店。于是，苏毅急忙跑到食堂拿来饭菜给当事人，并将其家庭困难和认错态度积极等情况向领导汇报，主动为其“讲情”，申请酌情缩短拘留时间。

2022年8月，因为科技系统故障，同一违法行为对当事人两次记分处罚，当事人A2驾驶证被记满12分，既要失去驾驶资格，又要面临下岗失业。苏毅立即向上级申请撤销报告，又动用私人关系催办，终于赶在当事人出车前把问题解决。

灵活机动的执法方式，收到了良好的效果，大队辖区违法行为和交通事故数量连年下降，通行秩序得到根本改善。2022年，大队辖区交通事故实现零死亡，这是高速交警香河大队建队20年来的第一次。

蛋挞飘香

蛋挞刚出炉，颜色黄灿灿，外壳酥松松，中间嫩滑滑，捧在手心，轻轻咬下一块，齿间传来轻微的“咔嚓”声，爆浆盈满味蕾，那真叫一个酸甜香爽!

这里不是蛋糕房，而是学校。做出美味蛋挞的人，不是糕点师傅，而是一名叫苏毅的警察。这是他回石家庄休假时，应女儿学校的邀请，参加小学开放日的情景。小朋友品尝着美味的蛋挞，对苏毅的闺女竖起大拇指：“你爸爸真厉害!”

“那当然了，我爸是警察，干什么都是好样的!”骄傲的笑容绽放在她的小脸上。

目前，河北省已实现县县通高速公路，总通车里程已达8000多公里，居全国第四。燕赵大地，巨龙纵横，高速公路需要高速交警日夜守护，才能保障安全畅通。这样的工作性质，决定了很多高速交警会与家人两地分居，过着现代版的“牛郎织女”生活。

琐碎而又漫长的分居生活里，他们的爱人习惯了一个人处理各种家庭琐事，比如换灯泡、修水管、装家具……这些适合男人们干的活儿她们早已驾轻就熟。

苏毅非常理解家人的不易，所以每次回家倒休，他很少出去应酬，主动承担起了做饭、接送孩子上下学等一应事务。他还练就一手好厨艺，最拿手的是一道“水煮鸡”，那是大队厨师传授的绝活儿。家里来客人，都是苏毅张罗饭菜，努力去弥补对爱人、对孩子、对老人的亏欠。虽然一家人聚少离多是常态，但相聚的幸福足够让一家人幸福满满。

“脱掉警服，他只是我的爸爸，守护着我们的家。和许许多多的人一样，假日里他也喜欢自拍、旅行，喜欢和家人在一起……”

学校小朋友写的作文里，别人都写妈妈，苏毅的闺女却写爸爸，说苏毅像《西游记》里的“唐僧”，不说大话，永远微笑，相信世界上没有坏人，相信遇到的都是好人，就算知道是坏人，也相信坏人会变好。

高速交警的眼睛里不光有违法行为的查处，也有孩子的笑、亲人的梦。警察的心胸里不光有云水情怀，还有父母的呼唤、爱人的心跳。人们的脚步匆匆，在这千千万万的脚步中，还有这样一种脚步，特别是重大节日或特殊时期，他们离开家门“逆流而行”。

2019 年暑假刚刚开始，京哈高速公路车辆大幅增加，周末车流高峰不断刷新记录。此时苏毅得知，家中爱人与两个孩子都发着高烧，一连几天没有好转迹象、同志们纷纷劝他回家看一看，大队第一时间批准了假期。

“警校学员刚来，各项业务还不熟练，这么多人仅有几名民警带不过来……”每天工作之余打开视频，苏毅与妻子儿女聊天时安慰他们，用这种特殊的方式与他们同在。

2020 年初，突如其来的新冠疫情打破了人们平静的生活，大年三十的爆竹声就要响起，刚包好的饺子就要下锅，与家人的聊天还没有开始，苏毅却接到返队启动疫情防控检查的任务。

短暂的沉默后，他又一次收拾行装。擦去孩子的泪珠，拍拍父母的肩头，再抱一下仍在忙碌的爱人，转身的刹那，他的嘴唇微微颤动，说道：“等我回来再陪你们过年。”

“小区被封控了，小区里还住着孩子的爷爷、奶奶，家里还什么都没准备，我完全慌了阵脚，不顾一切地给他打电话，告诉他我很害怕，孩子们也很害怕，家里需要他！”苏毅的爱人小王想起当时的情景，还有些后怕。

电话那头沉默良久，有嗫嚅声传来：“小区如果封了，那我回来了就出不去了，单位里的事情怎么办？我不能回来，不能关在里面，你在家里照顾好爸妈，带好孩子，你放心，我会……”爱人听后，生气地挂断电话，心中全是委屈、无助与无奈。

苏毅理解爱人的心情，疫情肆虐的那段时间内，他与家里联系的次数明显增多，时不时地问问家里缺什么，爸妈孩子身体好吗……50 天后，他拖着疲惫的身体回到了家中。

小王原本很生气，不想搭理他，但看

到苏毅双眼布满血丝、面容憔悴，她的坏情绪一瞬间纾解，抱怨变成了心疼。

“我看到他，就拥有了安全感和幸福感。其实，他们也挺不容易的，不信你问问大队的每一位战友，谁家没有困难？他做了他能做的一切，我理解他，心里也知足了！”

说起父母，苏毅的眼圈有些发红。有一次，他陪父亲到医院做胃镜，当父亲走进检查室的一刹那，走廊上的苏毅猛然发现父亲的面容上布满了皱纹，如同缓缓流淌的沙斗，那样无力，那样憔悴。“我没有想到，往日里自己惧怕的父亲，生活已将他变成了老人，我在心里默念：我们真的长大了，父母真的老了。真希望陪着你们，慢慢走啊！”

危险时刻

交警是一项集高污染、高危险、高压力于一身的职业。最近几年，交警在执法时遭遇违法者逃避处罚、暴力抗法、强行闯关甚至行凶报复的情况屡有发生，不少交警因此受伤，甚至牺牲生命。

据媒体公开报道的数据显示，2018 年至 2022 年，全国因公牺牲的公安民警为 2204 人，其中，交警为 243 人，占 11%。

高速交警作为交警队伍中的特殊群体，更是危险。从警察伤亡率看，高速交警已经超过刑警、缉毒警，成为最危险的警种。河北高速总队自建队以来，先后有 20 多名民警血染尘沙，牺牲在高速路上。

2018 年的暑期，一辆小轿车驶入香河警务站，警校学员小张经过系统查询，发现司机是一名吸毒人员。一时的兴奋代替了安全意识，他没有让司机熄火，没有对他严格搜身，而是快步接近他。

隔着窗玻璃，苏毅发现，车内的人有一个弯腰前探的动作，立刻引起了他的警觉。

“等等！你不要命了！”苏毅厉声呵斥小张，小张的表情一下僵在了稚嫩的脸庞上。

苏毅没有理会小张，而是快速站到距离驾驶位置仅 1 米左右的侧后方，紧盯着嫌疑人的一举一动：“不要做任何多余动作，将车熄火，降下车窗，把车钥匙扔出来！双手抱头，出来！”

在苏毅严厉的威慑下，司机把已经放到脚垫下的手缩了回来。按照苏毅的要求，司机刚走出车外，就被小张迅速控制。苏毅钻到车内，对车内物品展开搜查。当小张看到苏毅从脚垫下搜出一把尖刀和一支毒品注射针管时，惊出一身冷汗。

“培训时怎么给你们说的，光想着立功了，安全意识到哪里去了？”苏毅狠狠地训斥小张。

2017 年 5 月，辖区发生一起交通事故，一辆货车的盘条撒落一地。苏毅正在组织民警封路，准备勘查事故现场。旁边一辆车呼啸而过，车后轮压上盘条后，盘条快速移位，一根条丝抽到苏毅的小腿上，打出一条血口，苏毅的裤子瞬间被血浸透。

2018 年 8 月末，日头火辣辣的，仿佛一面明亮的镜子悬挂在高速公路上空。货车如移动山岳，小车如江中之鲫，平时日均 8 万辆容量，现在已创新的高峰，达 20 万辆。两辆小车在前方发生追尾，需要紧急实施交通管控。

苏毅从皮卡车上拿出反光桶，对着来车方向，在车流中开始摆放。苏毅判断，左侧车道的一辆小车应在摆桶前通过，就径直走去。但左侧小车司机看到前方有警察，有意放慢了车速。而第二条车道的货车司机认为，警察能够站到左侧车道，仍然保持正常车速疾驰而来。两车之间的横风吹飞了苏毅头顶的警帽，苏毅的身体剧烈地抖动，险些被夹在两车中间。

2015 年的夏天，苏毅正在检查站疏导岗执勤，突然一辆小客车加速向他驶来。苏毅紧急躲闪，小客车贴着身侧不到 20 厘米冲过，撞到了前方的立柱上。

苏毅快速跑到车旁，本想狠狠地训斥一顿司机，但当他看到红色的液体慢慢从车上流到地上，就心软了下来。毕竟救人是当下最要紧的事情。

五个学生模样的男女从车内慢慢钻了出来，只是受了轻微伤。地上的红色液体是发动机撞坏后漏出的防冻液。他们是从石家庄看完演唱会赶回秦皇岛的朋友，由于驾驶员取得驾照时间不长，操作不熟练，误把油门当成了刹车……

"当兵时抢救坦克、抗洪抢险，当交警时抢救伤员，遇到过很多次危险，都被我'侥幸'躲过……"

虽然转业 14 年了，但部队的经历仍然深刻影响着苏毅的品格。军人不会用金钱去衡量存在的价值，不会用冥想去求证生命的意义，不会用清谈狂论去寻找精神的支撑，他们习惯了用行动去呵护尊严和荣光，从而获得战胜世俗的力量。

那段激情的岁月让他们懂得，无论面对什么，哪怕是生死临界，也要努力去做好属于自己的事情。因为不是所有的事情都是想好了、想通了才去做，很多时候，还没有完全理解，就要努力开始。如果等到所有情境都呈现无遗，等到结束才去做，一切就真来不及了。

从警 14 年来，苏毅与高速交警香河大队一同成长，他们被共青团中央授予第 20 届"全国青年文明号"，被公安部授予"优秀公安基层单位"称号，荣立集体一等功 3 次、集体二等功 1 次，被河北省委、省政府授予"冬奥、冬残奥安保先进集体"，被河北省总工会授予"河北省工人先锋号"称号。2022 年 5 月，苏毅迎来了人生的高光时刻——荣获"全国优秀人民警察"荣誉称号。

高速交警香河大队和苏毅获得的证章上的每一个字，都像一粒粒熠熠闪亮的金子，深情记录着苏毅和这个团队一起走过的平凡而闪耀的岁月。

……

山川染七彩，草木皆含情，警车仿佛穿行在五彩斑斓的画廊中：绿色蓬勃，树影摇曳，拔地飞扬；蓝色通透，深邃宁静，包容万物；红色鲜艳，从一而终，夺目耀眼，让人心旷神怡。高速公路是美丽的，美在逢山开路，遇水搭桥；美在连接平原山海，联通四面八方；美在连接着过往的司乘人员，也连接着每位高速交警的心。

哦，生活中的美景原本就在苍茫的人世里，抛却世俗的傲慢与浮躁，视人犹己，视国如家，将漫长的日子填充，纵然渺小如一株草木、一粒尘埃，亦能彻悟人生的主题，赢得生活的回馈。

他们来自五湖四海，曾是边疆海岛的守护者、大漠长空的捍卫者、国家和人民利益的守护者……他们就是退役军人。据权威部门统计，我国现有退役军人 5700 多万，并以每年几十万的速度递增。在河北高速交警总队这支 3500 人的队伍中，军转干部占到三成以上。

无论是身处上级机关的指挥调度者，还是扎根基层一线的巡逻者；不论是技术骨干，还是勤务保障的管理者，他们从融入军队行列的那一天起，就记住了一个朴实的道理：默默奉献，无悔担当。

从军装到警服，从子弟兵到警察，苏毅和所有军转民警一样，他们将军队特有的基因融入血脉里，作风不散、标准不降、忠诚不移，用自己的躬身实践，在新的岗位上诠释着曾是一名共和国军人的骄傲与荣光。

（文中部分人员为化名）

合格的和最优秀

——记吉林省特级优秀人民警察李洪俊

戎　禹

引　子

从敦银村镇银行走访回来，李洪俊把车一头扎进靠门最近的车位里，来不及再做调整，便推开车门向电梯口走去。他感到明显的心慌，按电梯的手指有些颤抖，额头上止不住地冒虚汗。他靠在电梯厢门，刻意控制着身体，不让它产生剧烈运动。

路过支队政委办公室门前的时候他没有进去，尽管政委之前给他打电话说，有重要的事要研究。副支队长孙绍飞看到他，老远跑过来想跟他汇报些什么，却被他伸手制止了。

他径直来到办公桌前，左手五指蜷拢，抵着桌面，右手掏出手机，打开一款软件，把它贴在左肩膀处，屏幕上立即显示“2.5”，红色背景让人心悸。李洪俊拿过笔记本电脑旁的阿尔卑斯奶糖，取出一块放进嘴里，这才缓缓地坐到办公椅上。

由于胰脏功能几乎丧失，李洪俊的左肩膀上装着动态血糖仪——一个半径一厘米左右的白色圆形仪器，就像科幻电影里的机械蜘蛛，把六只钢爪深深地嵌入李洪俊的皮肉。对他来说，夏天要格外注意清洁消毒，防止汗液滋生细菌，导致皮肤红肿发炎。仪器通过蓝牙连接手机，可以自动监测血糖值，紧急时刻也可以把手机贴上去，主动检测。

“这么低！有问题给我打电话啊，这都有生命危险了。”孙绍飞看了一眼李洪俊手机上的血糖值说。

李洪俊很想开口说话，可是尝试了几次都不能准确地表达自己的意思，他知道，这是低血糖状态下，脑细胞迅速死亡而影响了脑功能，真是一种让人难受的状态。最后，他只好举起手里的阿尔卑斯奶糖，示意自己没事了。

“李理跑到加拿大去了，就是担保公司那个。”孙绍飞有些心疼地看着自己的支队长，自己从2012年就跟着他工作，这个办过不知道多少重大复杂经济案件的四平市公安局经侦支队长，此刻居然不能清楚地说出心里的话了。

李洪俊点点头，调整了一下状态，好不容易说了句：“查跟他有往来的金融机构。”

“查清每笔资金的往来、担保物的真实情况，还有他名下的财产。”看到李洪俊还在努力尝试事无巨细地交代，孙绍飞接过他的话，补充道。

李洪俊再次笑着点点头，看着转身离开的孙绍飞，感叹年轻真好，当年“4·08”专案时，自己也是这样，总有使不完的劲儿。

41 个贪婪的幽灵

2012 年到 2013 年间，双辽市涌入大量外地“商人”，这些人利用当地政府招商引资的优惠政策，在工商部门快速注册多家公司，并顺利在税务部门取得一般纳税人资格。公司短则经营三个月，长则大半年，便注销登记。当时，那些夹着皮包、出手阔绰、整天游走于政府各个部门间的公司“负责人”，一夜的工夫突然就消失得无影无踪。

2013 年 4 月，吉林省国家税务局稽查局在对经营煤炭、铁精粉的经销公司进行专项检查时才发现，这些外地“商人”成立的公司，实际是在从事虚开增值税专用发票的犯罪勾当，仅仅一年左右的时间，双辽市 41 户企业虚开增值税专用发票 18326 份，总计金额达 99.7 亿元，税额 17 亿元。10 月，四平市公安局抽调精干警力成立“4·08”特大虚开增值税专用发票案四平专案组，李洪俊担任副组长，负责案件的侦破工作。

常言道：“跑得了和尚，跑不了庙。”但是这回，是跑得了庙，却跑不了和尚。既然这些公司是在当地注册并取得纳税人资格的，那么公司的法定代表人和财务负责人就一定能找到。

李洪俊立即组织人员对 41 家公司的税务登记证、企业法人营业执照等信息进行核查。同时，对工商局和税务局的工作人员进行询问，努力搜集更多的线索。

“我们业务量很大，每天人来人往的，根本记不清这些人。”一开始，李洪俊得到的答复多是这样的。

“有没有一个人注册多家公司或者有人冒用他人身份来办理业务的情况？”李洪俊继续问。

“应该不会吧，我们都要求本人持有效证件才能受理业务。”被询问的人回答得有板有眼。

事实却是，这些公司的法人大多是虚假身份，也确实运用了不法手段。为进一步查清线索、固定证据，李洪俊只能带着大家一遍又一遍地把 41 家公司的信息进行反复甄别。每次经过一夜的奋战，看到黎明的曙光，他都希望能在真真假假的迷局中找到一丝破绽。

王晓龙，内蒙古通辽市人。何家伟，内蒙古卓资县人。这是李洪俊在大量公司资料中筛查出来的、真实性最高的两条人员身份信息。王晓龙是双辽市顺安矿产有限公司的法定代表人，何家伟是王晓龙公司财务负责人。该公司于 2012 年 3 月 1 日成立，同年 6 月 7 日就在工商局办理公司注销登记。短短三个月内，以油类产品为进项，后以煤和铁精粉为销项向外地开具增值税专用发票 725 份，金额达 3.5 亿元，销项税额为 6101.4 万元——进项和销项明显对应不上，其中必然有问题。可是公司注销后，经营人便从双辽市消失了，音信全无。

“2012 年 3 月到 6 月，你在什么地方？”李洪俊找到王晓龙的经历可谓千辛万苦，然而，坐在讯问室里的王晓龙却表现出满脸疑惑、一问三不知的模样。

表情并不能说明什么，李洪俊知道，经济案件犯罪嫌疑人的厉害之处在于，他们擅长伪装表情，摆出道貌岸然、貌似坦诚的态度。

“我在家啊！”

“你的家在什么地方？”

“通辽啊！”王晓龙不耐烦地回答。

“你有没有去过双辽？”

“双辽在哪儿？”

“双辽市顺安矿产有限公司不是你的公司？”李洪俊决定不绕弯子，开门见山。

“什么矿产公司？我都不知道我这么有钱。”王晓龙半开玩笑地说。

“你最好仔细想想，这家公司涉嫌虚开增值税专用发票罪，那可是坐牢的罪名。”李洪俊用手指着顺安公司税务登记证上“法定代表人”一栏，那里赫然写着“王晓龙”三个字。

“警察同志，这事真跟我没关系，我从来没去过双辽！你可以去问，我这辈子都没离开过通辽。”王晓龙显得有些紧张。

“你没去过双辽，不代表你没注册过这家公司。”

“我哪里会注册公司啊，我连注册个QQ账号都费劲儿。是不是写错了或者有人跟我重名，全国叫我这个名字的人好多。”

“不可能，难道身份证号码都一样？所有证据都表明，注册这个公司的人就是你！”李洪俊拍了一下桌子，严厉地看着给王晓龙。

王晓龙一时接不上话，他的眼珠在快速转动。

“身份证？对，我之前丢失过身份证，后来补办了。”王晓龙像抓住一根救命稻草。

“真的？”

“当时都登报了，你们可以去查。”

“这个我们会核实。既然这样，今天的问话就到这里。”李洪俊假装收拾文件，不经意地问，“对了，你认不认识一个叫何家伟的人？”

“何家伟？嗯……没听过。”

王晓龙的供述基本属实，而何家伟的情况也和他差不多，案件调查工作又回到了原点。犯罪嫌疑人就像幽灵，神不知鬼不觉地潜入双辽，快速注册公司取得纳税资格，开出巨额增值税发票攫取利益后，马上消失得无影无踪。

李洪俊不是一个轻言放弃的人。虚假的身份、注销的公司，虽然很好地掩饰了某些犯罪行为，但是行政机关的审批是有严格程序的，一味造假的嫌疑人不可能不露出马脚。

通过对工商、税务审批环节进行逐级梳理，李洪俊终于在顺安公司的银行验资账户中发现了端倪。2012 年 3 月 5 日，“王晓龙”曾向验资账户存入 400 万元，“何家伟”则向验资账户存入 100 万元。而毫不知情、并不认识的王晓龙和何家伟是不可能完成这一操作的。

专案组成员对这两笔资金来源展开调查后发现，两笔资金都是由农业银行双辽支行存入公司验资账户的。但是注册资金存款凭证显示，两笔资金均以现金形式存入的，这就让资金链断了，没法儿倒查给王晓龙和何家伟提供资金的账户。

“没有存款人的身份信息？”李洪俊

问正在双辽支行进行调查的同事。

“没有。”

“视频监控呢?”

“早就被覆盖了。”同事无奈地说，“看来又被这小子跑掉了。”

“不会的，这人不可能单枪匹马拎着500万现金跑到银行存款。”李洪俊迅速作出判断。

“你的意思是查取款人?”

“没错，就查这笔现金存入验资账户前发生的几笔大额业务。”

“对啊！稍等，我查查看。”

时间一分一秒过去，李洪俊焦急地等待着电话那边的结果，嗓子里好像被什么堵着似的，让他不断用力吞咽着口水。

“有一个!”电话那头，声音异常激动。

“谁?”李洪俊感觉自己快要把手机捏碎了。

“张辉东。”

2012年3月5日，张辉东在其银行卡取款400万元后，以王晓龙名义存入公司验资账户，又取款100万元，以何家伟名义存进验资账户。该人具有重大嫌疑!

李洪俊推测，张辉东是亲自到双辽办理的工商注册验资业务，如果是这样，至少说明张辉东是这一系列犯罪活动的参与者，找到他就揭开了犯罪嫌疑人掩蔽的黑纱。他查找了张辉东在双辽登记住宿的信息，发现他分别于2012年3月4日至10日和2012年3月18日至30日两次入住于双辽市宜家快捷酒店。而3月4日至10日那段时间正好和顺安公司注册验资时间相重叠，与他入住同一房间的还有一名叫邬刚的男子。二人无疑就是李洪俊要追查的重大的嫌疑人。

决胜兴和县

兴和县位于中国的正北方、内蒙古自治区乌兰察布市东南部，地处乌兰察布、大同、张家口三市三角中心腹地，素有“鸡鸣闻三省”的说法，也是内蒙古自治区距离北京最近的县，被称为“北京八环”。

2013年10月，李洪俊带领胡彦军、唐德明、孙绍飞等人来到兴和县寻找线索。

李洪俊通过朋友找到乌兰察布市公安局治安副支队长，想先接触下，探探口风。

“能帮我找到张辉东和邬刚这两个人吗?”

“很难。”副支队长连忙解释道，“不是我们不配合，你知道的，这些人相互之间不叫真名，都用外号，有的明明是汉族人，却用蒙古名。在我们这儿登记的人可能住在北京、大同，常年在这儿活动的呢，又可能根本没在我们这儿登记。要找个人实在太难了。这里虚开增值税发票的人都是职业犯罪，很多人是二进宫甚至三进宫。这些人聚在一起，形成相对固定的团伙，团伙和团伙之间形成错综复杂的网络。那些最早干这行的，很多已经洗白，成了企业家或商业精英。他们暗地里拿钱，让手下马仔去异地办理工商注册、税务登记等业务。一旦有什么风吹草动，立刻有人站出来顶罪，人为阻断我们的证据链条。”

“先试试帮我们找到张辉东和邬刚吧。”李洪俊显然不是知难而退的人。

李洪俊认真调查了当地虚开增值税专

用发票的犯罪特点，这些犯罪团伙确实组织严密、分工明确，从联系增值税发票买卖，到协调拉拢犯罪地社会关系，再到记账报税认证抵扣，都有专人负责。整个犯罪产业就像一条成熟的流水线，任何一个环节都严丝合缝，当然，也很难露出马脚。

为防止证据链被人为阻断的情况发生，也为了尽快找到犯罪嫌疑人，李洪俊组织人员将双辽 41 家涉案公司在乌兰察布市的银行账户流水信息进行收集整理，再将资金流与票据流交叉比对，从而锁定幕后操纵者。

凌晨 4 点，李洪俊从噩梦中惊醒，他看了看枕边的手机，长舒了一口气。梦里资金链和票据链像两条黑蛇，彼此缠绕，在同样黑色的丛林里扭曲着爬行。当李洪俊想要靠近它们看个究竟的时候，两条黑蛇同时扬起三角形的脑袋，用猩红的蛇眼死死地盯着李洪俊，从两颗獠牙中间吐出黑红色的信子。

每天凌晨 2 点睡，4 点醒，已经成为李洪俊那段时间的常态作息。不是不想睡，而是脑子里一团乱麻，让他寝食难安。他把自己埋在海量的信息中，41 家公司的对账单、网银交易流水单，还有几百份公司相关人员个人账户的流水单，把李洪俊的房间填得满满的。同事要进他的房间根本找不到落脚的地方、他随身携带的黑皮笔记本，更是在桌子上盖起了高楼。

每天只睡两小时，足足鏖战了 57 天，李洪俊终于在没有任何嫌疑人供述的情况下，理清了“4·08”专案中犯罪嫌疑人虚开增值税专用发票的手段。

首先，购买发票企业不想让税务机关发现他们没有真实货物交易的发票，因为一旦被发现，将无法认证抵扣。所以，购票企业先将虚假交易的货款存入顺安公司账户，顺安公司再将货款存入邬刚、张辉东等人的个人银行卡账户，之后再转给购票企业指定的个人银行账户或者中间人账户。最后，这笔钱通过购票企业指定的个人银行账户或者中间人账户流转回购票企业的账户中。

而票据的流向基本与资金流向相逆，犯罪嫌疑人盗用他人身份信息注册公司，取得相关法律资格后，再通过中间人从山东、天津、河北、北京等地以票面金额的 4%-5.5%购买汽油、柴油类增值税专用发票作为公司进项，在当地税务机关认证抵扣后，以煤炭、铁精粉名目作为销项按票面金额 5.5%-6%向外销售增值税专用发票，从中赚取差价获取不法利益。以顺安公司为例，仅仅三个月就虚开增值税专用发票 725 份，金额近 3.6 亿元，造成国家税款损失 6101.4 万元，非法获利 500 余万元。

李洪俊抽丝剥茧，在分析顺安公司银行账户对账单及网银流水单时，发现邬刚名下的一张银行卡是在农业银行吉林市分行开户的，便迅速安排四平的专案组成员前去调查。专案组成员通过调取邬刚的开户凭证，发现经办人为薛志国。而此时的薛志国因涉嫌虚开增值税专用发票罪，正被吉林市公安局经侦支队采取刑事强制措施。通过提审薛志国，终于成功确定邬刚为顺安公司实际经营人，即“4·08”虚开增值税专用发票案重要嫌疑人之一。

侦查工作找到突破口后便势如破竹，其他重要嫌疑人纷纷落网。迫于抓捕压力，一些心存侥幸、潜逃在外的嫌疑人，也主动前往四平市公安局自首。

2014年7月1日，按照公安部统一部署，李洪俊负责带队前往内蒙古兴和县，开展“4·08”案收网行动。

出发前，局领导把李洪俊叫到办公室，语重心长地说：“这次收网，任务非常艰巨，看你们的表现了。”

李洪俊平静地笑着点点头。他清楚这次任务的难度有多大，犯罪嫌疑人会用各种手段试图阻止收网行动的进行，但是他更清楚自己的信仰与决心，最优秀的侦查员从不会让到手的嫌疑人逍遥法外。

“一次带走20人!”兴和县公安局治安大队长在电话里激动地对李洪俊说。

“21人。”李洪俊更正道。

“好，好，”大队长在电话中嘱咐，“完成任务后不要在兴和县逗留。有钱不仅能使鬼推磨，也能让鬼……”

李洪俊将任务进一步细化分工，每名组员负责2到3名嫌疑人，有针对性地制定收网对策。对于拒不配合的嫌疑人，李洪俊仔细跟对方讲清利弊，讲清认罪认罚和顽抗到底的不同政策，说服其主动接受法律的审判。

当日，李洪俊带领的专案组就完成了21人的收网工作，并在20小时后顺利抵达四平。收网过程中嫌疑人家属送给李洪俊的金条、现金等财物，全部被他上交组织，合计50余万元。

嫌疑人到案后，李洪俊带队历时260天，先后辗转全国28个省（区），行程11万多公里，走访4500余家企业调查取证。在这260个日夜里，李洪俊最常睡的床是奔腾车的副驾驶，最常吃的是康师傅红烧牛肉面，高速公路上的星空是他永远忘不了的画面。在李洪俊和队友搜集的充实而完整的证据支撑下，“4·08”专案中17个犯罪团伙、53名嫌疑人受到了法律的审判。

先下手为强

四平市的大风天十分常见，坐在办公室里就能听到窗外大风呼啸的声音，道边的小杨树被拦腰吹断。山雨欲来风满楼啊，李洪俊的心绪颇不宁静。

他上午受邀去了一家银行，银行的董事长是一个四方大脸的中年男人，说话中气十足，但是李洪俊仍然能听得出来，他对手下员工李斌出国一事有些担心。

“我们能不能提前报案呢?”董事长说。

“不行，刑法修正案（十一）规定，骗贷罪一定要以造成重大损失为前提。”

“如果我们尽早报案，可不可以优先受偿呢?”一旁的胡行长突然插了一句。

“如果他涉嫌违法犯罪，我们肯定抓他，但是具体的赔偿方案由法院说了算。”

“那您说，我们现在能做点儿什么?”

“核实这些贷款的真实性，确定哪些钱直接到了李斌的手里，哪些钱是贷款人使用了。这样有利于我们作出初步的风险评估。现在应该有很多家银行开始做这件事了。”

李洪俊默默地叹了口气，他太清楚了，许多银行都不同程度地存在“垒大户”的行为，即银行争着抢着把钱贷给资产丰厚的企业和个人，而对于那些有一笔资金注入就能盘活的企业，他们视若无睹。用他们的话说，这叫降低信贷风险。李洪俊对这种现象的弊端表示担忧，一旦管理不严、监督不力，让不法分子钻了空子，导致信贷资金流失，后果将不堪设想。因此，只有不断加大金融风险排查力度，才能及时发现风险，积极妥善处置。

2020年4月1日，李洪俊驾车来到双辽某村镇银行，只见营业大厅里挤满了人，有的坐在等候区的椅子上，一副焦虑忧愁的样子；有的在角落处打电话，神情很激动；更多的人则围在营业柜台前，跟工作人员争执。初步估计60人以上，在李洪俊的印象里，吉林市区的银行也从来没这么热闹过。

“这些人都是从杭州赶来取钱的。”银行负责人跟李洪俊介绍道。

“杭州人跑到双辽来取钱？而且，还这么多杭州人一起？”李洪俊皱起了眉头。

“是啊，具体什么原因我也不清楚。”负责人刻意避开李洪俊质疑的眼神。

“那给他们兑付吧。”

负责人张了张嘴，最终没说出声，只是站在原地一动不动。

“快点儿啊，等啥呢？”

“这……这不是没钱付，才叫你们来的嘛。”

“什么？没……”李洪俊快速转头看了看聚集在柜台前的人群，把“钱”字硬生生咽了回去。他立刻认清了问题的严重性，如果这60多人的到期存款完成不了兑付，消息一旦传出去，必将引起更大规模的挤兑事件。从一人到十人，十人到百人，百人到千万人，挤兑首先从一家银行开始，然后扩散到所有银行。老百姓会觉得，银行里的金库一夜之间就变得空荡荡了，自己半生的积蓄打了水漂，到那个时候即使不要利息，他们也要争先恐后地取出本金。手里拿着人民币，心里才踏实。按理说，个人的这种行为并不违法，甚至都不违约，但是当人数呈几何增长之后，对四平市的金融秩序将是毁灭性的打击。

“存的钱呢？”李洪俊努力压低声音，心急如焚。

“我们在经营上出了点儿小问题。”

李洪俊无法理解，负责人竟然认为出现目前这种局面是小问题，便立刻请示上级领导，又积极与杭州的60多名债权人沟通，最终决定，由他们选出两名代表留在双辽，其他人回杭州等消息。保证三天之内将60多人的到期存款连本带息完成兑付。

危机暂时化解了，但是李洪俊对这笔异常的域外存款有一种不祥的预感。千里之堤溃于蚁穴，经侦工作的要义就是见微知著。

先下手为强，为尽快掌握挤兑事件的原委，他立刻对该笔域外资金的来源展开调查，同时询问留下来的债权人代表。

原来，这笔域外存款是前文提及的那个叫李斌的雇员以一己之力为这家银行拉来的。当时，不仅银行给出了“一分利”的高息回报，李斌个人也自掏腰包贴息。

事出反常必有妖，多年从事经济犯罪侦查工作的李洪俊对市场经济规律熟稔于心，投资、金融、会计、审计、税务等专业知识都是他研究的内容，每年最高法、最高检的指导性案例和司法解释也是他持续关注的对象，《刑法分则及配套规定新释新解》和《图解立案证据定罪量刑标注与法律适用》两本书更是他从不离手的傍身之物，只要闲下来就会翻上一遍，很多经典案件和法律解释他甚至能清楚地说出在第几页第几行。

李斌和银行两者反常的举动立刻就被李洪俊发现了猫腻。他追踪了李斌贴息拉来的存款去向，发现存款刚刚进入银行的账户，就被贷给了李斌自己经营的企业。而且，李斌用其名下公司为个人担保贷款多达百余次。

李斌，1966 年生，四平某百货有限公司法定代表人、董事长，四平市某酒店有限公司和双辽某旅游有限公司的幕后老板。

李洪俊通过对李斌名下担保企业的调查发现，其经营状况一片狼藉。四平某百货有限公司已申请破产，双辽某旅游有限公司项目处于停建状态，四平市某酒店有限公司一直负债经营，处于严重亏损状态。

意识到问题的严重性，李洪俊立刻向银保监局发出风险提示函，力求抢在问题爆发之前有所行动，降低损失。

2021 年 3 月 29 日，双辽一家银行的小微企业部总经理张峰来到四平市公安局经侦支队，对李洪俊说："我来报案，李斌骗取贷款达 6.53 亿元。"

由于前期风险防控工作做得扎实，案件侦办过程十分顺利。经侦支队侦查员在调取了银行与李斌存在关联的 147 笔贷款主体的信息后，陆续开展了对其中 105 个自然人的取证工作。侦查员们发现，这些人的供述中，有一个反复被提到的名字：刘大海。

为进一步查清李斌犯罪事实，李洪俊迅速展开对嫌疑人刘大海的抓捕工作。

刘大海落网后，很快交代了自己的犯罪经过。他曾经在李斌的企业里承包工程，跟他合作多年，觉得这个人主意多，社会活动能力强。在李斌想到借户贷款的法子后，便积极参与进来。他先后帮李斌找过 44 个人，在李斌的操作下成了借户贷款的主体。从银行贷出的钱悉数进了李斌的腰包，然后由他发放劳务费。刘大海每拉一个人便从李斌处获得 8000 元，他按人头从中抽取 2000 元劳务费，才把剩下的钱给那些被借户贷款的人。在刘大海的帮助下，李斌从该银行骗取贷款 2.6 亿多元，刘大海也从中获利 8 万余元。

根据刘大海的供述，李洪俊发现了李斌公司中另一个关键人物——王秋梅。刘大海的好处费每次都是由这位叫王秋梅的会计支付的。如果王秋梅对刘大海和李斌之间的勾当早就清楚，那么她在这中间起着怎样的作用呢？

李洪俊立刻组织支队侦查员对王秋梅展开调查，发现王秋梅不仅是李斌借户贷款的实际操作人，而且安排公司其他财务人员到工商部门注册个体工商户、制作虚假购销合同、虚构个体工商户简介和贷款用途等材料……用以骗取银行贷款。

至此，骗取贷款案的主谋和主要人员基本已经查清。但是，还有一个疑问始终萦绕在李洪俊的脑海里。就算李斌的手段再高明、银行的审批程序再宽松，假的终究是假的，不可能一次马脚也不露。147 笔贷款，5.528 亿元的金额，绝非儿戏。为什么李斌的伎俩百试百灵？

斟酌再三，李洪俊得出一个大胆的假设：银行中一定有人在给李斌开绿灯。侦查员迅疾对给李斌等人办理过业务的信贷员进行询问。随着调查的深入，真相逐渐浮出水面。

2015 年末至 2016 年初，李斌经人介绍认识了双辽某村镇银行股份有限公司董事长安荣贵。两人就李斌在银行贷款一事进行了交流。李斌承诺，一旦成功取得贷款自然少不了安荣贵的好处，且贷得越多，好处越多。对于李斌提出的2000万金额，安荣贵先是表示，银行最高单笔放款额也就三四百万，无法满足李斌的要求。但是，安荣贵又不想错过这一“大好机会”，于是两人商议，采用化整为零的方法，由李斌多找几户作为贷款主体，由他的企业进行担保，这样就可以轻松拿到贷款。李斌帮安荣贵拉存款，拉到的存款全部作为贷款发放给李斌。而对于李斌贷款过程中的造假行为，安荣贵则睁一只眼闭一只眼，有时还会授意手下适当放宽审核标准。2015年至2019年间，两个人里应外合，从银行办理贷款147笔，未偿还本金高达4.88亿元。

2022年2月14日，李斌骗取贷款案由四平市公安局提交检察院提起公诉。由于前期李洪俊主导的风险防控工作及时有效，四平市公安局成功依法查封吉林冠阳房地产开发有限公司的舒兰市花都国际小区二期未售出住宅60套，总面积3977.93平方米，最大限度地降低了李斌犯罪行为所造成的损失。

几天后，副支队长孙绍飞轻轻地敲开了李洪俊办公室的门。

“排查了一圈，李斌在各家银行的贷款目前都没到期，而且他的担保公司信用等级良好。”孙绍飞递给李洪俊一份材料，“这是他名下的不动产情况。”

“不能大意了。”李洪俊轻轻点头，若有所思，“你再去看看李斌提供担保的财物情况，重点看好他名下的不动产，防止财产转移。”

“对了，李斌和他媳妇离婚了?”李洪俊又想起一件事。

“手续是办了，但我怀疑是假离婚。今年年初，二人还一同出行，住宿登记的是同一个房间。”

“你再核实下他们的夫妻关系，以及和孩子的关系。万一李斌留在加拿大了，我们也可以通过他的家人对其进行劝返，尽一切努力把风险和损失降到最小。”

不甘平凡的狱警

“小李，帮忙把这摞账本放到资料室去。”一位40多岁、戴着眼镜的老民警刚抬起头又低了下去，埋在了一堆工作簿中。

李洪俊抱起账本，穿过有些昏暗的走廊，来到资料室门前。2000年那个夏天的傍晚，阳光还很充足，夕阳穿过走廊尽头的玻璃窗，把他的影子拉得老长。窗外林荫路边的理发店里播放着流行歌曲《白天不懂夜的黑》，那英的烟嗓遗憾落寞地唱道：“你永远不懂我伤悲，像白天不懂夜的黑。”

四平市公安局夏季下班的时间是17点，但是对于干经侦的民警们来说，这刚好是加班的开始。

“小李，没啥事，你下班吧。”四平市公安局铁西分局经侦大队长庄伟对李洪俊说。

“大队长，我不着急走，在这儿跟你们忙活忙活。”

“不用，你该下班下班。”大队长露出体谅的笑容。”

“我就帮你们跑跑腿啥的，顺便学习学习。”

“行，那你就学习学习。”大队长带着欣赏的眼神看着他，“你要有事，随时走，不用再跟我说了。”

“是，有活儿您就叫我，啥活儿都行。”李洪俊坐回自己的座位，翻看一本封皮有些破旧的《刑事诉讼法详解》，这还是找大队长借的。他不敢去打扰其他正在加班办案的同志，怕给人家添麻烦。

1993年李洪俊警校毕业后，先是分配到吉林省四平监狱工作。1999年末，因编制调整，他被调往四平市公安局铁西分局经侦大队。

隔行如隔山，尽管狱警工作干得还算出色，但在打击经济犯罪领域，一开始李洪俊有些感觉英雄无用武之地。当时，大队长交给他最多的活儿就是“看人”。

经侦大队的工作，李洪俊留心观察、认真学习，他心里清楚，自己连办理案件的经验都没有，更别提经济案件了。经济犯罪不同于其他类型犯罪，一来，侦查方向不好确定，即便是找到方向，如果证据收集不好，也容易被犯罪嫌疑人钻了空子。再者，经济犯罪嫌疑人一般具有较高的智商，又有一定的社会地位，如果没有足够的证据作支撑，难以靠讯问等方式取得进展。

面对李洪俊的要求，大队长也曾表示找个老同志带带他。可是大队里的民警常年人手把着四五本案卷，一天天忙得脚打后脑勺，哪有带新人的工夫。而且，谁家都有老婆孩儿，三两个月才得个闲，也得让他们照顾照顾家庭。所以，大队长斟酌来斟酌去也定不下个人来，只能一次次告诉李洪俊：“再等等，再等等。”

2000年前后，受改革开放政策影响，国家经济形势一片大好，但活跃的市场经济不可避免地滋生了经济犯罪。全国各地公安局的经侦部门大多忙得晕头转向，经侦民警李洪俊却有些失落。没有办案压力，不需要全国各地调查取证，连询问个证人也不用他。李洪俊不甘心，心想就这样碌碌无为过一生，那还有什么意义。

大队里案子多，没人带，他就自己学。先看刑法，了解常见经济犯罪的罪名和构成要件；再看刑事诉讼法，掌握刑事诉讼的程序。一些关于法律解释、适用和指导案例类的材料李洪俊更是多方收集后进行认真研究。

查账、调流水、走访、抓人、讯问，每一个环节李洪俊都积极参与，即使自己不能动手，也在一旁看着、记着、学着。单位里只要有一个加夜班的人，李洪俊就不走，不是帮忙泡杯茶就是递根烟，在对方休整片刻时顺带请教问题。

天道酬勤，李洪俊渐渐摸索出了经济犯罪案件的侦办方法，成功地完成了由一名狱警到经济犯罪侦查员的蜕变。更值得庆幸的是，李洪俊追求完美的性格非常适合经侦工作对证据链要求高的特点。每次，他的起诉意见书和卷宗都做到证据充分、数字精准、逻辑严谨，对于认定的犯罪事实很少存在法律适用上的偏差和诉讼程序上的破绽。

几十年如一日，案无大小，李洪俊的起诉意见书从不用他人代笔。有一次，一名嫌疑人专程从北京某律师事务所请来知名律师，带来了几份由名牌大学权威法学教授撰写的量刑建议书。李洪俊不以为然，义正辞严地答复：“如果这几位教授里，哪位愿意作为辩护律师出庭，我也愿意跟他在法庭之上辩一辩，就用他教给我们的这些理论。我严格取证、公正执法，倒要看看他是怎么把他自己打败的。”结果，没有一位教授愿意为嫌疑人出庭辩护。

机遇垂青有准备的人。2002年6月李洪俊才从监狱调到四平市公安局经侦支队，2009年，他就担任了支队五大队队长，身上的担子也更重了。

2009年3月30日，吉林省公安厅经侦总队收到公安部经侦局关于立即部署核查李岩等人涉嫌经济犯罪有关情况的通知，其中附有国家审计署对李岩、李君等人虚构粮食收购业务，骗取农发行贷款2.66亿元并大肆挥霍等问题的相关材料。通知要求，立即依法部署核查李岩、李君等人涉嫌经济犯罪的相关情况。吉林省公安厅迅速成立“4·09”专案组，李洪俊为专案组成员，开展案件的侦办工作。

3月的四平，黑土地上的积雪还没有开始融化，农田里只有几处积雪薄的地方露出了土地的颜色，大地就像一床白色棉被上被抠出了几个黑洞。银行客户业务部副经理刘江没有心情看这些，他带着一名电脑技术人员慌慌张张地朝九丰酒业公司大楼走去。这名电脑技术人员是他的心腹，可以帮他完成一些不为人知的操作。他还叫来了梨树县相关银行的费东、杨海、吕莉和王元，毕竟，大家现在是一条绳上的蚂蚱。

刘江坐在九丰酒业的小会议室里，费东等人也到了，旁边坐着的还有九丰酒业财务总监慕剑和他的几个手下。

刘江看了看紧闭的门窗，说：“国家审计署要对九丰酒业财务账目进行审计了，大家都知道这个事的严重性，今天我们来这儿的目的就是一块研究，找出问题，制定对策，帮咱们九丰酒业渡过难关。”

刘江带着大家在会议室里商讨了三个多小时，总算弄出了一个更改九丰酒业财务账目的方案。随后，慕剑带着财务人员连续工作了两天两夜，总算完成了账目的更改。

大大出乎刘江的预料，事情终究还是败露了。国家审计署在对九丰酒业进行审计的过程中，发现其具有诈骗贷款的嫌疑。

在联系了国家审计署工作人员后，李洪俊和同事先后来到四平市和梨树县的相关银行。

“警察同志，这个事不会牵连到我们吧?”银行工作人员小心翼翼地问。

“我是负责来取材料的，”李洪俊接过工作人员手中的档案袋，里面装着九丰酒业在农发行的贷款档案，“咱们贷款的审批程序都是正规的吗?”

“啊，正规正规，都是走正规程序审批的。”工作人员连连点头。

李洪俊离开银行时，特意留意了一下工作人员的神情，他们脸上基本没有笑容，且神情紧张。发现李洪俊在看自己时，有的人会挤出一丝微笑，然后僵硬地点一下头。

李洪俊把九丰酒业的贷款档案带回专案组研究。他发现，2007年，梨树县某银行先将九丰酒业的信用等级评定为BBB，随后又更改为A级，授信最大贷款额度一下增长到2.9亿元，其中包含3000万抵押贷款。之后不久，九丰酒业便从这家银行申请专项贷款2.6亿元。这一系列操作十分反常，既然已经作出评定，又是什么原因导致银行不得不作出更改呢?而更改后，九丰酒业就迅速拿到最大额度的贷款，也不得不让人怀疑这两件事之间存在联系，似乎有一只幕后黑手，在有目的地推动着这一系列事件的发生。

李洪俊仔细核对评定信用等级时九丰酒业上交的财务报表，又找到申请贷款时九丰酒业的玉米购销合同和玉米收购码单。他隐约觉得，好像哪里出了问题。

解铃还须系铃人，李洪俊立刻联系“4·09”专案组中负责搜查九丰酒业的同志，查看了该酒业公司的财务账目，更加确定了自己的想法。

李岩从酒店的地下赌场出来，走进金色大门的玻璃电梯。他吹着口哨，按下数字键“1”。他要去餐厅吃点儿东西，刚刚赢了5万多港币让他心情愉悦。玩嘛，就是为了开心，钱不钱的都不是问题，但是只输不赢又怎么能开心呢？所以，虽然他的账户里有80万港币，但还是热切地渴望赢，哪怕赢一块钱。可是，澳门这里通用港币，每次都要安排人到地下钱庄去洗钱，真是麻烦。

晃了晃手中的高脚杯，李岩一饮而尽，嘴里感到酸涩。相比红酒，他更习惯喝啤酒，雪花、青岛都行。至于白酒，他爱喝茅台，九丰酒业的酒他是不喝的，那都是卖给乡巴佬喝的。但在这五星级酒店的餐厅里，你必须喝法国红酒，不然显得没面子。

2.6亿元的存款让他过上了纸醉金迷的生活，在赌场里一掷千金并不稀奇。

李岩拨通手下白俊的电话，他得确认一下才能放心来。

“银行审核没问题了吧？”

“放心吧李总，广州回来之后就通过了，钱不都给咱放了嘛！”

“该打点的都打点了吧，别差人家的。”

“明白，从信贷员到行长一个没落，还有市里那边的……”

“好了，电话里别说那么多。”

李洪俊看了看桌上的黑皮本，白俊是九丰酒业的副总经理，最清楚李岩、李君兄弟俩诈骗贷款的犯罪事实。拿下白俊，案情立刻就会明朗起来。

“你说你的财务报表和玉米收购单都是真的，但是，玉米在哪儿呢？”

“玉米被我们存在广州港，银行的人在发放贷款前去看过的。”白俊说。

“广州港哪个港区？”

“新沙。”白俊脱口而出。

“新沙？”李洪俊笑了笑，“我查过新沙港区今年初到4月的货运记录，根本就没有跟九丰酒业相关的任何信息。银行负责审查贷款申请材料的人早就被你们买通了，他们只是到新沙港区的仓库外看了一眼，问了下你们提前安排好的仓库工作人员，根本就没有看到仓库里存放的玉米。事实上，也根本不可能看到！”

李洪俊脸上的表情渐渐变冷，语气也变得严厉起来：“如果没有真实的玉米交易，你们提供给银行的购销合同和玉米收购单就是伪造的。如果涉嫌伪造作假，你们的财务报表也肯定是胡编的，那么，获得银行A级的授信等级，也一定是用了什么不正当的手段。再倒推回来，你们铤而走险获得A级授信的目的，就是为了诈骗那2.6亿元的贷款。”

“警察同志，你说的这些事……”白俊的眼睛偷偷瞟了李洪俊一下，“这些事我都不知道啊。”

“好，白俊我告诉你，没有足够的把握我根本就不会往这里坐。不信你可以试试，即便你一句话不说，我也能做到零口供起诉你。”说完，李洪俊低下头，继续看他的黑皮本，不再理会坐在对面的白俊。

讯问室里一下子安静得可怕，只有白俊在一声接一声地叹气。

“忘了告诉你，你们九丰酒业的李岩、李君，银行的刘江、费东也都在接受讯问。如果该交代的都交代完了，那就没你什么事了。到时你该咋判咋判，从轻减轻的机会就都是他们的了。”

“我坦白，我有重要证据。”白俊突然抬起头，看着李洪俊。

“你最好说些有用的。”李洪俊平静地对他点了点头。

“我藏了一批财务账目。”

按照白俊供述，专案组追回了全部隐藏的财务账目。结合前期搜集的证据和几名嫌疑人的供述，最终认定李岩（九丰酒业公司法人代表）、李君（九丰酒业公司前法人代表）、于春（九丰酒业公司会计）、白俊（九丰酒业公司副总经理）、慕剑（九丰酒业公司经理助理）涉嫌贷款诈骗罪，刘江（四平市某银行客户业务部副经理）、费东（梨树县某银行行长）、杨海（梨树县某银行副行长）、吕莉（梨树县某银行信贷科长）、王元（梨树县某银行信贷员）等涉嫌违法发放贷款罪。

专案组依法扣押嫌疑人及涉案人员银行卡61张、存折13个，冻结存款436.323万元，查扣涉案车辆12台，查封涉案房产6套，收缴扣押现金171万元。

这是李洪俊办理的第一起央批案件，也是他经侦生涯中至关重要的一步。

理想主义者的合格

2023年，农历癸卯年，闰二月，阳历已至五月下旬，夜晚还是凉风习习。四平市公安局的院内，仍有零星几盏灯还亮着。

李洪俊正忙着准备明天市局经侦工作会议的发言材料，同事和领导都劝他，只要把自己的想法跟综合科的同志反映一下，具体的文字材料交由综合科完成就可以了。他希望把自己的工作思路分毫不差地跟大家表达，包括去年经侦工作的短板和不足、今年经侦工作的部署和开展，他都要事无巨细地强调。

李洪俊身后的书柜里整齐地摆放着21本厚厚的黑皮笔记本，每一页都记得密密麻麻，他完成的每项重要工作都会清晰地记在上面。“4·09”案的立案日期是2009年4月9日，“4·08”案中的涉案公司有41家，“5·21”案中虚开发票的金额是10.5亿……

“我对自己只有两点要求，”李洪俊在一次给支队同志上党课的时候说，“做一名合格的党员，做最优秀的经济犯罪侦查员。什么是合格的党员？不欺瞒、不抱怨，老老实实做人、踏踏实实做事。”

说起来容易，做起来难，李洪俊觉得，要做一名优秀的共产党员，首先必须做一名合格的党员，对党忠诚，认真履责，竭尽所能地完成组织交给的任务。这是他对自己的要求，也是他对支队民警的要求。

2018年9月10日，根据吉林省公安厅指定管辖规定，四平市公安局以涉嫌合同诈骗、虚开发票罪，对此前因涉嫌行贿罪已向吉林省纪律检查委员会投案的石川采取刑事拘留措施。此案涉案金额巨大、案情错综复杂、涉及的违法犯罪行为多、时间跨度大，给调查取证增加了很大难度。但是李洪俊深知，查清此案意义不仅在于打击违法犯罪，而且对从严治党方针的贯彻落实，对党的正风肃纪工作均有积极作用。

石川是内蒙古石代集团实际控制人，2013年3月，他和宋明分别投资1020万元、980万元，在内蒙古通辽市注册成立安邦地产开发有限公司。3月8日，公司便和沈阳土地管理局就开发改造通辽站区铁路用地、哲里木大厦及附属办公楼新建事宜签订协议书。随后，又将协议中哲里木大厦建设工程交由挂靠河北建设集团有限公司的李元国施工建设，工程建设面积为17549.9平方米。而协议中铁路林场职工培训中心、锦州客运段综合楼等7个项目，安邦公司则交由通辽铁路北方建筑工程有限公司施工建设。同年5月，宋明将安邦公司股份转让给原公司法定代表人韩阳，石川退居幕后，成为通辽安邦房地产开发有限公司实际控制人。

尽管如此，石川的公司依然问题不断，他通过行贿认识了吉林省交投集团董事长邱浩。他感到机会来了，提出由内蒙古石代投资有限公司入股交投集团下属吉林省天旗资产经营管理有限公司，邱浩同意后，石代集团便以980万元入股到天旗资产经营管理有限公司，且占有49%股份。随后，石川提议由天旗公司收购安邦地产开发有限公司。而此时，邱浩仍然被蒙在鼓里，丝毫没有想到这个信誓旦旦的合伙人已经朝自己张开血盆大口。他同意由天旗资产经营管理有限公司委托吉林弘诚会计师事务所，对安邦房地产开发有限公司财务账目进行审计，并委托吉林中欣资产评估有限公司，对安邦地产开发有限公司资产进行评估。

蓄谋已久的石川终于等到了这个千载难逢的机会，他找到刘元，假意商量收购安邦公司的事宜，实则想拉拢对方成为自己的帮凶。

“这年头生意不好做，欠了一屁股外债。眼看着公司快倒闭了，手里没钱，愁死我了。”石川叹了口气，偷偷观察着刘元的反应。

“其实，关于天旗收购安邦的事……”刘元没把话说下去。

“你也想到了。”石川用热切的目光看着刘元，示意他赶紧说下去。

“钱嘛，只要想想办法总会有的。烂船还有三千钉呢，何况咱这大家大业。”

“依你的办法，怎么操作才行得通?”

“我们在天旗开始行动前，先搞一些假的工程合同，随便列上些工程项目，再把这些虚构出来的应付款项写到安邦的账目上。这样的话，天旗要想收购安邦，就得掏钱买单。”

“然后这钱就是咱们的了。”石川拍了拍自己的衣兜，竖起大拇指，“这事有几成把握?”

“只要关键环节上的几个人疏通到位，”刘元转了转眼珠，“十拿九稳。”

“这件事由你负责怎么样?”

“按多少来?”

“1.8个亿。”

看到刘元没回应他，一副若有所思的样子，石川又说：“你放心，事成之后少不了你的。”

刘元露出一丝不易察觉的微笑，点头同意。

随后，刘元找到兴安盟卓达财务咨询有限公司法定代表人同时也在石代集团任职的朱辉，说明来意。朱辉利用自己的人脉，请延城房地产开发有限公司的成本核算员王刚按照1.8亿元金额重新核算安邦公司项目成本，其中包括通辽铁路在建项目、通辽站舍扩建和哲里木大厦装修工程。

同一时间，朱辉接到石川的电话。他让朱辉联系中国江苏国际经济技术合作集团有限公司兴安盟项目部负责人申家保，提出挂靠该公司，在与安邦公司签订协议承包工程后向其缴纳1%的管理费，并使用其公司账户转款。申家保同意了他们的请求。

王刚按照朱辉要求制作的各项工程核算书完成后，朱辉让王刚在安邦公司法定代表人处签上“赵亮”的名字，随后将这些虚假合同送到安邦公司财务人员任丽手中。

“按照这三份合同的内容入账付款，然后到通辽税务局代开发票。”朱辉看了看身后，小心翼翼地交给任丽一个布袋，里面是她按石川指派私刻的中江国际公司公章，专门在完善虚假工程合同、制作虚假请款单、去税务局开发票的时候用。“这个关键时候好使。”

2015年1月，在完成一系列虚假材料后，石川授意刘元，指使时任天旗资产公司副总经理并负责安邦公司项目的副总马伟，要求他按照安邦公司提供的工程合同和相关材料制作请款单。

2015年至2016年间，马伟多次指使安邦公司项目经理赵亮，按照安邦公司提供的合同制作请款单，并指示安邦公司财务人员任丽，对中江国际公司兴安盟项目部进行转账支付。而另一边，刘元指使朱辉、李芝等人到中江国际公司制作请款单，将之前收到的工程款扣除1%管理费和代扣税金后转回。起初，石川还是谨慎地要求中江国际公司将钱转到朱辉、李芝等人的个人账户中，再由个人账户转到石川的民华商贸公司账户上。而随着计划顺利地进行，石川大胆了起来，直接要求中江国际公司把钱转到他可以直接控制的账户中。通过这种方式，石川在天旗公司收购安邦公司的过程中，累计诈骗资金9282.02万元。

李洪俊是在会计师事务所的审计报告中发现端倪的，他还发现，中江国际的合同中也存在同样问题。他摸了摸合同上“徐国栋”的签名，这个位置完全没有纸面的光滑质感，对着灯光看，还能发现这三个字处的纸张明显薄于整张纸其他位置。他推测，应该是有人将之前的名字拿小刀刮掉后，又把“徐国栋”三个字写上去的。李洪俊在合同上还看到了安邦公司法定代表人处签着“赵亮”的名字，不出预料，这个名字也可能不是本人签的。

李洪俊又找到2015年1月11日赵亮按照虚假工程合同制作的请款单。

“徐国栋、赵亮、任丽、马伟。”李洪俊反复地念着这几个名字，他提醒自己，不能急于询问他们，这些有着丰富财务知识的人是不会主动坦白的，在没有做好充足准备的情况下，他们会避重就轻，用疏忽大意或粗心马虎来敷衍塞责。

李洪俊一边联系当时和安邦公司签订合同的沈阳铁路土地管理局，一边对当时的建设工程进行实地走访，希望可以在现场搜集到有用的线索。

通过调查，他发现，当年石川在得知哲里木大厦装修项目由铁盛集团出资、铁盛商贸集团有限公司负责后，就在其招标时，联系长春建工温馨鸟建筑装饰有限公司参与竞标，并以4143万多元中标。最终，哲里木大厦的装修由铁盛商贸集团有限公司出资、长春建工温馨鸟建筑装饰有限公司完成，与安邦公司无关。同样，通辽站扩建站舍工程是由中铁九局集团有限公司出资、内蒙古鑫安建筑安装工程有限责任公司完成，也与安邦公司没有关系。

但这两个工程合同都出现在了赵亮制作的请款单中，这就不得不让人怀疑，赵亮这些人有问题。

李洪俊再次压制住内心的冲动，耐心地对通辽、长春等几家当年真实参与工程建设的公司与个人进行调查、询问。同时，对于安邦公司转给中江国际公司的几笔工程款的流转情况展开调查。源源不断的财务账目、资金流水再一次涌现到李洪俊眼前。经过海量的证据筛查，以及往返于吉林、长春、通辽等地数月的核实，案件再次取得突破性进展。

欲望的闸门一旦被放开就很难被关闭，在天旗公司收购安邦公司过程中，通过诈骗手段赚得盆满钵满的石川解放了心中的恶魔。在财富面前，道德和法律变得不值一提，他再次把目光投到了自己名下的公司。

2010年10月15日，白城市城祥地产开发有限公司成立，注册资金5000万元，石川和张祥为股东。石川在天旗公司收购安邦公司后，再次向邱浩提出收购白城的城祥公司，获得邱浩的同意后，石川几乎用了同样的手段。在天旗公司收购白城城祥公司的过程中，虚构与前郭建银公司、长春鼎邦公司、哈尔滨振滨公司的工程款项，同时勾结天旗公司管理人员，增加城祥公司存货评估值，从而给中欣资产评估公司施压，多次更改评估值。

在天旗公司收购城祥公司项目中，石川利用哈尔滨振滨公司诈骗2.88亿元，利用长春鼎邦公司诈骗0.89亿元，利用前郭建银白城分公司诈骗1.80亿元，共计5.57亿元。

李洪俊把厚厚的证据材料放在面前，有条不紊地给石川讲述了一遍他的诈骗经过。

“有什么不对的地方，你可以辩解。”

“没了，同志。我认为我的手段很高明，凭你们警察的头脑很难查清真相。没想到遇到了你。啥也不说，我服了。”石川点点头，眼睛看向地面。

起诉意见书是李洪俊亲自写的，足足30页，充足的证据、清楚的犯罪事实，也为吉林省监察委员会办理与石川关联的公职人员贪腐案件提供了有力保障。

没有人物的故事

李洪俊的脑子就像一个档案室，里面整齐地排列着置物架，置物架上整齐地摆满纸壳箱，纸壳箱里收藏着大大小小的案例。即便这样，你让他给你讲个故事，却很为难。

“我给你说说那个虚开增值医疗发票的案子。”不善言辞的李洪俊想了一下对我说。

我点了点头，准备洗耳恭听。

“那人叫于洋，我们是2019年5月21日立案的，涉案金额有10.5亿元。”

“没了？”

“没了。”

“能不能说说破案的经过。”

“好。”李洪俊沉默了一会儿继续说，“破案的经过也没啥，就是调查取证，然后抓嫌疑人。”

“有没有遇到啥困难？”

“也没啥困难，证据收集到位了，基本事实也就还原出来了。”

“破案过程中，总会有一些难忘的故事吧？”

“故事？”李洪俊紧锁眉头，眼睛眯得越来越小，“老弟，要不你看看我写的起诉书，有关的犯罪事实我写得非常详细。”

就是这样，在李洪俊的经侦生涯中，似乎没有惊心动魄的故事，有的只是事实清楚、证据完整的一个个案件。“4・08”案、“4・09”案、“5・21”案……20多年来，他办过的所有大案要案，包括但不限于立案时间、嫌疑人姓名、涉案金额、扣押财产，他都记得一清二楚。如果非要说他心里有一个故事，却不是关于工作的。

“我媳妇很优秀，真的。2016年，华夏银行要招高管，她一个朋友就介绍她去应聘。我媳妇是建行的中层，在四平分行营业部做过会计，也在业务部做过经理，还在风险管理部做过反洗钱工作，储蓄、贷款、监督、内部管理等几乎所有的银行业务她都懂。当时，她跟我说想去试试。我说那就试试呗，成功了最好，不成功咱也不亏啥。结果，她一下就被华夏银行的领导看中了，聘她担任华夏银行长春东胜路支行副行长。聘书是从北京总部寄过来的，年薪100万。但是有个问题，得去长春上班。这让她犹豫了，因为她的母亲和我的父母都在四平，年纪大了需要照顾。儿子在上高中，也是人生的重要阶段。我呢，当时正在忙一个案子，经常十天半个月才回家一次。她问我意见，我咋说，去吧，家里事没人管；不去吧，我又开不了口，于是迟迟没表态。后来有一天，她打电话告诉我，她决定不去了，因为长春买房子太贵。”

李洪俊停顿了一下，双手翻几页办公桌上的黑皮本，眼睛却看向窗外。他的眼神好像在说，能有多贵啊！

“后来，她的事业就没有什么明显的进展了。再后来，领导安排她到支行当行长，她也没去。只能说，她是为了我才作出让步的，牺牲很大。”

一盘蒜蓉茼蒿、一盘凉拌白菜、两个苞米面饼子，几乎是李洪俊每天一成不变的晚餐。因为我的到来，桌上还加了一盘白灼虾和一碗番茄牛肉。李洪俊妻子赵毳在围裙上擦了擦手，她身材高挑，大眼睛，直率而乐观。

“老弟，菜简单了点儿啊。他也不提早跟我说，到下午才打电话给我，说晚上家里要来客人。”

“没事，嫂子。我就是来体验李支队生活的，他吃啥我吃啥。”

“看看就行，别体验了。他吃的东西，你吃不了。这茼蒿和白菜里一滴油没有，这个只放了点儿盐，那个还算有点儿醋。茼蒿是咱自己种的，绿色新鲜，跟韭菜似的，吃点儿割点儿。”

“这苞米面饼子是在糖尿病人专柜买的吗？”

“不是，是我自己贴的。”赵毳脸上有一丝小小的得意，“外面买的哪敢给他吃？说是糖尿病人食品，谁知道里面添了啥？我自己和面的时候用的就是纯苞米面，连白面都不加。”

“主要是一般人贴不好这玩意儿。”

“我起初也不会，后来专门跟面食店师傅学的。可是人家那个是苞米面和白面两掺的，好贴。咱这个只有苞米面，它不爱往锅上粘。我后来又自己研究了好长时间才整明白，为了这我还专门买了口锅。”

她转身指了指厨房灶台上那口平底锅。

“你吃点儿牛肉，补充蛋白质。”赵犇对李洪俊说。

“不吃，塞牙。”李洪俊瞥了一眼。

“那你吃两个虾，可好了，买的时候活蹦乱跳的。”

“不吃，我不爱吃海鲜。”李洪俊又摇了摇头。

“我天天伺候你比伺候孩子都精心。”赵犇嗔怒道，“就想着让我给他炖排骨，可那东西最不好，高油高脂，吃了血糖肯定就又升高。你跟他说吧，他还犟嘴。你们先吃吧，一会儿我来收拾。”

“怎么……”

“她不吃晚饭的，习惯。”李洪俊说。

晚饭后我们来到客厅，赵犇已经把一个药瓶和一杯水放在了茶几前。

“他年轻的时候可帅了，你看这些年造的，全是白头发，都快成小老头儿了。”她仰头看着正在吃药的李洪俊，眼神里满是回忆的色彩，倏尔又摇了摇头。

“本来就是小老头儿了。”

“你是1971年的啊。”赵犇又指了指茶几上的白瓷盘，上面盛着两个西红柿和一根黄瓜，“那你需要采访点儿啥？”赵犇问我。

“随便，就是你们两个人生活中的一些事，有趣的、难忘的都行。”

“有趣的？”赵犇拢了拢鬓角的发丝，“小戎，你每天几点下班？说真的，我到现在都没整明白你们几点下班。”

“我们夏季正常是五点，但是也没几个是正常的。”

“哦。”赵犇指了指桌上的书，“他从来没有正常下班过。回到家也是抱着书看，话都不说几句。那工作纪律遵守得老好了，别说案子啥的，就是你采访这事，要不是晚上就进家门了，下午还不和我说呢。这么多年周末看个电视啥的，人家从不陪你，反正他也没有时间看。”

“我喜欢看好莱坞大片，过瘾。她却总爱看公安题材的破案片，还怪我不陪她。我们上班就破案，看个电视还得破案，多累啊。”李洪俊皱了下眉头，笑着说。

“你啥也不跟我说，还不让我看电视了解了解啊。”

李洪俊转向我说：“有一次，一个节目里的犯罪嫌疑人被判了12年。她就跟我说，这12年真长。我说我办的案子里嫌疑人判20年的都有。”

“是啊，那时我才第一次知道，他抓的犯人都是要犯！”

“我现在晚上开车到偏僻路段，谁拦我都不停。因为当年那些判无期的差不多都该出狱了。”

“这事他从来不跟我说。”

“我工作上的事一般不在家里说，说给她听，除了担心，也不解决啥问题。男人嘛，总得有独自面对问题的能力。”李洪俊说。

“行，你先面对问题吧。我去把碗收拾了，一会儿好出去跑步。”

“这么大风还去跑步啊？”

“我可得锻炼好身体，不然等退休了，哪有独自面对你的能力，你的健康是我享受老年生活最大的问题。”

李洪俊虽然被说得哑口无言，却久久地看着妻子走进厨房的背影。

我们写警察，总是喜欢说这样一句话：我们今天的岁月静好，是因为有人为你负重前行。这句话用在李洪俊身上，可以反着说，李洪俊的负重前行，是有人给了他一份岁月静好。

尾　声

采访过程中，李洪俊对我说得最多的一句话是：“老弟，不好意思，你等会儿，我还有点儿事。”

后来，他感染了重感冒，血糖值一度爆表，高烧不退，连说话的力气都没有。在家休息了不到三天，烧刚刚退些，就又跑回单位，投入到工作之中。

无论是同事，还是领导，对李洪俊的第一句话永远是：“不行就休息一下。”

李洪俊总是一笑置之，殊不知，他已经不眠不休地在经侦领域深耕了24年。

李洪俊先后在2010年4月荣立二等功1次，2011年2月荣立三等功1次，2011年9月荣立二等功1次，2016年2月荣立二等功1次，2017年5月荣立一等功1次。他在2012年2月被公安部经侦局评为先进个人，2017年8月被评为吉林省优秀人民警察，2021年6月被吉林省公安厅评为扫黑除恶专项斗争成绩突出个人，2022年9月被评为吉林省特级优秀人民警察。

“累字里面就藏了一个‘细’。”我说。

“不细不行啊，”李洪俊沉思了一会儿，“早些年我年轻，谁也不服，好奇心又强，遇到案子就拼命干。后来，组织把我安排到了领导岗位，咱不能辜负这份信任，得拼尽全力。”

“我想你不仅是一名优秀的侦查员，更是一名合格的党员。”

（文中部分人员为化名）

向死而生

——追记全国公安系统一级英雄模范刘欣

杨 红

黑龙江省七台河市是以拥有丰富煤炭资源著称的丘陵城市，现被国家体委命名为冠军城。这个小小的城市涌现出多位以短道速滑闻名于世的冬季奥运会冠军。张杰、杨扬、王濛、范可新都是她的优秀儿女。

七台河还有一位优秀的女儿，虽不像世界冠军那样有名，却在最基层的岗位上，用生命交出一份令党和人民满意的答卷。黑龙江省“最美基层民警”“最美女警”“学东莱、创枫桥成绩突出社区民警”，七台河市“三八红旗手”“政法系统先进个人”“全市公安机关十佳‘东莱’式派出所民警”等十多项荣誉称号，荣立个人三等功2次，荣获市局嘉奖1次，连续3年被评为“优秀公务员”……

她就是刘欣，七台河市公安局戍企分局桃南派出所社区民警。2023年7月2日凌晨，刘欣因突发脑溢血离世，年仅36岁。

刘欣的猝然离去，让无数人为之悲恸，她的生命虽然短暂，却活出了超凡的价值，追忆她的人生，都绕不过她对人民警察职业的忠诚热爱和抗击病魔的顽强勇敢。

第一章

刘欣的微信页面上，背景是“冠军城”七台河市，前面是一面国旗，下面写着一行大字：我的生命忠诚于党，我的信仰光芒万丈。

这是黑龙江省七台河市公安局戍企分局桃南派出所社区民警刘欣为自己设置的微信页面，认识她的人都会说：这是刘欣一生的真实写照，她是这么说的，也是这么做的。

欣欣向荣的欣

“我叫刘欣，欣欣向荣的欣。”刘欣总会这样介绍自己。

她曾是那样的积极向上，那样的欣欣向荣。

2010年7月1日，刘欣以文化、体

能、擒拿、射击四科第一名的优异成绩，如愿以偿地考入警队，实现了小时候的梦想。

刘欣从小就想当一名警察或军人。和她一起长大的表姐记得很清楚，刘欣从小就喜欢制服。小时候去照相，别的小女孩都挑漂亮的小裙子或色彩鲜艳的衣服，而刘欣总是一身小军装，戴着军帽。

刘妈妈也说刘欣从小到大不喜欢穿裙子，只喜欢运动装，反正都是男孩子喜欢的样式。从小到大，她的身体素质特别好，很少生病，偶尔感冒啥的也不怎么吃药，扛几天就好了。她平时爱跟男孩子一起打球，向往的工作也跟别的女孩不同，她想当警察，当军人，觉得一身制服最帅气。

刘欣当年高考的分数本来能上更好的学校，可是专业不能任她选。她最后填报了哈尔滨学院，主要是因为能选择自己喜欢的法学专业。毕业的时候，她报考了七台河市公安局，一路过关斩将，终于得偿所愿，加入了警队，穿上了心心念念的警服。多年后她说："加入警营穿上警服的那一天，是我生命中最开心的一天。"

命运有时候残酷得不可想象。正当生活的美好画卷在刘欣面前徐徐展开时，前路无数光明的可能性向她招手时，却突降天雷。

2011年，刘欣在哈尔滨参加新警培训的时候突然生病。哈尔滨的医院诊断是血液上的毛病，建议她去大医院进一步确诊。爸妈带着她到了天津血液研究所，后来又到了北京协和医院，最后确诊是重症再生障碍性贫血，一种骨髓造血功能衰竭症，基本无法治愈，维持的药物也没几种。这个病血小板偏低，凝血功能不好，最怕出血，一旦出血就很难止住。

住院治疗两个月后，身体刚有好转，刘欣就开始考虑工作上的事情。以她的身体状况，做个轻松的工作或是在家休养一段时间，领导和同事们谁也不会说什么。可刘欣不甘心，她不想碌碌无为地等死，她想用短暂的生命做些有意义、有价值的事，不负光阴、不负这身警服。

于是刘欣坚决请求到社区，做服务百姓的社区警务工作。领导见劝说不动，只好答应了她的请求，但不忘叮嘱她说不能逞强，身体不舒服一定要及时说。

电话打给"刘叔叔"

社区民警是直接为人民群众服务的。无论哪个行业，只要是直接服务群众的工作都不好干。人民群众的需求多种多样，矛盾也是层出不穷，可谓清官难断家务事。可在刘欣看来，做好社区民警就是要当好"闲事委员"。老百姓能有啥事？就是过日子的那些鸡毛蒜皮的小事。可社区民警工作中的小事，在群众心里就是大事。只有把居民反映的琐事、小事放在心里，时时刻刻将涉及老百姓切身利益的事装在心上，才能赢得群众的信任。

刘欣扎根社区，在家长里短中奔走。她带着本子和笔下社区，每户有几口人、做的什么工作，她都记得一清二楚。"我叫刘欣，有事请找我。"第一次见面，她都会双手递上一张警民联系卡，上面有她的电话。后来，每栋楼都建了微信群，她就在群里留下自己的电话。单元门后面也贴有她的电话，大家有事找她非常方便。一天到晚，刘欣的手机都响个不停，什么遛狗不拴绳、广场舞音乐太响扰民……事情一件接着一件，没有停歇的时候。一次，桃南派出所副所长解树国和刘欣一起去参观学习，三个小时的车程，刘欣的手机一刻没停过，都是社区群众找她办事。凡是求助到刘欣的事，她从来不曾敷衍了事，而是切身为群众着想。

2021年的一天中午，刘欣刚端上饭碗，她的手机就响了，一个稚嫩的声音响起：“刘叔叔吗？我妈妈病了，你快来救救她！”问明地址，刘欣放下碗就跑，身边值班的民警喊：“姐，等等我，我跟你去。”

刘欣和同事开车来到男孩家楼下，车刚停下，刘欣就冲上楼。四楼的房间里，小男孩正守在一个瘫倒在沙发上的中年女人旁大哭。女人意识模糊，刘欣蹲下身子就将女人背上，往楼下一步步挪去，竟然把女人从四楼背了下来。同事将车门打开，刘欣把女人放进车后就瘫在地上了，全身冒着冷汗。

女人是心脏病犯了，因为抢救及时，脱离了生命危险。当时只有孩子和女人在家，女人让孩子按照警民联系卡上的电话打给刘欣。因为刘欣是短发，又瘦又精干，女人就让孩子打给警官刘叔叔。

事后，孩子还给“刘叔叔”写了封感谢信：“刘叔叔，谢谢你救了妈妈，我要给你一块糖。”孩子不会写“救”和“糖”字，都是用拼音代替的。

居民刘艳杰家对面楼下开了个货栈，来的都是大货车。货栈交易繁忙，总有大货车不时来送货，一进来就将道堵得满满的。小区外紧挨着粮库，大车一多，送粮的车也有样学样，晚上开到小区里停车，有时连单元门都给堵上了。刘艳杰的私家车被那些大车刮花了，她去找货栈，找物业，都没人管。

大货车卸货时间多在半夜，有时凌晨两三点钟，大货车嗡嗡地开进来，大件货物咣咣地扔到地上，吓得人从梦中惊醒。有一阵子刘艳杰因为睡眠不足，导致心脏都出问题了。

刘艳杰的丈夫常年不在家，她便自己去找卸车的人，让他们小点儿声，他们也不理。

大约是2021年11月，她实在是忍不了了，就给刘欣打电话说了这事。很快，刘欣就带着一个民警来到货栈，跟他们说半夜卸货声音太大，影响居民休息。货栈的人赶紧说，以后一定注意。刘欣找到刘艳杰说：“以后可别一个人半夜出去跟他们理论了，你一个女人，万一出点儿事咋整，这不还有我们吗？”

刘欣后来又联合物业整顿了小区的车辆进出和停放情况，这样外面送粮的大车就不能随意进出了。小区里没了拥堵占道的情况，居民心里那个敞亮啊，感觉像过年一样。

十三年烦恼一日除

桃选小区也曾是刘欣管辖的小区。居民王女士在2008年的时候发现家里卫生间顶棚漏水，把墙都洇湿了。她去找楼上邻居，楼上的老头儿态度很好，说以后一定注意。可说得好听，该漏还是接着漏，没办法，王女士就去找社区。社区工作人员也多次找到楼上那户人家，人家态度好得不得了，但问题还是没解决。

2019年，楼上老头儿病故，剩下老太太和一个孙女生活。漏水的问题还没有解决。可王女士再去找，老太太反口不承认是她家漏的水。社区工作人员来也不让进屋，可把王女士气坏了。没办法，她报警找到刘欣，刘欣也来了几次，可老太太还是不承认是她家漏水。刘欣自己花钱找来位专业工人，跟楼上的老太太说："大娘，咱们请专业人员检查一下排水系统也不费啥事，如果不是你家漏的水那不更好嘛！如果真是你家的事，咱修好不就行了吗？"老太太听了刘欣的话，终于打开了房门。经检查，确实是老太太家的浴盆排水管漏了。

老太太找人修好了下水，压在王女士心头多年的乌云终于消散了。其实，王女士在刘欣刚当民警不久就接触过她，那还是 2012 年的时候，王女士到派出所大厅办户口。她老公户口在桃选，而她和女儿的户口在外地。刘欣听说后，建议她将户口迁过来，并将需要的材料一一写下来，王女士用半天时间就办好了户口。当年办户口的时候她就看出刘欣很忙，有很多人都在找她。要不是漏水这事折磨她太多年，她根本不想去打扰刘欣。

王女士说，刘欣帮她解决漏水的事后，她本想请刘欣吃顿饭，可刘欣太忙，根本没时间。于是，她做了面锦旗，上书"十三年烦恼一日除，片儿警帮我解忧愁"，给刘欣送到了办公室。

见到她，王女士发现她又瘦了，而且满脸憔悴。

王女士说，2022 年冬天的时候她就看出刘欣身体越发不好了。以前刘欣穿警服是非常板正利索的。2022 年冬天，王女士跟她去孤寡老人家送慰问品，看见她走路不利索。多年病痛的折磨和药品的侵蚀，她的腿上静脉曲张，膝盖和脚踝处都有积液，她穿着薄薄的棉裤和鞋子，就那样在社区里走，看着她的背影让人心疼，真不知她是咋挺过来的。

第二章

户籍管理是派出所的一项重要业务，户口与百姓的切身利益息息相关，刘欣深知这一点，总是高度重视群众在这方面的诉求，尽全力去解决他们的困难。

一张身份证搭起民心桥

王艳大姐和儿子单长斌那段时间很是上火，为了一件事到处奔走半个多月仍没头绪。儿子愁得睡不着觉，也吃不下饭，满嘴起泡。当妈的看儿子上火，也跟着着急。

原来，单长斌在大连读书，毕业后留在大连打拼。2021 年 6 月底，他的身份证到期，在大连异地办理了身份证。当时办的时候他就被告知，因为是异地办理，不能办加急，也不能邮递，只能三个月后本人到派出所领取。没想到，母亲突然生病，家里就他一个孩子，再加上疫情的原因，公司薪水一降再降，眼看快要支撑不住了。他就想回家准备公务员考试，未来能守着父母尽孝。因此，当年 9 月份的时候，他回到了七台河。

离开大连前，他将取身份证的票据留给了一个朋友，请他代为领取。眼看到了三月之期，朋友拿着票据却取不回他的身份证，因为必须本人到场指纹认证。可疫情期间，如果返回大连，就得先隔离半个月，回来再在七台河隔离半个月，那样就赶不上公务员考试了。他给大连的派出所打电话，对方告诉他，因为无法保证收身份证的人是他本人，所以不能邮寄。

单长斌毕竟是个年轻人，几个回合折腾下来，嘴角起泡，觉也睡不着了。妈妈看在眼里，疼在心里，跟他说，拿不回来咱就不要了，大不了在七台河重办一个。于是，老妈带着儿子、拿着户口簿到了桃山政务中心，相都照完了，录入信息时办事人员却告诉他，身份证办不了，因为他在异地办理过，不允许重复办。

母子俩没了办法，这时，邻居给他们出主意，让他们找刘欣，说刘欣是这片的社区民警，人可好了，群众有事她都会尽力去办。

王艳抱着试试看的心态来到桃南派出所，找到刘欣后见是一位瘦瘦的“小伙子”，便把儿子办身份证的事前前后后讲了。刘欣说：“这样，大姨，您别着急，明早您带着儿子和所有能证明他身份的材料来派出所找我。”

第二天一早，她就把儿子招呼起来去办身份证。单长斌有点儿灰心，王艳说：“人家刘警官让咱们过去一趟，能办成更好，办不成也不损失啥。”

到了派出所，刘欣看了看单长斌护照上的照片，还有那过期身份证上的照片，又抬头端详了单长斌一番，说：“你好像胖了点儿。”这让单长斌母子紧张的情绪缓解了不少。检查完材料，她带着娘儿俩来到政务大厅。

“刘欣瘦瘦的，走得挺快，找到政务大厅的领导，说了这事，又说现在就业不容易，咱们得帮助解决。”王艳回忆说。

一番沟通之后，工作人员帮单长斌把在大连办的身份证做了取消处理，又重新给他照了相，办理了新的申领手续。

单长斌拿到取身份证的凭证走出政务大厅的大门时还不敢相信，说：“妈，身份证就这么办完了？”

王艳说：“你手里不是拿着凭证了吗？”

事办得非常顺利，一周后，单长斌就取到了身份证。王艳一家高兴坏了，就想着请刘欣吃顿饭。王艳一直以为刘欣是男孩子，还准备带着丈夫去，心想男人之间好说话。她给刘欣打过几次电话，刘欣都说：“姨，不用客气，我正赶上有工作，不能出去了。”

“刘欣就有这个能耐，哪怕是拒绝的话，都说得让人听了很舒服，不生硬。这几年接触下来，我更佩服刘欣的耐心，哪怕身体再难受她也从不跟人发脾气，而且辖区这么大，遇到的人各种各样，不论什么样的人，刘欣都能耐心应对，啥事只要求助于她，她都会帮忙。”

后来，王艳给刘欣做了面锦旗，做完才打电话告诉她，说要给她送到派出所。刘欣说：“别送派出所了，下午我到警务室，直接送警务室吧。”后来，王艳跟她交往多了，才知道她为人处世十分低调。

王艳到刘欣的警务室，看见里面的东西摆放整齐，还有一个大大的收纳箱，里面装满了药，就随口说了句：“咱警务室准备的东西真挺齐全的，还有药呢！”

刘欣笑笑没说话。

有一天，王艳的儿子单长斌一脸神秘地对她说：“妈，我告诉你一个秘密，那个帮助过我的警察，刘欣，是个女生。”

“什么？不可能吧？”

单长斌说：“是真的，网上有很多关

于她的信息，这个警察可好了，她帮助过好多人，而且她身患重病，平时都是带病工作。”

后来，王艳就更加注意起刘欣来。白天，小区里总能看到她穿着警服巡逻的身影；晚上，王艳吃完晚饭后到小区里溜达，天都黑透了，还看到刘欣警务室的灯亮着，透过明亮的落地窗，能看到她伏在桌前写着什么。一次，王艳就走到警务室里跟她说：“这么晚了，咋还没走呢?”

刘欣笑笑说：“有两户居民闹矛盾，说好了晚上一起到警务室来给他们调解，我等他们一会儿。”

后来，单长斌考公失利，但他并未灰心，2023 年春节前，单长斌突然告诉王艳：“妈，我考辅警了，笔试已经过了，就等面试了。”

王艳和丈夫都很惊讶，辅警以前不是他的目标选项啊。单长斌说：“我觉得当个警察能像刘欣姐那样为人民服务，也挺好的。”

两人这才明白，儿子是受了刘欣的影响。“说实在的，接触刘欣前，我对警察的印象是冰冷的，可刘欣却让人觉得温暖。”王艳说。

2023 年 3 月，单长斌通过了辅警的面试，正式入职时需要开无犯罪记录证明。王艳给刘欣打电话，刘欣正在北京检查身体，她把该找谁办、怎么办等事项，每一步都事无巨细地告诉他们，这让王艳很感动。

后来，王艳见刘欣的朋友圈里晒检查指标，上面说她的血小板指标太低。这让王艳很担心，她给刘欣发微信说：“我在我家平房那里种了些红豆、绿豆，给你拿点儿，那是纯有机食品，吃了能补血。”刘欣说她正在医院，不用麻烦了。

王艳现在后悔，当时为啥不直接给刘欣送过去，非得打电话问。“我要是直接送过去，哪怕她只吃上一顿，我心里也好受些啊。”

她的心里唯独没有自己

社区治安是整个社会治安的最小单元，要想社会治安秩序良好，人们居住环境的和谐安定是前提。

现在小区里有很多独居老人，他们与社会脱节，很容易被骗。2021 年，刘欣警务室刚成立不久，一个老太太在警务室外来回走了好几趟也没进来。刘欣看见了，走出门对老人说：“大姨，您有什么事进来说吧。”

原来，前几天老太太家的门被敲开，说是上门安装净水器的。老人以为是社区统一安装的，就花了 700 多块钱装了。有天她到社区一问，社区说没有这回事，这是个人行为，老太太当即觉得自己上当受骗了。社区让她到刘欣警务室报案，这才有前面的情形。

刘欣打电话调查到底是哪家公司安装的，花了大半天时间，终于找到了那家公司。刘欣亲自上门，说明了老太太的情况，让这家公司派人将净水器拆除，把钱退给了老太太。

近几年电信诈骗案频发，刘欣将防电信诈骗知识发在微信群里，还做成彩页在小区里宣讲。小区广场是大家茶余饭后的休闲去处，很多老年人在那儿聚堆唠嗑，刘欣就趁老年人多的时候拿着宣传单给他们普及防诈知识。

刘欣外出看病时还要将几个重点老人

托付给社区工作人员，一再嘱咐："这几个老人没有主见，你可得帮我照顾好他们，别让他们那点儿养老钱被骗了。"

"我还行，我没事。"刘欣蹲在地上，脸色苍白，冷汗直冒。看刘欣痛成这样，社区书记狄凤吓坏了，连忙问她需不需要叫救护车。刘欣就说了这句话。

也是这次，跟刘欣合作两三年的狄凤才知刘欣患病。以前隐约听说她身体不好，可是打了那么久交道，看她总是精神抖擞的，一点儿没有生病的样子。

后来，狄凤和刘欣在一起久了，知道这句话是刘欣的口头禅，碰到啥困难事，刘欣都会来上一句："我还行，我没事。"

"刘欣这孩子真是好样的，社区里的事，她跟我们跑多少遍也没怨言。她对我说：'姐，我没成家、没孩子，有时间，有事你喊我就成。'"狄凤回忆说。

祥和社区有几栋楼在南山脚下，一下大雨、急雨，雨水冲下山就能把一楼给淹了。每当下急雨的时候，社区工作人员就得跑到小区敲一楼人家的门，让他们快速转移。狄凤记得有个大雨天，半夜 11 点多，有户人家咋敲门也不开，说是睡下了。她没办法，只好给刘欣打电话，刘欣二话没说就冒雨赶来。刘欣对那户居民说："你看我们三更半夜地来喊你，不也是为你的安全嘛!"说了半天，终于劝通了，刘欣还联系了车帮他搬东西。

在一起配合工作多年，狄凤和刘欣的感情已经超越了工作关系，她们以姐妹相称。有一段时间狄凤觉得刘欣身体还不错，就问她想不想成家。刘欣说："说不想是假，可我这样的身体，找谁不成了人家的累赘，我也不能祸害人家。"刘欣就是这样，总是换位思考，总是站在别人的角度想问题，心里唯独没有自己。

祥和社区有几户孤寡老人，每到年节的时候社区都要组织慰问。刘欣就跟狄凤说："姐，以后有这事你喊着我。"她自掏腰包，没少给那几位老人买东西。

社区南山上有几十户零散住户，没有现成的路，都是山路，平时走着还行，一下雨就是泥浆翻滚。有次雨后，刘欣到南山找个住户核实情况，走到半路，泥浆都把她的鞋拔下来了，鞋里灌满了黄泥水。

天晴的时候，刘欣从建筑工地捡来废弃的砖头，一步步地用砖头从山脚下铺出了一条通往山上的小路。南山居民都管这条路叫爱民路或刘欣路。

狄凤和刘欣一起工作 8 年，亲眼见证了刘欣是怎样日复一日、年复一年与群众打成一片的。刘欣用自己真心和真诚的服务，在民警和居民心中搭起了一座连心桥。

2023 年 6 月份的时候，一个社区居民因为办户口的事找到狄凤，狄凤直接给刘欣打电话，刘欣在电话里详细地告诉她该准备啥材料、该找谁。没想到，十天后狄凤就听到刘欣去世的噩耗，她说什么也不敢相信这是真的，心想这是谁在开玩笑吧，明明十天前她们还通电话来着。

居民刘艳杰说："2020 年，我家孩子要改名，我到派出所找管片民警刘欣，当时被告知刘欣出警了。她出警回来已经快中午了，我让她先吃午饭，下午再来找她。她说没事，有事就说吧。我说老弟，我家孩子想改名。她说您叫我老妹就行，我才知她是个女孩。刘欣利用午休时间，查找、核实我女儿的材料，签了字。就这样，我俩认识了。她在小区里巡逻时遇见我就唠几句，她打听小区里的事，我知道的都告诉她。第二次找她办事时，她彻底感动了我。那是2022年3月份。我丈夫在铁路系统工作，在外地工作的时间比在家里时间还长。我家里有两台车都在我名下，我想将一台车过户到丈夫名下，让他开到外地用。因为突然有这想法，第二天他就要走了。我们赶到车管所的时候都快下午4点了，车辆过户需要居住证，还要有辖区民警的签字。我飞车赶到派出所，找到刘欣开了证明。由于我没说明白，到了车管所，人家说这个证明开得不对，我又赶回派出所，这时已经4点半了。刘欣说：'姐，你咋不来个电话，我给你送过去，这个点要是晚了，车管所那里办不了的话，明天姐夫就走不了了。'听到这话，真的让我感动。因为我知道，刘欣说到就能做到。"

2022年9月份的时候，刘艳杰接到一个电话，说是支付宝客服中心，说她有笔款项逾期了，要支付利息，让她尽快还款。她一听，这不是诈骗吗？她手机上没下载过支付宝，她也不会用那玩意儿，就没搭理。没想到，这个电话号码连着几天给她打电话说这件事，还把她丈夫的身份证号码都说出来了。这让她有点儿慌了，赶忙给刘欣打电话，刘欣用微信一步步教她如何操作。后来看她不明白，直接视频通话教她。查了半天才明白，原来是她女儿用她丈夫的身份证注册了支付宝，花了一笔钱买东西，后来忘了还款。

刘欣走了，但她的善良和正直还影响着刘艳杰。她说，刘欣是个啥样人呢？只要你有事找到她，不管归不归她管，能帮的她一定帮。小区里老婆婆和儿媳不和，她管；噪音扰民了，她也管。两个卖菜的摊贩吵架，她瘦小的身子挡在中间，两手一伸说："消消火，这不我来了吗？有啥跟我说。"

一次，刘艳杰到刘欣警务室咨询她点儿事，看到一个老头儿来找刘欣，她当时正吃药呢，顾不上水热，一口就把药咽了下去。舌头被烫了，哈了两下，就去接待老大爷了。

刘欣心里没有自己，装的永远是别人。

现在一空下来，刘欣瘦瘦的身子，戴着警帽的样子就会出现在刘艳杰眼前，她的泪就忍不住流下来。

发芽了

刘欣串百家门、认百家人、知百家情、办百家事，她把群众当亲人，创新"爱心、诚心、细心、热心、耐心"的"五心"工作法，积极主动为群众办实事、解难事，在柴米油盐中牵挂着百姓，化解着"清官"也难断的家务事。

她从心底把人民群众当成自己的亲人，群众也将她视为最亲近的人。

桃南派出所内勤张桂元跟着刘欣下过几次社区，发现那些见到刘欣的群众都可热情了，不停有人跟她打招呼，让她到家里坐。张桂元问她咋做到的，刘欣笑而不语。

有次张桂元被刘欣拽着上了车，车七拐八拐，来到刘欣管辖的平房区，这个平房区在山坡上，没几户人家。下车，刘欣推开一户大门，就到菜园子里间菜——就是把长得挤在一起的几棵菜中拔掉一棵。张桂元很是不解："姐，咱除了工作，还得干这个?”

刘欣说:“咱不就是干这个的吗?”

张桂元又说:“你那么忙,咋有时间干这个?”

刘欣说:“这不是今天挤出点儿工夫吗?”

原来,这是一户孤寡老人的家,家徒四壁,就院子里种点儿菜,还是春天的时候刘欣和社区里的工作人员一起帮着种的。老人岁数大了,连间菜都做不了了,刘欣一直惦记着此事。秋收时,她还帮人家挖过大白菜,也是下车就开挖。一院子的大白菜很快就收好了。

社区里的张大娘患有老年痴呆症,老人有多个儿女,只认识在跟前照顾她的儿女,不常来的都不认识了。可每次问起刘欣,老人就会高兴地说:“刘欣是我女儿,是我孙女,总给我买好吃的。”

要想下辖区了解到真实情况,就得跟居民深入地交往。一次,刘欣到一户居民家里,看见这家正在生豆芽,刘欣就说想学生豆芽,后来她就天天去给豆芽换水。

豆发芽了,百姓的心中也有某种东西发芽了。

打通服务群众的最后一公里

想熟悉一个人得见几次面?见一次,只能混个脸熟。见两次、三次,可能记住她叫啥名、在哪儿工作。你知道刘欣对社区熟悉到啥程度吗?

2022 年 5 月,刑侦大队办案时从线索中得知,一个关键证人在刘欣辖区住,但不知道具体位置。晚一分钟,案情都有可能发生变化,时间是破案的关键。于是,他们给刘欣打电话,当时刘欣正在外地做身体检查,刑侦大队的民警以为这下子没戏了,没想到跟刘欣一说体貌特征、外号,刘欣直接说出了这人的家庭地址,甚至还说出了他家的对联是啥、横批是啥。

桃南派出所刘欣的办公室里,桌子上放着她的名字牌,椅子背上搭着她没有皱褶的警服。然而,这身警服再也等不来它的主人了。

在桃南派出所的同事们心中,永远记得刘欣办公室里总是坐满了找她办事的群众。早上 7 点半开始,就有老头儿、老太太等在门口。刘欣警务室成立后,这种场景就转移到了警务室。有寻求帮助的、有等着她调解纠纷的,还有的是心里有纠结的事,只想和她唠唠嗑的。因为刘欣有耐心、说话还通透,很多老百姓心里想不开的事儿都愿意和她说说。说完,气顺了,心情也好了。

所领导对刘欣的工作非常满意,说她干工作那是没得说。他们说刘欣从来不以身体不好为由推脱工作。像疫情期间,他们不想让刘欣来执勤,因为她身体免疫力极低,万一感染可不得了。可她戴着双层口罩来了,说她能行。

刘欣因身体原因没能当成刑警,可她喜欢办案,所里抓到犯罪嫌疑人需要看守和讯问她都冲在前面。有一回,需要抓捕一名贩毒的犯罪嫌疑人,保守的办法是在楼下蹲守,等人出来再抓。当时正是隆冬时节,黑龙江的冬天极冷,没法预计犯罪嫌疑人何时下楼,要是他一两天、三四天不下楼呢?刘欣主动请缨,说自己扮作物业人员去敲门。她敲门说是物业,楼下漏水了,要看看是哪里漏了。门打开半尺宽,一人探出脑袋。刘欣上去狠狠地推开男人，用自己的身体挡住门。男人反应过来，拼命地往外推她。她蹲下身子，死死地别住门。战友们冲上来时，刘欣也用尽了全身力气。

刘欣从不把负能量传递给别人。不管身上多痛，外人根本看不到她的病态，她怕别人用同情的眼光看她。工作中的刘欣很有战斗力，很有精气神。她也从没说过：我是个病人，这活儿我干不了。这一点所里跟她一起工作过的人都这么说。

2021 年，刘欣依托“刘欣警务室”，创新开展“传统加科技”“警格加网格”的“欣警务”工作模式，与辖区群众天天面对面、时时键对键、刻刻心贴心，将警务融入社区，融入网格，融入群众，打通服务群众的“最后一公里”。

刘欣随身总会带个笔记本，里面记着今天要办的事，老百姓求助的事……她用工作填满了自己的生活，用忠诚照亮了前行的道路。

翻开她的工作日记，每一页都是满满的，我挑了一页来看。2021 年 3 月 8 日，正是妇女节，按说这一天女民警也是有假期的，可刘欣的工作日志上是这样记录的——

1. 桃选小区院内光纤电缆老化，会同社区看如何维修。

2. 桃选 6-3-302 李大爷咨询医保问题——户口在外地，如何迁医保及花费问题。给李大爷电话开证明，让他到社区办理。

3. 八小（七台河第八小学）开学了，看望寄宿学生马子晴，买新书包和文具去看她、鼓励她。

4. 桃选 10 号楼王姐家漏水、噪音问题去调解处理。

5. 检查了祥和社区旅店消防，并填写了行业场所登记表、检查表、责令整改通知书，顺丰旅店暂时停业。

6. 上传平台信息。

3 月 8 日国际劳动妇女节，刘欣就是这样在忙忙碌碌中度过。

人心都是双向奔赴的。每次社区招募巡逻的志愿者，常常有很多人踊跃报名，他们都是被刘欣帮助过或者是被刘欣的奉献精神感召的人。

刘欣警务室所在的文苑之星小区位置有点儿偏，没成立警务室之前，夜晚在小区里溜达的人有被抢劫的，成立警务室后，刘欣带着辅警不定时地巡逻，从此再没发生过一起抢劫案。

第三章

别看刘欣干工作风风火火的，平时穿着也像个男孩子，其实，她的内心还是个爱美、喜欢美食、喜欢追剧的女孩子。

女生心思

桃南派出所户籍内勤民警张行初见刘欣时没觉得她是身患重病的人，工作状态非常好，工作上的事也非常上心。毕竟是女孩子，两人在休息的时候也爱聊聊八卦。张行知道刘欣喜欢的明星是朱一龙，喜欢追的剧是《白夜追凶》《无证之罪》《狂飙》《人民的名义》等，多是悬疑破案的剧。平时她也是神采奕奕的，根本看不出任何病态。

直到有一天，张行才知道她的病有多严重。

那是一个晚上，快 11 点了，所长给张行打电话，说你快来所里，所里抓了个女犯罪嫌疑人，本来是刘欣看着的，现在刘欣犯病了，得去医院。当时所里就张行和刘欣两个女警察。张行赶到所里的时候，正看见刘欣仰着头，满脸是血，这可把张行吓坏了。所里人忙着把刘欣送到医院。

刘欣从不在人前喊疼，从不在人前提起自己身体不舒服，但她毕竟是血肉之躯，不是超级英雄。桃南派出所张桂元一次下班在烤冷面的摊子前看到刘欣，很吃惊。张桂元知道，刘欣很节俭，从不乱花钱，平时是连一瓶饮料都不买的。今天怎么吃起小吃来了？刘欣说，今天实在是太难受了，颈椎疼、腰疼、膝盖疼、全身疼，实在不想做饭了，吃点儿烤冷面对付一下，回家就想吃上止疼片，躺着。

张桂元说，那一刻，我不知说什么好，只是嘱咐她注意营养。

一次，刘欣对张桂元说："桂元，我最近胖了，也得减肥了。"

张桂元笑着说："姐，减啥，你的身体得保证营养。"张桂元没敢说的是，刘欣的身体是吃药吃得有些浮肿了。刘欣曾说过，女警在接待群众的时候还是精神点儿好。

刘欣外表和内心都很坚强，但不代表她没有脆弱的时候。

赵丹是祥和社区的书记，家里有 3 个孩子，社区有一大摊子事，家里有干不完的家务活，管不过来的孩子，一天天忙得晕头转向。有一天，她跟刘欣抱怨生活太累了，孩子太闹了。

刘欣说："姐，你所抱怨的生活，正是我所奢求却求不来的。"

赵丹当时一下子就愣在那里。是啊，自己孩子多、家务累，可刘欣连个好身体都没有，拒绝了爱情，不能当母亲，跟她相比，自己的累不正是刘欣不能享有的天伦之乐吗？

友情天地

李佳惠、王天泽和刘欣三人是好朋友，经常在一起吃饭、看电影。李佳惠说，刘欣是个外向的人，尤其是跟自己和王天泽在一起的时候，话很多，一旦不愿意说话了，肯定是疼得厉害了，或者是换药了，正在适应期。2015 年的时候，医生就说她是"不安"腿——腿怎么放都不舒服，尤其是阴雨天，腿疼得厉害。布洛芬是她的常用药，常人吃一片，她一天得吃上两三片，有时还不见效，全身都疼，又说不清具体哪里疼。

疫情期间，李佳惠感染新冠，觉得肌肉疼、骨头缝里也疼。她向刘欣诉苦，刘欣听完，说你那种疼，不及我平时疼的十分之一。听了她这话，李佳惠就冒了冷汗，刘欣平时是咋挺过来的啊！

目前我国的医疗水平，治疗刘欣的病没有特效药，只有六种药可以缓解病症但不能根治。她从最低阶的药开始吃，一两年后，有了耐药性，就得换另一种药。一旦六种药都耐药了，也就无药可救了。她每次都尽量延长换药的时间，一是升级后的药更贵，二是她想尽量能延展生命的长度。她也跟李佳惠说过，真希望六种药吃完以前，医学界能攻克这种疾病，那样她就有救了。

刘欣在2021年的时候签了遗体器官捐献协议，她说如果自己的器官能用在别人身上，她就能以另一种方式继续活着了。

李佳惠是刘欣的同事兼好友，刘欣生病后期李佳惠曾陪着她去北京看病。问李佳惠为什么跟刘欣这么好，李佳惠说，因为刘欣值得，她是个让人放心的人，不敢跟父母说的事，可以跟她说。

李佳惠是2014年元旦到桃南派出所做社区警务工作时认识刘欣的。2015年下半年，俩人成为知心朋友是因为刘欣对她的关心。

当时，李佳惠刚和男朋友分手，正赶上在深圳搞专案，人在外地又失恋，挺伤心的，半夜发了个朋友圈。没想到半夜11点，刘欣竟然在微信上安慰她：你还年轻，以后会有更好的人，离开的就不属于你。刘欣还问她在外地是不是很辛苦。

李佳惠挺感动的，渐渐地，俩人互动多起来，下班后约个饭、周末看场电影啥的。接触下来，她发现刘欣是个很通透的人，是那种遇到过生死大考之后的通透，遇到事能一针见血地直指问题核心。她常对李佳惠说，人能健康活着就应该珍惜，这是生命的馈赠。

刘欣有时也和朋友们畅谈一下退休后的生活。她说我不能有家庭，以后退休就养只猫吧。她跟别的女孩一样，喜欢毛茸茸的小动物。李佳惠说，她俩还一起去猫咖撸过猫呢，别看她总穿警服，连茶杯上都有警察元素，但是袜子总是粉色的。她内心还是小女生啊。

2023年4月底的时候，李佳惠陪刘欣去北京看病，临回来前一晚，刘欣问她，佳慧，你想上哪儿玩、想吃啥？反正已经请假出来了，就好好玩玩吧。这在以前是不可想象的。以前每次出去看病，刘欣都怕耽误工作，总是匆匆去，匆匆回。

李佳惠看她疲惫的神情就说，别去了，以后有机会再去吧。

她说下次就不一定啥时候呢，咱俩不见得有机会再出来。

李佳惠现在想起来就特别后悔，她看似是在问李佳惠意见，实际上是她自己想走走看看啊。活到30多岁，她从没有旅游过。

刘欣还劝李佳惠谈恋爱，说人还是得成个家，平时还打电话让她周末经常回家看看父母。而刘欣自己倒是很少回家，逢年过节也就在家待上一两天。平时和李佳惠在一起唠嗑时她也说，少回些家，等我不在了，爸妈也许不会太难过。

第四章

人生中最后两个电话

刘欣的另一个好友王天泽说，自己真的挺感激欣姐对他的信任。刘欣人生中最后两个电话就是打给他的。

2023年7月1日下午5时许，正在外面跟朋友吃饭的王天泽接到刘欣的电话。刘欣问他喝没喝酒？他说没喝。刘欣说自己今天感觉头疼得厉害，现在已经吃完药了。如果好转就不给他打电话了，如果还是不行，就给他打电话，让他打“120”送自己去医院。

王天泽一听，心里非常忐忑。跟刘欣多年的朋友，她从来没提过这样的要求，难道她的病加重了？接下来他什么也没心思干了，不停地看手机，生怕错过刘欣的求助电话。

晚上7点，王天泽的电话响了，是刘欣。这时的刘欣说话已经说不清楚了，她只是告诉他来她家、送她去医院、她等着给他开门。就这么几句话，刘欣说得断断续续。

王天泽飞快地冲出去，往刘欣家赶。在车上，他拨通了李佳惠和“120”急救电话。

王天泽推开刘欣家的门时，里面黑乎乎的。他打开灯，才看见刘欣蹲在门后，脸色蜡黄，说不出话。“120”赶来后，李佳惠和他将刘欣送进七台河市第二人民医院。

到了抢救室，刘欣说不出话来，用手比画着右后脑，示意那里疼。

一检查，是脑出血。真是怕什么来什么！医生马上表示，以医院现有的医疗条件根本无法救治。因为刘欣患有多年的重症再生障碍性贫血，血小板水平极低，现在根本没法给她做手术，建议尽快送她去哈尔滨就诊。

随后，刘欣的父母和分局的两名同志跟着救护车，将刘欣送往哈尔滨。

7月2日早7点多，李佳惠和王天泽在刘欣的出租屋里给她收拾衣物和药品，刘欣用的药都是在北京买的，他们怕她在哈尔滨住院没药吃，于是准备把药送到哈尔滨。

这时，李佳惠接到刘欣妈妈的电话说：“不用拿药了。”

李佳惠问：“为什么？哈尔滨有药？”

刘欣妈妈停顿一下说：“刘欣走了。”

接到这个电话，李佳惠一下就蒙了。她怎么也不敢相信这是真的，瞬间觉得天旋地转，幸亏王天泽扶住了她。她继续收拾刘欣的警服。刘欣被送进医院的前两天，已经是动一下都觉得累，已经没有力气收拾屋子了。屋子里很乱，衣柜里也很乱，唯独警服，是整整齐齐地挂着的。尤其是那身刚发的警礼服，本身是有个布袋子装着的，刘欣自己在外面又用一个大塑料袋罩了一层。

李佳惠还在那里不停地收拾着衣服，王天泽痛苦地伸手制止了她：“姐，欣姐走了。今天凌晨在送往哈尔滨的途中就走了。她不再需要警服了。”

李佳惠无意识地回了一句：“胡说，欣姐永远需要警服。”说完，她瘫坐在地上，看着那些整整齐齐的警服，想着最爱穿警服的刘欣，痛哭不已。

刘欣爱警服如命，那是她魂之所系。她的警服永远是板板正正、一尘不染的。她曾对同事说：“只有穿上警服，我心里才会踏实，才会觉得自己是个健康的人，身体里充满了能量。”警服赋予了她永不言败的灵魂。

刘欣警务室继任者姚远招说：“记得有次欣姐住院后上班是穿着便服来的，那样子就是一个普通得不能再普通的人，瘦削的身子，看起来弱不禁风。换上警服后，她的精气神立马回来了，好像超人变身，只要一穿上这身衣服，她的力量就来了。”

警服对于刘欣来说，已经不是一身简单的制服，这是一身战衣。穿上它，就意味着扛起了责任，意味着面对困难不允许自己后退一步。刘欣的一生对得起这身警服，她没有辜负这身藏蓝。

惊闻噩耗

2023年7月2日，单长斌在单位吃完早餐，正准备出去，在餐厅门口听一个同事说：“刘欣没了。”单长斌赶忙折返回来问：“你说的是哪个刘欣?”

同事说：“全局有几个刘欣？派出所那个呗!”

单长斌还是不相信，又问道：“是桃南派出所的吗?”得到的依然是肯定的答复。

单长斌当时腿都有点儿软了，轻飘飘地走到外面，给他妈妈打电话：“妈，刘欣姐没了。”

他妈王艳的第一反应是：“你开啥国际玩笑!”

单长斌挂了电话。没一会儿，王艳又给他打回来，说：“我给警务室辅警许婷婷打电话了，她没听说这事，她说刘欣送哈尔滨救治了。”

听到这里，单长斌的心稍稍放下了。

7月3日早上，单长斌接到妈妈的电话：“你刘欣姐真的走了，我刚接到许婷婷的电话，她说现在很多居民都在刘欣警务室自发悼念她呢!”

原本还抱着一丝希望的单长斌，心一下子就掉地上了。单长斌心里难受了很久，他说：“我当辅警就是受了刘欣姐的影响，她那种亲和力，给予人的温暖，那种暖心暖肺的感觉真好。我也想成为她那样为人民群众服务的人。她让我一下子想起雷锋那句话：把有限的生命投入到无限的工作中去。她走了，我在小区里散步的时候还习惯在远处瞧着她的警务室，却从没敢再进去。”

单长斌至今清楚地记得妈妈带他找刘欣办身份证的场景。他考上辅警的事儿王艳告诉刘欣后，刘欣让王艳转告他，别放弃学习，争取考上正式警察，更好地为人民服务。

“我妈告诉我刘欣姐的话后，我心里暖暖的，觉得刘欣姐不仅没忘了我，还为我着想。”单长斌边回忆边说，“以前总听到这么一句话：金杯银杯，不如老百姓的口碑。打江山，守江山，守的不就是老百姓的口碑嘛!”

拼到最后一口气

宋宝玉接触刘欣较多，从2019年他认识刘欣后，就开始搜集、整理刘欣工作、生活方面的事迹。

他和刘欣有过深度交谈，跟日常聊天不同，他直言不讳地跟刘欣谈过生死。他曾对刘欣说，死是躲不开的，好好做些事，让“刘欣”这个名字再活一辈子。

2020年，宋宝玉陪刘欣看电影《紧急救援》，最后一段台词是：生活里常有突如其来的灾难，人生充满挫折和挑战，难关一个接着一个，不愿屈服只能反抗，当我们为生命拼搏到最后一口气，那一口气，就是勇气。

宋宝玉看见刘欣听到这句话，身子猛地坐直了。

电影散场后，她罕见地没说话。以前他俩一起走，刘欣话很多。这10多分钟的沉默，看得出她都在沉思。

后来，在她的案头上，宋宝玉看见有关于崔道植、潘东升事迹的书，知道那是她用来激励自己的精神食粮。

宋宝玉说："像刘欣这样，死亡就在前面不远处等着她，在这种恐惧和痛苦的折磨下还能做得这么好，活出精彩的自己，真是不容易，刘欣是真的英雄。"

盼不回的女儿

黑龙江省七台河市勃利县，不大的县城里，一个女孩儿降生在一户普普通通的家庭，父亲是农村信用社的职工，母亲给人理发。这个叫刘欣的女孩从小就懂事，自己能做的事从不麻烦别人。学习成绩优异，小学、中学一直是班长。刘欣高中同学说，刘欣很有领导力、包容力，还有主意。她宁愿自己吃亏，也不让别人不舒服。大家都愿意跟她玩，也愿意听她的。

刘欣的妈妈说自己对孩子关注很少，上面有两位老人，丈夫身体还不好。刘欣从小就很懂事，学习上从不用我操心。我也习惯了啥事都是她自己做主，包括她报考警察。

刘欣工作起来就停不下来。七台河到勃利县四十分钟的车程，每到周末、节假日，刘妈妈就翘首以盼，盼望着女儿的归来，可刘欣总说工作忙要加班，周末也不回来，"五一"、"十一"、中秋假日更回不来，说是执勤。过年回来也就待一两天，说得回去值班。更多的时候，母女俩只是视频或者打电话，可每次没说几句话，刘欣就说有事。

刘妈妈也嘀咕，人家过年过节那么远的路跋山涉水也要回家看看，看看父母、看看亲人，自己女儿离着这么近也不回来，一年也就看见几回。有时刘妈妈太想女儿了，就跟刘爸爸坐车到市里看她，一家三口吃上一顿饭，他们就得往回赶，家里还有两位老人等着照顾呢！

每次通电话，刘欣都告诉刘妈妈：我很好，不用担心。刘妈妈不知道的是，刘欣生命的最后半年，朋友圈屏蔽了父母和所有的亲人，就是怕他们看见担心。刘妈妈后悔，要是知道女儿病情恶化，说什么也要陪在女儿身边。

2023年春节，刘欣回家过年，大年初二的时候，她像不经意似的对妈妈说："妈，我签了器官捐献协议了。"

刘妈妈听了心里咯噔一下，她不敢想下去，脸上也不敢带出啥表情。

确诊这个病的当天，医生就告诉刘欣和她的家人，这是目前医学条件下不可治愈的疾病。刘妈妈说，现在我能理解，刘欣节假日不回来可能是怕我们见她见多了，如果有一天她突然走了，我们承受不住吧。

刘父说，我很钦佩我的女儿，她承受了常人不能承受的痛苦，在工作中也做出了常人难以企及的成绩。

从刘欣家出来，正赶上勃利县新起小学放学。夕阳中，天真烂漫的孩子们叽叽喳喳地从校园里出来，很远就能听到孩子们欢快的声音。新起小学是刘欣的母校，许多年前，她也像这些孩子一样无忧无虑地奔跑过吧！

尾　声

桃南派出所是个老先进集体，近20年时间获得50多项荣誉，涌现出不少模范带头人。

所里的年轻民警都说在桃南所工作特别舒心，愿意在这个集体里工作。互帮互助是所里的传统，年长的带年轻的，经验足的带刚入警的。像入警较晚的姚远招、王帅，在工作中都得到过刘欣的指点。

姚远招是2017年10月入警到桃南派出所的，当时他和刘欣的办公室挨着，在他眼中，刘欣精神饱满，性格外向，干事认真，从不拖沓，让三天完成的活儿不可能三天半完成。半年后，他才知道她身患重病，他以前还纳闷刘欣的脸色为什么总是那么苍白。

社区民警入户走访是基本功。刚上班时，姚远招不知道入户和老百姓说啥，刘欣就陪他入户走访。只见刘欣进屋，先叫哥、姐、大爷、大娘，把自己当成群众的一员，就是来帮他们解决问题的。这样，她就能很快拉近跟居民的感情，消除与他们的隔阂感。

2021年9月入警的王帅回忆，有次他往电脑里录入信息，当时对这项工作不太明白，一看别人都在忙，没好意思问，就自己想当然地做起来。等做完才发现自己做错了，还不会撤回和删除，只能偷偷找刘欣帮忙。他以为欣姐会先把他批一顿，没想到，刘欣只是告诉他，以后遇到"不准成"的事儿一定不能闷着，否则真出了问题想补救都来不及。

在刘欣心里，只要是"不准成"的事她都会较真，直到准确无误。

刘欣走后，姚远招接替了她的工作，成为刘欣警务室的负责人。他说，领导跟我说这事的时候，我心里突突的，心想欣姐做得那么好，我要是做不好怎么办？老百姓不认可怎么办？后来一想，欣姐的工作之所以能做得那么好，是她用心了，对老百姓有耐心，真心实意帮助群众。加上她在实践中摸索出的工作方法，和不怕苦、不怕累的精神，才成就了她的事业。有刘欣走出的路在这里，我觉得只要我沿着她的足迹尽心做好本职工作就好。

刘欣就是一个最基层、直接面对群众的普普通通的社区民警，但她有求必应，用耐心和真心在群众中赢得了口碑。一个人好了，一个家就好了；每个家好了，一个国家就好了。我们人人做好自己的工作，尽自己的能力坚守自己的职责，这个国家就会长治久安、生机勃勃。

刘欣在与病魔作斗争的这些年，向死而生，在最基层的公安岗位，干出了不平凡的成绩，向党和人民交出了满意的答卷，也为自己短暂的人生，书写了精彩的华章。

（文中部分人员为化名）

买卖继续

游　睿

一

房子的位置只能算城郊，买的时候没有想到城市会发展得那么快。本以为那一段就是核心，不成想短短几年时间，这座城市就像一个青春期的孩子，迅速长高长壮实了，当年误以为是他膝盖骨的地方，现在只不过刚刚是他的脚踝而已。

位置不好，仅仅是房子不好卖的一方面因素。还有一个重要因素在于房屋的产权问题。当初覃町并不喜欢这个地方，是万向权执意要买，说位置当道、价格也便宜。可是交了首付不久开发商就跑了路。尽管后来顺利接房入住，但这么多年过去了产权证一直没办下来。直到最近才听看门的老大爷说估计快了。听说归听说，毕竟没有拿到手。少了房产证，房屋的买卖自然存在问题，再中意的买家也会因此望而却步。

万向权出事之后，不断有人给覃町介绍对象，她都一一回绝了。那时候豆豆刚上小学，婆婆的身体也还算硬朗，除了无尽的悲痛，生活该继续的还得继续。这套房子，是她强大的支撑。她把万向权的遗像挂在客厅的墙上，然后在自己卧室里、在豆豆的房间里，甚至在厨房门口都各放了一个装着万向权照片的相框，只不过相框里装的是他的生活照片。这是她和万向权的家，在这套房子里，他们结婚生子，吵架斗嘴，哭过闹过也笑过拥抱过，日子就像做川菜的厨房一样，火热刺眼却又香辣带劲儿。万向权没了，熊熊的大火也就熄了，但就在这套房子里，万向权的味道还在。卧室的大床上、客厅的沙发上、卫生间的马桶上，每一块地砖，每一个角落无不充盈着他的味道。她只要一转身一睁眼一呼吸，都会觉得万向权在自己身边。万向权走了这么多年，覃町一直告诉自己，他只是出差去了，或者只是去镇上工作了，以前他不在家的时候我该做什么，现在就做什么。

日子平淡无奇，却绝非一帆风顺。万向权走后，覃町依旧在学校上班，靠着微薄的工资和婆婆一起带着豆豆走过了漫长的十年。十年后的今天，覃町却不得不作出将房子卖掉的决定。豆豆还有一年就高考了，他的成绩并不好，只能走艺校的路子。从高一起豆豆就报了美术培训班，一周三节课，刚开始每节课只要八十元，进入高二就涨到一百五十元一节课，算下来一个月也要花上好几千。豆豆倒是知趣地问覃町："要不别报了?"覃町瞪了瞪眼说："谁说不报，现在停下来，前面的钱岂不是都白花了?"

儿子要花钱，婆婆更要花钱。婆婆两个月前中风，现在依旧躺在医院里，尽管她身上插的管子少了几根，但还是半身不遂。婆婆斜着眼睛，一边流着口水一边含混不清地说："回……回家，不……不治了。"覃町努力地笑了笑说："妈，不把您治好，谁给我收拾家务啊！家里乱糟糟的，我哪里还有心思上班?"为了给婆婆治病，覃町把这些年的积蓄全部花光了，还找几个闺蜜借了不少钱。可是再借下去，就已经无处可借了。

覃町一个人在家里想了很久。她望着万向权的遗像问："如果你还活着，眼下的情况你会怎么办?""万向权"并没回答，他黑色的眼镜片里透着一丝微笑，嘴角始终微微上扬。

就这样，覃町下定了卖房子的决心。她找了几家中介公司，但都表示这房子难卖。不光价格不好，关键是没有人愿意买没有产权的房子。要买这套房子，银行无法贷款，除非买家付全款，并且买卖双方还要就产权问题另外达成协议——只要证件一办下来，立马完成过户。但这样的风险，根本没有人愿意承担。

覃町咬了咬牙说："我把购房合同押在你们这里，价格再少三万怎么样?我急着要钱，你们一定要想方设法帮我卖掉。"后来，总算有一家中介公司表示愿意死马当活马医，尽力为覃町寻找合适的客户。

不料房子挂出去没几天，中介公司就来电话了，说有人愿意来看看房子。不过，先后来了好几拨看房的，都没了下文。为了更方便看房，覃町留了一把钥匙给中介。有时候覃町不在家，中介就会自己带着客户去看。那天，覃町在医院里为婆婆刚擦完身子，中介突然打来电话，说有个之前看过房子的客户有意向买她家房子，让她去中介公司面谈。

在去中介公司的路上，覃町一直很忐忑，她很害怕客户会以各种理由不要她的房子。同时她又担心，交易太快成功的话，就意味着她必须马上搬家。一个地方住了十多年，说搬就搬还真有些不舍，何况这套房子里，处处都是万向权的影子，这一搬会不会将他搬丢呢?更让覃町好奇的是，什么样的人愿意买这种没落实产权的房子呢?

到了中介公司，覃町才发现，所谓的客户，也就是一个二十来岁的年轻人，青春气息很浓，比豆豆大不了多少。不过，穿着打扮倒很朴实，一点儿不像他的同龄人那样浮夸。对方很客气地和覃町打招呼，并称她为阿姨。他自我介绍道，他叫李源，挺喜欢覃町的房子，户型、装修和方位都很喜欢。他并不急着和覃町讨价还价，而是问覃町卖房子的原因。覃町叹了口气说："你也看得出来，这是阿姨唯一的住房，如果有别的办法，我肯定不会卖。这背后的原因你就别问了，一言难尽。"

李源点了点头说："阿姨不愿意说，我就不问了。房子的情况我大致清楚了，要全款我还是有一些压力，我也是刚刚参加工作。您看这样行不行，今天我先付五万定金，剩下的钱两个星期内付完如何?"

覃町想了想说："钱没问题，不过两个星期就交房子对我来说时间有些紧，我还得租了房子才能搬家。"

李源站起来说："交房倒不急，您可以先住一段时间，租到房子再搬。我之前租的房子要年底才到期，这期间您都可以住。"

李源的回答倒让覃町轻松了许多。但因为房屋产权的问题，覃町总觉得自己像欠了这个年轻人什么似的。见覃町有些犹豫，中介不断地给覃町递眼色，意思是过了这个村就没有这个店了，赶紧的。覃町只好答应了下来。

接下来，双方在中介公司签了份协议，互留了身份证复印件。李源用手机转了五万元到覃町的账户，覃町出了一个收据。办完这一切，李源和覃町握了握手，称自己有事，得先走了。

覃町拿着那几页协议和李源的身份证复印件，忽然觉得它们很沉。她没想到房子卖得这么顺利，本来以为会拖个一年半载，甚至根本卖不出去。那样的话，她可能会想其他办法解决眼前的困难，之前的许多困难她都是这么挺过来的。如今真的卖了，她的心里却忽然空落落的。

回到家里，覃町又拿起协议仔细端详了一番，接着把李源的身份证复印件也看了看，却突然愣住了。之前她只看了李源的照片、年龄和身份证号，没仔细看地址那栏。但是现在她看清楚了，地址栏上有三个熟悉的字：石桥镇。

从万向权出事的那一刻起，石桥镇就成了埋在覃町心里的一枚炸弹。这么多年来，她一直努力地回避着这个地方。她在潜意识里拒绝听到与这里有关的任何消息，拒绝与这里的任何人接触。她怕自己一不小心就会爆炸，到时一定会伤痕累累。但现在，她在李源的身份证复印件上看到了这三个字，与它相关的回忆像着火的引线一般，瞬间就窜到她的眼前，她毫无防备，炸弹却说炸就炸了。覃町仿佛看见了一块冰凉的停尸板，万向权的尸体就躺在那上面，他的头顶正汩汩地冒着鲜血。

覃町不得不扶住墙，她感到有些眩晕。

二

算起来，这些年来杨瑜花做得最专业的一件事情，既不是扫大街也不是端盘子，而是搬家。

从第一次搬家到现在，杨瑜花已经大大小小搬了几十次家。从山上搬到山下，从山下搬到城里，从城里搬到城郊，又从工地搬到棚户区。杨瑜花早就搬出一套丰富的经验来了。她和两个儿子的所有衣物，一律放在各自的拉杆箱里，餐具和洗漱用品也一直搁在几个收纳箱里。家里买任何东西，都要从是否方便带走的角度考虑，一旦觉得可能是累赘就尽量不买，哪怕是买菜，杨瑜花也坚持吃一天买一天，绝不会多买，以免搬家的时候麻烦。在她眼里，家里所有东西都要能够达到立刻打包、说走就走的状态，都能拎在手上最好。搬得多了，杨瑜花就觉得家只是一个住所，这个住所除了遮风挡雨，就是为了晚上方便搁置一下疲惫的身体。有时候她甚至觉得，这些不断搬进搬出的房子，就像一件件衣服，穿几天就换一下，唯一不换的，仅仅是自己的身体。

第一次搬家纯属意外，却刻骨铭心。那时候李直还没有出事，他们一家四口生活在大山的褶子里，住着几间裂着口子的土屋。土屋位置处在大山深处的半山坡上，从远处看，极像随意扔在山坡上的几个泥疙瘩。杨瑜花却特别怀念住土屋的日子，土屋虽然矮小、破旧，但毕竟是属于她和李直的家，不用交房租，不用担心戳坏了墙壁、摔坏了东西要赔钱，更不用担心无缘无故说搬就搬。住在土屋的日子踏实而温馨，她以为自己一辈子都应该这样了，在土屋里生儿育女，无疾而终。

土屋的周围山清水秀。他们养了一圈羊，还在屋旁边开垦了几块菜地，在家门口栽了一棵高大的梧桐树。后来，树上还多了一个碗口大的鸟巢，每天早上都能听到清脆的鸟叫声。那时候李直年轻，浑身都是肌肉疙瘩，有一天，他忍不住爬上树把鸟巢给端了下来，还把里面的鸟蛋给煎熟吃了。杨瑜花清楚地记得，鸟巢被端以后，有几只鸟在梧桐树周围整整叫了一天，任她怎么赶也赶不走。

一天傍晚，连续下了几天的暴雨突然停了，天边飘起几朵金黄色的云。杨瑜花带着两个孩子站在家门口看天上漂亮的云朵。突然，山上传来一阵轰隆隆的巨响，这时李直跑过来，抱上孩子大声喊："杨瑜花快跑！"杨瑜花不知所措，慌忙拉着另一个孩子跟着李直迅速往前跑。跑出不到半分钟，巨响就到了身后，杨瑜花回头，只看见山上腾起一片黄色，泥水和着石头像一条疯狂的巨蟒，沿途的树木和杂草纷纷被卷入其中。巨蟒很快就到达土屋后面，那几间矮小的平房像奶油般不堪一击，轻轻一碰就被吞噬了大半。

等杨瑜花回过神的时候，屋基上只留下几条淌着泥水的沟。那一瞬间，杨瑜花哇的一声大哭起来，哭得撕心裂肺。此刻她忽然想起梧桐树上的鸟巢，它在李直手中瞬间被扯碎，鸟儿们就叽叽喳喳地叫了起来。现在她明白了，鸟儿们持续了整整一天的叫声，其实是呐喊，是哀号，是绝望。

李直拍了拍她的肩膀，好半天才说："别哭了，过去看看还有没有什么可用的东西。"

他们跑回尚未彻底倒塌的小半间土屋里，抢出来几把锄头。这时，山上又传来一阵巨响，他们如惊弓之鸟般迅速抱起孩子往山下跑。跑了好一会儿，杨瑜花才抹了把眼泪，问："我们去哪儿？"

李直喘着气说："我知道一个地方，先住过去。"

这是杨瑜花第一次搬家，突兀而又匆忙。来不及打包，也无法准备，更不知去处。只是她和李直都没想到，接下来会发生那么多事情。

李直又减刑了，由最初的死缓变成了无期，又由无期变成了十七年，按照李直的说法，再过几年光景，他就能出来了。这本是件高兴的事情，可杨瑜花却喜不起来。她无时无刻不希望李直回来，只有他回来了，家才是完整的家。可李直犯的事太大，他伤害的是一条活生生的性命，而且还不是一般人的命。无论李直坐多少年牢、用什么方式改过自新，始终换不回已经逝去的生命。

李直服刑的监狱离县城不远，杨瑜花和两个儿子每个月仅有一次探视的机会，但他们并非每月都去，有时候甚至好几个月都不去，任由机会白白浪费。不是他们不想去，是没时间去。杨瑜花现在兼着三份工作，早上要去大街上做保洁，她负责整整两条街。中午和晚上她在"醉再醉"酒楼打零工，晚上则睡在开发区的工地上帮人看材料。大儿子李源白天要送外卖，晚上在KTV当服务生。小儿子李清开出租车，同样是两班倒，作息时间常常混乱。他们当中的任何人只要去探视李直一次，就会耽误一次相应的工作，那就是耽误钱。重要的是，每次去探视李直，交流的内容都差不太远，无外乎简单讲讲家里的情况，说一些安慰的话。而李直老生常谈的只有一个话题，那就是买房。他说，不管我能不能回来，你们一定要努力挣钱买房，你们一定要有一套属于自己的房子。

现在他们依旧租住在城郊的棚户区里，三间平房，房顶上盖着褪色的彩钢瓦，外墙上都有一个红色的“拆”字。进门的过道一半被当成厨房，锅碗瓢盆放在一起，仅留出一条缝隙过人。卫生间就在厨房的斜对面，没有门，用灰色的布做了帘子，帘子内除了一个伤痕累累的花洒外，还有一个看不清颜色的蹲便盆。一根蛇纹状的胶皮管子一端咬在生锈的水龙头上，另一端像一把利剑直直地戳向蹲便盆。水龙头下方放着一个装乳胶漆的桶，用来接水龙头里滴下来的水。这个地方是几年来杨瑜花租得最久的一个住处，已经住了整整三年。房东每年只收三千元房租，因为都知道这地方要拆了，能收到一份房租也算不错了。不过直到现在仍然没有动静，墙面上的“拆”字也褪色了。房东说：“只要不拆，你们就可以一直住下去。”

杨瑜花当然要买自己的房子，搬这么多次家，她早就搬累了，她做梦都想买一套属于自己的房子。不怕泥石流，不怕被人赶，不用给房租，这样一来，他们所有的东西都可以放在属于自己的柜子里，再也不用打包带走。

如今，家里三个人都在努力挣钱，总收入还算可观，加上大家都省吃俭用，杨瑜花银行账户上的数字，就像她这些年走过的路一样，越来越长。

那天下午，“醉再醉”酒楼刚刚发了工资，趁午饭后的空当，杨瑜花打算去银行存钱。对于一个一天做三份工作的人而言，即使给了她空当，她的步伐也总是匆忙的。她的眼里只有一个目标，那就是银行。沿途那些高大的楼房、飞驰而过的汽车，以及穿得花花绿绿的行人都与她无关。也许本来就与她无关，这些年来她已经习惯了被人忽略。她仅仅是一个清洁工人而已、“醉再醉”后厨打下手的而已、工地上一个照看材料的而已，每一个角色人们都无须看她的脸，也无须关注她的心情。就像马路上的行道树，人们只要看到这儿有棵树就行，至于它有多高、能释放多少氧气、是否缺乏营养都与他们无关。杨瑜花此刻走在路上，心里坦然而宁静。这时，一个背着双肩包的小伙子突然站在了她的面前。

“大妈你好，要不要看看房子？房价马上就要涨了，我们手里有一批业主急于回收资金的房源，价格很便宜。”小伙子塞了一张传单给杨瑜花，像电视里综艺节目主持人一样，念叨着娴熟的台词。

“我？买房？”杨瑜花愣了一下说，“你看我像买房子的人吗？”

“您这就是谦虚了。”小伙子笑了笑说，“真正能买房子的人恰恰就是您这类低调的人。您有存款吧，有孩子吧，您辛辛苦苦存的钱不就是为了给孩子们买套房子吗？”

杨瑜花竟然无言以对，她愣了愣说：“现在最便宜的房子多少钱？”

小伙子见有戏，赶紧拉着杨瑜花的手说："大妈，这样，您到我们店里去，我详细给您介绍一下，保证有适合您的房源。"

就这样，杨瑜花跟着小伙子一起进了中介公司的办公室。等她再出来的时候，已经快下午五点了，她看了看时间，心想来不及去银行了，得赶紧回酒楼上班。

这天晚上，杨瑜花在工地的值班室里辗转反侧。到了中介公司，她才发现自己账户上的钱，已经足够买到一套适合他们家的房子了，虽然位置可能会偏一些。这是一场持续多年的长跑，此前她只知道低头往前跑，不能停也不敢张望，不成想，不知不觉间终点已经在她的脚下了。现在终于有能力买一套属于自己的房子，她怎能按捺得住心里的那种兴奋呢？想起这些年来无数次搬家的经历，杨瑜花的眼角有些湿润。她迅速穿好衣服起床，工地离她租的房子很近，她一路小跑回到家里，将正在蒙头大睡的小儿子李清喊醒。李清揉着眼睛，不知所措地看着母亲，问："怎么了？"

杨瑜花说："你哥马上就下班了，等他回来咱们商量件事。"

"什么事？"

杨瑜花看着李清，呼了一口气，似乎要平息一下刚才小跑带来的不适。她顿了顿，才缓慢又铿锵地吐出了三个字："买——房——子！"

三

石桥镇是万向权离开机关后唯一工作过的地方，算起来他在那里待过的日子总共不到两年，只是谁也没有想到，那里却是他生命的最后一站。

覃町和万向权结婚的时候，他们俩都是乡村小学的教师。万向权个子不高，很瘦，戴着一副很配他脸型的黑边眼镜，浑身透着一股知识青年的气质。覃町第一次见他就被不自觉地吸引住了。也没有什么浪漫的过程，他们俩很自然地相恋、结婚。万向权不是一个安于现状的人，结婚后不久就先一步考进了县城的中学。为了跟上节奏，覃町第二年也考进了城。就在她进城的那一年，万向权找亲戚和朋友凑到了一笔钱，买了现在覃町居住的房子。不久，覃町怀孕有了豆豆，万向权也在这时参加了县政府机关的选拔考试，一跃成为领导的文字秘书。

万向权在机关里待了整整五年，这五年里，他一门心思干工作，早上七点半就出门上班，晚上经常加班到凌晨两点左右才回来。有时候干脆一个星期都住在办公室，饿了吃盒饭，困了就倒在办公室的竹沙发上睡几个小时。在覃町看来，家仅仅是万向权换衣服和刮胡子的地方。覃町生豆豆那会儿，万向权也仅仅请了三天假陪她，此后所有事情都由她独自扛着。豆豆三岁的时候，跟看门的老大爷和小区里跳坝坝舞的老太太们都混得特别熟，大老远都能喊出张爷爷或是李婆婆，唯独看到自己的亲爹万向权时却像看到陌生人一样，有一次还问覃町："他是谁啊，脸上的胡子好扎人。"

覃町却从没有怪过万向权。她知道万向权就是太看重工作，何况进了机关也由不得他，他不看重也不行。到了那个岗位，就得按照岗位的规则认认真真地做事。万向权的忙，是为了他的事业和前程，单凭他的上进心就好过多少上班看手机、下班打麻将的男人了。作为万向权的女人，她常常为老公的投入感到自豪。她覃町的男人就应该这样，执着、专注、有事业心。她心甘情愿为他搞好后勤工作，不怪罪他，更不拖累他。豆豆生病了，她就独自带着豆豆去医院，哪怕三更半夜、风雨交加。家里的水管坏了，她就自己换；下水道堵了，她自己掏。正是因为那些年的历练，后来万向权出事了，覃町也能坚强地撑过来。她早已习惯万向权不在家的日子，只当他一直在忙碌、一直在上班而已。

万向权在机关苦熬五年之后，总算得到了回报，他被安排到石桥镇做副镇长。他不用再熬夜，也不用写那些边界分明却又要求不断折腾出新花样的文字。他顺利完成了由乡村教师到乡镇领导的转变。万向权非常清楚，这里面有他自己的努力，更离不开覃町的默默支持和付出。去镇上报到的头天晚上，他拒绝了所有人的邀请，回到家里亲自下厨做了一顿丰盛的饭菜。在餐桌上，万向权拉着覃町的手说：“以后我会把欠你们的都补回来。”覃町的眼里闪着泪花，她看了看万向权，又看了看豆豆，一阵温暖顿时涌上心头。万向权和豆豆是他们家两粒破土而出的种子，如今他们都在各自的土壤里茁壮成长，她的眼里满满地藏着农人面对丰收般的喜悦。她笑了笑说：“老公，我真为你感到高兴，你已经迈出了第一步，继续加油!”

万向权到了石桥镇以后，工作并没有想象般轻松，他摊上了全镇最大的民生工程——黄沙溪水库建设的移民搬迁工作。黄沙溪水库是全市的重点工程，规划区内有六十三户居民需要搬迁。之前负责的副镇长已经和部分居民签好了房屋补偿协议，还支付了一部分人的搬迁费用，却在这时工作陷入了被动——字签了，钱领了，可这些人丝毫没有搬迁的意思。领导很生气也很着急，就临时换帅，让万向权来主抓。

万向权用了个把星期到库区逐一摸清情况，找到症结之后毅然决定，对已经签字并全额领款的几户人家实施强制搬迁。万向权仔细做了方案，又亲自带队，组织了上百名民兵浩浩荡荡地来到这些人家门口。其实，他十分清楚这些人的想法，搬迁是必然，他们之所以不搬就是为了争取更多补偿。他带这么多人去并非要真的动手，而是营造一种声势，表明镇上的决心。只要这第一步成功了，后面的工作就会容易很多。也就是在这次所谓的“撕口子”行动中，万向权认识了李直。

李直是上百名民兵中的一员，他当过两年义务兵，浑身的肌肉疙瘩就是在部队练出来的。转业后，他回到老家务农，娶妻生子，生活平淡无奇。因为有过当兵的经历，他很自然地成了民兵队伍里的一员，镇上有什么需要民兵参与的活动，村干部都会及时通知他。本来这次的统一行动，李直是不打算参加的，尤其是听说要执行强制搬迁任务时，他立刻表示不去。他历来反对强拆强迁，认为那是恃强凌弱。前去通知他的村干部对李直的品性十分了解，把他叫到一旁说：“别人都说你很犟，我知道你其实是一个很讲道理的人。你想想，平日里训练你们这些民兵是为了什么，不就是为了关键时刻能发挥作用吗?”李直说：“那要看什么事。”村干部说：“你来评评理，黄沙溪水库的那些搬迁户，政府给他们落实了搬迁的地方，又按他们的要求签订了合同，足额发放了补款。你说，他们该不该搬?”李直说：“既然签了合同又拿了钱，该搬!”村干部又说：“现在他们领了钱不搬，影响了国家工程的进展，政府该不该行动?”李直想了想说：“也该！不过，不会一去就摔盆子砸锅吧?”村干部说：“又不是土匪，肯定是先礼后兵，不到万不得已，根本不需要你们动手。”李直这才点点头说：“这道理讲得通，我去!”

当万向权带着大队人马到达搬迁户的家门口时，立即遇到了阻挠。这户人家的男人提着一把菜刀站在门口，大声喊道：“来，你们谁敢过来，我就放倒谁。你们这是抢劫!”虽然万向权之前做过预案，也设想过这种场面，但真正面对的时候他的心里还是有些紧张，这毕竟不同于机关里的咬文嚼字，稍有闪失就会出大事。但他同时提醒自己不能后退，这个口子撕不开，后面的搬迁就更难了。于是万向权独自站了出来，大声说：“我们不是来强拆的，是来帮你搬家的。”提刀男人叫嚣道：“少废话！你给老子退回去，否则我剁了你。”万向权扶了扶眼镜，毅然往前迈出了一步。男人睁大眼睛吼道：“你别逼我!”万向权又迈出了一步，只见男人猛地举起菜刀，向万向权劈过去。就在这千钧一发的时刻，一个民兵飞身上前，用一招漂亮的擒拿动作瞬间将提刀男子制伏在地，还踢落了他手中的刀具。男人在地上挣扎着骂道：“你他妈谁啊?”民兵说：“我叫李直。”并继续说，“我一开始是站在你这边的，但你签了字、拿了钱还不搬，本来就不对，今天又打算拿刀砍人，那就更不对了。”李直用力压了一下男人的胳膊说，“对不起了，兄弟!”

这次行动，李直起了关键性作用，因为打破了僵局，后来整个搬迁工作十分顺利。因此，万向权对李直这个人的印象很深刻。当天任务结束之后，万向权就想着找李直到他办公室坐一坐，不料不等他召唤，李直自己就找上门了。万向权给李直倒了杯水，对他的挺身而出表示感谢。李直谦虚地说，都是他该做的，主要是对方实在不讲道理，他特别讨厌不讲道理、蛮横办事的人。李直又说：“我来找您，是有个情况向您反映。”万向权说：“别见外，有什么事你尽管说。”李直说，他家住的那个地方，地质灾害比较频繁，最近几年越来越严重。他担心指不定哪天他的家就没了，所以希望镇里出面想办法进行治理，或者拿出一个更好的方案帮助他们解决安全隐患。万向权很认真地记录了李直反映的情况，承诺尽快去实地查看一下。

几天后，万向权果然就抽出时间去了趟李直家，他反映的情况属实，那片坡地简直就是贴在了一块巨大的青石板上，随时有可能溜走。房屋周围的树木和杂草倒下不少，地面像牛皮癣一样古怪、难看。如果发生大面积的滑坡，李直的家就是一团放在水中的泥，被推倒被淹没被冲走都是分分钟的事情。李直很感激万向权的到来，他坚持要留万向权一行人吃饭，但万向权拒绝了。他教李直用纸片贴在墙面的裂口处进行监测，告诉他一旦纸片被拉断，就要立刻转移。他还表示，回去后会迅速给镇党委和县里打报告，尽快想办法解决。

到此时，万向权和李直既是工作关系，又俨然成了惺惺相惜的朋友。两个男人在心里对彼此都有着很好的印象，完全想不到在不久的将来，其中一个会亲手杀死另一个。

四

杨瑜花的买房计划，当天晚上得到了李源和李清的一致支持。这是他们共同的梦想，他们等待这个时候已经很久了，甚至觉得母亲的决定还晚了一些。

第二天下午，杨瑜花请了半天假。换作以前，她断然不会为此牺牲半天工资。但从昨晚开始，她心里就只有买房子这件事情，她似乎已经看到，一套宽敞整洁的房子正在等着她和她的家人。当中介公司的小伙子热情地打来电话的时候，杨瑜花甚至有些嫌他打得太晚了些。这一次，杨瑜花自己也承认，她真的有些迫不及待。

中介小伙儿带杨瑜花去看的就是覃町的房子。这套房子装修得不错，户型大方，卖相很好，加上业主急着用钱，价格也很便宜。如果不是因为产权问题，应该很快就能出手。他之所以带杨瑜花来，是因为在他的经验里，像杨瑜花这类在城里务工多年的人，他们对房子的渴望无异于岸边的鱼对水的渴望，是刚需，更是梦想。这种渴望，往往让他们急于下手，以致产权方面的一些问题也可能变得次要，住进去才是第一要务。

覃町白天几乎不在家，中介给她打电话告知后，用她留给他们的钥匙打开了房门。一进门，杨瑜花就看到客厅上方那张醒目的遗像。照片上的人面带微笑，熟悉的目光透过黑边眼镜，像两盏醒目的灯一般照亮着客厅的每一个地方。而杨瑜花站在“他的目光”下，记忆的堰塞湖立刻决堤，不容她想就卷了进来。照片上的人她只见过两次，一次是来她家查看地质灾害，另一次是在他血肉模糊倒下的现场。他那张脸和那副黑边眼镜、他的名字以及那个案子，她再熟悉不过了。但眼前的他却是陌生的，至少以前杨瑜花没有看到过这样的他。墙相框里上的他帅气年轻、英气十足，与她记忆中的那个副镇长稍稍有些不同，具体区别在哪儿她说不上来。杨瑜花盯着遗像，忽然看到墙上的他似乎眨了一下眼睛。她不由“啊”地叫了一声，赶紧扶住了墙。

中介小伙儿被她吓了一跳，连忙上前问她怎么了。杨瑜花摇了摇头，努力把目光移到别处，然后说：“没事，刚才差点儿把脚崴了。”

小伙子看了看，确定杨瑜花真没事，就继续向她介绍房子：“阿姨您看，这是标准的三室一厅，还带书房，户型非常实用。”

杨瑜花机械地跟在小伙子身后，她的心狂跳不止。她看见每一间屋门口都有万向权的照片，每一个“万向权”似乎都要从照片上走下来，对着她微笑，喊她嫂子。然后，他们的面目开始发生变化，有的鼻孔在流血，有的眼睛在流血，还有的脑袋上裂出一道口子，露出白森森的脑浆。她每往前走一步，他们就向她靠近一步。她呼吸急促、胸中发闷，觉得自己快要死了一般。她攥紧拳头，将牙齿深深地咬进嘴唇里，用力闭上眼睛，接着她又猛然睁开眼，这时她才发现，眼前一切又恢复了正常。中介小伙子对她说：“阿姨，这边来看看。”

她跟在小伙子身后，逐一参观了每个房间。这些房间宽敞明亮，里面的东西收拾得十分整洁。在不同的房间里，有不同居住者的照片。

主卧室显然是一位老太太在住，床头柜上放着老人常备的放大镜和一张照片。照片上老人白发苍苍，与多年前相比老了太多。杨瑜花见过老人几次，最后一次是在李直涉嫌杀人案开庭的现场。

另一间是孩子的卧室，杨瑜花记得，当时他不过六七岁的样子，现在从照片上看，长得高高大大的了，有几分神似万向权。

最后一间卧室是女主人的，化妆台前放了很多张万向权和她的合影，还有几张她的单人照。但是，如果不是其他照片佐证，杨瑜花可以断定，如果现在单独遇到她自己肯定认不出来，甚至有可能她们已经擦肩而过许多次了。当年杨瑜花和她正面接触过多次，那时候她虽然以泪洗面，但是面色红润，留着一头飘逸的长发，是个十足的美女。而照片上的女人，脸色苍白，皮包骨头，眼袋像小拇指一样横在脸上，皱纹呈放射状布满眼角，长发早已不在，取而代之的是齐耳短发。这与记忆中的她判若两人。杨瑜花的心不觉又猛然紧了一下。

大致看了一圈，中介小伙儿才锁门陪杨瑜花出来。此时，杨瑜花额头上已经汗水涔涔，这一趟她感到浑身前所未有地累。小伙子问她觉得怎么样，她应付性地回答说不错，但立刻又补充道："我得回家商量一下。"小伙子说："不急，买房子是大事，您是得好好考虑。不过您得抓紧，这房源真心不错，过了这个村就没有这个店了。"她问："你知不知道房主为什么要卖房子啊?"小伙子说："唉，她婆婆中风了，孩子又上学，都是急着烧钱的事情，这些情况她之前都给我们讲过。据说，她婆婆没准儿还得在医院住上一年半载，没有男人，一个女人家也确实没办法，不得已才打房子的主意，所以谁买谁捡便宜。"

从小区里出来，杨瑜花和中介小伙子道了别。直到他走远，杨瑜花才在街边的石阶上坐了下来。她深深地叹了口气，在心里问自己，这是冤家路窄还是因果报应？是万镇长的冤魂要我来看看他们家的处境？整整十年过去了，万向权早已入土为安，李直也为自己的行为付出了代价，她本来以为那件事早已过去了，但现在看来并没有结束。此刻，她脑子忽然闪现出覃町的照片，是什么原因让一个红润漂亮的女人憔悴成这个样子？是时间，还是其他？杨瑜花知道，如果万向权还活着，她一定依旧保持得漂漂亮亮，更用不着去卖房子。想想自己这些年，杨瑜花的心里忽然腾起一阵怒火。她猛然起身，狠狠地骂了一句："狗日的李直，狗日的杨瑜花!"

李源在下班途中遇到了李清，兄弟俩一见面就探讨起房子的事情，他们越聊越兴奋，越聊越迫不及待。当他们兴高采烈地走到家门口时，天已经擦黑，屋子里没有开灯。以往这个时候，杨瑜花早为他们备好饭菜，然后去工地值班了。李源进屋打开灯，却吓了一跳。杨瑜花正坐在一把椅子上，呆呆地看着前方，俨然一尊雕塑。他连忙上前，关切地问："妈，您怎么了?"

杨瑜花缓缓站起身来，说："没什么。"这时，李清在厨房里大声问道："妈，饭呢?"杨瑜花说："没做。"兄弟俩意识到情况不对，迅速来到杨瑜花身边。李源问："到底怎么了？您下午不是去看房子了吗?"杨瑜花本想往前走两步，但是她坐的时间太长，双腿有些麻木，不得已又坐了下来。这时，一缕头发挡在了她的眼前，花白相间的颜色让她十分厌恶，她赶紧将它别在了耳后。杨瑜花说："你们俩拿凳子坐过来，我跟你们说件事。"李源和李清就各自取了一张凳子，坐在杨瑜花的身边。

过了好半天，杨瑜花才表达完自己的想法。说完这一切的时候，她长长地舒了口气，似乎轻松了许多。不料这时，李清猛地站了起来，一脚踢开凳子说："凭什么？凭什么？我们吃了这么多年苦还不够？"杨瑜花忽地站起身来，一挥手就给了李清一个耳光。李清愤怒地捂住脸，转身跑了出去。杨瑜花吼了声"你给我站住"，同时举起手中的凳子。

"妈，别管他。"这时，李源上前夺下凳子，让杨瑜花重新坐回到椅子上。他将双手搭在母亲的肩膀上，"我支持您，就按您说的办。"

杨瑜花抬起头，缓缓地舒了口气。

五

房子滑坡的那天晚上，李直带着老婆孩子和几样简单的农具连夜下了山，最后在一栋房子门口停了下来。那是一栋三层的小洋房，墙上贴着白花花的瓷砖，月光下，这栋洋房显得格外高大、漂亮。房子门口挂着一把大锁，李直用锄头将锁砸开，然后推门而入。借着月光可以清楚地看到，屋内一片凌乱，堆满废纸、旧衣服和几件不像样的家具。李直找到电闸拉开，电灯竟然还可以用。他抹了一把脸上的汗水，对着门外喊道："进来吧。"

杨瑜花带着孩子们进屋，还没有从刚刚塌方的惊恐中完全回过神来。但她还是忍不住问："这是谁的家？"李直说："谁的家都不是，先住下再说。"

其实，李直盯着这个地方已经有些日子了。确切地说，应该是从那次"撕口子"行动开始，当时他就被这栋小洋房吸引住了，它应该是黄沙溪水库搬迁户中最好的一栋房子，从见到它的那一刻起，他就在心中惋惜，如果这样的房子拆了，多浪费啊。后来，每一次从黄沙溪路过，李直都留意着这里的变化。目前，所有的搬迁户都搬走了，但房子还没有拆。在自己没有去处的情况下，李直首先想到的自然是这里。

当天晚上，李直和杨瑜花很晚才休息。在这栋小洋房里，他们暂时忘记了傍晚时失去的土屋和那些家具，他们找来工具，把屋子里的废弃物品全部打扫了出去，然后将有用的家具和用品逐一清理出来。忙活了几个小时后李直发现，这些搬迁户领了补偿款后什么都瞧不上了，因此，许多有用的家什都留在了这里，这些不要的东西恰恰能够满足他们目前的需要。忙完之后，李直又对杨瑜花说，暂时先住下来。杨瑜花叹了口气，她看了看两个熟睡的孩子，又看了看这个完全陌生的住处，心想，现在终于可以安静地回想下，和土屋一起丢失的还有哪些东西。

李直一家人住进小洋房的第二天，黄沙溪水库的施工人员就发现了这个情况。很快，消息就传到了万向权那里。镇长对他交代："水库库区已经搬迁的房屋被占用，于个人，是非法占用政府资产，属犯法行为；于政府，是监管失职，制约工程进度。所以万镇长，不管是谁，你必须马上让他搬出去，那些房子马上就要拆了。"

到达熟悉的小洋房门口时，万向权愣了一下。李直微笑着迎上前说：“多亏了万镇长，您用一张纸片救了我全家人的性命。”那天傍晚，李直就是发现纸片突然断了，才第一时间带着家人跑了出来，否则后果不堪设想。

万向权问：“你的房子塌了？”

李直叹了口气说：“塌了，像被水淹过一样，一瞬间什么都没有了，只留下我们这几个人。”

“人没事比什么都重要。”万向权进了屋问，“你们怎么想到住这里了呢？”

李直说：“我也没别的地方可以去啊，我都不知道接下来该怎么办。”

万向权打量了一番收拾整洁的房子，李直的两个孩子蹲在墙脚，头发、衣服上均沾了一些泥土，小脸儿有些脏。他们正好奇地盯着万向权，万向权的心里像被什么东西扎了一下，原本想说的话突然有些说不出口了。万向权转身对李直说：“这样吧，你先住在这里，我下午叫民政办过来对接一下你们的救助方案。”说完，他拍拍李直的肩膀就出门了。李直搓了搓手。

万向权给镇长打电话汇报了情况，他建议分两步走，先让李直临时住几天，尽快找到合适的解决方案让他搬走。镇长打断万向权：“你到基层工作也有些时日了，怎么变糊涂了？那个房子他能住吗？且不说马上要拆了，单就地质灾害问题，全镇范围内A类监测点就有近百处，涉及几千人，一旦今天开了这个口子，不等明天，你辛苦一年多腾出来的这些房子立刻会被占尽。就算他们不占，之前搬走的人能服气吗？你就没想过，他们又闹回来该咋办？”镇长的语气更加严肃了，“小万，凡事看长看远，必须思考全局。你既然到了现场，就必须让他搬走，没得商量！”

万向权拍了一下脑袋，怪自己思虑不周。当他再次踅身到小洋房门口时，李直侧着脸看他，脸上竟然有些愤怒。他不知道李直的愤怒从何而来，只笑了笑说：“我又回来了。”李直看了他一眼，脸色缓和了许多。对他说：“我还以为你走了呢，可惜了我的两坛老酒没抢出来，要不然我们俩可以喝一杯。”万向权说：“酒以后再喝，你还有什么亲戚不？”李直说：“有倒是有，不过都在外地务工，好多年没回来过了。”万向权说：“那样的话，他们的房子也正好空着不是？”李直问：“你的意思是……”万向权直接说：“你们住在这里毕竟不是长久之计，有亲戚投靠就好，之后再想办法重新修房子。”李直说：“道理是这样，我也明白你的意思，你是要我们搬出去。给我两天时间，我搬。”万向权摊了摊手说：“没时间了，就今天！现在！”

“为什么是现在？”李直看着万向权说，“不该先这样啊，你刚才同意我先住下，一眨眼工夫又让我搬走，翻脸比翻书还快。”

万向权解释道：“是我不对，考虑不周，但这里真的不能住，明天就要拆了。就算不拆也不能住，你也参与过当初的行动，万一反弹就严重了。”

李直问：“那我往哪里搬？你说个地方，我去！”

万向权说：“你可以先投靠亲友，后期你再修建房子，我们给你提供一些帮助。”

李直吞了一口口水说：“道理不是这

样的。我问你，地质灾害我给你们报告过没有？你们又来治理过没有？”

万向权回答：“已经给县政府打过报告了，谁想到治理方案还没批下来就出事了。”

“这就奇怪了，有地质灾害你们不治理，出了事有空房子我临时住几天却不让。万镇长，你们准备把我怎么样？”

“话不能这么讲。”万向权说，“你受灾和你能否住这儿是两码事。你受灾了我们会给你想办法，而不是要把你怎么样。”

李直觉得闹心，不由地来回踱步，嘟囔道：“你说得太复杂了，我听不懂。我要是不搬呢？”

万向权说：“那就没有道理了。”

李直问：“你说什么？”

万向权问：“怎么了？”

李直说：“你把刚才的话再说一遍。”

万向权停顿了一下说：“我刚才说没道理，怎么了？”

李直跺了一下脚，上前一步说：“你再说一遍？”

李直的声音很大，在楼上收拾东西的杨瑜花听见了，赶紧下来，一把将李直拉开，对万向权说：“别和他一般见识！”

万向权没想到，李直会这么生气。他不想和李直吵架，他的身份更不允许他和李直发生冲突。他决定暂时让李直冷静几分钟，于是，看了看被杨瑜花拉住的李直，不再说话，转身往门口走去。

李直发现，万向权转身前看了他一眼，只是简简单单的一个眼神，却流露出似曾相识的感觉。之前在“撕口子”行动中，他见过万向权的这种眼神，当他面对那些人的菜刀时，他的眼里就是这个眼神。那眼神代表什么，是狠劲儿，是无畏，更是轻蔑……

这时，杨瑜花抱着李直的手突然被甩开，李直操起地上的锄头，毫不犹豫地挥向站在门口的万向权。只听见万向权一声惨叫，轰然倒地。

“他娘的，居然说我不讲道理！”李直骂了一句，手里的锄头“当”的一声砸在地上。

一切来得太快，万向权躺在地上抽搐着，直到看见他脑后汩汩流出的鲜血，杨瑜花才捂住双眼尖叫起来。

六

最近几天，覃町一直在抽空儿寻找合适的租赁房。虽然不着急交房，但她觉得，等到对方付了尾款，再继续住在房子里，心里怎么也不会踏实。陆续看了几处房子后，覃町将相对中意的房源列了个表，她想综合比较一下位置和价格，再作决定。

这天中午，覃町接到中介小伙儿的电话，让她去一趟公司，说有个情况需要和她商量。覃町问他什么情况，中介小伙儿支支吾吾地说：“约定的付款时间到了，我们刚才联系买家，对方却说，房子他们不要了。”

“怎么回事？”覃町愣住了，“不是已经签了合同，还付了五万块钱定金吗？”

中介小伙儿说：“所以需要和您商量，我们也觉得意外。”

覃町说：“行，我马上过来。”

到了中介公司，小伙儿介绍了一下大致情况。按照合同上的约定，今天就应该是付尾款的时间了。早上一上班，他们就给买家李源打电话，对方却在电话里直接回答道，房子他不买了。小伙儿提醒他，双方已经签了合同，如果不买就要承担相应的责任，最起码定金不能退，甚至还可能赔偿其他费用。但李源坚持不要，定金也不用退，至于其他损失该赔就赔。覃町问，他没说什么原因吗？小伙儿说没有，现在可以肯定的是，他不要房子了，也不用退定金。这类客户我们也遇到过，放弃的理由有很多。中介又说，按照协议，他属于违约，覃町除了不用退定金，还可以要求他赔偿总房价的百分之五至百分之十作为补偿。当然，要不要赔偿取决于她。”

覃町看着那份协议以及李源的身份证复印件，脑子里迅速回忆起李源的样子。这个高高瘦瘦的年轻人在她的印象里并非不着调的人，相反她还觉得他朴实、沉稳、有自己的主见。但李源也肯定不是一个有钱人，无论是他的衣着还是他的原籍都能说明这一点。那么，是什么原因让他甘愿放弃五万元定金甚至愿意赔偿更多费用？是房子的产权问题、地理位置，还是其他？五万元的定金一直在覃町的账户上没动，一开始她就觉得，只要是定金就有可能有变数，所以即使压力再大，她都没有去动这笔钱，现在看来，算是明智之举了。她已经决定，如果李源真心不想要房子，她会把定金还给他，尽管她现在很需要钱，但她从来不会乘人之危，毕竟，五万元不是小数目。

覃町对中介小伙儿说：“这样吧，你告诉我李源的电话，我先和他沟通一下，你们也再和他交流交流，缓一缓再说。”小伙儿说：“这样也行。”然后就把李源的电话号码给了她。她当即拨了过去，提示已经关机。

从中介公司出来，覃町径直回了家。一路上她脑子里有些乱，房子不好卖是意料之中，但是签了合同、交了定金人家却不要了，确实是在意料之外。这样的话，谁还会来买这套房子呢？

第二天，在覃町所住小区门口，停了一辆出租车。待覃町走近，出租车司机打开车门下来了。他问覃町：“您是覃阿姨吧？”

覃町后退一步，看了眼出租车司机问：“你是？”

“我叫李清。”司机说，“您肯定不认识我，但是我认识您。之前找您买房子的李源是我哥。阿姨如果方便，我想借一步说话。”

“哦？”覃町仔细打量了一番眼前的年轻人，他应该最多二十岁上下的样子，长得有些稚嫩，样子倒和李源有些像。覃町说：“正好，我也在找你们呢。小区里有一排椅子，咱们到那里坐坐吧。”

李清说好，然后锁了车门随覃町进了小区。坐下来后，覃町问：“你们家是不是遇到了什么事情，我打你哥哥电话关机，协议都签了怎么又反悔呢？”李清说：“先不要谈我哥哥，我说说我们家的情况吧。阿姨您看，我就是一个出租车司机，每天拼死拼活跑车，一个月也就赚三四千块钱。我哥呢，也只是一个送外卖的，晚上还在KTV兼职做服务生。我们家最辛苦的是我妈，她每天干三份工作。”

覃町打断他：“小伙子，我不明白你跟我说这些干吗？你来找我不是为了拉家常吧？”

李清笑了一声，看了看天上说：“阿姨，我来找您就想跟您说一件事，您放过我们家吧！”

覃町听了他的话愣住了：“什么叫放

过你们家，你们家和我有仇吗？我对你们做了什么？”

李清说：“有没有仇得看您怎么看，我想说的是，我们一家人挣钱不容易，您能不能把我哥打给您的五万块钱还给我们。我们要用它来买房子的！”

“我怎么越听越糊涂了。”覃町说，“小伙子你把话说清楚，怎么感觉我讹了你们似的？”

李清说：“阿姨您误会了，不是讹，是送。那五万块钱是我妈和我哥送您的，可是他们愿意送，我不愿意啊。”李清笑了笑又说，“您不知道吧，我哥交了定金后故意违约，这样您就会心安理得地收下定金了。”

“故意？他平白无故为什么要送给我钱？”覃町说，“到底怎么回事？”

李清说：“其实，到你们家看房子的人不是我，也不是我哥，是我妈。我妈从您家中的照片知道房子的主人是您，您不知道这些年来我妈总觉得欠您的，她从中介口里得知您的处境后，就想了这么个主意。”

“你是谁，你妈又是谁？”覃町警觉地站起身来。

李清说：“我是李直的儿子，我妈叫杨瑜花。您现在清楚了吧？”

听到李直的名字，覃町的身子抖动了一下，顿时瘫坐在椅子上。难怪看到李源的地址时自己无比敏感，难怪李源签约那么爽快，难怪他的电话打不通。一切似乎豁然开朗，但一切又似乎无比迷茫。这就是杀死万向权凶手的家人，他们要干什么？

李清继续说：“我知道您恨我爸，恨我们全家。但事情已经过去这么多年了，我爸也进了监狱。我们家什么也不欠您，我们也是受害者，所以请您把钱还给我们！”

覃町努力地站起身来，她不想理李清，也不想说话。那一瞬间，她感觉自己苍老了许多，步子变得特别沉重。她拖着像灌了铅一样的脚步，径直上楼去了。

七

杨瑜花洗碗的时候走了神，一不小心打碎了碗。她蹲下身子去捡碗的碎片时，又不小心将手划了道口子。看着殷红的血从指间流出，她立刻想到了万向权倒在血泊里的场景。

她清楚地记得，万向权去小洋房找他们的那天，她在楼上哭泣。其实，从土房子倒塌之后，她一直忍不住流泪。她有太多东西被突如其来的天灾带走了，衣服、裤子、被子、锅、碗、大米、猪油……她很痛心、很惋惜。当李直带着她和孩子们到达小洋房收拾妥当之后，她不仅没有从悲伤的情绪中走出来，反而觉得命运对人太不公平。之前，她虽然习惯了土屋里的一切，但没有办法，她不得不习惯，其实她内心深处是厌倦的，她希望能有一栋新房子，她一定会把它收拾得整洁干净。可是，她和李直太穷，不起房子，要不然也不会遭受这样的灾害。现在他们住着的小洋房，远比她梦想中的新房子好出许多，但这么好的房子竟然是别人搬走后打算拆掉的。他们努力想要的，却是别人遗弃的，这难道就是命运？

面对她的哭泣，李直安慰道：“事情已经这样了，哭也哭不回来。”

“都怪你。”一股无名火从杨瑜花心

里冒起。

“怪我？我有什么办法？”李直有些无辜。

“修房子的事情，我跟你说了多少遍，你修了吗？”杨瑜花说，“你口口声声说去找政府，说政府答应要治理、要搬迁，结果呢？如果早点儿搬出来，至少不会像现在这样一无所有。”

“我没找吗？”李直说，“这怎么能怪我？我能有什么办法？”

杨瑜花说：“你确实没有办法。但凡一个有能力的男人，家怎么会是那个样子？你看看别人，这不要的房子都比你住的好，枉你还当过兵！”

李直有些愤怒了，他猛然站起身说：“你这婆娘，还讲不讲理？”

“你就知道讲大道理，”杨瑜花说，“有什么用？有本事你就给我修一栋这样的房子！”

李直抓起一只碗，狠狠地摔在地上。破碎的声音让她和孩子们都着实吓了一大跳。自打结婚以来，她和李直几乎没有发生过矛盾，类似斗嘴也极少。她非常清楚李直的个性，在他身上，愤怒是可以持续好几天的，他容易冲动，尤其是被激怒之后。见他这样，杨瑜花不再说话，拉着孩子回到楼上，但也更加伤心了。

当万向权来到小洋房的时候，李直正在气头上。出于礼貌，他努力克制着自己。杨瑜花的话深深地刺痛了他，他当过兵，能把肌肉练成疙瘩状，却没能力把土房子变成洋房。而他们家这次受灾，他总觉得上头有责任。如果能及时治理、及时帮助他们，会酿成现在的后果吗？只是一开始万向权的态度让他发不了脾气，但当万向权提出让他搬出去的时候，他心中的那团怒火就瞬间燃得前所未有地旺。怪谁？怪政府！怪眼前的这个人！鬼使神差，他就举起了锄头。

杨瑜花事后一直在想，如果没有她和李直的争执，如果她没说那些过激的话，如果她不激起李直心中的愤怒，李直肯定不会那么冲动，也就不会导致严重的后果。情绪是可以传递的，就像那只掉在地上的碗，碗不掉就没有碗碴儿，没有碗碴儿就不会割破手指，她虽然不是那只碗，却是摔碗的人。那么，手指被划破，是谁的责任呢？

这么多年以来，杨瑜花一直认为，挥向万向权的那一锄头，是她和李直一起使的劲儿。万向权的倒下，她也是杀人者之一。他们合力杀死了万向权，更杀死了两个家庭的幸福。如果万向权还在，如果李直没坐牢……可是生活中没有那么多如果，更不能回到昨天。李直坐了牢，她却只能在内心中囚禁自己。

而这一次，杨瑜花似乎看到了一丝曙光，自从那五万元定金打出去后，她感觉心里略微好受了些。

八

覃町一进家门，就靠在了客厅的墙壁上，她觉得特别特别累。片刻之后她才抬起头，万向权的遗像正好就在眼前。那张黑白色的照片里，他本已定格的笑容，此刻在覃町看来，突然变得生动起来。

覃町记得，万向权出事的前一天，他本来像往常一样到镇上去上班。下了电梯之后他又折了回来，当时，覃町正在厨房里收拾餐具，她系着围裙满手油腻，万向权却从身后突然抱住了她。她不知所措，张着双手像投降一样。她问他："你不是走了吗，怎么又回来了？"万向权把她扳过来，正面抱住她说："又要一个星期才能回来，我舍不得走呗。"覃町笑了笑说："你都老大不小的了，还像个孩子似的。别闹了，赶紧去吧。"万向权紧紧地抱了她一下，才一边退出厨房，一边依依不舍地说："我走了。"

第二天上午，当覃町接到电话的时候，她忽然回想起万向权前一天的依恋和不舍，似乎冥冥之中就有预兆。她赶到医院的时候，万向权也刚刚从镇上送到医院。那时，他头上缠着白色的纱布，躺在急救床上全身抽搐，两眼不停地翻动。鲜血染红了纱布，并沿着他的脸颊往下流。他尚存一丝意识，看到覃町，他努力伸出双手，眼睛翻动得更加厉害。他张了张嘴，用力地说："别……别……别怪他。"这是万向权留给她和这个世界的最后一句话，当他从手术室里推出来的时候，整个身体已经盖上了白布——他们家的那根梁从此折断。

别怪他！

怎么能不怪他？覃町做不到，婆婆做不到，所有知道这个事件的人都做不到。那个叫李直的凶手，看着不像坏人，可是怎么就这么狠心？又有什么深仇大恨至于下如此毒手？他举起锄头的那一瞬间，就没有一点儿畏惧、一点儿犹豫吗？覃町只恨不能将他狠狠地揍一顿，哪怕是咬也要咬他几口。

在李直的案子开庭之前，杨瑜花带着两个孩子，扑通一声跪在了覃町的面前。她面色憔悴、满脸泪水，从头到尾都在重复三个字："对不起。"覃町没有理她，甚至不屑看她一眼。如果她不是李直的妻子，覃町一定会原谅她、同情她。可是她就是李直的妻子，是凶手的家人。凶手的家人都是帮凶，他们养育过凶手、照顾过凶手，和凶手一起吃一起住，给凶手创造了各种条件，不是帮凶是什么？在法庭上，覃町一再要求法官严惩李直，判他死刑。在她心里，李直和他的家人都与自己不共戴天，她永远都不会原谅他们！

而现在，李直已经在监狱里了，但他的家人竟然鬼使神差地介入到了自己的生活里，并将一笔钱打到了她的卡上。这算什么？是帮助，是歉意，还是别的意思？不管是什么，她都无法接受。她的生活里过去容不下这些人，现在、未来也一样。

覃町把目光从万向权的遗像上收回来，她强打起精神，折身出了门。她到银行将卡上的五万元现金取了出来，用一个手提袋装好，然后在附近的茶楼找了一个包房，坐定后写了一个电话号码给服务员，对她说："请给这个号码打个电话，让他送一份外卖过来。记住，一定要他亲自送。"服务员说："好的。"

约莫过了二十来分钟，包房门口响起了敲门声。覃町应声后，李源推门而入，他看到坐在包房里的覃町，瞬间愣住了。

"怎么是您啊，阿姨？"

覃町说："你坐下，我专门找你过来说事的。"

李源坐了过去，解释说："阿姨，您的房子其实挺好。"

覃町打断他："你别说了，我叫你来，不是要你解释什么。"她拿出手提袋继续说，"这个，你数一下，里面是五万元现金，请你收好。"

李源没有马上接她的手提袋，看了看覃町说："阿姨，您这是干什么？"

覃町说："退你的定金啊！我是需要钱，但不需要你们的帮助，尤其是你们家的帮助！"

李源说："阿姨，您是不是误会了？"

覃町回答说："没误会，我什么都知道了。你，你弟弟，你妈，还有那个人。听我的，拿回去。"

"这钱我不能拿。"李源突然站起来说，"阿姨还有没有别的事？我还上着班呢。"

覃町厉声说："你坐下！"

李源被她吓了一跳，又坐了下来，但他依旧强调："这钱我不能拿，拿回去我没法儿交代。"

覃町说："你怎么就没法儿交代了？我退你的钱天经地义。"

李源说："您可以告我，可以让我赔偿违约金，但这个钱，我真的不能拿回去。这是我妈的意思，我只是按照她的意思办事而已。"

"怎么能找到你妈？"覃町问。

"您要找她其实很容易，和平路的保洁是她负责的，每天天亮之前她都会去扫大街。中午和晚上她在'醉再醉'酒楼帮工，下班之后就在棚户区旁边的建筑工地值夜班。"李源说，"我把她的电话也给你吧。"说着，他写了一个号码递给覃町。

覃町接过电话号码，问："那你们现在住哪里？"

"就在棚户区里，租的房子。"李源说，"本来我们是真的要买房子，您也是真的卖……"说到这里，他兀自笑了。

覃町说："没事了，你可以走了。"

李源并没急着走，对覃町说："既然您这样说，我觉得有些话得跟阿姨唠唠。"

覃町看着他说："你说。"

李源说："阿姨，您是不是特别恨我爸，也恨我们家的人？其实我很理解，换成我也会特别恨。您恨我爸理所当然，他是罪犯、是凶手，除了负法律责任，还应受到良心的谴责。我想不明白的是，为什么在您眼里，我们家的人都应该为我爸的罪行承担责任？我妈一直说我们对不起您，要千方百计来弥补您。但在您眼中，丝毫没有感动，相反依旧只有恨和冷漠。可是覃阿姨，我们既不是罪犯也不是帮凶，我们哪里做错了？就算我们错了，我们要如何改正才对呢？"

覃町沉默了，这些问题她还来不及思考，李源就站起身来说："我给您说这些，是希望您能站在我们的角度看一看，想一想。"说完，他转身出了门。

覃町忽然就觉得包房太大了，空荡荡的。

九

覃町请了半天假，找同事借了辆车。第二天天没亮，就把车开到了和平路，然后静静地坐在车上。此时，大街上空空荡荡的，橘黄色的路灯朦朦胧胧，偶尔会有一辆车驶过，或者有寥寥几个人走过。因为起得太早，覃町有些倦意，她忍不住打了个呵欠。也就在这时，一辆三轮车"咯吱咯吱"地蹬了过来，覃町远远地看见，骑车的是一个穿着黄色反光保洁服的人，戴着帽子，无法看清脸，但从帽子的款式可以看出，是女性。

覃町揉了揉眼睛。

三轮车在覃町前面五十米左右的地方

停下。骑车人缓缓下了车，从车上取了扫帚开始扫地。她半俯下身子，双手握住扫帚，身体随扫帚一起移动，划出一道弧形，地面随即发出刷的一声响。接着又是一声，再一声。这样的声音枯燥得要命，让覃町忍不住打了一个呵欠，她强打起精神，直视着前方。

覃町将五万元现金放在车上，她要当面还给杨瑜花。其实，昨天和李源见面后，覃町就带着钱专程去了趟棚户区。她估计那个时间段杨瑜花应该在家中，到了棚户区里她实在迈不开脚步，路面坑坑洼洼，每走一段都能看到泛黄的粪水，空气里笼罩着一种难以形容的恶臭。苍蝇们沿着这种味道嗡嗡地乱飞，几只老鼠明目张胆地啃食着路边的垃圾。道路两旁的房子像用铁片糊起来的一样，大小不一地打满补丁。房子门口无一例外醒目地挂着内裤、文胸、袜子和外套，虽然是白天，但那些狭窄的、弯弯曲曲的巷道几乎让覃町找不着方向，加上手上提着现金，再想想那一带的治安状况，覃町最后退缩了。

清洁工向着覃町的方向一路扫过来，她始终没有抬头，一下接着一下，挥动着扫帚，将路面的垃圾和树叶扫到一块儿。约莫十分钟后，路面上出现了一个垃圾堆，清洁工放下扫帚，取下簸箕将垃圾扫进去。后来，她干脆半蹲下身子，用双手将扫不起来的垃圾捧进去，捧了几下之后，她突然停下。此刻，她正好背对着覃町，艰难地直起腰，将一只手撑在簸箕的柄上，另一只手绕到身后使劲儿地捶打着腰部。覃町的心紧了一下，不管她是不是杨瑜花，覃町都觉得应该去扶一把。但没等覃町打开车门，清洁工就站了起来。她保持着半弯腰的姿势，将簸箕里的垃圾倒进垃圾桶后回到三轮车上，在随车带着的水桶里洗了一下手。她坐在三轮车的一侧，取出水壶，从衣袋里掏出几粒药吞了下去。接着，又摸出一个馒头，一边喝水一边啃了起来。

这时，天已经亮了，但清洁工一直侧着身，覃町依旧无法判断她到底是不是杨瑜花。覃町拎着手提袋下了车，慢慢地走过去，也就在这一瞬间，清洁工转过脸来。覃町看清楚了，她的额头上有一颗醒目的痣。万向权出事后，覃町和杨瑜花见过好几次面，虽然她当时不愿意多看他们一眼，但杨瑜花额头上的痣却让她记忆犹新。此时，覃町却愣住了，眼前这张脸除了一颗痣外，再也没有任何与记忆对得上号的地方。这张脸近乎古铜色，像风干的大枣，细密的皱纹纵横交错，像放大的核桃般布满沟壑。她眉头紧锁，两只眼睛深深地陷进一堆皱纹中，眼皮堆了整整三层，似乎随时可能耷拉下来盖住眼睛。与这张脸相匹配的是一头麻绳般粗糙的花白头发，尽管被帽子盖着，依旧有很大一部分像杂草般顽强地伸了出来。

覃町本想上前喊一声杨瑜花，但是她的嗓子眼儿发堵，脚步也迈不开。趁杨瑜花没注意到她，迅速转身回到车里。

覃町坐在车上，深深地叹了口气。眼前的杨瑜花俨然是个老人，她其实比自己大不了几岁，记忆中她还算耐看，是什么让她变成了今天的样子？

覃町想起了李源的话，犯罪的只是他父亲，其他人没有。可是生活中，谁都在为他父亲的犯罪承担着责任。这些年来，无论是自己还是杨瑜花，都过得不好。这种不好，根源都在李直那致命的一击。万向权倒下了，李直被抓了，她们都失去了自己的男人。她带着豆豆和婆婆一路坎坷，杨瑜花也独自拖着两个没成年的孩子历尽艰辛。迫于压力，她不得不卖掉房子，而杨瑜花至今住在她难以驻足的棚户区里，从早到晚干着三份工作，拼命想买房子。杨瑜花的命运竟然和自己如此相似，她的生活似乎是一面镜子，她和杨瑜花就是镜子的两面。有那么一瞬间，她觉得自己就是杨瑜花，杨瑜花就是她。她对杨瑜花有多少仇恨，杨瑜花就对她有多少歉意。她对杨瑜花有多少怜悯，杨瑜花就对她有多少善意。她有多希望卖掉房子，杨瑜花就有多希望买上房子。

覃町忽然觉得，自己有些理解杨瑜花了。这个女人勤劳、卑微却又善良，她心里对覃町总有那么一道坎儿，她是无比真诚地想帮助覃町，但又小心翼翼，力图处理得更自然一些。或许，只有覃町接受了她的帮助她才能心安，否则，那道坎儿是永远也填不上了。可是，每个人都有每个人的处境，面对杨瑜花的善意，覃町永远也无法心安理得。如何才能做到既体现彼此的心意又各取所需呢？

覃町沉思良久。

覃町拿起电话，翻出李源给她的号码，迅速拨通。覃町看见，杨瑜花从衣袋里摸出手机，半眯着眼睛，像玩自拍一样高高地举起，看了看后才按下接听键。接着，覃町听到话筒里传来一个沙哑、苍老的声音：“喂。”

覃町说：“喂，我是覃町，请把剩下的钱打过来，我等你来接房！”

奔跑的海浪　张战峰

孙国栋的日子是圆形的。

屋里光线昏暗，孙国栋绷直身体，惊悸不安，恐惧吞噬了他的心脏，整个胸腔里都回响着心脏跳动的声音。一只断手，流淌着鲜血，越来越模糊，那人将断手扔到了水桶里，血如浮烟般下沉，水变成红色，原本那只紧攥着拳头的断手，得以解脱，开始慢慢松弛，手掌里露出一颗子弹，滑落到水桶里，发出沉闷的响声。那人把手伸进血水里，将子弹摸出，狞笑，旋即逼近孙国栋。

孙国栋被刘俊的电话惊醒，大口大口喘着气，头上渗出一层细汗。联合行动开始攻坚，连续数日加班，昼夜颠倒，他实在太累了，忙里偷闲睡了会儿，手被压得麻软，几乎失去了知觉。他翻转手掌，动了动手指，看到一切无恙，心情才放松下来。

刘俊问孙国栋，数据做了没有？孙国栋说，做完了。他没有说实话，睡着以前，还有一项没做完。因为怕挨刘俊的骂，他只能这样说。刘俊催他赶紧把数据送到办公室。孙国栋一下慌乱了。刘俊长得就像颗地雷，脾气更雷，这下可能要被他炸黑了。情急之下，孙国栋将上次的数据复制了一段，先从结构上完成，应付过去。刘俊收到数据，翻了几页，并没有发现异样，就放他走了。

回到办公室，孙国栋松了口气，但不敢松懈，抓紧时间将最后一项数据做完。做完后他没有马上送给刘俊，而是准备明天偷摸地将之前那份数据替换回来。想到了解决办法，他灰暗的心情才见到了阳光。他站起身，点燃一支烟，走到窗边，环视码头，海面一望无际，海浪轻摇，海鸥低翔，夕阳拖着火红的裙摆，倦怠地隐去。孙国栋的心事住进了眼里，遮住了风景。外贸船务公司的杜总给他打电话，先问送他的那两瓶红酒口感怎么样。得到肯定的回答后，杜总进一步关心，他与杜莎莎发展到什么地步了。杜莎莎是杜总的亲侄女，从小在杜总身边长大，杜总对她视如己出。杜莎莎成为孙国栋的女友，也是杜总介绍认识的，如此一来，用杜总的话说，他们算是亲戚关系了。

孙国栋和杜总是在一次饭局上认识的。孙国栋酒量一般，三五杯酒下肚后，就与杜总称兄道弟，相见恨晚。又隔了三五日，他还没从上一顿酒中醒过来，杜总就邀请孙国栋“加深友情”。孙国栋想拒绝，杜总放低姿态说，希望孙国栋能给他个面子。孙国栋是个好面子的人，面子是相互的，今天给杜总面子，就是给自己日后留条路。杜总看孙国栋态度动摇，又加了一把火，说主要是想给他介绍一位美女认识。杜总加重语气强调了一下是位美女。

这次饭局人很少，环境也很幽僻。饭局上，只有杜总、杜莎莎、孙国栋，还有杜总的女秘书。桌子很大，坐得宽松，甚至有些空旷，像是在草原上野餐。杜莎莎化了淡妆，五观立体精致，看不出有人工斧凿的痕迹。她话不多，偶尔会夹带几个英文单词，更多的时候是用眼神和孙国栋交流，她眼神似水，柔情中带着甜味。她认真观察着孙国栋，身材高大，面孔阳刚，超长的睫毛，高耸的鼻梁，连他的呼吸都令她兴奋。孙国栋的眼睛也没闲着，他火辣辣的目光滑到她身上，放射出比夜色更柔软的光。

女秘书很热情，走到孙国栋身边帮他夹菜，不叫孙警官，张口闭口叫“栋哥”，好像是多年的老熟人。女秘书敬酒也不忘推销杜莎莎，从留学经历到事业发展，从性格特点到情感状态，一波又一波地介绍杜莎莎的优势，俨然扮演了母亲的角色。杜总举杯劝酒，对孙国栋频频夸赞，这个饭局不像相亲，更像结亲，大幅缩短了相亲考察的周期。孙国栋强装镇定，用看画展的审美观察杜莎莎。杜莎莎感到四周全是孙国栋释放的磁场，她被深深地吸附其中，脸红心跳，不停地转动酒杯。后来，孙国栋和杜莎莎的交往如水般流畅自然。在杜家人聚餐时，杜总用大篇幅赞扬了孙国栋年轻有为、仕途光明，等等，还当众说，国栋和莎莎结婚的费用他全包了，房子和车子随便点。孙国栋由衷地佩服杜总，生意人真是豪爽。不过，他暂时还没考虑结婚的事，他想跟杜莎莎再处处，毕竟门不当户不对。

杜总是心细且仗义之人，总是在人犯困的时候递个枕头。他听说孙国栋正准备给母亲买一套小公寓，手头紧张，就要借给孙国栋十万元，算是提前给的结婚礼金。孙国栋的母亲寡居多年，一直蜗居在父亲名下的公房里，被驱赶过多次，靠着磨厚的脸皮苦撑着。孙国栋想尽快让母亲居有定所，保留一些颜面。他存了一些钱，但房价天天涨，他账户上的数字永远赶不上房价上涨的速度。杜总之举令孙国栋感动不已，孙国栋对这个未来的亲叔叔充满好感。

杜总说完钱的事，又绕着红绿灯兜了几圈，才说正题。开题前，他特意强调，现在和孙国栋是自家人，是娘家人，言下之意就是这个忙他必须帮。他说，公司代理一条越南的货船，经常被重点检查，原因不详，希望孙国栋帮忙关照一下。孙国栋有点儿犯难。杜总所托之事，肯定要办，不办就是不给叔叔面子。可是查数据这事，得经过队长刘俊同意才行，权限在他手上，自己一个人根本完成不了。

杜总见他犹豫不决，就说，靠山吃山，靠水吃水，靠数据吃数据，错不了！孙国栋当然犹豫，他心里在算一笔账，要算一下风险和收益。这是天上掉馅饼的事，动动手指就能无偿借到十万元，还没有利息，比跟银行贷款划算太多了。而且，这是未来的亲叔叔，以后就是一家人了，给杜莎莎未来的婆婆买房，说借钱就俗气了，这明摆着就是赞助嘛。但是，这种帮忙搞不好自己会丢了饭碗。电话一端的孙国栋不停地按着手中的笔，咔，咔，咔……节奏时快时慢，像在发密码电报。

孙国栋反复地在心里劝自己，要不试一试？杜总迫不及待，还没等孙国栋答复，就派杜莎莎送来一个信封，摸上去是张银行卡。孙国栋有些兴奋，动动手指就能换一张银行卡，他从来没想过手里的数据可以换钱。他刚想打开信封看看，突然看到头顶的监控，就像被蛇咬了一口，浑身打颤，赶紧将信封塞进口袋。

孙国栋的朋友少得可怜，心里有事也没地方倾诉，只好站在楼下一根接一根地抽烟。他心里乱糟糟的，总觉得楼上有双眼睛盯着他。他移动到角落里，给杜莎莎打电话，说了杜总所托之事。杜莎莎说话很温柔，特别是电话里的声音，能揉碎孙国栋的骨头。她说，这事你看着办吧。"你看着办"该怎么理解呢？从她的语气里听不出明显的态度，是尽快办，还是办不办都可以？他反复琢磨，不得其解。

真是难熬的夜，孙国栋大概数完了全世界的羊，也没睡安稳。他后悔收了杜总的卡，如果不收卡，他进退自如，查也可以，不查也可以。有机会查，便可以显摆一下；没机会查，完全可以用很多理由推脱。可是收了卡，就像卖房收了定金，关系到面子和诚信的问题，甚至可能影响到他以后在杜家的地位。如果当时果断拒绝就好了，现在似乎没了退路，乱七八糟的想法在他脑子里反复拉锯。

第二天刚上班，孙国栋带着重新做的数据，敲响了刘俊办公室的门。敲之前，他设想了很多场景，比如刘俊将文件夹丢出门外，或者拍桌子骂得口沫横飞，或者根本不让他进门。可是门开了，没有任何动静，刘俊都没用正眼看他，反而是有意遮盖了桌上的文件，似乎有事要回避他。有时候，安静比愤怒更有杀伤力，孙国栋被刘俊的冷静吓到了，来不及解开心中的猜疑，就放下数据夹，迅速退了出来。

一整天，孙国栋都在等待刘俊的回复，哪怕是大骂一顿，让他加一夜的班把数据重做一遍都行，但直到下班刘俊也没找他。下班前，杜莎莎约他，孙国栋暂时放下烦恼，匆忙前往。约会地点在中山大道的绿茵酒店，一家岭南园林式酒店。席间，杜莎莎跟孙国栋说，她想结婚了。孙国栋愣了一下，说自己现在什么也没准备好，再等等吧。杜莎莎说，你什么也不用准备，叔叔会准备好一切，你只需要点头就行。

孙国栋说，杜总让我办的事，我还没办呢。杜莎莎说，你看着办。孙国栋说，看着办是什么意思？杜莎莎说，就是尽力办，办不成也不要紧。孙国栋感觉到，虽然杜莎莎说不要紧，但语气里带着指令性，显然这是在传递杜总的意思。孙国栋想了想，找借口说，感谢杜总的帮助，结婚的事不是两个人的事，而是两家人的事，自己还要跟母亲沟通一下。孙国栋眼前闪现出自己将来的样子——他变成了一个物件，被摆在杜家玄关处，最显眼的地方，每天被擦得锃亮，作用是镇妖辟邪或装饰门面。

杜莎莎开车送孙国栋回公寓，一路上，两人都没说话，如果没有音乐在中间调和，可能需要加件衣服，才能抵御冰冷的气氛。灯火阑珊的中山大道上，商场林立，人流不息，拔地而起的高楼越来越多，楼价更是贵得离谱，他半年的工资买不到一平米。虽然买不起，可他还是喜欢看，看是不要钱的，他坚信总有一天，这里会有自己的立锥之地。中山大道的两侧，住的都是有头有脸的人物，非富即贵，杜总家就在这条路上，他家保姆的工资都比孙国栋的高。许多年轻人都在这条路上寻找自己的未来，有人走了捷径，有人还在奋斗，日子是圆的，转来转去，都是围着生活在忙碌。

孙国栋下车前，杜莎莎主动开口，让他认真考虑一下结婚的事，她说别想那么复杂，只要他对她好，其他的她都不在乎。孙国栋点点头，上前吻了她的前额。她拉着他的手，迟迟不肯松开，两人在车里又缠绵了一会儿。孙国栋下车后，有点儿可怜杜莎莎，他知道这个比自己大三岁半的女人，在国外被骗财骗色，逃回国内急着找一个可靠的男人把自己嫁出去。他更可怜自己，一个穷酸的男人，吃完饭还得让女人把他送回来，为了生活他即将垂下高傲的头。

孙国栋终于借机查到了杜总要的数据，但他没有胜利的欢喜，心里反而像长了草一样，而且草在疯长，裹住了他的心。开上勤会的时候，刘俊专门提醒大家把数据保管好，虽然没有指名道姓，可孙国栋自己对号入座，心里一惊，脸色发白，感觉自己的头发一根根竖了起来。等刘俊走后，他悄悄拉开抽屉，信封安静地躺在那里，而他的心跳却很急促，一阵紧过一阵。信封里似乎暗藏了什么装置，他总是听到滴答滴答的声音，这声音搅动着他的脑浆，一整天他都无心工作。他想不明白，没钱焦虑，有钱还焦虑，钱到底意味着什么？自由，空虚，束缚，还是……

一场骤雨过后，海风带来湿咸的空气，阳光比放学路上的孩子还欢乐，地面上的雨水迅速蒸腾，摇摇晃晃回归了天空，路边的野草垂头弯腰打不起精神，草尖上一滴雨水摇摇欲坠，只有低洼的地方残留着水渍，证明确实下过雨。孙国栋跟在刘俊身后，从楼梯上走下来，他们的影子被夕阳拉得很长，被拉长的还有刘俊的脸，一张带有沟壑和弧度的脸，身阔肩宽，满头白发，像一座雪山在移动。

刘俊从上到下打量着孙国栋，力求排除任何安全隐患，他向前跨出一步，伸手拉了拉孙国栋的肩章，顺便把他的执法记录仪扶正，又把孙国栋救生衣的带子解开，重新系紧。孙国栋通常不敢跟刘俊对视。刘俊眼神冷峻而犀利，任何细节都逃不出他的视线。孙国栋琢磨不透刘俊，他这人有时候说最硬的话，却做最软的事，一半是钢，一半是水。此刻的对视，他的瞳孔里充盈着慈爱。

我觉得不舒服，能不能留守？孙国栋捂着肚子，眉眼鼻收缩成一团核桃皮，看样子疼得很厉害，几乎要蹲下了。

少来这一套！懒驴上磨屎尿多！刘俊的话没有回旋余地。

我真的是一爬那天梯，就头晕恶心，肚子不舒服。

瞧你这样，还能干啥！

反正我做什么，你都觉得不顺眼。既然看不上我，为什么非把我弄到南港来受罪？孙国栋追问。

你这个心病，如果跨不过去，就永远也干不好！一会儿，你就跟着我上。有我在，保你没事。刘俊并没有回答孙国栋的问题，他的语调变得缓慢而顿挫。孙国栋眨了眨眼，抬起头向后仰，深吸了一口气，没再说话。

VIM TAN－29250 号轮，是一艘来自

越南的散货船，一个月前这艘船的测评由低风险转入中风险。当然，中风险也不是非要上船检查，但刘俊坚持要船体检查。孙国栋不解，问他为什么非要查。刘俊说凭他的经验。

孙国栋嗫嚅道，信息时代，不相信科技，还要靠经验。

刘俊侧目，你懂个屁！不上船亲眼看看，光看电脑，能知道上面拉的是货还是人？从他的胸腔里爆出一颗响雷，带着回音，极具穿透力。

孙国栋吓得一激灵，就这两三个人，至于喊这么大声吗？

刘俊以更加粗重的声音说，不管是一个人，还是十个人，都是一样的，这是纪律作风！刘俊身体笔挺，目光坚毅，这股劲儿是在部队时练就的，已经在身体里扎了根。

孙国栋是内勤，平时主要是做数据，执勤队有个不成文的规定，做数据的不用上船，但最近有大行动，总站抽调走了很多人，现在执勤队里的人少得很，一个萝卜顶好几个坑，每个人都得当多面手。这是孙国栋调到南港站后，第一次去距离港口五海里的锚地执行任务。恰巧天气不佳，风急浪高，他的心立刻飘到了嗓子眼儿。

VIM TAN-29250号船是吉船（即空船），没有拉货，船体浮出海面七八米高，刘俊用扬声器通知船员将软梯放下。一阵急风袭来，软梯几乎是从天空中飞射下来，如钟摆移动，拍打在船舷上，发出恐怖的嘶吼。刘俊张开双手，置于胸前，试图握住软梯，但软梯左躲右闪，似乎在故意戏耍他。他并不急躁，紧盯软梯，也不急于出手，眼球随着软梯摆动而移动，当软梯摆动平稳，与船的起伏一致时，他才抓住软梯。刘俊让孙国栋先上。孙国栋抬头看去，令人眩晕的高度和深不见底的海水，海浪拍打着船体，卷起的海水溅到他身上，他的整个身体都被抽空了，他屈体弓腰，像只海马，身体试图移动了几次，手和腿不受控制地颤抖，他还是不敢伸手抓软梯。

刘俊实在看不下去了，就说，你可比你爸差远了，他爬这样的梯子比猴子还快。父亲在孙国栋心里是一块伤疤，伤疤下是不清不楚的死因，既不是英雄，也没有定论是罪人，每当被提起，他便像泄了气的皮球，垂头丧气。刘俊也觉察自己说了不该说的话。他将安全绳的一头钩在自己腰上，另一头钩在孙国栋的腰上，让孙国栋跟他一起上。海风也许是玩累了，小了许多，软梯不闹了，老老实实贴附于船舷上。孙国栋这才敢仰起头，望了一眼头发花白的刘俊，想起了父亲的背影，感觉踏实多了。

登上甲板，孙国栋眼前豁然开朗，火红的落日正要躲进温热的海水里，残留一层静穆，天水相接，暮色连波，浪花追逐，如热恋的情侣，缠绵不休。他克服了恐高怕水的障碍，心里自然愉悦起来。可这时候查船是件苦差事，就算太阳下班了，燥热的空气还在加班，热浪蒸得人头脑发胀，晒了一天的甲板，正是烧烤的最佳温度，三厘米厚的胶鞋底也抵不住钻心的滚烫。孙国栋胳膊上有强烈的灼烧感，甚至能闻到烟熏的味道，衬衣全湿透了，贴在皮肤上，显现出肋骨和肌肉的轮廓。

船长是个五十岁上下的瘦子，额头宽大，脸皮黝黑而皱起，操一口流利的越南口音的汉语，见到刘俊点头哈腰，迅速递上一根香烟。刘俊一只手挡开，仔细端详了船长一番，涌起莫名的熟悉感。船长凑近刘俊说：“杜老板常提起您……”刘俊似乎没有听到，继续向甲板中央走去。

“请站成一排，面向我……出示海员证。”甲板上风大，孙国栋声小，一开口，声音就被风吹跑了。他只好提高音量，不一会儿，嗓子干得冒烟，身上的执勤服湿了又干，渗出了盐渍。孙国栋不明白，刘俊葫芦里卖的什么药，大风大浪的，非得上来点个名，绕了几圈又回去了，似乎也没干什么有意义的事。

母亲打来电话，说父亲的忌日快到了，让孙国栋去给父亲祭扫。母亲问起了杜莎莎，让他把杜莎莎领回家认认门。孙国栋考虑再三，还是没有带杜莎莎回家。家里小得转不开身，坐没坐的地方，站没站的空间。他不希望杜莎莎推开门，生活苍白的真相就钻进她的心里。

孙国栋回家之前，见了杜莎莎，还去见了杜总。杜总满脸期待，与孙国栋认真谈了他和杜莎莎结婚的事，孙国栋却找借口搪塞过去了。临走时，孙国栋将银行卡放在杜总面前，根本没提数据的事。杜总笑着说，这张卡跟数据的事没有关系，以后都是一家人，就是想帮孙国栋一把，千万别想复杂了。孙国栋真诚地表示感谢，还是没有说数据的事。杜总手指轻轻敲打着桌面，气息急促地说，他有一套小公寓，以后会过户到莎莎名下，现在空着也是落灰，可以借给孙国栋，让他把母亲接来住，也算是莎莎尽一点儿孝心。孙国栋犹豫了，钱是不能要，可如果房再不住，那将把杜莎莎置于夹缝中。他觉得杜总说得也合情合理，如果他和杜莎莎结婚，那房子就是他们共有的，这跟收钱是完全不一样的。他望向杜莎莎，从她的眼神里看到了祈求，于是，他便接过了钥匙。孙国栋还了银行卡，好似完成了一次拆弹，步伐轻松地离开了。杜总望着孙国栋离去的背影，露出了一丝难以琢磨的笑。

孙国栋脑海中的父亲，样貌已经模糊，看到墓碑上的黑白照片，才又清晰起来。父亲去世的时候，母亲刚下岗，家一夜之间就塌了。那时孙国栋刚上初一，身体长得并不好，好似一根细豆芽。母亲身材矮小却粗壮有力，揉搓一根“豆芽”并不费力。学校的走廊很短，短得不及一片黄叶落地，但孙国栋觉得那是他走过的最长的走廊，长过四季更替。异样的目光和嘲笑声，一刀刀扎进他的脊梁，他觉得自己在母亲的拖行中已经死去，他想找个地缝儿钻进去。

在工厂门口，母亲泣不成声，身体抖动得快要散架。孙国栋作为道具，跪在那里，将脸平铺在地上，像一具僵尸，一动不动，他希望死去的不是父亲，而是他自己。父亲的企业正在转制，人们都忙着分股份，情绪高涨的看客围了好几层，领导们却躲在窗帘后面踢皮球，不知道该由谁出面负责。眼见天黑，母亲干涩的哭声失去了吸引力，于是她把孙国栋押到楼顶示众，楼顶边缘是一条窄墙，他真担心掉下去以后跟父亲相遇了。

孙国栋突然拽起母亲往楼下跑。他用瘦小的身体撞开领导办公室的门，用尽浑身气力咆哮，警告那些领导，要厚待一个受过伤、立过功的退伍军人。他一巴掌拍在桌子上，桌上的杯盖跳了好几跳，他的每一句话都是短句，重音都落到最后几个字上，震得窗户上的玻璃抖动，那些领导没人敢说话。那时他才十二岁，哪里来的勇气和力量做这件事，他已经想不起来了，但是拍桌子这一幕，深深地印在孙国栋年少的记忆中，仿佛是一场梦，一想起来就陷了进去。

关于父亲的死因版本很多，有人说他跳海了，也有人说他是喝多酒掉进海里了，还有人说是被仇人弄死丢到海里了。孙国栋想不通，父亲那么爱助人的人，怎么会有仇人？他甚至用代数的方式推理，想演算父亲死亡的不合理性，无果。压抑像流感，弥散在他的心口，让他喘不过气来。有一段时间，失眠成了他最大的敌人。孙国栋不相信人们的胡言乱语，他需要一个合理的死因。他去海边呆坐，以寻找答案。

许多猝不及防的事，给孙国栋的青春期筑起了一堵高墙，他整日看到的是灰蒙蒙的天空，脑子里从没有清爽过，总觉得头疼，他猜疑父亲脑子里的弹片，飞进了他的脑子里。直到大学毕业，他才看到晴朗的天空，直到遇见杜莎莎，他才看到了彼岸的风景。这都是以前的事了，现在，他在父亲战斗过的地方工作，也许是传承，也许是一条寻找答案的路。

孙国栋还没下高铁，杜莎莎就急着要跟他见面。一见面，杜莎莎抱住他就哭了。她说，叔叔突然反对他们结婚，说孙国栋不靠谱，又穷又横，不适合当老公。孙国栋自然知道问题出在哪里。他问杜莎莎是怎么想的。孙国栋说，如果我帮杜总的忙会丢了工作，你还希望我帮这个忙吗？杜莎莎说，叔叔的事我不懂，我不过是寄人篱下，有些话不得不说，有些事不得不做，你的工作我也不了解，你能不能帮上忙，我也不在乎，但是我喜欢你，不希望你受伤害。不管别人怎么说，还是那句话，只要你对我好，其他的我都不在乎。孙国栋心里亮堂了、温暖了，他抱住她，将头埋入她丝滑的秀发里，将他的气息传到了她的耳垂上。她顺从地闭上了眼睛，他们感受着彼此的心跳和体温。

南港看上去有些破旧，但德胜河与北江在此交汇，水域宽阔，水路发达，是岭南最大的出海口。进入仲夏，天气更加炎热，台风天多了起来，很多船都到南港避风。事情很奇怪，按预报入港时间，VIM TAN-29250号船应该到南港来避风，可它却没有出现。孙国栋分析了好几天，不知道哪里出了问题。

刘俊推门进来，脸色土黄，开口就骂，一定是打草惊蛇了，让你们保护好数据，说了几百遍，就当耳旁风！他顺手拿起一个文件夹，重重地拍在桌上，继续骂道，都是些不长记性的，让你们把数据放好，看看，到处乱丢，万一泄密，吃不了兜着走！其实，那个文件夹是空的，只是放得不太整齐，就成了背锅侠。办公室里只有孙国栋一个人，他成了刘俊的出气筒。孙国栋瞪起眼睛反驳，说刘俊就知道催命，加了这么多天班，头都炸了，就算上吊也得喘口气。

办公室里摆了很多电脑，确实有点儿乱，还显得很拥挤，似乎除了孙国栋和他的影子，再也容不下其他东西了。刘俊走后，他继续盯着屏幕观察海图，屏幕上有无数个点在移动，其中的一个红点突然消失了，他的眉头缩成一团，在笔记本上潦草地记录了一串数字。在研究海图和收集数据方面，他确实有过人之处，凌乱的航线在别人眼里可能是一团麻，但在他眼里就能发现千丝万缕的联系。

孙国栋用AIS系统跟了三个多月，大致摸清了VIM TAN-29250这艘船的航行规律，每次进入锚地都不申报，到香港水域后就关闭船舶信号。孙国栋敏感地意识到，这条船临时增加了航线，而且没有报备。他将信号消失的点串连起来，画出了它的真实航线，跟上次那个偷渡案的特征基本一致。这条线索很重要，他立刻报告给了刘俊。刘俊兴奋地说，露尾巴了。刘俊不爱笑，一旦笑了，就说明这事有把握了。刘俊说，看来我替你背的这个黑锅还是值得的。此时，孙国栋才知道，他上次复制的过期数据，险些导致决策错误，刘俊因此被总站领导狠狠地批了一顿，差点儿就背了处分，但刘俊一直没跟孙国栋讲过此事。听了刘俊的话孙国栋羞愧难当，这才明白，自己能顺利走过黑暗，是有人默默地为他秉烛，他此刻真想抱一抱刘俊，感受他父亲般的温暖。

联合行动在即，保密程度很高，行动前一点儿风声都没有。孙国栋收到指令时，是行动前一小时。刘俊开会回来，车还没停稳，人就从车上跳下来，几个大跨步就上了楼。孙国栋正在分析数据，刘俊只说了一个字“走”。孙国栋准备给杜莎莎发条信息，刘俊却命令他立刻把手机关机，一直看着孙国栋把手机锁进柜子里，才将目光移开。孙国栋感到有一个巨大的盖子，正将他罩住，阻止他与外界联系。

这次行动，计划中是没有孙国栋的。刘俊专门请示了领导，决定带孙国栋去执行任务，让他见识一下南港真正的风浪。孙国栋对于这次行动，缺少心理准备，迈上巡逻艇前，他突然觉得胸口闷堵，呼吸困难，呕了几次没吐出来，倒是把眼泪逼出来了。他借机跟刘俊申请，不参加行动了，说等行动结束，看看报告就行了。刘俊斜了他一眼，不仅没有答应，反而机关枪一样，喷出一大堆难听的话，还用手指着孙国栋的鼻子说，你对得起这身衣服吗？在战场上，你就是逃兵！你真不像你爸，他可不是逃兵！

你们一起出过海？孙国栋很惊讶。

我们是生死弟兄。二十年前，他就坐在你现在的位置……

那你知道，他是怎么死的吗？孙国栋还要问下去。

刘俊盯着远方，陷入了沉默。

海面起了风，海水吞没了夕阳，藏青色的海面，寂寥无声，警灯闪烁，格外耀眼。巡逻艇行走在浪尖上，发动机快速旋转，向后翻起白色的浪花。驾驶室的空间有限，孙国栋站在靠门的位置，一只手死死地握着把手，一只手反复压按着救生衣，胳膊上起了鸡皮疙瘩，汗毛竖立，嘴巴紧闭，腮帮鼓起来，看样子随时要向大海倾吐，他的护目镜被颠到了鼻尖，马上就要滑落了。他不敢松手，把脸凑到臂膀上，将护目镜顶上去。刘俊说，想吐就吐！

孙国栋闭着眼说，没事。他微微张开嘴，吸了一口气，又用鼻腔快速换气，随着一个浪过来，船身剧烈颠簸，他差点儿把胃里的东西都吐出来，鼓了鼓腮帮子又咽了回去。

船在浪上剧烈颠簸，海水被船头劈开，“嘭”的一声打在驾驶室的玻璃上，孙国栋本能地转身去躲，刘俊瞥了他一眼，摇头轻笑。

刘俊拿起望远镜观察海面情况，自言

自语道，29250，化成灰我也认识你。二十年前的一幕，跃入刘俊的脑海。那时，刘俊跟孙国栋的父亲孙世勋都还是边防战士，就是在这艘船上栽了跟头。那时，杜总是他们的老班长，退伍后进了船务公司做代理，他们经常聚会。杜总喜欢打听老部队的情况，特别是海上行动，刘俊和孙世勋都以为他放不下部队情结，如实说了许多情况。那次抓捕，偷渡分子提前收到风声。刘俊和孙世勋年轻气盛，压不住气，见目标船要跑，提前行动，打草惊蛇，打乱了整个抓捕计划，追击中还差点儿越境。被逼急的船长开了枪，霰弹打进了孙世勋的脑袋里。部队要给他们俩处分，可当时刘俊已经考上了军校，执行完任务就要去报到，孙世勋为了刘俊的前程，一个人揽下了所有的责任，背了处分，提前退伍回家。刘俊和孙世勋一直遗憾没有亲手抓住这条狐狸。二十年后，虽然这艘船改头换面，重新注册了国籍和船名，可当它甫一出现，刘俊就认出了它。刘俊非要上船检查，就是要再次确认一下。

时间接近凌晨，离统一行动的时间还有二十五分钟。目标船关闭了船舶信号，刘俊也让驾驶员关闭所有灯光，放慢速度，巡逻艇如浮萍般在海面上漂荡着，每个人的心都提到了嗓子眼儿。

这次联合执法，要配合陆上的行动，确保二十分钟内完成登船和抓捕，早也不行，晚也不行。刘俊说，太早，会打草惊蛇；太慢，他们就会调头逃跑。

那就在岸上抓他们，何必在海上抓？孙国栋问。

如果人上了岸，只剩一条空船，证据就没用了。不懂就别出声！刘俊怼了孙国栋一句。

风越来越大，又下起了雨。天色黑到底了，海上没有一点儿光，向下张望，海浪翻滚，张开吃人的嘴。行动进入倒计时，驾驶室里的空气都凝固了，海水拍打在船身上，带着强烈的窒息感。

越向海的深处走，越是风高浪急。巡逻艇缓慢地靠近货轮，眼看目标船离香港越来越近，刘俊还不下令追击，依然让它继续向前，队员们都很焦急，却没人敢出声。

检查一下救生衣，一会儿准备跳帮！在两船高度差距最小时，瞅准时机跳上去。我先跳，你们都跟着我！刘俊说。

上！离香港海域只有两海里时，刘俊果断下令。

东西两个方向的巡逻艇断腰式冲出，以迅雷之势拦截住了目标船，一个巨浪扑打过来，目标船的尾部沉下去，巡逻艇被推到了浪尖上，像黄牛和山羊玩跷跷板。两船贴靠在一起，船身随着海浪撞击着。刘俊瞅准时机，飞身跃起，抓住了目标船的栏杆，两船突然又被巨浪分开，摇晃的船体将他甩得飘来飘去。刘俊的手湿滑得快抓不住了，他用手指奋力扣住栏杆，用尽全力将腿跨上甲板，但很快又滑了下去，眼看快要落海了，他大喊一声，神奇地获得了力量似的，迅速把肘部卡在船栏上，用尽力气将半个身体拽上去。刘俊的冲锋，在海上闪出了一道光，照亮了孙国栋的心，他仿佛看见了父亲灵活的身影。他忘记了害怕，也忘记了自己，跟着跳上了对面的船。这一跳，让刘俊对他另眼相看，不由向他竖起了拇指。

刘俊首先迅速冲进驾驶室。抓住船长是他多年前未了的心愿，尽管他们都已经年过半百，但还是要分出胜负，这是他和孙世勋的约定。今天把孙国栋带来，就是要让他替父亲见证这一刻。驾驶室内只有一个船员，一见他们就吓得魂飞魄散。刘俊一刻不停，打开货舱盖，用强光射向昏暗的船舱底部，一堆人席地而坐，东倒西歪，一张张浮肿而年轻的脸惊恐不安，这里也没有船长的影子。

所有的嫌疑人都蹲在甲板上，等待民警清点登记。这时，一个干瘦的黑影移动到了栏杆边，准备逃走。刘俊一个箭步冲上去，身体侧倒，挨着甲板滑了出去，擦起一片水花。他一把抓住瘦子的腿，瘦子垂死挣扎，挣脱了刘俊的手，翻了过去。就在他跳出的一瞬间，刘俊又一次扑了上去。他头朝下，两只脚分开，倒勾在栏杆上，手里攥着瘦子的脚腂，眼看就要被拖入海水中，孙国栋飞扑过来，拽住了刘俊的裤腿。孙国栋的手肘磕出个口子，在甲板上划出一道红线。瞬间，一个大浪扑来，大浪过后，甲板上只剩下孙国栋的一只鞋。刘俊、孙国栋和瘦子都落入海中。

天是黑的，海水也是黑的。在汹涌的海浪里，浮动的人头，根本分不清谁是谁。大家赶紧将救生圈抛出去，海浪激荡，海水起伏，救生圈扔了好几回，才被落水者抓住。大家费了九牛二虎之力，拉上来的只有刘俊和瘦子。

战友们急得声音都在颤抖："国栋、国栋……"直到嗓子喊不出声。

十几只强光手电形成的光柱，照亮了黑暗的海水，但海水并没有安静下来，仍然任性地跳跃着，将海面掀起，又撕开。所有人都瞪大了眼睛，随着手电光束寻找孙国栋，可是一无所获。驾驶员突然说，船尾的海水好像变红了，会不会被螺旋桨……话还没说完，就被刘俊喝止了。

孙国栋醒来的时候，已经在ICU里躺了三天，被下了三次病危通知书，差一点儿就成了烈士。可是他的命很硬，扛过了各种仪器的折磨。他苏醒后跟母亲说，他梦见了父亲，只是没看清模样。母亲说，这是你爸在保佑你。

母亲突然想起了什么，对他说，对了，杜总打了好几个电话找你。

孙国栋从母亲手中接过手机，翻阅未读的消息。在行动开始前，杜总连发了五条同样的信息，问孙国栋要不要加班，加到几点钟……

孙国栋想起了刘俊让他关机的情景，轻松地对母亲说，没事，他的事我帮不了，我的事也不用他帮。

孙国栋出院后，首先听到了一个不好的消息，海上抓捕并没有全胜，陆地上的犯罪分子还是跑了，刘俊一个人揽了全责。孙国栋问，是不是跟杜总有关？刘俊说，有我一个人担着就够了，这个处分二十年前我就应该背上了。但是，我要送你一句话：犯病的别吃，犯法的别做，不要辜负了大家对你期望。

孙国栋内疚不已，却不知如何表达。

第二个坏消息是，孙国栋被人投诉了，说他收受服务对象的名贵酒水，组织正在调查。孙国栋立刻明白谁是幕后黑手了，他很想解释。刘俊说没什么可解释的。刘俊望着孙国栋，慈爱的眼神中含着潮湿。

日子仍在海水咸腥的气味中继续。孙国栋做了几份有质量的数据分析报告，帮助总站破了大案，但他也变得更加谨慎，话越来越少。每次上班前，他都会把帽子上的警徽擦亮扶正，把警服整理好，挺直腰杆，对着镜子敬一个礼，标准、迅速、有力，这个礼敬给自己，敬给刘俊，敬给父亲，敬给那些在海上执行任务牺牲的警察。

落日浮在海面上，海鸥逐浪低翔。一艘巨轮缓缓驶来，发出低沉的呼唤，响彻整片海洋。他凝望着前方，海浪拍岸，卷起一层层浪花，在翻卷中传递着力量，一浪接着一浪奔跑，欢快而有力。孙国栋代替刘俊站在队列前，准备带队登船检查。出发前，他收到了杜莎莎的微信，周末去看看房？

他的嘴角向两边翘起，将手机关闭。

存　单　冶进海

一

从老伴儿坟头下来，老先生孙大保躺在炕上，无语凝噎半晌。八十多岁了，泪腺功能弱化，泪液分泌少，竭力哭了，让泪水肆意流了，也不过是眼眶发红，勉强把眼窝打湿。要是能痛痛快快哭一场多好，可老先生不敢出声，哪怕干号一阵儿，心情也会平复不少。可不行，农村的院子，经常有人串个门借个东西，一旦外人进来，要是看到他眼圈发红、鼻涕横流，脸酸得跟橘子皮一样皱巴巴的，还以为他在家里受欺负了。

村民们闲话多，一个事情掰碎了，怎么讲都是个理。有些人跟你掏心掏肺，你引为知己、无话不谈，谁知转头，对方断章取义，传到另一个人口中，成了另一种说法。有关他的闲话，村里热过一阵子，弄得后来，他不知道听谁的话好，也不知道冲谁说一些真心话。

“爷，你要在房里吃，还是院子里吃？”孙媳妇二丫在灶火门口喊着问。

院子里有棵大梨树，树冠亭亭如盖，天气好，在树下支一张八仙桌，树荫里吃饭，风清气爽、惬意。吃完饭，看孩子们奔来跑去，老先生颇能享天伦之乐。

“我今天不饿，晚些吃。”声音发出来，老先生觉得有点儿不对劲。可能哽咽了一阵儿，情绪还没调整过来，嗓子里塞了棉花似的。

“哪儿不舒服？要吃药吗？俺去请杨大夫？”二丫追问。这个孙媳妇，平时大嗓门，做事粗线条，心肠倒好。照顾他时，尽心尽力，不喊累叫苦。老先生想在炕上吃，就把饭端过来；想到院子里吃，就把他抱过去。不吃饭就吃药，不吃药就打针，不打针又不出声，就把亲戚们都喊来，一起诊断个为什么。

老先生早些年瘫了，在炕上躺了快六年，常年不晒太阳，皮肤像储存在地窖里的土豆芽，惨白惨白的。二丫刚进这个家门时，还能扶着他，搞个站立平衡、步行训练什么的，还能挪着走两步，后来躺倒了。二丫起初还能陪着聊聊天，说说东家长西家短，谈个心什么的，后来不怎么跟他唠了，主要跟有了孩子有关。有了孩子，一门心思全费上去了。老先生的一日三餐，她能照顾到就不错了。

人老百事哀，眼花腿瘸、蹒跚扶杖还好，担心的是完全躺平、诸事没法儿自理。老先生瘫倒之后，大脑越来越清醒了，但行动上越来越依靠这个孙媳妇。现在听到二丫问他哪儿不舒服，他便提高嗓门，冲着窗户喊："好着呢，中午的杂面，吃得撑。"老先生因为腮帮子没肌肉了，牙关漏风，声音并没那么大。一吼，额头、脸颊、脖子里的青筋，像小蛇一样迅速鼓起来。

"那……过会儿吃，想吃了，你喊我。"二丫撂下一句，便照顾两个儿子吃饭去了。

老先生沉默。他刚瘫痪时，到了吃饭时间，大家陆陆续续来到西厢房，把他抱坐起来，一大家子围着炕桌吃，谝谝闲话、谈谈古今，东家母牛生仔了、西家媳妇生孩子了，老先生听得也高兴。可后来，南院新修了阳光房，儿子、儿媳妇有段时间，以身体不舒服为由，就不过来吃了。孙子、孙媳妇加两个重孙，不知什么时候，也开始在北院的北房吃——各吃各的。只是苦了孙媳妇二丫，大盘小碟的，要端到不同的房间、不同的桌子上，吃完了，还要收拾锅碗瓢盆。

村里到了耄耋之年的，还有一位老太太，别看干瘦，可体能好，县上医院免费体检，身体一点儿毛病都没有。可脑瓜子不好使了，跟老小孩似的，要哭就哭，要闹就闹，高兴时大半夜起床做饭，做着做着，扔下切菜刀，出门逛街去了。害得一大家子人一通好找。没办法，平日里，这家就把院门锁死，不让老太太出来走动，以防走丢。村里其他年长的，比老先生年纪小，大多也没老伴儿，在家里沤了一肚子话，找个机会串个门，不时来看望老先生，见面后嘘寒问暖，一诉衷肠。老先生发现，年老了，关心的事也就那么几样，自己的身体、儿孙的生活，还有同龄人的生死。听完后一想，有点儿沮丧。

老先生毕竟是读书人，教过书，眼界自然宽展些。他一直关心国家大事，哪怕老迈了，也希望为国尽力。为此，收音机不离身，经常听新闻，了解国际国内大事，一旦听到哪儿受灾了、发生踩踏了、战争冲突了，老先生就长吁短叹，难过好几天，还捐钱捐物什么的。

今天让他难过的，就是湖南某个县发山洪了，冲走了17个村民，其中有一家子，四个大人，连院子全冲走了，剩下放学回来的姐弟俩，无家可归。这让老先生很揪心。他打电话联系那边的民政局，想给姐弟俩捐点儿款。民政那边给了捐款账号，老先生想捐，使唤儿子去捐，儿子却不让，还不满地说："老爸你看，你现在一年四季，捐出去没有一万也有五千了吧？家里开销这么大，能不能考虑一下子孙们？"

雨过了，天还没晴，房间里没开灯，黑魆魆的。儿子张牙舞爪，像极了螃蟹，发出刺猬般的嗓音，咿呀地乱窜。老先生踅摸着拐杖，恨不得提起来，重重地给上几下。

二

天色暗了下来，孩子们进屋看电视动画片去了，院子里像被泼了一杯隔夜茶，一股陈旧感氤氲而出。老先生睁大眼，望着天花板。夜色像一大团蜜蜂样渗透进来，包围了前后左右。

老先生气得睡不着。他在村里教书一辈子，每个月退休金有好几千，自己躺在炕上，一年能花多少？一个月的退休金就够了！现在自己的银行卡、身份证、老年证等，都在儿子手里。一家子的花销，全靠他的退休金。自己捐点儿款，居然不依了？岂有此理！更严重的问题是，这一大家子，就吃我的退休金，农活不好好干，也不正经找个工作，或出去打工。长此以往，要是自己没了，这一大家子，喝西北风去？这么一想，他觉得这个问题非常严重。

老伴儿活着时，经常上寺行善，给村里老人们送吃的喝的，给孤儿们买吃的穿的，图的是一家子的平安健康。自己捐点儿款，往大里说，为国分忧；往小里说，给他人解困，为子孙积福，这难道还不能了？

老先生有一儿一女，儿子周启福不成器，初中没读完，就弃学了。二十世纪九十年代初，说是到省城做买卖，其实进了城，跟一帮二流子混，把本钱花光了，再到家里来要。他的女儿周秀莲也没读好书，后来嫁得远，现在过得一般。两三个月会来看望他一次，见面会说些贴心话，也说些难肠话。

每次临别时，他会偷偷给女儿塞一些存下来的东西。儿子周启福生了两男一女。大孙子周碧德早就分家了，为了生计，到城里打工，后来在城里定居了。二孙子周碧清考上了大学，本以为大学毕业后找份工作，当一个城里人，谁知却回到了乡下，成天在家里打游戏，四体不勤、五谷不分的。没办法，又给二孙子说亲，娶的媳妇就是二丫。二丫人勤快，得知二孙子读过大学，尊重不已，有时睁只眼闭只眼，就放任着他打游戏，说打上一年两年，就会收心了。可二孙子的儿子周都督快三岁了，二孙子还没有收心的意思。孙女倒是读完大学，考了一个乡村教师编，在另外一个省工作，一年难得回来一次。

躺的时间越长，老先生闷在肚皮里不断发酵的话，就沤成一箩筐一箩筐了。这感觉很憋。他发现，大家几乎把他看成活死人。孩子们天性贪玩，一开始，还能用糖或果丹皮之类的，哄着俩重孙来炕上陪他说话。后来重孙们不稀罕这些了，几乎把他当空气。他就是喊几声，孩子们也爱搭不理。

老先生觉得，他哪一天走了，大家顶多会“哦”上一声。

当然，如果他专门提要求了，儿子或孙子会把他抱到轮椅上，到村子里转转。但这样的机会很少，因为前些年，村子里的路被洪水冲了一番，坑坑洼洼的，推出去把他颠簸得难受。这两年，村里修好硬化路了，推出去转时，又找不到几个熟人了，聊不起来。许多年轻人像看怪物般看着他，弄得老先生怪没意思的，心想，自己怎么会有了今天？

挂在天上的太阳，影影绰绰的。老先生踅摸着自己夹在书里的存单，想着如何给受灾的姐弟俩捐点儿钱。儿子不同意，他得另外想办法。

他想请人带个信，让村子里考出去的大学生、目前在省城当记者的陈源来看自己一趟。

三

这个信不好带，因为陈源每一次上门，必然会遭到老先生子孙们的百般阻挠。

为什么呢？话还得从十六年前说起。当年陈源高考结束，如愿以偿，高分考上了大学。那时候考上大学太不容易了，整个村子为之骄傲，又是恭喜又是送行什么的。但陈源家里穷得叮当响，当时学费加住宿费等，一年四千左右，还需要一年五千的生活费，拿不出来。他家把养的鸡都卖了，才凑了两千多元。

陈源黝黑的脸庞上写满了痛苦。

有一天路上碰到老先生，老先生夸了他半天，然后问费用凑得怎么样了？陈源实话实说。老先生看着他鼻孔下茸毛一抽一抽的，心里想到了他的难处。沉思片刻，对陈源说："明天下午你到河边的不老泉等我，我跟你说个话。"

第二天，老先生从银行取出三千元钱，装在信封里，交给了陈源，说："你先安安心心读书去，我们穷山沟里出一个大学生不容易。以后没钱了，让你家大人偷偷给我捎口信，我再给你想办法。你不要说出去，这个钱是我给的，对谁也不要说。"

陈源答应得好好的，但不知怎么的，给钱的消息像一阵大风，扰遍了村庄，刮得惊天动地。老先生大恩大义，大家赞不绝口。当时三千元，可不是一笔小数目，能买农村一座院子。

老先生的儿子周启福，那时因打架斗殴，关在看守所里，老先生的儿媳成天成夜号哭，催促老先生花钱找关系捞人。老先生钱花到陈源身上了，儿媳妇听了这个事，以感冒为由，连着三天不做饭、不打扫院子、不喂牛喂羊。老先生心想，一个感冒，怎么几天下不了炕？就站在院子里喊了一嗓子："麦子，你好点儿了没？给娃娃们做些热饭，别一天光啃干馍馍。"

没想到，这话还没说完，就被儿媳妇给顶回来，那嗓音浇了滚油般冒火："啃点儿干馍馍怕什么，现在还有的啃，以后啃不啃得上真不好说。老子坐监狱了，以后谁管？周家的子孙，周家人都不管，有点儿钱给外人花。我一个马家人，我管什么！"

这话不对味。老先生一琢磨，外人是谁？家里大小开支，不都是他出的吗？难道自己挣的钱，只能给子孙花？

不过，给钱的事，谁也不敢明说。毕竟，陈源不承认，老先生不承认，这事谁也没看见，风闻而已。但老先生还是觉得有些不对劲，于是给家里的大孙子买了一辆嘉陵牌摩托车，花了六千多，想的是家里一旦有个急事，骑上摩托车，也快一些。同时，大孙子已经弃学，念叨着要到城里跑"摩的"，需要辆摩托车。买了摩托车之后，儿媳妇脸上多了几分笑意，但对陈源一家，态度180度大转变，冷若冰霜了。特别是陈源每年寒暑假回乡，带着远方的特产，想进门看望一下老先生，周家儿孙都挡住不让进。

明明老先生在家里，结果儿孙们说，老先生转亲戚去了，不在家。

老先生在房里听见了对话，觉得事情没必要闹大，就没吭声。

好在听说陈源这娃娃能干，在校期间打了三份工，已挣够自己的生活开销。后来，又通过助学贷款贷上了学费，读书也不用太愁了。

村里老人来看望，老先生像海绵一样，不断打听陈源取得的成绩，比如评为校优秀学生干部、获奖学金、演讲比赛拿了一等奖等。他听后非常高兴，忍不住心里感慨几句，打小他就觉得这孩子踏实、厚道，没想到，百尺竿头更进一步，进了那么好的大学，还比那些大城市的娃娃们优秀。

老先生看着家里混吃混喝的儿孙们，心里颇不是滋味。儿孙自有儿孙福，但这样无所事事，只靠他的工资，恐怕福不会从天而降。后来有一天，老先生突发脑梗，差点儿离开人世。抢救过来后，老先生担心的不是自己，而是儿孙们。国家政策好，自己的退休金不少，在农村，养活一家人，没大病大灾的话，没什么问题。死去元知万事空，自己坦坦荡荡活了一辈子，没什么亏欠的，说走就走了。现在放心不下的，还是家里头这几口人。他越想越担心，这些子孙们，万一自己一撒手离开了，靠什么生活呢？

老伴儿的坟头，老先生能扶着拐棍走动时，经常去，说说心里话、吐吐苦水、扒拉一下坟头的野草，眼前浮现的是第一次见面，他在洞房里揭开盖头，一个浓眉大眼的大姑娘，红扑扑的脸，盯着他笑。老伴儿土里打滚了一辈子，最后又埋在土里了。这让老先生一想起来就十分伤感，人就跟吹竹笛似的，一口气跟不上，声音就散了、断了。

老伴儿临终前，闭着眼睛，喘着气，拉着他的手，说来说去，还是不放心她的子孙们，怕在尘世间有个闪失。他们这代人，苦了一辈子，苦在子孙身上了，想想也够痛心的。白天劳作，晚上睡觉，一年四季，也没到哪儿旅个游、吃个大餐，一辈子，其实是不值的。现在的后人，一代比一代活得自在了，别管自己有没有钱，只要能拿到钱，就先让自己过开心了。这是怎么啦？是娇生惯养，还是疏于管教了？

四

说起眼前这个二孙子周碧清，老先生内心的疙瘩，总不能消除。二孙子从小机灵、学习好，他以为能跟陈源一样，成为一个有出息的孩子，为此，特别惯着些。二孙子衣来伸手、饭来张口，认为天经地义。加上老先生吃的是公家饭，零花钱上不缺，不免有些优越感。有一天大早，外面下大雨，二孙子睡得有些沉，醒来后发现，上学要迟到了。这时，老先生的老伴儿已经给煮好了牛奶荷包蛋，端到了饭桌上。二孙子喝了一口，怒气冲冲，说牛奶太烫了，怎么喝？为什么不早点儿叫他？上课该迟到了！说到激动处，二孙子猛一甩手，把牛奶打翻了，滚烫的牛奶，像一束白色的箭矢，结结实实烫在了老伴儿的身上。牛奶碗掉到地上，碎成几大瓣。坐在炕上的老先生看在眼里，当即扔了手里的书，跳下了炕，本想提起拐杖砸过去，可最后，看着老伴儿佝偻着腰，忙不迭地捡拾打烂的碎片，不由叹息一声，掉头离开房间。

牛在半山腰放开吃草，老先生蹲在田埂的角落里解手，想着早上二孙子那副嘴脸，肚子里一股气乱窜。二孙子已经上高一了，这样一个德行，这些年的书，白读了吗？中国的仁义礼智信，学到狗肚子里了？不懂得尊老爱幼，能成什么大器？以后还能指靠他什么？老先生越想越生气，心脏跟泵一样突然发动起来，咣咣咣地跳个不休。他站起来提裤子时，猛然间脑海里某根神经一抽拉、一刺疼，眼前一闪，跟日食一样，慢慢全黑了。他情知不好，想缓慢蹲下来，可身子不受大脑控制，一下子往前一冲，一个狗啃食，额头重重地栽在土块上。他晕倒在田里了。

太阳火辣辣的，偶尔有风掠过，像在呼唤什么。晌午时，老牛“哞哞哞”地叫唤着，自顾自回了家。家里人一看，老先生没跟着回来吃饭，感到奇怪。等了一阵子，还不回来，便四处安排人去找。有放羊娃说，早晨看到老先生在东大沟里放牛呢。家里人赶忙找了过去，发现老先生趴在地上，呼吸紧促，快不行了。待背着送到医院，一番抢救后，老先生已成了半身不遂。

躺在炕上，吃的、喝的，老先生倒不用愁。家里的大小开支，都从他退休金中出。他的卡在儿子手里，身份证也在儿子手里。这个过了五十的周启福，早就是当爷爷的人了，放在古代，该知天命了，现在却成天打麻将，还大言不惭地说："我们的任务，就是把老爷子照顾好，只要老爷子身体好，我们就不怕天灾人祸，一大家子饿不死。"

老先生听到这话，那个气啊！这个儿子从小嘴上劲儿大，办事却极不牢靠。这当然跟教育缺位有关。当时老先生忙工作，老伴儿对他又过于溺爱。长大后混社会，不脚踏实地做点儿正经事。一错再错，无可挽回。

老先生意识到，再这样下去，自己不是在爱这一家子，而是害这帮儿孙们。老先生毕竟是读过书的，知道由俭入奢易，由奢入俭难。问题是现在怎么办？让这帮儿孙们坐吃等死？二孙子读了个大学，跟没读一样，谈过几次心，无动于衷，还嫌他事多。二孙子不耐烦地说："不躺平怎么办，你有本事让我进个好单位啊？"

老先生气得差点儿把心肝喷出来，什么话啊，这就是自己的后人！老先生说："你们争气点儿，行不？这样活一辈子，羞死你们先人了。"孙子说："你可不能死，我们一家人就指望您这点儿退休金呢。"

老先生对儿子说："把我的银行卡和身份证给拿来，我收着，不然我绝食。"周启福丝毫不以为意，说："可以，你收起来也行。但问题是，我们得给你去买药吧，得给你买按摩器吧，买轮椅吧？这些都得花钱啊，我们没钱。再说了，你怎么去药店？"

老先生本想给儿孙分家，各过各的。但问题是，自己的生活，孙子媳妇在照顾。

孙媳妇二丫辛苦得多，一大家子人，做饭洗衣，忙前忙后。不过，现在的农村生活好了，集市上有不少的半成品，二丫很多时候，就买这些半成品回来，简单炒一下。老先生有些吃不惯，但不好责备。有时候，专门让二丫给他弄碗浆水汤什么的，这个孙子媳妇倒不推诿，会痛快地做出来。如果在大城市里，这样的保姆，请一个就需要四五千，加上吃的喝的，肯定得六七千，也就是说，他的退休金还不够。这么一算，老先生心里一惊，钱的方面，不好细算了。

有一次，孙子周碧清踅进西房里说："爷啊，您存了不少钱吧，能不能拿给我，让我做点儿生意？"老先生心想，就你一天打游戏的样子，能做什么生意？便生硬拒绝，没有。

孙子就不高兴了，说："我是不是您亲孙子"？老先生说："我养不出你这样的懒汉。"孙子更不高兴了，虎着脸说："您死了后，那钱不是我的？"老先生说："我没存款，就是有存款，死后也不给你。我给别人不行？"

老先生手里确实有两张存单，儿孙们隐约猜到了，老人谁不留一手啊，但不知道到底有多少、存放在哪里。这是老先生一辈子的积蓄。老先生本是给自己和老伴儿养老准备的，但老伴儿说走就走了，自己现在这个样子，生不如死，得了病，也没必要花钱救治了。老先生想把这点儿存款捐了，但捐哪儿去、捐给谁、怎么捐，老先生心里没谱。

老先生觉得，不能让儿孙们知道有这两张存单。要是知道了，说不定更胡吃海喝了，还会闹出一些不像话的事来。老先生躺在炕上，望着窗外树影婆娑，心想这日子，说快也快，说慢也慢，心烦时，从早晨等到天黑，熬着慢，但从儿时记忆到现在，一幕幕跟放电影似的，记忆的闸口一打开，一辈子说过去就过去了，场景那么鲜明，怎么转眼间，人埋到黄土里了呢？

五

老先生想找陈源来商量。陈源现在是省报的记者，还当了部门副主任，写的不少报道引起过轰动。记者见多识广，他想问问，现在到底怎么办？当年老先生给了陈源三千块，陈源念念不忘，每年托人传话，表达感谢。大学毕业第一年，陈源就把钱还了。不过，未能还到老先生手上，而是被二孙子截和了。陈源当年拿走了三千，后来还了一万，说是给老先生买一点儿营养品。但那天老先生不在家，二孙子说他转给爷爷。陈源笑了笑，就给了二孙子。二孙子不仅没给老先生，而且自己花掉了，也没跟老先生说一声。后来亲友上门，夸起陈源来，说那娃娃好，还给他买营养品。老先生才知道有这么一回事。问二孙子，支支吾吾的，说他给也是应该的，不给我们也不要。老先生拉下脸来，要他把多余的钱退给陈源，二孙子就说花光了。

老先生懒得再说，明白陈源有心就可以了。有一次，陈源再上门看望，又被他儿子周启福给堵在了门口。

“我来看望看望老伯，难道连面都不给见？”陈源恼火。

“你就不能见！你想见，来，硬冲试试，这是我们家！”周启福恨恨地说。

“行，不见了，给代个好。”

后来老先生向村支书要了陈源的电话，打过去，陈源非常开心。老先生就说：“咱们以后有啥事，电话里联系。我这几个儿孙啊，不像话。”

这一次，老先生为捐款和存单的事，再次拨通了陈源的电话。老先生花了两个小时，把前因后果讲了一遍。陈源诚恳地说：“您老就这些钱，留着急用吧，别拿出来。”老先生说：“我能用什么呢？咱们周围几个村子里，有不少困难学生，我拿出来助学。”陈源说：“那我们找时间见面聊一聊。”

老先生说：“你改天回趟老家，下午三点半，你过来。我把存单给你，你替我取出来，做这个事。”

陈源如期而至。是被村支书带进来的。村支书是陈源的高中同学，大学没考上，做了几年生意后，回乡选了村支书。村支书带陈源来看望老先生，儿孙们不好挡，只好让一起进去了。这些人过去跟防贼一样防着陈源，现在不甚防备了，见面还是不给好脸色，似乎陈源曾经拿走的不是三千块，而是三万、三十万一样。老先生的儿子和孙子，平时不怎么进老先生住的西厢房，现在却一直围在老先生身边，寸步不离。实在没办法，村支书只好把老先生儿子和孙子拉到外面，说最近上头支持危房改造，问他家羊圈需不需要翻新、算不算得上危房？趁着这么点儿时间，老先生给陈源说了一下自己的想法。

老先生让陈源在炕头的书柜里拿一本书。那是一本古汉语词典，用牛皮纸包的书皮。老先生书柜里的书，大多用牛皮纸或白布包的书皮。陈源从书架上找到这本书，取出来。老先生摸了摸，打开书皮，夹层藏着他一辈子的积蓄，是两张银行存单。老先生把存单揭起来，拿在手里抖了抖，用中指弹了弹，吹了吹气，递给陈源，让他去银行取钱。

陈源沉重地接过这两张用塑料膜封住、夹在书皮里的存单。一张存单是2012年更换的，存了十五万元。另一张是三万元。

陈源说："您得给我一份签字同意支取的证明，不然怕麻烦。"

陈源快速写了一个证明，老先生在上面签了名，字迹依然遒劲。

去了银行，工作人员说，因为是代理支取，必须要有老人的身份证，还需要提供陈源本人的身份证。老先生的身份证必须要有，这个问题比较麻烦。涉及身份证的事，老先生一家人在这方面特别敏感，一旦有什么风吹草动，不跟你撕破脸才怪。虽然记者有的是门道，可以找到行领导说明情况，但规定就是规定，上门服务都可以，没有老先生的身份证就不行。陈源明白，这种事不能上门。一上门，更要闹起来。关键是，如何不让老先生家人知道。

老先生的身份证就跟护身符一样，他儿子揣在身上，随身不离。另外补办一张，就算公安上门补办，一提身份证，一家人就会嗅出其他的味道。老先生想让村支书过来，给他辩辩理、说说情况，但他也知道，清官难断家务事，就算把身份证和银行卡要到手，自己不能走动，这个钱又怎么花？

这可难住了陈源。他给老先生手机打电话，老先生接了，但旁边正好有孙子媳妇二丫，支支吾吾的，不好多说。老先生耳背，手机声音调得大，陈源虽然简单地说了一句，没身份证不行，可旁边的二丫听得清清楚楚。二丫把这个信息跟二孙子说了。二孙子跟他父亲一商量，儿子周启福凭直觉，察觉到了不对劲。他也知道，自己的父亲是个犟老头儿，脾气倔、认死理，决定了的事会立即做，不见得会考虑儿孙们。

周启福再见到陈源时，眼神中喷着火。陈源知道，狗急了还跳墙呢，没必要跟这种人斗气。

后来，老先生在旁边没人时，给陈源回了个电话。陈源建议老先生立个遗嘱，一旦走了，存单中的钱，由陈源捐给那些上不起大学的孩子们。

六

就在老先生决定写遗嘱时，孙子周碧清踅摸进西厢房来，关心了一下他最近的身体情况，说了一件事："爷，我在县城里买了一套楼房，首付交了，贷款还有三十多万，需要打工还呢，每个月还三千多。您看，您手头还有些存款，能不能拿出来一些，帮我们还点儿。不然压力大呢。"

老先生问孙子："怎么想到要去县城

里买房呢?”周碧清说:“大家都在买,看病、坐车,方便得多。”老先生说:“那你买了,靠啥还?”周碧清说:“现在开三轮车,到街头卖快餐。”老先生沉默了,这跟他老子周启福当年走街串巷卖冰棍一样,不知能不能挣上钱。孙子说,要是自己有一笔大点儿的启动资金,早就把生意做大了。现在哪个生意不是钱生钱、利滚利呢?

孙子说的这话也对,也不对。当年周启福就是不断要本钱,说是去做生意,结果把所有的家底都拿走了,不仅没挣来钱,反而身陷囹圄。

这使得老先生不得不思量,这些存款如果全捐出去,不留一点儿给儿孙们,这样的后人,在他死后,会不会给周家丢人现眼,甚至到大街上乞讨去?当然,如果真不争气,这些存款,很快也会败光的,败光了之后,依然会上街去乞讨。

老先生这么一思索,觉得遇上了人生中最棘手的事情。老先生在院子里轮椅上晒着太阳,望着南墙根拴着吃草的老牛,正慢慢咀嚼着,若有所思,却不急不缓。老先生心想,老牛每年生牛犊子,牛犊子长大了,会被卖掉,老牛是多么心痛啊!但它还是继续生牛犊子,老牛指望过牛犊子照顾它吗?不!牛犊子可能短暂地给它带来欢乐,更多的是离别啊。牛啊牛,你苦了一辈子,也聪明了一辈子,早就看开了,不对后人抱什么希望了。

收音机里介绍说,从浩瀚的宇宙来看,人类或许跟细菌差不多,不断在繁衍生息,扩大地盘,没什么特别的意义。这样看来,自己的使命是否完成了?没必要再为后人考虑了?

老先生思虑重重,这时候,又发生了一件让他生气的事。孙子周碧清出轨了,跟一个理发店的姑娘好上了,孙媳妇二丫当面捉奸,闹着要离婚。二丫当天收拾好行李,带上两个孩子回了娘家。老先生一天三餐,便由儿媳妇伺候。儿媳妇多年不拎锅碗瓢盆,现在每次做饭,跟打仗似的,弄得叮当作响不说,破碎声不断传来。老先生让周碧清去把媳妇儿接回来,但二丫不回来,还扬言说要打官司,家产分一半,其中包括老先生的存款。

老先生的存款,子孙们谁也没有见过。但二丫凭只言片语,让人猜到老先生存了钱。老先生听后,无比生气,这个二丫,想什么呢?闹离婚,怎么惦记上我的存款了?要是自己走了,没存款,这些后人会怎么想?没点儿存款,他们活不下去吗?

当年溺爱的后果就是这样。老先生像见了火的蜡烛——软不拉耷了好几天。精神刚好点儿,让儿子周启福把他推到老伴儿坟头。

在半山腰的大太阳下,老伴儿坟前的荒草疯长,跟棉絮样盖住了坟头。儿子躲到老远的槐树下乘凉。老先生把存单拿出来,想在老伴儿坟头烧掉。可念叨了半天,心想烧掉还是不能解决问题啊,养出的还是那些败家子们。教育了几十年,都没有效果。现在躺炕上了,半截入土了,更不听自己话了。但不操心又不行,倒不如眼不见心不烦。

老先生把全家人召集来,宣布要住进养老院。你离婚也好,打麻将赌博也罢,不管了。

县上的养老院,看着干净清爽,各方面的条件还不错。老先生想,这样也好,闲了和其他老人们聊聊天，一天三餐有人管，每天有固定时间，护工们会推出去放风。但问题在于，养老院里，儿子、孙子、重孙子，一个都见不着，连声音也听不到了，这有些难受。不过，老先生转念再一想，在家里，其实一整天，见到儿孙们的次数也没多少，大家基本上不到他躺的房里来，不往炕前靠，怕自己的晦气会传给他们。他自己的房间里，有一股说不出的味道，不少亲友来了说，打开多通风，不然这味道可真不好闻。但除了孙子媳妇二丫外，其他人很少来关心这些，更不用说替他打扫收拾。孙子周碧清，哪怕一天在房间里抱着电脑打游戏，也没想着过来看一眼。除非有什么不得已的事，才跑来跟他说一两句。

老先生躺在炕上，盯着房梁上的那团蛛网。他看到一只小蜘蛛在吃老蜘蛛，准确地说，应该是在吸食母蛛体内的液体。后来，蛛网上老蜘蛛留下一个空壳，像团灰尘样，挂在蛛网上不断地摇来晃去。老先生叹了口气，心想，人啊，能比蜘蛛好吗？

老先生狠了狠心，叫来村支书，表达了自己要住养老院的决心。

老先生要住养老院，儿子周启福面色阴沉，只好把身份证和银行卡还给老先生。

亲友们纷纷劝说，认为再怎么样也不能让外人看笑话。但老先生主意拿定，就在村支书的安排下，搬到了养老院里。老先生心想，你当儿子的也好，当孙子的也罢，一下子没了经济来源，就会考虑出去干点儿活、打个工吧。

为了他们好，自己也应该住到养老院里，让他们自力更生一段时间！

七

养老院里的生活，一开始，老先生觉得挺有意思。护工们帮着剪指甲、理发，大夫专门过来做体检，一日三餐，有人做好了，会送上门。自己虽然瘫了，时常坐在轮椅上，但轮椅是电动的，能带他到各个活动区域。餐厅里的饭菜挺丰富的，有他爱吃的羊排小揪面，吃起来味道还不错。在活动室，他摸摸这个，动动那个，跟其他老人看电视、打牌、玩游戏，或瞎聊上一阵子，感觉时间过得挺快。

不过，住进去几天后，老先生开始想重孙，想孙子，想儿子。他很想听听他们的声音。他打电话过去，没想到，他儿子周启福直接挂断；给孙子打，一直没人接；给孙子媳妇二丫打，倒是接通了，但说他们周家的事，她不管了，让老先生也别给她打电话了。

看样子，跟孙子还在闹离婚呢。

周老先生半夜里望着月亮，长吁短叹，有点儿想家。好多老人发现他这一点，也劝说，既然儿孙们愿意养你，住进来干吗？

孙子周碧清后来回电话了，开口就问：“是不是想回来了？住不惯吧。”老先生差点儿说是的，但话到嘴边，却说：“还行，这里挺好的。”

“别嘴硬了，想回就回来。”孙子周碧清，在这方面还挺通晓人意的。

“回家得交出银行卡、身份证和存单，我才不愿意呢。”

孙子说：“不交怎么办？万一你老糊涂了呢，再中风了呢？”

老先生心想，我中风是被你们气的。

现在你说话还是这么无情无义，听着也生气。我还是安静地住在养老院里吧。

人一辈子就是孤独的修行。养老院里有一老头儿，曾经是位作家，他对老先生说："在这个世界上，你再怎么做，也得不到自己想要的一切，哪怕是再有权势的帝王。想要的东西，永远在眼前，就跟驴拉磨时，眼前挂一串青草似的，虽然吃不到，但依旧用力去够。追了一圈又一圈，还是无休止地追着转下去。人也是，有些想法根深蒂固，不见得能实现，但还是会执拗地做下去。所以，破除执念，才是应有之义。"

老先生有所触动，自己的执念，是把存单上的钱捐出去，有问题吗？

养老院里举办活动，说八月十五中秋节，大家欢聚一堂。老人们准备了各种各样的节目，老先生也被动员起来，准备朗诵一首李白的《行路难》。

这些天，养老院来了不少年轻的志愿者们。给老先生收拾床铺的志愿者叫王婉，是一家公司刚入职的文员，长得高挑清秀，做事麻利，小嘴挺甜，"大爷大爷"地叫得麻溜。她一进房间，几下子把老先生的床铺收拾干净不说，还给老先生捶了捶背，剥开一个橘子，一瓣一瓣地喂到老先生嘴里。

老先生惊异之极，没想到现在还有这样的好姑娘。这个王婉，大眼睛会说话，笑起来可甜了。她说自己是从外地来的，到这个县城上班，想念家人，陪不了家里的爷爷奶奶，就来这里看望老人，就觉得见到了自己的爷爷奶奶，特别亲近。老先生激动不已，把自己藏起来的好吃的瓶瓶罐罐全部拿出来与王婉分享，还和王婉分享看了什么书、懂了什么道理等。王婉跟老先生越谈越贴心，认了他做干爷爷。

第二天是周日，王婉一个人来了，说闲着没事，来养老院给自己找点儿事。她给老先生洗完头，剪了脚指甲，还把自己做的日本料理喂给老先生吃。老先生越看越爱。这个小丫头，跟年轻时的老伴儿有几分神似，脸上笑开时，大眼睛微眯，嘴巴咧开，脸蛋上的肉挤到一起，像一朵向日葵似的，生机勃勃，灿烂明亮。王婉一走，老先生无比怀念自己的老伴儿。当年，打开红盖头的一瞬间，那双水汪汪的大眼睛，看了他一眼，娇羞地把头低了下去。他说："你羞什么呢，就我们俩。"年轻的老伴儿冲他胸口捶了一拳，一下子被他揽进怀里。

王婉再来看望老先生，不仅给他洗了头，还给他擦了背。老先生躺在炕上快八年了，背上有褥疮，发作起来，疼痒难耐。第一次有年轻姑娘对他如此照料，而且毫无嫌弃之意，掏心窝子跟他说话，老先生感觉白糖掺进蜂蜜里——甜上加甜。他想到自己的亲孙子，还嫌自己身上的味道不好闻呢。他一五一十地跟王婉说了自己为何要来养老院，子孙们是如何混吃等死的。王婉听后莞尔一笑，揉着老先生的肩膀说："您做得对，我身边就有不少不思上进的年轻人，我就不喜欢。"老先生就跟王婉说："找男朋友，就应该找一个品格好、心地善良、追求上进的年轻人。"王婉说："对，我要找男朋友，到时会找老先生把关。"老先生答应，王婉结婚时，一定要给她送一份大礼。

老先生和王婉互留了电话。老先生想聊天了，就给王婉打电话。王婉有空儿了，会给老先生发短信问候，送点儿自己亲手做的饭菜。

再后来，王婉来看望他，不是收拾这个，就是擦洗那个。老先生不好意思了，说："你别管，我自己来，我自己来。"

老先生想给王婉买一份礼物，说："丫头，你看上啥了？爷爷给你买。爷爷有钱。"

王婉说："爷爷，我什么都不缺，看到您的眼神，我就开心。您一关心我，我就心满意足了。"

老先生听了非常高兴，这些天，他的身体明显好转，甚至多年的干腿还抖动了一下，手上有劲儿了，胃口也大开，中午能吃两碗米饭，晚上能吃一大碗面。

有一天，老先生从收音机里听到一个新闻，山村公路上，因三轮车开得太快，出了车祸，车上夫妻二人当场死亡，留下一个无人照顾的八岁小孩儿。老先生想捐点儿钱给这个孩子。他打电话叫王婉过来，把自己的银行卡给了她，让她取两千块钱，给那边寄过去。王婉说，不用到银行，手机上就可以操作。捐款的银行卡号有呢，直接转过去就可以了。

王婉当着老先生的面，用手机操作了一通，钱转过去了，手机短信提示也来了。老先生非常欢喜，觉得自己又做了件好事。老伴儿当年勤俭节约，老往寺里跑，图的就是个善行。现在，自己续上了老伴儿的善缘。

如此一来，老先生需要捐款、买东西什么的，都是王婉手机上操作，快递送来。王婉还教老先生使用微信、刷短视频、网上购物、发送短消息等。老先生的微信里，加了两个好友，一个是陈源，一个是王婉。

陈源经常来养老院看望老先生，每次会提大包小包的东西，多是高档营养品。老先生跟陈源提起过，王婉是个好丫头，要是有好一点儿的男孩子，介绍认识认识。陈源答应了。有一次，陈源还在养老院里碰到了王婉，两人聊了一阵儿。陈源要请她吃饭，要不是王婉当晚有夜班，当天俩人还准备把老先生接出去，一起美美地吃顿大餐。

八

儿子周启福打电话来，说媳妇得了乳腺癌，需要治疗。家里没钱，他这个当公公的，无论如何，也要拿几万块出来。儿子是命令的口气，不容置疑。

老先生知道，不给是不可能的，但给多少呢？

他一张存单上有三万块。先给三万吧！老先生让儿子第二天来养老院拿存单。

周启福来了，一脸的不耐烦，头发也花白了不少。老先生赶紧打开自己的床头柜找存单，一翻却傻眼了，他找不到存单。他明明记得，搬到养老院时，自己贴身把存单带过来了，还把它夹在一本用牛皮纸包裹的《新华字典》的书皮里，然后锁进自己的柜子里。现在怎么不见了呢？老先生一下子冒出汗来。

"找不着了吧？快报警啊！"周启福着急地说道。

警察来了，立即把有关联的人叫来，展开询问。在这个过程中，老先生提供了一个线索，就是王婉曾打开过柜子。王婉给他整理衣物时，让他把柜子打开，说是把陈源提来的贵重营养品放到柜子里。王婉手机打不通，警察立即根据相关线索，赶到她公司。

出乎意料的是，王婉已经辞职，回老家了，没留下老家的电话。老先生说，难怪王婉一周多没来养老院看他了，他还以为这个周末她会来呢。警察根据王婉的身份证号码联系到了她老家的派出所。当地派出所连夜赶到王婉家里。

王婉果然在，态度很好，承认那两张存单上的钱是她取出来的，说是老先生让她取的。原来，老先生担心自己有一天不在了，存单丢了或被烧了什么的，岂不是什么都没有了，于是让她去取，还把身份证给了她。

“不然我怎么能从银行里取出来呢?”王婉睁大眼睛说。

民警问：“取出来的钱呢?”

王婉说，取出来的钱一部分老人留下了，一部分给她了。

老先生也发现了，柜子里确实多了一包牛皮纸包着的东西。他一开始以为是本书，现在打开一看，是一沓厚厚的现金。一数，有三万块。也就是他一张存单上的钱，而另一张存单上的十五万元，是王婉拿走了。

到底是赠予王婉的，还是王婉偷走的，警察问起来时，老先生沉默了。如果说是偷走的，王婉会不会判刑？会判几年？王婉现在辩称是赠予的，老先生听说她母亲生病了，家里有困难，就在临走时塞给了她十五万，让她回去给母亲治病，同时买房生子。王婉还说，这大半年，是她隔两三天就去照顾，老先生三天能洗上一次热水澡，一周剪一次指甲，一个月剪一次头发，都是自己做的。

老先生心想，这十五万，比起她带来的温情，也不多。

但她为什么不辞而别呢?

老先生像突然间见了火的蜡烛一样——软不拉耷，又好像被抽掉了筋骨，衰老了许多。

因为没有明确的偷盗证据，警方也颇为头疼。按老先生的说法，身份证一直是锁在柜子里的。如果王婉第一天拿走身份证和存单，取了钱，第二天放回身份证，老先生是不会注意到的。因为他很信任王婉，所以王婉随时可以打开柜子。

这时候，不能光凭嘴上说，还得看证据。老先生住的房间里没监控，到底怎么拿走的，双方各执一词，警察难以判断。

老先生觉得，现在的年轻人，居然成这个样子了，套自己近乎，目的就是偷东西。自己一辈子就这么点儿积蓄，现在大都没了不说，还丢人丢大了。老先生叹了几夜的气，最后改口说：“是我给王婉的，别难为那姑娘了。”

儿子周启福拿走那三万元现金时，没说声好，而是恶狠狠冲老先生来了一句：“看你造的！自己儿媳有病，一点儿钱舍不得给，一个旁人有病，你看你大方的!”

面对警方的多次询问，王婉委屈得不行，说要不是自己母亲病重，自己也不会离开老先生的。她离开的前两天，还去看望老先生了。是不是老先生老糊涂了，记不清他自己说的话了？当时，老先生还让她等母亲病好了后，再过来呢。

王婉的话，一字一句，如一块块石头压在老先生心上。老先生坐着轮椅上了天台，望着茫茫夜空，长吁短叹，心想地球上的人类，在茫茫宇宙中，也不过跟细菌差不多。为何人一辈子折腾自己，也折腾别人呢？他出神地想这些时，护工赶来了。护工以为他要自杀，赶紧报告给了养老院领导。养老院领导大惊，赶忙启动应急机制，不仅把他安全地抬下来，还派人加强管护，并告知所有的联系人，老先生有自杀的倾向，其中包括陈源。

陈源得知这件事后来见老人，拿出一包现金，说："这是十五万，我跟王婉沟通了，王婉同意退回。她还带话给老先生，说对不起，做错了，以后再当面来赔礼道歉。"

老人有些失落，又稍微高兴了点儿。王婉还没有完全泯灭良心，知道自己把钱退回来。

九

陈源走后的几天里，养老院里的老先生收到一张汇款单，金额巨大，十五万元。这张汇款单直接寄到养老院，接收人是老先生周励。是王婉寄来的，附言中写道：本想亲自送来，但目前母亲有病，走不开，祝安好。另外，建议养老院给老先生检查一下脑部。

老先生纳闷儿了，陈源不是说，王婉已经归还了拿走的钱吗？怎么还两次呢？于是打电话问陈源。陈源笑呵呵地说："怕您担心，我先给垫上了。我相信王婉会还的，当然我们也有办法让她退还。"老先生问："什么办法？"陈源说："未经监护人同意，八十岁以上的老人，如果不是完全民事行为人，不能做出这么重大的决定。所以您就算是赠予，您的赠予也是无效的。我们只要证明您不是完全民事行为人即可。不过，"陈源顿了顿说，"我这也才找的律师，问明白了这个道理，现在还需要证明您不是完全民事行为人，同时要明确一下，您的监护人是谁。"

老先生说："钱，王婉已经寄回来了。"

陈源"哦"了一声，说："真的啊，她害怕了。"

老先生说："王婉留言说，让我检查一下脑部。"

陈源沉默了一下说："要不，我带您去检查一下。"

检查结果出来了，量表显示，老先生患有健忘症，会丧失部分或全部记忆。医生建议加强记忆训练，多吃核桃等来补充营养。八十多岁的老人，大多都会健忘。老先生拿到结果后，第一时间想，是否错怪了王婉？会不会赠予了王婉一张大额存单呢？如果真的是自己亲口说出去、赠出去了的，现在又用各种办法要回来，这多不好，伤透王婉的心不说，要是还让王婉背上了贼的名声，又该怎么办？

老先生跟陈源商量该怎么解决。陈源说，现在最好明确一位监护人，然后老先生同监护人商量，是否还要赠出这一笔钱。如果不赠了，收回，也是可以的。老先生心想，现在儿孙们知道自己有十五万的存款，再赠出去，恐怕会闹翻天。陈源看明白了似的说："王婉那丫头，我看着不错，我以您的名义，给她捐上两万元，让她给母亲治病。您看怎么样？"

老先生觉得，这也是个不是办法的办法，但让陈源出这两万块，自己内心也过意不去。他决定自己出。如果儿孙们来问，就说给王婉了。还不信他们闹翻天去。陈源笑了笑说："您没必要跟子孙们生气，再说了，这两万我也拿得出，影响不大。"老先生说："那你记得，给王婉说一声对不起，我误会她了。"

考虑到老先生得了健忘症，亲友们劝他回家里住。

老先生左思右想，同意回到家里，毕竟，健忘症是个大麻烦。听说儿媳的病做了手术，状态还好。现在大孙子在城里搞装修，二孙子也跟着过去干，一个月也挣不少钱。二孙子媳妇二丫同意复婚了，但要求是，让老先生帮她和二孙子开一家洗车行，他俩要单干。老先生同意了。自己这点儿钱，早早给儿孙们得了。什么教育基金，什么捐助，得解决好眼前的问题才行。不过，二孙子周碧清经历了这些事，得知了老先生真实的想法后，决定给老先生写一张欠条，写明这笔钱是借的，五年内还清，并一次性支付不低于银行的利息。老先生心想，这算知书明理了，自己用这点儿钱，资助一两个周边村庄里上不起大学或家庭条件困难的孩子，也算给自己的晚年一个交代吧。

王婉收到陈源寄过去的捐款，得知了老人的情况，专门打电话来感谢，并和老先生聊了很长时间，表示过段时间，一定回去看望老先生。

老先生一下子精神奕奕，跟细胞分裂了再生似的，非常起劲，恨不得站起来跑上两圈。

这天又有喜事。老先生一个早年的学生上门了，这个人膀大腰圆、腹部隆起、脸上不少横肉。这位学生说，从陈源那儿听了老先生的事，就来看看老先生。老先生想不起他是谁，学生自我介绍，马东超，当年调皮，常惹老先生生气，但老先生还是一如既往地关爱他。有一年，自己新买的一支钢笔丢了，找不到，急得直哭，怕回家挨打。老先生得知后，去商店里买了一支一模一样的钢笔送给他。马东超自此记住了老先生，不再在老先生课堂上调皮捣蛋了。后来，马东超虽然没考上大学，但一辈子感念老先生大德。现在自己贩卖蔬菜赚了点儿小钱，想替老先生完成心愿。他也替自己完成心愿。他愿意拿出十万块，以老先生的名义，在镇上中学成立一个奖学金工程，专门奖励那些进步最大的学生。不知道老先生意下如何？

老先生自然高兴，觉得此事功德无量，决定在两人名字中各取一个字，定名为“励超奖学金”，具体事宜让陈源帮着去办理。

好多心里的疙瘩解开了，老先生变了个人似的回到家里，住进原来住的西厢房，戴上老花镜，安心地读完一本书。西厢房被孙子媳妇打扫得焕然一新，还喷了香水。一股不曾有过的气息，让老先生觉得头有些晕。

吃过晚饭，老先生倒头睡了一觉，醒来时已经半夜，皓月当空，树影婆娑，间或传进来一两声狗吠和鸟鸣。老先生睡不着，想了很多事，一辈子就跟一阵风、一片云、一团滚滚洪流般，脑袋里积累的东西多，但所有东西糊在了一起，黏稠一团，反而不好辨认里面到底有些什么，能辨得清的，就是那几张笑脸、那几段话语。他忍不住摸出手机，发了一个短消息给王婉：“婉儿，你还好吗？”

他面前浮现出一张生动的、红扑扑的脸，那是他第一次揭开媳妇红盖头时看到的脸，眼睛里含着笑，眉目里传着情，像整个世界的欢喜都集中在了她一个人身上。

幸福就是拥有巴掌大的一片阳光

刘建超

马梳理是被关进号子里时，才有充足时间梳理自己被消耗掉的大半辈子人生的。

马梳理蹲在“三九”天的号子里冥思苦想，裹着被子冻得发抖的他对自己的人生梳理后得出的结论是三个字——不幸福。

马梳理不幸福的记忆是从吃饭开始的。

马梳理出生在农村，一个离镇子远、离县城更远的偏僻山村。光秃的山头，干旱的坡地，靠天吃饭，收获不了多少粮食。

马梳理感觉，从有记忆开始肚子就成天咕噜咕噜叫，浑身上下都是红薯的味道。早饭，玉米面汤，汤里面下几个红薯面窝窝；中饭，红薯面条浇上蒜汁；晚饭，黄面汤里煮红薯干，锅里蒸的是红薯。马梳理总是把肚子撑得饱饱的，打嗝放屁一泡屎尿，肚子就又咕噜咕噜叫唤了。

上学后，马梳理最讨厌上体育课，跑步做操费体力，肚子叫唤的时间就会提前，咕噜咕噜的肚子叫声让同桌的女生嫌弃他。

逢年过节吃顿饺子、韭菜炒鸡蛋，马梳理能兴奋好几天。马梳理的理想像他的头发一样疯长，美好的理想就是能每天吃饺子，吃韭菜炒鸡蛋。

马梳理在穿戴上也是缺乏幸福感的。

马梳理上高中的时候，还是穿着家里织的土布衣服。奶奶、母亲都会织布，家里的那架织布机几乎从来没有停过。织出的白粗布，再用染料漂染成黑色、蓝色、枣红色。奶奶和父亲穿的是黑色，马梳理穿的是蓝色，母亲和妹妹穿的是枣红色，一个式样的对襟布衫。一家人穿的鞋子也是奶奶和母亲纳的千层底，从来没有变过。

有一次，学校组织庆祝游行活动，要求白上衣、蓝裤子、白球鞋。衣服裤子倒是不犯愁，粗布的也将就了，可白球鞋去哪儿找呢?

马梳理没办法，想了想找来白布把黑布鞋给蒙了个面。等放学回家，一进门就被父亲按住，屁股被扇了个紫青。

原来，在乡下只有家里死了人，孝子孝孙才穿蒙面的白鞋。

马梳理那个委屈啊，哭得惊天动地，真像是家里在出丧一般。

其实，最让马梳理感到不幸福的，是还没有品尝过爱情的滋味。

要说马梳理个儿不矮，身体健壮，除

了皮肤黑，模样也不差。可是到了谈婚论嫁的年纪，就是说不上媳妇。有人介绍姑娘，见了马梳理还可以，到他家里看看就不再提下文了。

马梳理每每想到自己的童子身居然是给了洗头吧的半老娘儿们，还被派出所逮去罚了款，他就悔得揪自己的头发，扇自己的脸。

快四十岁的马梳理在私人煤窑挖煤，一同下窑的工友老孟被闷死在井下，老孟身有残疾的女人就成了马梳理的女人。两人从来也没有过什么甜言蜜语，马梳理下井回来在女人身上疯狂发泄，完事后就如同死猪一般睡去。

老板生意不好，开始拖欠工钱。马梳理就和几个工友一起堵住老板理论。

老板笑嘻嘻地把他们带到酒楼，点了一桌子的菜。马梳理真是眼珠子都要掉下来，别说吃啊，大部分菜都没有听说过。喝得醉醺醺的马梳理也不再提要工钱的事了，自己那点儿工钱恐怕还不及这一桌子酒菜吧。

马梳理要自己赚钱，要过上吃香喝辣、有女人的日子，那才叫幸福。

马梳理能吃苦，能受累，不惜一把子力气。他先在建筑队做搬运工、做小工，几年之后，自己也带着几个人组了个建筑队，干点儿砌墙、铺地、挖下水道的零星活儿。偶然的机会，马梳理去竞标工厂的一栋家属楼，负责工程的居然是自己的高中同学。盖完家属楼，马梳理兜里有了钱，在县城买了房，过上了可以天天吃饺子、吃韭菜炒鸡蛋的幸福日子。

马梳理自嘲理想太不丰满了。吃饱穿暖算个屁啊，说起来自己也是老板了，可出去与别的老板比比，人家有更好的车，有自己的别墅，身边总有更年轻、更漂亮的女人。

马梳理一门心思踅摸着赚大钱，有人就给他描绘了一个赚大钱的宏伟蓝图。短短几年时间，马梳理就成了身家过亿、响当当的董事长，他收购了市里最大的酒店，住豪华总统套房，出门有保镖跟随，有青春靓丽的美女伴随左右。

只是泡沫破碎得太快，马梳理还没来得及携款跑路，就被警察抓进了号子。

号子四周是墙，只有一面的顶部有扇一拃宽、两拃长的铁窗。

马梳理靠着墙裹着被子，对着那扇铁窗出神。

忽然，一缕阳光，一缕巴掌大的阳光透过铁窗映在了马梳理黑胖的脸上。冰冷的囚室里犹如飞来一个精灵，给凝固的空气注入了活力。马梳理掀掉被子，晃动着脖子，让阳光抚摸着身上的各个部位，连两只脚丫子都抬起来对着阳光搓了搓。

阳光很快就移走了，囚室里又陷入了冷漠。

马梳理两眼渴望地瞪着铁窗，问自己幸福是什么？幸福就是拥有巴掌大的一片阳光啊。

马梳理哭了，哭得很伤心。

约定

金扬武

他怎么也不敢相信，被医生“判定”活不过半个月的父亲竟奇迹般好转了，难道他和父亲的那个约定真起了作用？他反复对着手机拼命地喊：“妈，这是真的吗?”

“真是傻儿子，你难道不想你爹好起来?”手机那头传来母亲宽厚的笑声。

“好、好、好!”他只会一个劲儿地叫好，近一个月来的担忧和内疚终于烟消云散。

就在前两天，他拿着父亲的病危通知书，看着躺在病床上奄奄一息的父亲，正急得不知所措时，手机铃声不合时宜地突然响起，是局长打来了电话。前几日，扫黑除恶专项行动启动，局里已明确表示由他这个特警大队长带队出征。现在，局长在电话里下达了出征的指令。

“什么？今天下午四点就得出发?”他有点儿发蒙，语气中多少带着些犹豫。

“怎么？有困难吗?”电话那头局长好生奇怪，执行命令他向来不打折扣。

“没困难。”他马上口吻坚决，“请局长放心，我保证按时带队出征。”

“你为什么电话里不跟局长说，这个时候你走得了吗?”刚挂断局长的电话，母亲就忍不住埋怨，“你爹的脾气你还不清楚吗？他最看重的就是养儿防老，养儿送终。医生说了，你爹很可能就这几天了，你不在身边，他能走得安心吗?”

母亲说的没错，他也希望这个时候能陪伴在父亲身边，可由得他选择吗？他很清楚，不要说父亲眼下只是病危，哪怕真的有个什么三长两短，他也得带队出征。他只得向母亲解释：“妈，爹现在这种情况，我本该守在他身边，可眼下扫黑除恶工作进入关键期，我能不听从号令吗?”

许是母子俩的争执声惊动了原本不省人事的父亲。他突然睁开眼，拼命地张嘴。母亲会意，知道父亲有话要说，立即俯下身子，将耳朵贴近父亲的唇。

不一会儿，母亲站直身子，有些赌气地对儿子说：“就听你爹的，放心去吧，他会挺住的，等你凯旋。”

他还能多说什么？立刻抱住父亲的身子，说：“爹，我就知道您会支持我工作的，一定要等我回来。”

父子两人就此约定：出征不胜，儿子不归，父亲不“走”。

尽管有了这个约定，可病哪儿能由得了父亲？父亲得的是肾病，已严重衰竭，随时可能“上路”。他哪敢奢望靠这个约定“留住”父亲。

进入专班后，尽管工作忙、任务重，可他心中那份担心、牵挂怎么也放不下，他总是提心吊胆，生怕噩耗传来。父亲病重，自己不能陪伴在他身旁已很内疚，假如父亲真的走了，自己不能送他最后一程，一定会后悔、自责一辈子的。于是，无论工作再忙，他每天都要和母亲通一次电话，哪怕只说上一两句话——他必须随时了解父亲的病情。

做父亲的又何尝不时刻牵挂着出征在外的儿子。儿子走后，他对自己的病情心中没底，不知道什么时候会挺不住，而且自己从来没有像现在这般怕死，生怕会拖累、影响儿子。他告诫自己，必须打起精神，一定要挺住。同时提醒老伴儿，每天必须跟儿子通个电话，了解儿子的安全、健康情况，并向儿子通报自己的病情。他再三嘱咐，不管自己的病情是否恶化，只能对儿子报喜不报忧，不能给儿子添堵、添乱，省得儿子分心，影响工作。

奇迹发生了，父亲的病情一天比一天好转，竟然度过了危险期，连医生都颇感意外。他也无法弄明白，父亲的病情到底是怎么好转的。

一个月后，他带队胜利归来。当他赶到医院时，难以置信地发现父亲竟能下地走路了。

父亲见到他的第一句话是：“儿啊，我没食言，遵守了我俩的约定。”

病房里不断传出父子俩开怀的笑声。